炼狱

是革命者最彻底、最纯粹和最高尚的

精神境界

······

1938 ——1946
息烽集中营

炼狱

何建明

·········

著

作家出版社

贵州出版集团
贵州人民出版社

何建明，著名作家，中国作家协会第七、八、九届驻会副主席，当代报告文学领军人物。全国劳动模范，博士生导师。首位中国作家俄罗斯国家图书奖获得者。

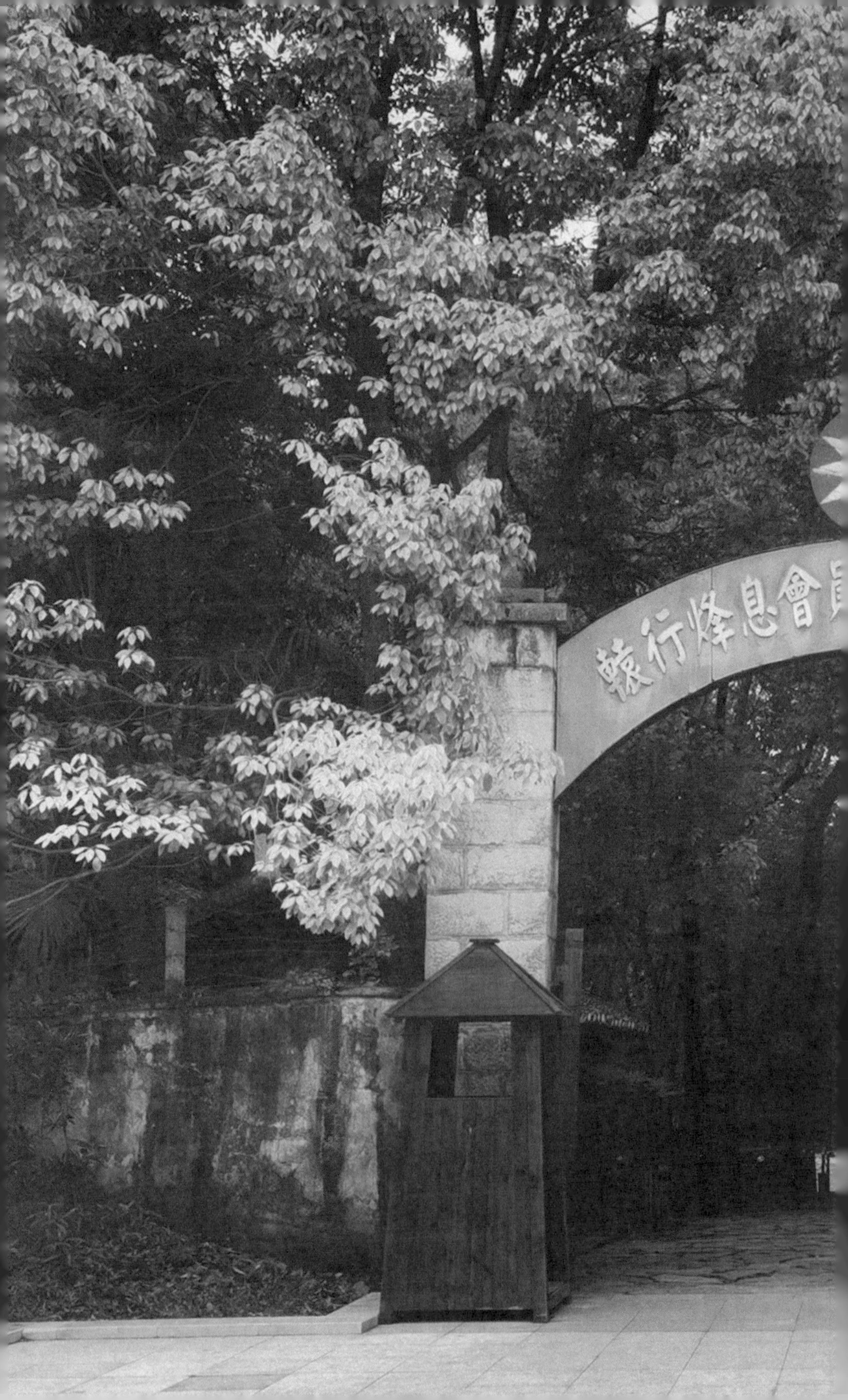
員會息烽行轅

1938 年
国民党军统
强占刘氏住房及土地 80 余亩
修建集中营
对外称"国民政府军事委员会
息烽行辕"

息烽集中营旧址示意图

息烽集中营位于贵州省息烽县,是抗战时期国民党军统局设立的一所秘密监狱,由设在阳朗坝的本部和玄天洞的杨虎城将军囚禁处组成。"狱政革新"时,提出所谓的"监狱学校化",将"监房"改称"斋房"。

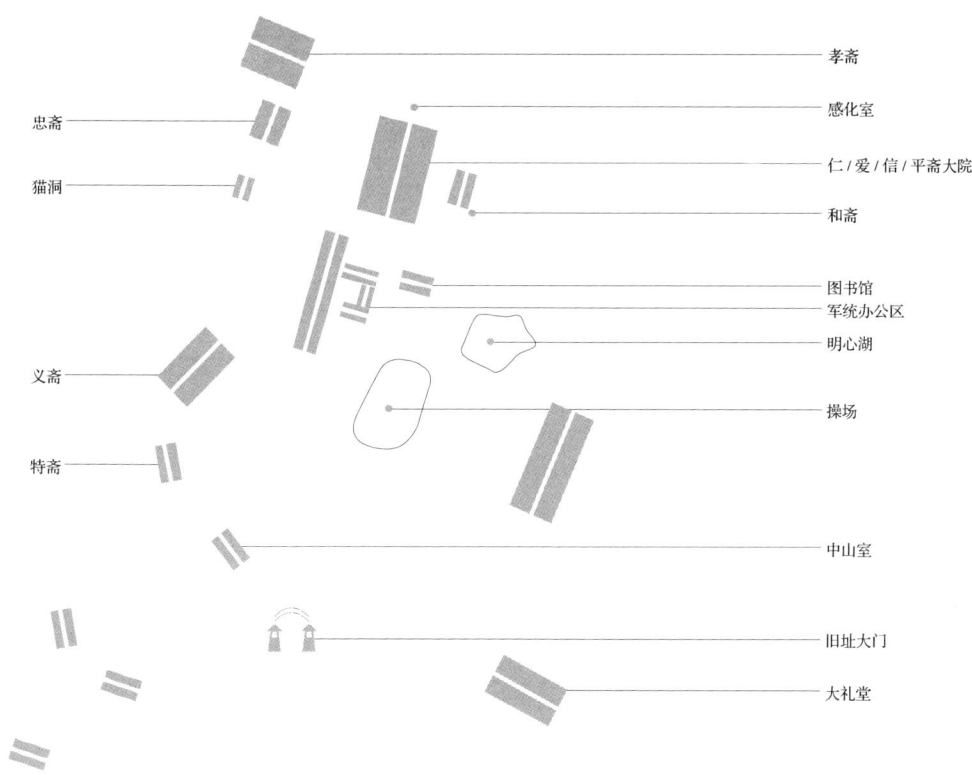

孝斋

感化室

忠斋

仁 / 爱 / 信 / 平斋大院

猫洞

和斋

图书馆

军统办公区

明心湖

义斋

操场

特斋

中山室

旧址大门

大礼堂

目录

第一章

集中营里的神秘

『囚犯』

1937 年 7 月 7 日，日军炮轰宛平城和卢沟桥，抗日战争全面爆发。

1936 年 12 月 25 日。西安。

这一天的中国，发生了一件大事。

前些日子被东北军将领张学良，国民革命军第十七路军总指挥杨虎城"兵谏"的蒋介石，在连续签署了几份同意抗日的文件之后，心急地问夫人宋美龄："啥时候回南京呀？"

"汉卿已经答应我了，我们今天一定要争取回南京的！"夫人说。

蒋介石有些疑惑地问："前几天他和杨虎城都恨不得要枪毙我，今天就走，他能同意吗？"

"达令，你知道今天是什么日子吗？"夫人一边收拾行李一边说。

"啥日子？"蒋介石莫名惊恐起来。

"是圣诞节！"夫人直起腰，拍了拍后背，说，"所以我们今天一定要回南京……"

蒋介石一听，立即松了一口气，喃喃道："那得回去！越快越好！"

"所以嘛，你放心好了，耶稣会保佑我们的！"夫人又忙着从衣柜里取出一件毛皮大衣，对蒋介石说，"一会儿去飞机场的路上，你得把它披上……"

蒋介石瞥了一眼，心事重重地抬头往窗口张望："汉卿他什么时候送我们到机场嘛，你们说好了没？他会不会变卦？"

"不会的。你放下心，先歇歇啊！"夫人一个劲地安慰。

下午 3 时。张学良匆匆地走进蒋介石和宋美龄的房间，对他们说："我们现在马上到机场，再不走怕夜长梦多……委屈一下总裁了！"说着，不管三七二十一就把蒋介石和宋美龄领出房间，将他们送上去往机场的车……

"总裁，我跟汉卿一起送您到机场。"杨虎城出现在送行的车队前，蒋介石暗暗吃了一惊,他心底恨透了这个"被共产党俘虏了心"的人,但逃命要紧,他假装客气地说了一声:"你也来啦!"

说完,车队直奔机场……

怎料,此时的机场上聚集了几千人,看上去情绪高涨。蒋介石往窗外一看,急忙问道:"这是怎么回事?他们想干什么?"随后,他回头忙对张学良、杨虎城说:"你们两个人放心,我已经是答应了你们和中共提出的'六项意见'的呀!我保证履行承诺……"

张学良笑了,说:"总裁放心。今天是傅作义将军要到西安来,这些人是来欢迎他的……"

蒋介石这才长长地叹了口气,嘀咕道:"国难当头,他傅作义到这儿来摆啥排场嘛!"

"达令,不管他们,我们上飞机!"宋美龄挽起蒋介石的胳膊就往一架军用飞机走去。

这时,张学良将杨虎城拉到一边,掏出一份手谕,交给对方:"东北军的指挥权我就交给你了……"

杨虎城一惊,问:"那你呢,汉卿?"

"我要亲自送他回南京,不然他会感觉很没有面子……"

杨虎城急了,说:"汉卿,这可万万使不得的,他是什么样的人你还不知道吗?你不能去!"

张学良示意杨虎城不用说了。转身,他也登上了那架军用飞机……

"汉卿——"杨虎城呆呆地看着远去的飞机,懊悔莫及。可一切都晚矣。

飞机起飞后,蒋介石半眯着眼,瞥了一眼正在跟宋美龄说话的张学良，又转头张望了一下机场上那个此刻像蚂蚁大的杨虎城……

"看我怎么收拾你们！"蒋介石心里咬牙切齿地骂了一句。

是啊，如何收拾这些背叛他老蒋、背叛国民党的"内奸"和"没良心"的人，这是"西安事变"后蒋介石时不时在琢磨的一件心头之事。

回到南京之后的蒋介石憋了一肚子火，要一一"整治"，其中包括他在西安被"软禁"之时，想假借"惩罚"张学良等东北军和西北军将领，主谋要实施"轰炸"计划的"笑面虎"何应钦。"他哪是想救我，是想趁机炸死我取而代之！"蒋介石想起这事就怒不可遏，恨何应钦之流恨得牙齿"咯咯"响，可又一时找不到机会。何应钦说了：如果不是我大兵压境，张学良会轻易放你离开西安吗？我要向总裁你和国民政府负责呀！"好好，你的好心全领会到了！"蒋介石又气又不便发作，毕竟他在西安被"软禁"期间，南京是一片乱象。

还有一件事也让蒋介石看透了人情世故：他有个同父异母的哥哥叫蒋介卿，大蒋介石 10 岁。蒋父死得早，当时蒋介石只有 8 岁，其父死后，蒋家分家，身为三房太太的蒋介石的生母带着 8 岁的儿子日子过得艰难，不像大房家带蒋介卿那样自在。然而蒋介石后来出息了，当上了国民政府的总统。于是他哥蒋介卿就通过"好用不吹"的这层关系，在浙江海关谋了一职，官虽不大，但凭借弟弟的头衔，这位很会捞钱的哥哥的腰包里可没少装油水。蒋介石对此睁一只眼闭一只眼。蒋介卿正过着逍遥的好日子，突然传来"西安事变"的消息。蒋介卿一听，吓得心脏病发作，死了。若平时，"总统"家办丧事，那个排场要十分讲究，出份子的人多了去了。但这回蒋介石的亲哥哥死了，南京方面竟然没有出面操办，甚至直接封锁消息，连蒋介石也不知道自己的哥哥已经死了。等他回到南京 10 天后，因为无意间说起蒋家的事，蒋介石才知自己的哥哥已去世 10 天，尸体还停放在家里没人处理。

"娘希匹，我还没死，他们就这么对待我家啊？真要到了我归西后，他们还不个个想掘我祖坟啊？娘希匹，这帮良心被狗吃掉的王八蛋！"蒋介石真火了，直骂了半天。

后来，蒋介石亲自回老家溪口主持了哥哥的丧事，国民政府主席林森和冯玉祥、阎锡山、何应钦等要员均到溪口悼唁。

事情一结束，蒋介石就宣布：把张学良给我关起来！

"达令，你不是答应不动汉卿的吗？"宋美龄知道后，立即找到蒋介石想讨个说法。谁知蒋介石回答道："我拿他怎么着了？他不还活得好好的嘛！他在西安就是想弄死我，我现在留他一条命，难道不是给你面子了？"

话说到这个份上，宋美龄也不好再说什么了。

因为日本侵略之举步步进逼，"西安事变"时蒋介石不管真心还是假心，他亲口答应的抗日"六条"已经是全国上下都知道的事，所以蒋介石要管的事实在太多，其中包括做好在上海跟日本人决一死战的准备，而一旦战败，首都南京岌岌可危等问题，让蒋介石焦头烂额。更让他内心愤恨难忍的，是看到国民党内背叛他以及背叛国民党政府的人和事层出不穷，而有些人一旦公开处理又会受到社会上的"不良干扰"，蒋介石苦思冥想了一个办法，他找到干这事的"行家"戴笠。

浙江江山老乡戴笠是国民党军统特务头目，老蒋的得力杀手，凡是蒋介石难弄的人，他出面一弄就"弄明白"了，只有那些人掉了脑袋，蒋介石才能没了心头之患。

"雨农啊，你得想个办法，把张学良这些人，还有我们党内的那些不听话的人，给弄个地方统统看起来……"一天，蒋介石专门把戴笠叫到自己的办公室，两人密谈起来。

"总裁，您的意思是不杀他们，关在一个秘密安全的地方？"戴笠对主子的话一听便明白。

蒋介石点点头："是这样。"

"雨农请教一下总裁，这些人都很麻烦，为啥不干脆处理了？"戴笠试探性地问。因为戴笠现在遇到的一个问题是：他管辖的监狱已经人满为患，再建监狱实在太费时费力。

蒋介石摆摆手，说："杀人还不容易，可有些人你一杀，就会牵涉一大串问题，尤其是现在小日本来干扰，弄不好引火烧身。另外，这些人中有的如果改造好了，他再出来为我们说话，那也是很有用处的嘛！所以呢，我们要下些本钱，弄个地方，让他们在里面换换神经，等哪一天思想和神经通了，就放他们出来为我们说点有用的话、做点有用的事，岂不也是一桩好事吗？免得有人说你雨农杀人不眨眼……"

戴笠立即点头："明白了，总裁，雨农马上去办这事……"

"还有话跟你说！"蒋介石把戴笠叫住，叮嘱道，"除了像张学良、杨虎城这类叛逆分子外，还有一些不宜公开逮捕的共产党要犯，也可以一起关在这里面。对了，还有……还有像那个冒充我哥哥的叫什么来着……"

"郑二发子。"

"对对，这些乌七八糟的人都统统给关起来！不许再让他们坏了我们的名声！"蒋介石越说火越大。

"是，总裁，我明白了，马上去办！"戴笠领命而去。

1936 年 12 月 6 日，蒋介石召见张学良、杨虎城，要求
他们将东北军和 17 路军全部开赴陕北前线"剿共"

◎ 戴笠，本名戴春风，字雨农，浙江省江山县人。
1926 年考入黄埔军校第六期学习，毕业后曾任
蒋介石的侍从副官。1932 年奉蒋介石令组建"复
兴社"特务处，任处长。1938 年任国民政府军
事委员会调查统计局副局长。1946 年因飞机失
事命丧南京。

　　“雨农”是戴笠给自己起的字，这位美国中央情报局口中的“亚洲第一剑客”（也就是第一杀手）力图把自己打扮成“雨地寒士”的形象。江南一带的人都知道，头戴竹笠者，其形象看似一个农夫，实际上可能是某一方高人。戴笠力争把自己的杀手形象，掩饰为不起眼的普通农夫。这是他的心机。加上“雨农”二字，他便成了彻底的“江南农夫”了！

　　这个神秘的军统头目，多次帮助蒋介石统治与镇压对手，他自叹过这样一句话：“曾经有过整整 20 年，我每天都只睡 4 个小时觉！”戴笠因此也被同行称为“一个永远醒着的人”。

　　这样的人必定非常可怕。

　　“戴笠是黄埔军校第 6 期骑兵科没有毕业的学生。他虽不擅长骑马，却很喜欢马。因他面带马相，特别是有严重的鼻炎，时时流鼻涕，很像马一样成天哼个不停，每日要用很多条手帕擤鼻涕。他很迷信‘人的面相肖动物是主大贵之相’。别人当面说他举止和马一样，他也不以为忤，反而沾沾自喜。后来他用的化名也叫马行健，居然以马自居。他常说愿为蒋介石终身效犬马之劳，他是甘心为这个中国历史上少有的暴君充当犬马并引以为荣。”同为大特务出身的沈醉在《我所知道的戴笠》一书中这样描述。

　　像戴笠这样一个双手沾满了共产党人鲜血的杀人魔鬼，他的故居与蒋介石的溪口故居一样，却被共产党保护得完好无损，可见共产党人的胸襟与想通过实景教育后代的苦心呵！

　　接到蒋介石的密令后，戴笠立即着手建立秘密监狱的具体事宜。但令他有些头疼的是：南京的监狱已经很多了，隶属政府的刑事、民事监狱已经有好几所，加上苏州监狱，那里关押着犯人和共产党人及反蒋反国民党人士，早已人满为患。一般按过去的习惯，属于"共党"政治犯的关押在国民党的陆军监狱，因为这些人"经审"后不是被枪毙，就是被押送到苏州监狱去"反省"服刑。但秘密监狱的犯人，按蒋介石的说法就是些一时"杀不得"、放在外面又惹事的"刺头"，这类人比较复杂，戴笠将他们分为三类：一类是国民党内部出来的叛逆者，属于跟蒋介石个人之间有恩仇的，若杀了，显得蒋某人没有气量，但又必须让这些人"闭嘴"。第二类是在国民党尤其是军统、中统等内部犯了纪律的人，这些人中有的是政治信仰上跟蒋介石、国民党出现了分歧和对立，蒋介石觉得他们还可能有利用价值，"要让他们省悟"。第三类是有严重"共党"嫌疑的，或者他们就是"共党"分子，同时又是社会著名人士，有些曾经还可能是国民党身份者，在蒋介石看来是非常人才。对这些人，蒋介石心存幻想：如果他们有朝一日为我所用，必有利党国大业。

　　戴笠是一个为国民党和主子蒋介石做事特别用心的人，所以他能受到蒋的器重。琢磨主子所要关押的人的种类，戴笠在对南京政府和军队所控制的几座监狱进行调研后，决定将这一秘密监狱分为3个号所，即甲、乙、丙3个等级。倘若新建一个监狱并设置3个等级，似乎在管理上不太"科学"，这让戴笠一时犯难。

　　"总裁，我是这样想的，如果这个当口——我指日本人对我大中华虎视眈眈的光景，在南京或者其他地方新建3座秘密关押这些不安分的人的监狱似乎有些困难。我的想法是,在现有的宪兵司令部监狱、陆军监狱和南京警备司令部监狱中分别设这个特别监狱的甲、乙、丙3个号所，我们再把他们分门别类处置，这样既不增加政府负担，也能安排这些人的去处……"戴笠向蒋介石报告了自己的计划。

"我赞同你这个计划，抓紧弄吧！另外，切勿松懈对这帮人的看管，他们中有一个人放出来，都是我党和政府的害群之马！"蒋介石说。

"是。"

实际上，关于戴笠如何建立这个关押特殊犯人的秘密监狱，在国民党的档案里涉及得极少。现今位于南京的中国第二历史档案馆，是保存国民政府档案资料最全的地方，我也专门请了馆内的朋友帮忙寻找相关资料，而找到的相关内容也是极少。这中间有两个原因：一是秘密监狱本身就是"秘密"的职权之限。二是从1936年年底的"西安事变"到蒋介石南京政府因日本侵略军占领南京城而撤离，前后也不到一年，实际上从蒋介石自西安回到南京，再腾出手处理这类"破烂瓜"事——蒋介石称关进秘密监狱的人，到戴笠想定方案到实施，留出的时间也就两三个月，当所有"关系"理顺之后安排"犯人"进到甲、乙、丙所时，上海那边与日本人的"淞沪大战"已经开始。蒋介石在军事进攻上的算计一直很差，但他对撤退却十分在行。因此在上海与日本人开打之日起，蒋介石就已经在大举进行"迁都"计划的实施，这中间自然包括了把那些不宜枪毙的"要犯"一起带走。

后来，我又请了一位南京的青年学者朋友帮助寻找，他竟然在重庆档案馆找到了国民党留下的相关史料。"南京没有'新监'的史料，却在重庆找到了是有原因的，这些史料是后来被'代总统'李宗仁带走了，又辗转到了重庆。"这位青年学者朋友这样说。他给我传来他所查到的有关"新监"筹建的珍贵史料，有两份：一份是戴笠亲自起草给"军政部"的"商函"，另一份是"军政部军法司"负责人就"新监开办费"的协调"公函"。

戴笠的"商函"——

子沛司长赐鉴：

　　敬启者，军人监狱内新建监房工程早经验收，惟内部一切设备均未着手，现因亟待需用，刻不容缓。敬请转请军政部速为筹设，以资应用。兹派何子正同志前来谒商。

国民党军政部军法司催促军医署和营造司按照"中央军监新监"的开办费预算书协助建设的公函——

案准。

　　贵司二十六年一月十一日法丁字第一三八号公函为中央军监新监亟待成立，请将该新监开办费预算书，提前核准见复等由。查该项预算书内有医药器材等营缮各费，系属于军医署暨营造司主管。业经本处分别签请该署司签注意见在案，一俟核复，即当提前办理，相应函复，即希查照为荷。

军法司

　　上述两份原始档案，是目前所能看到的有关国民党当年建设和设立"新监"（秘密监狱）的仅有的史料证明，它是后来秘密监狱转移到息烽，并俗称"息烽集中营"的重要佐证。尤其第一份史料中戴笠提出的让"何子正"去办理相关资金问题，也与后来"息烽集中营"第一任"行辕主任"由何子正担任相吻合。"何子正"是戴笠特别信任的大特务，对共产党人十分残暴，本书后文有叙。在息烽集中营现有的史料中，"何子正"的名字一般被称为"何子桢"，所以本书后面的叙述皆用"何子桢"。

新监刚启用不久，日本侵略者已经在南京兵临城下，国民党南京政府在那个时候一切都呈"仓皇出逃"之势，所以刚刚组建的秘密监狱到底如何办、关在里面的"犯人"如何处置，戴笠有些发愁。

"总裁，依我之见，这些人早晚会给党国造害，干脆……得了！"戴笠想想迁都的麻烦，光他的军统累死都干不过来那么多"要事"，现在才建起的秘密监狱又要搬迁，他想请求蒋介石对那些人来个"痛快"处理。

"事情哪有这么简单！国难当头，蠢蠢欲动者大有人在，你把这些人放或杀，都会引起更大的火烧到我等身上……"蒋介石摸摸额头，说，"烦就烦点吧，雨农你可摸摸情况，不一定都搬到重庆，可以在往西南走的路上看哪个地方合适，就安置在那里便是……记住：绝对不能让该关的人跑掉一个！"

"明白了，总裁！"

秘密监狱南迁之事定下后，本书的故事才正式开始……

韩子栋，这是与息烽集中营关系特别密切的人，而他也是仅有的几个从敌人魔窟中活下来，最后还能陈述其过程的人。

他也是《红岩》中被演绎成假装哑巴和疯子而逃出虎穴的共产党员，是一位铁骨铮铮的共产党好汉。

韩子栋在监狱里的传奇经历，也使我们了解了国民党的秘密监狱和息烽集中营里的敌人的暴行及那些共产党人的崇高精神——这是我写完《忠诚与背叛——告诉你一个真实的红岩》（重写红岩）《革命者》（建党初期中共在上海的故事）和《雨花台》（蒋介石残杀共产

◎ 韩子栋（《红岩》中"疯老头"原型），山东省阳谷县人。1932年参加革命。1933年加入中国共产党，从事党的地下工作。1934年因叛徒出卖被捕。后关押在息烽集中营8年，在狱中与罗世文、车耀先等建立了中共狱中"秘密支部"，并担任支部委员。1947年8月18日，他从白公馆冒死越狱；11月进入冀鲁豫解放区，经中央组织部审查，恢复了他的党籍。新中国成立后，历任北京机器厂副厂长、一机部二局副局长、国家科学技术委员会办公厅副主任等职。1958年调到贵州工作，先后任中共贵阳市委副书记，贵州省政协常委等职。1985年离休。1992年病逝。

图片来源：息烽集中营革命历史纪念馆

党人与革命者的祭台）3 部重要作品后，开始"红色革命史"系列第四部的创作缘由。因为在我看来，息烽集中营里的共产党人所受的折磨与苦难，是其他监狱甚至是战场上都没有的那种非皮肉和生命的考验，它是对灵魂、信仰和人性的最彻底的考验，也就是我们说的"软化"的考验。这种考验是敌人对共产党人和革命者使出的慢性毒化方式，它考验和摧毁的是人的灵魂、心灵、信仰及意志……

韩子栋的传奇，在于他以同样的"慢性"和表面上的麻木，战胜了对手的催化与软化，才在一个偶然的机会逃脱了魔掌，获得了新生，成为息烽集中营和后来从"红岩"活着出来的极少数共产党人。而其余与他一样的"囚犯"，则无一例外地用生命坐穿了敌人的牢狱，在红旗飘扬大西南之前，在敌人的枪口下为革命流尽了最后一滴血！

"炼狱，是革命者最彻底、最纯粹和最高尚的精神境界，它甚至比生命本身更伟大、更可贵。"我相信这句话。因为相较在战场上或刑场上吃一颗子弹而死去，在黑洞洞的牢房里十年八年、坐穿牢底而依然不改信仰和意志是极难极难的，就像是普通人做一件好事并不难，难的是一辈子做好事的道理一样。

韩子栋的真人形象与电影里、小说里的形象差距太大。他一表人才、英俊潇洒，且是当时北平的中国大学的学生出身，后来十几年的监狱生活让他完全变成了一个"疯老头"模样。这是后话。

1992 年，韩子栋在贵阳去世，终年 84 岁。这位山东汉子，如果不是因为息烽集中营的缘故，他也不会把生命的句号画在贵阳的。去世前，他曾担任过贵阳市委书记处书记、市委副书记、市政协主席等职务。

1933 年，25 岁的韩子栋在北平加入中国共产党。但韩子栋到北平前，他曾在山东聊城老家的省立二中读书时，加入了国民党组织。进步的年轻学生，在国共合作的蜜月期，加入国民党和加入中国共产党都可以视为进步的、上进的表现。在1927年蒋介石与共产党翻脸之前，所有追求进步的青年，皆以加入国民党或共产党为荣。然而单纯的年轻人哪知道两党的高层，从一开始就是朝着相反方向在行进——当时只是矛盾和形势并没达到激化和决裂的时候。韩子栋就是在这个时候在国民党内干得"热火朝天"——他跟着比他年岁还要大一些的哥哥姐姐去鲁西搞工运，后来又改为搞农运。简单地说，就是到工人和农民中去发动革命。

苦孩子出身的韩子栋，在这期间干得很出色，尤其是在淄川煤矿的工运中发动工人们起来跟资本家斗争，又把胜利的成果分享给工人。其间，他"傻乎乎"地把几个被国民党怀疑是共产党员的人故意放跑了。这让国民党组织对"能干但容易走邪路"的韩子栋很不放心，后来又见他正在组织工人暴动，这些不符合国民党做法又违反纪律的行为，让当地的国民党组织对他极其不满，于是决定开除他的国民党党籍。

"你小小年纪也不用太灰心，只要忠诚党国，机会还是有的。"国民党组织当时是这样对他说的。

中学生时代的韩子栋的第一次"革命"热情就这样被熄灭了。伤心之余，他跑到北平读书，考上了中国大学。那是"九一八"事变之时，决定当一名读书人兼书店老板的韩子栋，一边读书，一边开了个春秋书店。

"北平是个革命的大熔炉，尤其受'五四运动'和李大钊领导的中国共产党北方小组的影响，我当时在中国大学读书时，又加上开一个书店的机会，经常接触一些进步的甚至是共产党人的知识分子，是他们引我走上了真正的革命道路。"韩子栋后来经常这样说。

"小韩，书店生意怎么样啊？"周怡先生是北平地下党的一名条块负责人，主要负责发展学生中的进步分子。他见韩子栋开的春秋书店里有不少"左"倾读物，比如《共产主义运行中的"左派"幼稚病》《国家与革命》《世界史纲》，以及高尔基的《母亲》等文学书籍，便经常来书店买书借书。时间一长，便与韩子栋熟悉了。一熟悉，彼此的关系自然就近了。

有一天，周怡先生带了一位姓武的先生来书店，说他有本莫斯科中山大学油印的中文本《政治经济学》（拉比杜斯著），问韩子栋愿不愿帮助此书出版。那个时候，所谓的出版，也并不太复杂，就是有台油印机，以"春秋书店"的名义就可以印制出版了。

又有一天，周怡先生自己拿来一份《红军告农民书》（韩子栋自己回忆说"好像是这个书名"），问他："敢不敢出这个？"

"那有啥不敢的！"韩子栋粗略看了一下内容，说。

"太好了！印 5000 份……"周怡先生大喜，又说，"你不怕吗？"

韩子栋摇摇头，坚定地说："有什么怕的嘛！"

周怡拍拍他的肩膀，夸道："山东人就是不一样！"

很快，周怡通过对韩子栋的考察，认为这个青年符合发展成为中共党员的条件。1933 年的某个春日，周怡把韩子栋带到一个位于胡同里的破落的小四合院，几位地下党员等在那里，就在那一天，韩子栋正式加入了中国共产党。

宣誓之后，韩子栋向组织汇报了自己在山东老家加入国民党，后又被开除的一段历史情况。周怡和北平地区的党组织负责人认为，韩子栋有这个基础，对打入敌人阵营有好处，因为韩子栋在加入国民党后，在领导工运时发展了一批青年也加入了国民党，这些人中有的已经成为国民党特务机构的重要成员。

"子栋同志，为了革命需要，我们得有人打入敌人心脏，我们认为你比较合适，想征求你的意见……"周怡和组织上另一位同志与韩子栋谈话时说。

"只要是组织上的任务，我坚决服从！"韩子栋说。

周怡紧握他的手，说："党组织充分相信你，但你也要做好为之承受各种风险的准备……"

韩子栋点点头，说："我出身穷苦，不怕吃苦。什么样的苦都吃得消！"

很快，组织交给韩子栋的任务明确了：要他去混入国民党的核心特务组织——蓝衣社。

说到蓝衣社，有必要先理一下蒋介石的特务组织机构的来龙去脉：蒋介石是军人出身，他从孙中山的一名得力助手，很快成为国民党的最高权力人，除了倚靠他手上掌握的军权，还有就是能帮他扫平障碍的特务组织。最初为他效力的组织叫力行社。这个名字听上去很励志：尽能力所行。实则是专门为老蒋服务的。

1932年蒋介石与国民党元老派汪精卫达成妥协，重新回到南京复职并成立军事委员会后，他吸取第一次下野之教训，开始组建一个心腹组织，这就是力行社的起因。力行社从"纸上谈兵"到成为一个300人左右的效忠于蒋介石的最高机密组织实体，一直到后来拥有50万人以上的新的国家政治力量的核心，这是蒋介石从一介武夫到国家最高统治者的"第二武装力量"（第一武装力量是军队），它在蒋介石走向最高统治者的道路上，可谓冲锋陷阵、杀气腾腾，同样也是"成果累累"。

力行社内部后来就有了特务处。"九一八"事变后，各地的抗日民主运动此起彼伏，为了镇压这些运动和运动中的爱国人士与进步力量，蒋介石就在力行社中特设了特务处。特务处因为事越来越多，已经远远超过了力行社原来的人力和物力，甚至大量的财力也用于此。

特务处的队伍越来越大，他们的装扮都是便衣，且大多穿着蓝衣长衫。结果原本是力行社下属的特务处，后来慢慢发展成超越力行社的"蓝衣社"了！当然，在其内部，仍然是力行社领导下的"蓝衣社"——特务组织。

蓝衣社的全称叫"中华民族复兴社"，实际上就是一个搞绑架、秘密审讯、暗杀的秘密特务组织。戴笠便是这个组织的最高领导者，他只服从于蒋介石。

蓝衣社又名"魔鬼窟"，一旦你被蓝衣社瞄上了，那小命也就差不多交待了。1936 年，他们在上海进行了针对中国民权保障同盟总干事杨杏佛的暗杀等一系列的血腥事件，甚至连孙中山的遗孀宋庆龄都敢动。

"必须在敌人的心脏里插入我们的人，以便粉碎敌人的种种阴谋。"周恩来领导的中央特科是专门应对国民党蓝衣社这类特务组织的机构，而派遣可靠的同志打入敌人内部是一种有效的办法。

韩子栋就是在这个时候被组织选派打入蓝衣社的。当时戴笠领导的蓝衣社特务组织在全国设有 4 个分部，北平是其中之一。韩子栋凭着曾经是国民党党员和为国民党特务组织输送过"人才"的有利条件，打入蓝衣社也就比较自然了。

"你平时要学得像个坏蛋，至少吃喝玩乐有那么点匪气吧！"有一次与他保持秘密接头的周怡见韩子栋还在书店一本正经地坐柜台，便这样对他说。

"你让我去妓院当嫖客？这个事我干不了……"韩子栋憋了个大红脸。

周怡哈哈大笑起来，说："不是非得让你去那种鬼地方，但你确实得装得跟那些蓝衣社的人差不多的德性才是，否则你怎么让人相信你是真蓝衣社的人呢？"

韩子栋想想也是，不过他后来坐了十几年监狱后出来"反思"自己时，承认：自己从来就没有正经学会特务满腹坏水那一套……

尽管韩子栋肚子里无论如何也装不下坏水，可他的社会活动能力超强，所以在发展"有进步倾向和志向的青年"方面，他比一般蓝衣社的人看得更准，因此很快给正在倡导大力发展外围骨干的蓝衣社北平分部推荐了好几个新成员。

"子栋同志能力强，鼓动工作做得到家，鉴于你的专长，组织决定让你去工人学校去当教员，去为我们党宣传三民主义和领袖的主张……"就这样，韩子栋被派往北平工人学校当了一名教员，把工人运动归纳到国民党的力量中来，这是蒋介石与中共争夺民主基础的一个战斗，在国内革命战争时期其实这一斗争相当激烈，只是中国共产党与工人和农民具有天然的亲密关系，所以最终不能代表工人和农民利益的国民党只能宣告其行动的失败。

北平的工人运动，在中国共产党领导人李大钊和邓中夏等的领导下，开展得如火如荼，让以蒋介石为首的国民党反动派恨得咬牙切齿。像韩子栋这样能在工人中建立威信的蓝衣社成员，自然也让国民党特务组织很是期待。

　　但很快有人向北平分部负责人报告：韩子栋有十分严重的"共党"嫌疑：一、他对政治和社会及中国阶级分析得头头是道，"跟共产党教员讲的水平不分上下，而且道理也差不多"；二、那个由他创办的春秋书店一直在卖共产主义的"反动书籍"；三、工人们对他特别信任；四、生活很俭朴，不修边幅。

　　"这不一个活脱脱的'共党'分子的形象吗？"蓝衣社北平分部负责人对下面人报告的对韩子栋的描述，大为惊诧。

　　"我不能再待下去了！他们已经怀疑上我了……"韩子栋在意识到蓝衣社头目对自己有怀疑时，便迅速向地下党组织作了汇报。

　　"他们知道你的中共党员身份了吗？"北平地下党负责人问韩子栋。

　　"那倒还没有，但能感觉他们已经怀疑上我了……而且他们已经到书店去查情况去了。好在现在的注册经理名字不是我。"韩子栋说。

　　"那你有什么打算？"

　　"我想回老家去躲一躲，正好我母亲身体不好，本来我也要回家一趟的……如果组织同意的话。"韩子栋这样请求组织。

　　"可以。暂时避一下有好处。"随后，负责人给了他回北平后的一个联络地址和几句密语，"如果组织找你，会给你学校寄信的，信上会注明联络地址等。"

　　"明白。"韩子栋便暂时离开了北平和中国大学，回到山东老家待了一段时间。待处理完家事后，感觉北平方面没有追踪他的行踪，于是他决定回北平争取重新回到组织的领导下开展革命工作。

　　然而这一次他没有那么幸运了。一回到学校，确实有一封写给他的信。他一看也确实像是地下党写给他的，于是也就没有多怀疑，第二天便拿着信，按上面写的地址和暗号，去了××胡同接头，哪知一进门便被便衣警察逮住了。

韩子栋有过一段时间的蓝衣社成员的特务经历，多少知道些特务组织的抓人、审讯和暗杀等方面的知识与经验。这回他发现自己被关在北平宪兵三团，知道一定是蓝衣社的人干的。上次他被怀疑与共产党有秘密联系，因为事先行动得快，逃回老家算是躲过了一劫。现在按地下党留下的暗号接头，却被捕了，显然党内出了叛徒，或者蓝衣社通过哪个环节侦察到了他的什么情况。但韩子栋整理了一下思路，似乎还没有哪个环节让他暴露了共产党员的身份，除非发展他成为党员的周怡出了问题……

走一步看一步吧！韩子栋心里这么想。

审问开始了。第一次负责审问的是宪兵三团的特务处处长，他跟韩子栋眼睛对视的那一刻，便咧着嘴，奸笑着说："韩同志，你还认识我吗？"

韩子栋仔细看了看对方，想不起来，便摇摇头，回答说："不认识。"

"你想想，到底是认识还是不认识！"那人突然拉长了脸，气势汹汹地责问。

韩子栋又看了一下，还是摇头。

那人又一阵狂笑，说："见是见过面的，也许你真的忘了。我先自我介绍一下吧：我是复兴社的华北监事，宪兵三团的特务处处长……"

韩子栋这才有些眉目地说："那真有可能见过面。可你是领导，我是普通小兵一个呀！"

特务处处长又一本正经地用凶狠的目光盯着韩子栋，把嗓门提高了一倍："现在我找你谈话，是需要你老实向我坦白你的关系，把他们都说出来，说彻底，那样的话我还是有可能帮你保留你在我们社里的社籍，否则就是一条不归之路……"

韩子栋通过对方的话，意识到并不存在他所担心的党内同志变节后出卖他的可能，这一下踏实了许多，于是便反问对方："你是处长，你应该最清楚我的所有关系。如果再有怀疑的话，你们最好是到政训处去查……"

"我现在是让你自己说，如果我们来查的话，性质就变了，你明白吗？"特务处处长警告道。

韩子栋心想这可不能退步，否则事情更复杂："我还是刚才那句话：我的关系，组织上最清楚。"

"你这态度是要吃亏的。要知道现在是你最好的机会，说明白了，啥事都没有。不说明白，一旦查出来，你就等着受罪吧！"特务处处长生气地说道。

韩子栋懂得特务们的那一套：坦白一定是从严处理，紧紧闭嘴，还有可能留条生路。他假装委屈道："我入复兴社，是孔福民、杨大卫他俩介绍的，他们知道我的全部底细，其实我只是一个普通人，就那点底细……"

特务处处长打断韩子栋的话，说："你别在我面前装傻了，你这样的人我见得少吗？"说着，走近韩子栋，一把揪住他的衣领，逼供道，"你今天敢说你不是共产党？"

韩子栋知道到了摊牌的时候："我不是共产党，我是复兴社社员！"

"嘴还硬！你敢把这话白纸黑字写下来？"

"有啥不敢？"韩子栋抢过笔和纸，在上面写下："我是复兴社的社员，不是共产党！"然后将纸一甩，甩到特务处处长面前。

特务处处长拿起纸条，然后鼻孔里连"哼"了几声，指着纸条说："日期还没写……"

韩子栋又在纸条上添加日期。

"这样就很好嘛！俗话说，放下屠刀，立地成佛，你只要有悔过之心，我们团体是会谅解你的，也认为你还可以成为一名好同志。"特务处处长态度有了转变，然后又问韩子栋，"现在你认真地听我问话，因为这关系到你今后的前途……"

韩子栋假装严肃起来："啥重要事？"

"你跟周怡的关系，并且给他和姓武的老头子的报告，我们都知道，也都有。而且你看看这些书……是不是挺熟悉？那有一部分是在你的春秋书店里找到的，你这些书都是共产党的书，你的书店为什么有这些书？姓武的和周怡都是共产党，你跟他们的关系你还有什么没说的？"特务把底牌亮出来了。

韩子栋心头吃惊不小：原来平时竟然有人在暗里一直盯着他……这可怎么办？再刻意回避或咬定自己与这些人、这些书店的事无关，显然会更增加特务的怀疑。干脆，承认了！但目的和性质则要和特务怀疑的是两码事。

"我接触过周怡和那个姓武的，但我并不知道他们是什么身份，因为他们平时喜欢到我的书店来买书，而且买的都是你所说的共产党爱看的书，甚至他们还试探着让我帮他们印制共产党在赤区的宣传品。我也确实答应并且帮过他们的忙……但这是我作为复兴社社员的重要工作和职责,我记得曾经也听过你的训话,要求我们复兴社成员要学会成为共产党信得过的人,要接近他们、打入他们内部,这是做好我们工作的最大成功之点。所以我就这么做了。难道这就错了?就要受到审查?"

不想韩子栋的这番话,把特务处处长问得一时不知如何回答。"你、你小子还挺能倒打一耙啊?"

"可不是嘛!"韩子栋依然不依不饶。

"好你个韩子栋!韩子栋!"特务处处长气急败坏地怒吼起来,突然甩过一个折好的小本本扔到韩子栋面前,"你自己看看,你真认为我们没掌握你一点证据?"然后又说,"你是共产党派到北平复兴社来的间谍!你还想赖?!现在我给你点时间,回去好好考虑,过两天我们再谈。劝你一句:识时务者为俊杰,否则就是死路一条!"

韩子栋没有理会对方的诡计,昂首出了审讯室。

3 天后,韩子栋再次被提审。进屋一看,又是那个特务处处长,韩子栋这回也知道了对方的姓名,叫丁昌。

两人算是"老对手"了。丁昌开口便问:"怎么样,考虑好了没有?"

"没什么考虑的。"韩子栋没好气地回敬道。

丁昌一听,便气急败坏道:"你没什么考虑的?那好,来人!"

韩子栋一看苗头不对,赶紧说:"周怡我是认识的,但我不知道他是共产党,他也没有向我说过他是共产党,而且我也不敢保证我认识的人中没有共产党……"

丁昌瞄了韩一眼,没有说话,便进了旁边的屋子。而这个时候,两名打手过来夹住韩子栋的一对胳膊,将他拖到院子里的一棵碗口粗的树前,然后令韩子栋脱下衣服,再伸出一对拇指。"你们想干啥?"

韩子栋尽管也算是蓝衣社的成员，知道些国民党特务的残暴用刑，但毕竟过去是"听说"，这回是自己被用刑，有些发蒙。

那两个打手一声奸笑，说："一会儿便知。现在你先登上桌子……"韩子栋心想，最多一死，怕个啥？

他双手的一对大拇指被打手用麻绳缚着，随后他们把绳子甩到树干上面。韩子栋一看明白了：他们要用麻绳将自己吊起来，然后抽打他……这可是毒招啊！想一想：两只拇指吊起一个身子，再用木棍打赤光的身子，这用不了几下不是拇指被折断，就是腿脚或胳膊被折断呀！

"你们、你们太恶了吧！"韩子栋大喊一声。人家打手才不管你的死活，只管用力将韩子栋先吊起来再说，然后用脚踢开垫在韩子栋双脚下的桌子……

韩子栋一下像烫掉毛的水鸭子，疼得他一双大拇指立即失去知觉。他想开骂，可一想骂的结果是招来他的"同志"更暴力的摧残，于是咬紧牙关，忍着！

韩子栋在老家偷过地主菜地的菜，也曾被吊打过，但那次地主是用绳子吊他的两条胳膊，没这回疼。这回不一样，是一双拇指吊着他的身子，且赤光着身子，纯粹是恶毒！韩子栋越想心头越怒，但他知道对付蓝衣社的特务们，你越示弱，他们用刑越起劲。于是他不再吱声，忍着疼痛，静观后果。

果然，被吊20多分钟后，那两个打手将他放下。其中一个穿蓝长衫的打手操着河南口音，说："你还是自首了吧，虽然看你身体还不错，但也扛不住以后一次、两次、三次的刑罚呀！早自首比晚自首的好，我们在这里见多了，有的人开始跟你一样，很硬，可几次用刑后就吃不消了，后来就自首了，但吃亏呀，胳膊断了，腿断了，落个终身残疾……不值！"

韩子栋不言声，他肚子里的怒火比他身上的疼痛更强烈，心想：好在我真的是跟了共产党走，如果还真心在蓝衣社特务组织服务，这样的苦不也是白吃了吗？可不真成了国民党反动派！

"这些药拿回去自己涂涂，会舒服些。"不管怎么说，打手们还总算是看在韩子栋曾经是他们的"同志"，且仍然认为他是会回头是岸的"同志"的分上，所以留了一份同情之心。

韩子栋则不然，他已经看透了国民党特务分子的卑劣行径，加上受刑后的心力不足，于是回到监房，既不涂药，也不吃东西，他一心想着等候敌人的"下一个节目"……

果不其然。当晚，他所在的监房又"哐当"一声被打开，那一瞬间，他被门外的未融化的残雪刺痛了眼，然后又被打手架着胳膊拖进审讯室。

"韩同志，你想好了没有？白天我对你说的好汉不吃眼前亏，现在你可以跟我说说你过去的事了吧？"韩子栋一看是白天给他动刑的那个穿蓝布长衫的河南人来负责盘问他。

也不知哪来的冤和屈，韩子栋突然用尽全身力气，号了起来："你们也是社里的人，我也是，你们听过干部让我们如何如何打入'共党'内部的吧？我也是。我是认识周怡，也见过姓武的，可我并不知道他们到底是不是共产党，我想接近他们也只有一个目的，争取打入'共党'内部，为党国立功……可现在倒好，组织竟然不相信我，暗里跟踪我，然后说我跟共党有联系！而这就是罪？他娘的，这也是罪的话，谁还愿意为党国效劳呀？这效劳的结果是受刑和被枪毙呀！他娘的这是啥革命？啥觉悟？啥王八蛋？啥……"

韩子栋竟然越骂越来劲，越骂嗓门越高，整个院子都能听到。这下特务们慌了："闭嘴！你闭嘴好不好？"特务们一边捂住其嘴，一边将他往监房里推。

"好好待着吧！明天等干部来了再说吧。"打手们气呼呼地关上监房，走了。

韩子栋也是气呼呼的，他确实也真是有气，但这气让他痛快，让他痛快得淋漓尽致，因为他既骂了狗特务，又免了一次皮肉之苦。

末后，他躺下来捂住嘴，自个儿乐得快肚子疼，心想：看来与敌人斗争，有的时候"装"是非常必要的。

"装"的结果是让对方不知你真假。时间一长，真的也可能会被认为是假的，而假的也就成真的了。韩子栋想起以前看过黑格尔的哲学书上似乎讲过这样的话。

呵，哲学真的是厉害呀！他心想。监房的斗争让他记住了这一哲学思想很"管用"。

这一次"装"的胜利，让韩子栋开始积累监房的斗争经验，也让他走出了不一般的囚徒之路。

国民党特务机关对一个他们认为有问题的对象的处理手段极其缜密而残酷，不管是共产党人还是他们认为犯了错的"自己人"，所采取的手段大同小异，简单一句话就是折磨得你生不如死，直到把你的意志和耐力全部消磨掉，屈从为止。

韩子栋的身份特殊而复杂，特务机关知道他与共产党有联系，但也确实弄不明他是否是真的共产党，还是共产党的"合伙人"——帮共产党搞情报、办事的人；同时又觉得他很能干，是可以成为蓝衣社骨干的那种"人才"，因此对他的审讯和调查比对一般小特务更用心。

"怎么样，还没有想开？"又过了几天，特务处处长丁昌又来亲自审问。韩子栋觉得对方似乎态度并不像前几次那么凶狠。

韩子栋心里在琢磨对方又想搞什么名堂，他知道身为特务处处长，丁昌这个老狐狸一定不会轻易放过他的。"没啥想不开的。"韩子栋装出一副无所谓的样子。

丁昌一直用眼睛死死盯着韩子栋的表情，在观察其细微的变化。双方沉默少顷，丁昌说："你啊，不要觉得自己了不得了，其实在我看来你是很幼稚的。你自己没觉得？"丁昌见韩子栋颇有半分高傲的样儿，软硬兼施道："老实跟你说，虽然前几次给你用了刑，为什么你今天还能站在我面前？你自己清楚：不是你的身子骨是铁打的，而是我们有意给了你还能喘口气的机会……"

韩子栋来气了："那你直接给我一颗子弹得了！"

丁昌一声冷笑道："是啊，那个容易！可你以为那样你就可以成为烈士了？幼稚，真的幼稚啊！"

韩子栋不吱声，看对方能使什么诡计。

"真的给你一颗子弹，你以为共产党就知道你是烈士了？即使那样，我们也会放风说你是出卖'共党'同伙后被同伙在监狱里打死的。那个时候你还能指望'共党'给烈士身份？"丁昌凑近韩子栋耳边，又说，"好，我们就算你不是共产党，跟'共党'也没有实质上的联系，我们还是把你当误入歧路、犯了点错误的团队社员，那样一颗子弹打出去崩在你头上，你死了，谁会给你家报丧？没有人。组织不给你办后事，你就像一条狗死了一样，无声无息。你年纪轻轻，上面两条路你都值得走吗？不值得，绝对地不值得。我是过来人，啥人不了解。

所以嘛，你不要再幼稚了……"

韩子栋有些烦其没完没了地唠叨，心想：反正我不会再为你们特务做事了。你如果一定把我当作共产党，那我也不冤，死了就死了，也算真的为革命洒了一腔热血。值得。如此一想，韩子栋反而内心一下强大许多。但他已经尝到过"装"的甜头，现在他仍要"装"下去。于是他装作很生气和后悔的口气道："我是幼稚，如果我当初不幼稚，我就不会参加复兴社，说不准早就当上负责人了！"

"这个真的说不准。凭我对你的考察，你是具备当负责人的能力的，但你不识时务。"丁昌见韩子栋不吱声，以为他内心有动摇，便问，"下一步你有什么打算？"

韩子栋毫不犹豫地说："我能有啥打算？你们释放我呗！"

丁昌鼻孔"哼"了一声，道："想得倒是简单啊！放你？当然放你也不是难事，只要你自首……"

韩子栋打断对方的话，说："我没做错啥事，自首啥呀？"

丁昌又火了："你的件件事都有证据在我们手上，你还嘴硬啊？"

韩子栋也干脆："既然你们认为我有罪，你送法院审判呀！我们不是有政府嘛！"

丁昌一拍桌子："想得美！还想着送你去法院接受审理和判刑！会吗？你想想我们会这样做吗？真是幼稚！幼稚透顶！"

老特务这回说的是实情。特务是秘密组织，他们想抓的人、杀的人，都是放不到桌面上的勾当，怎么可能会弄到法院去公开审理或判决呢？

韩子栋不想再理会那些已经说过无数遍的问题了。

"行啊，你不想说，那就写出来吧！照你自己说过的意思把它全部写出来！"丁昌已经恼羞成怒了，拍着桌子冲韩子栋吼了起来。

"这有啥写的？"已经不管生死的韩子栋也不怕任何后果了，所以一句顶一句地回敬。

"那你也得给我写出来！"丁昌说完，一甩手就气呼呼地走了。

韩子栋发现他又被搬进了另一间监房。里面有几个人，看样子都属于被特务折磨过的"老监"了。

"韩同志，你不认识我了？"趁人不备时，有一位留着长长胡子的"绿林好汉"模样的人凑近韩子栋，悄悄在他耳边说道。

韩子栋仔细一看，哟，不是在周怡带他到 ×× 胡同去进行入党宣誓时见过的一位同志吗？

"你自首了？"韩子栋警惕地问。

"绿林好汉"摇摇头："自首了还会在这里吗？"

韩子栋确认他说的是真话，便轻声问："老周呢？"

"老周的事你不知道？"对方问。

"我哪知？我从老家回来不久，直到现在被捕，都不知他在哪儿……"韩子栋这回说的是实情。

"他早调走了！"

"那他没被捕？"

"他调走了还能被捕吗？"

是啊，韩子栋这下开始认真回忆起自己被抓进监房后的几次审讯中有没有透露与周怡的真实关系……最后他确认：特务们是想逼他交代与周怡的真实关系，探他是不是真正的共产党员。之所以一次又一次地审问他，其实还是没有确凿证据证明他韩子栋是他们认为的"共党"或"共党嫌疑"。

如此静下来一分析，韩子栋内心反倒安宁了下来，因为特务最终可能在他身上弄不到确凿的证据而对他作长期的关押，或者希望他回心转意，重做一名"优秀的复兴社成员"。

特务处处长丁昌真是这个目的，所以一次次用刑到后来不用刑，又一次次反复审讯韩子栋。

根据上述判断，韩子栋便开始按丁昌的要求，将以往每一次审问时的回答进行了统一的文字陈述，大体表述了几个意思：自己是一名忠诚复兴社的团体成员，为了完成任务，与共产党嫌疑人周怡等有过联系，但并不知道他们的真实身份，卖共产党和进步青年爱看的书，也是为了追踪共党分子，云云。这样一来，感觉材料上的韩子栋还是个挺冤枉的复兴社老成员了！

韩子栋以为把这样的材料交上去就万事大吉了，哪知他转身回到监房屁股尚未坐热，一帮蓝衣分子就冲进他的监房，将其拉出去便是一顿拳打脚踢，并骂骂咧咧道："臭小子！看你不知好歹，不打你个皮开肉绽还不够舒服是吧？"

这一顿无厘头毒打，真让韩子栋一下头脑清醒了过来：在魔窟里，以为自己"聪明"，那就大错特错了！敌人和特务才不会轻易按你想的套路出牌呢！

痛苦的折磨中，韩子栋确实想到了死。一死了之，或者高呼一声"中国共产党万岁"，再被拉出去"砰砰"几枪就完事了！大丈夫痛快一死，何以惜之？

"错！错！！错！！！""绿林好汉"见韩子栋的情绪出现变化后，这样跟他说，"你这样做，其实也中了敌人的阴谋……"

"为啥？"韩子栋有些不解。

"你想，你参加革命为的是啥？"

韩子栋不假思索地说："我就是想把这帮国民党反动派彻底消灭光！"

"是啊，你这么轻易一死，是敌人都死光了还是你自己先死了？是你完成了在党旗下的宣誓，还是想逃避宣誓上的战斗任务？"

韩子栋竟然被问得一句话都对不上。

"所以，你要坚持战斗下去！""绿林好汉"说，"你还年轻，你的革命工作才刚刚开始，怎么可以轻易放弃生命、放弃斗争呢？"

韩子栋的心被触动了：是啊，自己参加共产党才多长时间，还没干啥事就这样牺牲了，对得起谁呢？这么一想，韩子栋放弃了想一死了之的念头。

为了革命和在党旗下的誓言，他不再去想在敌人面前一死了之的事了。在监房与敌人斗争，便是一种新的革命工作需要，必须坚持下去！勇敢地坚持下去！

想通之后，韩子栋从此有了牢固的斗争精神准备，所以平时的情绪也变得相对稳定。

"韩子栋！"

"到。"

"出列。"

"干吗去？"

"少啰唆，快把自己的东西带上，5分钟之内上车！"

一日傍晚，监房被打开，看守长在门口开始叫名，然后命令道。前几天，韩子栋就听说他们要被移送到南京。"去老蒋鼻子底下干吗？干脆在这儿枪毙我们算了嘛！"待韩子栋拎了一个小包袱出监房，看到从各监房走出来二十几个人，他们跟他一样，都先后被看守们用手铐脚镣锁着，然后像赶牲口似的绑着押上车。

"要枪毙我们了！"有"犯人"突然歇斯底里地狂叫起来。

有的则镇静道："不像，如果真要枪毙我们，干吗每人还让带行李？"

"对了，你们好运气了，要上南京去了，蒋总裁要亲自接见你们这些大人物呢！"有看守这样嚷嚷。

"上南京？！"

"上南京也不一样是死嘛！"

"那不一定，说不准释放我们呢！"

"想得美！"

各式各样的囚犯在对押解南京的猜想发表高论。韩子栋则沉默不言。他心想：南京是国民党的老巢，像他这样的重点嫌疑犯，国民党特务是不会轻易饶过他的。

"反正最多一死，懒得去想！"他心里说。

这回，韩子栋他们乘的是火车，尽管是闷罐车，根本看不到外面的景物，但也让几个从未坐过火车的囚犯颇为兴奋，甚至说，到了南京就是被拉到雨花台吃一颗枪子也值了，因为他说他这辈子也算没白活，意思是坐了一回火车。

"韩同志，你说呢？"有人问韩子栋。

韩子栋一声冷笑，说："如果老蒋让全中国人都能坐回火车，我就念他是个好领袖……"

"哎，听你口气跟共产党差不多啊！"

"我不是共产党，我是复兴社的！"韩子栋觉得在敌人的监狱里，自己在任何时候都不能忘了这一"坦白"过的身份和口径。尤其是现在，那些混杂的囚犯中，你咋知道特务机关不放几个假囚犯混在其中探其他人的虚实？

"哐当哐当……"火车走得很慢，摇晃了一整天才到达南京。被押送到南京宪兵司令部看守所时，已经是第二天上午9点钟了。

韩子栋被推进一间小监房，里面刚好够放一张床和一只马桶的长度，所谓的床实际上是几块木板，上下两层，住两个"囚犯"。

"来啦！"韩子栋进去时，里面已经有人，经相互介绍，对方是一位唐山的农民党员。韩子栋试探性地打听了一下他的情况，那人说："在这里你可以看到各种人，最多的是等着自首去，而自首是需要自己领表、填写材料……"

"你呢，你想自首还是继续坐牢？"韩子栋问。

"我不想自首也不行呀！他们会天天折磨你，谁受得了！再说，人嘛，活着总比死了要好，俗话说，好死不如赖活，人一辈子快得很，争个啥？没用！我们是小人物，翻不了天的！人家大人物来回能吃香喝辣的，我们底层的有何能耐？再说白一点，不管你是共产党还是国民党，不都是为了弄口饭吃嘛！"那人说了一大套，见韩子栋有些烦他，便反过来问，"喂喂，你是因为啥事被弄进来的呀？"

"他们说我通'共党'……"韩子栋没好气地说。

"那你通了没有呀？"

"我是复兴社的人，我不去跟'共党'接触，我能完得成任务吗？"韩子栋假装很冤，其实是在保护自己，因为初来乍到，他知道保护好自己才是最重要的。

那唐山人笑了，说："原来你给国民党办事也没有好结果啊！这世道真没办法……"话不投机，两人便没了言语。

韩子栋发现，这个"甲"级看守所，似乎还比较宽松，监房之间可以相互走动，当然旁边有看守在来回巡视。你如果过分了，与好几个监犯在一起，他便会过去干涉。一般监房之间相互走动、说说话是可以的。韩子栋便趁着这机会，开始去熟悉"邻居"监房……

老武！他怎么也在这里？令韩子栋想不到的是，那个在北平与他接头联系的中共地下党负责人之一的老武竟然也被关在这里！

"我知道你会到这里来的。"不想，老武一出口，就让韩子栋大吃一惊。

"为什么？"韩子栋问。

"因为我已经听说北平地下党组织被破坏了……"老武说。

"那老周呢？"

"他走得比我还早些，所以没事。"

"我们下一步怎么办？组织知道我们的情况吗？"韩子栋急切地想知道这些。

老武悄声地说："当然知道。现在你要清楚一点：可能监房是我们的另一种战场，它会是一个全新的大学，在这里可以学到很多东西……"

"你现在是什么身份？敌人知道你的真实身份吗？"韩子栋见到了老武，顿时像在黑夜里看到了星星似的兴奋。

老武说，敌人并不知道他的真实身份，他是以小学教员的名义在上海被捕的。"下一步就看老蒋对革命者的态度了！不过，我都做好了牺牲的准备，革命嘛，没有不牺牲的！"

老武视死如归的精神，令韩子栋感动，他庆幸自己认识的共产党人才是真正的铁汉。

"这个田汉的名字是真名吗？"韩子栋看了一眼对面的监房门口挂的名牌，问。

"是他的笔名，是位作家，跟聂耳联合谱写了《义勇军进行曲》，很出名的……"老武说。

韩子栋"噢"了一声，想起身去田汉那间监房，被老武阻止："他是名人，蒋介石碍于社会压力，有可能释放他，你我要跟他接触和接近了，敌人会找我们更多麻烦的。"

"明白了。"韩子栋马上意识到老武的意见是对的。但他觉得自己是幸运之人，因为尽管田汉不认识他，他却与田汉有"一室之友"这种特殊的相交之谊，所以在当日回到监房后就一直在注意倾听田汉那里会不会传出他所爱听的战斗歌曲……

果不其然。就在当日下午晚饭前，田汉的监房里传来一阵比一阵响亮的激昂歌声：

起来！不愿做奴隶的人们！

把我们的血肉，

筑成我们新的长城！

中华民族到了最危险的时候，

每个人被迫着发出最后的吼声！

起来！起来！起来！

我们万众一心，

冒着敌人的炮火，

前进，

冒着敌人的炮火前进！

前进！

前进！前进！进！

"这歌太好听了！我要学会它！"监房里，韩子栋第一次听到《义勇军进行曲》，也是让他感觉最提气的一首战斗歌曲。当然，在新中国成立之后，他也知道了这首歌成了新中国的国歌。

"不许唱了！不许唱了——"看守在监房外大声嚷嚷和干扰着。

似乎是田汉的监房在回应着："为何不让唱？日本鬼子已经占领东北三省多年，中华民族已经到了最后时刻，你们国民党还躺着睡觉，却不让我们亿万万民众觉醒！你们真的要做卖国走狗啊？哎哟——你们打人啊？！"

"打你又怎么着？看你还唱吗？！"这是看守的淫威。

牢房里顿时一阵混杂声，有声讨的，有声援的，也有刽子手大打出手声的……韩子栋感到无比愤慨与无奈。

"日本人马上要在长江口和东海沿岸打过来了，我们却还被关在监房里面，这就是蒋介石的治国理政之道！黑暗啊！反动啊——"

监房开始骚动起来。"砰砰——"枪声响起。

"谁还敢嚷嚷？熄灯睡觉！"看守长朝天开枪示威了。

南京的第一个不平静的夜晚，韩子栋怎么也睡不着。他在寻思着未来的他和未来的中国……

也不知是咋的，那个狭窄而灰暗的监房墙壁，是石灰粉刷的泥墙，那粗糙劣质的纹路，竟然让很无聊却又停不下思绪的韩子栋看着看着，突然一下惊喜起来：怎么，马克思老先生在这儿呀！

韩子栋惊喜的同时又暗暗吓了一跳：会是谁画的？他又离远一些看：还是像马克思，那个长胡子的写《共产党宣言》的卡尔·马克思！

再从侧面看，甚至更像了！韩子栋有些欣喜若狂起来：这明明是马克思在关照自己、光顾自己了呀！这是神还是真？他弄不明白，但这是他在南京监房里所看到的一个真实的画面，眼前实实在在的一幅"画"……

铁窗之内，能够见到革命祖师爷，难道不是革命者和共产党人最大的幸运吗？他如此神采奕奕地注视我，就是希望我做一个真正的共产党人，而不是到敌人面前去做一个自首的人！绝对不做那种人！韩子栋默默地向"马克思像"发誓道。

这一发现让韩子栋获得了巨大的精神力量，他甚至在第二天悄悄地对老武说了这个"奇迹"。老武笑了，说："我们党内常把牺牲称作'去见马克思'，现在是马克思来见你，这可不是一般的奇迹，他是希望你坚定信仰，永远同敌人斗争下去！"

"是的，我一定要做一名忠诚于党的战士，任何时候，哪怕坐穿牢底也永不叛党！"

"好样的！"老武和韩子栋紧紧地握手，相互勉励。

南京的国民党监狱复杂而纷乱，你不知道何时会被发配到一个新的地方，而韩子栋发现他先是被从"甲"所，押到了"乙"所。没几天又被铐上脚镣带到南京市郊的水西门外一片荒草野蔓之地。看着这光景，韩子栋立马问押送他的看守："怎么，是要在这里把我们干掉？"

看守马上回答他："你这人，想哪儿去了！不用怕，马上到了……"果不其然，囚车进入又一个国民党军营。后来韩子栋才知道，新的监狱是陆海空军监狱。

"你们这是干啥呢？干脆一枪毙了我们算了，搬来搬去啥意思嘛？"韩子栋假装牢骚地问。

看守瞅了他一眼，鄙视地说："你倒还有理呢！谁愿意折腾你嘛！是上司的意思，估计你这个人戴老板挺看重嗨，要不没那么好的待遇……"

韩子栋不再吱声。说实话，他自己根本没搞清为啥特务们对他这么个平平常常的"复兴社"社员如此"看重"。是觉得我身上还有油水？可我认识的共产党负责人老武被逮起来了，周怡也不知在何处，剩下的我也不知道谁了，他们就觉得我有这些价值？还是我属于他们认为的"可以教育好的社员"——能够重新为复兴社干活的对象？韩子栋时常会思考这些问题，然而一直不得要领。对他的审讯自到南京后就变得极少了，似乎他只是个"等待判刑期"的犯人而已。但他进的都是国民党秘密监狱，这里是不会对关在里面的人进行审判的，这一点在北平的特务处处长丁昌也说得很明白。南京是国民党政府首都和军统特务机关的总部，更是像丁昌所说的按"政策"行事。

但南京秘密监狱里的情况远比北平时复杂得多，因为与韩子栋关在一起的人，在南京就和北平很不相同，总之属于"杂得很"。韩子栋感到极其痛苦的是，这里的自首者比他在北平看到的加入组织的人要多得多，"赖活比好死强"的现象特别多，加之国民党的诱惑与软化手段花样多得让一些意志不坚定的人很容易入套。而且韩子栋也看到了真正的革命者和面对死亡考验的共产党员的形象，也是非常不一样。有的人始终如一地铁骨铮铮，有的则平时很坚强，但一听到枪毙时其实也压力极大，甚至死到临头反水的也大有人在……

韩子栋有时气得想抡起拳头，揍这些"不争气"的家伙一顿，可人各有志，他怎么可能要求所有的人同自己一样呢？

　　同在一个监房，韩子栋遇到了一位已经被敌人查明是中共党员的青年知识分子，平时这位党员慷慨激昂，常常把看守们反驳得体无完肤。面对死亡，他也早已做好准备。

　　"永别了，同志们——"秘密监狱之所以称为"秘密监狱"，在于它是蒋介石对付一些特殊人物的黑牢，而且不用任何假惺惺的"审判"程序，想何时杀谁，只要"上司"点下头，拉出去就枪毙。常常监狱内就是刑场，这位年轻的知识分子、共产党员就是在这一个早晨，被敌人点名后拉出监房枪毙的。韩子栋等因友为他最后"送行"，大家也都想与他一起高呼"打倒国民党""共产党万岁"等口号，但谁也想不到这位平时慷慨激昂的年轻共产党人被看守押出监房之后，嗓门突然像被什么堵塞了似的，嘴巴里根本发不出什么声音……韩子栋等看着他使劲地张着嘴巴，却喊不出声音，只能隐隐约约地听到他在喊"共产党万岁""打倒蒋光头——"等口号，之后就是不停地咳嗽，咳得甚至吐出了一口血……

　　最后他无声无息地被敌人枪杀在地上。

　　这一幕对韩子栋刺激极大。后来有人告诉他：那牺牲的同志是气血攻心，导致说不出话的……

　　韩子栋想起这一幕，总有几分心寒：原来面对死亡时，每个人确实都不一样，而死亡的考验又是共产党人无法回避的最后的考验——在敌人监狱里。

　　干脆拿根绳子自杀算了，也别让敌人得逞！有的因友这样说。

　　自杀？韩子栋不是没有想过，最后否定了，他认为：自杀等于变相地放下政治武器，一个真正的共产党员，要经得起各种考验，即使是敌人的刺刀与枪口对准自己的胸膛时，也要表现出视死如归的钢铁意志。

面对死，怎么死，在南京的秘密监狱的日子里，韩子栋获得了新的认识和体会。他对自己未来奋斗的方式，有了更加牢固的信仰。

时间到了 1937 年仲夏之后，在监狱里的韩子栋他们竟然会在每天夜里也能听到日本飞机在头顶上飞来飞去，甚至扔炸弹的巨响，当然国民党的城防部队向敌机发射的枪炮声更密集……

"日本人炸南京了！"

"日本人要打到南京来啦！"

"中国快要完蛋了呀！"

一时间，监狱内乱哄哄的，说什么的都有。"囚犯"们想得最多的事是：老蒋什么时候拿他们来"开戒"（杀掉）……

"这回活不了几天啦！干脆——"有人疯了似的自己往墙上碰，而且碰得头破血流。

"来来，为了到阎王处再有机会相聚——干杯！"有人甚至拿自己的尿倒在杯里碗里当"酒"喝……

也就在这个人心惶惶的时候，监狱里确实时常能在半夜听到一阵阵枪声。"唉，下回该轮到我们啦！"监房内的人，不时在长吁短叹。

1937 年 9 月 5 日，韩子栋记得特别清楚，因为这一天晚饭后，看守突然进监房通知他："收拾收拾，马上跟我们走！"

韩子栋以为是要枪毙他了，便道："既然都要走了，还要行李干吗？"

看守奇怪地说："你这人咋啦？是让你收拾行李，到另一个地方去，你以为是啥？想死？哪那么便宜了你呢！"说着，扔过来一根绳子，"把行李捆起来，走远路呢！"

原来真的是让他们搬家，而不是枪决！韩子栋等人这才松了一口气，赶紧收拾起自己的东西。末后，韩子栋等留在秘密监狱内的十几个"囚犯"被叫到一起，突然一声"立正！"，之后便见一个身穿国民党少将军装的特务头子走到韩子栋他们面前。

此人便是当时大名鼎鼎的国民党秘密监狱典狱长何子桢。韩子栋等人听他说："中日战争已经正式爆发，敌机连日轰炸南京，上级为了各位的安全，已决定把各位转移到更安全的地点……"

"是枪毙我们吧！"

"对，说得干脆一点嘛！"

这时下面的囚犯乱哄哄地议论起来。"安静！安静——"看守大声吆喝。

"你们多虑了！是上级对你们的关照，你们要配合才是，感激才是，不要胡思乱想嘛！"何子桢继续说他的，说完就一甩衣袖，走了。

很快，韩子栋等人被赶到一辆囚车上，到了长江码头，又被押上一艘改装的囚船。

全副武装的囚船行驶在西向的长江之中，船不大同时又热，"囚犯"们被憋在舱内，手脚皆被镣铐铐着，十分难受。典狱长何子桢看来很会些假惺惺的"思想政治工作"，每天利用一些时间让"囚犯"中的某些"能说"的人现身说法。他也让韩子栋说，韩子栋推说嗓子哑了，讲不出什么话。后来就有一个韩国人讲朝鲜亡国史，那人讲得一把鼻涕一把眼泪的，最后说："只有中国革命成功了，我们韩国才有可能革命成功。现在你们中国革命搞成这个样，我们韩国是没多少希望了！"

"去去，你们韩国弹丸岛国，你们成不成是你们的事，关我们啥事？再说，我们在蒋总裁的领导下，一定能够抗战胜利，而且革命也一定会成功的……"何子桢把那韩国人一通臭骂之后，再没让其他人"讲课"了。

"到了到了！上岸吧！"三天两夜的江上颠簸，对韩子栋这样的北方"旱鸭"来说，实在不是好"旅程"。当他们被押上岸后，才知道是到了汉口。

"大家放心了吧！汉口现在是中国革命的大本营，你们在这里会得到安全保障的，快上车吧！"何子桢又在起劲地叫唤着。

韩子栋他们被押送到了汉口陆军监狱，这里的监狱看上去并不像南京军事监狱那么正规，房子也显得大，一个监房有六张双层铺，可住十一二个人。韩子栋发现，监房里的人特别混杂，而且恐怖程度并不比南京监狱低，这是特务头目何子桢在监房里设下的一个毒计：每个监房安插一个他指定的"内线"人物，负责监视监房内的人说些什么、做些什么，然后报告给他。被告发的人，将受处分或是加刑，严重的会被直接拉出去枪毙。"非常时期，大家好自为之。不然不要怪我不客气。"何子桢的话的意思：不是我不想给大家面子，是你们不想给我面子。

颇有"狱中经验"的韩子栋明白身处这般境地，少说话、不说话为最好的自保，所以他开始变得沉默寡言。久而久之，有人说他是不是耳朵聋，他借此点头承认自己的耳朵确实很背，是在北平上学时被人打的。他这么一"装"，慢慢地大家就信以为真了。

"韩聋子"从此也在汉口陆军监狱里出名了。

但"韩聋子"的耳朵其实一点也不聋，在汉口陆军监狱里，他慢慢知道了东边传过来的消息：日本侵略军和中国军队在上海打了 3 个月的"淞沪大战"，最后上海失守；一个月之后，"首都"南京失守，日本人在城内大屠杀，造成血流成河的惨剧……蒋介石的不抵抗政策和国民党内部的混乱局势，给中国全局带来灾难性的大撤退。

武汉，蒋介石和国民党政府最初想作为防守抵敌的大本营，但后来由于日本侵略军疯狂进攻的速度太快，汉口失守已迫在眉睫，因此蒋介石国民党政府又仓促开始将中央机关和军事机关继续西撤——作为军统特务组织之下的秘密监狱也不得不后撤。戴笠选择的下一个目的地是湖南洞庭湖畔的益阳……

1938 年 1 月 18 日，韩子栋等"囚徒"们又被塞进一艘不大的汽船，然后顺着长江向西行驶。

"'225 号'先生吗？我们聊聊天吧，闲着也是烦心的……"那位讲朝鲜亡国史的韩国人想跟韩子栋搭讪。

韩子栋假装"啊啊"地听不清对方的话，敷衍道。

"这人真是聋了。"那韩国人自知没趣，就不再理会韩子栋了。

益阳的监狱设在王家大屋，显然是个临时性的牢房，但韩子栋发现这里的"犯人"比在南京的秘密监狱和汉口时要多得多，而且看守的警卫级别似乎也高了不少。

益阳是湖南洞庭湖边的一座小城，这里以前虽然也有一个国民党特务机关关押特殊犯人的点，但毕竟地盘小，一点小事都很容易就被当地人"传说"出去。自然不用说，戴笠的这些从南京、汉口辗转到此的秘密监狱的秘密犯人的行踪也是当地人爱放在嘴上的"聊料"，而这类"聊料"也能通过各种与监狱渠道相关的人最后传到韩子栋他们这些"犯人"中间……

"听说了吗？我们旁边押着一位重量级犯人，何子桢天天都在那边盯着，几乎把我们这些人忘了似的！"狱中有人在议论这件事，是真是假虽无法证实，但有一点可以证明：特务们对设在王家大屋的监狱的管理比以往严了，岗哨一道又一道，犯人之间的自由度也被无端地缩小了。

"大人物会是谁呢？"韩子栋他们一直在猜测，最后有人透露，说是一位姓杨的"大官"，跟"西安事变"有关。

"杨虎城将军？"

"他不是被老蒋逼出国了吗？"

"听说回来了又被蒋该死暗算后抓起来了……"

囚友们这样议论。其实他们说对了，与他们一起被关押到益阳的正是"西安事变"的主要角色之一、爱国将领杨虎城。

叱咤风云的人物杨虎城怎么到了益阳？这在当时绝对是个秘密，特务头目何子桢为此专门在武汉接受戴笠的授令：必须绝对保证杨虎城在押不被外人知晓，必须绝对不能让杨虎城被人劫持逃跑漏网。

"请局长放心，我何某人用身家性命作保证！"何子桢在戴笠面前拍着胸脯这么说。事实上他用不着拍胸脯，一旦杨虎城真有三长两短，别说何子桢吃不消，恐怕连戴笠都无法向蒋介石交代。

对"西安事变"主角之一的杨虎城将军，中国的读者都比较熟悉。这位出生在19世纪末的陕西山娃子，从小就有一股"绿林好汉"的气质，年幼时就特别想当一名"刀客"。他15岁时，父亲因受帮会陷害，被清政府处死于西安城。杀父之仇一直刻在少年杨虎城的心坎，所以除恶便是他成为"刀客"的一种推动力。那一年，他带领农民打死了当地一名叫李祯的秀才恶霸，从此杨虎城成为众乡亲心目中的英雄。

这样的英雄自然是清政府眼中的钉子，非除不可。这下好了，杨虎城被迫走上了一条"叛逆"之路，率众同心者与统治者进行武装对抗，他的队伍迅速在当地威震四方。1915年袁世凯称帝，引发全国性的"护国战争"，杨虎城积极响应，并在陕西一带屡建奇功。因为有功，所以杨虎城的队伍被编入陕西陆军第三混成团第一营，杨虎城正式有了"军官"身份。

军阀混战时期，杨虎城在挚友魏野畴的影响下，一直在陕西扩军和守护着陕西的一方安宁。魏野畴是中国共产党党员，后任孙中山领导的国民党陆军第三军第三师师长的杨虎城，在他的影响下，一直在改造国民党旧军队，使杨部成为国民党军队中少有的风气正、战斗力强的部队。中国共产党领导的红军到达延安后，杨虎城深受影响，毛泽东还专门给杨虎城写信介绍中共和红军入陕的政策与原则。后来还派中共党员王炳南到杨虎城部当"联络员"。这期间，杨虎城再次希望参加中国共产党（1928年在皖北时他曾向中共提出过入党事宜）。考虑到当时的时局形势，中共中央认为杨虎城留在党外更有利于革命和抗日运动，杨虎城一则表示理解，二则向我党表示：虽非中共党员，但愿为中国大多数人的幸福和前途谋事。自此，杨虎城的思想和觉悟实际已经站在革命者的立场上，成了一位名副其实的爱国将领。

"西安事变"后，蒋介石对发动此次事变的张学良采取了软禁，对坚决抗日的爱国将领杨虎城更是恨得咬牙切齿，多次设计残害杨将军，但因抗日战火已经燃遍神州大地，老蒋怕引火烧身，所以以让杨虎城"出国考察"之名，将其流放到国外……

1937年年底，国民党军队失利，上海被日军侵占，南京已危在旦夕。这时正在国外的杨虎城见国家已完全处在存亡的关键时刻，连

"西安事变"和平解决后，蒋介石背信弃义，逼迫杨虎城出国考察。图为杨将军出国前在西安机场告别民众

◎ 杨虎城，1893 年 11 月 26 日出生于陕西省蒲城县。自辛亥革命举兵起义追随孙中山，参加北伐，屡建战功。历任陕北国民军前敌总指挥、国民联军 10 路军军长、17 路军总指挥、陕西省主席、西安绥靖公署主任、国民党中央监察委员等职。1936年与张学良发动"西安事变"，扣留蒋介石，迫使蒋介石接受"停止内战、一致抗日"的主张。"西安事变"和平解决后，被逼出国考察，解除兵权。"七七事变"爆发后，他多次致电国民党中央，要求回国抗战，均遭拒绝。1937 年 11 月 26 日由法国经香港回国，踏上国土即遭监禁。1938 年 10 月6 日由南昌转押至息烽集中营"和斋"囚禁。后被转押至息烽玄天洞。杨虎城将军一家在玄天洞被囚禁达 8 年之久。1946 年 7 月因息烽集中营撤销后被转押重庆。1949 年 2 月被转贵阳麒麟洞囚禁。1949年 9 月 6 日被杀害于重庆歌乐山松林坡"戴公祠"。

杨虎城（右一）、谢葆贞、杨拯中合影

本页图片来源：息烽集中营革命历史纪念馆

连写信给蒋介石，请求回国参加抗战，然而蒋介石支支吾吾就是没个痛快的回复。无奈，杨虎城已经顾不得"总裁"给不给指令，携一同出国的夫人谢葆贞和儿子杨拯中及随员，从法国乘坐"哲利波"号邮轮，启程回国。他第一站到的是香港。

"杨将军，我在长沙恭候您，随后我们一起到南昌，总裁要接见您……"戴笠在杨虎城到达香港第四天，致电给他。杨虎城是个正直的人，他一听蒋介石要会见他，便送夫人和儿子上了去西安的飞机，自己飞到了长沙。

到长沙见了戴笠才知道是个骗局：蒋介石根本不在南昌，戴笠的特务则将杨虎城软禁起来。特务头目李家杰得意地对杨虎城说："我们老板叫我们好好伺候你，所以从现在开始你的所有活动都由我负责……"

"我要去南昌，我不能丢下他一个人对付蒋该死，那人啥都干得出来的！"夫人谢葆贞把其他几个孩子托付给了母亲，带着杨虎城最喜欢的小儿子杨拯中要去丈夫身边。

"我们也去，我们不能没有将军！"副官阎继明、侍卫张醒民也要求跟随。于是这一行人不顾生死来到南昌，特务们并没有另眼看待他们，也随即将其囚禁。

杨虎城在南昌被囚禁在熊式辉别墅内，由李家杰带领的30多个特务把守着，外层还有一个宪兵中队。

南京被日军占领后，蒋介石命令戴笠将杨虎城转移到长沙。但日军的炮火也在沿长江而西进，长沙也在危险之中。关押杨虎城这样重要人物的秘密监狱不得不再次易地。

在"大后方"没有建就的仓促之间，湖南益阳成了戴笠指令何子桢转移秘密监狱的又一个据点。

到达益阳后，何子桢首先察看了军统在桃花坪的王家大屋临时监狱后，认为在这个并不大的院墙内再关押一名杨虎城这样的大人物，势必特别显眼，于是在不远处他又察看了一座虽然条件不是太好，但也还算是当地一个大户的吴姓人家的院落，作为关押杨虎城的专门临时监狱。戴笠表示同意。

既然都是临时监狱，所以连基本设施都不具备。尤其像韩子栋他们这样的北方人怎么受得了南方的潮湿气候！

"嚷嚷什么？是不是不想过日子？行啊，估计快了！你们就等着吧！"何子桢的心狠手辣在特务中是出名的，他这么一说，监狱里那些原本吵着要求改善环境的"囚犯"就不再吱声了。当然像韩子栋这样的共产党人也不会轻易暴露自己的身份，他们知道真正的斗争还未开始。因为前景尚不清晰，所以一些共产党员身份的"囚犯"也不会和目前三教九流的"犯人"随意结识和交心。

秘密监狱的任务之一，也是戴笠交代给何子桢的任务，就是"逮"出几个"共党要犯"，努力争取识别一批真正的共产党人。为此，何子桢进行了几种设计，其中之一就是培养一批"红色特务"伪装成监狱中的进步分子，企图取得真正的共产党人的信任，打入监狱秘密地下党组织，然后来个"一网打尽"。靠这种毒计，何子桢在南京时就屡次立功，因此从南京出发的一路上，何子桢同样在犯人中安插了这样的"红色特务"，而且还有几个潜伏下来后没有启用，主要是在等候时机。

秘密监狱在益阳的时间是从5月份开始到10月初结束，这期间虽从表面上看没有出现过惊心动魄的大事，但也多次暗潮涌动。其中几起就是因为何子桢布置的"红色特务"在兴风作浪。比如一起为了"填表"引发的枪毙事件——

韩子栋在后来写的回忆录中对此也有记载：

九月份，特务要求每人填写一个表，内容大体为：姓名、籍贯、年龄、履历、修养思想、愿任何种工作。

前面几项一般不是问题，按照惯例不属于"意外"内容，但在"修养思想"与"愿任何种工作"上就有名堂了。这是何子桢设下的暗计：因为秘密监狱里的"犯人"每一个人背景和"身世"都比较复杂，特务们一下子没有弄明白，又不敢放出去，所以想通过各式各样的手段使其暴露身份，从而获得特务们所要的情报等。

这个时候在这张表上填什么内容，其实是有讲究的。韩子栋不仅是隐蔽很深的共产党员——敌人对他一直怀疑，可又找不到证据，同时他当蓝衣社社员的时间比共产党员的时间还长些，深谙特务们对付共产党人的手段。因此轮到他填表时，他填的大意是："作为主张抗日的积极分子，但在对日战争已经发生的今日，余被迫不能参加，不胜感慨。余虽'比来一病轻如燕，扶上雕鞍马不知'，仍愿在信仰自由的原则下，就其所学，从事于经济技术工作，以减少久未得参加之遗憾。"这样的"思想"和"愿望"既看不出有丝毫的"共匪"之嫌，又似乎还有求进的生气。

"把表交上去以后，如石沉大海。再从消息看，特务们对我填的表是不满意的，可是并未处罚我。'平安即是福'，这个时候对于这点我是知足的。"韩子栋在回忆录中这样说。

可一些被"红色特务"怂恿的原来并没有暴露的共产党人,由于他们表现出强烈的抗日决心,受到特务头目何子桢注意,随后不断折磨他们,最后这几位共产党人有的经受不了敌人的残酷刑罚,有的宁死不屈,但皆被特务以"不老实"的名义枪毙了!

"非常时期,每一个犯人对政府、对我们的组织都是一个负担,若有不从者,即可毙之!"戴笠在武汉时,就给过何子桢这样的口谕。这就是说,何子桢在移押这些犯人的过程中,若看谁不顺眼,他是有权"就地处置"的。当然杨虎城这样的大人物除外,他需要报告主子,而主子戴笠也是不敢随便处置杨虎城的。对于其余的"犯人",何子桢掌握着生杀大权。在益阳的半年多时间,便是刽子手何子桢大发淫威的时光。他想杀谁,谁就难逃厄运,当然通过各种渠道为其送钱财获得释放的也为数不少。所以有人称何子桢是黑白两道通吃的恶棍!

杀人通常是在夜间,因为益阳那地方,平川为多,没有太多可藏暗杀的地方。何子桢很会掩饰自己的罪恶,当地百姓一听杀人的枪声,便会议论。何子桢便让人放风说枪毙的都是"汉奸"。

"该死!"在日本侵略军大举侵华之际,中国人恨透了小日本鬼子,所以当有人枪毙了"汉奸",百姓无不欢呼与叫好。这何子桢不仅干了自己想干的坏事,还在外面落了个好名声,这让他更加得意忘形,为非作歹。

"死!我看你的脑袋比石头硬?"在枪杀共产党人时,何子桢歇斯底里得就像一头张着血盆大口的饿狼。

深夜,秘密监狱的高墙内外响彻的枪声,惊醒了十里八乡的梦中人。

关押在罗坪村吴家大院内的杨虎城将军,悲愤难抑,他常常半夜坐起来紧抱着儿子拯中,朝妻儿长叹道:"我死了,谁来照顾你们呢?"

"别去想这些,有我呢!"妻子说。

将军看了一眼妻子,无奈地摇摇头。果真,后来陪他一起坐牢的妻儿在息烽比他死得还要早……这是后话。

我们再来说临时移营益阳的秘密监狱中刽子手何子桢的丑行:他把一批又一批的共产党人杀掉,又释放了一批给他送"好处"的犯人后,人数不是大减了吗?而监狱典狱长发财之道的重要来源就是吃"犯人"的"人头费",也就是说:一个犯人实际上无论让他过得再猪狗不如,总还需要上面拨些款维持。这拨款里面的名堂就是监狱典狱长收敛钱财的重要渠道。人少了自然敛财也少,因此"人头"数量很重要。何子桢的做法是该枪毙的一个不漏,该要的"人头费"一个不少。

"有一天,突然间来了一批外国人,大约有10个,有白俄罗斯人和犹太人。他们每顿吃的是面包、鸡、鱼、肉、咖啡和水果。这叫中国人有点眼红,有人说'宁为外国狗,不为中国人'……"韩子栋这样描述当时的情况。

何子桢很会"做生意",因为关押一个外国人,他的伙食和待遇是3个中国"犯人"的标准,其中的"油水"能更加满足他的贪婪。

1938年10月5日,一个伪装的国民党军统特务的车队,从罗坪村出发,向贵阳方向驶去,后来知道这个车队载的正是杨虎城将军一家和他的侍卫与秘书。他们的目的地就是息烽。我们现在在息烽集中营旧址,能看得见当年杨虎城将军一家被关押的一个小院子。里面有3间平房,杨将军一家在此关了3个月,后被转移到离息烽集中营有十四公里路远的山洞内。杨虎城将军与妻子和儿子在息烽被关的8年,就是一部国民党迫害革命志士的血泪史。这部血泪史我们后面有详述……

韩子栋等"犯人"离开益阳到息烽要比杨虎城晚了一个多月。

与韩子栋一起上路的有二十几人，他们被戴上脚镣，然后被押上囚车，那囚车用帆布裹着，里面的人根本看不到外面是啥样。韩子栋他们只能靠耳朵猜测着似乎有数辆车在一起行走，而且走的大部分是山路——拐弯和爬坡的多，而且时常颠簸得五脏六腑都好像要蹦出来似的。"不知把我们送哪个山旮旯去呢！"有经验的"囚犯"开始嚷嚷起来，而韩子栋在想，这完全是可能的，他们是"要犯"嘛，国民党"蒋该死"肯定饶不了其"罪"，不把秘密监狱设在深山老林才怪呢！

但到底去哪儿，韩子栋等"犯人"们自然无人知晓。他们只能像猪一样蜷在车后的拖挂上猜测着……

"下来！下来……"

"快下来放放尿、放放尿！"

一路上，除了定时"方便"之外，韩子栋他们没有任何"放风"的机会，即使"方便"时所能看到的也都是大山深处，连东南西北都无法辨认，更不可能知之何处。

一路上，每次到饭点时像给猪喂食似的，看守提着桶给韩子栋他们分些刚够不饿死的食物。"抓紧时间下车，马上要开饭了……"也不知什么原因，这一次少有的停车后允许"犯人"下车就餐：原来是在一处山窝窝里，有几户山民，也不知特务们事先与那几户山民讲好了还是霸占了，反正允许韩子栋等"犯人"蹲在地上，每人分了一碗粥和一根玉米棒。

"他是谁？还是将军呢……"突然有人指着一位身着笔挺将军服的国民党军官，他也下车进山民的屋里吃饭，显然这位与韩子栋他们不同待遇的将军也是"囚犯"，因为他身边有4个全副武装的特务宪兵看护着他。

是啊，他会是谁呢？韩子栋的目光正好与这位将军的目光碰在一起，那一瞬，韩子栋暗暗吃惊：看样子，或许他的真实身份也是一位共产党员呀！因为韩子栋觉得那人的目光里有种坚毅的信仰之光……这是真正的共产党人才会有的。

"听说他是少帅张学良的人，叫黄显声。"监狱内看上去戒备森严，其实是"小道消息"传得最快的地方，而且有些"消息"还非常准。现在，韩子栋看到的这位被羁将军正是张学良的亲信、著名爱国将领黄显声。

"黄将军是东北抗日著名将领，他怎么也被羁了？这个老蒋坏透了！""犯人"中开始议论开了，其语调中甚至还能听得出一些"放松的快感"，大概是看到比自己性命重要得多得多的人也被关押起来的原因吧！

黄显声除了独自进屋吃饭外，没有跟任何人说一句话，依然一副将军的派头，连特务头目何子桢跟他说什么时，黄显声也是根本不搭理一下。其他看守的小特务们更不用说，见了他就赶紧立正行注目礼。

这位"囚犯"到底是何许人也，竟然让看管他的特务们对其如此敬畏，这也让韩子栋等产生了好奇。

有一则艺术故事在亿万人民中间广为传颂，那就是"江姐绣红旗"。这是《红岩》中的一个经典故事。我写过一部报告文学作品《忠

◎ 黄显声，1896 年 12 月出生于辽宁省凤城县苇山河村（现属岫岩县）。中共特别党员，著名抗日爱国将领。"九一八"事变时，在沈阳率警察与日寇作战，被誉为"血肉长城第一人"。1936年 8 月经周恩来介绍秘密加入中国共产党。1938年拟前往延安，被军统局以"联共反抗中央"罪名逮捕。1939 年被转押至息烽集中营。1946 年被转囚重庆白公馆。1949 年 11 月 27 日，被杀害于白公馆外步云桥。

图片来源：息烽集中营革命历史纪念馆

诚与背叛——告诉你一个真实的红岩》，了解和调查了"红岩"的真实历史，后来才知道，绣红旗并非江姐等一群牢房里的女共产党人，而是一群男共产党人干的事。他们是《红岩》小说的作者罗广斌、陈然（小说中的"成岗"原型）等，而这几个男共产党员之所以要绣红旗，是因为他们的囚友给了他们一张国民党的《中央日报》，那张《中央日报》上有一则关于毛泽东在北京天安门广场宣布"成立中华人民共和国"的新闻消息。因为这则消息，罗广斌和陈然等才一起在牢房里用一床红被子和黄色草纸，"绣"了一面五星红旗，在牢房里庆祝新中国的成立。这面独特而珍贵的红旗，后来由罗广斌等在重庆解放后的第三天重返白公馆找了出来……这面红旗现存放在国家博物馆，为国家一级文物。我们讲到那位给罗广斌和陈然"塞"《中央日报》的人，便是黄显声。

黄显声在监狱里是唯一可以看《中央日报》的"囚犯"，正是他的这份特殊待遇，才有了小说中江姐"绣红旗"的艺术故事。关于黄显声后来为什么到了重庆白公馆和牺牲在黎明前的悲剧，也是本书所要重点讲述的故事……

我们自然先要了解一下为什么作为张学良的副官、东北抗日爱国战将的黄显声也成了国民党秘密监狱的"囚犯"，这需要对黄显声的历史做些介绍。

传统的革命历史教材中，写到黄显声的很少，尤其是《红岩》小说中基本没有写到他。是因为小说作者对黄显声的真实身份并不了解，而我在对真实的红岩故事进行原始档案材料调研中发现：由于党的地下工作复杂性和多数是单线联系等原因，《红岩》作者罗广斌其实对狱中"难友"的真实身份也了解不够，包括对"双枪老太婆"等，加上小说是可以虚构和夸张的，因此许多真实的红岩故事中的历史性人物被掩蔽了。黄显声就是属于这一类没有被小说顾及的真正的共产党人之一。也正是这一份遗憾和曾经的遗失，让我下决心再写一部红色革命作品——息烽集中营中的共产党人的事迹。

我们来说黄显声吧。

可以这样说，"红岩精神"和息烽集中营里的共产党人群像中缺了黄显声，是不完整的。

到目前为止，我还没有见过哪一位"红岩"人物或息烽集中营里的人物是与伟大的"五四运动"沾过边的，而黄显声则是实实在在的"五四运动"的参与者和见证者。

祖籍山东、1896年出生在辽宁凤城的一个经商家庭的黄显声，从小聪明又很独立，这注定了他要走一条属于自己的人生道路。俄国十月革命胜利的消息，对我国东北地区的青年来说，是一个巨大的冲击和鼓舞。黄显声是其中之一。

1919年，在读完北京大学文科预科班之后，正准备升入本科学习的他，遇上了"五四运动"。身为热血青年的他，跟在北大学生会负责人邓中夏等人的后面，高举旗帜，呼喊着"外争国权，内惩国贼"口号，从沙滩一路游行到天安门，后来与大学同学一起到了东交民巷的北洋政府外交部等，直接参加了"火烧赵家楼"的反帝反辱国的爱国事件……现今在黄显声的老家还有"黄显声是火烧赵家楼的纵火者之一"的传说，这也从一个侧面证明了黄显声就是"五四运动"的重要参与者，尽管他那时年纪尚轻，但革命斗志已显不一般。

由于他后来又参与营救被反动警察关押的邓中夏等进步学生活动，黄显声被强行取消了继续上北大本科学习的机会。

一场反帝反腐朽政府的爱国"五四运动"让黄显声从此确定了与旧世界决裂的革命人生观。

"报考军校，用生命为祖国摆脱屈辱！"这是黄显声的青春誓言。为此，他报考了保定军官学校等军校，但因为多种原因均未考上。不罢休的他发誓："这一辈子不带兵死不休。"后来他到了沈阳奉天兵工厂当了一名管理员。1921年，他如愿考上了东三省陆军讲武堂三期炮科。翌年，黄显声以优异成绩毕业，破例被分配到奉天兵工厂任少校卫队营长。而就在这个时候，他结识了张学良。

奉天兵工厂是张学良父子十分重视的要地，但过去一直管理松散，效率不高，张学良对它印象不好。这一年他又来兵工厂检查，却发现面貌大变。问为什么出现这种新现象时，兵工厂负责人说因为来了位有知识的营长，他有能力、有水平。

"把他叫来我认识一下。"张学良说。

"报告少帅，黄显声向您报到！"一米七六个头的黄显声五官端正、举止得体、风度翩翩，张学良见后大喜。两人一聊，竟然还是"校友"。

黄显声比张学良大四岁，但看上去与张学良颇有兄弟之气。

"你到我身边干吧！"因为对黄显声有"谈吐不凡、颇有见解"的印象，又恰逢张学良正在整治奉军，需要一批与他同心同德的青年才俊，所以有知识有能力的黄显声就这样被张学良看中并重用。

"是！显声愿为谋大业的少帅服务终身！"黄显声对张学良的知遇之恩立即作出回应。

从此，黄显声成为张学良的随从副官，也开始了他新的军人生涯。从本质上讲，黄显声是位文将，但因为跟随张学良参加了多次战役，渐渐也学会了带兵，学会了打仗。

张学良的导师郭松龄是位正直的军人，其一贯的"富国强兵""为国为民"的治军思想对张学良影响很大。黄显声后来经张学良推荐擢升为郭属下部队的上校参谋。军阀混战之际，郭松龄决意站在孙中山一边，主张"停止内战，建设国家，富国强兵，一致对外"的原则。但郭松龄的主张遭到张作霖的反对，他继而举旗讨伐张作霖的东北军，张学良夹在父亲与导师之间十分为难。由于郭松龄得不到张学良的支持，结果一败涂地，最后连自己的性命都被对手杨宇霆剥夺。黄显声也由此受到牵连，他在回沈阳东躲西藏时，突然有一天被坐在车上的张学良看到……

"追上他！"张学良一声令下，黄显声随即被"逼"在大街上与他的好友面对面地站在一起。

"要杀要剐，少帅尽管处置！"黄显声冷静地对昔日的好友加上司说。

张学良上前朝黄显声胸口就是一拳，说："怎么，想往哪儿逃呀？"说完，两人的目光碰到了一起，绷不住表情，一下笑出了声。

好友重归同道，黄显声再次成为张学良身边的上校参谋，并被连连提拔，成为旅长。在奉军开拔到河南准备对抗北伐军的过程中，黄显声劝张学良不要打让百姓受苦的仗。张学良点头听从。

1928年6月4日，张学良父亲张作霖被日本关东军炸死，东北军和东三省皆处在危急之中。此时是黄显声出主意让张学良乔装打扮秘密回到沈阳，力挽狂澜，控制住了东北军，也从而暂时稳定了东三省。此时，张学良对黄显声更加信任，每每有重要事情需要处理时，总会叫来黄显声与自己一起商议。

随着日本侵略军和关东军在我国东三省的野心与野蛮行径不断升级，张学良和他的东北军处境越来越难。这边，蒋介石国民政府拉他；那边，日本侵略者在逼他。抵抗还是投降保住东北军实力，张学良需要作出选择。但在这过程中，东北奉军内部以杨宇霆为首的分裂派相当有实力。在张学良面临危急之际，黄显声挺身而出，化险为夷，并参与了处决叛逆者杨宇霆的行动，为张学良成为奉军的绝对最高指挥官立下汗马功劳。

进入 20 世纪 30 年代，沈阳在日本人和奉军双重势力的左右下，社会上的恶势力不断兴风作浪。"你去帮我收拾这个烂摊子。"张学良对黄显声说。

这样，黄显声便以辽宁省警务处处长兼沈阳公安局局长身份，开始在沈阳等地进行了一系列整治，尤其是在禁烟、禁毒方面作出卓越贡献，深受百姓好评，也更受张学良信任。

1931 年 9 月 18 日，日本军队策划了"九一八"事变，对张学良的奉军和东北三省的中国军队进行了突然袭击的军事行动。黄显声在这场与日本侵略军的战斗中，带领数千名沈阳公安队伍在沈阳城内与日军展开了短兵巷战，血战三天三夜，最后不得不退出沈阳……

面对国破山河碎的局面，黄显声满腔怒火，誓与侵略军决战到底。

"九一八"事变后，张学良与他的东北军退出东三省。面对失地之痛，张学良虽有满腔痛苦，但因投身蒋介石，不便直接回到东北组织抗日力量，对黄显声组织关外抗日队伍是默认与支持的。这时，高崇民、杜重远和阎宝航等人发起的"东北民众抗日救国会"等组织也纷纷而起。黄显声的同乡、共产党地下组织负责人之一刘澜波与黄显声建立起了联系。从此，黄显声在东北带领抗日义勇军，不仅与日本侵略军展开激烈战斗，还惩治了以张学成为首的汉奸队伍，在东北名声大振，也让张学良在东北重树威望。

　　然而，由于黄显声他们的抗日义勇军在武器与战斗力上与日军悬殊太大，黄显声后来带领的公安抗日队伍，最后死守在锦州与日军血战。当时日军出动了4万余人的部队，而黄显声的兵力总共不足万人，而且又是非正规军，最后孤立无援，不得不撤离锦州……

　　"疾风知劲草，板荡识诚臣。"在锦州保卫战中，黄显声领导的抗日义勇军虽然最后不得不撤离，然而他们并不是失败者，相反，由于其卓越的指挥能力和慷慨赴死的英勇行为，在东北抗战史上留下辉煌的一页。黄显声也因此被誉为"血肉长城第一人"。

　　但在蒋介石的国民党军队里，黄显声是无法施展自己的军事才能与政治抱负的。他虽多次想借沈阳和东北残存的抗日势力，里应外合，袭击沈阳城内的日军，但均未能达到目标。

　　"往内退吧，你的军职官位不低，可以安身立命，蒋介石都没赶忙抗日，你一个人又能扳倒大局？"有同僚这样劝黄显声。怎知黄显声一腔报国热血，岂容如此看待！

　　黄显声并不认为暂时的力弱就战胜不了日本侵略军，坚持"只要万众一心，唤起我民众斗志，我中华民族必胜"的信仰。黄显声的抗日进步思想和行动，得到中国共产党人的积极支持。刘澜波代表党组织也及时地给予了黄显声精神和战斗力的多方支持，并派出党员代表在黄显声任骑兵师长（后任骑兵军副军长）的部队里，协助抗日。这一段时间里，黄显声更清楚地意识和感受到中国共产党才是真正的抗日政党，从此思想开始接近共产主义世界观。他所在的部队里，中共组织日益活跃，这让蒋介石极为不安和恼火，甚至称黄显声为"红到底"。

"那个'红到底',极其危险,不可不防!"蒋介石对何应钦如此说。

也就在此时,蒋介石一方面对张学良进行更强化的软禁,另一方面对其所率领的东北军进行所谓的"整治"与"清查",实际上就是借机削弱张学良的影响与实力。"红到底"的黄显声和他领导的"骑二师"被作为"清查"与"整治"的重点。"你们要找出黄显声的把柄,哪怕是头发丝!"何应钦对手下发出命令。

"证据"到手后,何应钦把黄显声叫到跟前,训斥道:"黄显声,你的防地上出现共产党标语,你知道吗?"

"知道。"黄显声平静地回答。

"知道?就这么轻松吗?你是国军的师长,你说说这是什么问题?"何应钦厉声责问。

"我正想请教呢!"黄显声抬起头,目光直视何应钦。

何应钦瞪大眼珠,吼道:"这就说明你部有'共党'!"

黄显声依然平静地反问:"北平城里也到处都有标语,那能说明北平的国军里有'共党'?"

"你!"何应钦一时语塞,然后气急败坏道,"黄显声,你已经很危险了!总裁都称你'红到底'了!"

黄显声冷笑一声,说:"总裁太高抬我了,其实我真要是'红到底'了,就不会是现在这个样……"

何应钦碰了一鼻子灰,回到蒋介石身边自然不会给黄显声说句有利于他的话。"对这样的人,眼睛要张大、再张大,必要时收网!"蒋介石对何应钦下达命令。

只是抗日烽火席卷全国,速度比蒋介石意想的要快得多,并且民众的抗日情绪让蒋介石不宜对黄显声这样的爱国将领早动手。有的时候，蒋介石还需要利用黄显声这样敢于同日本侵略军对着干的将领，为他在全国人民面前做做假抗日的样子，所以并没有马上对黄显声下手。

1935 年年中，日军对我国腹地的侵略气焰越来越嚣张，大举向西进犯。然而蒋介石不但不有效组织力量抗日，还借机调动张学良的东北军开赴西北，对延安地区中共领导的解放区进行"围剿"，张学良被任命为"剿共"副司令。无奈下，张学良不得不"担当"此任，但内心极为矛盾。

"少帅，什么'剿共'不'剿共'，蒋介石就是一心想让我们东北军土崩瓦解，咱们千万别中他一石二鸟之计！"黄显声推心置腹地对张学良说。

张学良听后，长吁短叹，只是摇头，说："我又何尝不想跟小鬼子大干一场！但我们现在是穿着国民政府的军装，我还是副司令，不服从总司令统一的命令，也是罪嘛！"

"宁可不从老蒋，也不能让国人骂咱不抗日！"黄显声动气道。

"光气有何用？来来，看看还有什么法子……"张学良劝导。

黄显声便把自己与中共合作建立统一抗日力量的想法说了。张学良忽而沉思，忽而点头。

显然，黄显声后来允许刘澜波等共产党人在骑兵二师中建立党组织，是获得张学良默许的。而骑二师后来成为中共领导下的一支抗日劲旅。

"西安事变"之前，在西安的张学良和他的部队，实际上已经同延安的中国共产党及其领导的人民军队有了密切的联系，甚至张学良也曾秘密赴延安，并向中国共产党提出申请加入党组织。只是中共中央考虑抗日时局的形势和共产国际的错误指示，使得张学良的这一愿望未能实现。但他的干将黄显声其实已经在 1936 年 8 月，就由周恩来亲自发展成为一名特殊的中共党员，并受周恩来直接领导。

关于黄显声的中共党员身份，中共中央组织部在 1986 年才正式查实。我在息烽集中营革命历史纪念馆采访时，纪念馆的工作人员翻出一份 20 多年前他们在设馆时以县委党史研究室名义向中共辽宁省委党史研究室发去专函查实黄显声的党员身份时，对方的一份回复函：

中共贵州省息烽县委党史研究室：

来函已收到。关于黄显声将军是否中共特别党员一事，据我们掌握的情况，中组部在答复中共中央前征集委员会东北军党史组长宋黎时说："黄显声将军是于 1936 年 8 月，经周总理批准加入党组织，为中共特别党员。"辽宁近几年来在宣传黄显声将军活动中，已采用中组部的答复。

此致

敬礼

中共辽宁省委党史研究室

1997 年 2 月 28 日

这个特别党员的身份，黄显声一直以来包括在狱中的漫长岁月里，始终没有暴露过。如此一位秘密党员，在特殊战线、特殊年代，所做的特殊贡献，我们今天想来，是何等不易呵！这需要多么坚忍与多大毅力。黄显声至死前的一分钟，都没有暴露他的真实身份，而他活着的每一分钟里，又保持着中国共产党的傲骨与高尚的革命情操，令山河拭泪。

我们来说说黄显声被捕的过程：

这事发生在"西安事变"之后，蒋介石不顾包括宋美龄等国民党要员的劝说，一到南京就把张学良抓了起来，并不许任何人提释放的请求。一时间，全国再次掀起抗议蒋介石失言失信的活动。然而蒋介石借"大敌当前，抗战为重"为由，就是不搭理他人的劝说。而此时的东北军由于突然失去统帅，内部出现各种乱象。

"绝不能再让东北军将士中了蒋某人的阴谋！"延安方面通过刘澜波等中共党员给黄显声发出指令。在面临东北军分裂的关键时刻，黄显声及时与张学良原部下各将领联络沟通，维系了东北军的基本盘，并且又按照周恩来的指示，与阎宝航等人联合成立了抗日组织——东北救亡总会（简称"东总"）。而"东总"中我党的负责人便是周恩来指派的刘澜波。此时的黄显声及其带领的队伍，其实就是中国共产党领导下的一支抗日革命军。而这样的军队自然不可能接受蒋介石的"不抵抗"日军的命令，于是越来越成为蒋介石和何应钦的眼中钉。

"及早除掉那个'红到底'！"蒋介石已经嫌何应钦他们的动作太迟缓了。

其实，并非何应钦办事不力，只因为黄显声一直在离蒋介石的嫡系部队太远的地方与日军作战，所以不便对黄显声直接动手而已。

机会还是给到了何应钦。

国民政府搬到武汉后，张学良也被软禁在武汉。根据周恩来的指示，黄显声接到去武汉营救张学良的秘密任务后，一时心急，草草与旧部和家里打了个招呼后，便只身来到武汉。

营救张学良是件复杂而艰巨的任务，关键是蒋介石始终不松口。为此黄显声只能通过各种关系，争取可能。他甚至直接找到宋子文，并托人请求到宋美龄处，终于有一天，他收到了宋美龄方面的答复：

"黄显声其他东北将领如果再提释放张学良的事，将以不服从领袖论处。"

"那我们以自己的两条命换少帅的一条命可以了吧！"黄显声接到宋美龄的"最后通牒"后，连同张学良的胞弟张学思一起，闹到蒋介石官邸，说"两命换一人"。

"岂有此理！他俩换得了汉卿？"蒋介石得知后，冷笑道。

失去所有营救张学良希望的黄显声，彻底看清了蒋介石的嘴脸，从此决心跟着中国共产党走抗日道路，他甚至提出到延安学习的申请。

"现在敌后更需要抗日的力量，你把队伍拉起来，对敌人开展抗日运动比到延安学习会起到更直接的作用……"周恩来派代表把党中央的意见转告给了黄显声。

"既然如此，我服从党的决定，拉队伍去跟日本人干！"黄显声坚定地表示。

之后的日子里，黄显声开始在武汉联络原东北军和西北军的旧部熟人，准备拉起一支新的抗日队伍。他不停地出席各种"筹措会议"，并一次次发表战斗动员演说……

"事实证明，蒋介石并不是真心抗日，他现在说的抗日是为了敷衍和迷惑全国民众！你们都看到了，主张抗日的张副司令，值此全国共起抗日之时仍被囚禁。我们所做的一切努力，始终无济于事，他蒋介石的意图不是很明显吗？一句话：他就是不想真抗日，就是打压真抗日的有识之士！"

"我们必须立即行动起来，坚决同蒋介石的假抗日斗争到底，否则中华民族就没有希望，我们也枉为中国军人！"

黄显声慷慨激昂的演说，场场激起热烈鼓掌。而在黑暗中，也有人将其一言一行秘密地记录下来，然后直报到蒋介石手上。

"立即拘审！"

1938年2月2日晚。那是个异常黑暗的夜晚。之前，黄显声已经接到延安方面的紧急指令，要求他准备撤离武汉，等待秘密赴延安工作。而就是这个时间点，国民党特务先一步行动了……

"黄将军，我们是延安来的，有要事相商，请你出来一下……"这一天晚上，黄显声住处的窗外突然有人轻声说道。

"好的。"黄显声以为是延安派人来接他，于是未多加考虑，便跟着来人出了住处，结果刚到街头，就被几个便衣特务一拥而上，秘密逮捕了……

从此，一代抗日名将失去自由。

我们还是回到他被羁押后，从武汉押解到益阳的秘密监狱一段时间，又在被转移到息烽途中与韩子栋等"囚犯"在一户农舍里吃饭的那一刻开始说起吧——

韩子栋等与黄显声在此时"邂逅"，这本身并不奇怪。因为从益阳到湘西，再进入贵州，都是少数民族地区，不仅山高路险，且十分难行。一路上别说不可能有好吃好睡的地方，能找到一处临时又相对不被外人或当地土匪袭击的"安全"地，已是非常不容易了。

何子桢一再要求手下的押解特务们"把心系在脑袋上"，大概就是怕"万一"。

"走了走了！"在农家小寨吃饭用去的时间不足一小时,押解"囚犯"的车队又开始前行。

"既然要枪毙我们,何必那么费心思嘛！"

"对啊,你们是想把我们喂野狼野猪吃是不是？"

有"囚犯"高声询问。但回应他们的是皮鞭的抽打声……

"算了算了,他们爱咋的就咋的！""囚犯"们不再吱声了,只能听到崎岖的山道上野狗的嚎叫声和汽车的马达声。

远方的山路似乎越走越险、越走越深……

韩子栋他们在篷布中什么都看不见,但能感觉阵阵凉风,叫人发抖。

前面会是什么地方呢？

是啊,那是天堂还是地狱呢？

还用说嘛,肯定是地狱！

比地狱还要地狱的地狱！

黑暗中,众"囚犯"在如此议论着,心跟着在颤抖。

第二章

『特务城』

"曾经息烽县城内布满了特务组织机构,
最多时超过 15000 人……"。

图片来源:息烽集中营革命历史纪念馆

"前面是息烽。"

"到了到了，到息烽了！"囚车终于不再摇晃了，一声"嘎吱"，车上的韩子栋他们才算醒过来，知道了这是他们的另一个新囚地。

息烽？谁听说过息烽？

没人听说过。还有这个地方？是在贵州还是重庆、四川？"囚犯"中几乎没有一个能说得出"息烽"到底属于哪个省份。其实即使是现在，知道息烽在哪里的人，在全中国估计也不会很多。

息烽太偏僻和闭塞了！然而令我没有想到的是，在我采访和调研息烽集中营时，贵阳人和息烽人自己说，他们的"息烽"在新中国成立前后名声可大呢！

"为什么大？"我问。

"因为这里是'特务城'！"

"特务城？！"

"是的。息烽县城内曾经布满了特务组织机构，最多时超过 1.5 万人……"息烽人告诉我。

在七八十年前，息烽全县的总人口只有 6 万多人，而那几年间一下来了全县总人口数四分之一左右的国民党特务！这简直就是一场"人种颠覆"！

为何如此说？

息烽的一位老干部说，在那么多国民党军统特务来之前，他们息烽人绝大多数是在山里种地的农民，没有几个文化人，民风淳朴，"虽然穷了一点，但大家都很勤劳安分"。他说，国民党军统特务来之前，县城很小，几乎看不到像样的房子，城中心也才 2000 来口人。

"一直以来，外地人到息烽，就说我们这里只有县，但找不到县城……军统特务一来，县城内一下增了 1 万多人。又因为戴笠把息烽当作他在重庆的军统组织的'备份'，必须建设很多特务机构，基本上重庆有的一套特务机构，息烽也照着样再建一套，所以整个息烽县城内一下建了许多房子，戴笠也在此盖了公馆。听老人说，那个时候，你在街上走，碰到的十有八九是穿着国民党军服或宪兵服装的特务，而且二三十岁的年轻男子占绝大多数，县城更不用说，这 1.5 万多名身强力壮的军政特务人员在整个息烽县，也是赫赫有名。当时全县 6 万来人，除了老小两头，加那些生病的外，真正能够在地盘上走来走去的也就是一两万人。即便是这一两万当地人，在国民党军队与特务面前，也不敢挺着腰板、昂首阔步地走路，与那 1 万多威风凛凛、张牙舞爪的军警宪兵相比，也是绝对的弱势……所以息烽'特务城'的名声就是这样传出来的！"那老干部这样说。

"新中国成立后的几次大政治运动中，息烽经历了几次'清特''清匪'，但因为实在太多，涉及的平民百姓太多，所以大家都很痛苦……不过党的政策还是很得民心，采取了实事求是的政策，没有扩大化。"当地学者解释道，息烽县城是 1949 年 11 月解放的，国民党军统机构是抗战开始后的 1938 年之后全面进入息烽的，进驻的时间长达 10 年多。这期间，由于军统特务组织多数是从南京和武汉等地转移过去的，而相当多的特务当时还很年轻，他们突然从大城市转移到息烽这样的偏僻山区，而且因为特务的特殊工作等因素，与外界几乎隔绝，年轻的军统特务们都是血气方刚的小伙子，且文化知识程度又比一般的军人高，更不用说与当地的百姓相比。但他们无法再像以前那样在大城市里随便找个小姐和富裕贵族的千金做自己的妻子。怎么办？既然在息烽了，就在当地找一个吧！

一时间，息烽县城的和乡下的稍漂亮一点的姑娘成了"抢手货"。原本思想保守、观念封闭的当地百姓，发现自己家的女孩子跟新来的"军官"们成婚后，一不愁了生活困难，二是生出来的孩子还都很标致健康，比嫁本地山娃子强很多，所以嫁"外来汉"（当地人对军统特务的称呼）成为息烽的一大时潮。当时的戴笠为了让特务们"安心工作"，也十分推崇手下这种"就地解决婚姻"的方式。如此几年下来，"特务城"便真的成了上上下下、左左右右"皆特务"的景况了！

岁月如梭。现在年轻一代的息烽人已经对"特务城"的概念很模糊了，甚至根本不知道自己的上上一代可能就是与"特务"沾亲带故呢！那天正在议论相关话题时，息烽文联的朱登麟主席笑着坦言道：他父亲是云南人，因为抗战开始，其父被国民党军队招募为挑夫，后到了息烽，一直在特务宪兵队里理发，后来就在县城的附近找了对象。"这才有了后来我们朱家一家。我母亲的妹妹，后来找的也是国民党驻扎在息烽的当兵的……"

"很多是这样的情况。"息烽集中营革命历史纪念馆老馆长黎昌念当即给我列数了一串新中国成立后在息烽县城工作的人名。"我都认识他们！"他说。

"民为本，磐如石。这才是我想看到的。息烽模式值得赞誉。"当年，戴笠有一次在重庆与美国情报机构负责人说起息烽的军统基地建设，很是自豪地说了这样的话。

从地理角度看，国民党特务组织军统把息烽设为抗战时的"大本营"，是有战略意义和战术意义的——

息烽地处贵州中部，一条乌江横穿而过。当时有一条新建的川黔公路跨越境内，息烽全境虽山多地险，但有这样一条公路线，使得它与重庆不是太远，交通上能够实现配合陪都重庆的战事和政事等需要。同时又深隐于大山之中。丘陵、山地和盆地组成的地貌，又十分适合藏兵于此，外兵不能随便进攻，故堪称秘密组织的"绝佳之地"。

"特务城"是戴笠经蒋介石亲自批准的陪都后方防守基地，用于培养非"国防"正规军事武装力量的另一类武装组织的大本营。尽管蒋介石没有在抗战时来过息烽，但他对戴笠的这个"大本营"十分欣赏和重视。

"可不受编制，不受经费限制。"蒋介石给戴笠的"两个不"，让戴笠在息烽地盘建立自己的特务机构很受用。

在戴笠的特务组织机构到达之前的息烽，国民党组织是十分薄弱的。直到1935年才有一名贵州省党部派出的干事及录事员。1936年，干事变成两名，录事员也有两名，另多了两名助理干事。1937年才正式有了息烽县国民党党部，人数仍然不足10人。直到1944年，息烽县党部的国民党机构开始相对健全，设立了执行委员会、监察委员会和秘书室、总务科、组织训练科、宣传科等，总人数也还不过30来人。至1949年，息烽县县属国民党党部管辖的国民党学员共有1168人。

然而戴笠的军统特务机构自1938年进入息烽之后，国民党的力量主要是特务的力量直线上升，除了进驻和常驻的1.5万多名特务之外，每年到息烽培训的国民党军队、特务机构等各种人员更多，常年保持在上万人、数千人之多。而这类的培训班都是高级别的，且异常保密和特殊。

最早进驻的军统特务机构是"国民政府中央警官学校特种警察训练班"，军统内部称其为"临训班"。下设"本部"和"学员部"，戴笠亲自出任本部主任一职。军统少将吴琅、蒋介石的侍从室中将高参胡靖安、军统少将徐亮先后担任副主任。该特务训练机构本部人数就达 1900 多人。学员部设情报、行动、警政、爆破、参谋、电讯等 6 个系，下设 6 个学员大队、18 个中队。在息烽期间，该训练班共训练 3300 多人。这个特务培训机构 1944 年迁往重庆。

其次是特务武术班。设在县城外 12 公里处的潮水村，所以亦称"潮水行动武术特工训练班"。这是一个专门培训暗杀类特务的培训班，教官是个朝鲜人。这个班每项培训的人数不是很多，约 30 来人，但它的特殊性却很强，是一支"毒队"，这些培训过的特务一般都担任特殊使命，具有"视死如归"的素质，也就是说以"随时准备牺牲自我换取党国胜利"来消灭对手为目标。戴笠对此格外看好，据说他授权暗杀民主党派著名人士、国民党内部反蒋人士等行动都是由这些特务来执行。也有些被派到延安准备暗杀毛泽东、朱德等领导人的，当然他们并没有得逞。

"国民政府中央军事委员会办公厅直属第二无线电通讯总台"也设在息烽。该机构后来改为戴笠自己用的军统局通讯处第二无线电通讯总台。这是一个由戴笠直接指挥与控制的情报网络中心，虽然人员不是太多（59 人），但与全国的 100 多个国民党军事与军统组织及海外特务组织有着密切联系。据传，息烽的这个特务通讯电台组织曾在 1941 年破译过日本要攻击珍珠港的密电情报，并将它及时交给了美国海军，然而美国佬很傲慢，没有将它当回事，结果造成珍珠港被日军偷袭的惨剧。

"中美班"的全称叫"中美合作所第十特种技术训练班"。这个班是在重庆的"中美合作所"项目的子项目基地。戴笠同样亲自担任本部主任。美国军事教官和军医等有 37 人，中方的军统人员是其两倍之多。该训练班虽然设置得比较晚（1945 年），但短短 3 期的训练人数却达到 7836 人。这些中美合作方式训练下的特务，在我人民解放军进行解放战争期间，起到了极其罪恶的反动作用，甚至对后来的台湾都有过影响。

除了以上的训练机构，还有几个临时性的培训机构，以及交通站、军粮库、军械库、办事处等。

由于特务机构执行的任务特殊，所以国民党还在息烽为保卫军统组织驻扎了相当强大的军队。有一个"国防部警卫第一团"驻守在此；一个专门警卫监狱的特务队 72 人，他们全是由军官组成，男女皆有；一个宪兵中队；一个保安队。另有国民党黔军的一个团的部分兵力，以及其他国民党从抗日沦陷区撤下的散兵游勇等不少零散兵力……

拥有如此强大而众多的特务宪兵组织，在当时的全国县级行政单位中，息烽是独一无二的，而且从人数看，除了当时的陪都重庆外，息烽的国民党特务也是独一无二地多。

"特务城"——息烽的名声便是因这些"实实在在"的存在而传扬出去的，并非虚妄的传说。

戴笠前后用七八年时间有意无意打造出的"特务城"，给之后息烽所带来的影响是复杂和多方面的。比如文化教育，国民党的特务有大量随队家属，孩子的读书就是一个事，原本息烽的学校数量很少，现在一下多了好几所，老学校也被扩大了，但国民党的教育内容又对息烽当时的下一代及当地民众是个精神上的毒害。"特务城"一成气候，息烽的文化也出现了多元化。原本这里的地方戏比较单一，年轻特务们以及家属从各地汇聚而来，他们在逢年过节时也要进行各种文

军统在息烽设立的特训班——潮水行动武术特工训练班旧址

军统在息烽设立的理化室旧址

军统第二电讯总台收报台旧址

本页图片来源：息烽集中营革命历史纪念馆

艺活动,所以息烽后来的"地方戏"就变得多样化了,甚至还有西洋舞。
"息烽一直到现在街头手艺人都特别多,很大程度上就是与特务机关
相关的一些人留下来支撑起来的,他们既有知识,又有技术,修修补
补的能耐特别强……"息烽的老人们说。

"我们这儿在解放前后的土匪力量特别强,在新政权建立时付出
了血的代价。"息烽县委党史办的同志讲了许多国民党特务组织和武
装力量留下的残渣余孽,在息烽解放的前后几年里数度兴风作浪的故
事,他们欠下不可饶恕的累累血债。

"解放前的息烽县县长,有好几个都是军统大特务、将军军
衔……"息烽人到现在都知道这事。

"这些军统特务出身的国民政府的息烽县县长,他们除了为蒋介
石反动统治效忠效力外,还不断在息烽培植自己的势力范围,以图在
当地搜刮民膏。息烽在解放前后最大的土匪头目杨平舟,便是他们扶
植的一个与共产党新政权有血仇的大坏蛋。"息烽人说。

杨平舟是息烽阳朗人,地主出身,其出生地离现在的息烽集中营
很近。杨在成人后便有兵匪之气,1936年任息烽县保安队队长。到
1941年时,已经升任国民兵团少校团副。此时的杨平舟,在后台军
统县长们的支持下,开始一边执掌和扩大地方武装势力,一边利用手
中的枪杆子在贵阳做黑道生意,聚积财富。

1949年底,我人民解放军以强大攻势,如秋风扫落叶般地将息
烽县国民党武装和政权机构摧垮,并同时建立了地方政权。第一任县
委书记王涌波,河南人,是一位忠诚于中国共产党理想信仰的南下干
部,大学毕业的革命知识分子,并具有丰富的地方政权经验,当过多
个解放区新政权的市、县领导。1949年11月中旬,王涌波带领他的

武装中队随南下大军到达贵阳,便接到新成立的中共贵阳地委通知,要他去接管息烽县政权。

"出发!"那年33岁的河南人王涌波虽说有生以来第一次踏上贵州大地,内心却早已装满了要为这些劳苦大众的翻身事业作一番贡献的决心,所以他接到命令后立即率领人民解放军西进支队一大队七中队的前梯队,连夜飞速从贵阳赶往息烽县城,直接接管了已经瘫痪的国民党息烽县政权。四五天后,由王涌波的老乡、一起投奔革命的王志超率领的七中队后梯队到达息烽,于是便成立了息烽县新政权的第一个武装组织——中国人民解放军息烽县大队。县委、县政府也相继成立,王涌波任息烽县大队政委和县委书记,县长由阴明村担任,王志超出任县委组织部部长。

新政权的工作千头万绪,国民党政权溃败后,早已将主要成员撤离了息烽。然而暗藏的特务仍然将息烽作为"反共"重要基地。我在南京第二档案馆中国民党撤离时留下的"破坏中共政权的若干组织准备"档案中看到有许多相关的"布局",包括像息烽和重庆等地的特务的潜伏计划。在新中国成立之后的息烽县政权建立中,就有潜伏敌人的典型案例:

"……除了县、区级政权机构的领导干部由南下干部担任外,乡级政权机构的组成人员,一般都是留用的旧职人员。""但李文彬、王位一、罗维周以及大部分旧乡长却坚持其反动立场,破坏人民政府开展的征粮、禁烟、禁银圆等工作。问题出现后,本应撤换他们的职务,但又没有干部,加上这些人采取了'两面派'态度,一时还不能把他们搞下来。息烽境内发生土匪暴乱,这些人纷纷公开叛乱为匪。"时任县委组织部部长的王志超在后来的回忆文章中这样写道。

国民党特务们利用新旧政权更迭之机，通过训练和培植地方武装与土匪组织，与我新政权及解放军进行殊死搏杀，他们的最后挣扎残暴而拼命，所以息烽的剿匪战斗是血腥残酷的。以杨平舟为代表的土匪势力又与其他地方的土匪不太一样，息烽的土匪武装具有很强的政治性和正规军事武装性质，这就是戴笠时所创的"特务城"留下的余毒。

1949 年年底，杨平舟便在贵阳收到军统潜伏特务组织贵州站的指令，回到家乡息烽阳朗。1952 年 3 月，他伙同当地土匪与特务分子吴宪章、王位一、李文彬等组成"中国国民党西南反共救国游击军黔北司令部"，杨自任司令，开始偷袭和公开进攻红色政权。

就在这个月的中旬,杨平舟放出话，要把黔川公路息烽段"搞断"，打击新成立的红色政权和阻止人民解放军南下大军解放大西南的军事行动。

"上级要求我们重重打击匪徒的嚣张气焰。所以我们的行动方案是：我和吴传佑副大队长带县大队一个排到乌江渡，去正面迎候杨匪的袭击，同时到四野大部队求得援兵。阴县长你带领一个排的兵力和县政府干部们在县城坚守，以防备敌人乘机进攻县城；王志超部长你带一个排进驻九庄，包抄敌匪杨平舟的后路，从而形成三夹一的歼匪军事行动……"

"是！"

3 月 16 日，县委书记、县大队政委王涌波和县大队副队长吴传佑率县大队一个排和贵阳军分区警卫连一个排共49人，配备4挺轻机枪、33 支长短枪和数千发子弹前往养龙区公所驻地养龙站。此时他们获悉土匪杨平舟率领土匪大部聚集在温泉、天台一带，王涌波等立即召开军事会议，决定兵分两路，进山"围剿"匪敌。18日上午，王涌波、吴传佑带部队进入草香至板桥一带的深谷丛林地带时，突遭杨平舟匪部和他纠集而来的由遵义窜入息烽县境的曾广富匪部共1000余人的伏击。

"快占领高地！马上到乌江四野大部队请求援兵……"王涌波拔出手枪，指挥道。

很快，王涌波和吴传佑各带战士占领了一条约1米高、20米长的石坎和后面的悬崖峭壁，连续打退土匪10余次进攻……弹尽之后，王涌波等用刺刀和石头与土匪肉搏，直到流尽最后一滴血。

此次与匪首战斗，年轻的息烽首任县委书记和他县大队的副手吴传佑都英勇牺牲，同时牺牲的还有30多名贵阳警卫营和县大队的干部战士。据说将王涌波的遗骨送回其原籍时，息烽百姓排着长长的队伍夹道鞠躬送别，场面极其感人。

再说匪首杨平舟在获得此役"胜利"后，更加猖狂，立即组织进攻县城的计划。3月29日，杨率领千名土匪武装，从多路向县城发起进攻。阴县长组织县城里的人民武装和县干部们奋起抗击，后因众寡悬殊，不得不撤离县城，向乌江方向的野战部队靠近。土匪杨部进入县城后，到处烧砸抢，把县政府办公楼烧毁，同时抢走仓库所存的盐和粮食等物资。杨匪还将息烽大粮食底寨粮库打开，抢走粮食5万余公斤。随后，杨匪宣布成立"中国人民救国军贵州区修（文）开（阳）息（烽）游击军总指挥部"，自任总指挥。此时的杨匪部队已经近3000人！残余在西南地区的国民党势力对此大为赞赏，加官给杨平舟，委任其为反共救国军49军副军长兼306师师长。

"什么共产党！现在是我的天下！"杨平舟已经嚣张至极，宣称

"废除中共县政府"，由他任命"所辖三县县长"。

6月，杨匪再一次开始大举进犯息烽等地的新政权，企图"一网打尽"我红色政权和基层组织。结果被我解放军148团官兵打得溃不成军，到处逃窜。7月初，杨平舟最后只得率残部朝仁怀方向后撤，哪知我解放军早已算到敌人的这一招，重兵把守在杨匪的必经之路。在强大的军事优势面前，杨匪残部无心再战，纷纷投降。杨平舟无奈只得化装成小贩企图潜逃。

7月12日，杨平舟被解放军和当地农民抓获。当月28日，这个沾满解放军和息烽红色政权烈士鲜血的大土匪被公开审判枪决。据说杨匪被枪毙后，息烽、修文、开阳等地的百姓放鞭炮、敲锣打鼓庆祝胜利，场面比过春节还热闹。

息烽县在1949年至1951年间，还有一个赫赫有名的女匪首，名叫许芳媛。

与其名字一样，许芳媛可不是一般的女土匪，她不仅是贵阳城里有名的女性知识分子，还是《贵阳文艺》《坦荡报》的编辑与主编，最初也是个反抗日本侵略的女中豪杰，因此入了国民党贵州省党部"黑名单"。

1936年，许芳媛与贵阳名士孙伯陶结婚，随后进入大学读书，可见其非一般女流之辈。

1941年，许芳媛步入社会后，先后任贵阳市妇女会常务理事、国民党贵阳市监察委员会常务委员、贵阳市参议员、国民党贵州党部委员和贵州省妇女运动会总干事等职，她对政治的热情远超出了作为一个女性知识分子的胸怀。1948年，因为与另一名国民党官员在竞选中发生矛盾，她组织反包办阵线，欲与对方大干一场。此事被省政府主席杨森阻拦。为了平息许的愤怒，杨森便委任许芳媛为息烽县县长。这是贵州省历史上从未有过的事，因此许芳媛当时就名震四方，国内许多新闻都给予了报道。

出任息烽县县长后的许芳媛同时还得到了杨森的另一个重要任命：任省行政直辖区少将保安司令。这份任命也可见息烽在贵州省的分量。

许出任息烽县县长的时候，正是国民党政权摇摇欲坠的岁月。1949 年春季之后的息烽，已经到处有共产党解放军大军快要打来的传闻，所以作为国民党的"末代息烽县长"的许芳媛，自然随时惊恐和"热血沸腾"。在这年夏天，她组织反动地方武装，成立了"反共保民运动委员会"，自任主任，并组织反共训练，开展反共宣传。在训练班上，这位女县长高举着右拳，高呼"要与共产党血战到底"的口号。

1949 年 10 月 1 日，国民党息烽县政府改为战时机构，并成立"国民预备兵团"，许芳媛出任少将团长，下辖 3 个营 10 个连的兵力，全县约有上千人的武装反共兵力，并日夜抓紧训练。许芳媛的人马与杨平舟那十足的土匪样貌完全不同，都是比较正规的兵匪，她找的训练干部或是国民党军统留下来的军官，或是贵阳城内的国民党正规军教员。

为了减少战争给当地人民带来的苦难与牺牲，我解放军先头部队曾派出干部找许芳媛谈判，希望她放下武器，与我党合作。然而，许不仅不从，还把我方 4 名谈判人员给枪毙了。

11 月中旬，解放军的炮声已经逼近息烽，国民党大势已去。无奈之下，许芳媛于 15 日在县城十字街宣布：自己将带兵"撤离城区，不烧房屋，不毁仓库"，并委任有关人士留任城中，要求其维持治安，勿轻举妄动。随后她带兵撤退到底寨。

17日，息烽县城解放。许部撤离至西望山，之后每日皆在逃亡之中生存……直到逃亡至毕节时，已无路可走，恰遇其丈夫的弟弟。对方带着哥哥孙伯陶对妻子的《约法八章》。此时的许芳媛看着丈夫的手书，想想自己一路溃败的命运，不由得拭泪长哭一阵后，决定向人民解放军和人民政府投诚。

1950年1月21日，许芳媛等向毕节专署正式投诚。此后回贵阳自己的家中休养……

3月24日深夜，贵阳市突然出现一批又一批公安和解放军官兵手持枪支，在大街小巷内到处抓人……原来这是一场搜捕"反革命特务"的特别运动。

"你，大特务许芳媛，现在你被我们抓捕了！"军警人员用枪顶着许芳媛的脑门说。

许芳媛惊恐地问："我是投诚人员，怎么要抓我？"

"我们是按上级命令来逮捕你的！别啰唆了，走！"就这样，许芳媛被捕。

7月，她被押回息烽。1951年1月3日，息烽历史上的第一个女县长，被当地人民政府以"反革命罪"枪决。

许芳媛的死一直被当地人民议论。1984年8月24日，贵州省高级人民法院作出裁决：原息烽人民法庭以反革命罪判处许芳媛死刑不当，应予纠正的判决。9月8日，息烽县人民法院宣判：撤销1951年1月3日判决，对许芳媛政治上予以平反。

30年后迟来的这份宣判让作为一代贵州名媛的她，终于留下一个体面的结局。今天的息烽上一点年岁的人给我讲：在许芳媛任县长的时候，她抓经济有一套，曾让息烽出现过一时的兴盛。"但她也很反共，这一点跟息烽的国民党特务长时间熏陶有关……"息烽人这样客观评价道。

"特务城"的罪孽是深远而多方面的。我们还是来说那个被称为"人间地狱"的国民党军统组织的息烽集中营吧——

第三章

披着羊皮的魔窟

猫洞是息烽集中营内一处隐藏在山体里的刑讯室，深数十米，军统把此洞作为对革命者进行残酷刑讯、秘密杀害和关重禁闭的地方。

"现在开始，你就不能说你的名字了！你就不是以前的你了，你是这个了……"黄显声被押到息烽集中营后，第一件事就是被安排在一间独住的小房间。那房间没有窗，只有一扇进出的小门。里面除了有张床，就是一张桌子和一张板凳，再就是一个木马桶。

黄显声一看，没有说话。

看守的特务看上去很年轻，也正是他年轻，所以并不太知道新来的这位"囚犯"到底有什么背景，只知道他是位将军，官位比整个集中营的最高行政长官何子桢少将的军衔还要高。

"以后你就是这个号，122号。记住了啊，不能再叫名字了，大家都不能叫你名字了，你自己也不能称自己是×××，只能报'122号'……"小特务看守是奉命来向黄显声交代进息烽集中营后的相关事宜的。

何子桢知道，几百号"犯人"中，唯有这位军衔比他高、影响比他大、威势也远远胜过他的黄显声明着暗着不吃他那套，因此为了不让自己难堪，便把"囚犯"入狱报到后所需交代的事让这个年轻的小特务去干。

"你去把何子桢，就是你们的那个什么行辕主任叫来……"黄显声只瞥了一眼面前的小特务，说。

"好，我去。"小特务看守转身便去叫他的上司。

黄显声乘势便坐了坐那张铺着一领竹席的床，试试是否结实。哪知屁股刚刚使劲，木床的一条腿"吱嘎"一声便折断了……

"哎呀黄将军……'122号'你可要小心哟！"说话的正是穿着笔挺的国民党陆军少将服的何子桢。见黄显声用蔑视的眼神看着倒塌的木床，何子桢假装很生气和严厉地训斥身后的特务们："怎么搞的？快给'122号'换张结实点的床铺来！"

"是！"小特务们便转头去忙碌了。

这时，何子桢才皮笑肉不笑地挪步到黄显声的跟前："长官，实在抱歉，我马上让他们换新的……你看还有啥需要的，尽管吩咐子桢便是。"

"到底叫我名字还是那个……'122号'？"黄显声毫无表情地看着何子桢问道。

何子桢佯装无奈的样儿，道："请长官理解，这是行辕的内部规定，是我们老板定的，子桢只是执行而已，请您不要见怪。"

"'122号'？我？"黄显声颇有嘲讽之气地问道。

"是是。也易记……"何子桢有些狼狈，"你在这儿的待遇与在武汉一样，享受科级待遇，这个上峰有指令，我们严格执行。"

"科级待遇？！"黄显声在张学良身边时，是师长，后来升任骑兵军副军长，再后来独立拉起抗日武装，军衔至中将，且是抗日名将，在国民党内和全国都是大名鼎鼎的人物，所以在他被拘押后，连宋子文都出面给"司法部门"定下规矩：给予黄显声"科级待遇"。平时耀武扬威的何子桢在黄显声的问题上，也只能服从。

从一开始，黄显声就连正眼都没看一眼何子桢，他蔑视这个对犯人动不动就杀的"刽子手"，所以从不给其好脸色。"既然是'科级待遇'，为啥这房子里连扇透透风的窗户都没有？"黄显声不轻不重地说。

"嗯……这个科级待遇是指你的伙食……"何子桢轻声轻气地说着，眼睛不时地瞅着黄显声的表情。一看对方有怒气，便又赶紧补充道："大家都刚来，这里的条件比较差些。等过些日子我想法给您调整……那长官您先休息。有事我再来为您服务！"说着，便灰溜溜地快步出了黄显声的"囚房"。

"'122 号'！嘿嘿……"黄显声抖了抖自己的一身将军装，自嘲起来。

从武汉到息烽，路上走了几天？四天三夜！整整四天三夜，转移到这么个荒山野岭……黄显声本想到外面走走，看一看周边是些啥风景。一看门口站着两个端着卡宾枪的武装宪兵，他观景的兴致顿时没了。退到床边，黄显声一头倒在那张刚刚被小特务们更换的木床上，竟然不到两分钟时间，他便呼噜声震天……

"啊——！"

"你们这些畜生！"

"饶了我吧——饶了我吧！"

"啊呀呀——"

黄显声突然被一阵又一阵鬼哭狼嚎似的叫声惊醒。他赶紧从床上坐起，三步并作两步走到门口，拉开木门，端枪的宪兵挡住了他……

"那是啥声音？谁在叫？"黄显声问。

"在审讯……"宪兵说。

"半夜三更的，审什么讯？"黄显声嘀咕道，随后往外伸了伸脖子，问，"那排房子后面有审讯房？"因为息烽集中营的房子是依一个山坡而建，黄显声所住的那小房子正在坡最下面，所以可以看得见上面两排并不规则的牢房。但他听刚刚撕裂般的叫声，似乎并不在那些牢房中，而是在最上端的两栋牢房的中间位置。可那中间位置并没有房子，所以他才颇为疑惑。

"那边有个山洞……"特务宪兵似乎从白天何子桢亲自来黄显声

的牢房，便已经打听到此主是不同寻常的"高级囚犯"，后来听说是陆军副总司令张学良的得力助手后，更是对黄显声流露出几分敬畏之心。

"喔，看来你们的主任很会办事啊！深更半夜，山洞里审讯……"黄显声不屑一顾地嘀咕起来。

人称"阴面虎"的特务头目何子桢确实"很会办事"。他来到息烽集中营后，便发现这里的地形十分"有利"于他惩治犯人，提高威望。因为圈起的这片"行辕"四面是绿荫蔽掩的山丘地，外人如果不走近看，根本不知道这里是个不大不小的监狱哩！而令他最兴奋的是这里有一个"猫洞"。

贵州地区是喀斯特地貌，山高水深、丘陵重叠，山岭之间有许多大溶洞，那些大溶洞中幽深莫测，惊险奇妙，是天然之造。在没有人过往的岁月里，许多溶洞便是野生动物宿居和出没的好去处，因为冬暖夏凉，而且有些溶洞里面还有地下河，既可在里面遮风避雨，又可获得基本生存条件。大的溶洞大到几十里长，小溶洞一般也能住一户至数户人家。我在前些年到毕节采访当地的脱贫攻坚战时，就发现当地还有不少农民住在溶洞之中，甚至有些山村小学也借溶洞的坚壁而长期在其内设课堂……可以说，千百年来，溶洞曾经帮助过云贵川湘地区的山民们繁衍与生存。动物和人类都借助天然溶洞，它积过许多德。然而国民党反动派的到来，却让息烽这里的溶洞变成了魔穴。

每一次到息烽采访，我总会站在那个充满神秘感却又不能轻易进入的"猫洞"前驻足数分钟……

集中营纪念馆的工作人员告诉我：这里曾经是特务们残害狱中革命者和那些反对蒋介石统治集团以及与蒋介石本人有仇的人的

"屠场"。

"据记载，息烽集中营最多时关押人数超过一千二百人……"讲解员每每向外人讲解时都会这么说，但实际上现在真正能掌握和可知的有名有姓的"囚犯"也不足四五百人。差异为什么这么大？

息烽集中营在关押共产党员和革命志士时到底屠杀了多少人，这个疑问一直萦绕在我心头。为此，我 3 次到息烽集中营实地调研与采访时，都要向当地专家和百姓提问，希望他们给出一个相对接近史实的结论。

2023 年春节后再度到息烽采访，是我对这一问题"解谜"最接近真相的大有收获的一次。

这一次贵阳市委宣传部和息烽县委先为我请来了党史办负责人、文联主席、历史纪念馆专家和几位老同志。他们把单位和个人几十年来研究息烽集中营的成果毫无保留地贡献了出来，答出以下几个结论：

当时特务们残害共产党人和革命志士心狠手辣，手段残忍且多样，既不留名，也不会记载；

通常以告知"换地方"为名，再押至原先设定的刑场或荒山野岭，突然从背后枪击"囚犯"，然后在旁边挖几个坑埋了，或者用汽油等焚烧掉尸体，不留下杀人痕迹；

少量的则进行所谓的"公开审判"。

"这样的刑场至少有三四个，比如蔡家寨刑场。"文联主席朱登麟是研究息烽集中营真相的颇有权威的专家和作家，他告诉我，很久以前他就看到那里犹如农民种红薯拢起来的一垄一垄很高大的坟墓。

"集中营的敌人杀害共产党人和革命志士后，也常让随军的兵夫或当地的农民来挖坟坑……"朱主席补充说，那些坟坑一般不是一个人一个坟穴，而是几具尸体合埋在一穴之中，"死去的人无名无姓，更不可能在坟地上竖碑刻名。"他说。

年近八十的文化馆原馆长黎昌念证实：在他年轻的时候，就见过蔡家寨那个刑场周边的许多坟堆。"那模样看上去殉难者人数不会少于一百个……"

可惜，由于历经80多年的沧桑变化，那片残害革命先烈的刑场和坟堆，现今已经因屡次"平整"土地而变得面目全非。

"敌人利用猫洞的特殊天然条件残害关押在集中营内的共产党人和革命志士的暴行更为残忍与恶劣。他们通常在半夜把要残害的人拖到洞内，然而用刑打个半死后，扔到地下河中，或就地埋在洞内的淤泥之中。你甚至连烈士的影子都找不到……"党史办负责人敖艳曾经参与对息烽集中营猫洞发掘烈士遗骨工作的调研，她介绍，猫洞内烈士遗骸挖掘，解放之后共有4次是正式的。"第一次是解放初的那一次，发现烈士遗骸最多。有文字记载，当时用了几个车子装走的，之后几次发现得较少……主要原因是洞内的地质情况复杂，而且不排除敌人就是利用这复杂的地下溶洞的特殊地质条件，把猫洞当作残害共产党人和革命志士的'妙洞'来用。"敖艳说。

息烽集中营的第二任"行辕主任"、大特务周养浩就曾得意洋洋地在猫洞的石崖上刻下"妙洞"二字。

查询民国时期的《息烽县志》，也能获得近似上述关于猫洞被军统用来残害集中营"囚徒"的类似记载。

今天走进息烽集中营附近的百姓中间，他们都会对你说："我们过去常听年岁大的人说，住在阳朗坝附近的人家，经常会在半夜听到从猫洞内发出的凄惨号叫声，即使集中营后来没有了，也常能听到从猫洞里传出的猫哭……"

"猫哭是什么样的声音？就是那种听了后感觉全身汗毛都会竖起来的凄惨声！"阳朗坝的老乡说。

在息烽一带，民间至今仍流传一句话：谁家小孩不听话，把他扔进猫洞去！所以，息烽的孩子们天不怕、地不怕，就怕猫洞。可见，猫洞内国民党特务们残害革命者和其他囚徒是确有其事，而且数量巨大。

在国民党内部及戴笠那里，息烽行辕是被称为"大学"的，而像后来大家熟知的重庆"红岩"的白公馆、渣滓洞监狱，都只是"中学"，那一般的监狱就只能属于"小学"了。

"大学"唯息烽行辕一所，可以想象一下其"规格"了。确实，我知道像大名鼎鼎的关押共产党"红岩"要犯的白公馆的特务头目徐远举（《红岩》小说中的"徐鹏飞"），军衔职务才是校级，而息烽集中营的行辕主任何子桢则是少将。当然还有关押的人数——按照当地一直所说的"最多时达一千四五百人"的数字来说，息烽集中营的规模也属于"大学"级。

在教育级别的设置上，"小学"只属于初级，"中学"则属于中级，只有"大学"才是高级。蒋介石和戴笠设置的秘密监狱的大、中、小"学校"，除了等级上的差别外，还有一个是针对"犯人"的处置结果而"升迁"，而中间的"名堂"非常诡秘和凶险：进"小学"，可能是一顿或几顿的皮肉之苦。如果"小学"解决不了问题，那么便将升级为"中学"，在"中学"里，"犯人"可能坐上一年两载牢，这期间受皮肉之苦是家常便饭，能熬过来的人不是太多。"升'大学'的就是很少一部分了，多数坐牢的时间会在 5 年到 8 年以上，进了'大学'里的人，基本很少有出来的，因为除了时不时的皮肉之苦，长期的非人生活一般是熬不过来的……'大学'之后是没有'留学'的，'留学'在我们那会儿的'牢语'中就是死亡的意思。"说这话的曾是国民党军统特务，是息烽集中营几个活着出来的人之一。他之所以能够活着出来，是因为后来他屈从了戴笠一帮特务长时间的折磨，重新给蒋介石国民党卖力。在解放战争时，这个军统特务又被解放军镇压。

能进这样的"大学"之人，在国民党内部并不叫"犯人"，他们将所有被关押和判刑的人统称为"修养人"。这"修养人"译成现在的文字，应该是"接受教育者"，也就是说凡进这所"大学"的人都是准备接受"修养"教育的，所以他们就是"修养人"。

如此一个文雅的称谓，再加上"行辕"名称，故一般路过息烽集中营的人，还真以为这里是个什么保密的高级机构呢！哪知它其实是一个披着漂亮外饰的魔窟。

我们来看戴笠的"大学"监狱到底是什么样的——它当然是"高级"的监狱。然而国民党特务内部把息烽集中营定为最高级的"大学"监狱，并非有给"犯人"什么特殊的生活与待遇上的优待与照顾，而是指它在管理与体制与其他中小监狱有所不同，或者说有非常大的不同。首先是关押对象的特殊性、混杂性和复杂性，不是简单地让这里的"犯人"或生或死，而是要让他们"生不如死"，而如果他们轻易"死了"的话典狱长还得受"党纪""局纪"的处罚：比如张学良、杨虎城、黄显声这样的重要人物，一旦在监狱里死了，那监狱典狱长可能会被老蒋处罚，甚至革官，所以戴笠对张学良、杨虎城等"犯人"也不敢随意下令处置。

另有一些人也不能随便处置，比如集中营内有个"特斋"，住的人既不是革命者、共产党人，也不是在国民党内犯纪的人，而是叫"郑绍发"的一家。

息烽集中营为什么设了一个"特斋"？本身就很有意思，因这个"斋房"，与其他牢房不一样，虽然它也在息烽集中营内，但它又不在集中营的内墙的监区中，而是设在军统特务的办公区，且关押在"特斋"内的"犯人"除自由受制外，每月还能到集中营财务组去领按陆军上校标准计发的几百元薪饷，也就是"特斋"内的人可以享受县团级生活待遇。这样的待遇谁会有呢？据说即使是张学良、杨虎城都不可能有，也只能给什么就吃什么而已，像黄显声这样的中将也只能在集中营内享受"科级待遇"。"特斋"者竟然可每月领取上校级薪水，绝对不是一般人。

不错，关押在息烽集中营"特斋"内的确实不是一般人，他叫郑绍发，据说是蒋介石的"亲哥哥"。

关于郑绍发是不是蒋介石的"亲哥哥"，民间有传说，小说《金陵春梦》中说到这个人和"郑三发子"的故事，"郑三发子"指的是蒋介石在"老家"的乳名。但到底是真是假，只有蒋介石及少数知底者清楚。

息烽的百姓认为，这个"郑绍发"应该是老蒋的亲哥哥，不然怎么可能给予他一家如此宽厚的待遇？

有谁敢在当时冒充"蒋总裁"哥哥？如果是假的，老蒋只要"哼"一声，那个人的头一定会很快落地。但郑绍发却没有，据他自己说，他郑氏一家是河南许昌河街人氏，父亲叫郑福安，是个农民。母亲王氏生育了3个儿子，老大名大发，早年夭折。老二绍发，老三乳名三发，学名郑合成，也就是后来的蒋介石。清光绪十七年（1891年），许昌大旱，颗粒无收。可怜的王氏带着 7 岁的老二和 4 岁的老三逃荒到了开封。后来王氏为了养活两个儿子，到一个盐商家里当保姆，算有了个落脚地。可才没几天，老家传来郑福安饿死在家中的消息。王氏抹了几把眼泪也没有任何办法，只能继续在这个盐商家当保姆。

此盐商姓蒋，名蒋肃庵，40 来岁，丧偶。蒋先生见王氏长得清秀，手脚又勤快，人也实在，于是便有了娶其为妻的想法。征求王氏意见，王氏点头同意了。这样，蒋家就要王氏的两个儿子改名换姓，老二郑绍发年龄大些，坚决不愿意，后来赌气离开了蒋家。弟弟年龄小，顺了母亲和蒋家之愿，改姓为蒋，叫蒋合成。若干年后，蒋肃庵带着王氏和蒋合成举家迁回浙江奉化，让蒋合成与其前妻所生之子蒋锡侯一起读书，并改名为蒋中正（寓意为蒋宗郑），字介石。

我们再说离开母亲和弟弟的郑绍发，后来当兵去了。1927 年退伍回到许昌老家种地，过着平常百姓生活。

1933 年，有一次郑绍发到许昌，在街头看到有人围着在看一张"领袖像"。郑绍发出于好奇，凑过去一看，着实吓了一跳：这不是我弟弟的模样嘛！

不会吧？我弟弟怎么可能是"领袖"嘛！但这个"领袖"也姓蒋……那么会不会真的就是我弟呢？

郑绍发的心不安了，加之思母念弟心切，便不远千里来到奉化，打听到了蒋家长子蒋锡侯，得知自己的弟弟正是现在的"领袖"蒋中正时，高兴得连连拍大腿：我弟弟发达了！我弟弟发达了！！！

蒋中正真的发达了，当上了国民党委员长，全中国最大的官。这必须去找找弟弟，让他知道我这个哥哥还活着。郑绍发其实也是个老实人，没有多少其他想法，只是想让弟弟知道他哥哥还在许昌老家。

"我要见弟弟——蒋中正！"在南京街头，在总统府旁，郑绍发请人写了一块牌子，天天在街头和总统府门口举着牌子，喊着诉求……

这还了得！围观者是里三层外三层，记者还把此事当作"头条新闻"在南京城的报纸上给予刊发。

"总裁，您看这事如何处理？"戴笠是专干为蒋介石擦屁股的事，但这件事确实有些为难：因为这郑绍发若真的是蒋介石哥哥的话，那谁惹得起嘛！若不是，必定抓起来一枪毙了也万事大吉！

据说蒋介石拿着刊有"声称蒋氏哥哥郑绍发街头闹事"的报纸看完后，沉默不语多时，然后对戴笠说："弄个清静的地方，别让他到处乱跑乱叫了！"再没多说别的话。

戴笠是个聪明绝顶的人：如果郑绍发是假哥哥，凭他对老蒋的了解，早下断头令了，但现在下达的命令是给其"弄个清静的地方，别让他到处乱跑乱叫"，这意思很玄妙——既不承认郑是哥哥，也没有否定他是哥哥，那应该还真的是哥哥呢！真哥哥是杀不得的，但真哥哥到处乱叫乱喊也绝对是不行的，有损"领袖"国威嘛！咋办？

"把他看起来！"戴笠对手下传达命令道。这"看起来"与"抓起来"是完全不一样的。"看"是友善中带有某些强制性，但不会有丝毫的伤害，待遇嘛或许是比原来要好得多。郑绍发后来就是被这样处置的，至于为什么到了军统下面的秘密监狱，原因并不复杂，因为这样的地方，可以让他不能到处乱叫乱喊了，而且吃住与生活啥都不愁。

蒋介石和戴笠所建的秘密监狱，其定案是在南京，但真正建成并实施比较完整的功能，则是在贵州的息烽。我们在前面已经详细论述为何放在此处，是因为更多地考虑地理自然环境和与"陪都"重庆的交通距离等因素。

秘密监狱的实际掌控者是戴笠。这个国民党的"特务王"在制定秘密监狱的具体管理方式上颇下功夫，这是因为在蒋介石下令让他建这样的监狱时就明确了最终的方向：对具有重要价值的共产党人，努力撺掇让其招供，并为我所用。因为这些人的能力和才华超过一般人，对他们"招安"极富价值，摧毁他们原本的共产主义信仰和革命意志，为我（蒋介石国民党统治集团）所用是根本。若最终未如愿，可毙之。所以戴笠对共产党"要犯"表现得格外有"耐心"，正是基于这一点考虑。第二部分人就是特务系统和国民党内部"犯事"人员的教育与处置，让其悔之改过，重新为军统和国民党服务，这也是秘密监狱的一大任务。将内部"犯事"的人与共产党关在一起进行"管理"，这也是戴笠向蒋介石建议的一大毒招：依靠"自己人"来混杂于共产党人中间，既起到监视和掺沙子的作用，同时将一潭水搅浑，然后再捞鱼——这是戴笠创办特务组织时就持有的一种"间谍"理论：没有绝对的敌和我，时间一长，敌即我，我即敌，敌我本是同室人。"在这种背景下，改造和团结对象是比较容易的。"戴笠在特务班培训会这样说。

作为蒋介石的忠实走狗，戴笠在建立和建设特务组织的十几年中，仅谋杀自己手下的各种特务成员就达3000多人，送进过监狱的不下万人。这些送进监狱的人多数是在息烽集中营这样的秘密监狱中度过的，通过一段时间的"教育"与"改造"，有的"自新"了，有的则因为"不醒"而吃了一粒子弹……

当然集中营里还有许多其他的秘密，比如郑绍发这样的人，还有戴笠自己的人——他有两个重庆情妇也被关在息烽集中营，整天骂骂咧咧的，一直到戴笠意外死亡后才得以获释。

秘密监狱的"犯人"主体是共产党要犯，是国民党自己内部"犯错"的或者"犯律"的，自然也有让蒋介石头疼的对手——张学良、杨虎城还有像黄显声这样的人物，他们是不太可能通过"教育"被改造过来，唯一的办法就是"终身监禁"，适时一枪了之。

郑绍发在息烽集中营的"特斋"内享受着上校级待遇，之后他家人也一起被看管在此，全家几口人吃穿不愁，不过是失去了部分自由而已。据在息烽集中营待过的人介绍，郑绍发偶尔也会发牢骚，说蒋中正变坏了，连他这个亲哥哥都不认，也不让他"光耀祖宗"。看守们就跟他说：你老郑别不识抬举了，如果你的"弟弟"一不高兴，一道命令下来，弄不好你的脑袋就没了！

"他敢！"郑绍发怒了，冲着天大骂起来。

何子桢知道后，便把看守训斥了一通，然后到"特斋"说："下个月的生活费暂时停发。"

郑绍发问："为啥。"

何子桢说："战乱原因，上面拨款受阻，大家都一样，勒紧裤带过日子吧！"

郑绍发无话可说，知道是何子桢这个"坏蛋"整他，从此郑绍发再不嚷嚷"弟弟"如何不把他当人了。

让郑绍发这样的人"闭上嘴"就是蒋介石和戴笠想达到的目的之一，而这只是国民党秘密监狱的一小部分"功能"。它的主要功能当然是对付那些最难对付的共产党人和那些"坏了脑子"的、原来跟蒋介石国民党"同党"的人。

设置秘密监狱最根本的目的，并非我们想象的要让这些人死，戴笠曾经在军统内部会议上说过这样的话：解决对手的命的事其实很简单，一颗子弹、一把刀就行了，但解决一个人的信仰和斗志问题，可能就要花几个月、几年，甚至十几年……或者有可能永远都无法解决问题，但我们也要去做，直到达到目的为止。"当然，对付一些共产党是最难的，但我们也要去努力。因为如果他们中哪怕有一个人站到我们这一边，也会比我们派出一支队伍取得的战果要大！"戴笠在蒋介石面前也是这样表达搞秘密监狱的意图的。

这个国民党的"特务王"之所以受到蒋介石的特别重用，就是他在维护"领袖"上表现出极端的效忠和赤诚。最早的一次表现，应该是戴笠还在黄埔军校读书时。

"全体集合！"这是 1927 年 4 月 15 日，蒋介石正式与共产党摊牌。在前几天，他在南京和上海先动手了，发动了历史上有名的南京"四一〇"和上海的"四一二"事件，被杀的共产党血流成河。4 月 15 日，蒋介石的大本营——黄埔军校开始"清党"。

操场上，教员和学员被全部集合到场，然后各队队长站在队伍前面高喊着："凡是共产党的出列！"

戴笠此时正在学生队伍里，他看到共产党员一个个站出来，然后被拉走了，几天后传出消息说那些被拉走了的共产党员基本上都被杀害了……

"还有没自己站出来的共产党员，大家要相互检举，隐瞒者，校长是不会客气的！"队长一个一个宿舍来喊话。

戴笠直挺挺地站在那里不说话，当官的以为人吓坏了，哪知戴笠是在迅速开动脑筋想谁是共产党和共产党的怀疑对象。当晚，戴笠在烛光下写出了一份名单，第二天他便把名单上报给了上司……结果是：十几个人被抓走了，据说都给毙了。

"戴笠、戴雨农？江山出来的那个六期学员？"蒋介石第一次知道并记下了这个浙江江山人的名字。

很快，需要用人的蒋介石选中了这个具有"特工"能力的黄埔学生，来身边"工作"。

"我的命就是校长的，校长可以随时拿走！"戴笠的这等忠心让蒋介石大为欣赏。更让蒋介石刮目相看的是，后来这个江山人在帮助他清除异己和在抗日后方惩治汉奸方面，留下许多让人不寒而栗的所谓"经典"案例——

1931年12月29日，当时在全国影响巨大的国民党左翼领袖邓演达，在南京郊外的沙子岗被悄悄处死一案，震动全国各界，掀起了一场反蒋浪潮。不用说，逮捕和密杀邓演达的事都是蒋介石向戴笠"交代"的事。然而事情并没有完，拥有另一个诨号"刺杀王"的戴笠的手并没有就此停下，而是在不断伸向反蒋的那些进步人士。

1932年12月，在民族危亡的时刻，一群包括蔡元培、宋庆龄、鲁迅、马相伯、沈钧儒和史量才在内的知识界知名人士组成的"中国人权保障同盟"成立，并且举起了爱国和保护人权的旗帜，矛头指向国民党反动政府和蒋介石，蒋介石心火再起，又把"杀鸡给猴看"的任务交给了戴笠。

这一次，戴笠把目标定在"中国人权保障同盟"的实际组织者、副会长兼总干事杨杏佛身上。

杨先生毕业于清华大学，曾留学于美国哥伦比亚大学，在担任同盟总干事的同时，还是这个同盟上海分会的负责人和中山陵工程委员。那时他和妻子住在上海法租界环龙路铭德里7号，离同盟办公处不远。

戴笠在布置暗杀杨杏佛的任务时，作出精心部署：先找到杨的活动规律；其次暗杀的地址必须在法租界。这也是蒋介石的意思："必须给宋庆龄以杀一儆百的作用。"

暗杀的一切准备就绪后，1933 年 6 月 18 日，戴笠指定的行动组长赵理君带队的刺客们躲在亚尔培路中央研究院国际出版品交换处门口。当杨杏佛的汽车在大门口一停下，刺客们立即上前连续开枪……杨杏佛身中 10 枪，血溅大街，后被送至金神路上的广慈医院，但因伤势太重而亡。

乱枪中，行动队长赵理君误伤了自己的刺客，这个刺客后来被法租界警察抓住，最后却被戴笠派人干掉了。

杨杏佛的死，让已经十分混乱的中国社会更加群情激愤。宋庆龄发表了著名的演讲。她说："……这些人和他们雇来的打手们以为靠武力、绑架、施刑和谋杀，他们可以粉碎争取自由的斗争……但是，斗争不仅远远没有被粉碎，而且我们应当更坚定地斗争，因为杨杏佛为了自由而失去了他的生命。我们必须加倍地努力直至实现我们的目标。"

> 岂有豪情似旧时，花开花落两由之。
> 何期泪洒江南雨，又为斯民哭健儿。

这是鲁迅为杨杏佛被害所写的悲愤之诗。

6 月的上海，天气十分炎热，但举行杨杏佛葬礼的那天，有成千上万人参加，包括宋庆龄、鲁迅都参加了。那天街头下着大雨，人们说这是"国之泪"……

即便如此，戴笠仍悄悄地问过蒋介石："宋二姐"如何办？意思是要不要把宋庆龄一起干掉。

蒋介石瞪了一眼戴笠，没有说话。蒋介石之所以没同意戴笠那样做，并非他的善良，而是蒋介石后面有宋庆龄的亲妹妹宋美龄。这是一条"红线"，老蒋是不得不顾忌的。至于其他人，这样的"红线"就不存在了。

戴笠自然可以放开手脚。张学良后来一直没有被杀，也就是因为他后面有宋美龄这条"红线"保着，否则他早跟杨虎城一样，甚至不知还要惨烈多少！

我们回到息烽集中营。

"'122号'，现在通知你：从今天起，你的任务主要是在这个房间里学习这两本书，不得出房门……"黄显声到息烽的第二天，他想推门往外走一走、透一透新鲜空气，却又被两名特务看守挡住，其中有一个还把两本书往桌子上一扔，说着就退了出去，掩上门。

黄显声有些火了，说："咋啦，是要毙人了？连这狗窝都不让出？"

"不是不是，我们主任是怕你读书受打扰，所以……长官你不知，其他的人都是需要在那边的矮房子里待上一个多月才能到大房的，你跟他们待遇不一样，要好多了！"特务看守忙在黄显声面前嬉皮笑脸地道。

"矮房子？是什么玩意？"黄显声奇怪地问。

"唉，就是像猪窝似的，像长官这么高的人可就难受死了……"看守说。

"你们这里有舒服的地方吗？我看连阎王殿都比不上！"

"别跟他说了！一会儿长官又要罚你呢！说不准把你也扔进那个猪窝呢！"另一个看守对刚才说话的看守道。

黄显声不想再为难看守了，于是随手捡起桌上的书一看，原来一本是孙中山的《总理遗教》，另一本是蒋介石的《总裁言论》。黄显声的鼻腔冷冷哼了一声，然后往床上一躺，再将书搁在额上，竟又蒙头大睡起来……

"'225'号，出来！"韩子栋等到息烽后，并没有像黄显声一样先到了阳朗坝，而是在城内的一所老监狱，因为是临时性的，又一下来了那么多"犯人"，所以他被编入了都是犯纪律的特务狱室，十几个人挤在一间二十来平方米的狱室，挤就不用说了，最令人无法忍受的是这些犯纪律的特务聚在一起，整天发不完的牢骚，骂骂咧咧不用说，稍不对劲，就跟你吵个没完，一吵起来就咆哮，动手动脚是家常便饭。

韩子栋的身份在这十几个人中是特殊之特殊：国民党党员、复兴社社员、中共地下党员。当然前面两个身份是公开的，后面一个真实身份一直是特务们高度怀疑但又没有弄清楚的，所以他成了特务内部的"纪律重犯"被押于此。

"什么事？"一听让韩子栋出来，同室的人都静了下来，因为一般外面喊"某某"时，大多并不是什么好事。牢房内有句俗话，说："一声叫名，就是要命。"韩子栋心想是不是特务们也在嫌弃自己了，从北平押到南京，再从南京押到益阳，最后到了贵州息烽……该差不多了吧，特务们也烦了，所以韩子栋这回一听是叫自己的"监号"，便把蓬乱的头发用手拢了拢，自北平被抓的几个月以来，韩子栋还没理过头发，为此有人开始称他"疯老头"。"我才30岁刚出头……"有时他无奈地苦笑起来，不过在监狱里，凭他的经验，越低调，越少吃亏。但又有好几回他这样想：监狱里是不是不让理发？枪毙的人都是等头发不能长得再长了就一枪毙了得了？

"理发？命都保不住了，你还想理发？没看我们现在是一次又一次搬家呢！"在益阳时，韩子栋向看守的特务提出过，结果特务狠狠地瞪他一眼。

理发的事，韩子栋再不提了，心想，既然我蓬乱的头发可以带来意外的"收获"，那就让它长吧，长到真正的"疯"样也行。

"'225号'！叫你没听到？快出来！"牢房口又在叫。

韩子栋这回反倒镇静了，前几天那位"334号"上海记者先生，不知道这个狱室里多数是先前的国民党特务，他们尽管"犯了事"，但骨子里仍然是国民党的爪牙。所以那位"334号"的上海记者并不"识相"，他发表了一通怒斥蒋介石国民党现政府的牢骚之后，立即有人"打小报告"，第二天这位"334号"便被送"上路"了。

相比之下，韩子栋有经验，他在南京秘密监狱的一段时间里已经学到了不轻易跟同狱室人"交心"的经验教训，所以到息烽后仍然保持着沉默寡言的习惯，即使有人挑衅他，最多他也咆哮似的"疯"一阵便完事了，这样也不易被同室的特务们向上"打小报告"。

"这回是不是自己失误了？特务们看我沉默寡言是不是也说明我的'底'被他们揭穿了？"在听到看守第一次传唤和第二次喊"225号快出来"时，韩子栋感觉情况不妙。

也罢，关来关去，早晚也是一个死，早死早解脱！其实这种想法从他被押到南京秘密监狱后就已经有了，何况现在又到了"鸟不拉屎"的贵州息烽这样的"偏乡僻壤"。国民党反动派对付共产党"要犯"

的卑劣手段不就是这个样嘛！

"来了，叫什么叫？"心里有准备之后，韩子栋反而镇静了下来，只见他拢了拢"疯"样的长发，走出狱室。

"我已经看出来了，你是假疯！"门口，那个叫刘黑七的看守走到韩子栋跟前，一把将他拉到走廊处，那里有一把椅子。

"坐下吧！我的'225'，你就别再装了……"刘黑七很不情愿地命令韩子栋。

咋，上刑？椅子上"崩"子弹？韩子栋疑惑地看了一眼刘黑七。

"理发！"刘黑七又好气又好笑地冲韩子栋高声嚷道。

"真的？"韩子栋有些不信。

"有啥可骗你的！"这时刘黑七转身从窗台上拿起一把理发剪刀，再次示意韩子栋坐下。这才让韩子栋相信他不是受刑，而是真的享受一次理发！

"烧高香了啊！这刮的啥风嘛！"坐在椅子上享受理发的那一刻，用韩子栋的话说，那真是"否极泰来"。

"到息烽来的人哪，都得准备长住了……所以上司让给你这号的假疯犯人理理发，听说明儿个要给你们换地方了。"刘黑七边干活边从嘴里吐着韩子栋他们在狱室里根本听不到的"消息"。

"又要搬了？"韩子栋追问一声。

"我可没说啊！"

理完发后，韩子栋回到狱室，其真容一露，"室友"立马有人嚷嚷起来："'225号'可真会装啊！"

"你瞧他那样，他真要是疯了，那我们肯定不知疯过多少回……"

韩子栋摇摇头，不想搭话。

第二天，真的又搬"家"了。不过这回没兴师动众，上车、下车才用了不到半小时。到了城边的阳朗坝——即现在的息烽集中营旧址。当年这里对外挂的牌子是：国民政府军事委员会息烽行辕。这个牌名一看就是具有军事保密性质，很显然就是军统的直属单位。

阳朗坝其实是个山坳坳。四面皆为崇山峻岭，只有集中营那一块地算是略为平坦。据说原址是当地一个地主的庄园，戴笠选择息烽作为他关押特殊犯人的秘密监狱，有种说法也很诡秘：说蒋介石与戴笠两人都是浙江籍，一个是国民党军阀，一个是大特务头目，其实很迷信。为了让秘密监狱里关押的那些"共产党要犯"和那些"不听话的"国民党同仁不再"作乱"，需要选择一处风水比较符合他们意志的"安全"地。

怎么选？戴笠有一套"八卦"理论，以前他在出师执行重要的特殊任务之前，都会请大师卜一卦。选择"陪都"附近的秘密监狱也必须算一卦。

1938年年初，决定"陪都"大事之后，戴笠来到贵阳"考察"，听说有个在黔灵山挂锡的高僧空宁禅师的卦很灵验，于是便与军统办公厅主任毛人凤等一帮特务便装来到高僧所在的寺庙，请求指点迷津。

戴笠一进寺庙，正在打坐的空宁禅师闭目开口道："将军光临禅寺，必有所问吧！"

戴笠一行大惊。"法师认识在下？"戴笠忙问。

空宁微微一笑，道："小僧昨日卦知将军今日会来，并是为求一桩未决之事。"

戴笠一听，更是惊得一身冷汗，心头想着此僧真乃神仙也！

"多谢大师！"戴笠便将心头的实情实事向空宁作了一番介绍，并恳请高僧给他指点迷津。

空宁听完，又是微微一笑，随后从抽屉内取出一张纸条，递给戴笠。

接过纸条，戴笠看上面写着 12 个字：息息相关，烽火永靖，东南为吉。

"此为何意？"戴笠一时没明白这 12 个字是什么意思。

空宁："将军是聪明人，自然能参透玄机。"说着，闭目再不言。

回到住处，戴笠左看右看这纸条上的 12 个字，仍百思不解其意。

"有了！"正在一旁看贵州地图的毛人凤突然惊叫一声。

"啥有了？"戴笠赶紧凑过身子，跟着看毛人凤指在地图上的方位……

"这里，就是这里！"毛人凤的脸上放光道。他的手指正指在"息烽"地名。

"息烽！这跟和尚的 12 个字有何联系？"戴笠还是不解，正在琢磨时，毛人凤说："局座你看，'息息相关，烽火永靖'，这不正好藏着'息烽'二字嘛！息烽县城古名为'永靖镇'，大师 12 个字的隐意就是：在息烽设站，将永靖安好。这不正是你局座和总裁所想要的地方嘛！"

戴笠大为感叹道："是啊，我怎么没想到这层意思嘛！息烽，息烽，停息烽火！好极，就是息烽了！"

次日，戴笠带着毛人凤等军统特务，一行人直奔息烽，随后在当时的县长邓匡元陪同下，对县城周边方圆十里进行了考察，结果选中了阳朗坝猫洞的那块地主庄园之地。

"天赐的神妙之地呵！"站在猫洞之上观绿阴之下这片园地，戴笠大为感叹。

选定秘密监狱地址之后，戴笠回到贵阳，特地去感谢空宁高僧。当听说选定息烽之后，空宁只说了一个字："善。"

既然是"善"了，戴笠便不再多问。这事从此就定下。

那个时候，从南京出来的韩子栋等数百名秘密监狱迁移的"犯人"已经在路上——到了益阳监狱，所以息烽集中营的准备便加速开展，戴笠命毛人凤主持具体"基建"工程。好在原有的房子比较多，尤其是一些地主的牛棚猪圈还挺结实，所以后来杨虎城在息烽的第一站，就是在这个地主庄园的牛棚内待了好几个月。集中营的主体房子，是地主的几排正房。考虑到"犯人"多，所以特务们又在庄园内新建了几栋平房，有的被改造成牢房，有的后来成为特务执勤的办公房。

韩子栋他们从益阳监狱搬迁到息烽时，阳朗坝的息烽集中营还没有全部改造成，因此多数"犯人"暂且在县城内的当地警察局的临时监狱内待了一段时间。

息烽集中营——也就是"行辕"建成后，秘密监狱关押的所有"犯人"陆续被迁入阳朗坝这边。

对外称之为"息烽行辕"的这座秘密监狱，也叫集中营。与所有法西斯建立的集中营在本质上是一样的，蒋介石、戴笠反动派在对待共产党人和革命者的手段上，在息烽集中营内所施暴的罪行并不比希特勒建立的关押犹太人的"集中营"有任何的良善之处。

残暴、罪恶、无耻、灭绝人性是息烽集中营的基本特征，尤其是刽子手何子桢任主任期间的种种做法，与法西斯相比可谓有过之而无不及。

现在在息烽集中营革命历史纪念馆内，我们还能看到一些当时囚禁共产党人和革命者的那种粗木制成的牢笼：它是放风时专门用来枷锁那些"不听话"的"重犯"所用。人在这样的牢笼内，猪狗不如，因为"犯人"还必须用手铐脚镣锁着，脖子卡在笼上的扣内，动弹不得。你想喝点水的话，看守就用水勺泼向你的脸上，你张着的嘴有可能泼进几滴水珠而已。看守们这时会哈哈大笑，跟耍动物毫无区别。

再看韩子栋他们住的牢房，更可怕：

就是进入"厅廊"也是极其阴森的，没有灯，室外的自然光进不了几缕。至于拐入里面的牢房，更像摸进地下室似的黑暗。显然，集中营设计者是有意所为，因为所有房子都是依山坡而建的，所以所有牢房门口朝向都在阴面，那么整个牢房便都是黑乎乎、阴森森的。这是戴笠等特务们的一招毒计，让你常年生活在见不到阳光的黑洞洞的牢房之中，控制情绪本身就是一件极其困难的事。

牢房之内没有床铺，只有半尺来高的一排木板搭在地面上，那木板上面是一些稻草和一张破烂的席子。贵州的山区本来就潮湿，即使是夏天，一场雨水之后，也会阴冷阴冷的。那些阴面的地表上会很快长出青苔；如果再有那么一两个阳光天，这些青苔便会长得非常快。而这里多数又是阴雨连绵的日子，就是不下雨，一到夏日，这些青苔内也会滋长出无数蚊子等咬人的小虫。牢房内此时便成了这些蚊虫乱舞狂欢之处，而在牢房中的韩子栋他们这些"犯人"，即使是白天，也会被各种飞虫咬得死去活来……

再看看手掌大的牢房，其实连当地农民的猪圈都比它大。"225号"韩子栋搬进息烽集中营，是1938年11月4日，他之所以在后来成功越狱后还能记着这集中营里的一切，是因为这种非人的折磨印象是刻骨铭心的，就是只剩下最后一口气他也不会忘记。

　　韩子栋在新中国成立后写的一篇回忆文章中这样说，他们住进的牢房长不及两丈，宽不到一丈，却要住 17 个人。这些人多数由于至少忍受了几个月甚至几年的监狱生活，身体又不好，容易伤风感冒，在潮湿阴暗又不通风透气的黑洞洞的牢房内，空气极端恶劣。一间牢房一天只能用两担水，吃喝洗碗、刷牙洗脸、洗衣服、擦身子，尤其是倒马桶，全都用这两担水。十六七个人，一天的拉屎撒尿，都在一个马桶里，光这个马桶里散发出的臭味就足以让人无法忍受，然而不能忍受也必须忍受，因为规定马桶一天倒两次，你想多倒一次，就得处罚一次。晚上睡觉，十几个大男人，一个挨一个，甚至连翻个身都会碰到身边的人，铺的空间只有所有人都平躺着才刚刚挤得下。狱友们说他们睡觉就是"插萝卜"，意思是每一个人必须直挺挺地躺着才可能有自己的"睡位"……

　　打呼噜、咬牙、放屁，梦里号叫与痛哭……为了这些事，同室狱友之间打架、吵闹的情况几乎天天晚上有。

　　囚禁的生活异常难忍，尤其是夜深人静时，一个人出声，就会让整个狱室无法入睡。"我不想睡！我就不想睡！我宁可去死——"常常半夜里有人疯一样地号叫起来，或者突然大哭不止。于是整个集中营都会被惊扰。这个时候，肇事者就会被囚友群起而攻之。结果是这个人被拉出去扔在院子内，关到笼里。如果再号叫、大哭不止，那就再拉到猫洞内刑具伺候。再不止，会被特务用电棍或铁砂掌闷到没有气息为止。

　　"不闹腾了？"这样的人没被弄死，特务们就会这样问他。

　　"不了！保证不了！"服输的，再被送进牢房。从此，人们半夜没了声音。

许多开始闹腾的人，后来都不闹腾了。

起初那些强烈表达无法生存的人，慢慢地就对牢房的恶臭、狭窄、潮湿、虫咬、相互打架等都开始麻木不仁、习以为常，甚至毫无知觉似的。然而毕竟是人，人就会有嗅觉，就会有七情六欲，就会七思八想，渴望呼一口清新的空气，或者痛痛快快洗个澡……然而这种渴望的结果，可能是送上一条命。

有位研究息烽集中营的专家介绍，他听当年幸存下来的人说过这样的事——

一位在武汉被捕的反蒋人士被关进秘密监狱。他是知识分子，平时很讲究，在家的时候每天要洗澡擦身。但是到了监狱不可能有这种条件，在息烽集中营，每人每天能用的干净水可能只有两碗左右，而这么点水可能喝都不够，怎么可能洗澡。这个人开始还为了能够每天擦一擦自己的身子而跟同室的人求三求四，再后来即使他求五求六，也不可能有干净水供他洗澡擦身……一天不洗不擦身子，此君就觉得浑身起鸡皮疙瘩，而后来牢房里根本不可能再有供他洗身子用的干净水，他竟然发疯似的用马桶里的脏水擦身子，结果患了一身皮肤病，每天瘙痒得无法忍受，而皮肤病一久是容易传染人的，于是集中营内同室的人要赶他走，因为除了怕传染外，不能获得医治的那人整宿整宿地折腾，弄得同室的人根本无法闭眼。如此折腾一个多月后，同室的人嫌弃他，集中营的特务恶损他，有一天同室者出去"放风"回来，被押回牢房时，忽见原本整天喊着"臭死蒋介石"的此君吊在木门的门框上。"快快，赶紧把他放下来……"等同室难友将其放下，一摸其鼻孔，早已断气。原来他用撕碎的裤布拧成一根绳子，自己了结了生命。

受不了折磨自尽的人在息烽集中营据说至少十几个，逼疯逼傻的更不知其数。尤其是杀人不见血的何子桢任主任时，他重用的行刑队长荣为箴，对集中营"犯人"的手段之毒辣是出名的。有一位集中营难友是北方人，不习惯南方气候，几乎天天闹肚子，时常拉屎拉尿在身上，晚上也是，一拉就把整个牢房搞得臭气熏天，让人无法入睡。自然，同室的人很有意见，吵闹成了家常事。

"我也不想拉呀！可我管不住肚皮，你们能不能帮我闹闹，让他们帮助弄点好吃的饭，让我单独住个地方嘛……"这个难友一把鼻涕一把眼泪地恳求同室难友。

荣为箴听说后，便来到这个难友的牢房。"什么臭味呀？"荣为箴哪受得了牢房内污浊异常的臭气，一边捂住鼻子，一边问瘫躺在地铺上的那个患病的难友："你不是想换个地方吗？那就起来吧！"

"长官，我、我……"那个难友就是不起，一脸尴尬。

"又怎么啦？"荣为箴皱着眉头问。

"估计他又拉身上了……"同室的人说。

"是吗？"荣为箴的声音提高了。

那患病的难友只得点点头，哭腔似的嗯嗯了几声。

"那就把它擦干净了呗！"荣为箴不耐烦地阴阳怪气地说。

那患病难友便拖着疲倦的身子起来用自己的床单擦了起来，还是擦不干净，便又用自己的衣衫，仍然没有擦干净，而牢房的气味早已让人无法忍受……

"这你怎么擦得干净嘛！你的衣服他妈的都是臭的，它能擦得干净嘛！"荣为箴显然已经压不住怒火了，斥道。

"我、我实在擦不干净……"那患病的难友可怜兮兮地说。

"擦不干净就用嘴给我舔干净！"荣为箴的流氓性发作了。那难友愣了，同室的难友顿时纷纷出面说："我们来吧！""我们来擦吧！"

"不行！就得他擦！"荣为箴喝道。那狼似的目光盯着每一个"囚犯"，意思是谁帮他，我就让谁跟着去舔……

那个患病的难友开始痛哭起来。

"哭什么，舔不舔？"荣为箴手中的警棍已经碰到了那个患病难友的鼻子上。

"我、我……我舔，我舔……"那难友突然一声号哭，就在此刻，只见他奋然站起，使出全身力气，迈开双脚，低下半个头颅，猛地朝牢房的门框哐的一声撞过去！

"哎呀！"这是谁都没有意料到的事，但就发生了。那难友的头部顿时血流如注，昏倒在地……

"把他拉到猫洞去！"荣为箴捂着鼻子，命令特务小喽啰们，自己则扭身便走了。

难友们后来再也没有见过那个闹肚子的难友，大家估计他是死在猫洞里了。

受不了息烽集中营生活而死去的人，绝不止上面两位囚友。一位幸存者这样说：在息烽集中营，即使敌人不用刑不用审讯，你能在那种非人的环境下生活下去，也需要足够坚强的斗争意志。

韩子栋经历过北平、南京、益阳等几个监狱，相比之下，他这样评价息烽集中营的生活：

至于饭菜呢？息烽秘密监狱是百尺竿头更进一步的。饭菜之坏且不必说它，饭菜的粗劣，是没法形容的。吃过宪兵司令部看守所的老霉米饭、菜叶汤的同志，不会忘记那种"美味"，如果和息烽秘密监狱比起来，实在是小巫见大巫。在南京秘密监狱中，我吃的是沙子、石头、谷子、稗子"四宝饭"，到了息烽就改成"八宝饭"了。有一次，我为了试法西斯加在饭里面的"好材料"究竟是什么成分，我从一洋碗饭中，捡出了一小把沙子、石头等，约占全饭的五分之一。最可恨的是一种和小米一样大小、死硬的谷壳尖粘在饭粒上，任你如何都没法捡得出来。南京的菜虽然是白水煮的，但还可以吃。息烽的菜美其名曰"毛菜"，是老黄了的菜中裹着虫、草、泥、粪，五光十色。赖以救命的稀饭有一个时期也给取消了。肠胃病、痢疾，不断把年青少壮的难友，拖到坟墓去，使我这久病衰弱的老修养人，没法子不相信"快与人世长辞了"！（韩子栋《在军统秘密监狱十四年》第45页）

从"老囚徒"韩子栋的亲历与描述中可以看出息烽集中营是如何折磨每一位囚徒的。

如韩子栋所言，仅因为一个"吃"字就不知害死和害苦了多少人。何子桢和特务们为了诱引囚徒为"吃"而出卖灵魂的办法，便足以让意志薄弱者经受不住考验。

一个刚进息烽集中营的"犯人"，原本是国民党军统特务，因为在惩治汪精卫汉奸的斗争中所谓"意志不坚定"，放过了几个蒋介石、戴笠想治死的对手，结果被送进了秘密监狱。此人人高马大，饭量不一般。在外面吃好喝好的他，哪受得了集中营里的石子饭、虫子饭、粪草饭！但无奈也必须咽下去。一日两日，一月两月……几个月下来，此君的饭量锐减。"猪狗都不如的饭菜！"他常怒摔饭碗。日久天长后，强壮的身体渐渐成了皮包骨。再后来突然有一天，刚吃完饭，就肚子疼得打滚。

"快来人！他不行了呀！"同牢室的难友们着急起来，大喊看守。

看守过来后，将其抬出牢房。然后让狱医来看，开始诊断为肠道炎，给了点止痛药。后来此君仍然痛得在地上打滚，狱医便说没这个本事给他治病，于是所有的人只能看着此君痛得哇哇大叫了一天半宿……再后来就没有听到其叫喊的声音了。

"扔到猫洞里去了！"一打听，有看守这样说。

后来韩子栋等人分析，此君的死应该与平时吃的饭菜中的脏东西有关。因为包括韩子栋在内的所有在息烽集中营生活过半年以上的"囚徒"，几乎无一例外地会患上胃、肝、肠道等疾病，所以突发病痛死、久病拖死者自然不在少数。

　　　　呵，你想得太多了
　　　　这里是地狱
　　　　怎可能让你吃香喝辣
　　　　有一天你不知何因肚疼
　　　　就证明有毒的饭菜
　　　　再一次前来侵袭
　　　　你的肌体与灵魂
　　　　如果你的肌体
　　　　发出乞求
　　　　那么敌人会诱惑你出卖灵魂
　　　　你灵魂假如被出卖
　　　　那么你就像僵尸

被世人抛弃

你想选择哪样

这个地方每天

都在考验着你和大家

……

戴笠曾经对秘密监狱有过这样的"训话"：要让这里的人按照我们的意志服软，最后成为我们的人，为我们的事业所用。他说的"我们"，即国民党、蒋介石和他戴笠的军统。

让囚徒"服软"并听从于特务们的"管理"，这是秘密监狱的根本目的。所以第一任息烽行辕主任何子桢以其所理解的意思，使出刽子手特务的种种恶劣手段来对付韩子栋他们这些共产党人和革命者及其忤逆他们的对手。

在息烽集中营内，有一个地方有两间特别低矮的牢房，人只能低着头方可向里探望，特务们将此称为"感化室"。

"为什么搞得这么矮呢？"当我同样低着头、弓着腰去观摩"感化室"时，有些不解。纪念馆的工作人员告诉我：特务们为了给那些"不愿低头"的革命者和共产党人来个"下马威"，所以就设下这样一个又低又矮的监狱之监狱的矮牢房来惩治他们。进这里的人，不能直着身子站着，只能整个人低头弯腰。特务们用它来强制进来的"囚徒"，首先从心理上让你"屈从"于他们，并通过一天一天的低头来打击特务们认为的你身上的"嚣张气焰"。

"著名的爱国人士马寅初先生被关在这里很久……"息烽集中营纪念馆的工作人员说。

马寅初马老？我是见过马寅初老先生的呀！他是著名的经济学家，北京大学第一任教务长，任过国民政府的立法院财政委员会主任等职，就因为反对蒋介石的财政政策，于1940年12月6日被捕。马老被捕后一副铁骨铮铮，不屈服于戴笠等特务们的威胁。戴笠问蒋介石如何处置。老蒋说：你的办法还少啊？不用我出主意了吧！不过，他是浙江人，又有那么大的影响，性命还是要保他的，主要是让他服软、听话。

明白了。戴笠很快把马寅初押到了息烽集中营。

进到息烽集中营后，便将马寅初押进"感化室"。如此一位大名鼎鼎的学者、知识分子，一直在万人队伍和广大学生中，昂着头讲课、发言、演说的大学者、大教授，竟然在此整天低着头、弯着腰，吃饭、端屎桶等都是弯着腰，甚至爬来爬去，而每每此时，牢房外的特务们则站在一旁嘲笑他、戏弄他。

"你们这帮畜生！知道如何对待自己的父母和长辈吗？知道不孝不敬长者是什么吗？"这时的马寅初会气得直指着特务们责问。

那些无耻的特务才不管谁是谁、说他们什么呢。他们甚至有意气马老，拿腔拿调地回答说："我们不知道——"

"那叫衣冠禽兽！衣冠禽兽都不如！"马寅初直接气得哆嗦。

"哈哈……还骂我们衣冠禽兽，你看看自己爬来爬去像头猪似的……哈哈哈。"特务们不放过任何一个嘲弄大学者的机会，想通过这等低级的言行来损毁马寅初先生的尊严。但马老并不会上其当，他言"虽屈尊弯腰而席，但心仍顶天立地"。

"那么好吧，你马先生就在这里多待些日子吧！"特务们为了让马寅初从心理和意志上"屈尊"，于是足足将他关在"感化室"8个月。

图为关押马寅初的"感化室"。被关押期间，马寅初常吟"天地一框梏，万物皆戈矛"诗句（沈钧儒诗），控诉国民党当局把全国作为一个大监狱的罪恶行径

◎ 马寅初，1882 年出生于浙江省嵊县（今嵊州市）。著名教育家和经济学家。1914 年获哥伦比亚大学经济学博士学位后回国，曾在北京大学等校任教。1937 年，全面抗战爆发，马寅初辗转抵达重庆，任重庆大学经济学教授和商学院院长等职。其间，受命考察战时经济，对官僚腐败现象深恶痛绝，多次发表文章和演说，揭露"四大家族"的贪污腐败，深受民众拥戴。1940 年 12 月 6 日，为国民党当局逮捕，关押于贵州息烽集中营。1942 年，迫于社会各界压力，国民党当局释放了马寅初。抗战胜利后，马寅初投身民主运动，反对内战独裁，呼吁和平民主。曾任第一、二届全国人大常委会委员，第一、三届全国政协委员，第二、四届全国政协常委，浙江大学校长、北京大学校长等职。1982年逝世。

本页图片来源：息烽集中营革命历史纪念馆

"哼，我就是坐穿牢底，也不会屈从背叛祖国之人的！"马寅初铁骨铮铮地回道。

蒋介石和戴笠最后无计可施，不得不在 1942 年 8 月将马寅初释放。

站在息烽集中营的"感化室"门口，我仿佛依稀地看到马寅初等一大批仁人志士，不屈从于蒋介石国民党特务们的淫威，用精神和信仰的意志，一直顶天立地站在我们的面前……

何子桢在任息烽集中营主任时，还使用过一个极其卑劣、残忍的手段。

所谓卑劣，是在牢房内安插特务，让你防不胜防。

像韩子栋这样的多重身份的"犯人"，自然是何子桢特别注意的监控对象，或者用特务们的话说，就是要从他的"骨髓里敲出名堂来"。什么意思？就是要把韩子栋藏得很深很深的真实身份给弄出来。如果不是怀疑韩子栋北平共产党员的身份而仅仅因为他作为蓝衣社（复兴社）的蜕变者，军统用不着兴师动众，把他从北平押移到南京，再从南京一路押解到贵州。类似军统内部犯"纪律"的人，在秘密监狱也非一两个。他们或关一段时间，教育教育，就给放了。当然，也有些关在里面不知又被什么事牵出来，上级一道指令给毙了的。另一种情况是，因为国民党或军统内部的他人之事牵涉后被关押在牢。对这些人，特务们有的根本不闻不问，只是一个字：关！长期的关押。如两个刺杀宋子文的嫌疑犯，关押过的地址比韩子栋还多，也从不提审，可就是不释放。邓演达的秘书文先生，与邓演达同时被捕，然而邓演达已经被敌人枪杀多年了，他的秘书仍然被关在集中营里无人问津。

"'225 号'，你到底是干什么的？干吗不放你啊？"同室的难友悄悄地问韩子栋。

"你问我？想听真话？"韩子栋具有丰富的监狱经验和阅人经验，他知道现在问他的这个人并非何子桢他们安插进来的特务，所以朝那人一笑，告诉他，"我是白头公。你看看，我的头发不是白了吗？"

"白头公"在集中营里是"囚徒"们之间的一种暗语。因为根据各种犯人的入狱性质和入狱时间长短不同，"犯人"们相互之间会给囚友定位成"二进宫"或者是"白头公"。

由于息烽这样的秘密监狱内被关押的"犯人"待的时间一般都比较长，因此所谓的"二进宫"，指的是两种人：一种如军统特务内部或国民党内第一次犯了事被抓进来后，万幸活着出去继续从事为国民党和特务机关服务的工作，但又由于种种原因再次犯事而被第二次送到了秘密监狱；还有一类是，出了秘密监狱，由于泄露了息烽秘密监狱的事，所以又被送进来继续"深造"。对"二进宫"者，戴笠、何子桢使用的手段与对付共产党的手段相似，这也是国民党不得人心、连自己阵营里的人也经常反水的原因之一。

韩子栋自称的"白头公"，是监狱内另外一种"犯人"间的称呼，他们多数是身背重大政治嫌疑，因无确证，既不能杀，也不能放，成了不决的悬案。韩子栋就属于这一类人，由于秘密监狱的日子非人所能熬，多数人用不了一年两年，就会被折磨得身心交瘁、面容老态而渐渐满头白发。从北平到南京，再到息烽才两年左右时间，心境尚算"想得开"的韩子栋，其头顶也露出几缕白发。故有人问他"到底是什么人"时，机灵的韩子栋用了"我是白头公"回答他，既说清了"身份"，也保护了自己。

在秘密监狱里，残忍而狡猾的敌人，就是想通过各种手段，敲开"犯人"们深藏的秘密。这是戴笠和何子桢之流的目的。因此所有入狱的人，都会经历各种考验，尤其是没有暴露身份的共产党人和没有暴露秘密的那些人。

首先，在秘密监狱牢房的内部管理上，特务有一套整人的特别手段，其中一个手段就是设置室长。看守们不可能每天每时地盯着牢房内的事，但牢房的室长本身就在"犯人"之中，只是他有一定的活动空间，比如担水、取饭菜，以及带领室内"犯人"出来放风，之后又带人回到牢房。平时点名等，都属于室长的事。当然，室长还有一点不小的权力，就是可以安排谁睡在什么位置，一般按牢房"规矩"，凡新来的人只能在挨着马桶的门口处睡，那个地方最臭、最冷，也是最脏的地方。所有新来的犯人都要在这里接受"下马威"。室长一般都由集中营头目来指定，而集中营的某些室长其实都是真正的特务。他们伪装成"犯人"，实际上是何子桢他们派出的专门监视牢房内所有人活动的人。而针对集中营室长，特务们也还有一套办法，就是一旦室长所管理的牢房内出现特别情况，室长如果事先没有报告与发现，就会受到牵连处分。室长平时也有一套报告制度，既可以是集体汇报制，也可以是个别执行制；有口头的，也有用文字的。集中营最高指挥官根据情报和需要随时改变室长的管理方式，目的是不让室长有空子可钻，或者逃避责任，被狱中的要犯"策反"。据说息烽集中营里曾经出现过一个特务室长，由于本身被抓有些委屈，对国民党怀恨在心，他在担任室长时有个共产党人与他是老乡，两人在生活和语言上天然相近之感，后来关系慢慢好起来，结果室长帮这位共产党员通风报信时被特务发现了，嗅觉敏感的何子桢追索到那位室长身上，那个室长也算是个好汉，他死不承认，但特务们的手上已经有了"证据"，所以何子桢下令把那个室长连同那名共产党员一起"密杀"在猫洞……

室长中有些人本来就是特务中和社会上的孬种，他们习惯和愿意做损人利己、为虎作伥的事。这样的人当室长后，为了"立功自救"，往往黑心害人，甚至不惜手段捏造罪名来谎报邀功。尤其是在对付共产党人方面，挖空心思、制造些骇人听闻的所谓"事件"，然后争取获得"立功"机会。

有人这样评价戴笠，说他是"中国的希姆莱"。希姆莱是德国法西斯冲锋队头目，杀人不见血，又特别狡猾恶毒。"戴笠给人的印象是聪明而有想象力，残酷而不择手段……在蒋的统治下，他企图通过铁腕来统一中国。他冷酷、狡猾而残忍。"美国传记文学作家魏斐德在《间谍王——戴笠与中国特工》一书的开头，就有这样一段话。

息烽集中营作为戴笠亲自谋划和建设的国民党秘密监狱，在许多做法上完全体现了戴笠的思想与手段，所以对付共产党人和革命志士时采取的特务手段可谓淋漓尽致。一位幸存者在回忆文章中这样说：

除此以外（指设置室长），他们还经常布置一个至几个特务耳目在内，多数也是特务分子，有时或是故意安排进去的（安插到牢房）。例如为了要了解某个人的情况，在长期侦讯得不到什么或苦打也不能成招的时候，就往往插下这么一刀。即派一个至几个特务伪装作为犯人，故意安排与某人同住，使其伪造身份，谎报历史，争取与某人接近。由接近而谈心，阳为同情，阴为刺探。在得到真情之后，或为代出主意，如当事人以为来者是善意好人，乐与周旋，则必误堕奸计，以致愈陷愈深，往往身遭毒手，犹在梦中。反动派对于这些派遣特务，随时以审讯为由，提出谈话，以便了解情况，所以也无人怀疑。直到问题解决之后，才将这起人调出。这种手法，即便是特务们安排的室长，也往往蒙在鼓里。再则经常利用个别谈话，鼓励相互揭发，以防止室内有攻守同盟的活动，也是一种很毒辣的手段。

在息烽集中营，曾经关押过 4 个山东籍中学生，当时他们都在 20 岁上下，分别是冯鸿珊、李仲达、石作圣、陈河镇。这 4 个山东籍青年原是抗战爆发之后从山东流亡到四川绵阳的绵阳国立六中的中学生。他们入狱是因为误入重庆歌乐山"中美合作所"地盘——这是戴笠与美国中央情报部门合办的特务秘密训练机构，由于在这几个学生身上查到了进步刊物，所以特务们怀疑其"共党"身份，但在重庆重刑逼供下没有结果，所以戴笠大笔一挥，将他们押送到了息烽集中营。

这让息烽集中营的特务们有了立功的机会。

这几个中学生的案情中还有一名叫张现华的同学，因"共党嫌疑"更大，被留在重庆继续被特务用作"放长线钓大鱼"。冯鸿珊和陈河镇同岁，另两位都小一岁。集中营的暗藏特务们便开始"工作"了：他们首先把 4 位山东同学分别安排在 3 个不同的牢房，然后有 3 个暗藏特务分别伪装成"大哥"开始亲近他们。

"冯同学，我跟你一样，是在考大学之前因为参加反蒋进步活动被捕的，这个世道黑暗啊，我们要同国民党作坚决的斗争！誓死地斗争到底！"与冯鸿珊同室的特务悄悄地跟冯鸿珊说，表现出一副英雄且豪迈的气概。

冯鸿珊深为感动地看着他。

"你是组织里的人吗？"特务又神秘地问。

冯鸿珊摇摇头。

"不用紧张，我也是组织里的人，只是他们不知道……"那特务斜了一眼牢房外，意思是集中营方面不知道他的真实身份，又说，"你不用担心，我们在牢房内也有秘密组织，你可以参加我们的组织活动！"

冯鸿珊一阵兴奋，但随即又发愁："可惜我不是共产党员……"

那特务有些生气似的，说："你肯定认识张现华吧，他与你们是一起闯入歌乐山的吧？"

"是啊是啊，他现在怎么样了？"冯鸿珊急切地问。

"你知道他已经招认自己是共产党员了！而且背叛了组织……他是个叛徒！"暗藏特务装得格外气愤地说。

"啊，他当叛徒了？！"冯鸿珊吃惊，又问，"你怎么知道的？"

特务神秘地说："组织通知我的……"

"噢——牢房里真的有共产党组织啊？"冯鸿珊惊喜起来。

"对啊，所以你要主动恢复这里的组织活动。"特务又开始诱引。

冯鸿珊顿时黯然地说："可我还不是共产党员……"

特务泄气了，长叹一声，再不理会冯同学了。

但另外的那3个同学在与暗藏特务的较量中过于信任，结果特务们真以为他们有意隐瞒共产党员的身份，所以他们连续多次被"拉出去"用刑，但也真的是像冯鸿珊一样，这几位山东籍中学生根本就不是"共党分子"，集中营的特务们只能将其当作"案情不决"的悬犯处置。这类"犯人"将度过无边无际的监狱生涯，进息烽集中营的人多数都是这样的命运：或变节，或被折磨死，或挺过每一天去等待不知结局的那一天……

特务特务，无奇不有。手段用尽，丧尽天良。这就是息烽集中营，戴笠缔造的特务魔窟，考验着每一位有悖于蒋介石反动集团利益者意愿的叛逆者的信仰与意志，尤其是共产党人的信仰与意志。

第四章

你？我？

——『亲爱的同志！』

"忠斋"中主要关押中共要员、案情重大者，或者有社会地位及影响的人物，如黄显声、韩子栋及后进来的罗世文、许晓轩、车耀先等。

能可握犯

明了遊方

又是一个恐怖的深夜，猫洞那边传来一阵阵令人生寒的猫头鹰的嚎叫……

"又要杀人了啊——！"不知哪个牢房里突然传出一声号哭，于是整个集中营便凄凄切切起来。

"像，像是要杀人了！"

"唉，这帮狗日的，他们没有本事杀日本侵略者，可杀自己同胞的本事大得很呢！"

"那个姓何的就是个魔鬼，魔鬼！我 × 他娘——"

牢房内，有人骂，有人叫，有人哭，有人啼。所有的恐怖与悲愤都笼罩在息烽集中营的夜空下。

"我们宁可死，也绝不能再让刽子手何子桢待在息烽这儿作威作福了！"

"对，奏他一本！奏死他！"

也不知是谁发出了这样悲愤的倡议。后来也不知是谁真的将何子桢搞倒了——他可是军统中有名的"冷血动物"，对付共产党和国民党方面都有一手，所以戴笠十分欣赏他。也正是有"老板"的欣赏，何子桢才敢在秘密监狱内为所欲为，想杀谁就杀谁。

随着抗战形势的不同，国内矛盾也在发生急剧变化，蒋介石为了掩饰他的本质和嘴脸，开始调整他以往对付共产党和不同政见同僚的手段。

杀人成性的"冷血动物"开始不吃香了。

息烽集中营最早开始出现"变化"的，并非监房，而是集中营南侧的那栋从老百姓手里征来的两层小楼。韩子栋他们进息烽集中营后就知道这个楼，因为这栋楼虽也属于集中营管理，但又跟关押他及其他"犯人"的监房不一样，楼上楼下和小楼四周全是荷枪宪兵及便衣特务。很快，"杨虎城将军住在那里"的消息传到监房内，原来真有大人物在这儿呢！这回大家相信息烽集中营真是不同寻常之地。

其实，韩子栋他们还不知道一件事：张学良将军其实那时也被关在息烽，只不过不是在这座集中营内，是在离阳朗坝监狱约20公里的一座寺庙内，那里更神秘，更无人知晓。

"不行，这儿离公路太近……再说，让他跟几百个政治犯住在同一个集中营内，绝不是什么好事。"1939年春末的一天，戴笠来息烽"检查工作"，发现软禁杨虎城的房子距离川黔公路近在咫尺，马上命令军统少将、息烽县县长邓匡元协助给杨虎城找个"安全地"。邓匡元哪敢耽误，随即选中距县城8公里以外的一个名叫"玄天洞"的地方作为杨虎城一家的单独囚禁处。

到息烽采访时，我请当地宣传部同志给我安排去玄天洞实地察看。

车辆在盘山公路行驶了20多分钟后，我们到了玄天洞……这是个天然岩洞，从远处看，它确实像悬在天上的一个张着巨嘴的山洞。再从洞内往外看，又似一口反扣着的铁锅。站在洞口往远处眺望，抬头是重峦叠嶂，低头俯视，但见山谷中一条溪流潺潺流经此地，偶尔有一两户农家的炊烟袅袅飘荡过来，其洞景四周很有些仙意。据说明朝时有个道人游至此地，认为此洞非常适宜修仙炼道，于是就驻足于此，并出钱请山中住户在洞内修了两间房子。因洞中不用防雨防风，这房子仅用树皮盖顶即成，故取名"木皮庵"。道人在洞内供奉玄帝，后来此洞也就被称为"玄天洞"。

玄天洞其实是个巨大的溶洞，内部约3400平方米，足够数百人

躲避天灾人祸。历代明君得知此洞可为民造福，所以官府会出钱帮助修缮该洞。到民国初始时，洞内已经有玉皇殿、三官殿、上殿、下殿等房屋 30 多间，乃当地一大名寺。

玄天洞的山门处，有一副对联如此写道：玄机活泼，天理自然。横批：玄天古洞。一直以来，玄天洞香火不断。

戴笠要关杨虎城于此，特务们便把里面的道士、道姑等一起赶出洞穴，从此特务与军警把守在此。据说最多的时候，有一个营的兵力在洞四周警戒。杨虎城和他的妻子及一儿一女，在此关押长达 8 年之久。

我们现在把目光收回到息烽集中营原址内正在发生的事——

"各位，现在我受蒋总裁的委任，正式接任本行辕的工作，希望诸位今后给予本人全力支持和理解，我们一起把这里建成一所见得到阳光、人人感受到温暖的地方……"这一天，黄显声、韩子栋及其他"囚徒"都被叫到牢房中央的放风场地上，一个身穿崭新的国民党陆军少将军装、个头在一米八左右、脸带笑容的集中营新头目出现在"囚徒"面前。与前任何子桢形成强烈反差的是：新行辕主任简直就是个"笑面虎"。

你听他怎么说的："我，原名周文豪，家父给我起这么个名字，就是希望我好好念书，做个对社会、对民众有用的人。文豪不才，虽然也读了上海法学院，但比起你们，我周某算不了什么，我知道你们中间有许多是读过书，甚至留洋的人，可谓人才济济啊！为了跟大家一起把这个地方建设好，建成蒋总裁期待的美好家园和'修养人'生之佳地，我周某人决定从今天起，把自己的名字改成'周养浩'，养浩然之气，极天地大观。养正气于浩然，沛充天地；启仁心面至善，

◎ 周养浩，原名周文豪，1906 年出生于浙江省江山县（今江山市）。1927 年考入上海法学院法律系。1933 年由戴笠介绍加入"复兴社"特务处。1941 年调任息烽集中营主任，取孟子"我善养吾浩然之气"意，改名为周养浩。1949 年 12 月，周养浩秉承毛人凤的命令，在重庆、成都、昆明等地参与布置大破坏与大屠杀，后在昆明被逮捕。1975 年被特赦。1990 年在美国去世。

图片来源：息烽集中营革命历史纪念馆

泽被人间……总而言之，我周某人就是想尽个人的微薄之力，为党国、为总裁，也为大家的明天，做些力所能及的事情，希望从今以后，得到每一位"修养人"的支持！"

"前任是一个杀人不见血的冷血动物，如今换了个'笑面虎'。""囚徒"们这样悄声地议论道。

关于新行辕主任的底细，囚徒们很快从各个渠道获知，此人原名周名达，中学时改名为周文豪。1906年出生在浙江江山一个叫后源村的地方，父亲是个武秀才，当过驻守稽查官，说起来还算是个有些才德之人，为官时没有太多的人说其坏话。生了3个儿子，周养浩是老三。周养浩在父亲影响下，从小也算是个好学之人。1927年蒋介石发动四一二政变后，浙江人得道，周养浩参加国民党，任江山县执委会主任，那个时候他才20岁，所以成为国民党重点培养对象。加上周本人有继续深造之愿，因此他到了上海法学院读书。1932年毕业后，当时蒋介石的势力已经在国民党中占有主导地位，为了拉帮结派，与汪精卫势力分庭抗礼，蒋介石开始组织秘密力量，戴笠在此时如新星一般地在国民党中冉冉升起，特务组织"复兴社"在全国各地发展力量。周养浩与戴笠同为江山人。"你来我这儿管管'账'吧！"身材高大、看起来又有些文质彬彬的周养浩被戴笠一眼看中，于是周就到了军统特务总部的内勤司法科任科长。戴笠所说的"管账"，就是让周养浩用学来的法律知识，来加强他"复兴社"特务组织里的人事管理。"人头就是大账，这个账就是我们复兴社的资本。"戴笠这样对周养浩说。

周养浩在戴笠手下的军统特务中，是属于"知识型"干部，再加上是同乡的这层关系，所以深得戴笠的重用。

"给你介绍个对象……"有一天戴笠把周养浩叫上车，带着他一起到了军统办公厅毛人凤的家里。在毛家，戴笠指着一位年轻的姑娘对周养浩说。

"小周啊，戴老板对你十分信任，常夸你工作好，有见地，今天哪，我把我的侄女介绍给你，希望你们俩相互了解了解，如果能缔结姻缘，那对我和戴老板来说将是特别高兴的事……"一旁的毛人凤这样说。

那一天周养浩特别激动，也特别感激戴笠和毛人凤，因为在军统有了大老板、二老板这两顶"保护伞"，他周养浩还怕没有升官发财的机会？如此这般，周养浩在军统的日子非一般小人物可比。

然而在国民党内玩权术，尤其是在军统内部玩权术，可并非想象的那么简单，即使是戴笠也不得不听从于蒋介石，因其转变而转变。

日本人的侵华之心，一次次地刺激中国，也给蒋介石国民党集团内部一次次刺激与震荡。"西安事变"让蒋介石脸面丢尽，因此他对张学良、杨虎城恨之入骨，对从中"挑拨"的中共更是咬牙切齿。但表面上，蒋介石还得以"国家领袖"之身份，在抗日这一问题上表示"西安事变"时所承诺的立场不会改变，同时又不得不在两条战线调兵遣将：一条是抗日，一条是"剿共"。这期间，蒋介石还要腾出不少精力与国民党内的汪精卫势力"扭胳膊"……

"娘希匹，雨农啊，你可给我把党内的那些不跟我们一条心的人好好修理修理，别到时让他们找机会兴风作浪！"蒋介石不时提醒戴笠。

"明白，校长，雨农绝不会让他们兴风作浪的！"戴笠这样在主子面前承诺。令蒋介石想不到的恰恰是，他戴笠趁蒋介石给予他极大权力之时，大力培植自己的力量。据军统内部的人后来说，"西安事变"后，戴笠对蒋介石的奸诈不义已经看透了，这从蒋指使他对张学良、杨虎城的处理上看得更清楚：明明在离开西安时，他蒋介石一再表示回南京后不会为难张、杨二人的，结果一到南京后立马出尔反尔，根本不顾他人之言，一心想置张、杨于死地，没有动手只是因为社会压力太大和当时抗日形势一直在急转直下，老蒋不想再因为张、杨的事影响和动摇到他作为"领袖"的形象与地位而已。但蒋介石内心对张学良、杨虎城的想法，戴笠一清二楚。如此思来想去，他戴笠开始琢磨起一件事：未来的中国江山若一旦不再是蒋某人的时，我戴笠该如何是好？

身为秘密特工头目，戴笠几乎掌握着蒋介石所有的核心秘密以及整个中国的情报，所以他也最明白蒋介石国民党最要害处和软弱点的人。最后他的结论是：蒋介石国民党走下坡路已经"势不可挡"，国民党已经无药可救。唯一的出路，就是重新建党。

做这件事谁最合适？戴笠一想这事，心头暗惊：原来掰着指头一算，竟然没什么有为之人呵！

我呢？我戴雨农不比谁差呀！甚至不比他老蒋差，因为他已经是条破旧和漏洞百出的船，我戴某人年富力强，又这么了解中国国情、党情和民情，我不干再无人能干好这件事了！

平时言语并不多也不轻易激动的戴笠，这一次可是暗自激动了好几天。而就在这时，蒋介石把整治党内对手、建立秘密监狱的两项重要任务交给了戴笠："你放手大胆把这两件事做好了！"身为国民党总裁和国家军队"最高司令长官"的蒋介石自然以抓大事、发指令为主，特务方面的具体事就由戴笠去完成和实现。也是有了这样的机会，老谋深算的戴笠开始了他的"建党伟业"准备：扩大军统力量，培植新党人才。

息烽关押的"犯人"，尤其是"共党嫌疑分子"多数文化水平高、个人素质相对比较强，另一批国民党犯纪人员不是长官的秘书、高参，就是独领风骚的人物。如此人群倘若能够"教育"过来，为我所用，岂不是件幸事？！戴笠从开始建秘密监狱，内心就有了这个计划，所以对息烽集中营他格外重视，时不时会来此"检查"工作。当有人反映何子桢野蛮处置这里的"犯人"、管理粗暴且低级时，戴笠突然感觉到何子桢再管理下去的话，非把息烽集中营弄成人间地狱不可，最后留不下几个人，于是决定撤换他，将自己信得过且能"以德服人"、能"培植人才"的心腹周养浩调来管理这座秘密监狱。

"你去有两大任务：一是要将息烽从死亡危机中挽救出来；二是要把那些人改造成为我们所用的人才……"戴笠叮嘱道，"改造政治犯要有些特殊手段，比如用钱财、地位一类东西，是能够弄到人才的。"

末了，戴笠拍拍周养浩的肩膀，意味深长地说："我们可都是江山人呵！"

"是，长官。我一定努力，不负厚望！"周养浩立即挺直身板，极其严肃。

如果不是为了效忠老板戴笠和自己的前程，周养浩是不可能离开重庆的娇妻与女儿的。当时30岁刚出头的他，凭借着执掌军统内部实权的"叔"毛人凤和同乡大老板戴笠的左右扶植，日子过得特别滋润。现在，戴老板提拔自己为少将行辕主任，显然是为下一步大业做准备的，所以周养浩顿觉被派到息烽任职是"天降大任于己"了，故全身都在冒热气……

既来之，就得干一番让戴老板刮目相看的"新政"。

将"文豪"改为"养浩"的名字，便可看出这位江山籍的戴笠同乡是有一番"雄心壮志"的。确实，周养浩在来之后的第一天就宣布，将原来一天十几分钟的"放风"，改为上午、下午各一小时的散步、晒太阳等在监房院墙内的自由活动。

这家伙真跟先前的刽子手何子桢很不一样呵！"囚徒"们开始议论起来，猜想着新来的集中营头目到底要卖什么药。但单从这一改革来看，大家还是感受到了益处的。

"白头公"韩子栋简直对这一改进表示了最大的"拥护"，因为他是北方人，一到南方后，忍受不了潮湿气候，所以几年下来患上了风湿病和皮肤病。这两种病虽不是什么严重的大病，但足够让人烦恼的。风湿能让人关节疼痛不止，皮肤病最令人难忍，加上没有药水，所以到息烽时间不长，韩子栋就已经被这两种病折腾得面目狰狞——他的腰背开始有些驼，手脚和脸上都是被抓破的疤痕，看上去有些恐怖。自从上午、下午都有一小时的散步机会后，"我整日晒太阳，已经晒得成了'黑人'，我的风湿病、皮肤病都因为经常实行日光浴的关系，渐渐痊愈，这是我的健康恢复的开始"。韩子栋在回忆录中这样说。

"怎么样？你们觉得我的做法是不是比以前要好得多了？"周养浩看到韩子栋等"囚徒"在太阳下有些惬意地晒身子时，便过来搭讪。

"周主任的做法好。"有几个国民党犯纪特务犯人向周伸出拇指。

见有人夸，周养浩立即更得意地提高嗓门道："好事还在后面呢！等新房子盖好后，你们会享受一项项好事的呀！"

韩子栋听到这样的话，只是将眯着的双眼微微地张开了一条缝，心想：这个"笑面虎"不知在打什么算盘。等着瞧吧。

　　"笑面虎"确实与其他残暴的刽子手有些不同,而他所采取的集中营"新政"事实上也很容易蒙住普通"囚徒"们的眼睛。在新监房建好后,整个息烽集中营开始了重新编序:一进"行辕"的大门,第一间为接待室,中间正壁上挂着蒋介石军装照和宋美龄的全身像,两边书有"忠孝仁爱　信义和平"8个字,下面是国民党党员守则。第二间为周养浩的办公室。周养浩在息烽集中营外是有一幢别墅式"官邸"的,据说他的小老婆就住在那里。这个道貌岸然的特务头目很会装出一副正人君子的模样,尤其在息烽集中营内和戴笠面前。

　　据韩子栋对周养浩的观察与认识,周是个"性急冲动、浅薄轻浮、出尔反尔、自私自利的个人主义者。他把自己看成是至高无上者,他的一言一行、一声一动都与众不同,别人应当尊重他、服从他。他名利熏心,虚荣做作,但是他有小聪明,敢作敢为……个人的利害就是他衡量事件的天平。一个人固执自己的思想,违背自己的利益,在他看起来,是不可思议的。因此他对思想犯的警戒、成见并不太重,他站在行辕主任的位置看,思想犯并不比贪污、小偷、开小差的小特务更使他担心,因为思想犯都是有知识的、能衡量利害的,不会基于一时感情的冲动,胡闹乱干"。

　　也正是周养浩的这些"个性",使他在主子戴笠的支持下,开始了他的息烽集中营的"新政":除了放风时间延长外,对"政治犯"不再实行戴镣铐。同时对监房9栋52间牢房重新进行了编号设置,其中8栋房分别按"忠、孝、仁、爱、信、义、和、平"8字设为8大"斋房",意思是:所有这些"修养人"(犯人),都应该像信佛者一样在斋房里"修身养心""改造思想"。这8个"斋房"之外,还设有"特斋",前面述过:"特斋"里,安置的是蒋介石的"亲哥哥"

郑绍发一家。这"特斋"设在集中营牢房的围墙之外，另有"义斋"——即女牢房，也在牢房围墙之外，相距牢房围墙其实不足百米。

其他7个主牢房在围墙内，占地面积共约2.5万平方米。"犯人"被按身份、案情等因素分别关押于9斋之中。

"忠斋"中主要关押中共要员、案情重大者，或者有社会地位及影响的人物，如黄显声、韩子栋及后进来的罗世文、许晓轩、车耀先等。"孝斋"是最大的一栋牢房，关着一般"犯人"。"仁斋"是关押案情较重的民主人士或中共党员。"爱斋"关押的是一些案情不明，或者案情较轻的"政治犯"。"信斋"关押的是一般政治犯和军统内部违纪人员。"义斋"是女牢。"和斋"与"平斋"关押的是外籍人士。在"仁斋""和斋""信斋"中有便衣特务住着。

对不同"标签"的"犯人"施以不同的"教育"方式和"教育"内容，并以此达到共同的目的：为蒋介石反动集团服务、给戴笠为首的军统卖力。这就是周养浩"新政"的全部阴谋。而他的阴谋看起来比何子桢原来的那套法西斯手段，似乎显得仁慈了许多。其实果真如此吗？

韩子栋在观察、在体会，因为在敌人的魔窟里每一个细微的疏忽，都可能引来杀身之祸。这还并不是最重要的，更重要的是可能会给党和组织带来巨大的损失。尽管特务们将不同类型的"犯人"分别关押在不同的"斋房"，但其实这也是他们的一种毒计：所谓的"忠斋"里关押的不是说都是"政治犯"嘛！那比如说韩子栋，特务们一直怀疑他是共产党，可他就是没有承认，而只承认自己是"复兴社"社员，既然如此，他按理说是该关在"信斋"的，但特务们仍然把他关在"忠斋"，其意味着你是"共产党要犯"，你不想承认也得让你承认。你若表现出真共产党人的骨气和品质来，那你的身份也就坐实了。这一做法其实很毒。如果你韩子栋真如自己所说并非共产党员，那么把你放在"忠斋"，混掺在真共产党员之中，特务可以有一天将你再审问，或许弄出些"真东西"来，这对特务来说，也是一个收获。当然，特务们没有想到的是：无论什么样的形式，真正的共产党人和革命者，都是可以形成自己的信仰的力量，团结在一起，同敌人进行坚决的斗争，并直至胜利。

周养浩虽然把自己粉饰得与何子桢有再大的区别，但无法掩饰其化解和摧残共产党人的信仰与意志的目的。所以，对每一位囚禁在息烽集中营里的真正的共产党人和革命者来说，与"笑面虎"的斗争和经受糖衣式的考验，从某种程度而言，变得更复杂、更敏感和更需要斗争意识与斗争艺术。

如何认清狱中的敌与友是最重要的考验。

这一天，息烽集中营的新监房已经都建好，所以特务们又给牢房里的各类囚徒进行了一次调整。

"听说要从重庆来一批新人……马上要到了。"集中营内都在传。果不其然，时隔不到两天，息烽集中营一下又增了好几十个"新人"，而且似乎以"政治犯"居多，还有不少女"犯人"。

韩子栋知道自己的监房会来新人，因为原先与他关在一起的人都转到"信斋"去了，唯独留他一人仍在"忠斋"的其中一间内，显然他头上的"重犯"帽子没被摘掉。

"你这里会来个姓张的'修养人'，希望都为党国作点贡献，你也是这里的老人了，大家对你还是印象不错的，周主任特意让我来跟你打个招呼，事后一定不会亏待你……"有特务过来给韩子栋递话。

"少来这一套！"韩子栋心头这么说，脸上却毫无表情，看不出是同意还是不从，反正他依然表现出一副事不关己的样子。

"真是老顽固！"特务没好气地转身就走了。

他来了。韩子栋的"忠斋"牢房内新进的成员出现了：高高的个头，瘦瘦的身板，戴着眼镜，镜片后面的目光很犀利，韩子栋一下感觉此人不是一般人。

"我姓罗，以后请多关照。"那人向韩子栋伸出手来，像是见了"同志"一样……他是装的？还是习惯动作？

"你不是姓张嘛！"韩子栋不敢放松警惕，没好气地说。

"噢，他们给老子换的姓，在重庆时就让老子换张姓……"他自嘲道，"有这必要吗？既然他们在报纸上都公开了老子的身份，又要在集中营里让老子不说自己的真实身份，证明他们是有些害怕老子嘛！"

"你是四川人？"韩子栋对新伙伴一口"老子"的四川口音印象深刻。

"是的喽。四川威远那边……古代出盐的地方。你呢？听口音是北方人。"

"祖籍山东……"经验告诉韩子栋：对一些信息不相符的人，他一直不轻易深交。眼下新来的伙伴在姓氏上让韩子栋心头多了一份怀疑，所以他并不那么热心跟对方"热乎"起来，只是敷衍了几句，等彼此再慢慢探探底吧！

与这位自称姓"罗"的"政治犯"一起从重庆押到息烽来的一批人，其中有几个是已经公开身份的共产党员，比如有个叫许晓轩的人，此人即是后来小说《红岩》中的主角"许云峰"的原型。许晓轩虽是从重庆那边押送到息烽集中营的，最后牺牲在重庆歌乐山，但在息烽集

主要关押中共要员、案情重大者的"忠斋"

◎ 许晓轩，1916 年出生于江苏省江都县。1938
年 5 月加入中国共产党。1939 年在重庆以中华
职业教育社会计身份为掩护，从事革命活动。曾
任中共川东特委青委宣传部部长、中共重庆新市
区委书记。1940 年 4 月因叛徒出卖被捕。1941
年 10 月转息烽集中营囚禁。1946 年 7 月，息烽
集中营撤销后，转重庆白公馆囚禁。在息烽集
中营囚禁期间协助罗世文成立狱中"秘密支部"，
领导狱中斗争。1949 年 11 月 27 日被国民党杀
害于重庆歌乐山松林坡。

本页图片来源：息烽集中营革命历史纪念馆

中营的战斗经历以前并不为人所知，或者我们可以这样说：如果没有息烽集中营的"许云峰"形象，也产生不了"红岩精神"中的"许云峰"这个人物。

所以许晓轩到息烽集中营后，整个集中营才真正有了一位在同志和敌人面前毫无保留的、也无需遮遮掩掩的共产党员形象。其他人包括韩子栋等有中共身份的"囚徒"都没能像许晓轩那么洒脱，因为他们在敌人面前还没有暴露真实身份。相比之下，许晓轩反倒可以气昂昂地以共产党人的身份出现在囚徒们面前，与敌人作斗争。

秘密监狱内人员非常复杂，狡猾的特务也会以各种方式来挑动与刺探每个他们所怀疑对象的行为，因此像韩子栋这样的真共产党员必须时刻保持警惕，以防备敌人的阴谋得逞。

经过几次暗语接触与交流，许晓轩与韩子栋双方都确认了真正的和没有变节的共产党员身份后，息烽集中营内中共第一个秘密组织的骨干中心形成，即为许晓轩和韩子栋，许是公开的共产党员，韩在集中营里资格最老，两人的特殊性决定了他们为骨干与中心的必然性。

"但光我们俩还远不够，必须要弄清更多的人的真实身份……尤其是那个老罗，在重庆时我听说过一些他的情况，但仅仅只是听说而已。因为他的级别高，并不是我们在基层组织所能了解到的。你的任务是借同室的条件，对他作全面的了解和考查。"

"我也正在做这一步……"放风时，韩子栋与许晓轩达成统一意见。

别看许晓轩小韩子栋8岁，但他老成、机灵，有丰富的组织经验，让韩子栋很是佩服，后来对许晓轩的革命历史加深了解后，更让他从心底里为能认识这样的一名优秀的党的干部而欣慰，这是入狱以来韩子栋第一次感受到了希望和温暖。

许晓轩在集中营里是公开的共产党员身份，所以与他接触和靠近的人特别多，或者靠近他的人格外谨慎，特务想靠近他，像韩子栋这样的人更希望与许晓轩接上头，那些别有用心的人或者想追求共产主义信仰的人，同样想接近许晓轩。相比之下，韩子栋倒是刻意同许晓轩保持一定距离——他俩决定，为保护韩子栋，表面上他们的关系很一般，一定是有重要事商议或决定，才能见面和接触。

韩子栋对许晓轩有天然的信任感和亲近感，他觉得这位看上去很有文人气质的瘦个子男人，内心却有一股强大的精神力量，是属于见过世面和经受过多种场合考验的人。让韩子栋特别亲近的是，许晓轩也是因为干"书店"而走上革命道路的。在交流中，韩子栋知道了比自己小 8 岁的"许同志"进集中营前的许多事：

江苏扬州籍的"许同志"，11 岁时就没有了父亲，从小聪慧机灵。父亲去世那年，许晓轩在私塾里读书，老师在课堂上出了唐诗"柴门闻犬吠"为上联，让学生们应对，可没有一个学生对出。唯许晓轩站起来应道："茅店听鸡鸣。"

15 岁时，许家已经无法再供他上学，于是他到镇上的钱庄当学徒。拨算盘是他走上社会所学的第一个基本功，但在钱庄当学徒时他对社会的不公感到深深的不平：为啥拼死干活的不如不干活的人富有？穷人的心反倒挺善良，而越有钱的人越凶恶……正是这样的严酷现实，让许晓轩的心灵产生巨大的冲击，正义感油然而生。

"九一八"事件后，侵略者的贪婪与爱国浪潮的席卷，让许晓轩开始了投入革命和爱国的行动。他积极参加抗日救亡运动。当地有位电信局的职员是共产党员，他从上海带回《新青年》《观察》等进步书刊, 并在读书会上传播俄国十月革命等, 令许晓轩如饥似渴。"我想学世界语, 做一个胸怀世界的革命者。"在读书会上, 许晓轩报了世界语班。而就在学习世界语的过程中, 他接触了不少无产阶级思想和马克思主义的知识。

这个由共产党员办的读书会不久便被扬州反动当局发现, 读书会不得不停办。但这件事反而让许晓轩更加坚定了走革命道路的决心。

1935 年, 许晓轩经哥哥介绍, 到了荣毅仁父亲开的无锡铁厂工作。学过会计的许晓轩, 工作勤奋, 做事踏实, 很快, 他从一般会计成为主管财务的厂办负责人。在这里, 许晓轩结识了几位进步青年, 并一起开办了"永生书店"。这个书店暗中推销了不少进步书籍, 包括马列主义书刊, 成为当地一个秘密的宣传革命道理的据点。许晓轩在这个书店的平台上, 结识了很多进步青年, 他们一起支援抗日救亡活动和声援各地抗击日本侵略者的实际行动。

淞沪战役结束后, 国民政府放弃无锡, 许晓轩等人悲愤难忍, 为了抗日大局, 他带领工人和青年们把铁厂的设备和资料加班加点地装运到武汉。等工厂的设备和资料运走后, 许晓轩独自用枕套装着账本和几千元现金, 冒着风险, 步行到常州, 再转道上海, 乘船到武汉……

一段时间后, 日本侵略军逼近武汉, 许晓轩又和工人们一起把铁厂的设备与资料内迁到重庆, 一路上多次遇到敌机轰炸。

工厂搬到重庆后, 一时无地方安身, 工人们的生活成了问题。许晓轩主动向厂长要了 5 万元钱在重庆开了一家饭店, 临时解决了大家的吃饭与工作问题。场地解决后, 铁厂更名为"复兴铁厂", 重新开业, 许晓轩仍是该厂的财务负责人。

1938 年，对许晓轩来说是人生中重要的一个年份。他在这一年结识了重庆抗日救国会负责人沙千里，又通过沙千里认识了杨修范这位共产党员。一天，杨修范将许晓轩带到重庆打铜街交通银行宿舍内，在一面中国共产党党旗下，许晓轩宣誓加入了中国共产党。

这年 8 月，中共川东特委青委指示在重庆办一份公开刊物《青年生活》，许晓轩被调任编委，并负责发行工作。这一段时间里，许晓轩不仅是《青年生活》的编辑与发行者，还是位勤奋的撰稿人，文章经常发表在刊物上，内容充满了革命激情。如他的《寒衣运动在重庆》这样写道："……我们要在这个运动中，尽了唤起民众、教育民众的任务……"

同事们这样评价许晓轩：他是个出色而又有激情的宣传家。

重庆地下党组织在这期间多次被敌人破坏。1940 年，重庆市委重组，许晓轩出任中共重庆新市区委书记。4 月，他在由国民党军队控制的 21 兵工厂召开秘密会议时，被叛徒出卖，在离开厂区时被特务当场抓捕。

许晓轩入狱时，他的女儿才 8 个月，妻子为营救许晓轩到处奔波，终不能有半点收获，后来母女实在无法在重庆生活，不得不回到上海过着孤儿寡母的苦难日子——这是后话。

哥哥许瘦峰在商界有不少朋友，为了弟弟的事到处托人，但最后皆因"你弟弟是共党，无法救"而被拒绝。哥哥只拿到弟弟从牢房里传出来的 4 个字："宁关不屈"。

1941 年 10 月，许晓轩和一批重庆地下党及革命者，被戴笠批准送押息烽集中营。临离开重庆，他通过秘密渠道，给哥哥写了一封信。信中说："……只希望大家生活得好，有发展，不必记挂我。我已经历很多，什么都无所谓了。"

这封诀别信中，许晓轩附了一首除夕时作的诗：

> 不悲身世不思乡，百结愁成铁石肠。
> 止水生涯无节日，强颜欢笑满歌场。
> 追寻旧事伤亡友，向往新生梦北疆。
> 慰罢愁人情未已，低回哦诵惯于章。

在此诗中，身陷囚牢的许晓轩表达了向往"北疆"延安的心愿。"惯于章"指鲁迅悼柔石等五烈士的诗首句为"惯于长夜过春时"，许晓轩此诗，用意非常清晰。

许晓轩到息烽集中营头几天被编关在"信斋"，囚犯的编号为"302"。也许特务们只知道他是共产党员，但并不知道他在党内的职务，所以只作为一般"政治犯"对待。这样，他的"自由度"反倒多了些。

"'302'，你的意思是必须对'289'进行进一步的察看，弄清他的真实身份？"放风时，韩子栋问许晓轩。这个时候韩子栋已经知道了许晓轩在被捕之前党内的职务和身份了，并认为许从重庆过来，对重庆党内及外面的情况比他韩子栋要了解和熟悉得多，所以征求许晓轩意见。

与韩子栋同室的"张先生"——特务说他到息烽之前叫"张世英"，现在的编号为"289 号"。

"必须这样，因为我们从重庆同来的这些人大多是基层党员，对高层组织的领导其实是不熟悉的。所以你要利用同室的条件，对他进行深入的了解和考查。主要是两个方面：一、他到底是谁？二、是不是还忠诚于组织……"

"明白。"韩子栋觉得许晓轩确实是党组织的一名领导干部出身，处理问题思路清晰，能抓到关键。

"你被关了好几年，不想知道些外面的情况？"回到监房，"289"见韩子栋沉默寡言，便主动地搭讪。

两个人嘛，待在一个十几平方米的牢房内，能说说话，其实也是一种重要生存内容。特务们如果站在牢门口，是不允许"囚犯"之间随便说话的。但毕竟特务们不可能24小时每一分钟都在监视，因此牢房内相互说话、交流的机会还是比较多的。

"当然想听听，你说嘛！但我怎么信你呢？"韩子栋有意流露出他对"289"不信任的口吻。

"啥子名堂嘛！你不信我？凭啥？我给你讲的没有什么不对嘛！""289"奇怪地问韩子栋。

"你说你姓罗，可他们特务们称你为张先生，我信谁的呀？"韩子栋说。

"289"笑了，说："老子以为你为啥子呢，原来为这个呀！那好，我告诉你吧，反正我知道我们这个'忠斋'里的人都是他们眼中的重要'政治犯'，我想你老韩在他们那里也是挂了名的人，估计你也不怕，老子是更不怕了，被抓的那天起，老子就没有怕过……"

"你能不能不说'老子'，说'我'好不好？"韩子栋看着对方有些疑惑，便笑着补充道，"你一说'老子'，我就想到我们古代的孔子、老子……"

"哈哈……行行行，以后称我自己时再不叫'老子'了！""289"

笑出眼泪了，然后幽默道，"你这么一说，看来我们四川人还真的很硬气嗨，大家人人都称自己是'老子'，这可是太骄傲了呀！"

两人这一对话，都笑了起来。

"还有，你自己说姓罗，他们却说你姓张，你到底姓什么？犯什么事进的牢房？"韩子栋逮住时机想问个究竟。

"好吧，今天我们俩就相互交个底怎么样？""289"盯着韩子栋说。

韩子栋没有接茬，只是追着问他到底姓"张"还是"罗"。

"我自然姓罗，张姓是他们硬安在我头上的，说我不能在这里告诉大家我姓罗，所以让我改名为'张世英'。到息烽集中营后，更怪了，相互之间只能喊编号。你不也只能称自己是'225号'吗？知道他们为什么不让别人知道我们的名字吗？因为特务们害怕我们，至少在我看来，虽然他们有本事抓住了你我这样的人，但他们又害怕我们的到来，影响到他们对集中营的控制，所以让所有他们的所谓'犯人'不能叫自己的名字，而每人用一个编号。一方面他们是害怕我们，另一方面是不把我们当人看待……""289"滔滔不绝地说着。

"因为他们从来就没有把我们当人看待，就像马哲民教授说的：有些人因为害怕你，所以着意贬低对手……"韩子栋随口而说，他想起在中国大学读书时马哲民教授常说的一句话。

"是这样。你认识马教授？""289"惊喜地盯着韩子栋问。

韩子栋说："认识。他是我们中国大学的老师，我一直喜欢听他的课……"

"289"拍拍韩子栋的肩膀，然后点点头："明白了。原来是北平过来的……你是学哲学的？"

韩子栋摇摇头："我是学社会学的，但爱看像李达、陈启修、黄松龄等人的书，而且我比较喜欢李达先生的哲学思想，他虽然是个学者，但在介绍国外思潮和主义时，并不教条，能够与中国的具体情况联系起来，有针对性……"

"嗯，你这个观点我赞同、我赞同！""289"一听韩子栋如此有学问与观点，很是欣喜，"李达是位了不起的学问家，确如你所言：他不古板、不教条，是当代少有的几位有思想的哲学理论家。他一直在寻求'中国向何处去'的答案，同时也在不遗余力地'建立普遍与特殊之统一的理论'……"

韩子栋已经意识到与他同监房的可不是一般人物，至少是个有学问的教授一类的人物。

"你是教授？"韩子栋试探性地问。

"289"笑笑："算是吧。"

"专攻哲学？"

"不全是。但比较喜欢理论研究……"

"那——你对《共产主义运行中的"左派"幼稚病》这本书如何看？"韩子栋把试探的"气球"一下撞到对方的心房处。他说完，目光直盯着"289"。

这个问题问得很革命，因为《共产主义运行中的"左派"幼稚病》是列宁的书，当时在中国属于"禁书"。即使在集中营外面，谁议论这样的书，一旦被国民党特务发现，也是会立即逮捕的，弄不好还会吃子弹。何况，现在在集中营内，一对相互尚不清楚对方身份的人议论这样的书，本身就是一种风险，也容易暴露自己的身份。

韩子栋这样问显然是为了探"289"的底，探他到底是真共产党高级领导干部，还是变节了的革命叛徒。而此时的"289"也显然是位老练的政治家，他对韩子栋如此直接的问话，先是愣了一下，然后镇静地看着他，反问道："你看过……此书？"

韩子栋马上明白对方也在试探他，所以也笑笑，说："我真没有看过，但我还是熟悉这本书的，因为我在上大学时，一边上学，一边跟人一起开了个书店，我们老板有时也进这样的书的，而我呢觉得有些人喜欢偷偷地来买这书，那些买不起书的青年也会偷偷地蹲在书店里看这书。有人后来告诉我，那书是哲学书，我一想先生你是大学问家，一定读过这本，所以问问……"

"哈哈……""289"听韩子栋解释后大笑。看得出，他已经认定韩子栋也是一位非常老到的"政治犯"。随后，"289"这样回答："其实呀，对读书人而言，天下的书并没有'好书'与'坏书'之分，只是哪些书适合哪些人看而已。就像一个人的性格与胃口一样，有人喜欢吃咸一点的，有人爱吃甜一点的，有人对政治感兴趣，有人则更在乎自己的生活情调，我们呢，可能更喜欢关注他人和社会的事……你说呢，'225'？"

韩子栋越来越感到"289"可不是一般人物，也正是因为他太不一般，所以韩子栋更对其保持高度警惕，同时又特别想从"289"口中了解更多的外面的情况，因为韩子栋认为只有像"289"这样的人才比较有机会更多地了解和认识外界的真正的形势和情况。对已经在集中营里待了很长时间的韩子栋来说，外面的世界和形势是他最渴望了解的。但至此他依然没有弄清"289"到底是什么样的人。

有一件事令韩子栋很纠结：集中营内的特务不断放风"张世英"（即"289"）与他们合作很愉快，而且说"289"在重庆时就与戴笠他们合作得非常有成效——这个所谓的"成效"就是说因为"289"的"功劳"，重庆地下党被抓的人特别多。

韩子栋对"289"的警惕和试探一直都没有放松，并且不时通过许晓轩等集中营的秘密渠道收集"289"的情况。在监房内，韩子栋利用与"289"面对面单独相处的条件，时不时来个单刀直入——

"如果不是你有所'贡献'，他们怎么会对你总赞誉不断啊？"韩子栋的意思是：你"289"如果不卖力，特务们干吗一直放风说你为他们干了多少事嘛！

"那并不复杂，他们就是想让包括你在内的所有人都相信我并不是一个好人，一个跟着国民党蒋介石干的人，或者干脆说我是他们的人……但你也不想一下：我真的让他们满意的话，还要关我干啥？放了我不就行了吗？""289"说。

韩子栋沉默了，心想："289"讲得有一定道理。

"你一定知道《新华日报》吧？我是这张报纸的负责人，而我们《新华日报》是在重庆正式注册公开发行的，蒋介石他想封就封、想抓人就抓人，我当然要起来带领我的同志们跟他干。另外，日本侵略者一直在轰炸重庆，更不用说在中国的其他地方每天犯下多少罪行，我们自然有使命和责任揭露敌人的罪行，鼓动民众起来抗日。这样蒋介石和他的手下就对我恨得咬牙切齿，一直在寻找报复和逮捕我的机会……""289"完全进入了他往日的战斗情景之中，其实此时的他也已经摸清了韩子栋的底：他肯定也是一位优秀的共产党员、隐蔽得很好的共产党员。

"289"决定把自己的底向同室战友"交"出来了。

"我的真名叫罗世文，中共原四川省临时工委书记。1938年10月，按照中央指示，原四川省工委分别组建为中共川康特委和川东特委，我被中央任命为川康特委书记，兼任第十八集团军成都办事处负责人和《新华日报》成都分社社长。同时在国民党那里我还有一个重要职务，担任川军24军军长、西康省主席刘文辉的军事顾问……"已经正式说出自己名字的罗世文即"289号"说到这儿，被韩子栋插了一句："那你可是敌我两边都吃香了！"

罗世文哼了一声，冷笑着说："理论上是这样，但实际上并非如此。就像我们的抗日一样，蒋介石表面也不停地在高呼抗日，可真正抗日的只有我们中国共产党领导的八路军、新四军以及广大抗日民众。老蒋的最大本事是：对日软，对内狠，对共产党和抗日革命者是最能下得了手，而且是设着套对你下手……你感觉不是这样吗？"

罗世文说到这里停了下来，眼镜片下的犀利目光瞥了一眼韩子栋，继续说自己的事："在成都，前一段时间有个很热闹的'抢米事件'，你在狱中恐怕没听说过，但外面的话不少人都知道，这都是国民党所蓄意制造的一起企图抹黑我们党和我们这些人的阴谋……"

"'抢米事件'？"韩子栋好奇地问。

"是。'抢米事件'。"罗世文说，"国民党蒋介石政府想搞我们共产党已经不是什么新鲜事，只是'西安事变'后他表面上不得不顺从民意，联共抗日而已。但对打压中共和革命者的行径，他从来没有手软过，而且越来越狠，越来越别出心裁。就是今年的3月14日，他的爪牙们就在成都制造了一起自编自演的闹剧来诬陷我们……"

"说来听听。"这是韩子栋所想听的。

"这一天，四川有名的特务头目康泽和张严佛等人指挥数百名特务身穿便衣，打扮成农民的模样，冲进地方实力派人物潘文华办的重庆银行，强行打开潘家的粮库，开始抢米，而且一边抢，一边高喊着'打倒资本家！''无产阶级万岁！'等口号，让人一看似乎就是共产党干的事。这个时候，许多不明真相的百姓见后，跟着加入了抢米的乱阵中，这一下，抢米的风潮越闹越大，一直闹了一整天。晚上 11 点左右，特务一看他们原先设计好的阴谋已经达到目的了，便马上指挥武装警察将粮库所在的大街两头堵住，开始抓人，当场抓走了 100 多人。第二天一早，成都行辕主任假惺惺地召开'紧急会议'，专门讨论并宣布了'共产党鼓动抢米'事件。同时报给蒋介石一份共产党人名单……根据这个形势，我立即召开川康特委紧急碰头会议，讨论应对国民党蓄意制造的抢米事件，做出揭露敌人阴谋的相关工作。同时针对敌人抓人的行动，迅速组织同志们转入地下。在多数同志转入地下后，有人也劝我尽快转移，我说我不能走，也无需走，如果我一走，反而容易被敌人抓住口实。另外我还有一个身份，就是刚才给你讲过的，我还是川军刘文辉的军事顾问，同时又是八路军成都办事处负责人，两种身份都是国民党政府承认和合法的，谅他们不敢抓我……"

"最后他们还是抓了你？"韩子栋问。

罗世文点点头：“国民党就是这样无耻！”他悲愤的目光抬向天际，少顷，他又接着说，“他们抓了我和车耀先同志……对了，老车也是我党坚定的共产主义战士，他的地下党身份还没有暴露……"

"他也关在这里？"

"是。'290 号'就是老车。"罗世文继续说，“敌人是很卑鄙的，他们把我们抓住后，硬逼我们承认'抢米事件'是我们共产党人组织干的，企图在四川制造我们党与抗日大局的矛盾和对立，从而实现蒋介石不可告人的目的。但他们是不可能成功的……因为他们无法从我们嘴里挖出他们所想要的东西，所以后来不得不采取下三滥的手段，

罗世文在参加红军时期的留影

◎ 罗世文，1904 年出生于四川省威远县。1922 年加入中国社会主义青年团。1924 年担任社会主义青年团重庆地委书记。1925 年，党组织派其赴苏联学习，并批准他为中国共产党党员。1928 年回国后，历任中共四川临时省委宣传部部长、省委军委书记等职。1933 年，受党中央派遣，和廖承志一起到川陕根据地工作。1937 年，党中央派他回四川领导统战工作，任八路军驻成都办事处主任兼新华日报社成都负责人。1940 年 3 月在国民党制造的"抢米事件"中被捕，同年转息烽集中营囚禁。1946 年 7 月，息烽集中营撤销，转押重庆渣滓洞；同年 8 月 18 日被国民党杀害于重庆歌乐山松林坡。

本页图片来源：息烽集中营革命历史纪念馆

往我们身上泼脏水，诬蔑我们这、造谣我们那的，总而言之，造成我们已经跟他们上了一条船的假象。其实这是他们的一厢情愿和妄想！"

"那——他们为什么还要每月发你60元津贴，而你也接受了？是不是你另有打算？"韩子栋突然问罗世文。

罗世文的脸猛然变色。"你什么意思？你原来一直怀疑我是他们的人？"罗世文指着门外，厉声责问。

韩子栋摆摆手，请对方息怒，说："包括我在内的同志们想了解这个情况，因为大家不清楚是怎么回事……"

罗世文稳定了一下情绪。片刻，他仰头远望，颇为激动与感慨地吟诗道：

从来壮烈不贪生，许党为民万事轻。

百战身经尝考验，廿年冰蘗励忠贞。

"罗书记，其实，从你进来的第一眼，我就认出你是我们党的一位高级领导，就是因为戴笠的这个秘密监狱内关押的人非常复杂，特务也用各种手段来刺探我们的真实身份，所以……罗书记请千万不要误会，千万不要！"韩子栋赶忙解释，并对"289"的称呼也改为"罗书记"了。

"我明白的。在重庆时就听说过这个秘密监狱的一些情况……我的事其实敌人非常清楚，他们知道我在莫斯科东方大学读过书，跟蒋经国也认识，回国后任过四川省委书记，与廖承志一起接受中央指令到四川开展工作。后来也去了延安，当过抗大教授。又在国民党四川方面的政界、军界担任过高职。包括这次因为国民党制造的'抢米事件'最后他们自己下不了台，加上我们延安的中共中央及时揭穿了国民党借'抢米事件'干的丑陋事，所以我估计可能是周恩来同志与蒋介石交涉后才给了我一点待遇的，就是你所说的60元津贴……"

"那你为什么要接受呢？"韩子栋问。

"为什么不接受？"罗世文反问，"这是我们恩来同志争取来的，我为什么不接受呢？再说，蒋介石的钱，也是劳苦人民的血汗钱，你不接受，他拿去也是贪污浪费或者买子弹打我们抗日的八路军呢！不接受白不接受，接受了我还可以帮助狱中的一些同志解决困难嘛！"

韩子栋听后频频点头，心想：人家领导站位就是高、水平也高。

"罗书记，下一步你什么打算？"韩子栋已经完全相信罗世文了，而且为自己能结识这位党的高级干部，这位去过苏联、在延安又工作过的同志而庆幸。他仿佛在黑暗中看到了一道曙光……

"当然要继续同敌人作斗争，直到胜利。"罗世文目光坚毅，又问，"我想知道集中营里有多少可靠的同志……"

韩子栋告诉他："不少，至少有二三十个是可靠的同志。"

"好，我们应当通过特殊渠道，在集中营建立我们自己的组织，以便同敌人作斗争……"罗世文说。

"完全同意你的意见。在集中营我已经憋得心都快死了！"韩子栋此时内心激动，难用言语表达，他主动地说，"我来完成这个联络工作。"

罗世文紧握韩子栋的手："从现在起，我们就是真正的同志了！"

"是，我亲爱的同志……"

韩子栋入狱后第一次感觉眼眶发热。与此同时，那颗曾经枯萎的心也开始重新发芽。也就在这一年，突然有一天，韩子栋在集中营内墙的小操场晒太阳时，一只小麻雀飞到了他身上。很怪，这只小麻雀落在韩子栋的身上，逮住它后它也不慌跑，反而黏着韩子栋不飞走了。

"小乖乖，来，我给你喂个大餐吃吃……"韩子栋觉得这麻雀跟他有缘，于是便抓蝇子给它吃。这一吃，小麻雀更像有灵性似的黏着韩子栋不走了！

"小乖乖呵小乖乖，天下乌鸦一般黑，唯独你是我的好朋友！啊哈哈，啊哈哈，我的小乖乖……"那段时间里，韩子栋像着了魔似的整天对着小麻雀逗乐找趣，一副痴呆呆样儿。

"这个老头儿，已经关出毛病了，你看看整天弄只鸟儿在玩……""囚友"们这样议论着。

"你别说，如果'犯人'们都像他这么傻呆，我们也省心多了！"特务们则这样调侃"225"。

当几乎全集中营人都在嘲讽韩子栋时，唯有罗世文暗笑着"老韩"这一招绝，迷惑了所有人。

"为了便于集中营地下联络工作，你这样装疯卖傻，非常合适。"入夜睡觉时，罗世文悄悄对韩子栋说。

韩子栋只轻轻哼了一声，说："集中营一蹲数年，除了人，小麻雀最亲我了，我是真的喜欢它。"

转头时，他已听得罗世文起了呼噜声……这让韩子栋更睡不着，他在想：明天到底先联络谁？

第五章

秘密支部

"忠斋"里的夜晚，是集中营秘密支部发起人商量重要事情的"天赐良机"，罗世文和韩子栋也因此可以充分地酝酿及对集中营里的每一位公开身份的共产党员和那些隐蔽的党员，甚至是不清楚其身份的人进行甄别，这项工作复杂且必须谨慎，不能有丝毫差错。

第二天醒来后，韩子栋第一句要问罗世文的，就是那个黄显声将军会不会也是自己的"同志"。

罗世文说："其实我进来后认识的这些难友中，第一眼看到黄显声将军时，就猜想他会不会是我们的人……看他的所作所为，感觉很有点像。但他的口守得很严，到底是不是中共党员，需要进一步观察。或许最后也不一定能够知道他的真实身份。"

韩子栋又问："你在延安待过，我们党会不会发展像黄将军这样的特殊党员呢？"

罗世文说："延安学习时，听社会部的领导讲过类似的情况，但这又是绝对秘密的事，且只有周恩来副主席直接发展的极少数同志是这种秘密身份，一般人不可能知道真相的。"

"我们不要去触碰黄将军的这层身份，即使他是我们的同志，也不一定会暴露，我们只接近他，并希望以他在国民党和军队里的威望为大家做点伸张正义之事就足够了。"罗世文这样交代韩子栋。

"明白。"几个来回之后，韩子栋更加敬佩罗世文那与众不同的犀利目光与判断力，那是只有经过组织长期训练和丰富斗争实践考验的党的高级干部才会有的能力与水平。

按照计划，在这一天的"放风"时间里，韩子栋决定先找已经公开共产党员身份的"302"即许晓轩"通报"他和罗世文商议成立秘密支部一事，并希望"302"与罗世文作一次正式沟通。

放风时间是极其有限的，每位"囚徒"异常珍惜每一秒相对自由的室外活动时间，所以晒晒太阳、伸伸胳膊伸伸腿是多数人的行为。而少有像许晓轩这样的"书呆子"还抱着一本外语书在叽里呱啦地念着单词。

这一天如往常一样，几个"囚徒"朝许晓轩风言风语着："'302'，你是不是出去后就要出国了呀？"

许晓轩听后便笑笑，反问道："你觉得我这样的人他们会放我出去吗？"

难友说："那你还天天念这些洋文有啥用嘛？"

许晓轩把外语课本一合，仰首向远方望去，然后若有所思地说："你们说，我们这些搞政治的人，如果不学习会是啥样了呢？"

"那一定是嘴皮子玩不转了嘛！"有人嘲讽道。

许晓轩听后并不迁怒，反而自嘲道："那一定是。所以呢，为了这张嘴巴子能够继续与敌人作斗争，还必须努力学习。活到老，学到老。活不死，学不死！"

"哈哈……'302'还真的厉害呀！"

"是厉害！厉害！"

许晓轩听后自己也跟着乐了。

"'302'，听你的俄罗斯语说得那么地道，可我的舌头就是卷不来呀！你有啥法子让我也能在读音时把舌头卷了？"

一位叫龚浩然的囚友来向许晓轩讨教如何读俄文。与英文不一样，俄文的读音有一种"卷音"的语调，许多中国人学起来感觉舌头上的功夫就是学不到位。许晓轩进息烽集中营之后，人们常见他不是在背英文，就是在念俄语。有难友就来跟他学，而许晓轩总是来者不拒，耐心传教。

对今天这位"学员"的提问，许晓轩似乎想都没想地回答他："你回去打半盆子水，然后将脸浸没在盆中的水里，然后练习俄语发音中的'卷'音……"

囚友们听后哈哈大笑起来，说回去也跟着龚浩然一起把头浸在水里试着念俄语。

这个时候，韩子栋走近许晓轩，用暗语对许说："'289'也想跟你交流交流俄文。"

许晓轩马上明白，然后装作很大声地回答韩子栋："'289'他是正规学过俄罗斯语的，跟他比，我得向他好好学一阵子呢！"

"走，找'289'去，向他学点正宗俄语！"许晓轩装作一本正经地去向罗世文"求教"了。

之后，是"289"与"302"在特务与囚友前叽里呱啦地狂飙一通别人都听不懂的俄语……

"达伐里希！"

"达伐里希……"

最后，两人是在这句话落声后结束的。

"他们说的'达伐里希'是啥意思？"一旁的小特务们私语着。

另一个小特务摇摇头，然后自言自语地嘀咕起来："他妈的也……"

"你才'他妈的也'！人家说的是'达伐里希'！"

小特务们相互嚷嚷地争执起来。

他们哪里知道，这"达伐里希"在俄语里是"同志"的意思。

晚上，罗世文告诉韩子栋：他已经与许晓轩商量，建议先发展已经公开身份的共产党员和像车耀先等没有公开身份的老资格，以及在狱中表现突出的共产党员。秘密支部的第一步任务是把集中营里的"同志"身份弄清楚，不能有丝毫失误，然后再组成"支委"核心成员，以便在集中营内秘密开展工作，带领囚友们与敌人进行斗争。

在特务堆里和集中营内建立"支部"和秘密开始工作，这是一项异常艰巨和十分困难的任务，它既不能在敌人面前暴露出是有"组织行为"的，又要让那些没有暴露真实身份的共产党员相信"组织"的存在和服从"组织"的统一领导，其本身就是十分困难的事，加之息烽集中营是戴笠亲自领导的军统特务机构所建的"集中营"，其在管理上采用的就是特务的手段，用毒刑和"掺沙子"、软化等本来就是集中营特务们企图通过这种种花样分化和清查共产党人的招数。因此，地下支部稍有不慎，必定会给集中营内的所有公开身份和尚未暴露的共产党员们带去致命的打击。

"我们不能因为要开展工作而以牺牲或暴露哪怕是任何一位同志作为代价……""忠斋"内，罗世文在与韩子栋商量建立支部和发挥支部作用时，一再提醒这一点。

"完全同意你的意见。我们宁可不做或少做相关的工作，也必须把保护好每个同志当作头等大事。能够把命留到息烽这个地方的同志，都是我们革命队伍中极其宝贵的财富，绝对不能有丝毫的闪失。我们要对党负责，更要对每位受了那么多苦难的同志负责。"这一点，韩子栋是有切肤之感的。

那么谁应该成为这个秘密支部的核心成员，也就是"支部委员"？

"车耀先肯定是可以的。"罗世文首先提名。

韩子栋点头并赞赏道："这位同志革命性坚定，而且他的那种'军阀'气很有隐蔽性……"

"忠斋"里的夜晚，是集中营"秘密支部"发起人商量重要事情的"天赐良机"，罗世文和韩子栋也因此可以充分地酝酿及对集中营

车耀先在四川民众华北抗日后援会上讲话

1929 年 5 月，车耀先创办"努力餐"饭馆，长期以此为掩护从事革命活动

◎ 车耀先，1894 年 8 月出生于四川省大邑县。1928 年 10 月加入中国共产党，任中共川康特委军委委员。抗战期间，在成都祠堂街以经营"努力餐"饭馆为掩护，从事革命活动。创办《大声周刊》，宣传抗日，与罗世文一道领导成都抗日救亡运动。1940 年 3 月在国民党制造的"抢米事件"中被捕，同年转息烽集中营囚禁。在集中营与罗世文一道组建了中共狱中秘密支部，担任支部委员，协助罗世文领导狱中难友与敌人进行斗争。1946 年 7 月被转押重庆渣滓洞囚禁。同年 8 月 18 日被国民党杀害于重庆歌乐山松林坡。

本页图片来源：息烽集中营革命历史纪念馆

里的每一位公开身份的共产党员和那些隐蔽的党员，甚至是不清楚其身份的人进行甄别，这项工作复杂且必须谨慎，不能有丝毫差错。

"老车是我放心的。"罗世文作为中共川康特委书记，对同是川康特委军事委员车耀先的了解显然是让韩子栋一百个放心。与此同时，韩子栋也从罗世文的口中知道了车耀先的许多传奇故事：

1894 年，车耀先出生在四川大邑的一个小商户家庭。"母亲怀我不过 7 个月就早产。照'七死八活'的俗谚，是活不下去的。说我生下地时，眼睛睁不开，嗓音像小猫儿叫唤一样微弱。外祖母和母亲，随时用舌头来舔我的眼睛至 40 日之久，我才慢慢地睁开眼。母亲当时又无奶水，一面向人讨奶吃，一面炒些晋州浆（可能有误）喂我，这样我才将就活起来的。"这是车耀先在《自传》中描述他出生时的情形。因为家贫，11 岁开始，车耀先便到处奔波，做起小生意。15 岁时，到了崇庆州当学徒。满师出道后一个月的工钱仅为 12 块，无奈，车耀先选择了弃商从军之路。

当时的川军很强势，车耀先在 1913 年至 1928 年这 15 年中，一直在川军从军，从司务长、排长、连长，一直到团长和上校副官。穷苦出身的他，在旧军队仍然保持着应有的品质和良心。他当连长时，部队驻扎在简阳一个祠堂。当地农民发现地里的甘蔗少了两根，农民老头儿找到车耀先，说你的兄弟偷了我家地里的甘蔗。车耀先急忙安慰老人，说你们种甘蔗不易，钱我来赔，人我来处罚。之后，车耀先集合官兵，严厉地讲了一通军纪，然后问："谁偷的甘蔗就站出来！"一个士兵从队伍中出列，说："我知错了……"车耀先毫不客气地命令："按军纪，该打 20 军棍！主动认错，可减半，打 10 军棍！"这事传到那农民老头儿那里，老人赶紧跑到连队求情，说："两根甘蔗是小事，车长官手下留情呀！"车耀先说："军纪是我们内部的事，请老人家回去吧！"车耀先严厉治军的名声从此传遍川军。

别看车耀先出生在贫苦家庭，但从小学习爱争第一名，好胜心也特别强。"……'每次的第一名当然是我'的念头，常常萦绕脑中。"车耀先在自省"骄傲"时这样说。看他的经历，青年时一直在军中，但却又是个爱弄笔墨的人，文章和激情成就了他，这位武将同时也是个才子——他的文章不仅在川军里出名，即便在四川报界也颇有名气。

> 幼年仗剑怀佛心，放下屠刀求真神。
> 读破新旧约千遍，宗教不过欺愚民。
>
> 投身元元无限中，方晓世界可大同。
> 怒涛洗净千年迹，江山从此属万众。
>
> 不劳而食最可耻，活己无能焉活人。
> 欲树真理先辟伪，辟伪方显理有真。
>
> 喜见东方瑞气升，不问收获问耕耘。
> 愿以我血献后土，换得神州永太平。

读这首《自誓诗》，便知晓车耀先不仅浩气冲天、品质精良，同时才华横溢、气度非凡，可谓能文能武、帅气十足。

从腥风血雨中走过来的军人，又在舞文弄墨中潇洒奔驰，使得车耀先从来就是桀骜不驯的性格与行为。1927年，本已在军中崭露头角的车耀先，突然选择了"远走高飞"的新道路，出游日本、朝鲜等国，回国后又到北平、上海等地"寻找光明"。之后正式脱下川军军装，在成都开设"我们的书店"，而此时车耀先其实已经成为一名中国共产党党员。在成都开设"我们的书店"，就是以此作为掩护从事革命工作。

"我们的书店"开业不久，立即引起成都市的大、中学校和追求进步的学生们的极大兴趣，并且成为主要顾客。"走，去'我们的书店'！"当时，在成都青年学生中这句话很流行。这个书店与众不同，它采取的是开架售书，书刊由顾客自由翻阅和选购，虽然店面只有十几平方米，但时常挤满光顾者。除此，书店还开办租书业务，读者交少量押金、租金，即可在书店租到喜爱的书籍，这在当时很符合青年学生的胃口。然而由于书店时常进一些进步书刊，所以国民党当局很快查封了这个书店。因为"我们的书店"的办店模式具有很强的创新模式，所以虽然车耀先的"我们的书店"被封了，但成都市面上又相继出现了一批类似的如"开明书店""北新书店"等进步书店，它们宛若春风，温暖了成都读者的心。

"人类与其他动物不同的地方虽然很多，而语言之有无，是人物相异的最大区别。无文字之人类世界有之，无语言之人群古今没有。因为语言是人类直接表情达意的唯一工具。而文字不过是语言的一种符号而已，语言与人类的关系如此之大而且密切，吾人对之岂能漠然？"这是车耀先在办报办刊时发表的众多有关文字与语言文章中的一段话。主张改进和改良中国文字与地方语言及普通话，是车耀先倾心倾力做的一件事，他还是作出过杰出贡献的办报办刊人。"让识字人读精读多，让劳苦人民读懂文字与道理"是车耀先一直主张和奋斗的事，所以成都的报业生涯使他成为一方名士而名扬川地内外。

1935年，日本在我东北三省不断制造麻烦，引发全国人民强烈的反日情绪和运动。车耀先一方面执行党的指令，发动民众和各界开展抗日斗争，另一方面通过办报办刊，宣扬抗日进步道理，鼓舞人民起来同妥协和腐败的反动政府进行斗争。这年8月，中共中央发表了《为抗日救国告全体同胞书》。车耀先在四川积极响应，通过他在成都和川军里的影响，组织了"成都各界救国联合会"等组织。

1937年1月，一份名曰《大声》的周报如炸响一声春雷在成都大街小巷中诞生。这份立意鲜明、风格新颖的抗日进步刊物一问世，成都民众争相传阅。在这份新创刊的周报上，车耀先以"一分"为笔名，发表了披露"西安事变"真相的文章《今日之张学良》。文中对张学良合乎民心扣留蒋介石表示支持，对蒋介石假惺惺抗日、实为卖国求荣的行为，进行了无情的批驳。文章辛辣有力，妙语连珠，使国民党当局不知所措，让读者看后既知真相，又大快人心。

之后的《大声》每每就当时中国社会发表的大事庄严地发声，深得川地民众和进步势力的拥戴。这些如燃烧的火焰般的文字，又大多出自车耀先之手，在读者争先恐后阅读《大声》的同时，国民党专制者难受不堪，他们不断使出坏招威胁车耀先，甚至给他寄装有子弹的匿名信，说："你是军人，当然晓得这颗花生米的味道。现在奉上一颗，你想吃它，还是不想吃它，你自己去决定。你如再不改变政治态度，继续与党国为敌，我们只好请你尝尝它的味道了。"面对如此恶毒与赤裸的威胁，车耀先只是轻蔑地"哼"了一声，依然做他该做的正义之事。硬的不行，便来软的，国民党当局让高人出面对车耀先进行"劝降"。不想，车耀先不仅不吃这一套，而且来了个"斩后路"的做法，以《答友人书》为题，著文发表于报端：

　　安雨兄：……到今天我不能不公开答复你，也是向社会上的人士表明我的态度。

　　近年来，我更深刻地认识到：明哲保身的人愈多，国事愈不堪设想。因此毅然和友人组织"抗敌后援会"，我编辑《大声》，目的在唤起民众，强化民族意识，督促政府团结御侮，抗日救亡。我想这是中国公民应该做的事，完全没有错！可是，这就不得了啦，什么"反动刊物"呀，"宣传共党"呀，"人民阵线"呀，"某公喇叭"呀等罪名都来了。我想，只要政府愿蹈北洋军阀的覆辙，我亦愿步邵飘萍的后尘！

　　邵飘萍是《京报》主笔，因在报上揭露北洋军阀的罪行而被反动政府杀害于北京天桥。

　　车耀先通过公开登报，亮明自己的立场和不屈于反动政府的威迫，表现出一名共产党人和革命军人铁骨铮铮的信仰及意志。

　　"车好汉！""老子要像车好汉的样儿，堂堂正正当个抗日英雄！"成都人敬佩这样的民族正义者。

　　《大声》越办越好，从创刊时的1500份，增至5000份，后来又增至5500份，这个发行量在当时的成都可是一个较大的新闻刊物呵。国民党当局不干了，命令停刊。

　　但，没多久，成都市面上又一份新的刊物出现了。其风格一看，便知又是《大声》的主编车耀先在主持编刊。

反动政府再封。

怎么办？干脆，这回我就去公开注册！车耀先利用在成都和川军方面的人脉资源，真的又把新刊号申请了下来。这回叫《大声周刊》。

"《大声》《大声》《大声》又发声啦——！"成都街头的民众欣喜万分。

车耀先是个极其能干的人，在办刊同时，他还办了面店和餐店，比如与"我们的书店"近似的"新的面店"，以及最出名的那个"努力餐"。该店建于1929年，在成都三桥南街开业，后来迁到祠堂街。车耀先请了四川省名师当主厨，此人做过朱德的炊事员。车耀先确实是位能人，干一事成一事。这个"努力餐"首先挂出著名的"海味红烧什锦"，这在当时的成都是独一无二的菜肴，因此名震四方。诸多在成都从事过地下工作，后来成为党和国家领导人的干部，都光顾过"努力餐"。

"如果我的菜不好，请君向我说。如果我的菜好，请君向君的朋友说。"车耀先把这话当作该店的广告语，广而告之。于是"努力餐"名声越来越大，成为全成都的名餐厅。然而，车耀先办店并非为了赚钱，他一为从事党的地下工作提供秘密场所，二为地下工作筹措资金。一举两得，让车耀先在成都民众，包括川军方面如鱼得水。另一方面为我地下党组织作出了巨大贡献。

"车拐子确实是个人才。"党内同志这样评价车耀先。

车耀先其实是位跛子。当年在川军部队负伤后动了手术，结果造成一条腿残疾，从此走路一瘸一拐，人称"车拐子"。车耀先虽身落残，却让人感觉他的斗争意志和革命精神似乎更加勇猛与热烈，做起事来总是风一般果敢、潮一般奔涌，这也是党内同志对车耀先的评价。

　　"车拐子"在敌营和特务那里还被加了两个字"铁头车拐子"，意思是：撞破头都不怕的跛子。

　　这不，特务们又上门了："努力餐"下面有两间临街房，一间是他的会客室，另一间是车耀先夫妇住的卧室。

　　这一天门面还没有开，就听到外面有人咚咚咚地猛烈敲门。"啥子事嘛？"车耀先刚要穿起衣服去迎候，一个军官模样的人带着四五个便衣闯了进来。

　　"为啥子随便闯入我家嘛？"车耀先想挡也挡不住。

　　"一边站着！"那军官模样的人很凶狠地喝道，然后朝几个便衣随从一挥手。顿时那些家伙呼啦地蹿进屋子到处翻箱倒柜……

　　"你们想干啥子？"车耀先也不是吃素的，大声责问。

　　"想干啥？你最清楚！我们是来查你家，抓共党分子的！"特务头目指着车耀先的鼻子，"对了，你是《大声》的老板，你老实站在这儿，别想跑！"

　　车耀先是个见过世面的人物，哪吃这一套，回答道："我跑什么？《大声》是在政府立案注册的，饭馆是老子我个人开的，你们凭啥私闯民宅？真是无法无天！老子要告你们……"

　　那特务头目瞅了车耀先一眼，再没有吱声——他是在等小特务们搜查的结果。

　　"长官，都搜了……除了几本抗日的宣传书籍，啥子都没有！"一会儿，几个小特务气喘吁吁地报告道。

　　"蠢蛋！走！"特务头目站起来就要往外走，却被车耀先一把揪住衣袖。

"干啥？"

"你给老子说清楚，为啥要搜我家！"

"你去警察厅问呀！"特务头目一甩手想溜，结果被车耀先挡在门口。

"你以为我不敢？走！现在就去！"

"去就去。"

两人争执着往外跑。一帮特务出门后坐上摩托车就一溜烟跑了。车耀先狠狠骂了一句，叫上一辆黄包车直往警察厅方向。

"哟，车团长来啦！"警察厅门卫几乎都认识大名鼎鼎的"拐子团长"，而且也知道这位"拐子团长"跟警察厅和川军的要人都有特殊关系，所以不敢轻易挡他的路。

"老子要找你们的厅长评评理……"车耀先一边骂骂咧咧，一边一拐一跛地往里走。后来一打听，是下面的特务机构在搞他的鬼。车耀先假装极其生气地在警察厅出了一通气："老子抗日有啥错？要不是这腿在当年弄伤了，老子今天早就拎着枪去跟日本小鬼子干上了……"

他的这番慷慨激昂很具煽动性，也常常能感染那些良心未泯的军人与警察，更不用说对那些爱国民众和青年学生的影响，所以"拐子团长"的抗日血性与为人耿直，以及他辛辣而优美的文字，外加"努力餐"的美味，让车耀先在成都大有左右逢源之气场。

"耀先同志，你的《大声周刊》复刊，这是个大好消息！"一天，川康特委书记罗世文秘密来到"努力餐"，与车耀先在卧室内密谈，当即转达中共中央这一段时期所倡导的抗日方针政策和与国民党斗争的原则，请车耀先发挥办刊的优势，刊发中共中央负责人关于抗日和揭露国民党反动本质的文章。"你的《大声周刊》要充分发挥'红烧什锦'的优势，在抗日反内战中让广大民众像喜欢'努力餐'一样地喜欢这一阵地……"罗世文说。

"放心，我一定把《大声周刊》的'红烧什锦'也做得有滋有味！"车耀先表态道。

罗世文当时是以八路军驻成都办事处负责人和《新华日报》四川分社负责人身份在社交场合出现的。在党内，罗世文是川康特委书记，而车耀先则是川康特委军事委员会委员，两人也就是中共川康党委和军委负责人，罗在明里，车则靠饭店和报刊负责人身份掩护从事地下革命工作，因此他一手弄出来的"红烧什锦"能掩住敌人的视野，加上社会层面上都知道他是四川大军阀、国民党川地实权派人物刘湘领导的川军的"拐子团长"，平时一般人不敢欺负他。表面上，"努力餐"是赚钱；《大声周刊》是响应政府抗日和民众反内战的宣传阵地。在"西安事变"后的国共签署共同抗日协定后，像车耀先所办的《大声周刊》即使"左"与"共"一点，其实除了特务使些阴招外，"法律"上，车耀先是占理的，所以正是依仗着这份"理"，车耀先按照党组织的指令，不断刊发了如毛泽东与外国记者的谈话文章和周恩来、朱德、张闻天、李维汉、邓颖超、宋庆龄、艾思奇等延安的中共领导人及民主进步人士的文章。

"我们想去延安！"在抗日烽火浓浓燃烧时，四川和重庆等地的热血青年都想投奔革命圣地延安。怎么去呢？"'努力餐'的车老板！"青年们私下里打听到有很多"管道"的车耀先能办成此事，事实上，车耀先的"努力餐"也真的为一批又一批有革命信仰的青年、知识分子到延安投身革命与抗日运动"努力"着。

进入 1939 年秋，敌后的成都已经成为蒋介石为首的投降派的大本营。国民党"复兴社"的特务头目康泽更是在此张牙舞爪、一手遮天，对抗日民众和爱国人士使尽毒招。康泽利用自演的"抢米事件"闹剧，企图"一网打尽"我中共四川地区的领导组织和抓捕罗世文等人。

车耀先是康泽早已死盯的怀疑对象，只是没有证据表明车与共产党有联系及他的真实身份。

1940 年 3 月 16 日午夜，一群武装特务将"努力餐"团团包围。"车老板！车老板，有电报——"门外有人高声地叫嚷着。看门的工人师傅刚打开门，枪口就顶在他的脑门上："你们的老板在哪？"

"老子就是车耀先！你们干啥子？"车耀先边穿衣服，边从里屋走出。

特务打量了他一番，便皮笑肉不笑地说道："车老板，跟我们到行辕去一趟……"然后令小特务拿出手铐要铐车耀先。

"甭用那玩意，老子不会跑的。"车耀先一声喝道，随后走在了特务前面。

特务制造的成都"抢米事件"，轰动全国。中国共产党中央委员会发表声明谴责国民党的阴谋，周恩来也在重庆代表我党向蒋介石提出抗议，并要求释放罗世文、车耀先等人。

"那罗世文和车耀先听说骨头很硬，你去处理……"蒋介石有些尴尬地让戴笠出面平息。

"总裁的意思是……？"戴笠问。

"其他人你定。罗与车是有影响的人，先关起来，再给洗洗脑筋！"蒋介石说。

"明白了。"

之后，车耀先与罗世文一样，先被关在重庆"洗脑筋"，但没有结果，半年后，两人一起被押到息烽。在重庆的日子里，罗世文和车耀先尽管近在咫尺，却根本不知彼此的情况。直到息烽集中营，那天放风时听得特务们喊"290"时，只听有人高声嚷嚷道："老子有名有姓，干啥不喊名字？或者叫我'拐子团长'也行嘛！老子跟你们一样，曾经是国军的团长，你们龟儿子的应该尊敬喊我一声'车团长'才是……"

罗世文一听便暗乐：这车耀先，到哪儿都是天不怕地不怕。不过人家确实可以做到这一点，因为他没有暴露共产党员的身份，那他的"团长"身份是比较吃得开的，国民党特务拿他还真不会咋样。"车拐子"有办法。罗世文想笑，又没笑出声。

在集中营里，有这样的好同志在一起，也算是不幸中的万幸。所以当与韩子栋研究支部成员时，罗世文首先想到了车耀先。

"他的身份没有暴露，我们更需要保护他。"韩子栋也这样认为。

其实车耀先又是个在囚友中十分随便的人。当有人称他"车团长"时，他便直着脖子，嚷嚷道："哪个样子团长嘛！都是头碰头、脚挨脚地坐牢，你们就喊我跛子算屌了！"

车耀先的这般洒脱，其实也有效地保护了自己的身份，同时也常常帮助其他难友。这样的好同志，支部必须请他成为核心成员。

既然是支部，又有集中营的特殊性，我们的任务一定要有针对性。"就算是行动的纲领吧。"罗世文让韩子栋秘密联系许晓轩和车耀先，希望"议"出个框架内容。

很快，支部形成了四点意见一致的"行动纲领"。它们是：

团结难友，要求改善生活待遇，以便在局势好转时争取出狱。

争取阅读书报的权利。

同叛徒、变节分子、动摇分子作斗争。

尽量与外界取得联系，让党了解狱中情况，进行援救或里应外合，举行暴动。

所谓秘密支部，其实是以罗世文为首，韩子栋、许晓轩和车耀先这几个公开或彼此了解的党员骨干组成的一个核心，在这个非常特殊、到处都是特务和"掺沙子"者的严密控制下的集中营里，通过暗中传递消息甚至是手势和眼神来团结与争取其他同志及难友的一个松散而又极其严密的地下组织。这中间，罗世文的资格和党内的地位及斗争经验，毫无疑问属于书记级中心人物。但他因为身份公开了，特务们对他的一言一行始终看得最紧，所有靠近他的人都可能被特务们视为"共产党要犯"和"共产党嫌疑分子"，因此，包括从未真正暴露过身份的韩子栋及车耀先在与罗世文接触时，也表面上保持一定的距离。倒是罗世文因为是国民党违反国共合作被公开抓捕的八路军、共产党四川地区的重要领导人，而且蒋介石和戴笠对其有拉拢的意思，因此反倒在狱中"满不在乎"敌人与难友如何对待他。他利用这些"优势"，说他该说的话、干他该干的事——与敌人进行无情的斗争、在难友中尽可能地宣传抗日与共产党的方针政策和理想信仰……

许晓轩原是罗世文任省委书记的川康特委青年工作宣传部部长，对党的基层组织工作和基层工农分子的教育有着丰富经验，所以许晓轩在难友中很有威信，而且曾出任中共地下党重庆新市区委书记职务，经常深入到工厂、学校，组织工人和青年学习如何与国民党开展斗争，接触基层群众多，实际工作经验丰富。根据集中营的实际情况，罗世文提出，秘密支部核心成员由他和车耀先、韩子栋三人组成，这三人一般不在敌人面前和囚友中领头做事：罗世文因身份公开，可以正面同敌人较量；车耀先未暴露身份，以"团长"身份出现在特务面前和囚友中，反而可以洒脱地行动；韩子栋凭借坐牢的"老资格"，要装疯卖傻到底，这样便于在支部党员和囚友中秘密"串通"……3个人一般不以支部委员身份出面做事，这样更有利于防止狡猾的特务们发现集中营中有共产党的秘密支部组织。

"我们可以多发挥小许的作用，他既已暴露身份，又有领导基层组织和对敌斗争的丰富经验，对党忠诚，所以平时他出面在难友中做工作，即使被敌人发现，也不会造成支部的毁灭性破坏。这个情况我已同他本人谈过，小许完全同意我的意见。"罗世文对韩子栋说。

"这个安排非常周全！"韩子栋对罗世文更加敬佩。也正是息烽集中营的数年历练，许晓轩在集中营内的共产党人和革命者心目中威望很高，以至后来他牺牲在重庆歌乐山后，他的囚友、《红岩》作者罗广斌以他的事迹为原型，塑造出了被亿万中国人所熟知的"许云峰"的形象。当然，"许云峰"是数个中国共产党领导人的形象的浓缩塑造，但许晓轩则是其中最重要的原型人物。

狱中秘密支部建立之后，息烽集中营内的敌我斗争形式和层次也变得不再是简单的"你死我活"。当然，敌人的最终目的始终没有改变：你是共产党人、你是革命者，你的最终结果必定是"死"，但这不是一枪一刀把你杀了便是，是要通过特殊的软刀子、麻醉针，来引诱、麻痹、摧残……直至改变你的信仰与意志，成为军统特务和国民党所期待的他们的"同志"。

在抗日战争的大背景下，蒋介石和戴笠各怀自私的鬼胎，通过周养浩的所谓"监狱新政"，以图实现他们的上述目的。这对狱中的共产党人及革命者而言，其实比吃一颗子弹要经受的考验多得多，也难得多……

我们由此认为：息烽集中营内的共产党人与革命者，他们在漫长而复杂的监狱斗争中经受住了信仰考验。有一点值得息烽集中营中的共产党员和革命者特别骄傲的是：他们中间没有一个人最终背叛党和革命，这在其他"国统"区的国民党监狱里几乎是没有的。仅凭这一点，息烽集中营的革命精神就值得大书特书，并且深入研究与剖析——本书的核心任务便是用文学纪实的手段，尽可能复原这一史实，将共产党人及革命者在息烽集中营的光辉精神发扬光大……

第六章

智胜心战

周养浩很会"心战"布局，即便对自己的特务下属，也摆出一套"忠诚"于领袖的架势，来显现他的"忠心"和"水平"。其中突出的就是他一手布置的"中山室"。

　　所有的敌人都是残酷和狡猾的。设置和管理息烽集中营的国民党军统特务们可以说是敌人中更加残酷和狡猾的。正如前面所言：在抗战这个特殊时期，在原本对立的国共两党有迹象"团结一致，对外抗日"的大背景下，戴笠按照蒋介石旨意设置这座集中营秘密监狱，实则就是蒋介石反动集团不甘停下对中国共产党人与革命者的毒手。又由于戴笠在军统的特殊地位，以及他的政治野心，因此息烽集中营所关押的共产党人如罗世文、车耀先及黄显声等，都是个人能力超强又有社会影响力的人才，于是心怀鬼胎的戴笠企图通过自己的"势力范围""争取"这批人才，实现其自己图谋政治的野心。加之戴笠所指派的息烽集中营"行辕主任"周养浩，此人除了想在主子面前表现其"专业能力"与"管理才华"之外，还有满腹想发大财的"雄心壮志"，于是息烽集中营管理权从刽子手何子桢手里转到周养浩之后，这个自称"满腹经纶"的法律专家和"绝对忠诚于领袖"的戴笠老乡铁杆，便开始了他的"新政"实验——

　　"集合！快到操场集合啦！"这一天，整个集中营的"囚犯"都被赶到平时特务们出操和打篮球的那块草坪上……像这样的阵势，过去很少有过。

　　"今天又要干啥子名堂嘛？"说话的正是"拐子团长"车耀先。

　　"是嘛，干啥子嘛？"通常集合众多"囚犯"一起，都不是啥好事，一般都是要"宣判"一批行将执刑的人才会如此兴师动众。

　　"又要杀人啦……"众人开始窃窃私语地议论起来。

　　"不准说话！""不准说话！"四面荷枪实弹的宪兵中间，穿着校官军服的大特务手中晃动着手枪，在怒吼着。

　　"现在请周主任训话——"那个摇晃着手枪的军统军官话音刚落，

只见周主任面带笑容地站到众"囚徒"面前。当他看到离他仅有十来米远的黄显声时，先恭敬地向对方点点头，然后挺直胸脯，开始拿腔拿调起来：

"各位，大家知道，委员长最近提出新生活运动，其中最为重要的，就是全国上下，不管哪里，都要讲求'礼'为先、'礼'为上……最后实现一个国家、一个领袖、一种意志。我们这里也要听从委员长的教诲，进行革新，推进新政……"

周养浩在台上讲，众"囚徒"在下面私议：监狱里讲"礼"？

"亏他说得出口。"

"把我们的脚镣手铐先解了吧！"

"是啊，把猪圈狗窝一样的牢房给改造改造。"

"还有，三顿吃的东西给换了！那就不是人吃的……"

"是嘛，哪把我们当人嘛！"

"静静！静静！听主任训话——"那个举着手枪的军官又开始摇晃着武器威胁着。

"是是，周某人深知大家的想法，深知。"周养浩的腔调提得更高、拉得更长了，这似乎能够显示他的权威形象。他继续说道："既然讲到'礼'，那我们就得首先给大家的身份改一改，过去说你们是'犯人'，这本身就不够'礼'嘛！是因为种种原因，党国才把你们聚集到这个地方来的。来这里啥目的？不是让你们坐牢的，领袖是希望你们在这里认真学习修养，做忠于党国和领袖的人，因此你们是'修养人'！对的，你们就是'修养人'，来这里就是提高修养、增强修养，从而成为真正的一个可以为党国做事的人……"

"修养人"从此成了息烽集中营对"犯人"的一个新称呼。这个称呼里饱含了敌人的无限阴谋和政治目的。

共产党人如何面对敌人的这些阴谋与政治陷阱，这是所有在息烽集中营内的共产党人经受的最严峻的考验。罗世文和车耀先等马上看出敌人的这些阴谋。甚至在周养浩发表慷慨激昂的有关"新政演说"时，罗世文就在难友中公开对着周养浩说："别说得那么好听，所有这里的行辕主任，其实都是国民党豢养的镇压革命和抗日的工具而已，是上海滩的流氓加无赖！"

罗世文此话一出，众难友一片喝彩。周养浩又气又燥，但他知道罗世文的厉害，又强压怒火，假装没有听到，想把自己的腔调再提高一点，结果嗓门一下沙哑了。

"好，我……喀喀……今天就先讲这些。等会儿……等会儿，每人发一本委员长的新作《中国之命运》，你们，大家都要好好学习，从此修养……"

第一堂"修养动员课"就这样草草收场。

下午，特务管理员们给各监室发放了蒋介石的《中国之命运》，要求每位"修养人"认真学习。"主任说了，每个人还要谈'学习体会'呢！"特务管理员一边发书一边嚷嚷着。

"谈体会？哼，我将它擦屁股用倒蛮好的！"有"囚徒"马上回击道。

"好啊，你只要有这样的胆量，今晚就请你到猫洞单独'学习'……"特务管理员似乎并不在意有人真的把老蒋的"名著"当擦屁股纸用。

倒是许晓轩看到同室的难友这么干时，立即阻止，轻声说："没必要做无谓的牺牲。"

"是啊，我们可以用我们理解的方式加之中国现实的事实来对蒋介石这本所谓的'好书'进行批驳，让我们真正从当下民族危亡的时刻看中国的现实，这才是最重要的。这比将书撕下来擦屁股要有用得多！"

在另一个监室，罗世文的一番话，让"忠斋"内的政治犯们茅塞顿开。

周养浩是个有企图和心思的大特务，他对戴笠建息烽秘密监狱、实行监狱"新政"的意图，也心知肚明。同时他本人又想别出心裁地做一套"养浩模式"，以表现他的"能力"和"才华"。因息烽集中营内部起哄和"囚徒"们集体抗议，戴笠不得不赶走何子桢，换来他的"同乡"周养浩，这个自称"党国法学界领袖忠诚信徒"的上海法学院毕业生出身的大特务，信奉一套"以礼为首"的监狱"新政"，也就是说"以心治人"的新名堂。到底能不能奏效，恐怕只有周养浩自己信心满满。

在关押"犯人"的内墙边，是特务管理人员办公和值班的地方，周养浩很会"心战"布局，即便对自己的特务下属，也摆出一套"忠诚"于领袖的架势，来显现他的"真心"和"水平"。其中突出的就是他一手布置的"中山室"。

这幢"中山室"现在看来也很肃然庄严，它由3间木结构房子组成，独立于一片绿荫之中。"中山室"的匾字，由周养浩亲笔书写——不过实话实说，周的字还是写得有模有样的。"中山室"的正厅有20多平方米，正面挂着孙中山像，在像的两边是国民党党旗与国民政府"国旗"。墙的左右侧，也是周养浩手书的"孙总理遗训"和"中国国民党党员守则"。正厅左边是接待室，正面挂着蒋介石与宋美龄的照片，据说戴笠来后就会在此"现场办公"。右边是"主任室"。

图为周养浩专门为上司戴笠和外面来的军统领导人物以及一些专程来参观学习"息烽集中营新政"的外国人和社会名流所置的"中山室",也就是说这是他周养浩的"门面"

图片来源：息烽集中营革命历史纪念馆

"中山室"其实是周养浩专门为上司戴笠和外面来的军统领导人物以及一些专程来参观学习"息烽集中营新政"的外国人和社会名流所置的，也就是说这是他周养浩的"门面"。

其实在军统特务们的真正办公之地另有一栋楼，那才是周养浩日常的办公地。有两间，外间是他办公地，里间是他的生活地。而在里间有个他的"私人秘密"——周霸占了狱中的一个女"囚犯"，作为他的小老婆。周家安在息烽集中营几百米之外的阳朗小镇上，独幢两层楼，是他用军统的钱租下来的。

仅此一点也可以看出周养浩是个道貌岸然的伪君子，"修养"一词在他那里也只不过是用来升官发财、掩饰其丑恶人性的遮羞布而已。

那一天，在办完"修养人"动员会后，周养浩独自坐在"中山室"内，一边喝着茶，一边冥思苦想：到底如何把集中营里现有的几百名犯人——"修养"成戴老板和他周养浩所想用的"人才"……

需要归类。这是周养浩首先想到的问题。第一类"全修养人"，应该是他们军统内部的那些"犯了错误"和"失足者"，因为他们本质上与"党国"信仰并非背道而驰，属于可教育过来的那部分，比如黄显声等；第二类应该是共产党高级干部身份、与"党国"拧着劲的有影响力的人物，比如罗世文、车耀先等，他们应该称其为"修养人"；第三类应该是普通的"犯人"，他们可以称其为"半修养人"……嗯，这样分类处理，并按此制定不同的"修养"标准，来"以心治人"，从而达到"忠诚领袖""为党国效力"之目的。

周养浩想到这里，会心地得意一笑，口中念念有词起来：心之所向，行必能至也！

"主任，不好了！"正在这个时候，一个宪兵气喘吁吁地赶来报告。

"怎么回事？"周养浩很不开心地扭过头问。

"今天上午是劳动时间，有个犯人不愿干活，跟我们的人打起来了！"

周养浩一听，噌地站了起来，嘴里骂骂咧咧起来："不想干活？反了呀！"

"关键是，一帮共产党'要犯'跟着起哄，我们的人有些架不住了……"

"走！"周养浩说着，大步跨出"中山室"，向集中营内墙走去。

"打打打！"

"不许打人！不许打人——"

"快来人哪——"

"要出人命呀！"

"不许打人！"

"狗特务——"

"不许……"

周养浩远远看到在礼堂前的一个强迫"犯人"干活的地方，已经聚集了几十个人，有持枪、执棍的特务管理员，更有赤手空拳、怒火激愤的"囚徒"……打架、争执的双方撕扯在一起，乱成一片。

"住手！都给我住手——"周养浩气得从身边的一个特务腰间拔出手枪，在空中挥舞起来。

打架这边，那位不久前从江西上饶监狱被甄别出是"共党分子"的新四军干部陈策被打得头破血流，正双手捂着出血的头，几个难友在帮其止血。打陈策的特务郑星槎则气呼呼地倒在地上，用枪对着站在他面前的黄显声……

"你要再敢动手动脚，老子就一脚踩死你信不信？"黄显声的右脚正好踩在郑星槎的胸口，使其不得动弹。

另一位受些轻伤的是许晓轩，他是在刚才指责郑星槎打陈策时挨了郑一拳……

"都给我站好了！你们像什么话？"周养浩一看"犯人"们个个义愤填膺，又见自己的人倒在地上那个狼狈劲，觉得自己这个堂堂主任大丢脸面，但看在场的黄显声、罗世文、车耀先等真动怒了，知道必须平息现场。"到底怎么回事？"周养浩给自己下台阶道。

从地上爬起来的郑星槎像条受弃后重新回到主人身边的狗一般地诉说起来。他指着陈策说："这'刁犯'拒绝干活，还不听从管教……我教训他，他就跟我对着干。后、后来他……'302'便过来教训起我来……"

"是你先动手的！你为啥打人？"许晓轩第一个站出来对质。

"对对，对，你先打人！"众难友纷纷指责郑星槎。

"嚷嚷什么？"周养浩觉得自己的权威在众人面前受到轻视，更不愿看到自己的人被"犯人"们指责。

"周大主任，我们可以不嚷嚷、少嚷嚷。但是你起码得主持公道是不是？"说话的是黄显声。他强压怒火，一字一句地道："今天这事我一直在现场，是这个犟驴子先动的手，而且不仅打了他，还打了'302'……"黄显声把头破血流的陈策和受了伤的许晓轩拉到周养浩的面前，指着郑星槎，冲周养浩不冷不热地道，"你昨天刚刚教导大家要以礼为先、以礼为重，大家都要做'修养人'，可像这个犟驴的做法有半点儿修养吗？你们大伙说有没有？"

"没有！"

"屁修养！"

周养浩十分尴尬地挥挥手，斥道："算了算了，都给我回到该回的地方去！"说完，扭转屁股就走了。

"不能打了人就这样完事了！"

"对，不准打人！"

"必须惩治打人犯！"

"不处理打人犯我们就不干活！"

事情并没有像周养浩想的那样简单，一甩手便完事了。这一天下午和傍晚时分，整个集中营的特务们与众"犯人"之间的对立情绪非常紧张。

"秘密支部"的支委们迅速秘密商榷：特务打人事件必须处理，不能让此风滋长，否则以后难友们会受苦甚至会出现被打死的后果。若周养浩不处理郑星槎，就动员全体难友绝食。其二，在内部也要做工作，比如对陈策这样的同志要让他认识到同敌人的斗争方式，不能盲目抵制集中营内安排的一切事情，劳动本身也可以让难友们走出监室，有活动的空间，利于身体健康。

"绝食必须统一行动，全体参加。"

"陈策那边要有人专门去做工作。这事请老许出面……"

罗世文通过韩子栋传递意见给车耀先，并迅速得到车耀先的赞同后，韩子栋马上趁放风机会，把支部意见传给了许晓轩。

"'302'明白。"

许晓轩很快找到了陈策，向他讲清了同敌人的斗争也要讲究方式方法，尤其是在集中营里，保住每一个生命，也是一种胜利，不

◎ 陈策，1919 年出生于四川省合江县。曾在家乡当过小学教师。1936 年秋，因不满学校封建势力的统治，愤然投军。1938 年 6 月，邀约同乡投奔新四军，在新四军政治部从事宣传工作。1939 年加入中国共产党。1941 年 1 月在"皖南事变"中被俘，关押在江西上饶集中营，后转至息烽集中营囚禁。在狱中，带头反对"同室连坐法"狱规。1946 年 7 月转押重庆白公馆囚禁。1949 年 11 月 27 日被杀害于白公馆。（图片来源：息烽集中营革命历史纪念馆）

能因为一时冲动或斗争方式的不对而去无谓地牺牲。这对革命和党的事业本身也是一种损失。

"我明白了。"陈策点点头，表示心服许晓轩的意见，同时也保证在以后的集中营日子里发挥好一名共产党员应有的作用。要学会用智慧与敌人所铺设的"心战"展开较量。

陈策是四川人，原名叫陈安磐，从小失去父亲的他，一直在舅舅的资助下维系生存，亲戚回忆他小时候"资质聪敏，天性倔强，尤其爱好文艺"。开始在川军当兵，后来不满开赴前线的川军不抵抗日军，于是便投奔了新四军。由于陈策属于有一定文化的"知识分子"，所以到新四军后成为军部的新闻人，于1939年加入中国共产党。震惊中外的"皖南事变"中，陈策在随军部行动中被敌俘虏，关押在江西上饶集中营。不久，军统介入集中营，对共产党人进行甄别，陈策的身份被发现，于是立即正式被捕，随即被押送到息烽集中营。

被认定是共产党员的陈策，虽然是息烽集中营的"后来者"，但因为他的身份暴露，所以一直在公开场合与敌人面对面地斗争。包括这一天发生的"劳动冲突"。陈策认为，国民党军统利用被关押人员进行劳动体罚，有违"军纪国法"，是"对政治犯的肉体摧残"，因此他坚决抵制，结果与特务发生冲突。在许晓轩的开导下，陈策明白了："在集中营这个特殊战场，既要有不怕死的敢于斗争精神，同时也需要有智慧的斗争艺术方法。"关于后一点，也正是秘密支部根据集中营的特殊情况，为尽可能地保护同志与战友所制定的与敌人展开斗争的方针原则。

绝食仍在继续，已经到了第六天……集中营内已经有数十人出现身体严重不适症，处于半昏迷状态。

"主任，这样不好呀！这样下去可会死一大批人的呀！"小特务们忙了起来，频频向周养浩报告。

"死就死吧！死光了才让人省心嘛！"周养浩气得直跺脚。刚骂完，他又把小特务叫回来，"给我把郑星槎绑起来——"

"啥？绑郑、郑星槎呀？"特务们惊诧地看着周养浩。

周养浩更火了，右脚猛地一踹："妈的，不绑他绑你啊？"

"是是。"小特务们赶紧手忙脚乱地将郑星槎五花大绑地推到刚刚集合起来的众"囚犯"面前。这时，周养浩又露面了，只见他先是一脸歉意地向众"囚犯"说道："前几天我们的管理员打人是很不对的事，我们刚刚推行'以礼为先'的新政，就冒出有人对大家动粗，这个事呢首先我要向诸位致歉。其次，今天就是要当众惩治破坏新政的人……把郑星槎押上来！20军棍伺候！"

顿时，郑星槎就像一头被屠夫架在石头上的垂死之猪，号哭着大叫起来……

"好！打！使劲打！"众难友则在一旁高声欢呼和助威。周养浩一看这场景，又气又恼，又不宜发作，哼了一声后扭头便走了。

"我们胜利啦！"众难友则欢呼不断。罗世文、车耀先和韩子栋等则会心一笑。在一旁观摩了全场"剧情"的黄显声也闷着劲儿偷乐。

秘密支部领导的第一场与敌人的较量取得圆满胜利。然而，周养浩并非一个无能之辈，尤其是他的心计远胜于他表面的文质彬彬与斯文谦和之相。

他是个使阴招、玩心术的特务头子。

"既然周养浩扬言'以礼为先'的新政，那么我们可以提出有利于改变集中营生活环境的要求……"绝食事件后，罗世文首先把问题抛了出来，让支委同志和其他共产党人一起讨论如何借周养浩的"新政"来实现狱中权利的争取。

"是啊，我进来快10年了，生活在这种猪狗不如的地方，就是不死也活得像死狗一样，有时觉得还真不如一条野狗、野猪呢！它们至少有自己的自由，想到哪儿就能去哪儿。我们呢，睡没个翻身的地方，吃的比猪狗不如，一天到晚关在黑洞洞的屋子里，连说话伸腿都属于犯纪……哪是人过的日子嘛！"韩子栋一说到这些，怒气最大，因为他也是受罪最多的一个，没有哪个"修养人"比他坐牢更久的。

"'225'，你资格最老，你去跟姓周的说说，看他怎么个'改'法！"

有人提出让韩子栋出面与周养浩交涉。

"我去没问题，但姓周的能听我的吗？"韩子栋认为自己不足以撼动周养浩。"要不'290'去试试？"他说的是让车耀先去跟周养浩"打擂"。

"你们要同意，我就去！我才不怕姓周的耍啥龟儿子呢！"车耀先说。

罗世文摇摇头，表示车耀先去不太合适。"我看最好请'122'出面……他若肯同周养浩交涉，这事就有可能成。"罗世文说的"122"就是黄显声。

"对啊，他一出面准行！"韩子栋认为这个提议可行，并说，上次由黄显声先生出面支持绝食静坐，取消敌人的"连坐法"行动取得了胜利，头功理当是黄显声呀！

一说到与敌人斗争取消"连坐法"的事，罗世文和车耀先都非常熟悉。那时他们从重庆被押送到息烽集中营不久，就遇上了原来的"行辕主任"何子桢推行的毒招："犯人"的"连坐法"。所谓的"连坐法"，就是一个监室、一串"犯人"中，如果有一人跑了、一人犯了错，其他人就要跟着倒霉，轻则肉体处罚，重则处决。这种极端的"一人出事，集体负责"的做法，加上"掺沙子"的特务不断诬陷告黑状，弄得本来就痛苦万分的坐牢人每时每刻人心惶惶、心惊肉跳，不知何时因想象不到的事由而祸从天降于自己头上……

黄显声之所以坐牢，其实也是因为缺少对身边人的防范，结果受尽屈辱。身为东北军高级将领的他，长期在少帅张学良身边，虽然战场中常遇生死考验，但日常生活还是非常优越的，黄显声也十分讲究，爱整洁干净，喜欢安静生活。但集中营内令人窒息的空气、夜深人静时刑具室内时常传出的恐怖号声与哭叫惨声，令黄显声难以忍受。最让他气愤的是，特务们在"囚犯"中搞的一人越狱、全狱连坐的所谓"连坐法"。

简直就是法西斯！比法西斯还法西斯！"囚徒"们经常愤怒地吼道。黄显声也极有同感，尤其看到那些无辜者被特务拖到猫洞内活活地残杀的悲剧时，更加悲愤交加。

"他们是想把我们一个一个拖死、整死才罢休呢！"看着同胞被"连坐法"牵连而死而受罪的情形，狱中难友们敢怒不敢言。

"老子倒要捅捅这个王法！"黄显声终于不再沉默了。也正在这个时候，重庆又押来一批"政治犯"，他们便是罗世文、车耀先、许晓轩等人。"连坐法"也在这个时候让这些"新囚犯"领教了一番。

"这不是想整死所有人嘛！老子看了那么多法西斯残害革命者的书，都没见过这样一条毒计呀！"许晓轩第一个起来公开抗议。

"是啊，他老蒋对日无能为力、招招软弱，可对共产党、对革命者用尽天下毒计，挖空心思到极点！"罗世文说。

"龟儿子，他有本事冲我试试！老子做事一是一、二是二，堂堂正正，岂容小人之计而祸及他人！他们搞的那一套，就是封建皇帝的株连九族的把戏！"车耀先愤愤地把拳头砸在牢房的门框上，顿时发出咚咚响声……

"想干吗？"特务管理员马上过来吆喝起来。

车耀先更是当着小特务们的面，又是三记重拳砸在牢房门上。"老子砸了，你又能怎么样呢？"

特务们一看是大名鼎鼎的"拐子团长"，也就悻悻地走开了。

"他们要不取消这'连坐法'，老子就不低头！"黄显声啥场面没见过！杀头见血的事对他这样一位军人而言，算得了什么！但如他平时所言：军人的头颅绝不会在被侮辱时低下，军人的鲜血也不应被任意流淌。

"黄长官，你说怎么干我们就怎么干！"众难友簇拥到黄显声身边，想听他的"高见"。

黄显声一声冷笑，说："现在我们手中没有了武器，但我们每个人身上又有让那帮想倚仗这座牢笼升官发财的人最怕的武器……"他朝何子桢办公室方向瞥了一眼，道。

"我们身上？……还有啥子让特务们最怕的武器呀？"不少难友没有明白黄显声的话。

"绝食！绝食是他们最怕的！"那个也是刚来的眼镜片闪着光的人说话了。他就是罗世文。

黄显声一听，便朝罗世文会心一笑，似乎彼此也有了一个心底的沟通。

"对，绝食！从现在开始，如果他们不取消狗日的'连坐法'，我们就绝食到底！"黄显声大声说道。

"好——绝食到底！"

"绝不罢休！"

众难友群情振奋，同仇敌忾。开饭点，特务们进牢房送饭时，全狱室没有一个人出来接饭桶。

"你们不吃了？"特务疑惑地问。

"不吃了！"难友们的回答都是一个口径。

"想绝食呀？"

"就是绝食！"

"干啥子绝食嘛？"

"要求取消'连坐法'……"

小特务赶紧把这情况报告何子桢。谁知何子桢听后反倒笑了起来："好啊，不吃我还能省点开销呢！想取消'连坐法'？没门！"

"坚决不吃！"

一天过去了。两天过去了。坚持不吃。

特务们有些迷糊地看热闹。

三天仍然不吃，有人已经扛不住了。但被同室难友帮助着渡过难关。

四天依然没有动静……已经有人被拉出监室，送到医务室。

"主任，再下去会死人的呀！"小特务报告道。

"死就死嘛！死他十个八个，我还嫌多呢！"何子桢恶狠狠地说。

但到了第五天，集中营内仍然一片死寂——众"囚徒"就是不吃。

何子桢开始着急了："你把黄显声叫出来！"

小特务赶紧跑到牢房想"请"黄显声出来。"不去，除非你们把'连坐法'取消！"黄显声摆出一副毫不妥协的姿态。

何子桢一看这样下去，会砸了自己的饭碗，于是在第六天便不得不当众答应从即日起取消"连坐法"。

"我们胜利啦！"难友们欢呼雀跃，也开始对领导他们绝食的黄显声将军另眼相看。

这是集中营里曾经取得的一次与特务们斗争的胜利成果。现在，秘密支部想借周养浩的所谓"新政"推行，通过集体的力量，让集中营当局解除一些非人性的毒招，以恢复难友们最起码的做人尊严与生活权利。

罗文世他们自然首先想到了黄显声。

"黄先生是著名的爱国将领，又在国民党军队中享有威望，如果他能再次站出来为大家说话，会起到事半功倍的作用。"罗世文说。

"是啊，黄先生一身正气，跟其他国民党军官不一样，文武双全，如果他是我们的同志就好了！"韩子栋说。

车耀先说："我们的党有许多同志是隐蔽在敌人心脏的，也难说黄先生是不是与我们党有着特殊关系的人……"

罗世文没有接话，只是说："不管黄先生是什么人，我们对他也要加以保护和尊重。如果大家同意的话，我看是否定下请黄显声先生出面？老车，这事由你去跟黄先生悄悄商议。"

车耀先答应，说："他每次放风时会舞弄一下拳法，也经常与我切磋。我可以悄悄征求他的意见……"

在支部的安排下，一切悄然地进行着。

在息烽集中营里，黄显声是个特殊人物，他不仅官衔高，而且一直高傲独行，气度非凡，同时又善于为那些被特务们欺负的难友抱不平。每每他一出场，周养浩就一副奴才相。

"行，这事我可以出面。顺便我也想看看他周养浩前几天说的话是不是会赖账……"那天在练拳时，车耀先代表支部把希望请他出面的想法一说，黄显声便爽快地答应了。

在周养浩的"新政"推行与提出后，黄显声是第一个被允许解除脚镣的"囚犯"，那些与他一样的被戴笠认为是"自己人，但犯了严重错误的"人，都被周养浩列为"全修养人"。这些人除了解除刑具外，还可以有比较大的自由度，在集中营的墙内范围有规定时间的散步等活动空间。"修养人"则是像罗世文、车耀先、韩子栋这样的"高级政治犯"，刑具一般情况下也被解除，但需要时仍可戴上，如开大会、晚上等特务们认为必要的时间里。自由度相对比原来也是多一些。在周养浩眼里，"政治犯"是些比较懂"修养"的人，所以他所用的手段并非以严刑来对待。相反，他对那些"半修养人"倒是很严厉，周养浩认为这些普通的"犯人"，特别是犯刑事和纪律的人，是属于低等人，缺少"修养"，需要严厉管教，所以"半修养人"在他任主任期间一直是被看管得比较严格的群体。他的自以为是，也决定了息烽集中营未来的命运，当然他周养浩个人的命运也是注定了的。

秘密监狱的残酷性、非人性，早已激怒众难友，尤其像韩子栋这样的一关就是几年十几年，而且没有"定性"，既不释放又没刑期，唯有的"前途"就是哪天被折磨得一死了之。像韩子栋这样的"老囚徒"，也还多次想不开，曾经寻短见。他自己就说过："见了罗世文，听他一番暖心肠的开导，才使自己的情绪稳定了下来。"更不用说那些本来就意志不够坚强的人，多囚禁一天，就胜似苦度十年光阴……加之特务们不断使出新招来折磨他们，他们想死的心随时都有。

企盼改善集中营的环境和基本的生存条件，是每一个饱受折磨者的最大心愿。包括黄显声在内，尽管他"享受"的待遇是"囚徒"中最自由和"豪华"型的（一人独居一室），但长期囚禁在方寸之地的苦闷与孤独，尤其是在抗日战争烽火到处燃起的时刻，他身为军人，不能热血洒战场，竟然还被囚禁在无人知晓的深山老林，承受着一帮无知而又野蛮的"狗东西"的折磨。

现在有了一丝喘气的机会，周养浩推行的所谓"新政"自然要去争取一下，所以黄显声爽快地答应了罗世文、车耀先他们的恳请。这一天，早饭过后，黄显声在特务们的注视和随行下，大步走出监门，去"中山室"见周养浩。因为是星期一，据说周养浩有个"习惯"，在这一天上午要在那里装模作样地背诵《总理遗训》。

"周先生真是中山先生忠实的信徒啊！"黄显声进"中山室"后，仍见周养浩闭目轻吟着《总理遗训》，便带着几分冷嘲说。

"哟，是黄长官啊！快进来坐、坐……"周养浩似乎这才回过神，招呼黄显声。

黄显声也不客气，一屁股坐定后，冲着墙上的《总理遗训》，问周养浩："知道孙总理的遗训之最重要的要义是哪句话吗？"

周养浩一下被问住了，忙答："嗯……应该、应该是'革命尚未成功，我同志仍须努力'吧！"

黄显声摇摇头，说："你说的这句其实是号召式的虚词。真正的总理遗训要点是这一句……"他起身指着墙上的《总理遗训》的文字念道，"余致力国民革命凡四十年，其目的在求中国之自由平等。积四十年之经验深知欲达到此目的，必须唤起民众及联合世界上以平等待我之民族，共同奋斗！"

"噢——对对，这句话应该是《总理遗训》中最重要的，他讲到了民族平等的问题……"周养浩颇为羞涩地赶忙补充道。

黄显声并不理会其表情变化，依然继续说着："孙先生临去世最担心的是，我们中华民族不能在人类面前平等，这是他最感耻辱的事，所以他使出生命中的最后一口气来告诫他的同志们……"

"是是，黄长官高见、透彻！"周养浩连连点头称是。

"可是，总理的遗训在今天仍然被老蒋和他的帮凶们遗忘，甚至践踏……"黄显声悲愤地说，"看看当下日本侵略者在我中华大地上肆意暴行，到处屠杀我兄弟姐妹；而更可悲的是，我们自己内部的军队、监狱、法庭不但没有帮助民众参与争取平等的权利和反侵略的战争，却还在大后方建立如此秘密的监狱，镇压和奴役我等爱国志士……这是对《总理遗训》最大的蔑视与歪曲，可耻、可悲啊！"

见黄显声越说越悲怆，周养浩赶紧给他倒上了一杯茶水，奉承道："黄长官息怒息怒！周某人新来乍到，也才在学习和理解《总理遗训》过程之中。比如推出的'新政'措施，也是想更好地把《总理遗训》的思想领会到位……"

黄显声马上接过话，说："讲到大人你推出的'新政'，我黄某倒是有些想法，不知可否跟你一说？"

周养浩顿时兴奋地说："可以可以，黄长官有啥高见，尽管说来，小弟一定洗耳恭听、洗耳恭听！"

"那好，我就说了……"黄显声不客气地重新坐下，便直奔主题，"上次你提出了新政，并且希望大家给提提意见。今天呢，我就带着自己的一些思考和征求了其他一些人的想法，来跟你提个问题，请周主任定夺。"

"请提。请提。"周养浩一脸谦和，然后忙说，"黄长官无论在我党和军队中的资历与地位，加年龄，都在我周某人之上，更不用说水平了，周某人能结识黄长官本身就是件幸事，所以以后请黄长官千万别再叫我'周主任'了，叫我周某人名字便是，叫名字便是。"

黄显声连连摆手："这个嘛还是按照规矩，该怎么称呼就怎么称呼。"随后又单刀直入地问周养浩，"你搞的这个新政，是想让我们这些人死得快些呢还是另有图谋？"

周养浩一听就跳了起来："哎哟，黄长官这话说到哪里去了！我的新政怎么可能是让你们死得快些呢？绝对不是那回事！绝对不会！是谁在造这种谣言嘛！"

黄显声马上接过话追问："那好，我问你，这里的人已经关了很久，像那个'225'，都七八年了！还有好几个，也快奄奄一息了，这样下去我看肯定都活不长……我看你还不如干脆给他们一颗子弹得了！"

周养浩赶紧摆手："那怎么行！戴老板和蒋总裁都不是这个意思。你们在我们老板眼里，都是国家之栋梁，哪能吃子弹嘛！"

黄显声只管说自己的："既然如此，那我就提几点意见……"

"你提、提……"

"那我先提这么几点：一是白天打开牢门，让犯人在一定范围内自由活动。这些人你也看到了，不是什么杀人放火者或者强奸犯，多数是有文化知识的人。让他们晒晒太阳，走动走动怕啥？"黄显声说。

"嗯嗯。"周养浩装作非常认真地倾听着。

"二是开展文娱体育活动，按各人的特长和爱好，编成写作、编撰、绘画、蔬菜园艺等小组。你不是说还有用他们的机会吗？要是一个个在这里关傻了，怎么用得成呢？"

"是是，你的建议非常好。我会认真考虑、认真考虑的！"周养浩连连点头，显得很谦和。同时他又试探地说，"你说我是不是先从学习开始，比如大家一起学习总裁的《中国之命运》这样的好书，让大家思想上有所提高和认识，还有我们一些'以礼为先'的教育，它可是很好的中国古代哲学思想，对你们这些有知识的人来说，都是有益的……"

黄显声明确道："我不反对，政治学习也是一种好方式。但既然是学习，可以放开大家的思想，不能随便扣大帽子，不能动不动谁是'共产主义'，或者拿这来镇压'犯人'！"

"这个自然！这个自然！"周养浩觉得今天能把自己的"新政"通过黄显声传递到犯人中获得实施，这对他这个"行辕主任"来说，简直就是"功劳在即"的一道光芒。俗话说，舍不得孩子是套不到狼的。既然"新政"，就该像像样样让集中营有个新面貌。如果犯人们不配合，一切都将是空的。周养浩深知这一点，所以今天黄显声主动来"谈话""提建议"，多少让周养浩心存"欣慰"。

"我的新政改革，总体有两个方向，即把集中营变成'学校化''生产化'，就是对'犯人'们不再是传统的用刑具来解决一切问题，而是通过教育和自我教育，实现对领袖和党国的效忠；其二是通过劳动实现自给自足，集中营要成为大家能够生存的乐园……"周养浩把自己的设想也一起搬了出来，希望黄显声帮助"把把脉"。

黄显声看看对方，思索着周养浩的葫芦里到底想卖啥药。不过无论如何，只要是能够为难友们减少些痛苦和生命摧残的事，他黄显声认为都是可以接受的。于是便说："学习当然是好的，人不接受学习和教育就会傻的，何况我们这儿是集中营，一关都是好几年，全傻了，你周主任想用大家的时候也等于零了。劳动嘛，更是好事，如果大家通过参与劳动，还能获得一定的报酬，这是更好了，这个积极性才能调动起来，你周某人恐怕也能发些财了……哈哈哈！"

周养浩连忙摆手："哪里哪里，我周某人对党国从来都是无私的，从来都是无私的……"不知是被黄显声点破了那点内心的小心思还是心虚，周养浩的脸唰的一下红到了耳根。

为了显示自己是文化人，周养浩的"新政"除了将各个监室改为"斋房"，再把各类"犯人"按不同"等级"和身份，分出"全修养人""修养人"和"半修养人"进行重新编排并分入相关"斋房"外，他在集中营的各个醒目之处，一一亲笔写下"养浩体"的标语和文字。比如，在他和特务办公室的大门口两边有他书的一副对联："养天地正气，浩清白家风。"实际上，这样的对联是在吹嘘他周养浩自己，看字体观内容，似乎让人觉得"养浩"先生是位堂堂君子，可实际上在背后的他又做了些什么呢？前面已经说到，周养浩的办公室有两间房子，外间是他一本正经的"主任"面目，给别人感觉其办什么事，都是有分寸、有修养、有水平之人。但他的里间呢？便是金屋藏娇——将一名女囚占为己有，做着公开的小老婆和男盗女娼的勾当。

但如果太小看了周养浩，也是大错特错的。先不说"中山室"里他的精心布置是何等地"讲政治"，单单看一眼那个称之为"明心湖"的两样至今仍在的"遗迹"，便知周养浩此人确实心计不少。一件湖心处的标语牌，上面是戴笠的亲笔题语："无霹雳手段，不显菩萨心肠。"在这标语的背面，是周养浩编写的这样一段话："长官看不到、听不到、想不到、做不到的，我们要替长官看到、听到、想到、做到。"

绝不要小看了周养浩这人，毕竟他受过法律专业的高等教育，又在军统高层混迹数年，与戴笠关系非同一般。对推出"新政"和"新政"到底如何推行，他周养浩并非心血来潮，而且他自认为这是他给集中营的那些公开的共产党人和尚未暴露的共产党人设的一个陷阱，就说他推出的第一招：让所有的"修养人"学习讨论蒋介石的《中国之命运》，结果无非有三种：第一种是已经暴露的共产党员，那一定是反蒋的激进分子，会对"领袖"不敬，或大不敬；那好，他周养浩早已准备好毒刑，因为此时用刑甚至对其实施死刑，军统的"上峰"也不会追究他周养浩和息烽集中营的责任。第二种是对那些未暴露的共产党员，让他们"学习"与讨论蒋介石的《中国之命运》，显然更是一块"试金石"，你持强烈的反对意见和批判意见，那你的共产党员身份将暴露无遗！你若态度暧昧，那证明你是可以"教育过来"的预备"同志"。第三种人是根本不想学、没兴趣学的人，那好，你就去吃苦吧！集中营需要干活的事多着呢！况且他周养浩心中早有"大计划"，就怕缺少干活的人！

"你们好好给我盯着！尤其是忠斋里的那些人，他们的嘴巴子可不是善客，再说他们有的就吃过洋墨水，讲理论讲哲学是一套套的……所以呢，我给你们几天时间，攻一下总裁的这部经典著作的内核与要义，然后去打一场有准备之仗——注意，这是一场心理战，一场与共产党人信仰上的较量，绝不能马虎！"周养浩把几个平时自以为很有"水平"的特务叫到跟前，如此这般地提前布置了一番，要求他们必须打赢第一场"攻心战"。

这天，特务们手持"领袖"的著作，按照周养浩的安排，一本正经地将"忠斋"的十几位"政治犯"召到一起"学习讨论"蒋介石的《中国之命运》。除了罗世文、车耀先、韩子栋、陈策等"囚犯"，黄显声也被编入"学习讨论会"参加人员。

说是"学习讨论"，可架势却像审判一样严肃阴森，门外至少集合了七八个荷枪实弹的特务，他们个个表情异常严肃，如临大敌。

"黄长官，你带个头吧！"一个小特务胆怯怯地将一本《中国之命运》放到黄显声面前，请他先发言。

黄显声用轻蔑的目光瞄了一眼那书，没好气地回敬道："书可不是所有的人都能写的。我只读那些说的道理与做的行为一致的人所著之作……"

特务一听黄显声是在反讽对中国命运和前途说一套、做一套的蒋介石，便责问黄显声："你是说我们总裁吧？"

车耀先立即补语："这话可是你说的啊，'122号'可不是这么说的呀！"

"我、我也没说……"特务立马卡了壳。

另一个特务指着韩子栋，说："'225'，你是老资格了，你看完了总裁的书没有？你可以说说！"

韩子栋装出一副真诚的样子反问道："你问早饭吃了没？吃了吃了……"他这么一回答，"忠斋"众人哈哈大笑起来。

那特务火了，举着枪冲韩子栋就冲过来。哪知却被黄显声胳膊一抬，往后挡退了好几步。

"哈哈……""忠斋"众人又是一阵笑声。

罗世文不紧不慢地说话了："其实啊，要我看，这本书还是有的读的……"

特务一看总算有人出来讲"正题"，忙吆喝起来："安静安静，大家听'289号'发言！"

罗世文推了推鼻梁上的镜片，继续道："这个中国的命运啊，可以通过几千年的漫长历史来看，也可以从眼前这一两年、三五年的当下来论述。但无论从何而论，都要遵循一个历史和现实的事实，比如今天的中国命运，面临的是日本帝国主义对华的野蛮侵略这一事实，那么我们论国家命运时就要从中国现在的客观实际来分析研究，而不是从某个人的作用来谈。那样谈的结果就不是我们国家的命运、人民的命运，而是某个人的个人命运了。这是个论述国家命运时最起码的问题，如果这个问题没弄清楚、摆端正，那学得再多、讨论得再热烈，恐怕问题越多、越严重……"

特务一听，又着急了："你、你是在讽刺总裁和贬低这本书的意义！"

罗世文马上询问所有参加学习讨论的"忠斋"人："我说的跟他说的是一样吗？"

"不一样！不一样！"众人立即高声道。

车耀先这时站了起来，说："其实要老子说呀，要论国家命运、世界命运，还不如论论当下我们自己的命运吧！"

"对对，我赞同！"

"我也赞同，我们应当先论论这里能给我们这些人啥命运嘛！"

"是啊，外面在抗日，我们却无缘无故地被死关在这里，这个命运才该好好论一论嘛！"

于是你一言、我一言地热闹起来，完全没有按特务们设想的"套路"讨论。"停停！不许说了！不许说了！"领头的特务生气地晃动着枪杆，大声嚷嚷道。

"那还讨论不讨论了呀？"有人问。

"聋子"韩子栋这时倒像耳朵特别灵似的，坐起来凑到刚才说话的那个特务面前，问："你说是吃饭了、吃饭了？！"

"吃你个老鸟去！"特务的枪托凑到了韩子栋的胳膊上。

"嗨嗨，你说轮到我发言了？"韩子栋用右手抹了一把鼻涕，十分正经地昂着头，振振有词起来，"在家时的命是爹妈给的，在这里的命是蒋总裁和周主任给的，上了天上的命是玉皇大帝给的，下了地狱的命是阎王爷给的……"

"忠斋"众人大笑。

"去去去，你是成心捣乱呀！"特务过来要揍韩子栋，却被黄显声一声惊天动地的"干啥"给吓了回去。

"散了散了！今天就讨论到这里……"无奈，特务只得草草宣布"学习讨论"《中国之命运》结束。

"你们真是一群蠢货！完全被他们牵着鼻子走了……"周养浩的办公室内，监课的那几个特务被周养浩骂得狗血喷头。

不远的"忠斋"内，此时则传出阵阵胜利的笑声。

第七章

奋争出的自由与尊严

秘密支部的领导水平确实不一般。那么如何减弱生产劳动强度呢？

别看集中营特务头目周养浩高高的个头、戴着一副眼镜的那般斯文劲儿，其实他的心很野，也很大，更可恶的是他心底里的坏水特别多。他不像前任何子桢，除了会操刀杀人、无底洞地花费戴笠和军统的银子外，就没有多少其他能耐。周养浩不一样，上任初始，首先对"老板"戴笠要"换一种方式"治理秘密监狱有绝对地忠实执行的"政治表态"，更有一套浙江江山人的"谋略"与计谋，保证他自以为的"忠诚领袖""以礼为首"的"新政"定能让石头开花，并誓言"少用和不用组织的钱"，并要为"老板能够积累些财富"。

戴笠对于周养浩的这两点是十分欣赏的，曾拍着他的肩膀说：到时你老弟发了财，别忘了重庆方面啊！

周养浩立即领会道："放心老板，如果贵州息烽这边有肉吃，老板你一定会在重庆吃上我送去的精肉……"据说戴笠听了周养浩的这话后乐得用右手拍了这个江山老乡的肩膀三下，说："你至少给我把何子桢从我口袋里掏走的银子翻倍偿还！"

"一定！"周养浩说这话时是拍着胸脯的。

自周养浩接管息烽集中营后，内部的管理机构十分严密，军统特务机构的组织，外加集中营特勤特务的横向纵联，和"掺沙子"与利用"犯人"与"犯人"之间的穿插式的相互监督看管，形成了一个"犯人"可能有三四种机制、三四个不同方面的人在盯着你的一言一行。"连坐法"在秘密支部领导下的斗争后使得前任何子桢无奈取消，周养浩很快又使出了另一招：强化体罚式的生产管制。即利用"集中营劳动体罚"的所谓合法制度来让关押在集中营内的所有人参加他所指定的体罚式劳动。

"我们号召大家参加劳动不仅是法律范畴意义上的'劳动改造'，

更多意义上是让大家学一技之长，为抗战服务，也为改善大家的生活服务……我们会按照各个劳动者的定额来奖励大家，以此来改善和满足各位生活上的需求。"周养浩的嘴巴与他的心眼完全不一样，但他嘴上的功夫很能诱骗人，尤其是他那张斯文加阴笑的脸，总让人感觉他并不像何子桢那样一看就是坏人。

生产组很快成立。

也不知周养浩是如何蒙骗老板戴笠的，反正很快从重庆运来一批印刷设备和一些女囚劳动所要的布料等，另外就是大量的烟叶及一台卷烟机。再者还添了两部专用运输卡车。开始就两部车，后来忙的时候，周养浩又在外面租了几部汽车。

浙江人确实有经商头脑。我们先来说周养浩搞运输做投机生意的那些事：贵州本来交通线路就少，加上抗战期间又得服从于军事行动，这就给运输货物带来了巨大利益。当时一般的运输车辆很难走得畅通，更不用说一些紧缺物资的贩运。周养浩看中了这一点，所以借助戴老板加强集中营劳役惩罚之训令，开始了他的"多种经营"。跑运输需要司机。集中营内有一对姓丁的兄弟是司机出身，周养浩给了这兄弟俩一点儿好处：你们可以在跑长途中"改善生活"，也就是说能够有肉有饱饭吃。与关在死牢里相比，丁氏兄弟觉得能在外面开着车、看着风景，饭点一到有肉有饭吃饱，简直就是到了"天堂"，所以格外卖力。当然你干活、吃饱饭和有肉吃是可以的，但你想玩心眼、想逃跑是不可能的——周养浩派了两至三人随车武装押送，只要见司机有一点儿"歪念头"，那几个武装押运的特务便会扣动扳机，这是周养浩给出的"特权"，而且还跟丁氏兄弟明确讲清：你们出了事，我还会动员"组织"力量株连到你全家人的性命！

周养浩的这一毒招，是能威胁到一般人的，所以后来他搞了几年运输贩货，还真没有哪个"修养人"（集中营"囚徒"）半路逃跑的。

战时的全国各地，尤其是大后方，蒋介石的国民政府包括党政军及学校、工厂等大举地往内地搬迁，加上数亿的逃难百姓，陆地上的车辆成了抢手货。更重要的是，有些单位和多数人是很难抢上路的。军队自然是第一能够抢路的，其次是政府，再者是各种重要的工厂等才有可能占据道路。如此景况，能够有一辆或几辆车子在路上跑，是至关重要的，如人所说："油门一响，黄金万两。"

周养浩搞运输、跑长途的生意经，做了一两次便尝到了甜头。加上他通过军统组织，能够轻易获得各地的情报，所以他派出的车辆一则不会跑空车，能两头赚钱。二则其他的车辆可能因为种种原因而受阻，即使是军车，也难免在道路上阻塞。可周养浩的车队厉害呀！他是挂着军统的旗帜，谁敢挡路？如此这般，周养浩的运输队伍越做越起劲，越做越庞大。"既然做，就像个样子！"他甚至扬言，要办个云贵川最大的运输公司。"贵州有大批的木材、纸张及蔬菜，重庆城内都是些吃货，还怕赚不到大钱？！"

开始，他的运输车队主要在贵州和重庆之间跑，后来发现重庆陪都中有南京和上海来的阔老爷、阔太太，他们都讲究生活质量，手中又有大把大把的现钞和黄金，还有市场上稀缺的如首饰与化妆品等。

"把目光放远一点，别只盯着一亩三分之地……"周养浩对手下的特务说。

很快，他的运输队就开到了昆明。从昆明过来的"洋货"从此源源不断地运到重庆和成都。周养浩的油水越发滋润，当然他会定期

提着钱袋去见老板戴笠。这种交易在国民党内部是司空见惯的事，也
并不是周养浩及戴笠两人才有的勾当。比起蒋介石与宋氏家族之间的
交易，周养浩这点事就不能算啥事了。戴笠之所以怂恿手下在国家抗
战危难之际干这种投机生意，他军统掌握的主子搞"名堂"的情报原
因自然是绝不会少的。

周养浩后来的胆子更大了，他派心腹在昆明、贵阳、重庆等地
设有"办事处"，负责坐地打听紧缺物资方面的行情，随后运用军统
秘密电报及时通风报信，从而获得最大利润。

在集中营内，周养浩更是将劳动惩罚与他的生意紧紧地连在一
起，并且纳入他的"新政"来全盘运作。比如最早开的是印刷车间，
他跟戴笠老板谈的是：利用这些"犯人"给重庆方面的军统机关印制
一些文件、书籍和材料。"我只需要设备，其他自负盈亏。"他向戴老
板保证。

戴笠自然高兴：减少军统总部的开支，就等于给戴笠的口袋又
多装了额外的无数黄金白银嘛！

外人并不知道军统特务机关到底是干什么的，以为就是暗杀和
搞秘密情报的，其实在戴笠那里，他把军统机关和系统搞成了一个他
完全控制的体系和一个思想禁锢的学校，各种需要的"书籍"尤其是
总裁的著作、训令，几乎每月都要向特务发放，并要求学习理解通透，
写体会文章及笔记。当然内部的材料也是多如牛毛。这样，周养浩在
集中营内设下的印刷车间就成了息烽集中营中最忙碌的一个地方，不
仅最多时有六七十人在上班，而且 24 小时昼夜不停机地印制……

本来，狱中的难友们因为伙食等实在太差，身体都很弱，尤其
是一些关押时间长和身体原本有病的人，很难支撑得住这么高强度的

劳动。老式印刷机，主要是人工配合机器，所以印制车间的活不仅紧张，且又繁重，一些难友无法坚持下去。一位叫尚承文的共产党员，看上去就是一介文弱书生，但又有一身傲骨。特务们平时想找他麻烦，尚承文绝不后退。这一天，他在上班时，在集中营内臭名远扬的郑星槎来到印刷车间，见尚承文的拣字动作慢，便上前吆喝道："怎么，你的动作像蜗牛！是不认字？"

尚承文一看是郑星槎，就不愿理会，只管干自己的活。

"是聋了还是咋啦？"郑星槎现在是生产组副组长，上次因为打了囚友，被黄显声和许晓轩等治了一下，周养浩贬了他一段时间，所以他心里跟"囚徒"们有股仇一直没报。这天看到文弱的尚承文，认为是可以发泄的机会到了，于是就像苍蝇盯住了一碗红烧肉，一个劲地粘住不走。

尚承文知道这家伙不是东西，所以不理不睬继续拣字。

郑星槎见状，便一声冷笑。之后，突然抬起腿，趁尚承文不备，飞起一腿，将其踢倒在地。"哎呀——"没有防备的尚承文随即一声叫痛，倒在地上。郑星槎见状，竟然哈哈大笑起来。这还不算，竟然又上前将倒在地上的尚承文一顿拳脚，并责问："老子跟你说话为啥不搭理？有能耐不要吱一声呀！"

俗话说，即使是一头软弱的熊崽，当它受到蔑视和致命袭击时，也会爆发出决一死战的意志。就在众特务嘲笑倒在地上的一介书生时，突然见尚承文从地上如猛虎般一跃而起，用头向郑星槎撞过去……

特务郑星槎是经过训练的杀手，虽然他被白面书生的举动暗暗吓了一跳，但毕竟是受过训的特务，于是立即一闪身子，然后抡起右胳膊，又将尚承文重重地摔倒在地，而这一回尚承文受的打击远比方才郑星槎踢出的一脚要重得多。且郑星槎乘势又上前一顿拳脚，直打得尚承文在地上打滚叫痛。

"住手！"正在此时，印刷车间门口，突然传来一声大喝。是黄显声出现了。只见他腿脚敏捷地闪到尚承文面前，一则用身子挡住郑星槎企图再度挥出的拳头，二则乘着对方愣神之时，一身武艺的黄显声左拳右拳同时出击，一下将方才还威风凛凛的凶神郑星槎打出数米……

"哎哟哟……"黄显声的这一击，到底有多大力量，只有郑星槎知道。"怎么又是你啊？"这尊专门欺负弱者和拿共产党员做发泄对象的凶神，这回彻底败下阵来，长叹一口气后，捂着胸口去主子周养浩那告恶状去了。

"活该！你跟黄显声顶牛？我都不敢怎么着他，你能耐的！滚！以后别总给我找事！"周养浩一听事由就生气，将郑星槎臭骂了一通。

从此郑星槎这个专门欺弱和拿共产党员"囚犯"出气的家伙再不敢轻易下手。

但是围绕该不该参加周养浩搞的所谓"生产自给"的体罚式劳动，秘密支部内出现了争执和不同意见——

第一个站出来反对参加这样的"劳动"的是许晓轩："敌人的目的非常清楚，就是想通过压榨我们这些难友的血汗为他们发财升官铺垫黄金道路，因此我们应该拒绝参加这样的繁重劳动！"

韩子栋对此犹豫，毕竟参加一些劳动可以获得一定的"待遇"，比如一个月能换块洗澡的肥皂，有几支烟抽，至少还能在车间里活动活动，难友之间彼此还能说说话，虽然有特务监督着不能说得太多，但总比整天关在阴暗潮湿的监房里稍稍好一点吧！

"我不这么认为！我们是共产党人，我们不该为求取如此低贱的好处而丧失我们的斗争精神与斗争意志。卑鄙的特务们就是利用这一点使劲地压榨我们的血汗，从而实现他们的私利……不能让他们的私利膨胀到损害全体难友的身体和斗争精神！"许晓轩的话响亮而赤胆，似乎很有道理。

秘密支部的活动其实是没有固定方式的，即使讨论问题，也是在放风和劳动中乘特务们不注意时通过暗语和悄悄话甚至是眼神与手势进行交流与讨论的。韩子栋就是用这种方式与许晓轩进行交流与争执的。而他又用同样的方式向车耀先征求意见。

车耀先没有正面回答，意思是你征求一下罗世文的意见，他看问题比我们深刻透彻和全面。

罗世文听得许晓轩的意见后，沉思片刻，对韩子栋说："我们抵制敌人的阴谋没有错，保护好同志们和难友们的身体与生命是我们在狱中最重要的工作，自然要利用各种可能争得自由与空间，比如说改善生活条件等等。但还有一个特别重要的事要切记：那就是斗争艺术与斗争技巧。不然我们所有的努力和工作，有可能危及和伤害所有同志，尤其是那些尚没有暴露出真实身份的同志。敌人搞体罚式的劳动，确实很可恶，必须同他们就此事作斗争，但另一方面我们身为共产党员同敌人的斗争是要讲究策略和艺术的，毕竟我们的党员同志在集中营里是少数，大多数难友并非党员同志，他们还是愿意通过劳动获得一些最起码的生活改善，这是人之常情，无可非议。如果我们动员大家都不去劳动，那么结果会是比现在好呢，还是更不如现在？这值得思考。确实，我们都去劳动了，为敌人创造了谋私利的条件和可能。

　　然而我们还有另一种斗争的方式，那就是抓住周养浩他们好这一口的贪图与私利，从而通过斗争提出劳动的条件，我们也可以获得一些改善生活和改善集中营环境的利益，尽管它比敌人的获得要小得多，但毕竟是有那么一点点的，而这一点点总归比长期闷死在集中营要强一点。就是为了这一点可以改善同志们和难友们的生活，我们不能轻易放弃。因为这关联到每一个难友和同志们的生命。大家的生命没有了，或者身体彻底垮下去了，那我们还能谈论什么呢？"罗世文的分析让韩子栋频频点头称是。

　　"最最重要的一点是，我们共产党员站出来不参加或抵制参加生产劳动，那么不也一下子把像老车和你老韩等同志的真实身份暴露了吗？这是绝对不行的！"罗世文一下把最核心的为什么要参加敌人设置的高强度生产劳动的根本原因点了出来。最后他说："我们是共产党人，在集中营这样的特殊地方，我们的斗争目标和形式是需要及时根据实际情况作出决定的，而不是简单的'冲锋'与'牺牲'。"

　　韩子栋听后茅塞顿开。他迅速把罗世文的这个分析和意见传达给了车耀先和许晓轩。

　　"我就知道他是个对敌斗争的高手！"车耀先会心一笑，只说了这句话。

　　许晓轩则欣然顿悟，道："看来我还要好好学习和提高斗争经验。"作为小说《红岩》中许云峰的原型，他在小说中是集中营地下党的负责人，后来形成的"红岩精神"，应该说主要就是以"许云峰"为首的一群共产党人在狱中的表现所体现的精神。而我们从中也可以认识到一点："许云峰"的成长特别是在狱中的对敌斗争经验和革命意志，很大程度上就是在息烽集中营形成与发展起来的。因此我们可以作出一个基本的判断：息烽集中营内的共产党人的对敌斗争经验和事迹，就是铸造后来的"红岩精神"的前奏或源头！包括许晓轩在内的一大批后来牺牲在重庆歌乐山的"红岩英烈"，他们在监狱里的大部分时间是在息烽，而在重庆白公馆、渣滓洞的时间仅一两年甚至更短。由此我们应该更加重视对息烽集中营中的共产党人的伟大精神的研究，这是极有价值的。

这当然是个重要的学术问题，也是研究中共历史的一个重要的方向性问题。我们现在的叙事是一个文学问题，通过文学力争揭开一些被历史尘埃湮没的共产党人的光芒……

让我们的笔触回到当年息烽集中营的那个关于生产与劳动的现场吧：

第一个问题有了统一的认识：不拒绝参加周养浩搞的生产与劳动。但需要解决的问题是：必须让集中营当局减轻劳动强度，保护好集中营难友们的身体，尽可能争取到多一点利益。

秘密支部的领导水平确实不一般。那么如何减弱生产劳动强度呢？车耀先提出建议，力推黄显声出任"生产组组长"。

"这个主意好！"韩子栋首先叫好。黄显声将军威信高，身体又好，特务们对他有敬畏感，关键是他坚持公正，对难友抱有同情和感情，为人善良，深得狱友爱戴。

罗世文也笑了："他最合适。若黄将军当上生产组组长，生产形势一定不一样，他周养浩高举着还来不及呢！"

"为什么？"韩子栋不解。

"他能给周养浩带来滚滚财富呀！"罗世文说。

韩子栋一声深叹："这可真是呀！"他给罗世文讲述了黄显声将

军救下尚承文的经历，也让罗世文很是为黄显声的为人折服。韩子栋说，尚承文之所以处处受到黄显声的保护，是因为黄显声与他韩子栋一样知道尚承文的"底细"：别看尚承文是一介白面书生，其经历可不一般。1916年出生于安徽省太平县的他，童年时随父母到了江苏省溧水县落户。后来就读于师范学校，毕业后在当地初中教书。1937年日本侵华后，尚承文一直在当地报纸上发表抗日言论，宣传救亡道理。日本侵略军占领溧水县后，面对侵略者到处烧杀抢掠的行径，尚承文决定离乡去寻找抗日道路。他先后到了武昌、汉口等地。1938年，他随国民党政府军令部迁到重庆，一路看到百姓饱受日本侵略者的暴行所留下的痛苦与灾难，尚承文那时寄托于蒋介石的国民党政府，所以到重庆后留在军令部第二厅当收发员。在这期间，他发现国民党政府不作为、消极抵抗，渐对国民党政府产生厌恶，并开始接触共产党。后来他成为秘密共产党员，并在叶剑英的直接领导下从事敌后秘密情报工作，专门摘抄重要情报给中共南方局驻重庆机关。这样的事后来被稽查特务发现。大特务郑介民马上将尚承文逮捕，并交给少将特务宋达处理。宋对尚承文屡次用重刑，但白面书生尚承文就是咬紧牙关不吐一个字，也不承认自己的真实身份。但宋达并没有放过尚承文，呈报相关材料时便称他已经查实尚承文是共党分子。后来出版的《宋达传》中有这样一段话："宋达在抗日战争期间，任军令部少将职务时，曾检举收发尚承文间谍一案，使尚之共党身份无所遁形，因而获该部予记大功之奖。"郑介民根据宋达的"材料"，确认尚承文有"奸党"嫌疑，先将其关押在重庆白公馆，批复上写着"不定期"长期监禁。后将尚承文押送至息烽集中营，编号为"268号"。

尚承文的共产党员身份是经叶剑英直接领导，所以一般人不可

◎ 尚承文，1916 年出生于安徽省太平县。童年
随父母到江苏省溧水县落户。1938 年在重庆国
民政府军令部二厅任机要收发员。他拥护中国共
产党的抗日路线，因此把一些重要情报提供给驻
重庆的中共南方局，不久后被察觉。1941 年被
军统以"共党间谍"罪名逮捕，同年 7 月转息烽
集中营囚禁。在狱中他接触到共产党人，更坚定
了与敌人斗争的决心。1946 年 7 月转重庆白公
馆囚禁。1947 年 9 月被杀害。

图片来源：息烽集中营革命历史纪念馆

能知道真相。罗世文他们也不会对他本人问出个究竟，就像黄显声是周恩来发展的特别党员，其"特别"就特别在党内同志也不会清楚其真实身份上。

但在保护好这样的难友问题上，秘密支部一视同仁，只要是受敌人无辜摧残和压迫的难友，"我们都有责任尽可能地给予帮助"。这是罗世文提出的。秘密支部在息烽集中营的斗争任务，这就是非常明确的一条。

但如何让周养浩主动提出让黄显声当生产组组长一事可是需要秘密周旋的。到底如何实现秘密支部的斗争目标，这需要瞅准时间和机会。

话说郑星槎被黄显声打后，一肚子冤气冲周养浩发泄："主任你不能不管呀！如果再不管，这个集中营就是他黄显声的了！就是共产党管我们了！"郑星槎说，"我是生产组副组长，实际工作就是我在主持，我去管不好好干活的人，他黄显声出来打我，你说我以后怎么能再管得了那些偷工减量的人呢？生产搞不上去，你周主任还有钱赚吗？！"

"去你的！赚赚，赚什么钱？是你笨得像头蠢猪！动不动就爱打人！"周养浩火了，一个耳光扇在郑星槎的脸上，"给我滚！"

郑星槎真"滚"了。但事情并没有解决。下午周养浩亲自跑到印刷车间看，机器是开着了，但干活的人确实远不如前些日子。他想发作，又觉得有失主任身份。骂了声"姓黄的，看我怎么治你"后，转身走了。

第二天，"囚犯"都被赶到礼堂，周养浩一副"主任"的样儿，站在台上，高声宣布："昨天'122'打了我们的生产组负责人，这是绝对不允许的！他今天必须当众向我们的人认错赔罪，以儆效尤！"

啥？让黄将军黄长官认错赔罪？这怎么可能嘛！台下的难友们立即窃窃私语起来，因为他们都知道黄显声的厉害，怎么可能让这样一位顶天立地的军人、名将低头认罪呢？而周养浩的话今天说得特别清楚，且是把狱中所有的特务管理人员和集中营内关押的人都叫在一起，显然是要给黄显声来个下马威。

罗世文和韩子栋都感到非常紧张，车耀先甚至已经向他们俩和许晓轩用目光转达了"只要需要，为保护黄将军，可以一拼"的意思。另一边的许晓轩则紧握着拳头，也在用目光召唤着身边的难友们，一旦需要，我们就暴动！

不用说，那些站在一起的"女囚"更是个个提心吊胆，她们同样是为心目中的大将军黄显声担忧。

再看黄显声。这一天他依旧穿戴整齐，上身是绿色夹克衫，露出里面雪白的衬衣，下面是高尔夫球裤、高筒袜，脚上穿一双擦得锃亮的橙黄色皮鞋。只见他听完周养浩的讲话后，昂首阔步，向讲台走去。那一声声响亮而有节奏的皮鞋声，既紧扣着难友们愤怒而紧张的心弦，又撞击着周养浩一伙特务打着寒战的心房……一时间，整个礼堂内，只有黄显声的皮鞋声响，所有目光都集中在他的脸上。空气仿佛凝固一般，唯有黄显声镇静自若地只管走自己的路。

他站定了，站定在台中央，然后礼貌地扫了一眼台下的难友们，又将目光转向周养浩，那时将军的双眼如一对利刃，直插对方的眼窝……吓得周养浩下意识地颤抖了一下。

他会怎么样呢？所有的人都在猜想。

然而所有的人都猜测错了：周养浩今天是有备而来的，他知道自己不是黄显声的对手，所以他准备了十几个特务在现场和礼堂外全副武装着，只要他一声咳嗽，那些特务就会端起枪朝里扫射。难友们包括罗世文他们也紧张得把拳头捏紧了——准备为保护黄将军而同敌人一拼！

谁都知道，黄显声是个刚正不阿的钢铁将军，怎么受得了周养浩这样的特务和国民党小喽啰们的侮辱！也知道将军一旦震怒，将是地裂天崩。

两道寒光继续射向周养浩。

周养浩的脸部肌肉在抖动，然后他的一双眼皮垂了下去……

黄显声见对手低下头后，便昂起头，环视全场一周，随即转身迈开步伐，坚强而有节奏地走下台去，然后直接出了礼堂。

所有的人此刻都松了一口气。当周养浩再抬头时，他只看到黄显声远去的背影。"散会！散会——"周养浩手足无措地仓促宣布道。

众难友一阵欢笑着走出礼堂。

这一次较量倒霉的是那个特务郑星槎。周养浩觉得此人成事不足败事有余，就此革掉了他生产组副组长一职，并且干脆将其关进了"斋房"——他沦为"改造对象"。

生产组组长一时间没了。周养浩想了半天，突然灵光一闪，喜上眉头：何不让黄显声来干此差事？既可管住他，又可发挥其一技之长——他可是个有能耐的人，而且这样也显得我周某人很大度、讲人情味嘛！想到这儿，周养浩在"中山室"内的"领袖"画像下，唰地来了一个笔挺的立正，然后若有其事地昂首挺胸着发誓道：尊敬的委员长，您的学生周养浩坚决响应您所倡导的"新生活"方式，在息烽行辕开创一个全新的"新政"行动，希望这里成为您和老板所期待的新天地。

周养浩特意带着两个随从，亲自来到狱室，毕恭毕敬地"请"黄显声："黄长官，小弟周某想请你到办公室一坐……"

黄显声一看这架势，嘲讽道："不会是让我去坐'小号'吧！"所谓的"小号"，就是集中营对犯了事的囚徒的一种惩罚，那是一个又黑又小、人基本不能动弹的囚车一样的小监室。一般进去的人很少有健康地活着出来的。

周养浩赶忙解释："怎么可能！怎么可能嘛！我是想请黄长官你出任生产组组长，帮兄弟我担当点活儿，而且你都看到了，现在生产这一块虽然已经干起来了，但管理上不行，所以效率很低，对各位都没啥帮助。周某人觉得对不起大家，可手下又都是些粗鲁之人，没一个能像黄长官那么有本事、能支撑起一片天地的……所以小弟有这不情之请！"

黄显声一听是为这个，倒是开心地乐了起来，自夸道："要说管理嘛，你还确实找不出第二个比我强的人来。当年我在少帅手下，统管过东北军几十万大军的粮草和后勤，那叫阵势大呀！你息烽这一块手掌大的事儿，还真让我看不上呢！"

"哎哟哟，自然自然，小弟这么一亩三分地自然无法跟黄长官你当年管理的少帅的家业比嘛！"周养浩拍马屁的本事不用装，是本性里流露出的自然状态。他说："所以呀，我思前想后，息烽这地方几百号人，如果黄长官能帮助把生产这一块统管起来，那将真正出现一个全国前所未有的'息烽模式'！"

"当真？"黄显声突然把头凑到周养浩眼前，直盯着周眼镜片后那双透着狡黠的目光的眼睛，如此问道。

　　周养浩吓了一跳，不自然地将身子往后仰了一下，十分尴尬地说：
"当然是真的嘛！你要是现在答应，一会儿我就向全体人员公布……"

　　黄显声收起一副打趣儿的劲头，立定双脚，然后说："容我想一
想再告诉你……"

　　周养浩喜出望外地说："可以可以。不急，黄长官你考虑好后告
诉小弟就是。我等你信啊！我等……"说着便退出告辞。

　　"听说黄将军要出任生产组组长？"放风时，韩子栋等难友们向
黄显声打听虚实。

　　"是有这回事，但我还没想好接不接这担子呢！"黄显声笑笑，
说着又征求大伙儿意见，"你们希望我接还是不接？"

　　韩子栋第一个抢着说："当然接嘛！与其让坏蛋们通过强迫劳动
来压榨我们，还不如有你这样的正直人带我们一起干点正经的事！"

　　"是啊，我们相信你不会把我们往死里整的……"其他"囚徒"
更是纷纷表达希望和支持黄显声出任生产组组长。

　　黄显声看见一边站着的罗世文不说话，便过去问道："大秀才，
你觉得我去担任此职，是不是有点助纣为虐呢？"

　　罗世文一笑，曰："非也。将军若真能借自己之力，扭转乾坤，
非但不是助纣为虐，而是造福我等也。"

　　"噢！怎讲？大秀才可说来我听听！"黄显声再笑，问。

　　"你想，那些没有心肝的人叫我们干活，那是把我们往死路上赶。
若将军带大伙干就不一样了，肯定是为了拯救黑牢里的人，让大家能
够吸一口清新的空气，练就一身筋骨和皮肉不是？"罗世文说。

　　黄显声听后哈哈大笑，没有再说什么。

　　第二天全牢房又开会。周养浩宣布了黄显声出任生产组组长一

事。同时还宣布，从即日起，从早上 6 点到晚上 7 点，所有的牢门将打开，也就是说"犯人"们不用再一整天地被关在黑牢内动弹不得，可以出来走走，活动活动。二是伙食将作改善。这两条一宣布，全体"囚徒"一片欢呼。

罗世文等心里清楚，这是黄显声答应周养浩出任生产组组长而提出的两个条件，而这两条，对集中营中的难友们来说，简直就是奢望。现在，在黄显声将军的争取下实现了，这怎能不让难友们欢呼！

确实如此。黄显声在答应周养浩出任生产组组长之前，和周进行了面对面的谈判。周养浩绝非是个窝囊废，他推荐黄显声当生产组组长，一则可以省些心，二则是为了实现他的"政绩"与"生意"双重收获。同时，说不定哪一天蒋家王朝重新翻盘，他黄显声弄不好又是国民党内的一条"龙"。那个时候我周某人有对黄长官的这种"信任"，不就多了一棵可攀高的大树嘛！如意算盘这么一拿定，所以当黄显声提出上面两个条件时，他周养浩也就顺水推舟地允诺了下来。不过周养浩不愧是军统内部的"笑面虎"，在他答应黄显声提出的条件之后，立即又提出了新的生产劳动内容。他对黄显声说，牢房里有四五百人，不能有的干活、有的闲着，应该都出来"活动活动""练练筋骨"——他给出的劳动理由似乎还很仁慈似的。

"光印刷、缝纫和洗洗补补，也就是一般的活儿，我想把生产扩大，比如贵州这个地方烟草好，我们能不能办个卷烟车间——牢房内的管理员、'修养人'中抽烟的可不少，大家对这活肯定兴趣很大……"

黄显声一边听周养浩说，一边佯作不解地道："你真想让大家有烟抽？"

周养浩忙摆摆手，笑："那倒不是。主要是烟草生意来钱快呀，市场也大，一旦我们把卷烟厂办起来，这生产就有成效了！当然，自制的烟草嘛，我们这儿的人也自然可以分享一部分……"

黄显声表示同意，说："这个想法很好，利用好本地资源，进行些能够创造财富的劳动生产是值得去考虑的。"

"你支持这个想法，周某人太荣幸了！"周养浩顿时一副奴相道，"其实还有其他很多事都是可以去做的，比如这里的煤多，我们也可以组织劳力去开煤矿等。女'修养人'呢，还可以组织起来养养鸡鸭猪羊啥的……总之那些能发展成规模生产和经营的事，都可以干！你是生产组组长，只要你黄长官想干的，我都同意！"

"你那么相信我？"黄显声侧过头，认真地看着周养浩。

"兄弟我今天说的全是实话！"周养浩发誓似的挺直身板，保证道。

"要是你不食言的话，那——我就接这个生产组组长！"黄显声说。

"哎呀，黄长官，小弟太感谢和感激你啊！有你挂帅，咱们息烽行辕真的是会焕发一片生机！"周养浩看上去很感动和感激。为了显示他对黄显声支持他的"新政"中最重要的措施之一的感谢，他对黄显声说："从明天开始，你就搬出这个监房，到我们办公区去住。房子已经给你腾好了，在我办公室的斜对角，独门独户……哈哈哈，我说的就是一个人一间的比较大一点、干净和透亮的房间，跟我办公室基本一样大小。"

黄显声立即表示："这怕不好吧！你这么一弄，上峰怪罪下来不给你老兄添麻烦了嘛！"

"不会不会！戴老板一直对黄长官是另眼看待的，多次指示我要多照顾黄长官，我这么做也正是落实他的指令……"

黄显声笑笑，没说话，心想：你周养浩玩的那点心小思，我还不知？既然你给"机会"，那我黄某也不必客气了！又臭又黑的几年监房生活早就受够了！

搬！当了生产组组长的黄显声上任初始，就换了个待遇。他本来就是堂堂的"国军"中将，又是抗日名将，受蒋介石的诬陷才进了这秘密监狱，抗日何罪之有？凭什么被关在如此黑暗的牢笼之中数载？

"忠斋"少了一个黄显声，却让罗世文他们几个共产党人对对敌斗争多了一分希望和期盼，因为黄显声将军出任生产组组长，对难友们肯定是件幸事，并且秘密支部从此可以创造更多机会，联络和团结广大难友，与敌人展开长期而有的放矢的斗争。

这一天，周养浩对黄显声说："黄长官，我让人在操场上弄了副篮球架，想活跃活跃大家的文体活动，也想成立两个篮球队，我这边成立一个，你带着'修养人'也成立一个。两个球队的名字我也想好了，我这边叫'养浩队'，你那边就叫'养正队'，怎么样？"

黄显声听后，回敬道："你就是想赢我，然后扬名一下你周养浩呗！"

周养浩尴尬地笑笑，赶忙解释："不是不是，小弟纯粹嘴上这么一说，娱乐娱乐而已！"

黄显声想了想，说："行吧，我们对决一场？"

"对对，我就是这个意思！"周养浩兴奋地说，"这边我当队长，你那边黄长官当队长，咱们玩一场……"

"行吧！对决一场。"

篮球比赛开始。那天周养浩像办喜事似的，让全体看管集中营的特务穿着整齐笔挺的军服，站立在篮球场四周，而他挑选的 5 名球员则个个年轻力壮，威风凛凛。相比之下，黄显声率领的"养正队"的几个人，个个骨瘦如柴，好像还没有被撞就要跌倒似的。

"哈哈……你瞅那几个人，像天外来客，怕是篮球都捧不动吧！"特务们不时嘲笑着黄显声的队员。

黄显声则根本不在意场外和场内周养浩手下那帮特务的讥讽与嘲笑，他把队员们叫到自己身边，激励大家道："这场球赛的输赢，决定着我们明天有没有再活命的机会，大家拿出拼死的劲头，跟特务们好好干一场！有没有信心？"

"有——！"队友们低声地承诺，仿佛每个毛孔都在膨胀着力量……

"发球！"比赛开始，整个球场上立即疯狂起来：只见黄显声带领的"养正队"队员们个个如猛虎下山，配合巧妙，球技娴熟，进球一个接一个……将周养浩的队员打得防不胜防，乱成一片！

"养正队——加油！"

"养正队——进一个！"

"养正队"越战越勇，激发了全体场外狱友们的斗志与激情和久抑在心头的永远无法释放的情绪。

"加油！再进一个！"

"进一个！"

"进一个！"

或许正如黄显声赛前动员的那样，"养正队"队员们个个拿出了拼死一战的勇气和力量，原本弱不禁风的身子骨仿佛一下成了"变形金刚"，将特务组成的"养浩队"打得落花流水……

"赢啦——"

"我们赢啦！"

黄显声和队员们抱在了一起。场外的几百名难友冲进球场跟黄显声等抱在了一起，息烽集中营内爆发出"囚徒"们的欢呼声，那欢呼声如决堤的洪流，震荡山谷，奔腾千里，着实让周养浩和特务们的内心掀起不小的波澜……

"有人才啊，你们这里真的人才济济呀！"周养浩的脸上一阵白一阵红地跑到黄显声面前说。

黄显声和罗世文、韩子栋等对了下眼神，心里在说：你周养浩玩的这招，本是想通过年轻力壮的特务们，力压众难友的士气，企图永远在肉体和心理上让"囚者"们承受苦与难，甘心让国民党特务们骑在大家的脖子上拉屎拉尿、任意欺负而已。这办不到！

"只要有可能，我们就该利用各种机会，做些对所有难友的身心保护与增强体质有益的事，这是我们的中心任务。国民党的这座秘密监狱，就是想通过长期的、软硬兼施的手段来摧残大家的身体，摧毁我们的革命意志，从而让我们这些人或者成为他们的人，或者成为毫无用处的残疾者，所以随时随地要揭穿敌人的阴谋，巧妙而机智地同他们作斗争！"罗世文通过韩子栋，向秘密支部成员阐明了这样的意见和主张。

黄显声的中共特别党员身份一直没有在息烽集中营暴露，即使在生命的最后时刻、在重庆白公馆时也仍然无人知晓，然而他清楚地意识到罗世文等一定是在难友中进行着秘密的中共组织工作和行动动员。为了自己的安全和抗日大业、革命事业，他黄显声有意同罗世文等公开的共产党人保持一定的距离，不让特务们看出底细，而又在一些关键性的对敌斗争中配合默契，左右出拳，打得周养浩之流狼狈不堪，步步失守。

然而，私利熏心的周养浩并不这么看，他在自己的口袋越装越满的时候，对秘密支部和黄显声为难友们日益争取到的一点儿"自由"与薄利，采取了睁一眼闭一眼的态度。罗世文等则通过车耀先和韩子栋、许晓轩，去影响黄显声等在特务面前比较"吃香"的人，在周养浩那里为难友们争取更多一些自由与权利。

印制车间和烟草车间是最赚钱的地方，周养浩也因此经常光临这两个车间监督"囚徒"们的劳动与纪律。当他看到在黄显声管理下的这些地方井井有条、效率很理想时，就十分高兴。他知道黄显声是东北军将领，喜欢骑马，他便牵来马，奖励黄显声在操场上甚至到阳朗附近的地方去骑马、观光。黄显声这时也不时为难友们向周养浩提出：你既然搞"新政"，就应该办个图书室，让大家有书看，心思不乱飞了！这些人中有许多是很有学问的人，让他们办个内部刊物，写写文章，袒露袒露自己的心，提高提高修养，文史地理、天南海北，皆可畅言嘛！

周养浩连连点头："小弟早有此意！经黄长官一说，我就更有信心搞了。"

"可不是，你赚了那么多钱，也该让大伙有个盼头、有点获取是不是！"

"对对，应该，应该，也很合理。"

"还有，大家劳动累死累活的，天天一身臭汗。你得让大家洗洗澡不是？尤其是女人，应该给她们单独弄个洗澡房……这不也给你的'新政'增加了新气象嘛。哪天外国人和戴老板一看，还不夸你周某人治监有方嘛！"

"对对。我马上办！马上派人去办。"

黄显声一边策马，一边继续跟周养浩"唠叨"："还有，咱们生产的'四一'香烟，味道还真不错……"

"不错不错，送到重庆后，许多人抽后都觉得我们的'四一'烟不仅牌子好，而且烟丝做得也相当好。放到市场上也能赚到钱的……"周养浩的眼睛都乐出花了。

黄显声用带着讥讽的神色瞥了他一眼，特意又给这只永远填不饱的"饿猴"塞上一把糖衣弹："我看哪，除了运到重庆去，这个卷烟也可以放到息烽县城的街上去卖……"

周养浩试探地问："你是说我们去县城开个店？"

"那有啥不行的！"黄显声很不在乎地说，"满城都是戴笠的军统人，他们待在深山沟里平时也没有啥好烟抽，我们这个'四一'牌不也解了大家的烟瘾嘛！"

周养浩大喜，伸出拇指对黄显声说："长官啊，你要去做生意，那就没有孔祥熙啥事了！"

黄显声摇摇头："我可不敢与人家比，人家孔大人的靠山是蒋委员长呀！他孔先生的生意能做不大嘛！"

周养浩哼哼笑了一下，便不敢再跟着黄显声谈论"孔先生"的事了。话题又转到了息烽的那一亩三分地："前些日子我派几个人去不远的山里走了一趟，发现这儿的煤很多……黄长官你觉得我们能不能弄个煤矿啥的？"

黄显声一听，这小子确实不愧是浙江人，有生意眼光，便道："要说开煤矿呢，你可找对了人。当年我在东北跟着少帅弄军货时，就干过几趟煤矿的事儿。比起东北的煤矿，贵州这儿的煤矿也就是手掌里弄的弹丸而已！"

周养浩已经喜得不知所措了："哈哈……我说我没有选错人嘛！由黄长官任生产组组长，我们息烽行辕不风风光光才是冤大头呢！"

黄显声想的是：把煤矿开起来，虽然挖矿辛苦些，但对长期关在黑牢里的难友们也是一种释放和出来透透新鲜空气的机会。只要干活不太累，还是有些好处的。黄显声立即又想到了一个要争取的条件："我把煤矿给你弄起来，你得保证给所有男的至少一人一个月一包卷烟，不会抽烟的人就换成能买上生活用品的同等兑换券啥的。女的嘛，人家一个月有一次那玩意儿，也可以奖励她们一些草纸等等。"

"哎呀，黄长官，你可真是菩萨呀！只要你把几个生产搞起来，我周某人保证把这些事给落实了！我要告诉你的是，我们的'四一'合作社马上要建起来了，大家可以在规定的时间内去兑换自己需求的物品。"周养浩说。

读者已经发现，这里连续出现了"四一"这个名称。需要交代一下的是：4月1日，是蒋介石、戴笠创立的军统成立纪念日。戴笠很会搞"政治"洗脑活动，每年4月1日这一天，所有军统系统的官兵、工作人员都要举行纪念活动，以增加军统人员对"组织"的"忠诚"，并"效力"宣誓。所以息烽集中营内的周养浩为了标榜自己对戴笠和军统的忠诚，在很多内部的所谓"新政"项目前面标上"四一"概念。

"四一"香烟和"四一"合作社，在息烽集中营，甚至在后来的重庆军统内部曾风靡一时，被戴笠多次提及与表扬。这也算是周养浩的一大"功绩"。这是另外的话题。

而这些在秘密支部领导下，通过自己的劳动所创造的成果，在残酷的法西斯特务面前获得的看起来是微不足道的"好处",虽然与"囚徒"们实际所做的贡献无法相提并论,但这毕竟是集中营,在国民党用来残害和毁灭共产党人及革命者的屠场上能够获得一丝生的希望和做人的尊严,这已经是十分奢侈的事了。

韩子栋说过,以前特务们将他从监室内拉出去理一次发,他感觉像是到天堂享受了一次似的开心。现在,集中营内添置了理发工具并有了一个专门的理发室,难友们能够两三个月就理一回发了!在没有"四一"合作社时,一些烟瘾大的人为了获得一包烟,想尽绝招:用自己省下来的钱,通过与集中营墙外的"小贩"之间建立暗号,外面的人会趁看守的特务不注意的时候,将香烟等物系在竹竿上,然后甩进集中营墙内。而购买者则把钱票系在石块或泥块上扔出狱墙……

"这种情况我们成功过好几次,可一旦被特务们发现,就要受到处罚和加刑……"一位息烽集中营的幸存者这样回忆道。

后来不用了。"四一"合作社开设之后,集中营的难友们可以用自己的劳动获得一点儿"报酬",换得一包香烟、一块豆腐干那么大的肥皂等生活用品。罗世文和黄显声是有一定待遇的"高级囚徒",他们则把自己的"薪水"买了食物或药,分发给病弱的难友,以挽救他们垂危的生命。

集中营中有100多位"女囚",她们与"男囚"并不在一个集中营院内,中间有100多米的距离。她们的劳动其实比"男囚"更多,纳鞋、缝衣、养鸡、养鸭等,甚至一些繁重的劳动也让她们来担任。但她们争取到的是有澡洗、有几张草纸用的权利。这对"女囚"来说,相较于过去,简直就是一种奢侈!

第一次有澡洗的时候,全牢的"女囚"都像要嫁人似的那么开心、那么认真、那么惬意地把自己从头到脚，痛痛快快地泡了个够、浴了个透……甚至情不自禁唱起了歌。

女人的歌一唱，就是满山坡的妖娆和情愫。隔壁的"男囚"们一听，许多人立即用同样多情的歌声回应……那情形，让"囚徒"们终生难忘。

"不得了啦，主任！他们唱起赤色歌曲啦！"特务们着急了，像起了火警一般，跌跌撞撞跑到"中山室"向正在背诵《总理遗训》的周养浩报告。

"不像话！马上叫他们停止唱！以后不准再唱了，谁唱就罚谁！重罚！"周养浩一听，是嘛，有人竟然在唱"解放区的天是晴朗的天"，这样的事要是有人传到重庆和戴老板那里，他周养浩是绝对吃不消的！

想想这样的事，周养浩便能吓出一身冷汗。"劳动归劳动，奖励是奖励，但劳动并不是说你们就可以自由和放肆了！我周某人搞'新政'，并不是对你们放任，这一点你们谁都要给我记着，不然，纪律伺候！"那天借着礼堂开会之机，周养浩板着脸，怒气冲冲地站在台上嚷了半个多小时，甚至在教训台下的"囚徒"们时，还不忘朝黄显声那里扫上一眼，意思是说：你黄显声尽管给我干了不少事，但你别在我周养浩头上拉屎，你得收敛收敛吧！这里是我周某人当家，不是你黄显声——一个"囚犯"当家！

其实，他周养浩心里也清楚：黄显声根本没有把他放在眼里，嚷归嚷，至少我周养浩有不高兴的事黄显声心里也得明白，也有个度是不是！

黄显声从没正眼看过周养浩，那天也是。他在台下一边听周养浩歇斯底里地嚎，一边只管自己乐。心想：你周养浩那个能耐我还不清楚吗？再说，我手头掌握着你那么多发财账目，随便抖一两页，你周养浩还能在息烽待得住？还能受戴笠护着？周养浩啊周养浩，别再表演了，你有的是要找我、求我的时候呢！

　　还真让黄显声说着了。这天一大早，周养浩带了一包特意从重庆带回的酱牛肉，满脸笑容地进了黄显声的屋子，十分恭维地说："黄长官啊，知道你爱吃牛肉，这是我托人专门从重庆那边带过来的，你改改口味。"

　　"哎哟，主任大人呀，你这么客气，黄某我哪敢受嘛！"黄显声心想：这家伙肯定有啥事要我帮忙了！

　　果不其然。周养浩表现出不经意的样子，在转过身后又回过头来，说道："重庆方面这两天有人过来要查查我们的账目，我想黄长官你是最清楚我们的账目是没有问题的，是吧？"

　　黄显声马上明白了，道："放心放心，我这儿的账目清清楚楚，不会有半点问题的！主任大人尽管去忙吧！"

　　"是嘛是嘛，黄长官做的事我周某心里明白，也是最放心不过的。"说着，周养浩如释重负地哼着小调进了他的办公室……

　　没过两天，重庆方面的军统总部稽查人员果真来到息烽集中营，很是"认真"地查看了"复兴工厂"的几本账目，并且专门"请"黄显声谈话，希望他能够"全面介绍"一下集中营生产情况和经营账目。

　　"当然，你们对周主任的'新政'有什么见解，也可以谈一谈嘛！"重庆方面的稽查人员似乎发现了什么情况似的，有点揪住尾巴不想放手的味道。这让黄显声有点意外，因为国民党内对贪污腐化一类的事，一般情况下都是官官相护，不会追究到底的，更何况像军统这样的秘密特务机构，除了一个蒋总裁，没有人敢动戴笠戴老板一根毫毛的。今天怎么啦？周养浩被人举报了？如果周养浩走了，来个狠角色对息烽集中营的难友们是好事吗？黄显声的心里马上作了一番判断，结论是：保一下周养浩，对全体难友已经争到的权利是一种最大的保护，否则重庆再派个何子桢式的"主任"来管理息烽集中营，怕又是一番血雨腥风、尸体堆成山丘呵！

黄显声在国民党和东北军内干了一二十年，深知这支腐败的军队内部是啥德性。于是他迅速作出了应对稽查人员的方案，首先充分肯定了周养浩推行的"新政"在集中营内引发的"新气象"，同时十分坚定地肯定了周养浩在经营管理生产这一块如何减轻"上司"负担，实现自负盈亏所做的努力，同时也有意代表所有关押人员痛诉了一通周养浩如何如何不讲信誉，把应该给犯人改善待遇的钱上缴给了重庆方面……

"好了好了，我们就先了解这些，也谢谢黄长官配合。"稽查人员似乎对黄显声说的这些并不感兴趣。当日下午，稽查人员就离开了息烽。

"黄长官啊，你真是好人！真是小弟我的恩人。你的情谊，养浩我记在心上……"周养浩不等重庆方面的稽查人员走远，就赶紧来到黄显声屋子，连连作揖致谢。

黄显声则说："刚才我在稽查人员面前还把你骂了一通，你不会记恨吧？"

周养浩乐得快笑出眼泪，道："哎呀，黄长官，就是你这一骂，他们才更相信我是对党国、对总裁和戴老板忠心耿耿的呀！"

黄显声也乐了，又说："阴风已经吹过去了。现在你得履行一个承诺了吧！”

　　周养浩忙问：“你说，啥事？”

　　“办刊、办图书室的事呀！这个是你答应的嘛！”

　　“对对，这事马上办！马上办。”周养浩立即回应道，并征求黄显声的意见，“这些都是知识分子做的事，而且我一直有个想法：在'忠斋'人员中办个政治学习组，让大家对总裁的'著作'和当前形势进行一些讨论，也可以学习一些哲学问题。我想请罗世文这人出山，让他当学习组长，不知黄长官认为如何？”

　　黄显声说：“这事你得自己去问他。”

　　“明白明白。”周养浩立马改口道，“那黄长官你先休息，我去操办办刊和图书室的事儿……”

第八章

『阵地』之战

周养浩在息烽集中营大搞"狱政革新"，创办了《复活月刊》和《养正周报》鼓励"修养人"将学习体会刊登在上面。未暴露身份的共产党员韩子栋、周科征，民主人士文光甫、李任夫等担任编辑。难友们巧妙地利用这一机会，使这些刊物成为对敌斗争的工具。

其实，关于办刊和建图书室，也正是周养浩考虑了很久的事。"复兴工厂"办起来，加上煤矿和狱外的商店等生产经营都搞起来后，周养浩的"横财"一时间四处溢进，可谓财源滚滚，有时真有点"推都推不开"的味道。所以事已至此，他周养浩觉得自己呕心沥血推动的"新政"，到了真正实施的时候了，即到"以囚制囚"的根本上来。从本质上来讲，周养浩的"新政"不论是"以囚制囚"还是"以礼为先"，都是为了一个目标：把秘密关押的这些"囚犯"的思想，统一到一个政党（国民党）、一个主义（三民主义）、一个领袖（蒋介石）的思想之下——这是后来被关押在抚顺战犯管理所时周养浩自己承认的。

办刊之前，周养浩特意征求过罗世文的意见，希望他出山牵头做这事。对于罗世文的底子，国民党军统和周养浩都很了解：这位共产党的川康特委书记，出过国，留过学，又熟练俄文等，理论水平相当高，被捕前又是《新华日报》成都站负责人，办刊办报是老手了。有这样一个共产党员身份公开的"修养人"来担纲办刊，周养浩觉得可达到一箭三雕之目的：一是报刊能办得起来；二是号召力强，写稿的人多或少，他自己就可以动手应对；三是你共产党人的立场就得慢慢适应朝我周某人引领的方向走……

周养浩认为他的招数无比高明。但到罗世文那儿却碰了一鼻子灰。"我参加了共产党那么多年，大家又都知道我的身份，我出面办这样一本刊物不合适……"罗世文竟然一口拒绝了周养浩之邀。

在周养浩眼里，能在他内心留有威慑感的就两个人，一个是黄显声，另一个就是罗世文了。而罗世文与黄显声又有些不同之处，他罗世文是公开的共产党大官，延安的毛泽东、周恩来与蒋介石谈判时，罗世文是毛泽东、周恩来向蒋介石指名道姓要求释放的人，而且蒋介石也是在公开场合答应释放罗世文的，只是蒋介石不愿轻易放了罗世文这条"大鱼"。蒋甚至对戴笠说：如果能把罗世文这样的共产党内的著名理论家和高级干部"调教"到为我所用的话，那你雨农和军统方面就是立了一大功！

罗世文不被杀，还每月发60元"薪水"（银圆），就是蒋介石有心希望能够让他"回心转意"到国民党阵营来做事的缘故。由于罗世文不愿出面办刊，周养浩不得不重新找人。这个时候，秘密支部迅速讨论，认为这是一个可以占领的阵地，如果有我们的同志在内承担编辑和刻版工作的话，办刊就不再由着周养浩的反动思想任意流向了。

"我、周科征，尤其是宋绮云等同志可以进入编辑组……"韩子栋向罗世文请求。周科征与韩子栋一样，是未暴露共产党员身份的"修养人"，宋绮云是以杨虎城将军的秘书身份被捕的，他共产党员的身份也一直没有承认。包括韩子栋在内，他们三人都是敌方掌握的办过报刊的人，所以相比罗世文，韩子栋他们进入编刊，可以在编务中更自然地秘密改造和渗入进步思想与内容。

"这个方法好，我完全同意。"罗世文十分赞同韩子栋的意见。

车耀先希望也进入编辑组。但罗世文认为他应该去争取图书室的管理。"你是在成都办《大声》出名的，这个谁都知道，又有经营'努力餐'的经验，去办图书室是绝佳人选。应该去接手那一摊的事……"罗世文非常有远见地指出。

"行。办图书室我很愿意去，能看书，能让大伙都有书看，这是个乐事，我干！"车耀先说。

秘密支部就这样进行了"分工"。特务周养浩自然不知其计，他从专业的"人才"角度选拔的编辑和办刊需要，恰巧把韩子栋、周科征、宋绮云等共产党员都选入了创办《复活月刊》和《养正周报》的编辑组。

"阵地战"由此开始。这个"阵地"是最先由周养浩"新政"思路设计好的模式形成的息烽集中营内的关于信仰方面的思想和意识形态的阵地。周养浩的毒辣之处在于,他并不像前任何子桢那样靠举着屠刀来对付共产党人和革命者,而是在笑眯眯的"文雅"和"儒学"之中,以开放的形式,来灌输和收拢"修养人"们的思想、政治倾向,并最终实现他所划定的统一到"一个政党(国民党)、一个主义(三民主义)、一个领袖(蒋介石)的思想之下"。

有人认为周养浩过于单纯和理想化了,谁会听他这般摆布嘛!其实不然,在一个特定的环境下,又是漫长和封闭与非正常生存的条件下,具有"活思想"的人,通过一定的"诱导"和灌输,完全可能变节与"反水"。周养浩曾对手下的人说过:孔子的那一套礼仪、学说,在他那个年代时,其实也只有他的几个学生信,慢慢地经过几代人、几百年甚至一两千年的传播、传导,现在不是信的人很多很多了吗?集中营之所以设立,就是让人对自己过去的所作所为进行反省与反思,最终实现脱胎换骨。否则集中营设它何用,一颗子弹结束一个生命多容易!

周养浩很相信"潜移默化"式诱导教育,他认为共产党人和革命者之所以能够为自己所信仰的主义抛头颅、洒热血,就是因为他们接受了共产主义思想后"中毒"太深。"一个西方的学者,发明了一种虚无的理论,提出了一个不切每个国家实际的什么'社会主义',有一帮天真的人就信了,而且为此跟自己的国家、自己的政府对着干……这不合逻辑,也不符道理。对这样的人,我们就要用孙中山先生的《总理遗嘱》和蒋总裁的《中国之命运》这样的书和思想将他们教育过来。当然这个教育过程是漫长的、艰巨的，但就是因为它很漫长、很艰巨，所以我们总裁和戴老板把这么重要的事情交给了我们，我们就不该怕麻烦、怕一时的不成功。俗话说：只要功夫深，铁棒磨成针。我们要把一个个赤化了的头脑通过教育使之清醒过来，本身就是一件不易的事，没有反反复复的韧劲，怎么可能成功呢？大家看看集中营的墙为什么要砌得高高的？就是因为人不像动物那么简单，他是有思想的，而思想是篱笆围不住的，可我们还是要用高高的围墙将他们困牢在集中营内。这就是教育和改造人的难度。'新政'就是要用新的办法，使那些被赤化和固化了的人的头脑，改造和统一到我们总裁要求的一个政党、一个主义、一个领袖的思想下……"

"那些共党分子可是狡猾和顽固呢！"特务们中间也有人怀疑周养浩的这套"新政"是否真起作用，所以提出异议。

"但我们相信，人不为己，天诛地灭。共产党人也是人，你要让他放弃自己的信仰，多想想自己的命运，靠一次恫吓、一次枪决，有的时候反而会起反作用，成就了他们，成为他们队伍中的'英雄'了！我们现在推行的'新政'，就是要用仁、义、礼、信……来影响和引导他们，让其回心转意。这个事情有难度。这就是总裁和戴老板为何下如此大本钱在息烽这么个野猫不拉屎的地方建行辕的原因所在。我们身为党国的人，就要履行好总裁和戴长官交代的任务。"周养浩其实有很浓的自恋情结，也十分相信自己的主张。

许晓轩是在集中营"犯人"中比较敢于斗争的人，而且他的共产党员身份公开亮明，所以他与特务们的较量用不着拐弯抹角，而是直截了当、针锋相对。周养浩对许晓轩这样的人也有自己的一套"治理"办法，你不是骨头硬嘛，你的政治立场"坚定"嘛！还有，听说你在印刷车间拣字刻字很有一套老本事对吧，那就请你"302"（许晓轩）在树上刻几个大字，让大家每天都可以看得见的大字——周养浩喜欢把自己想的、戴老板讲的、蒋总裁教导的"语录"和一些七拼八凑的文字涂刷在集中营墙上、门上和其他醒目之处，意在时时刻刻警示和潜移默化"犯人"们……

"听说你的刻字功夫不错，你把这8个字分别刻在这两棵树上！"一天，周养浩把许晓轩叫到新开设的图书室与监房之间的两棵核桃树前面，示意他一边各刻4个字。

许晓轩一开始并没有当回事，只是觉得周养浩给个差使而已。但等拿到纸条时，才发现"笑面虎"周养浩是想给他设个陷阱，因为这8个字是"忠党爱国""先忧后乐"。如果按照周养浩交代的任务去做了，那么这一场许晓轩与周养浩之间的斗争，便意味着彻底败北。因为一旦由许晓轩亲手刻下的"忠党爱国""先忧后乐"8个字牢牢烙刻在桃树上，便意味着像许晓轩这样对共产党赤胆忠心的人，看一回就会悔一次，而悔得越多，自己就终有一天会不是走向左的极端，便是往右的方向走极端。再者，同志们、难友们以后如何看许晓轩呢？这个"忠党爱国"可不是忠于许晓轩自己的中国共产党，而是周养浩他们的国民党，这个"国"也不是许晓轩他们经常讲的祖国，而是蒋介石当总裁和委员长的国民党领导下的中国呵！你许晓轩写下如此一对"标语"，其意味太令同志们和难友们失望了吧！哈哈，这就是周养浩的心计。

他现在就是在笑眯眯中不露声色地让许晓轩往设计好的陷阱里跳……

　　许晓轩如果无故提出不干这事，结果自然是加刑、处罚，因为你是明目张胆地不服从集中营方面指派的劳动任务，周养浩有权处罚任何一个这样的集中营"囚犯"，许晓轩自然也不例外。

　　"那个'302'，经常在犯人中挑起情绪与我们作对，找个机会干掉他得了！"特务们事实上早已恨透了许晓轩，只是一下找不到"合理"的理由。周养浩对这些事是十分了解的，因此他今天就要"治一治"许晓轩。

　　许晓轩看了小纸条上的字后，马上明白特务们的诡计。怎么办？断然拒绝，显然也会中敌人的计；顺水推舟刻了，等于是中了敌人全计。许晓轩清楚今天他所面临的考验……

　　"来来，把木梯子给'302'搬过来。"周养浩要在现场看着许晓轩把刻字的事干完。

　　小特务把木梯子搬来了。许晓轩看了一眼周养浩，整稳了一下木梯子，然后选了其中一棵核桃树，说："就先刻这棵树吧！"

　　周养浩瞥了一眼，满不在乎地说："哪棵先刻都行，只要把这8个字都刻在树上就算你完成任务了。"

　　许晓轩再也没有说话，一步步登上木梯。树木虽不算高大，但刻字的位置也还是有一个半人高。站好位置后，许晓轩掏出刻字刀，然后一笔一笔地开始刻起来……

　　第一个字出现在树干上，是个"先"字。又过了一会儿，第二个"忧"字也刻好了。

　　"你是先刻'先忧后乐'？"周养浩站在树底下说。

　　"不可以吗？"许晓轩低头往下问。

　　"可以，可以嘛！只要把8个字都刻在这两棵树上，哪4个字先刻、哪 4 个字后刻都一样……"周养浩心想，你跟我玩啥花招都没用，只要你把字刻上去了，你许晓轩就等于把自己钉在了树上——有嘴说不清。嘿嘿。

周养浩看了一下手腕上的表，心想：一时半会儿字还不会刻好，我就先回办公室喝杯茶吧。于是便对一旁站着的小特务说："看着'302'把活干完了！一会儿我再来看看刻得怎么样！"

"是，长官。"

周养浩走后，许晓轩一个字一个字地继续刻着，直把"先忧后乐"4 个字端正地刻好。然后自己站在梯子上端详起来……

"不错不错，'302'的水平相当可以！"小特务这时也在树底下赞美起许晓轩的字来。然后又说："你小心下来，我把木梯给搬起来，你再把剩下的 4 个字刻好……"就在这小特务说话的当口，站在木梯顶端的许晓轩突然身子一晃，咕咚一下从上摔倒在地。

"哎哟！"倒在地上的许晓轩，疼得打着滚在号叫。

那个小特务也吓坏了，连忙过去扶。

"别动别动……我的胳膊好像断了。"许晓轩咬着牙关，挣扎着，"快给我叫医生来吧！"

"好的好的。"小特务也像慌了神似的往医务室跑，突然又止步两秒钟后，直奔周养浩的办公室。

"长官……长官，不好啦！"小特务气喘吁吁地报告道。

正在喝茶养神的周养浩很生气地瞥了小特务一眼，问："啥事值得这么慌张嘛？"

"是、是'302'从树上摔下来了……"小特务说。

"摔下来了？"周养浩颇感意外地道，"摔就摔了呗！字刻完了吗？"

"没。没刻完，刻了 4 个字：先忧后乐……"

"后面 4 个字还没刻？"

"没……"

"那就去让他赶紧刻呗！"周养浩生气地一吼。

"可、可他的胳膊断了……"

"断了？"

"是是。"

"不会是他有诈？"周养浩疑惑地追问。

"不是。我、我一直在现场，他是突然间不小心摔下来的……我看得清清楚楚！"小特务这样说。

周养浩盯着小特务看了一阵，也没有看出有什么不对劲的地方。无奈，他朝小特务挥挥手："去把他弄到医务室看看吧！"

"是。"

许晓轩以宁可断臂也不愿刻有违自己党性和信仰的 4 个字的行为，受到罗世文等秘密支部内的同志们好评。

"晦气！"周养浩对此事很生气。后来他每每路过核桃树看到"先忧后乐"4 个字，心头总是有股说不出的滋味，以后也再没提刻"忠党爱国"4 个字。

"先天下之忧而忧，后天下之乐而乐……"许晓轩胳膊的伤势前后小一个月的时间才基本恢复。他所刻的"先忧后乐"4 个字，则醒目地嵌在那棵核桃树上。许晓轩和难友们后来每每路过这里，总会有人或大声或默默地念着这 4 个字，还有人会朗朗高声诵起范仲淹那句千古绝唱，于是许晓轩和众多难友便会在胸中腾起一股忧国忧民的豪情与壮志。

　　周养浩并不甘心这样的一次次"被动",在筹办《复活月刊》和《养正周报》之际,周养浩又在动着另一个心思:成立教务所,下设"政治""军事""经济"和"教育"4 个小组。这些组的成员大多数是"忠斋"中的政治犯和重要犯人,且他们一般都是有很高学历甚至懂好几国语言的知识分子。教务所所长由"第三党"负责人之一的文光甫担任(集中营编号为"241")。"第三党"是著名革命家邓演达发起和创建的一个革命政党,即现在的"农工党"前身。在文光甫的教务所下属的军事组,组长人选最没悬念,当然是非黄显声莫属,政治组由原军统特务李任夫担任组长,经济组由未暴露的共产党员周科征担任组长,教育组由刘丕光任组长。

　　"政治组是干啥的? 那就是把那些头脑里装满共产主义的人给他们洗洗脑筋,直到换进党国的思想、三民主义思想和服从领袖一个人意志的信仰,只有这样,我们才能去办《复活》、办《养正》,否则这一切都是徒劳,甚至是背叛我们的领袖蒋委员长! "周养浩对政治组组长李任夫职训时再三告诫道。

　　李任夫觉得自己难以胜任此职,便跟周养浩说:"我的政治理论水平根本没法与罗世文相比,不如你请他出山任这个政治组组长……"

　　"他是共产党! "周养浩很不高兴地说了句,又说,"他自己也不愿干这个,说人家都知道他是共产党,真要干起来,也不便,所以你就别推了,周某我对你寄予希望! "

　　李任夫说得一点没错,在息烽集中营内,无论入狱前的政治资历、理论功底,还是进了集中营后的学习精神,没有一个人可以超过罗世文的。许多人到了息烽集中营后，眼看着刑期漫漫、远无边际，多少失去了相当部分的斗争意志，成天想着怎么逃出魔掌，或者就是等着一枪毙了算了！包括韩子栋这样的老资格"囚徒"，也曾一度失去了信心。但罗世文不一样，就是在环境最差的监室内，只要有可能，人们总见他独自拿着一本书，将头埋在书里仿佛出不来似的，整天如饥似渴，不放松任何一点儿时间看书学习。放风的时候，所有"囚徒"都乘机活动活动筋骨，可罗世文则一个人躲在场角边，蜷曲着身子还是在看书……而且他看的书都是高深的哲学读本。

周养浩当然知道罗世文爱钻研书的习惯，而且看的都是十分高深的哲学书籍，比如像黑格尔、苏格拉底和康德等西方大哲学家的书，这类书在集中营里不算"禁书"，就是装门面有学问的周养浩的办公室里也放着几本这样的书。你行辕主任的书"囚犯"说要借去看看，提倡"新政"的周养浩咋可说"不能借"嘛！

罗世文的借机"啃书"也就成了可以做到的事。但十分"讲究学问"的周养浩内心不平衡了：如果不在自己的眼皮底下将有学问的罗世文这样的共产党人从"有水平"的神坛上拉下马，他周养浩的一切"育人""育心"的"新政"将会泡汤。有过上一次的"嘴巴子较量"的失败，周养浩对与罗世文这样的人进行"嘴巴子较量"更为谨慎了。

"我想可以搞一次关于到底是精神第一还是物质第一的哲学课题讨论……"周养浩苦思冥想之后，找到了自己的教务所所长文光甫先生。文光甫是大名鼎鼎的大学问家，曾担任过邓演达的秘书，此人颇通哲学理论。不过，文光甫是唯心主义哲学的崇拜者，当周养浩提出这个讨论题时，这位教务所所长很自信地拍着胸脯说："放心，我在四川等地从事革命活动和在学校任课时就研读过这个哲学问题，何况我参加第三党后与共产党也算打过很多交道，也知道他们中其实是有相当多的人相信精神第一的……"

"这样就更好了。"周养浩一听顿时振奋起来，出谋道，"这个讨论之前，你要引导那些与你理论上同一观点的共产党人起来发言，这样他罗世文就费口舌了！"

"周长官太英明了！光甫我一定努力按此执行吧！"身为教务所所长的文光甫其实对周养浩的那一套虚张声势的假学问也是看不惯的，但毕竟在人家鞭子底下吃口饭，心想何必吃眼前亏嘛，所以专挑些好话说给周养浩听，让对方的虚荣心获得充分满足。周养浩其实就喜欢别人如此吹嘘他。不过，他的这一招也确实有些阴险，因为特务这一套的密谋和意图在哲学讨论会之前，罗世文他们的秘密支部中的共产党员根本不知道。

思想和观点的较量，与真枪真刀较量一样寒光闪闪。但所有这些对学养丰足、熟读各种哲学理论书籍，尤其是对马列主义哲学思想有很深钻研并担任过延安革命根据地军政大学政治教员的罗世文来说，谁要在哲学问题上挑战他，那真是笨驴遇上了骏马，啥架势都不管用。

吃过暗亏的周养浩等一帮特务们，其实也并没有把"宝"押在教务所所长文光甫一个人身上，他亲自挑了两个颇懂些哲学的特务"协助"文光甫进行备"课"，所以哲学讨论会一开始就抛出了"到底先有蛋还是先有鸡"和人是"先有了知觉与思想，还是先有行动和行为"这样的问题，让一帮"修养人"来回答和讨论。结果包括一些共产党员身份的"囚徒"纷纷认为"应该先有蛋"，理由是："没有蛋，鸡怎么出的呢？"但马上有人站出来说："不对，如果没有鸡，那蛋从何而来？"

"你说得不对，肯定是先有蛋，才会有鸡！"

"胡说！有了鸡，才有了蛋！"

争论直到争得相互脸红耳赤，仍然没有结果，似乎谁也说服不了谁。

看着平时同一信仰的"修养人"在这样的问题面前竟然争执到相互指责到了鼻子尖上的情形，小特务赶紧向主子报告，周养浩得知后兴奋得击掌叫好：养浩我要的就是这个结果！

有关人到底是"先有知觉与思想，还是先有行动和行为"的争论，到了白热化的程度——

有人说：我们人类区别于动物的最显著的地方，就是我们做一切事情、看待这个世界，先有了思想和意识，知道啥是好、啥是不好后，才决定去干什么，然后得到什么，所以说人的伟大之处也在于此。

有人马上就说：这不对。人类最初与其他动物都一样，并不知道该干什么、不该干什么。是因为在干的过程中和过程之后才明白了应该干什么和不应该干什么，因此才有了"失败是成功之母"这一说。

"你这个说得不对，我们人的伟大之处就在于先知道了那个火坑不能跳，所以我们才不去犯傻做那样往火坑里跳！"

马上有人反对道："你才说得不对，我们现在的人不会往火坑里跳，是因为过去有人往火坑里跳了后，烧痛了、烧烂了屁股，所以现在才不去跳火坑……"

主持人文光甫一看这势头，也头痛了，连连摆手道："我可当不了这个主持了！你们该怎么闹我管不了啦！"一甩手，跑到一边只管独自喝白开水去了。

讨论的场面看上去完全失控。小特务的腿飞快地往周养浩办公室奔跑。

"他们快要相互打起来了！"特务向周养浩报告道。

"那就让他们打吧！直打到他们相互之间仇恨起来、彻底对立了，那才叫好呢！"周养浩听得报告后，有些手舞足蹈起来。

但不一会儿，又有小特务前来报告："犯人"们和解了，甚至一起在手拉手……

怎么回事？周养浩的神情剧变，小特务们吓得赶紧又往"哲学讨论会"那边奔跑。还没进门，就听一个带着四川口音的高亢声音在说着：

"世间的一切万物，先是由它存在之后，才有了人的意识产生。而人也是地球万物产生之中的一种物质而已。人是一种高级的物质，或者说是一种高级动物，具有高级意识，也就是我们所说的精神世界。人的精神世界来源于人有发达的大脑，大脑的功能是人类求生与发展自我的意识动力，即思维。思维是人的精神活动的基本状态，思维活动丰富和活跃了，精神世界便丰富和多彩。精神世界的不断发达与丰富，使得我们对万物世界有了更多的认识，这个时候我们对物质世界有了认识和了解。但认识和了解的过程，并不代表精神存在优先于物质世界的客观存在，事实上，物质世界早在人类起源与存在之前就已存在和形成。只是我们人类有了自己的感知与认识能力，才开始了解和认识到原来我们生存的自然界是那么奇妙、多彩、丰富和巨大、永恒与广袤。在哲学范畴里，存在两个世界观：唯心主义和唯物主义。唯心主义认为精神是第一位的，物质是第二位的。这其实是不对的，是违反自然规律原则的，因为人的精神产生如上面所言：它是在宇宙万物早已存在过程中产生的一种新的物质（或称动物），因此'精神第一'是错误的，物质第一才是正确的。即使人一生下来就有大脑，但如果婴儿没有接触这个世界，没有睁开眼睛看到这个世界，那么他对我们的这个世界仍然是空白的认识。在婴儿在一天一天成长的过程中，他一点一滴地观察着、感受着这个世界，也就慢慢地增加了对世界的认识，并且产生和积累了自己的精神存在，形成了越来越丰富的精神世界，'精神'由此也完整和丰富起来。从这样的过程看，我们就会自然而然地明白物质第一、精神第二的唯物主义哲学观点是正确的。

　　"关于到底是'先有蛋还是先有鸡'的话题，其实也并不存在太多的争执。鸡或蛋到底谁先有，如同我们人类到底先有父亲还是先有母亲一样，其实大家的思维陷入一个唯心理论之中，因为鸡或蛋，与人类男与女，它（他）们先与后产生的过程并不是"上帝"的安排，而是自然界的某种物质在一定条件下孕育了鸡和蛋、人类的男女的这些新生命的诞生。至于这样的新生命诞生过程是个非常复杂的自然科学问题，人类今天的技术能力和认识能力远不能回答这一物质变化过程中的科学问题。即使如此，今天的科学家们也已经通过大量的实验和探索证明：存在于地球上的如鸡和蛋与人类男女的生命诞生过程是物质变化的一种现象而已。那么我们也就能非常清晰和正确地认识到物质存在先于人类的精神存在。伟大的欧洲哲学家黑格尔、费尔巴哈，尤其是马克思和列宁先生，他们已经用毕生的研究与生动实例，证明了物质第一性和精神第二性这唯物主义世界观。同时他们指出，物质第一性与精神第二性在一定条件下，两者是可以互为转化的。因为人类很多认识和经验是先人已经完成了的，它已经转化为精神财富，后人不需要去重复和论证它的存在与否或正确与否,我们常说的'经验'亦即为'精神'部分的东西,其实它也是来自人类对世界认识之后所产生的'精神',是客观世界的反映,它依然证明了物质第一性精神第二性这一唯物辩证法原理……"

"喔,这么一说,我们就明白了,原来还真是的呀!"

"对的嘛,啥鸡和蛋谁先谁后、人类先男先女,其实都是陷入了一个唯心理论的黑洞里去了……"

"是嘛,老子以前以为自己很懂知识,原来在哲学家面前我们真的很愚笨的呀!"

"那可不是,哲学是一切知识的总和!真是'听君一席话,胜读十年书'啊!"

"是是,听君一席话,胜读十年书!"

"可不,这样的学习讨论会,以后应该多搞些!"

"我赞成!"

"我也赞成!多搞些!"

"修养人"们纷纷簇拥到罗世文身边,热情异常。

特务们一看这种情形,气不打一处来,连忙吼叫道:"散了散了!马上都回监室去!"

罗世文他们这些讨论哲学问题的"修养人"呢,则哼着欢快的四川或贵州小调,相互挤着眼神,像打了一场空前的胜仗一样,步子迈得十分豪迈……

特务阵营那边,"行辕主任"办公室内的周养浩憋着一股怒气,那些小特务也不敢在这个时候撞枪口,早早躲得远远的。偏偏在这个时候,那个原本也是"修养人"的女囚犯,现在成了周主任金屋藏的娇,此时从里屋出来，一屁股坐在周养浩的大腿上，娇滴滴地问："啥时候带我去贵阳买首饰嘛！"

"买买买，买得还不够多吗？我看你是想要一把大首饰吧？"周养浩猛地将"兼职太太"推到一边，然后顺手将桌子上放的一把大手铐往地上一扔，怒道。

"你……你没良心的！你整天把我锁在里屋，还不如把我送回监狱去！呜呜……"女人一甩手，扭着屁股进了里屋，将门嘭的一声关上了。

周养浩气喘吁吁地双手支着桌沿，在想着他的另一个"新政"方案——这回他谁都不相信了，要自己亲自挂帅。

干什么呢？就是办刊和建图书室。这是推行"新政"的真正的思想阵地。周养浩认为，将集中营改成"仁、义、忠"等8个"修养之地"，就是为了落实他与戴笠前不久密谋的"为未来积储人才"。

前不久，即1944年年初，戴笠又一次到息烽"行辕"，在听取周养浩"办研究会"等"新政"事宜时，戴笠很是肯定，而且还当场答应给一笔拨款，支持这样的事。这让周养浩大为"振奋"，因为一则他的"新政"做法受到上司赞赏，二则是通过一定"项目"的运作，还能把自己的私人腰包塞得鼓鼓的。所以周养浩对办各种"思想阵地"颇为积极和起劲。

但在知识分子成堆、像罗世文这样的共产党高级干部和高级知识分子成堆的集中营里，如何建设起符合国民党价值观和戴笠的政治目的的思想阵地，周养浩其实还是用尽了心思的。如上所述，周养浩办刊、建图书室从他个人的实惠出发，他是有"双赢"效益的，所以格外卖力。但政治风险显然存在，这是他内心担忧的。

　　建《复活月刊》是他的第一大目标。办刊这件事周养浩自以为能够把握。在上海法学院上学时，这个爱出风头的浙江江山人因为参与办校刊被人诏媚地称为"才子"而自鸣得意了半辈子。现在在息烽集中营，一切都是他周养浩自己说了算，又有印刷厂，经费能从重庆戴老板那里要，这样的事自然是周养浩最喜欢干的。

　　不过，通过办《复活月刊》这样的事，来领导"修养人"们朝着老板戴笠确定的"以教训心""以礼服人"的秘密监狱的"人才计划"迈进，周养浩也并不是没有顾忌，万一他辛辛苦苦垒起的这样一块"阵地"，反被"共党分子"利用了，那将是得不偿失，弄不好自己也可能被老板和老蒋押进自己的监狱，成了一名"修养人"。

　　带着这份担忧，周养浩专程到重庆向戴笠请教过这个问题。

　　戴笠听完自己的忠臣的话后，稍停顿片刻后，用十分信任的目光看了一眼周养浩，然后说："首先是要看你的出发点，出发点对了，执行中有些问题是可以纠正的。你说的那个《复活月刊》办刊宗旨，上次你已经向我报告过，我首先是赞同的，其次我们愿意通过这样的阵地，在思想上引着这些以后有可能为我们服务的人朝着总裁和三民主义思想的方向发展，这是我们的总体目标。对这一点，我也是肯定的，上次在息烽时我就跟你说过……"说到这里，戴笠又停顿了一下，说，"我们还可以把目光放得更远一些：对付共产党啊，你不能太直截了当，那样最可能适得其反。有时很需要迂回些。设想一下：一个人关在牢里时间长了，最要命的是啥？是脑子坏了！情绪坏了！对这脑子坏了、情绪坏了的人最简单的方法就是给一颗子弹！但我们搞息烽这样的行辕，总裁的意思并不是给这些人一颗子弹就完了，那样省事，还用得着把他们从南京、武汉费尽力气押运到息烽吗？我们的目的是要想法把他们修养成我们的人。为了这个任务，我们是需要下些功夫的，甚至得敢于放一些、宽一些。你办报刊就是个好办法嘛！当然，想通过一张报纸、一份刊物就让'共党'分子回心转意、改变立场，那是白日做梦。不现实。至少我看希望不太大。怎么办呢？我们就得学会些心计，这个心计很重要。我们的人光拼拼杀杀这不算啥本事。能不动声色中把对手干掉了，或者让他们成为我们的力量，那才叫本事！中国的知识分子有个弱点：就是你跟他玩硬的，他的脖子直得比你还硬，你给他一点所谓'自由'和'恩惠'，慢慢地他就迷失方向了……"

"明白了，老板。我会适当地给予他们一点儿'自由'和小'恩惠'，然后引他们朝着我们设定的方向走。"周养浩听了戴笠的一席话，大有茅塞顿开之感。

戴笠鼓励地拍拍他的肩膀，说："啥叫潜移默化？跟温水煮青蛙一个意思……就看会不会掌握火候了！"

周养浩面露得意之色，然后一个笔挺的立正："请老板放心，养浩我一定掌握好这个火候！"

集中营要办份"大家可以投稿的《复活月刊》"的消息传出，引起全体"囚徒"的热议和兴趣。有的说，这下好了，我们可以著文抒心了；也有人说，这是特务们想收拢我们的心思，不怀好意。

问题摆到秘密支部面前，许晓轩等认为，这是敌人的又一阴谋，我们必须坚决远离这份刊物。在研究对策时，罗世文没有作出明确态度，只是说观察一段时间再说。

《复活月刊》后来出版的样子，其实是一本由"修养人"自己用钢板刻出来的集中营内部油印本，大小跟现在的期刊差不多，页数并

报道和批评

一月来的世界与中國（四月份）·史迪·

自上月廿六日攻破馬當斯特後四月一日東陽挺進俗領從非突尼西亞濱海公路上的雙德當前的暫時平靜局面除了在北非大北路英第一军列俗暑陈一距此莫大门不过二十英厘工日東海近场东（距此莫大门八英里）四月六日東第八军主力連攻如俗斯以北之阿卡里特知心事防線通俗破得獲六十餘人北一攻擊之南作戰的美军第十日下午馬知吳泉战线北方而心之美军霸五斯十日俗領得候殊尾知俗領心率在央境之所俗遣兵令部随着此战事延河北路道攻东关东一带庶經軍事遊河北路道攻上二日盟军俗占而洛如心时俗俗領南即嘉及年輪南于經化非軍板守成此吳足遣入最後階段上二日盟军俗领一口二口英里三而破色圈此的前守的防鲒長的一五○英里三而破色圈

在此非和歐洲战場上田據英美集中全力以攻北非第一隔因為衛俗北非俗敷及南橘歐之明拳由心罪在吳境于部之新陸遊政东北路迎政东關一带

(一)突遁战争最後搏鬥第二战場的前提條件并美法盟军在北非即俗第二战場的前提隊件并美法盟军在北非即前五十萬大集如心傷革州不过二十五萬之處市一聚移冲地之内所有忽追為不及突暁合面的對比似乎地方看最期的拍揚不下英第八军傾十分之一〇英軍俗領安排送進予短知

廉海外比拍的分別指去加以分析和�.
一面於世界的各方面

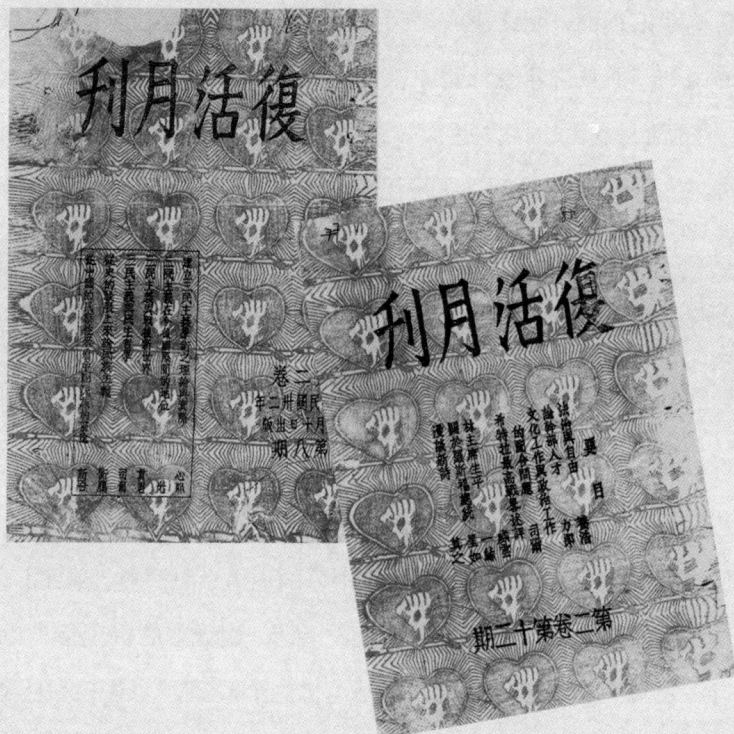

《复活月刊》封面

罗世文以笔名"史迷"发表在《复活
月刊》上的文章——《一月来的世界
与中国》

图片来源：息烽集中营革命历史纪念馆

不多，大约有三四十页，每期估计可刊各种文体一二十篇。当年息烽集中营的这份内刊目前在息烽档案馆只留有 3 本原物，我曾到南京的中国第二档案馆查询，始终没有见到。在重庆也没有找到当年的这本集中营的内刊。而从当年息烽集中营幸存者的回忆中，我们得到了一个结论：《复活月刊》应该办过二三十期……

周养浩对办《复活月刊》十分上心，亲自当"主编"。不仅刊名要自己写，而且每期"卷首语"都会由他亲笔著文。据"囚犯"回忆，有一次小特务没有刊发周养浩的开篇文，周把小特务骂得狗血喷头，责令其重印。

从息烽党史办和县档案局里留存的当年周养浩的一些文章和书法原件看，此人也不能说一点才气没有，尤其是他的毛笔字（抑或称为"书法"吧）确实写得也不错，看上去也是曾经下过一些苦功。也许正是他自我感觉良好，因此在息烽集中营的墙上、门框上、标牌上，都留下过他的笔墨，特别是"中山室" 3 个字，用现在的审美看，也还算是有一定功力的 3 个字。这并非是美化这个大特务，也正是他这一点"优长"之处，所以在息烽集中营管理过程中，周养浩时时处处都想显露一把自己的"才华"。这份他说了算的《复活月刊》自然成了周养浩表现这方面"才华"的阵地了。

"那个黄显声官衔比我大，留过洋的罗世文虽然嘴巴蛮厉害，但论写字恐怕还是在养浩之下吧！"私下里，周养浩曾经跟自己的特务喽啰们这么夸耀。

"那是那是！长官的书法其实跟王羲之也差不了多少，甚至有过之而无不及！"小特务们这样奉承道。周养浩连连摆手道："这个不敢比！这个不敢比！"但心里显然十分得意。

《复活月刊》第一期办了起来。周养浩又是题写刊名，又是撰写"卷首语"，还刊发了"题词"和"头条"文章，那刊物从头到脚，几乎都是他周养浩的面孔。

在首期出来后，周养浩特意召开了一次"撰稿会议"，罗世文、车耀先、韩子栋、许晓轩、黄显声等都被"邀"进撰稿人之列，所以他们也都参加了这个"座谈会"。

"各位都是国家之栋梁，胸怀民族和未来，又都是才华横溢的当代知识分子。每个人自有一番忧国忧民、为国图强的雄心壮志，又有许多人通晓中外历史、爱好文艺诗歌，因此养浩我愿意倾心倾力支撑好这一来之不易的阵地，能让大家在三民主义旗帜感召下，各抒己见，让《复活月刊》成为我们的精神乐园……养浩在这里恭请诸位多多费神，为本刊多写稿、多投稿！"

众"修养人"开始翻阅起那本仍散发着墨臭的《复活月刊》……有人半带讽刺半带夸耀地看着署名"养浩"的"题词"，嚷嚷起来："这个字真的比王羲之强！"

于是又有人马上更带"特别"的口吻起哄道："太了不起了！我看起码赛过颜真卿！"

"那你说的是这字和王羲之平起平坐了呗！"

"是这个意思！是这个意思！"

听到如此对话和揶揄，众人不由得添油加醋地鼓起掌来。这弄得周养浩脸上一阵红一阵白地忙谦虚起来："不敢当不敢当！养浩只是随便练练、随便练练！"

罗世文和韩子栋用目光对视了一下，颇有意味地冷笑起来。

直性子的黄显声实在看不下去了，站起身来，说："大主任写得这么好的字，看来我得早点回去练练了，争取下回也能上个封面啥的！"说完便踩着"咚咚"直响的皮鞋，出了座谈会现场。

车耀先、许晓轩等随之跟着口中嚷嚷"我们也要回去好好练字"，准备走。

周养浩一看黄显声走了，知道"撰稿座谈会"也算是完成使命，于是便宣布"散会"。但看到罗世文从自己身边走过时，周养浩伸手一拦，笑眯眯地说："你是大学人，下期等着你的大作啊！"

罗世文知道对方又在耍手段，在没有弄明白特务的阴谋和真实意图前，秘密支部需要统一一下意见和对策。当然对周养浩如此正面的较量，罗世文装得十分坦然和非常明确地公开自己的立场。他道："待在牢里时间太长，我的脑子有些坏了，生锈了，还真不能应了主任先生的一片'好意'。再说，你就不怕我一派共产主义思想，让阁下骑虎难下吗！"

"哈哈……这个你尽管放心：我们还是有人把关的。"周养浩进而解释道，"但养浩我绝对是开明办刊，希望你和大家多写些对历史和国际形势的分析文，当然写诗的、写情的，都可以嘛！"

罗世文听后，脸上一副可惜之状，道："实在是脑子不太好使了，身体又每况愈下，要不然还真是可以重操笔墨，横刀江湖呵！"

"期待期待！"周养浩看着这些在他"掌心"之中的"修养人"从他身边一个一个默不作声地走过时，脸上布满了阴笑。

在军统特务中，周养浩有两个诨号："江郎才子"和"笑面虎"。前者与他是浙江江山人有关，后者是他给人的直感总是脸上挂着笑容，其实此人内心毒辣阴险。在息烽集中营的日子里，周养浩的"江郎才子"和"笑面虎"本质淋漓尽致地得到了"展现"。办《复活月刊》便是对其本质的一次印证。他的目的很清楚:通过"文"来治"修养人"的心,当时抗日战场和国际反法西斯战争已进入反转阶段,希特勒和日本侵略军行将灭亡,蒋介石对国内的中国共产党人的态度也出现了新的变化。国共新的决战尚未拉开架势之际,作为服务于蒋介石集团的戴笠的军统组织,按照蒋介石的授意,开始笼络包括中国共产党内人员在内的"人才计划",而戴笠本人则借成立"中美合作所"的机会,在美国盟友的暗示下,准备待抗战结束后成立中国海军而担任"海军部长"一职在暗中积蓄力量。息烽秘密监狱中的"修养人"计划,则是戴笠的整个"中国海军"计划中的一部分。他知道"人才"至关重要。不杀罗世文、车耀先等共产党"要犯",让他们有一定的"自由""待遇",便是戴笠的计划之一。

身处牢房和生命绝境的罗世文等共产党人其实是清楚国民党特务们的这些把戏的,当时在抗战的大环境下,国共之间有合有分,表面上仍有"和"的选项,而蒋介石国民党在背后和实质上依然把"灭共党"放在"头等大事"的选择上。所以身陷监狱绝境的共产党人每时每刻都有可能因任何强加的一个小小理由而被"赏"一颗子弹……

关于参与不参与《复活月刊》的投稿问题,罗世文他们的秘密支部经过数次讨论,对如何应对周养浩等特务们一次次威逼"投稿"有过不同意见:有的同志认为,这是敌人的又一个花招与计谋,目的就是让我们亮出自己的政治观点,进而对你"判决",或者被敌人拉拢到他们的阵营。

"绝不能给他们投稿!投了,你写明自己的政治立场,就是他们拿去杀你头的证据;写附和他们的文章,他们给你拿出去一公布,等于让我们自己的阵营误以为我们背叛了革命……我们不能上这个毒招的当！"

　　"你真的拒绝写，那也是件麻烦事。"有人分析说，"现在集中营内的'囚犯'中也有五花八门的人，我们不写、不投稿，敌营和其他'修养人'一看便清楚了谁是共产党了！而且很容易暴露我们的秘密组织同志，这个危险可能更大！"

　　最后的决策意见落在罗世文身上。自到息烽集中营后，本来身体就不太好的罗世文，越来越有些支撑不住，已经变得骨瘦如柴。但他从不吱声，也不想引起同志们和难友们的担心，除了集中营里的各种劳动和体罚之外，就是躺着、蹲着看书，好像一看书就能解决一切问题似的。有难友见了便好奇地问他："书真能止痛治病？"罗世文笑笑，肯定地说："书绝对可以止痛养心，心养好了，病就消失了。"

　　"病入膏肓之后，肉体便会疼痛，便会影响神经，而看书读文，能够分散注意力，从而减轻疼痛的程度，久而久之，病痛就可能会消失与减弱……这是符合科学养生道理的。"罗世文进而这样说。

　　"张秀才确实很神呢！"时间一长，难友们对一有空就抱着书本的"张修养人"很是敬佩——特务们给罗世文安的姓是张。

　　"为什么还不写？周长官已经很生气了！"教务所所长文光甫找到韩子栋，暗示身体也越来越不好的韩子栋如果想改变一下生活环境的话，给《复活月刊》投稿是条"出路"，"写篇认识三民主义的文章，我再帮你说说，争取调到写作室，这样强劳动就可以少参加，对身体有好处嘛！在这个地方用不着死心眼。这个办法不妨让张先生也可以效仿。"

　　文光甫与共产党人的关系很近，所以他在乘周养浩交代他"好好办《复活月刊》"的任务机会，悄悄给韩子栋他们提供这方面的重要建议。

　　文光甫的这些建议为秘密支部讨论如何应对"给不给《复活月刊》投稿"一事提供了重要依据。

　　"硬顶着不投稿，我们就可能被敌人清理，并且在难友中被孤立。投，有可能暴露身份和组织，带来生命危险和政治危险……到底如何办？我的意见：可以试着投稿，但前提是要研究研究周养浩的办刊思想，研究透了，我们再撰写自己的文章，力求表面不对抗，甚至有些附和，实质上表明自己的政治立场。含蓄是我们的投稿战术。参与是我们的投稿战略……战略和战术的结合，我们就可以争取把敌人的反革命阵地，巧妙地转化为我们的革命阵地！"罗世文的一番精辟分析和战术策略，让支部成员迅速统一了认识和斗争的思路，并且从三个方面分析了投稿给集中营的客观形势：

　　（一）共产党人在集中营里的坐牢时间：（1）除非政治上有大变动，没有近期出牢的可能；（2）没有公开机关的可能，即公开集中营内的共产党支部组织。

　　（二）如果完全拒绝写文章，可能的结果是：（1）增加敌人对难友们的警戒；（2）特别教诲，即受到特务们的严厉训斥；（3）关重禁闭；（4）戴镣。

　　（三）答应写文章的可能结果：（1）不管是公开的还是身份没有暴露的共产党人，可以同普通"犯人"一样保持不异类；（2）冲淡特务们对"政治犯"的警惕与顾忌;（3)在集中营中能取得难友们的信任，有利于团结更广泛的囚友与敌人作斗争。

　　鉴于上述分析和考虑，以及结合罗世文的意见，秘密支部确定了关于应对《复活月刊》投稿问题的基本原则：

一、做好长期坐牢的准备，注意每个同志的身体健康，以增强同敌人作斗争的实力；二、不做封建式的好汉，避免不必要的牺牲；三、平时装聋作哑，少谈政治，非政治犯不轻易表明政治立场，以最大可能赢得出狱的机会；四、在生活起居上遵守集中营的规定，不做冲动意气的事；五、在坚持思想信仰的原则下，根据共同的或个人的情况争取生活的改善，目的是保存对敌斗争的实力；六、《复活月刊》的文章，不说不写也不多写，隔一段时间写一点与政治和信仰无关的"虚字文"（不痛不痒的无物文章）。

"我完全赞成这些意见。这让敌人不知如何是好。说不准我们还可以在上面展示一下各自的才华呢！"韩子栋对罗世文说。

车耀先则开心地表示："中国的汉字含义每个字都可以有各种理解，'笑面虎'以为自己很聪明，我看终有一天他会自己看着《复活月刊》哭笑不得！"

其他共产党员的意见也很一致，他们私下里表示：要先"领会"一下周养浩的这块《复活月刊》阵地，然后通过努力，争取把黑的阵地变成红的阵地……

罗世文则对这种想法并不赞同，他说：我们的对策是不让敌人牵着鼻子走，恰恰可以通过这样的一块"阵地"让我们的同志和所有的狱中难友们能够以各自不同方式，在不失党性原则和政治立场及人格的前提下，用文字来获得知识等方面的交流，而没有必要将《复活月刊》作为敌我之间你死我活的较量之地，那样结果是敌人早晚会"收网"停刊，而我们的同志和难友们可能什么也没有获得，并不排除反会受到更严酷的迫害的可能。

集中营的特殊环境使对敌斗争的艺术和方法是需要及时调整和

适应。罗世文、车耀先、许晓轩和韩子栋等之所以在集中营能够成为党的地下领导核心，就是他们具有丰富而又实事求是的有效的斗争艺术。

然而，他们面对的敌人也非一般杀杀抢抢的凶神，所以斗争的复杂性远超过枪对枪、刀拼刀的实战战场。

有一天韩子栋试着写一篇"三民主义"文章时，他就拿来一本刚印出来的《复活月刊》看，不看不气人，一看就想撕它个稀巴烂，因为上面所刊发的文章尽是他周养浩所写以及所授意卖弄的蒋介石曲解孙中山"三民主义"的"狗屁文章"（韩子栋这样骂）。韩子栋为此特意反映到负责《复活月刊》审稿的文光甫那里。

文赶紧用手捂住韩子栋的嘴，说：小心"笑面虎"罚你"吃小灶"！这"小灶"就是关禁闭的小牢房之意。

"我才不怕呢！"韩子栋直着脖子回应道。

"我知道你不怕，但你的身子骨怕不这么想……"文光甫揪了揪韩子栋的一头白发，劝说道，"我知道你在北平的大学里也是一把好笔杆子。何不再露几刷子换个优待呢！"

韩子栋把文光甫的话跟罗世文悄悄说后，罗笑笑，说："文光甫的话有一定道理。你就试着露几刷子呗！"

从此韩子栋就上了心，先是再重新捡起有周养浩"大作"的那本《复活月刊》，上面有周的一篇关于"读书"的短文，其中有三个观点：一是读要致用，二是学问要从"事"上磨炼，三是知行要能合一。"这不都是从他人之文上抄的嘛！"韩子栋又起火了，把《复活月刊》递给罗世文看。

罗世文笑了，说："你以为他真有学问啊？"

　　韩子栋马上息怒了，连连点头："是，是我高看他了！"

　　到底写什么呢？那几天韩子栋有些费脑子，一则他就没有研究过"三民主义"，其二是如何按照秘密支部的统一斗争精神"写些不痛不痒"的文章。这事说起来容易，做起来也还是有一定难度的。有几夜，为文章之事韩子栋翻来覆去没睡好觉。有一天他醒得特别早，于是脑子里转出一件有趣的事，前文曾经提到过，几个月前，韩子栋在晒太阳时，有只麻雀非常意外地飞到了他胳膊上，然后就不走了。这让囚禁于牢房数年的韩子栋大为感动，于是他随手捉来小虫喂这小麻雀吃。如此一喂，那小麻雀竟然每天飞来飞去，等着"放风"的韩子栋给它喂食吃。吃饱了就远走高飞，有时还飞到韩子栋衣袖里，惹得韩子栋对小麻雀爱不释手。

　　就写它吧！韩子栋的灵感来了，他要借小麻雀来完成一次对《复活月刊》的"投稿"任务。有了"方向"，韩子栋就一挥而就写了3000多字，叙述了一段他与小麻雀的感情如何的好，如何在这种人与鸟的感情之中所获的真情实感。然后借麻雀与人的感情一例，来说明人与人之间更应该有相互关爱、合作的理由，最后"扯"到三民主义应为人与人、集团与集团、政党与政党之间的相助论上。

　　此文乃上乘之作也！完毕后，韩子栋一番自我得意。然而文章上交之后很长时间都没有音讯，完全如石沉大海。

　　韩子栋脸面有些挂不住了，问一位参与编刊的扬州籍的"修养人"。那人悄悄告诉他："你那文章他们认为不好，他们不敢登，登了怕有误会。"

　　奶奶的，费我一番脑筋嘛！韩子栋一听便生气极了，之后再也没有人主动让他写了。不久后干脆把他调到了木印部当印刷工人去了。

前面说过，印刷车间是周养浩借着重庆军统方面的内部印制文件和资料多而搞出的赚钱捞"油水"的地方，所以他动用特权，组织"犯人"为其加班加点干活赚钱。为了保证赚更多的钱，周养浩假惺惺地时不时奖励干活的"工人"们。韩子栋去后发现，那里其实比写文章争取改善生活更容易些，他每天干上几个小时，月底则能拿到一块肥皂和吃点肉的"奖励"。

"要不你也到印刷厂干活去吧！"有一天韩子栋对罗世文说。

罗世文摇摇头，说："你没看到'笑面虎'这几天总派人来催问我写文章了没有啊！"

"你写了吗？"韩子栋问。

"写了。"罗世文说。

"是啥内容？"

"历史问题的求解。"

"这可是高深而又发挥阁下才华的阵地。"韩子栋面露微笑道。

果不其然，之后的《复活月刊》上，难友们不时看到罗世文化名的关于中国历史和世界历史"问题研究"文章，那些文章精辟而深刻地揭示了一些中外历史上的著名人物和重要事件的来龙去脉及对现实世界和中国社会的影响，有理有据，分析透彻，让难友们学到了很多知识。连特务们都觉得罗世文的文章既看不出政治毛病，又能从中学到很多"以史为鉴"的知识。

周养浩呢，也觉得有罗世文这样的学问大家参与，其《复活月刊》"越办越好"，颇有面子。然而并没有得意多长时间，据说周养浩拿着几本《复活月刊》到重庆后，送几个国民党元老级著名人物"赏析"时，竟然被骂昏庸得像个"蠢猪"，因为那几个元老级人物都是颇有历史学功底的，他们一读罗世文的文章，尤其细看罗世文论历史上的"东林党同宦官（阉党）集团之间的斗争"的文章，及揭露和批判清朝皇帝大搞"文字狱"的罪行等议论文，便立即嗅到了"共产党的味道"……"你竟敢让这样的文章在这里公开发表，不是昏了头是啥？"几个元老级人物指着周养浩的鼻子说。

从重庆回来，周养浩怒不可遏地找到几位编辑，问他们为啥看不出罗世文文章之"险恶之处"。

"可、可我们确实看不出啥毛病嘛！"几位编辑很是委屈地道。

周养浩便找来罗世文，问其写的文章为何含沙射影、攻击"领袖"，并且把元老们对罗世文文章的一些看法说了一遍。

罗世文淡淡一笑，说："他们实在是抬举我了，我哪有他们说的那么高深，仅仅是就事论事而已。"罗世文又说："天下文章，每一篇文章都有百种解释，关键是站在哪个角度。就说李白的诗篇，有人说它是百代经典，有人则拿他的诗来论说，结果认为"狗屁不通"！所以天下文章，孰是孰非，其实从来没有定论。"

这么一说，周养浩倒也息怒了少许。心想：重庆方面的那些国民党老朽，早就对戴笠和军统恨之入骨，他们能对我周某人有好脸色吗？想到这，周养浩也就不再把重庆方面的意见当回事了。

《复活月刊》照办，罗世文他们的文章该发仍然发，但周养浩还是多了一个心眼：每篇文章他都要亲自审读，一直到看不出有啥其他名堂之后方可刊发。

罗世文和秘密支部的同志们呢，也学会了利用各种不同文体来抒发自己的革命情操与境界。现今我们可以读到其中一首充满革命浪漫主义和远大理想的光辉诗篇——

七月里山城的榴花，

依旧灿烂地红满在枝头。

它像战士的鲜血，

又似少女的朱唇，

令我们沉醉，

又让我们兴奋！

石榴花开的季节，

先烈们曾洒出他们，

满腔的热血，

无数滴的血啊，

汇成了一条巨大的河流！

这七月里的红河啊，

它冲尽了民族百年来的，

耻辱与仇羞。

我们在血海中新生，

我们在血海中迈进，

今天，

胜利正展现在我们的眼前。

我们要去准备着更大的流血，

去争取前途的光明！

这首诗为《七月里的石榴花》，署名"晓露"。

　　这个"晓露"便是在中共谍战史上赫赫有名的女共产党员张露萍。

　　关于张露萍的故事，我们可以用一个特别的篇章来讲述，因为她是息烽集中营中最耀眼的红色之花，而且她长得又是那么美。在 10 多年前我写的另一部作品《忠诚与背叛——告诉你一个真实的红岩》中称她为"中共美女特工"。其实，张露萍最为传奇的故事是在息烽集中营，她在这度过了生命中最闪光的 4 年零 4 个多月时光……

第九章

紫红的息烽

『石榴花』

关于一个更加传奇的"中共美女特工"，如果她还活着，今年应该是102岁。然而花一样美丽的张露萍事实上只活在世上24年。

毋 毋 忍
尤 怨 前

中图　张露萍在延安抗大学习时留影
右上　张露萍在成都建国中学读书时
的留影
右下　少年时代的张露萍（右一）和
同学

◎ 张露萍，原名余硕卿，又名余家英、余慧琳。1921 年出生于四川省崇庆县。1935 年考入成都建国中学，在成都抗日救亡运动领导人车耀先的引导下走上革命道路，加入"中华民族解放先锋队"，承担交通、宣传、组织等工作。1937 年秋到延安抗大学习时改名为黎琳，1938 年 10 月加入中国共产党。1939 年 10 月受中共中央组织部、社会部派遣前往重庆，从事秘密工作。中共南方局军事组负责人叶剑英派她领导中共在军统电讯总台发展的张蔚林等秘密党员，成立地下特别支部，并为她改名为张露萍。1940 年 3 月在重庆被捕。1941 年春转囚于息烽集中营。1945 年 7 月 14 日被杀害于息烽快活岭。（本页图片来源：息烽集中营革命历史纪念馆）

　　写到张露萍烈士，恰逢清明节（2023 年 4 月 5 日）。举目窗外，雨水绵绵，宛若苍天在流着祭祀英烈和先人的泪水……

　　自 2011 年创作《忠诚与背叛——告诉你一个真实的红岩》后，我又先后完成了《革命者》《雨花台》等革命题材作品，写到的英烈达 1000 多人，张露萍是其中最感动我的人物之一，这个"之一"并不太多，不过 10 位。

　　关于这个传奇的"中共美女特工"，如果她还活着，今年应该是 102 岁。然而花一样美丽的张露萍实际上只活在世上 24 年。

　　中国共产党成立的那一年她出生。24 年后，这位女共产党员牺牲了。牺牲前的 4 年多时间里，她都在息烽集中营，也就是说她在 20 岁时就进了敌人的魔窟，然后一直到生命的花朵被无情地摧毁……这该是怎样的一次青春之花的绽放呢？当我一次次参观和探访息烽大地上那些留下烈士遗址的地方后，心头总是那么沉重和悲痛，尤其说到女英雄张露萍时，那份悲恸难以形容。

　　张露萍之所以能给我留下特别深刻的印象和影响，除了她的年轻貌美之外，她单纯活泼的性格、爱憎分明的原则立场、善于帮助他人的爱心，都在息烽集中营内处处传扬……

在息烽集中营时，张露萍的囚号为"253"。因为张露萍牺牲的现场太惨烈不能目睹，她那双美丽的眼睛一直盯着那些朝她开枪的刽子手，所以那几个心怀鬼胎的行刑凶手仿佛中了魔一样，后来传说在特务的营房里经常有人突然会喊："张露萍显灵了！""'253'又回来啦！"

开始，特务们还是咬着耳朵悄悄地说此事，后来所有的特务都知道了这事，于是个个吓得心惊肉跳。有特务说，他在晚上站完岗回宿舍时，走着走着，突然觉得背后挨了一掌，他猛回头一看，是张露萍在朝他笑，吓得他嗖地尿了一身。另一个特务提着油灯巡夜，当他走到"义斋"附近时，突然一阵狂风，油灯被刮熄了，他回头就跑，边跑边喊："'253'显灵了！'253'显灵了！"小特务这么一号叫，把所有特务都吓得从床上滚了下来，闹得整个看守所鸡犬不宁，彻夜无眠。最要命的是那个周养浩，他本来就做贼心虚，知道张露萍的"鬼魂"会来纠缠他，于是备了一桌包括"三牲"在内的丰盛祭品，摆在张露萍的墓前。周养浩像条丧家狗似的一边叩头，一边跪着祈求饶恕道："杀你不是我的本意，不是我的责任，这是上峰的命令，我不得不如此啊！乞求你在天之灵饶恕罪人……"

种种传说，足见张露萍的巨大精神魅力和光辉形象是如何让她的敌人惧怕的。

还有一个人的变化也足可以说明张露萍的人格力量。此人原为国民党驻贵州遵义一个部长手下的年轻军官，叫侯仁民。这位蒋介石身边的侍卫官，后来成为解放战争前线的英雄战士，新中国成立后又成为我公安系统的一名干部，他就是因为在息烽集中营内受到张露萍的影响，成为摆脱反动集团、投向革命阵营的典型代表。他在息烽集中营的监号是"672"。

在张露萍牺牲 52 年后的 20 世纪 90 年代，侯仁民先生在一篇回忆文章中这样说：

张露萍烈士离开我们整整 52 年了，她被敌人杀害时仅有 24 岁。在我的人生道路上，是张露萍烈士拯救了我的灵魂，使我同国民党的阵营决裂，走上革命之路。我至今深深地怀念着她。

1943 年 4 月，我因同"共产党电台小组案"中的赵力耕有过书信往来，加上以往"行为不轨"，几罪并罚，被关进了息烽集中营。当时集中营的主任是周养浩，他秉承美国主子的旨意，在狱中搞"感训教育"。犯人美其名曰"修养人"，牢房曰斋，俗称"八斋"，即忠、孝、仁、爱、信、义、和、平。"修养人"可根据自愿参加印刷、雕刻、做鞋等劳动，他还建立起图书室，让"修养人"办壁报、演话剧等。我当时年轻、会说普通话，罪名只是嫌疑，没有太多顾虑，逢年过节演戏，我成了骨干活跃分子。也就在这时，我认识了张露萍，她的监号是"253"。

当时演戏，男女是分开的，女角也由男角装，后来有人提议，男女合演更好，于是我和"253"成了搭档。这期间我因看不惯牢中一个帮派头子"应大哥"欺压狱友的做法，把他的保镖"小耳朵"暴打了一顿，成了"打虎英雄"。"672 傻小子"的绰号也在牢中传开了。为此我从爱斋转到了仁斋，同张蔚林、赵力耕等关在了一起。有人告诉我，同我演戏的叫张露萍，是张蔚林的妹妹。我虽纳闷亲兄妹为何一个老家江苏，一个老家四川，但我终于知道了"253"叫张露萍。

　　我和张露萍第一次合演宋之的的《刑》，我演县长，张演县长夫人，我们每天在一起对台词，一天排练时，张露萍偷偷塞给我一个纸条，我回去打开一看，上面写着：希望你做一个真正的人。我当时不明白这话的意思，认为这是她在侮辱我，我反而觉得她年纪轻轻，为什么要参加共产党呢？

　　慢慢地，我对狱中的共产党人有了一些了解，他们不欺负狱友，互相帮助，每月打牙祭，他们都将分到的几块小肉丁、三四颗黄豆攒下来，给罗世文，转给体弱的同志吃。我对他们有了新的认识，和张露萍的交往也多起来。狱中有个图书室，每人每月凭证可借一次书，当时车耀先管理图书。我看完书就写个纸条夹里面，交给车耀先，说这书很不错，请留给"253"。下一次，张露萍肯定把她看的书转给我，她写的条子多是问我对时局的看法。

　　1945年2月，我和张露萍排演了抗日题材话剧《无情女》，我演表兄，张演表妹，讲的是表妹宣传抗日，被日本宪兵盯梢。表妹来到表哥家，日本宪兵也跟着闯了进来，表兄妹同日本宪兵进行了顽强的搏斗，张露萍演得很投入，把一个抗日女青年演得惟妙惟肖。我们也有个表兄妹之称，演出中，张露萍给了我一个（纸）条，让我寄给重庆她的三姐曹一平（俞），信是写给她奶奶的："亲爱的奶奶，我现在一个山里面学习，我现在学会了纳鞋底，请放心……"

　　不久我被释放，到了蒋介石的侍卫室特别警卫组，这时，传来了张露萍被害的消息，我不肯相信一个爱国青年怎么会被杀头呢。我借了一辆车直奔息烽，在监外公路旁的四一商店，我找到了张露萍同室狱友黄彤光，她证实了张露萍的死讯，并把我带到了张露萍被杀害的"快活岭"，和我找了半天也没有找到张的坟头，和张一同被枪杀的，还有张蔚林、赵力耕、王锡珍、杨洸、冯传庆、陈国柱。一群爱国青年被枪杀了,我拔出手枪鸣枪盟誓,回去后一定同刽子手决裂。

张露萍的死终于使我明白了我追随的领袖竟是一个杀害爱国青年,制造民族危机的暴君。如何做一个真正的人?只有像张露萍那样站到人民的正面才会成为一个真正的人。回去后,我开始了消极反抗,抽烟、喝酒,请长假,最后作为游离分子离开了侍从室。

到青岛后,我才知道家里的亲人都参加了共产党,在他们的开导下,我参加了地下工作,并奉命打进了国民党军统设在高密的交警总队山东办事处,并从中得到了一本代号为"CCCP"的密码本,使我们摸清了蒋介石的作战计划,在胶东战役中,我军一举消灭了国民党进攻山东的 10 个师,受到中央的通报嘉奖……

侯仁民先生从一名蒋介石的侍卫官,转变成革命者,正如他自己所说,是"张露萍引我走上了革命之路"。在侯先生的回忆文章中,我们可以看到一对在集中营内因为演戏而生情的男女青年的故事。张露萍开始对周养浩让她上台排演戏剧是抵触的,后来秘密支部负责人罗世文和韩子栋明确告诉她:排演和上台演出可以宣传抗日及民族英雄精神,为什么不去呢?这也是同敌人的另一种战斗嘛!张露萍这才丢掉思想包袱专心去演出。

在延安时,长得漂亮、性格活泼的张露萍就在那里的抗大艺校学习与演出,她的表演给朱德、周恩来等中央领导都留下深刻印象。所以在息烽集中营这样的小地方演出,自然让这位监号为"253"的"女囚"顿时名声大振,敌我双方阵营里的许多人都想接近她。其中与张露萍一起排练"表兄妹"戏的蒋介石侍卫官,更因机会不一般,所以对张露萍渐生爱慕之情。也正是基于这份特殊的感情，张露萍通过自己的真诚与真情，使一个国民党反动军官成了抗日和革命青年。侯仁民对张露萍的感情超越了一般男女之间的爱慕之情，所以才有了他听说张露萍被害后，立即从国民党阵营中反水到革命队伍中的举动。没有想到的是，张露萍在集中营里引导和教育侯仁民的道理和事实，在他山东老家的人都耳闻到了，而且令侯仁民想不到的是，他自己家里的人都在共产党阵营，这也让对张露萍一片深情和发誓要为她报仇的侯仁民毅然参加了人民解放军，后又成为新中国的一名公安干警。

　　张露萍烈士的英名和传奇，曾在10多年前我所写的《忠诚与背叛——告诉你一个真实的红岩》一书中有过呈现。然而到了息烽集中营后，我才发现她真正的人生光彩处恰恰是在这个偏僻而无人知晓的秘密监狱里。因为年轻，因为漂亮，加之活泼善良，在息烽集中营的4年中又是这位天生丽质的女共产党员青春最好年华绽放的岁月，所以她留给一起关押的人的记忆特别深刻和美好，成为永不消失的画面。

　　前文提到过，《红岩》中的"疯老头"就是韩子栋同志，他是仅有的几个从敌人魔窟中逃出来的幸存者。作为在息烽集中营时间最长的一名"囚徒"，又同是"秘密支部"中的党员同志，他逃出集中营时并不知道张露萍已经牺牲，因为敌人在将张露萍押送离开息烽集中营时，传出的话是"转送重庆释放"，而后来再也没有听到有关张露萍的消息，倒是坊间不断传出张露萍"叛变"成军统特务了，等等。

　　"我不信她会叛变！"韩子栋对组织一次次这样表示。但所有张露萍后来的去向与档案都没有，国民党特务在重庆解放前夕对共产党人的大屠杀名单中也没有张露萍。中共各级组织部门对张露萍的身份进行核实时甚至也没有找到这个人，因为张露萍到息烽集中营后除了有个"253"监号外，大家只知道她姓"余"，所以多数时候难友们称呼她为"余小姐""小余"。

韩子栋在狱中叫张露萍也是"小余"，私下里加了"同志"二字。

张露萍牺牲在日本投降的前一个月。那天敌人假借"转送重庆释放"之由押送张露萍离开息烽集中营时，是好几位与张露萍同室的"女囚"送她上车的。虽然张露萍自己知道此去凶多吉少，她也做了牺牲准备，但毕竟特务们的口风很严，而且装得有说有笑地押走她的，因此到底张露萍此去是死是活，一直杳无音讯，直到新中国成立后很长时间都得不到准确信息。在狱中，几位送她走的"女囚"记得张露萍离开息烽时换上了她打入军统期间穿的衣服，手上戴着党给她作为信物的那枚红戒指。这枚红戒指，集中营秘密支部的同志都是知道的，韩子栋自然也对此记忆犹深。

新中国成立后，作为息烽集中营幸存者的韩子栋，一直没有放下张露萍这件事，因为他不相信这样一名美丽而坚定的共产党员会叛变革命去当她极其仇视的军统特务，所以寻找张露萍的牺牲地和烈士的遗骸，成了韩子栋的一桩心事。韩子栋开始在北京工作，后来调到贵阳市委当市委书记处书记，这是个非常有利于寻找烈士的职务。

时间是1958年，距离张露萍烈士和其他6位"同案"烈士一起离开息烽集中营有10多年时间。

韩子栋的调查遇到了许多困难，因为戴笠死后，国民党军统组织被撤销，息烽集中营便被重庆方面的国民党政权给"注销"了，所以"许云峰"（许晓轩）、杨虎城、"小萝卜头"等70多名共产党人和革命志士才会被移押到重庆歌乐山，才会有我们后来所看到的《红岩》

小说中的那些熟悉的人物。

国民党将息烽这所秘密监狱的相关档案几乎全部销毁，留下的只是部分幸存者的点滴记忆和几本像《复活月刊》一样极少的实物与实证。尽管韩子栋一到贵阳，便到处询问"你们听说过当时国民党特务在这一带一次杀了六男一女的事吗"，但得到的回答都是否定的。

韩子栋同志到了息烽和集中营原址的猫洞旁，问当地的百姓。当地百姓的回答也是五花八门，大家都说这个集中营内的事一般我们不知道，特务做的啥，我们住在周边的老百姓也不清楚。偶尔能听到枪毙人的枪声，但当时大家都很害怕，不会去多想、多看的，所以关于集中营内到底是啥情况，基本不知。因为张露萍等7人被特务们秘密暗杀是在离集中营不太远的快活岭，又是在野外，所以这事在当地百姓中有些传说。有群众对韩子栋这样说："听说过有一次敌人枪毙了六个男的、一个女的，可传说是他们（国民党）自己的人，都很年轻。"还有人说："杀人那天，街道被看管起来了，谁看就抓谁进猫洞……"还有人说："那个女的会唱歌。"更有人说："杀人的时间是在稻谷快要出穗的时候。"

韩子栋一分析，认为这与张露萍牺牲时间和特征接近。听了老乡们的讲述，一向刚强的韩子栋一边恳求群众带他一起往敌人屠杀烈士的山坡上走，一边老泪纵横。

终于，在一片长满荒草的乱石坡上，老乡们的脚步停住了，他们指着眼前那片荒芜的野山坡，说应该就是这地方。

韩子栋怕弄错了，便又问："除了他们7个人外，埋在这一带的还有多少？"

老乡摇头，说没有见过。"这几个也都是他们自己的人。"老乡继续说枪杀的这几个人是军统特务自己的人。

韩子栋有些火了，说："他们不是军统特务，他们是忠心耿耿的共产党员！"

老乡奇怪地问："你怎么知道的？你是什么人？"

韩子栋便亮出了身份，并说："我就是跟他们一起被关在这所秘密监狱里的人。"

群众顿时对他肃然起敬。

因为现场看不出到底埋在何处、埋了多少人，于是韩子栋又问："是不是他们都埋在这个坑里？"

老乡就有些拿不准了，有说是一个坑内，有说以前是两个坑，因为时间长了，加上土改、整平地，原貌看不清了。就在这个时候，有位上了年纪的木匠过来对韩子栋说："他们说得都不对，一个女的是单埋的，六个男的埋在一起。"他说当时是他亲手给这7个人做的棺材。

"但到底埋在哪里，现在都看不清了……"木匠迷茫地看着野山坡。

韩子栋认定这个木匠说的话没有问题，可以断定张露萍等7位烈士的坟墓应该就在此。"为什么不立块碑、修个坟堆呢？"韩子栋心疼地望着埋着自己战友忠骨的荒地，内心一次次呐喊着，但理智告诉他：一直以来，他的战友被人误解为"国民党特务"，所以有谁敢去为他们竖碑筑墓呢？

韩子栋发誓一定要为张露萍等烈士们完成此事。然而他自己也没有想到，很快一场政治浩劫降临到了他这样的"逃出魔掌"的人身上，一顶"叛徒"和"历史反革命分子"的帽子就这样扣在他头上。市委书记处书记韩子栋一夜之间成为"改造分子"，被送到一个叫湖潮公社的地方软禁起来了。有人逼他写交代材料。韩子栋不写，于是他的政治命运就一直拖着。直到粉碎"四人帮"之后，韩子栋再次来到息烽猫洞，来到那片认定张露萍等牺牲的荒地上，他肃然地跟当地群众一起第一次为烈士竖起了一块墓碑，上面有韩子栋亲自写的碑文：

　　年少赴陕。献身革命。受命返渝，虎穴栖身。智斗顽敌，戴笠震惊。狱中再战，震慑敌营。一代英烈，肝胆照人。岁月流逝，历历在目。立石为证，长志艰辛。

　　厚葬好息烽集中营的战友，一直是韩子栋到贵阳工作后的一桩心事。为了推动各方做这件事，韩子栋曾通过数年努力，寻找了与张露萍"同案"并一起牺牲的其他几位烈士的亲属，选择在 1984 年 5 月 9 日这一天，参加烈士迁墓活动。

　　从烈士牺牲到这个时间点，已近 40 年，烈士的棺材和遗骸到底怎样，这还是个谜。

　　破土是从被认定为"张露萍"的坟墓开始的，结果清理已经腐烂不堪的棺材内的遗骸和遗物时，首先发现了一副眼镜……

　　"她不戴眼镜的呀！"韩子栋疑惑起来了。再看尸骨，好像也不像是个女的。法医说可以看骨盆，可这具尸体的骨盆已经变形了，根本分不清男还是女。

　　"慢慢来，继续挖……"韩子栋对法医和民工们这样说，而此时他的心头则如万箭穿心——当年息烽集中营时张露萍那美丽快乐的身影就像电影画面似的闪动在韩子栋的眼前，再看眼前根根断烂的烈士遗骨和荒凉的墓地，从不轻易落泪的韩子栋竟然老泪纵横。

"挖，你们细细地挖，别太使劲了……"韩子栋一边落泪一边告诉在场挖墓的人。

一具又一具遗骸被挖出，所有现场的人都极其悲恸和无奈。这时，又有一具遗骸似乎被一块幕布遮住了，有人轻轻将幕布揭开，在这具尸体的头盖骨下面闪出一样东西，众人立即惊呼起来："是一枚红宝石戒指呀！"

"哎呀，这是张露萍的戒指……这、这就是张露萍啊！呜呜……露萍啊露萍……"韩子栋此时顾不得自己的身份，悲恸地捧起红宝石戒指，又看着一堆烈士遗骸，失声痛哭。他的痛哭，让在场所有人都站在原地肃然默立，跟着拭泪。

"她当年就是戴着这枚戒指，从事地下工作，打入军统电台内部的……"韩子栋手捧红宝石戒指，开始给众人讲起张露萍和她这枚戒指的故事及她牺牲后留下的重重疑团——

在息烽集中营里很少人知道她叫"张露萍"，只知她姓"余"，通常又只能喊监号"253"。其实她的名字有好几个：余家英、余硕卿、余慧琳、黎琳、张露萍等。就因为她的名字太多，从事的又是秘密的地下工作，又一直与组织是单线联系，故而在她被敌人残杀后的几十年里大家竟然都不知道她到底是谁，她是不是共产党员，费尽了组织上的几番心思。一直到了1982年——在烈士牺牲的37年后，中共四川省委的复查组经过一年多时间，跑了14个省、市、自治区和19个部委，找了100多位当事人和相关人员，最后由时任中共中央副主席的叶剑英元帅出面证明，才算把这位无名女英雄的身份正式弄清楚。

"我想得起了，张露萍在延安时叫黎琳，外号叫'干一场'！"

这是叶帅在听取一位新中国成立前在中共中央南方局工作的同志报告了四川省委复查组对当年发生在重庆的"军统电台特支案"复查的汇报后，十分激动地回忆起张露萍时说的话。

后来叶帅又专门向专程从成都赶到北京的复查组的同志详细介绍了情况："四十年代初，我党两名同志打入了蒋介石的特务头子戴笠内部，后来暴露了。一天，有一个叫冯传庆的人找到周公馆，我们决定送他去延安。我送给他一件皮大衣，并且派人把他送到江边。但他来的时候已被特务盯上了，后来被戴笠的人捕去了。"冯传庆的案件与张露萍有关，她是当年由党在重庆的南方局负责人叶剑英、曾希圣亲自派去在敌人心脏建立的"电台特支"负责人。

张露萍的故事迷离复杂，从她牺牲的1945年到20世纪80年代之间的几十年里，这位有"中共美女特工"之称的女共产党员，牺牲后却一直不被有关组织部门认可，一般公众就更不可能对这样的英雄有所了解了。10多年前，当我第一次接触"张露萍"这个名字并深入了解这位"中共美女特工"之后，无比震撼和惊叹这位女烈士身上的传奇故事，充满惊险与传奇，远超于一般的"谍战"故事。国民党时代的大特务沈醉在《我这三十年》一书中，谈到张露萍打入军统一案时，曾说："蒋介石为这事把戴笠骂得狗血喷头，戴笠差点被撤职查办。"这是戴笠"一生的奇耻大辱"。

《间谍王——戴笠和中国特工》一书作者、美国传记作家魏斐德在书中谈到"张露萍事件"时有这样一段文字：

另一项致命的渗透活动，是张露萍打进军统的通讯系统，使数百个军统电台站和上千名特工暴露给了共产党。这次惨败当时可能甚至促使了戴笠与美国人结盟，以寻求更好的反间谍措施。

　　这也难怪，当时国民党最核心和重要的军统电讯总台竟然都是由一群年轻的地下共产党人掌握着，并不时地将重要的情报源源不断地发往中共延安总部，蒋介石能不怒发冲冠吗？所有这一切皆与张露萍这位年轻美丽的女共产党"间谍"有关。

　　我们来细说张露萍和她在息烽集中营的传奇故事吧——

　　20世纪40年代的国民党军统特务总部的电讯总台，设在当时的山城重庆最高点——浮图关下遗爱祠。这里的一座小楼时刻戒备森严，窗帘紧闭，若明若暗的灯光昼夜不熄，来往人员总是行色匆匆……显示着这里的每一个细微风声都充满了神秘和紧张。

　　1940年的一天，这里像挨了一颗重磅炸弹一样，几乎瘫痪，停止收发电报，更换密码，武装特务封锁了进出口，将所有人员挨个查问。原来这里发现了一个共产党的"红色电台"。

　　那一刻，特务总头目戴笠差点把嘴都气歪了！你想，从电讯总台领班、报务副主任冯传庆，到电讯员张蔚林、王锡珍、赵力耕、杨洸、陈国柱这些电台的骨干，竟然都是中共地下党员。蒋介石和戴笠的面子往何处放？国民党反动政府的秘密何在？延安的共产党不赢才怪！出事的那一天，蒋介石把茶杯都摔在地上，指着戴笠的鼻子，骂道："娘希匹，我毙了你！你平时口口声声说军统组织如何如何地严密！实际上是人家共产党早钻进了你的心脏，你还糊里糊涂不知道。马上查！否则……"

　　戴笠从来不曾这么丢过面子，他下令立刻把电讯总台台长抓起来。军统的一位所长叫毛烈，不知何故，给共产党员、电讯员张蔚林送了一封信，戴笠不听任何申辩，拔枪就把他枪毙了。抓到中共"红色电台"的"犯人"之后，戴笠亲自率领军统局督察室主任、秘书、司法科长和军统特别行动处几位处长等人赶到看守所。他一看到几张熟悉的"男犯"脸，不由分说，上前就各打了一记耳光，可这些被打耳光的年轻人竟然根本不把这个昔日的"大老板"放在眼里，还在嘲笑他、骂他。再看看唯一的一位女"共党"——他妈的，还这么年轻漂亮！"美人计！共产党的美人计！"

戴笠一看就明白了。于是，他把所有的火气都撒在了这个年轻的女人身上："说，是谁派你来的？"这对戴笠来说太重要了，如果"犯人"承认是周公馆——共产党、八路军驻重庆办事处的周恩来那里派来的，好，那共产党就是有意破坏"国共合作"！

但戴笠什么都没有获得。那年轻漂亮的女共产党员竟然只承认自己叫余慧琳，是当时一位名豪的私生女，与电台的张蔚林是恋爱关系，并经张介绍才认识冯传庆副台长的，所以常到遗爱祠来玩的。

"你别以为我戴笠、我军统都是吃闲饭的。你的身份我们已经清楚，也知道你是从延安那边过来的。说，延安派你回来，任务是什么？"这是第三天、第三次审讯时戴笠的问话。

"你既然知道了还问我干什么？"年轻的女共产党员不屑一顾的态度，让戴笠更是气不打一处来。

"你以为嘴硬就可以保守一切秘密？"戴笠一挥手，"上刑！"特务们立即七手八脚地上前将年轻女子拉上老虎凳，在她身上噼啪噼啪猛抽……

"现在可以开口了吧！说，延安派你到这儿，是不是周公馆又派你到这儿来勾引我们的几个蠢蛋的？"

"还是上次说的几句话：我是从延安回来的，因为过不惯延安的生活才逃回来的，没有哪个给我任务。"

"那么你啥时参加共产党的？"

"我想都没想过要参加共产党。"

戴笠的嘴再次气歪了："打！继续打！"

继续打，但最后还是什么都没有招。

"统统死刑！"戴笠咬着牙作出这样的决定，同时也为了拉回面子而期待有一日"感化"这些让他丢尽脸的共产党员，这样，中共"红色电台案"的7个人全被押进集中营……

6男1女，个个年轻青春。尽管都已遍体伤痕，但他们以胜利者的姿态，在幸福和光荣地笑着，笑他们战胜了酷刑与无数次审讯，笑敌人无可奈何，笑他们自己是光荣而坚强的共产党员。

笑得最美丽的自然是最年轻漂亮的张露萍。那一年她才19岁。是这群让蒋介石差点把戴笠这样的"忠臣"革职的年轻共产党员中的唯一一位女性，也是年纪最小的。她感到自豪，感到对得起她的组织——亲爱的中国共产党。

20世纪三四十年代，中国的进步青年走什么样的人生道路最值得骄傲？恐怕就是奔赴延安、参加中国共产党的队伍这条革命道路。因此，一曲《干一场》总会让无数爱国的热血青年感到无穷的力量。她张露萍自然就是这批青年人中的佼佼者。

河里水黄又黄，

东洋鬼子太猖狂，

昨天烧了王家寨，

今天又烧了张家庄。

逼着那青年当炮灰，

逼着那老年运军粮。

炮火打死丢山岗，

运粮累死丢路旁。

这样活着有啥用啊，

拿起刀枪干一场！

干一场！干一场！！

这是上世纪三四十年代的中国革命中心——延安非常流行的一首抗日革命歌曲。延安抗大的一位女学员特别喜欢唱它，并在每次学校拉歌时，总是特别有劲头地拿出这首歌来指挥她的战友们跟人家比赛。

她指挥这首歌时异常投入，而且总能取得胜利。因此，她一出场指挥，大家就笑着喊起"干一场""来一个"！"来一个""干一场"！"干一场"渐渐成了她的"外号"，连中央首长们都笑着喊她是"干一场"。

"干一场"漂亮又活泼，浑身散发着青春朝气，只要她一出现，就是一道引人注目的美丽风景线。

那个时候的张露萍叫黎琳，17岁，就是在这个年龄，她加入了中国共产党。

张露萍是四川崇庆县人，其父亲名余泽安，所以张露萍的真姓应该是余，余硕卿、余家英、余慧琳，都是她曾经用过的名字，黎琳是她从事地下工作时用过的化名，而张露萍则是她打入敌营时叶剑英亲自为她起的又一个化名。

　　余家小女是跟着姐姐到的成都，她姐夫是个驻扎在成都的川军师长，但人很坏，时常一不高兴就对张露萍的姐姐爆粗口又使用暴力，这使余家另一位小姐很看不惯。因为家境不好，又为了能有更好的学校读书，小学毕业后的张露萍不得不投靠姐姐家，于是便来到了成都。这是 1935 年的事。

　　在成都建国中学女子班上学的余家小姐，这时改名叫余硕卿。与她同班的有位瘦瘦的姑娘，叫车崇英，她便是后来也被关在息烽集中营的中共川康特委军委委员车耀先的女儿。张露萍与车崇英的座位挨着，张露萍（当时名为余硕卿）天性活泼，爱唱爱跳，人又长得漂亮，自然得到同学们的异常关注，车崇英对她当然也很关注，两个女孩子很快成为好朋友，车崇英经常将自己的好朋友带回家，渐渐地张露萍跟车耀先也熟悉起来，在车耀先的影响下，张露萍开始接触革命，最终走上了一条为共产主义奋斗的道路。

　　车崇英曾经有过一段对这一时期张露萍的回忆："我是成都建国中学的学生。1935 年秋，张露萍也考进这个学校，我们同在女五班。她聪明、刚毅、天真、活泼，爱唱歌，喜欢打乒乓。我们常常谈论人生的向往，讲妇女的社会责任。由于我们志趣相投，情同手足。后来，同我坐在一起的周玉斌、杨梦萍，也常常在一起摆谈，特别是东北三省失守、平津沦陷，'一二·九'学生运动的迅猛发展，成都的抗日气氛越来越浓，我们唱起了流行的抗日歌曲，又到校外参加救亡团体的活动。这样，我们四人便结拜成姐妹：周玉斌年长，是大姐；露萍其次；梦萍行三；我最小，行四。1936 年秋，北大学生韩天石到四川搞学生运动，发展'中华民族解放先锋队'。我们姐妹四人平时就受我父亲的革命熏陶，懂得只有反帝、反封建，才能拯救灾难深重的中华民族。因此，韩天石在成都组织秘密报告会时，我们四人都去参加了。记得那一天的天气特别好，秋风拂面，气候宜人，大家的心情都十分激动。那一天作报告的还有从根据地来的肖玲大姐，她向我们讲了革命形势、革命的任务。也就在这一天，我被批准参加了'民先队'；后来，我又介绍玉斌、露萍、梦萍加入了'民先队'，从此，我们不仅是姐妹，而且是同志了。1937 年，我父亲车耀先主办了《大声周刊》。这时抗日烽火弥漫全川，国民党反动派消极抗日、积极投降的阴谋已经暴露，父亲便在周刊上连续发表文章，揭露国民党破坏团结，制造摩擦，枪口对内，以达到投降日本帝国主义的罪恶目的。父亲置个人安危于度外，大声疾呼，并组织成立了统一战线，同国民党展开了针锋相对的斗争。我们姐妹四人积极参加抗日救亡活动，尽我们的赤子心，度过了多少难忘的日日夜夜。1938 年年初，露萍、玉斌向我表示了想去延安的愿望，并要求我向父亲转达她们的想法，希望得到我父亲的帮助。我非常赞同，只是由于我幼年时右腿残废，不能同行。后来，由我父亲通过八路军重庆办事处，把露萍、玉斌，还有同班同学李隆蔚、刘革非等四人顺利地送到了延安……"

可以毫无疑问地说，革命家车耀先是张露萍走上革命道路的引路人，因为他的原因，张露萍和车崇英、周玉斌、杨梦萍成了志同道合的四姐妹。

在离开成都之前，这四姐妹手握车耀先办的革命刊物《大生》，经常在大街上宣传抗日革命道理。1937 年 1 月，车耀先创办《大声周刊》，该刊出到 13 期被国民政府查封。车耀先随即将其改名为《大生》周刊继续出版，仅发行 5 期，即又被取缔。车耀先再以《图存》

周刊取而代之。后几经周折，《大声周刊》于 1937 年 11 月复刊。张露萍在中学时代就表现出比一般同学更有激情和文采的"文艺青年"风采。她有一张坐在草地上的照片，很有青春气息和光彩，张露萍自己很喜欢这张照片，并亲笔写下了如下诗句：

> "真理"织成了她们的心幕，
> "亲爱"时刻从心弦弹出，
> 胜利更是充满了她们的内心，
> 微笑代替了她们的一切情绪。
> 这些礼物是谁送的呢？
> 是谁？
> 就是手握着的它，
> 可爱而可敬的《大声》呵！

可以看出，那个时候的张露萍已是个志向明确、热血沸腾的进步青年了。奔赴延安、向往革命，是她当时的全部理想。

在车耀先等中共地下党同志的帮助下，张露萍与几个好友投奔延安途中，巧遇几位重庆高工校的男生与他们同搭一辆车到延安参加革命。一路上，他们遭遇了国民党军官追踪与督察的惊险经历。当年与张露萍一路同行的重庆高工校的男生之一、后任江津白沙川南工业管理学校领导干部的胡代华，在 1983 年 10 月 3 日回忆了与张露萍同行到延安一路上的情景：

1937 年 11 月中旬至下旬，秋末冬初，我们重庆高工校的几名青年学生决心投奔延安，先到了成都北门汽车站。重庆学生的装束一眼就能认得出来，都是穿着卢作孚公司出的那种三峡牌芝麻呢布做的学生装。这时汽车站来来往往聚了一批人，也是准备去延安的，有两男三女五个人，其中一个女的穿的服装很朴素，她就是张露萍，当时的名字叫余硕卿。这学生齐耳的短发，十六七岁，大方端正，红红的苹果脸。她主动招呼我，说她是成都建国中学的，我看样子她是成都一行人的头，别人叫她"姐姐""二姐"什么的。我就把我们三个高工校的同学介绍与她认识了。

开始都没有谈到去延安这个话题，后来大家熟悉了，一谈，原来都是抗日救亡的同路人，所以大家都同声说：以后互相关照。之后我们一起坐上一部从成都至宝鸡的客车。汽车直开宝鸡，车上一位川大的教师，看样子四十岁上下，河南新乡人，姓什么忘了。看上去此人很斯文，我们就主动与他交谈，他说他喜欢我们年轻人。车到第一站广元后，我们住在一个旅馆，那个川大的教师告诉我们这一路上土匪多，要我们注意安全。

第二天，车换成了敞篷车，没有座位，我们也不好多问，司机还是原来那两个人。车到川陕交界，叫作朝天驿的地方，是一个小镇，来了几个国民党的兵，不买票强行乘车，也不和谁打招呼就坐进驾驶室。我们赶快叫余硕卿等几位女同学坐到车角去，我们几个男同学围坐在她们的外面。可那几个国民党兵却故意从女同学的身边踩过去，还说下流话，大家只好忍受着，不理他们，车行一小时后，这些兵下车去了，大家终于松了一口气，谢天谢地。这时天已下起小雪来，就只能在一个小地方住下。

第二天起来一看，漫天大雪，司机说这下走不成了，明天再说，我们只好多待了一天。没事干，大家坐在一起就开始摆龙门阵。我们的一位男同学就请"二姐"余硕卿说说成都的事，余就介绍说：这年上半年，成都的救亡活动很热烈，街上演剧、唱歌、跳舞，各学校都办了壁报，车耀先办了个叫《大声》的刊物，这半年来，她说她因为一直看这个刊物，所以学到了很多知识，看清楚了国民党的腐败无能。她越说越气愤。

接着我介绍说：我们重庆救亡运动有个《新蜀报》编辑叫漆鲁鱼，有40多岁，戴个眼镜，是从新四军部队中受伤回到重庆的，地下党是他先搞起来的，他写社论，组织我们搞读书活动。"西安事变"后，重庆的救亡活动就搞起来了。

这时，大家又谈起"西安事变"。余硕卿说："西安事变"的内部情况不清楚，但是共产党和国民党打了十多年，抓住蒋介石不杀，这是个了不起的事情。看上去，余硕卿十分佩服共产党和平解决"西安事变"，于是大家又谈到范长江的通讯。

余硕卿说，她早听车耀先说过，还说毛泽东对抗日救亡有著作论述，抗日救亡是共产党提出来的。看起来她的消息比我们灵通，道理比我们懂得多，后来才知道她经常与车耀先等地下党领导人接触，受他们的引导和教育。

谈到"卢沟桥事变"，谈到蒋介石不抗日，大家越说越气愤，余硕卿说：蒋介石就是卖国贼，他把东北三省卖了，现在华北四省又危急，我们到延安，就是为了抗日。她的抗日激情和对延安的向往，深深地感染了我们，所以我们相互之间也变得亲切与亲近了。次日天晴了，车开前来了一个国民党军官，大摇大摆地坐上驾驶室，对我们好像不放心，大家感到紧张起来，不敢再提去延安的事，只说到西安考学校。

第二站等汽车发动时又来了一个军官，比昨天那个年轻些，穿着整齐。这两个军官一边嘀咕一边朝我们看，后来前一天来的那个军官下车了，看来他们是在轮换监视我们。

车到第四站是凤县。我们在叫作双石铺的地方找旅馆住下了，偏偏那个国民党军官就住我们隔壁，大家不敢多说话，吃了饭就睡觉。到了宝鸡后，余硕卿悄悄对我们说，要找个便宜点的旅馆住，这样好甩掉那个军官。他果然不来住，但此人很狡猾，很快又把我们找到了，并很凶地对余硕卿说，小姐为什么要找这么个很脏的地方住下呢？余硕卿说，我们都是穷学生，没钱住好的。那军官似乎信了，就走了。

我们以为这样就摆脱了盯梢，结果第二天乘宝鸡到西安的火车时，发现那家伙也在我们身边坐着。这时，那个军官向我们摊牌了，他说他也赞成国共合作，有意想套我们的话。余硕卿很聪明，忙给我们递眼色，于是大家都不理他。

后来那军官死缠着要问我们到底干什么去，我们只好对他说是到西安考学校，他连忙说好、好，并说："我们国民政府军事委员会在汉口办了个复光大学，我可以介绍你们去。"他自己吹自己是校官推荐的，可以介绍去。但我们不敢随便理他。到西安已是半夜了，又住在一个小旅馆里。那军官仍跟着我们。余硕卿就悄悄对我们说："我来应付他，你们几个男同学拿介绍信先到八路军办事处去联系。"

于是，我们陆续摆脱了那军官的纠缠，后来机智的余硕卿也来到了八路军办事处。接待人员对我们很热情，表示欢迎我们去延安，但提出要考试。结果是个别口试，题目是共同的：延安很苦，吃小米，风沙大，你们去怕不怕？我听余硕卿抢先勇敢地回答道："我不怕苦！

要革命连命都舍出来了，还怕啥苦？"我们都这样回答，结果全被收了……

在这个时候，张露萍做了一件事：她把自己的名字改成"黎琳"。这一次改名是她出自对革命的追求和告别旧世界的一种境界的提升：琳，美玉，女性；黎，黎明，朝霞。一个追求革命理想的美丽女性。到延安后的张露萍（改名为黎琳），就像一只飞出牢笼的自由鸟，她兴奋，欢乐，充满着幸福感。虽然那里条件艰苦，但张露萍依然整天生活在快乐之中。有时也会耍点小脾气，尤其是来自天府之国的她吃不惯小米和窝窝头时，会像所有爱撒娇的小女孩一样，在朋友之间发发牢骚。她曾写信给革命的恩师车耀先，说："我多想吃成都的米花糖啊！"车耀先热情地回信教育她："思想改造是长期的。青年必须通过艰苦的磨炼，才能成为真正的革命战士。"后来她进了抗大，直接接受了毛泽东、朱德、周恩来等无产阶级革命家的教育。

张露萍的学习成绩很好，她聪明机灵，又爱唱爱动，长得又漂亮，所以很受大家的喜爱。每次学校和延安有什么大活动时，经常由她出面指挥唱歌。抗大毕业后，她被分配到中央军委通讯学校学习无线电通讯技术，在这里，她加入了中国共产党。1939年，经组织批准，张露萍和同时到达延安的革命青年陈宝琦（后改名李清，新中国成立后曾任国家交通部部长）结了婚……

新婚不久，突然有一天，张露萍对丈夫说："宝琦，领导要派我回四川从事地下工作。""领导？哪位领导？"丈夫宝琦以为年轻的妻子在跟他开玩笑。

"是……是陈云同志。"张露萍不想瞒着自己的丈夫，虽然她接受的是一项特殊任务：打入国民党内部的情报间谍任务。

"陈云同志？那……那一定是特别重要的任务。"陈宝琦马上明白，正是因为明白年轻的妻子要去接受这样重要的任务，所以他有些担心道："你一个人去，还是我们两个一起去？"

张露萍搂着丈夫的脖子，温柔而又不舍地说："是叫我一个人去，因为任务很特殊，我们两个一起去反而会不好的……"

宝琦明白了，马上不安道："可我很担心，你是还不到20岁的四川娃儿。"

张露萍立即小嘴一噘，说："哼，小瞧我！"

宝琦笑着用手指顶着娇妻的鼻子，说："看你这样，不还是娃儿嘛！"说着，将她紧紧地搂在怀里……

"等着我，等胜利了，我就回来。"

第二天，延安兵站上，张露萍对自己的丈夫留下这句话后，便依依不舍地踏上了新的革命征程。这一幕，对她的丈夫来说，是记忆中他们夫妻俩的最后一次定格。几十年后，张露萍的丈夫回忆起那一幕，仍是深情难忘："当时天气很冷，但张露萍的心却热乎乎的，充满了战士出征前的豪情。我们互相鼓励，别后虽然天各一方，但一定要忠于党，奋发地为人民工作。依依不舍之情，至今难忘！"从这一天开始，曾经名扬一时的"干一场"，再也没有在延安出现过。不过，几天后的成都街头，则多了一位异常洋气和美丽的年轻女郎。

张露萍在组织的安排下，很快抵达了山城重庆。原本中央交给她的任务是在重庆利用其姐夫的关系，进行统战工作。在离开延安时，张露萍给姐姐写过这样一封信——

俊姐：

　　今天在同志处得了三毛钱，马上又不睡觉地写信给你啦！

　　……一个走上革命道路的人，什么事也得由理智来支配。为了这样，我毕业后将以工作为前提。

　　这儿有几张照片，是我们参加冬令营拍的，给你寄来啦！

　　这儿的雪和冰好玩极了！我们每天都有半小时的滑冰运动。毛主席有时也来和我们一起滑……

　　抗日胜利敬礼！

你的小妹敬上　五号夜十时

　　这是张露萍在抗大学习快要毕业、赴重庆前写的信。我们从她的信中可以看到当时的延安多么吸引她，且可以看出张露萍是个快乐活泼、热爱生活的青年。那时她才19岁。两年前，她便在延安加入了中国共产党。

　　我们的目光重新回到作为国民政府陪都时的重庆。此时此地，到处都是特务和警察。

　　这一天，一辆从成都方向来的汽车，满载乘客驶进车站。车子刚停稳，稽查处检查哨的几个特务便快步过去，挨个盘查下车旅客。一位头戴法兰绒小帽、露出披肩的长发、身穿浅咖啡色薄呢连衣裙、脚蹬棕色小皮靴、手提着精致小羊皮箱的时髦女郎出现在特务面前。

　　她那目中无人的傲气，竟然让一向狗仗人势的小特务们看傻了，呆呆地接过她递来的证件，一定神，才发现那位傲气凌人的小姐早已出站了。这就是由延安来到重庆执行特别任务的张露萍。

　　此时的她，迈着不紧不慢的步子，走在乞丐遍街、满目疮痍的"陪都"大街上，似乎在闲情中观景，又似乎借着观景在等什么人……突然，她趁旁人不注意的一瞬间，迅速转过身子，抬起那双骄傲的眼睛，确定身后没有"尾巴"时，立即一改懒散的样儿，猛地加快脚步，一拐弯就进了中共中央南方局办事处——曾家岩 50 号周公馆。这个性急的姑娘还没坐下就嚷嚷"要工作""给任务"。

"小同志，你一路辛苦了。好好休息几天，任务和工作嘛，肯定少不了你的。"此时，在周公馆主持中共南方局工作的是叶剑英，他见这位年轻而漂亮的女同志这么性急，便安慰道，"重庆是个好地方，有得玩，有得吃，你先适应几天，再谈工作和任务如何？"

"那好吧，我服从首长命令。"张露萍小嘴一噘，生气时仍然那么惹人喜爱。

"这个小鬼！"叶剑英望着离去的张露萍的身影，笑着对曾希圣、雷英夫说。之后的日子，张露萍过着十分闲散的生活，每天逛街、观景，并把重庆几大"名吃"尝了个遍……

也就是在张露萍到处"寻好吃的"时，突然有一天（这一天的时间应是 1938 年 8 月下旬的某一天），在中共代表驻重庆办事处的周公馆门口，来了一位国民党青年军官。他仓促地闯进周恩来住的公馆内，说要见周恩来。馆内工作人员一下子被这位国民党军官弄得不知所措。

"怎么办？"中共另两位负责人雷英夫和曾希圣马上将此情况汇报给正在此留守值班的叶剑英。

"你们先稳住他，听听他什么事。"叶剑英指示道。

"我想回到你们这边来！"那国民党青年军官说。他自我介绍道：他叫张蔚林，在军统电讯总台任职。"当年我在上海时曾经加入过中国共产党，但是后来地下党组织被破坏了，我也就同组织失散了。那个时候很乱，为了有口饭吃，我就报考了国民党的电讯培训班，因为业务不错，所以后来到了军统电讯总台工作……"

"你来有谁看到吗？"雷英夫问。

"没有！我是偷着悄悄过来的……"张蔚林说。

"那你谈谈自己想法。"

"我就想恢复党的组织关系。再就是想去延安，或者到八路军里去也行。反正蒋介石的队伍是不想干了……"

"为什么？你已经干到军统的电讯总台，而且也是军官了……"

"不不。如果你们接收，我马上把这套狗皮脱了！"张蔚林说着就要脱掉国民党军官服。

"别误会，不是这个意思！"

雷英夫和曾希圣交换了一下眼神，便说："你想脱离国民党反动组织我们是欢迎的。但是你不用太着急，回去好好做准备，过几天我们再进行商量你到底如何选择今后的方向……现在你先回去。"

"那也行。我先回……"张蔚林怀着期待和激动的心情，匆匆离开了周公馆。

"这样做是对的。我们就是不知道他到底是怎么回事，而且军统特务可不是一般的狡猾，绝不能大意。"叶剑英对雷英夫和曾希圣说。

此人到底什么情况，周恩来和叶剑英后来分析也没有结果，于是就派"内线"打听虚实。

又过两天，叫张蔚林的国民党青年军官又来到周公馆。这回张蔚林不仅自己来了，而且还带着一位叫冯传庆的同事来到了周公馆。据张蔚林介绍，冯也跟他一样，不愿再为蒋介石国民党集团服务，想投诚到共产党和八路军这边来。这回张蔚林特意给雷英夫和曾希圣谈了不少军统方面的事。

曾希圣是中共南方局负责情报的，他试探地问了张蔚林和冯传庆他们所知道的军统有多少电台、人员编制等情况，结果张和冯讲的与中共方面掌握的情况基本一致。

"很好，你们的愿望我们会迅速向上级汇报，并尽快答复你们的请求……"雷英夫和曾希圣对张、冯再次交代，让他们回去等待回复。

"务必注意安全。有可能的话，再搞些情报。"雷和曾一再叮嘱张与冯。

"请首长放心，我们一定完成好任务！"张蔚林和冯传庆神圣地接受了任务，又火速地离开周公馆。

又过两天，张蔚林与冯传庆再次来到周公馆。这回真的带来一些军统机密情报和电台密码等极其重要的国民党高层的内部情报，让曾希圣如获至宝。

"这些情报拿出来，可绝对是冒着杀头的风险呵！"叶剑英向周恩来汇报后，肯定道，"他们应该是对国民党蒋介石真恨了，可以成为我们的同志……"

周恩来经分析认为叶剑英的判断是正确的，于是把发展张蔚林、冯传庆等军统通讯总台情报组这几个青年人成为我党在军统内部的情报员任务交给了叶剑英。

"为了安全起见，我们要派个同志与张蔚林他们直接接头，同时要保护好这几位埋伏在敌人心脏的同志的安全。"周恩来说。

"明白。"叶剑英立即着手，一是发展张蔚林、冯传庆成为中国共产党秘密党员，其他的要求与张蔚林、冯传庆一样的年轻同志由我方派出的联络员负责发展党员工作。第二件事就是挑一位能干又机智和适宜的联络员。

"有了，她行！"叶剑英突然想到了一个人，这就是刚从延安到重庆等待分配工作的、现在正在重庆街头到处尝着"好吃的"那位"小鬼"。

"快把黎琳叫回来！有事让她干呢！"叶剑英立即对曾希圣说。

"对呀，她最合适！"曾希圣明白过来后，击掌大喜道。

嘴上还挂着油腻的张露萍来到叶剑英办公室。"小鬼，这回你有事干了……"叶剑英端上一杯茶，然后一一向张露萍交代了张蔚林他们的情况，以及组织让她假扮张蔚林的妹妹，俩人以兄妹相称，在外面租一间房子作为联络点。

"通讯总台的几个同志加上你，组成一个秘密支部，周副主席批准你为支部书记……"叶剑英一一作了交代。

"请首长放心，我一定不辜负组织的信任！"张露萍自参加工作后，第一次接受这样神秘而又惊险的"间谍"工作，内心非常激动又特别紧张，但她觉得这是组织对自己的高度信任，于是啪的一个立正，发誓道。

叶剑英满意地点点头，示意她坐下，还有话交代："你要改个名字，不能再叫黎琳了。叫……张——张露萍吧！怎么样？"

"张露萍？好，这个名字我喜欢！""干一场"的余家小姐从此有了一个写入中共党史的闪光名字——张露萍。

一切来得突然，一切又按计划进行着。张蔚林等的出现，和张露萍从延安的到达，都给周恩来、叶剑英领导的中共南方局的工作带来前所未有的紧张和惊喜。

"小鬼啊，这个任务非常艰巨而复杂，属于党的高度机密，需要勇敢，更需要智慧。既要对党绝对忠诚，又要准备当无名英雄。怎么样，这回你真的可以去'干一场'啰！"在所有任务交代完之后，叶剑英不失幽默地对张露萍说。

"是，首长，我坚决服从党的安排，保证完成好任务，绝对保守党的机密！"张露萍向叶剑英行了个标准的军礼。

接着，曾希圣和雷英夫在特工的专业上对张露萍进行了几天训练，使她有了传递情报和深入虎穴的一些基本的特工能力。"主要还是在工作学习中进步，最重要的是学会隐蔽和保护情报以及个人的安危，所以要特别小心，小心加小心呵！"雷英夫一再向年轻活泼的张露萍交代。

张露萍重重地点头，表示：我都记在心里，请首长放心。

就这样，根据组织的安排，这年11月底，张蔚林便从军统电讯总台宿舍中搬出来，在牛角沱附近租了两间房子，与张露萍在那里住下来。这时，中共南方局军事组对她平时穿什么衣服、如何化妆、上街要注意什么问题、如何与中间联络站联络的方法和暗号等细节问题，都进行了严密的布置和安排。

从此，穿着阔气、打扮精致的张露萍，经常以给哥哥带东西或找哥哥的好朋友之名，时不时地出现在军统电讯总台会客室和军统人员宿舍。与之同时，源源不断的敌方情报被秘密地送到南方局军事组，甚至连敌人的电报密码也被偷了出来。因为有了张露萍，所以张蔚林等再没有到过周公馆。在俩人最后一次到周公馆时，叶剑英亲自接见并与他们谈话。当时叶剑英看张蔚林可能因为来得仓促，穿得单薄，便把自己的一件薄袄送给了他。张蔚林十分感动。"我只有一件这样的东西，你就没有了……"叶剑英跟冯传庆这样说。冯传庆赶忙接话道："我跟蔚林可以轮换着穿！"叶剑英听后笑了，他对冯传庆这个"麻子"印象也挺深，几十年后仍然记着他在周公馆跟这两位年轻人的谈话。这当然是后话。

再说张露萍，自从建立秘密情报站后，工作大为方便。平时张蔚林他们那边有什么情报，可以随时由她送至中共南方局雷英夫、曾希圣手里。有时情况紧急来不及将情报往周公馆送，便顺手利用敌人的电台，干脆直接把情报发向延安。这群年轻人就像安在敌人心脏的一台台"X光透视机"，把特务机关和国民党的核心机密拍了通通给我党我军。

负责情报接收的雷英夫曾在新中国成立后向有关部门写信证明张露萍他们的这份特殊贡献："我们从军统局获得了电报密码、电台呼号、波长、军统内部组织概况、军统收集情报和准备打入我党我军的计划等。一个特务潜伏小组准备打入延安，由于张露萍他们提供了准确情报，这个特务小组还未进入延安，即被我军抓获。我地下党哪些组织被敌人发现，根据他们截获的敌人情报，也能够及时地安全转移。总之，他们做了大量工作，对于中央和南方局开展抗日统战工作，揭露国民党顽固派'攘外必先安内'的反革命政策，提供了极大的方便。这些，对我们都是很有用处的。"

张露萍的工作非常出色，不仅将张蔚林等传来的情报及时送达中共南方局，同时又在张蔚林的协助下，发展了军统电讯总台的另4位国民党军官成为中共秘密党员，并在此基础上组成了中共电台秘密支部。这个秘密支部犹如插在蒋介石心脏的一把尖刀，让蒋介石和戴笠差点吐血致命。

河里水黄又黄,

东洋鬼子太猖狂,

昨天烧了王家寨,

今天又烧张家庄。

逼着那青年当炮灰,

逼着那老年运军粮。

炮火打死丢山岗,

运粮累死丢路旁。

这样活着有啥用啊,

拿起刀枪干一场!

干一场! 干一场! ! !

这就是张露萍在延安时特别爱唱, 而且让她出了名的《干一场》歌。"干一场"的名声后来传到了重庆的"南方局"领导耳中, 所以叶剑英一提起张露萍便会说: "就是那个'干一场'啊!"

在军统特务的心脏, 张露萍的"干一场"越干越漂亮。比如有一次冯传庆从军统局发给延安附近一个潜伏敌台的密电中, 破译出戴笠派遣了一个特务小组伪装进步青年打入延安, 冯传庆立即向张露萍报告了。张露萍马上报告了南方局军事组。延安因此得到情报, 迅速破获了这个特务小组, 而戴笠也不知为什么他派遣的这个小组全军覆没。

谍报战绩一个接一个。也就在这个时候, 以张露萍、张蔚林为核心的中共"军统电台特支"的这群年轻共产党员突然遇到了一件意外的事，让这个宝贵的地下党组织一下陷入绝境：

1940 年 2 月中旬，张蔚林在工作时因不小心烧坏了收报机上的真空管，而当时电子元件管理得特别严，他被关了禁闭……

这时，张蔚林十分紧张，他脑子里一直在盘算着自己的真实身份会不会暴露等问题。情急之下，缺乏地下工作经验的张蔚林趁敌人防范不严之机，逃了出来，并径直到周公馆向南方局军事组汇报了此事。

军统这边，马上发现了张蔚林的逃跑，于是特务们迅速搜查了他的住处，从抽屉里发现了一封张露萍写给他的暗语信："蔚兄，现将妈妈借用的东西奉还，天冷了，要注意防寒。"还有抄写的军统局职员名册。

"马上追查！"戴笠得知后，气得跳了起来，立即下令彻查。

另一端：周公馆这边在听取张蔚林自己的陈述后，在并不了解敌人已经对他的宿舍搜查之时，认为张烧坏电子管仅是业务上的过失，敌人现在扣押他可能只是为了惩罚，倘若现在逃跑反而会暴露自己和组织，加上他与电讯处少将处长董益三有师生之谊，可以求他说情，掩护过去。所以建议他还是先回去，以观后情再定。

这样，张蔚林毅然重返虎穴，敲响了他的恩师董益三的家门。但这时情况已经极其严重了……董益三在新中国成立后对此有过这样的回忆："他把真空管烧坏了，当时器材、配件非常缺，因此被关了起来。第二天他从禁闭室跑掉了，电讯检查科科长肖茂如就打电话告诉了我，同时稽查处又派人四处搜寻，后到了他住的张家花园，结果在那间屋里搜出了入党申请书和共产党党内的一些材料……我说赶快向军统局本部报告，待我电话刚放下，外边守门的警卫来报告说张蔚林要见我，我即通告他进来，我气愤地问他：'张蔚林，当初我问你有无组织关系，你说没有，现从你家搜出了东西，看你还有什么说的。今天事情到了这步，无法帮助你了。'随后我派了两个哨兵，把他送交毛人凤了……"

张蔚林被关在稽查处看守所，想到组织和冯传庆等同志的安全，心急如焚。怎么办？张蔚林看准了这个看守所所长毛烈是新近到任的，对情况不熟，于是张蔚林谎称要取钱用，请求毛烈派人送一封信到七星岗四德里，并许诺信送到即给毛烈50元"辛苦费"。毛烈上了当，让手下的人把张蔚林的信送到了目的地，于是几位地下党同志安全撤离。

第二天戴笠派人去抓，结果扑了个空。这也就有了戴笠震怒，拔枪就把毛烈给毙了的后话。张蔚林被捕当晚，特务总队立即包围了电讯总台，由台长倪耐冰集合总台全体人员点名，当即逮捕了赵力耕、陈国柱、王锡珍、杨洸、安文元。冯传庆正在报房值班，突然发现一辆辆军车开到电讯总台大楼前，道道光柱令人目眩，一队队荷枪实弹的特务已将整幢大楼包围，楼道内也布满了军警，情知不妙，借着夜幕，他机警地翻后墙走了。

冯传庆一路狂跑，竟然"飞"到周公馆。这时，同志们正在为张蔚林被捕而焦急万分，突见冯传庆闯进来，身后还有"尾巴"紧追不舍，知道坏了大事。气喘吁吁的冯传庆一进周公馆就要求见叶剑英或曾希圣和雷英夫，因为他不认识其他人。

周公馆的工作人员知道出了大事，可又不便贸然让他去见叶剑英，于是临时决定由一般干部陈家康去见了冯传庆。冯传庆简单地把情况讲了一遍，然后异常紧张地说他们已经暴露了，国民党特务在抓他，现在无路可走，只有到这里来请组织上想办法。一听这个情况，周公馆的同志便向叶剑英作了汇报，叶剑英马上从三楼走下来，问冯传庆到底怎么回事。

冯说："电台已被包围，正在抓人，我是翻墙跑出来的……"又补充说，"我还回电台吗？我的任务还没有完成呀！"

叶剑英朝他摆摆手，脸色异常严峻："其他同志可能已经被捕了，你必须马上转移到延安去。"

冯传庆望着叶剑英，说："我是党员，一定服从组织安排。"

"先休息，调整一下情绪和心情，再作行动。"叶剑英一边安慰他，一边要求冯传庆要镇定和经受住新的考验，并告诉了他怎样转移，及转移途中的联络地点和暗号。

因为情况紧急，必须马上转移。见冯传庆因仓促出走，穿得单薄，叶剑英便脱下自己身穿的一件古铜色皮袍，披在冯传庆的身上，又帮他化上装，戴上礼帽，手拿文明棍，装成一位有钱人，还交给他200块大洋做路费。末后一再叮嘱冯传庆："路上要住在旅馆、大饭店，不要暴露身份。"

深夜两点，两位同志带着冯传庆从周公馆下面的防空洞钻出来，到了嘉陵江边，经过侦察没有发现特务，就用一艘小木船送他过江。经过这半夜的折腾，加上又惊又累，冯传庆过江后便在江边的一个渔民的草棚子里倒下睡着了……

早晨渔民一来，发现有个打扮阔气的人睡在他的草棚子里，顿起疑心，便把他抓到了警察局。正在到处抓人空手而归的特务们拿出通缉令一看：嗬，巧了，你小子就是"共匪"冯传庆啊！

张蔚林他们出事时，张露萍并不在重庆，她去了成都探亲，对这边的事一无所知。这天,她突然接到张蔚林发来的电报:"兄病,速回渝。"按照纪律,她给南方局军事组写了一封信,告知自己收到张蔚林电报,已动身回重庆。成都到重庆相距几百公里,信到人也到了。南方局收到信,知道是军统局设的圈套,赶快派人到各车站守候,然而已经来不及了,张露萍一到重庆即被等候在关卡上的特务抓捕了。

原来,特务的这一招是叛徒安文元所为,他供出了"军统电台特支"的整个组织情况及张露萍在成都的地址,于是,军统特务便以张蔚林的名义拍了这封电报,也就有了张露萍在重庆一露面便被抓的后果。

张露萍被捕后不久,据周公馆的同志们介绍,曾出现过一件怪事:一日,张露萍突然出现在了周公馆附近。许多人看到了她的出现,因为当时她站在离周公馆大门只有一米来远的地方。只要轻轻跨一步,就可以进院子里。那里面有她敬爱的首长,有她亲爱的同志……但张露萍就是没有进去,连看都没看一眼便折身走了。她身后跟踪的特务们只得失望地跟在她身后也远远地走了。

对此情况,雷英夫后来回忆分析道:"我们当时判断有两种可能:一个是她很坚定,什么也不承认,特务机关没有办法,就采取'放长线钓大鱼'的手段,把她放出来,看她跟谁说话,看她到底进不进周公馆,如果谁同她讲话就抓谁,如果进周公馆就砸周公馆;第二种可能就是她叛变了,引着国民党特务来抓人。但是张露萍出现了以后,见到我们的同志并没有说话,脸绷得紧紧的,表情很严肃。经过我们门口的时候,她离大门只有一米远,跨一步就可以进到院子里来,但她不进,连看都不看就走过去了。因此,我们当时判断是第一种可能性,但也不能完全排除第二种可能性,因为到底是怎么一回事还搞不清楚，只是一种估计。现在看来，张露萍同志看穿了敌人的阴谋，她采取的行动是很正确、很聪明、很成熟的。后来，我们看到有些材料上讲，国民党特务机关认为，领导张露萍的不是周公馆，而是重庆地下市委。这就说明，张露萍同志的行为保护了南方局领导机关没有受到损失。"

张露萍、张蔚林、冯传庆等人的"红色电台案"震惊了国民党最高当局，一向自认为对付共产党"最有一套"的戴笠丢尽了脸面，因此对该案的审讯异常机密且歇斯底里。特别是在对付中共"美女间谍"张露萍上最花力气。但所有的审讯结果几乎都是一致的：张根本不承认自己是共产党派到军统电台的"间谍"，她仅仅是"因不满家庭包办婚姻，跑去延安考抗大，后来吃不了苦，逃了回来。在重庆，路遇张蔚林，发生恋爱。至于冯传庆、杨洸、赵力耕、陈国柱、王锡珍是因张蔚林认识的"这样的供词。

从张蔚林那里获得的口供也只有："同张露萍在路上相遇认识，彼此恋爱，并无政治关系。"冯传庆、杨洸、赵力耕、陈国柱、王锡珍更是"一再诘讯，坚不承认"，冯传庆还一把撕碎了特务替他写好的"自首书"。戴笠黔驴技穷了，他命令司法科长余锋判张露萍等7人死刑，暂不执行，等抗战结束后，作为中共破坏统一战线的证据，与我党斗争。

经蒋介石批准，他们7人被钉上死镣，最先囚禁在白公馆。1941年3月，张露萍等7人与其他被囚禁者一道，被押到贵州息烽集中营。

"从现在开始，你就是'253号'，不许再提自己过去的名字！"小特务扔过一套囚衣，然后对张露萍说。

张露萍鄙视地看了一眼小特务，大声道："我是四川崇庆余家的

有名有姓的小姐，这是我爹妈给起的，干吗不能叫自己的名字？"

特务拿她没办法，许多人都不能随便在集中营里叫自己的名字，唯独张露萍，大家都叫她"余小姐"——她没有暴露自己在从事军统电台情报秘密支部时用的"张露萍"这个名字。

"叔叔，你怎么也在这里呀？"息烽集中营是个十分复杂的地方，刚进集中营，有一天周养浩召开"新政"会议，男女"囚犯"都被叫到礼堂开会，在散会的时候，张露萍突然看到一张极其熟悉亲切的脸庞——车耀先，于是机灵的她迅速以"借道"之名，挤到了车耀先身边，然后轻声地问了一句。

车耀先看到张露萍也是十分惊愕和意外，但立即清醒过来，因为他知道自己在集中营内还没有暴露共产党员的身份，于是赶紧做了一个暗号，然后佯装对张露萍很热情地道："这个川妹子，你是不是在我办报时来过报馆的记者？"

张露萍马上明白过来，便说："我哪是啥记者嘛！我只是你《大声》报的一个热心读者呀！在这里见到你这个大社长很意外，也很高兴嘞！"

"好好。"车耀先便似以长辈和大报社社长的居高临下姿态，对张露萍"应付"了过去。

集中营内的女"囚犯"关在与男监相隔100多米的"义斋"，是一个相对独立的小院子，共有五间囚室、一间"训示室"和一间女特务（监管员）居住的房间。息烽集中营最多时关押的"女囚"达百人。人员复杂，有像张露萍这样的女共产党员，有"犯纪律"的女特务，还有犯事的官太太甚至戴笠的情妇，以及其他军统认为"难处理的女人"都被收容在里面。而这里，也是全集中营最容易"惹事"的地方，是集中营特务们喜欢插一手的地方。

"女囚"的人数不算多，但她们所要担负的劳动却不轻松。首先是要包办全息烽集中营内的布鞋，每年达千双以上。其次是集中营里男"犯人"穿的清一色牢服，也都是"女囚"们缝制的。

女牢房内由于人员杂乱，所以"故事"也特别多。其中有几个"女囚"是戴笠玩过的女人，不堪的遭遇让她们半疯半癫，常常搅得牢房乌七八糟。有些"女囚"是因丈夫被囚禁而也被囚禁在此的，她们中有人还是孕妇和带婴儿的乳娘。在男监，共产党员被称为"红帽子"；犯"纪律"的军统特务和国民党分子被称为"白帽子"；黄埔军校等出身的被叫作"黄帽子"。而在女牢房，则用"蛋"来形容，"红蛋"是共产党；"白蛋"是犯"纪律"的军统和国民党女特务；像戴笠情妇等被称为"烂蛋"；那些随丈夫、带孩子的被叫作"黑蛋"。这些不同阶层的女人在一起，"戏"和"故事"就变得异常多而纷乱。

共产党员张露萍的出现，自然让"故事多"的女监更多了几个"段子"。其中之一就是关于"笑面虎"、集中营主任周养浩的事。

周养浩是个人面兽心的军统大特务，自以为在息烽集中营这块地盘上，他就是"皇帝"，想干啥就能干成啥、想要啥也自然啥都能要得到。他现今在办公室内金屋藏娇就是一例。所以张露萍的出现，让周养浩又开始想入非非，垂涎三尺。

一日，他把张露萍叫到办公室"个别谈话"，没说两句便嬉皮笑脸，上前想要流氓。张露萍厉声呵斥："瞎了你的狗眼，你认错人了！"厚颜无耻的周养浩不信这一套，继续将身子挨紧张露萍，欲动手动脚。啪啪，张露萍毫不含糊，举手就给了他两巴掌。周养浩恼羞成怒，却又不敢张扬，指着张露萍威胁道："你！你不识抬举，等着瞧！"

张露萍痛打周养浩的事，很快传遍了全集中营，搞得这个衣冠禽兽坐卧难安，狼狈不堪。

又有一日，特务突然搜查难友李任夫的铺位，发现李与张露萍在来往的纸条中大骂周养浩是"活王八"。

"妈的，他们反了！"周养浩气得七窍生烟，立即召集全体"囚犯"在礼堂开会，当众宣布张露萍与李任夫的"犯纪"罪状，命特务毒打李任夫军杖一百棍，直打得白面书生李任夫皮开肉绽、昏死过去，最后还给其戴上镣铐，罚吃"盐水饭"。张露萍没挨军杖，但也被罚吃盐水饭半个月，戴重镣禁闭。

事后，贼心不死的周养浩，又利用这个机会假献殷勤，再次找张露萍"单独谈话"，又嬉皮笑脸地夸她如何"年轻漂亮""前途远大"，说只要"听话"，就可以释放等花言巧语，还写条子叫会计室发200元特别补助费给张露萍。

"见你龟儿子去！"张露萍一把抓过条子，唰唰撕碎。"你等着死吧！"周养浩气急败坏地甩手而去。

天不怕地不怕的张露萍与周养浩的几个回合较量下来，使她在集中营中名声大振。"余小姐不仅人长得好看，心眼又正又好……"这个印象让几乎所有人开始对张露萍尊敬了，即使特务们也不敢轻易对她动手动脚，因为弄不好会搞得自己很难堪。

张露萍关在息烽集中营的"义斋"，那是一个真正的"人间地狱"。10多个"女囚"关在同一间又黑又暗的牢笼内，不说空气如何地污浊压抑，光转个身都得你挤我压的。更可恨的是女牢中女人们连个洗澡的地方和时间都没有。张露萍没来时，周养浩派出的几个女监管员就是特务们的帮凶，什么损招都使尽。

"不给洗澡就不干活！"张露萍来了后，第一件事就是以此抵制特务们的迫害。

"你嘴硬还是身子骨硬？"女监管员用皮鞭想吓唬张露萍，结果张露萍一个闪身动作，又用脚一钩，那个女监管员像狗吃屎似的倒在地上……

众"女囚"顿时哈哈大笑起来。那女监管欲起身再举皮鞭时，又被张露萍一手钳住，动弹不得。

"你、你等着瞧！"气得那女监管员抹着眼泪跑了。

"听说这个雏鸟挺厉害呀！"第二天，换了一个又高又胖的洋女监管员来到张露萍面前，她扭着粗壮的腰杆，一双鹰眼紧盯着张露萍，恨不得吃掉眼前的这位娇小的中国女人。

张露萍根本没把这个洋女人放在眼里，该干什么照样干什么。名为莫利沙克的洋女监管找不到张露萍的茬，便使出一个恶招：扣发女囚们的卫生纸、肥皂等生活用品。

这事惹火了张露萍。"不行,必须跟他们'干一场'！"她对同室"女囚"们说。

这时正值周养浩搞的所谓"新政"中办"劳动学校"热火朝天之时。这背后是他周养浩大赚钱的算盘。张露萍看准了机会，串通女牢的姐妹们举行罢工，条件是：集中营必须给女囚们洗澡条件和必需的女性生活用品，比如卫生纸和肥皂。"不解决这些事，我们绝不参加劳动。"

女特务向周养浩报告后，周着急起来了："她们不干活，重庆要的鞋子谁完成呀？"

听说是张露萍在带头罢工，于是周养浩命特务把张露萍叫到办公室。由于有过一次在办公室的"出丑"事件，周养浩再不敢轻易惹

怒这个 "253"，所以这回当着另一名特务的面，训斥张露萍："你为什么带头搞罢工？"

张露萍毫无畏惧地严词道："你让我们干活，这可以。但每天干活出一身身臭汗，连个澡都洗不上，你主任大人不想把这里弄成臭粪缸吧？那符合你所说的'新政'吗？下次等重庆来人和外国人来参观时不丢你主任大人的脸面？"

周养浩听后微微点头，说："你说的这事有一定道理。"想了一下后，他说，"我答应你提出的条件，给你们女囚一个洗澡的地方和时间……"

"洗澡总得有肥皂吧，还有女人用的卫生纸为啥也没收了？"张露萍进而道。

周养浩问旁边的特务："有这事吗？以前好像有发的嘛！"

"是莫利沙克说停发的……"那特务嘀咕道。

"发发，继续发嘛！"周养浩说完，转头又对张露萍说，"我答应了你提出的几件事，可你也得给我做一件事……"

张露萍警惕地说："么子事？"

"排演节目。"周养浩拿出两个尚未成形的剧本，丢到张露萍面前，"为了活跃'修养人'们的娱乐生活，想让你参加排演几个节目……怎么样，这总可以吧？"

张露萍一看便知周养浩是想以此作为 "交换条件"。心里明白的张露萍，装作妥协似的说道："先看看本子再说吧！"

"好好，你能演出就很好嘛！"周养浩的脸上顿时露出笑容，因为他心里在想：由你这位共产党上台出演，也算是我周某人 "新政"的一个重要胜利。当然，周养浩望着美人的背影，还有一个藏在这个人面兽心的特务心底的丑恶阴谋：你上次不是不给我周养浩面子吗，那好，我就慢慢收你这小娘儿们的心……

"女囚"们很快有了洗澡的条件，同时也重新有了一个月每人一小块肥皂和一卷草纸（卫生纸）的待遇。当姐妹们感谢张露萍时，她却为答不答应周养浩排剧演出的事犯愁，因为她知道周养浩绝对没有安好心。

"别演！你别上那个'笑面虎'的当。"同室女难友们纷纷表示支持张露萍。

"为什么不参演嘛！我们可以利用演出宣传抗日道理，即使是演出历史剧，也是可以让难友们甚至是特务们通过历史了解什么是真理、什么是真善美……应该去演。在集中营与敌人的斗争，就是要利用一切可能，为我们的同志和难友们做宣传、树志向、保实力，争取最后的胜利。支部支持你出演节目！"就在张露萍还在犹豫不决之时，韩子栋通过"特别交通员"给张露萍传来了秘密支部的决定。

"明白了！"张露萍获得秘密支部的指示后，心情开朗了起来。排什么剧呢？经过"写作组"的才子们酝酿，大家推荐了吃过洋墨水的才子、国民党元老李济深的秘书李任夫的建议：一位潜入日本侵略军心脏的年轻女爱国者的传奇故事。

"你来编剧吧！"周养浩还是相信是"自己人"的李任夫——尽管这位文质彬彬的帅小伙子犯过纪律，但毕竟他跟共产党不一样，而且有一手好文笔，所以他把编剧任务交给了国民党年轻军官李任夫。

"那写好后，我来演男主角行吗？"李任夫向周养浩提出一个特别条件。

周养浩便问："女主角你有人选吗？"

李任夫不假思索地说："非'253'莫属！"

周养浩阴阴地看了一眼李任夫，突然警告道："可别往斜里想啊！如果你要假戏成真可就谁也救不了你的。要知道，'253'是上戴老板黑名单的共产党……"

李任夫假装道："放心，我清楚。再说，'253'是啥人？人家能把我这样的小喽啰看在眼里吗？我又不是长官你这样的大人物……"

周养浩半阴半阳地说："知道就好。好好演，你跟他们共产党不一样。冯玉祥、李济深几位元老都为放你出去向总裁和老板写过信。好好珍惜，万不可再犯错了！"

"小的明白。"李任夫口上这么说，心里想的却是另一回事：他实在太喜欢"253"了——她的容颜、她的身姿、她的气质、她的性格，甚至她的声音和气息……总之，他为遇见她而感到幸运与热血沸腾，夜不能眠。

"为什么优秀的人都到你们共产党那里去了？"排演开始了，李任夫直言问张露萍。

张露萍笑了笑，看着这位比自己年长几岁却又很单纯的帅小伙子，说："不是其他地方没有优秀的，只是你们蹚了蒋介石、国民党的这塘水里，给污黑了……"

"还可以从污水塘里爬出来嘛！"李任夫试探张露萍。

"那得看真心还是假意。"张露萍直言。

李任夫的心动了。他原本就对国民党蒋介石的那一套有些反感和厌倦，只是之前没有人引路，仅靠自己的鲁莽，结果反被国民党内部火拼弄得头破血流，被关进了监狱。这也让这位心有正义之感的青年有了脱离国民党的念想。又因为没有引路人，所以一直打不起精神。

"253"的出现，仿佛一道照耀他心房的暖光，让李任夫一下有了希望似的。而排演节目又让"老天爷"有意给他安排了如此绝妙的机会——他发誓要抓住这道"美丽的光"。

排演给予了李任夫他人不可有的良机。他频频向张露萍暗送秋波……

"我能与他接近吗？"张露萍自进入息烽集中营后，因为车耀先的原因，秘密支部马上吸收她为支部成员，她的共产党员身份是清楚的，所以平时由韩子栋负责联系她。现在她把李任夫的事向组织作了汇报。

罗世文和车耀先的态度十分明确：李任夫是位心肝没有烂掉的青年，尤其是他的特殊身份——国民

◎ 李任夫，又名李超民，湖北人。早年留学日本，后任李济深的秘书。因从事反蒋活动被捕，关押在息烽集中营。在集中营内以"工作修养人"的身份任《复活月刊》编辑，1946 年获释。新中国成立后任湖北省武汉市政府参事室参事。已故。

图片来源：息烽集中营革命历史纪念馆

党元老李济深的秘书和反蒋这两点，我们可以努力争取他。

　　这是任务，又是工作需要。张露萍明白支部的意见。罗世文有句话非常重要：演好一场戏，让集中营的难友们在特殊的地方获得教育，就是我们的一个战斗任务。

　　张露萍从与李任夫的接触中，也清楚地感受到，对方对她有爱慕之心，甚至有时非常大胆地表白——排演戏剧的过程中，她跟他是"兄妹"出场，既然是"兄妹"，除了语言亲近，还有肢体接触，比如眼神的交流，手牵手……这些都能让张露萍察觉到一位爱慕她的同龄男士的炽烈之情。

　　她有时甚至感到害怕，因为毕竟她才20岁，且才结婚一年多就孤身一人生活着。

　　"不能，我不能！"张露萍有时非常痛苦地告诫自己。但李任夫的"进攻"是有分寸而又激烈的，想回避都很难。

　　可她必须尽可能地克制。

　　戏，仍在排演。戏，不能成真。张露萍向组织保证，也向在远方的丈夫保证着……我是一名共产党员，要有共产党人的品质和人格。

　　"你想出狱吗？如果能出狱，你会去哪儿呢？"排演休息之时，李任夫问张露萍。

　　张露萍苦笑着说："你可以畅想……我不行。"

　　"为什么不行呢？事在人为。"李任夫说。

　　张露萍仍然摇摇头。

　　"我可以帮你出去。"李任夫一把抓住张露萍的手，然而见对方用异样的目光盯着他，又赶忙松手，说，"不要误会，你就当我真的是你哥哥好吗？当哥哥，可以吗？"

那么真诚而炽热的目光盯着张露萍，她被盯得两颊绯红起来……

"可以，我们以兄妹相称……"她有些不知所措。

他高兴得在原地跳了几圈，然后深情地说："好，从今起，你就是我的好妹妹！"

这是一份异常珍贵的感情，一对狱中青年男女的纯真感情，后来李任夫也承认，他确实做了想救"253"和为"253"甘愿做一切的准备。

李任夫不仅是李济深的秘书，与他敬佩的冯玉祥将军关系也很不一般，因为看不惯蒋介石的种种表现，所以成为蒋介石所要清理的"异党"，蒋介石因此也不怕得罪老朋友冯玉祥、李济深。被送进集中营后，冯玉祥和李济深多次想办法把李任夫弄出牢房。这事李任夫是清楚的，所以他在和张露萍以兄妹相称之后，就对张露萍非常肯定地说："虽然我关在这里，但冯将军和李将军已经答应把我弄出去。只要我一出去，我就会想法通过冯将军或其他什么人，也想法帮你弄出去。"

张露萍摇摇头，又说："你有这份心，妹妹我就很欣慰了……"

"相信我！"李任夫迫切地说。张露萍则清楚自己的处境，所以并没有把出狱的希望寄托在这位对她怀有爱慕之情的"哥哥"身上。

戏，还是要演，而且演得成功。连周养浩也时不时点头称道，不少特务看了《女谍》，也被"253"的演绎感动得抹眼泪，更不用说集中营的难友们看了张露萍和李任夫的演出有多感动和提神。

"要继续做他的工作，争取每一个'修养人'成为我们队伍的人，或者成为同情和支持我们的人，就是目前支部成员的重要任务。"罗世文明确地告诉张露萍。

这也让张露萍仿佛回到了入狱前与张蔚林等做电台秘密支部的

情报工作一样，充满了战斗激情。

半年之后，李任夫通过冯玉祥、李济深等的"关系"，顺利出狱。也正是因为张露萍对他的影响，出狱后的李任夫，一直暗中与中共在重庆的组织联系，经过几番周折，他找到了邓颖超，报告了息烽集中营中敌人残害革命志士及蒋帮分子对共产党人和进步人士的罪行。李任夫通过自己的特殊身份，也找到了王若飞、叶剑英等中共重要领导人，向他们介绍了息烽集中营的种种丑恶行径。《新华日报》等根据李任夫介绍的情况，揭露了国民党息烽集中营的斑斑罪行，让蒋介石和军统特务的行径暴露在全国人民面前。蒋介石与戴笠极为恼怒，为此还把周养浩叫到重庆狠狠地训斥了数次。

正如李任夫后来在回忆文章中所说："是张露萍的引路，才让我走出魔窟，投诚到革命队伍中，成为一名革命者。尤为让我铭记的是她在我临离开息烽集中营时鼓励我的一句话：'冬天到了，春天还会远吗？'这话一直激励了我后半生的全部奋斗历程。"新中国成立后，李任夫定居在湖北武汉，成为一名参加新中国建设和在文化事业上作出过贡献的湖北政府参事。这是后话。

"冬天到了，春天还会远吗？"这是英国诗人雪莱的诗句。张露萍用它来激励她的难友，不光把国民党"总统"身边的侍卫官教育成革命者，也在女牢房鼓励激发难友革命斗志，与敌人进行针锋相对的斗争。

一天，张露萍正在与其他女"修养人"做鞋，两个女特务押着3名"女囚"来到"义斋"，看样子这3个"女囚"年龄都很小，其中有一个更小些，一直在哭哭啼啼。女特务很凶地对她吼道："哭哭哭，有啥好哭的，明天一枪毙了看你还哭不哭！"

"啊……呜呜……"谁知这一吓唬，那女孩更是发疯似的一边哭一边朝篱笆墙冲去……

"妹妹，别怕别怕……来来，到姐姐这儿来。"张露萍一个箭步上前拉住那女孩，紧紧搂在自己的怀里。然后朝女特务们喝道："你们有本事啊？有本事冲我来呀！她才多大你们这样吓唬她？"

女特务一看是张露萍，说："你多管啥闲事？"

"老子就多管闲事了你想咋样？"张露萍才不买这帮女匪的账呢！

"看你嚣张不！"女特务刚要朝张露萍举起皮鞭，突然听到有人在"义斋"外喊"253"快出来排演节目。

原来是周养浩办公室那边的另一个特务在叫唤。张露萍乘机回应说："有人不让我去——"

"谁呀？"那男特务一看是女看守在与张露萍交手争执，便说，"我是奉周主任之命，你就别挡道了吧！"

就这样，张露萍躲过一劫，同时她顺便也把新入狱的那位小姑娘安顿到了监房，说了声"等姐姐回来啊"，便出了"义斋"。

晚上回来，见那个只有十六七岁的姑娘仍伏在铺上啼哭。张露萍便睡到她的身边，陪伴这位新难友度过了艰难的第一个集中营之夜。后来张露萍了解到，这姑娘其实是小媳妇了，她的爱人是位日本籍共产党员，被敌人杀害了。可怜的小媳妇就这样被当作"共党嫌疑"从重庆渣滓洞移送到了息烽集中营。

小媳妇细皮嫩肉，哪见过老虎凳和皮鞭的威势！见了色眯眯的周养浩的一双淫眼就害怕。

"不要怕，你越怕，他们越折磨得你厉害！"张露萍告诉这位姓周的小媳妇。但女牢房的女人是极其被动和弱势的。这位刚来不久的小媳妇，似乎一进集中营就被周养浩盯上了，没几天他就借机"调"这位年轻的小媳妇到办公室"谈事"，结果一谈就"谈"到了这个人面兽心的特务身子底下。

小媳妇哭哭啼啼地回到女监房，又不好意思说出真相。张露萍等女难友多少猜出了些不祥苗头，但因为小媳妇本人不愿倒出心里话，她们也不好多问。从此之后，周养浩变本加厉，干脆将这个周姓女人"调"到了他的办公室做"内勤"，这也就有了后来都知道的周养浩"金屋藏娇"的事。

"简直就是畜生！"张露萍对此气得跺脚大骂。这也让她更看清了周养浩的丑恶嘴脸与集中营的黑暗——对"女囚"而言，此地更是地狱。这也让张露萍的内心滋长了一份更强的责任和使命：为了女难友们的尊严，团结和组织大家，一起同敌人作斗争！

从此，在"义斋"，张露萍便成了一团火熊熊燃烧着，与其他几位女共产党员携手，把死牢变成了战斗的地方。往日沉闷的小院子，也渐渐变得活跃起来。女难友们在她的带领下唱歌，做游戏，甚至在小院子内跳舞……

这可让监管的女特务们看得极为生气，吆喝着不让"女囚"们又唱又跳的。

"你有啥权力不让我们唱啊？你是不是想跟你们的周主任对着干啊？"张露萍带领众"女囚"与女监管嚷嚷起来，这下惊动了大大小小的特务。

"报告主任，'义斋'那边出事了……你快去看看。"特务向周养浩报告道。

周养浩扔下手中的算盘和账本，生气地站起来嘀咕了一声"这女人们就是事多"后，跟着小特务就往"义斋"跑。刚踏进女牢的小院子。就听张露萍喊道："周主任你评评理，是你推行'新政'，让我们学文化、增加娱乐活动，结果她们两个监管就是不让我们唱和跳……还动手打人！"

"'253'你别凭一张俊脸，就恶人先告状，你想用美人计迷惑我们长官啊？"一个女监管脸红脖子粗地说。

这话让周养浩下不了台。上回在办公室被张露萍扇了一耳光的事早已在集中营内传遍。这事今天又被自己的女部下重提，等于让周养浩当众再度出丑。还是要脸面的周养浩气得嘴都歪了："你他妈的这么管人的呀？滚！"

周养浩一声雷霆怒喝，吓得女特务自知犯大错了，赶紧狼狈而逃，出了"义斋"。

周养浩回过头，看着张露萍一身傲气，也气不打一处来，斥道："你们又唱又跳，也该看看时间和场合！谁给你们那么多自由的？这是集中营，不是菜市场！"

说完瞪了张露萍一眼，然后气呼呼地出了"义斋"。身后，是"女囚"们压低着嗓子的嬉笑声……

张露萍所居的牢房与邻居牢房只一"墙"之隔，其实这个"墙"仅是用泥巴与草帘子混合组成的一道隔离土墙而已。在张露萍隔壁的女牢房内有一对母子和一对母女，母子就是《红岩》里大名鼎鼎的"小萝卜头"与他母亲，还有一对母女，其母姓徐，名宝芝。

"小萝卜头"一家在息烽集中营的故事我们留在后面讲述。这里讲讲徐宝芝与其幼女的事。

　　徐宝芝的丈夫孙壶东是位爱国民主人士，曾参加过北伐革命。后被蒋介石反动集团当作"共党"关押，并判处死刑，因为何香凝的出面，才使孙免于一死。1940年，蒋介石又将其逮捕，连同他的妻子一起关押到了南京秘密监狱，然后辗转千里到了息烽集中营，夫妻二人皆在同一个魔窟之中，受尽折磨。按照集中营的规定，凡一家"囚犯"，男女必须分开。孙壶东与妻子徐宝芝只能分离，问题是，徐宝芝入狱时已有8个月身孕。

　　"能不能照顾一下我们？至少让孩子生下来后我们再分也成……"孙壶东作为参加北伐的著名爱国民主人士，为国民党初期发展立下汗马功劳，然而他又多次被误认为是共产党而三番五次地被捕。1940年是又一次被蒋介石国民党关押的"共党嫌疑"。但无论孙壶东如何拿出"国民党老资格"的本钱跟特务们说情，集中营方面就是不理会他的请求。

　　就这样，妻子徐宝芝在女牢房产下了一个取名为"孙达孟"的女婴。这就是息烽集中营中有名的"监狱之花"。

　　今天我们有机会走进复原的息烽集中营女牢房实地看一看那狭窄、阴暗、潮湿和污浊的地方，无法想象一位产妇是如何在这里生产以及抚养婴儿的……在集中营，不可能有一顿饱饭吃，更不可能有营养品。徐宝芝在她的孩子出生后，就面临着长期的奶水不足问题。婴儿只能吃稀粥度日，所以一副又瘦又弱的可怜相，连啼哭的力气都没有。

　　"咋可以这样对待娃儿嘛！"虽然进集中营时的张露萍也才19岁，可身为女性，她到息烽集中营的第一天就看到隔壁的女婴孙达孟又瘦又弱的样儿，惊叫了起来。然后顺手将女监管员递上的一碗粥，给了嗷嗷待哺的小达孟的妈妈："你快给娃儿吃……"

张露萍所居的牢房与邻居牢房只一"墙"之隔，其实这个"墙"仅是用泥巴与草帘子混合组成的一道隔离土墙而已

◎ 徐宝芝，孙壶东之妻。1940 年同丈夫孙壶东一起被捕，关押在息烽集中营"义斋"。被捕时已怀孕 8 个月，在狱中产下女儿孙达孟。1947 年出狱。已故。

◎ 孙达孟，孙壶东、徐宝芝之女。1940 年在母亲徐宝芝入狱一个月后出生，童年在息烽集中营内度过，难友们称她为"监狱之花"。7 岁时随父母获释，新中国成立后在成都生物研究所工作。已退休。

"那你吃啥子？"徐宝芝问张露萍。

"我怕啥，两顿三顿不吃也死不了的，娃儿不行！她好可怜嘛，看瘦成这样儿……"张露萍顺势将小达孟抱到自己怀里。

或许是张露萍的体温比小达孟妈妈的体温高些，或者是小达孟对这位年轻漂亮的陌生"妈妈"突然产生一份依赖之情，小家伙竟然开心地在张露萍怀里笑了起来。

"啊哈哈……她喜欢上我了！她喜欢上我了！"没有做过妈妈的张露萍简直兴奋极了，一股慈母之情油然而生。

"小乖乖，叫一声阿姨……"张露萍可是喜欢上了小达孟。

张露萍是1941年3月被送进息烽集中营的。而小达孟是母亲入狱后一个月出生的，正好相距一年多。因为营养不良，孩子说话、发音都比一般婴儿晚些。小达孟平时除了能叫"妈妈"外，熟悉的语言不是太多。而这回张露萍抱着让她叫"阿姨"时，小达孟脱口而出，亲昵地叫了声"妈妈"。

"哈哈哈，娃儿叫我妈妈了！叫我妈妈了……开心！开心！幸福！幸福！"张露萍本来就性格开朗，这回有小宝贝叫她"妈妈"，她简直乐坏了。

"这孩子苦命，一出生就在集中营里……她喜欢你，你就认她做干女儿吧。"达孟的妈妈徐宝芝说。

张露萍听后一阵心酸，然后紧紧地搂住小达孟，连连点头道："好的好的，乖乖就是我的宝贝！就是我的娃儿……"

集中营的伙食无法让孩子健康成长，张露萍端着女监房管理员从桶里打来的一勺稀稀的粥汤，常常急得直骂女特务是"狗都不如"。

"想比狗过得好一点并不难呀！去向我们主任说一声，只要他答应你,什么山珍海味皆可任意吃来……"女特务早对张露萍妒忌仇恨,这回找到了"反击"机会。

张露萍绝不会放过任何一个同敌人斗争的机会,一出口就把女特务的嘴给封上了:"你不是女的?是母猪?你以后不生娃儿了?娃儿吃一口好的就不该了?"

"这个、这个我们没有办法……"女特务自知不是张露萍的对手,便灰溜溜地走了。

"怎么办呢?"正在张露萍为孩子犯愁时,突然有一天不知从哪儿飞进来的一只母鸡到了"义斋"。

"我要养鸡了!生蛋后给我娃和'小萝卜头'吃!"张露萍抱住那只小母鸡,从此开始像宝贝似的天天把自己吃的东西留下一部分喂鸡。

这小母鸡也似乎很通人性似的,非常给力。大约一个月后就开始下鸡蛋,这让张露萍乐坏了,这事也让全"义斋"的人都感到特别开心。

"来,吃鸡蛋,香喷喷的鸡蛋!"张露萍把煮好的鸡蛋放在手掌里,一手喂她的干女儿小达孟,另一手喂"小萝卜头"。

"好吃!"

"鸡蛋好吃!"

孩子们第一次吃上如此的人间美味,张露萍和其他几位同监房的"女囚"看着孩子们的这一幕,又喜悦又心酸。

"快谢谢干妈!"两个孩子的妈妈连忙这样说。

"谢谢干妈!"小达孟嗲嗲地叫着,往张露萍怀里扎。

"小萝卜头"也亲昵地连声道:"谢谢张妈妈!"

"唉——"张露萍一手搂着一个孩子，热泪湿透了她的衣襟。

"这个鸡不能在监房内待着，要收走！"

"敢？！"

女监管想来收走母鸡，遭到整个"义斋"几十位"女囚"的强烈抵制，最后事情又闹到了周养浩那里。

"什么乱七八糟的……鸡就鸡吧！以后凡是'253'掺和的事，你们少给我找麻烦！"周养浩对张露萍已经犯了"恐惧症"似的。说他不想吧，几乎天天想；说他想吧，每一次想就会暗暗地吓出一身冷汗——这朵玫瑰可是长着刺呵！

一句话：少惹为宜。有时周养浩想：干脆找个机会一枪毙了得了！但又不敢，这是戴笠老板交代的"重犯"。这7个"电台案"重犯，如果能"教育"过来，戴笠说那一定是可以为他的未来事业成些大事之人。所以杀不杀"253"，绝对不是周养浩说了算。再说，如此"美味佳肴"，就是"吃"不上，毕竟还在我身边嘛！人面兽心的周养浩对张露萍这位"共党"美人无论什么时候都是垂涎三尺的。灭，不可；"吃"，到不了嘴，那么就留着"观赏"也不失为一件美事。

周养浩的内心就是这么盘算的，所以每当小特务们报告有关"253"的事时，周养浩总是怒斥部下"无能""瞎搅和"，实际上是不想把张露萍逼到要死的地步。

当然，他也不是什么善主。有两件事一直横亘在他心头，让他每每想起都气愤不已：一件事是张露萍跟李任夫在排演过程中背地里骂他周养浩"不是东西"。这事是男牢的特务在执行例行检查牢房时，在李任夫铺盖下的纸片里发现的，李任夫记录了他与张露萍平时交流时议论周养浩的话语。

"把这两个东西都给我关起来！"周养浩怎能容忍有人以这种方式在背地里丑化他堂堂大主任嘛！

这一次张露萍和李任夫吃了大苦头：一个多月关在小号里，出来时完全脱了相……

还有一件事是让周养浩更不可饶恕的：军统"电讯总台7人案"所有涉案人员都被送进了息烽集中营，只是男的关在男牢、张露萍关在"义斋"而已，因为秘密支部的原因，这7人相互之间仍能有秘密联系。事发后，又让周养浩只想把张露萍直接拉出去毙了！

事实自然是无论周养浩推行什么样的"新政"，敌人的集中营内那种对共产党人和"犯人"们采取的种种极端行为，都令人很难适应与生存下去。不说时不时的酷刑和让你心惊肉跳的刑期的随意改动，也不说强度和强制性的劳动即便是身强力壮的人都难以承受，更不用说本来就是体弱病患者是如何支撑的，单说说集中营的环境，就足以让多数"犯人"面临生不如死的境地。

因为长期进食霉米烂菜和不干净的食物，1944年夏，息烽集中营发生了一场流行痢疾，一天就死去了27人。在这场痢疾之中，每一个"囚犯"都与死神擦肩而过，只是有人运气好，有人倒了大霉，但一切结果都是特务们造成的，罪在周养浩、戴笠身上。与张露萍一起被捕的军统"电讯总台7人案"中的赵力耕是辽宁人，是位爱国的热血青年，又有很好的文学功底。在息烽集中营，他利用业余时间创作了中篇小说《冷区长》，在《复活月刊》上连载，狱中的"修养人"们因此称他是"斋中作家"。痢疾大流行时，赵力耕不幸患上了疾病，不到几天时间就瘦得像换了个人似的，奄奄一息。罗世文他们的秘密支部也都急得不知如何拯救。张露萍站出来做了两件事：一是把自己入狱时带进来的两枚戒指之一卖掉（另一枚用于地下工作的红宝石戒指成了她的随葬品），托人从外面买了药品和营养品给赵力耕；二是发现还是不能将赵力耕从死神手中拯救过来时，张露萍一狠心，把她养的那只母鸡宰了，托人煮了汤给赵力耕送去，这才让赵力耕得以死里逃生。这事被周养浩知道后，立即换掉了"义斋"原来的女监管员，而张露萍也被特务们押到猫洞内尝试了几次"假枪毙"。然而如此这般的折磨，虽然已经让曾经的"美人坯"脱相变貌，但始终没有使张露萍内心对革命和共产主义信仰有丝毫动摇。

她依然乐观，依然斗志昂扬，如石榴花一样饱满而鲜艳地绽放着……

越狱，是所有集中营在关人员都想做的事。然而在息烽集中营这样的地方有没有可能越狱，答案是显而易见的。罗世文领导的秘密支部曾经讨论过这件事，韩子栋和许晓轩主张只要有可能就想法争取越狱，他们的理由非常直接：在这里只能是等死，不管是何子桢还是周养浩，其实他们都是一个目标——你要投降、成为他们军统的人，放出去的可能就存在，除此只有一条路可选，即等死或被折磨死。"与其如此，只要有可能，就想法逃出敌人魔掌！"韩子栋就是这样想的，他知道国民党已经不可能放他了，若有可能早在南京就可以放了，现在到了息烽，他的案子就成了"无人管"的断头案——谁也不知道怎么处置他，结果就只有一个：等死。

"那还不如找机会逃出去。"韩子栋说。

许晓轩认为自己是"赤裸裸"地将共产党员身份暴露在敌人面前的，让他投降当叛徒是不可能的，最后的结果是早晚被拉出去枪毙。因此他的意见同韩子栋一样：逃出息烽集中营。

"若可能当然要走这条路！"罗世文非常明确而又清晰地告诉支部同志他的立场。但他又十分严肃地指出："我们支部作出的任何决定，必须保证不能因一个人、一件事而危及其他同志的生命安危。也就是说，谁想越狱，如果是党员同志，必须经过支部批准，在研究认为是可能的情况下再由部分同志实施，其余同志要做到'什么都不知'，这样的目的就是尽最大可能保护其他人不受牵连。"

张露萍曾向支部报告过她同时入狱的张蔚林等几位"电讯总台"的勇士有过的越狱计划：大意是由他们中有人在为周养浩贩卖货物之机在运输途中看准机会跑掉。这个计划到底能有谁跑得出去其实是个未知数，而周养浩在这一问题上是延续了何子桢的"连坐法"压制"囚犯"的，即像张蔚林一案人马除张露萍在女牢服刑外，其余6人如果有一人出事（包括越狱），一旦被发现，不管有没有成功，其他几个人都将被处极刑。

"敌人的这一招是非常毒辣的，所以有关越狱计划必须慎之又慎，虽然我们鼓励只要有可能就该逃出这魔窟，但仍然要把每一个越狱计划周密地安排到以不能伤害第二个难友为前提……"罗世文在秘密支部秘密讨论有关越狱问题的会上这样强调，这也是秘密支部最初制定的四条行动原则的重要内容之一。

"万不得已，不轻易行动。"车耀先是具有丰富军事经验的领导者，他在长期观察息烽集中营的敌方兵力布置和平时安保措施后，也这样认为：息烽集中营实施的是"里三层、外三层"的防卫，一般情况下很难实施越狱。

"当然有一个情况例外，那就是乘着车辆等其他可能的工具，浑水摸鱼出集中营。"车耀先也认为周养浩拼命借"囚犯"们的劳动赚钱，这本身就属于"走私"性质，加上周养浩这回被丰厚的利益冲昏了头脑，故有可能在安排佣工时会出现个别"漏洞"。张蔚林的意思是，买通个别军统特务分子，争取做个外出送货的运输司机一类"劳力"，借机溜之大吉。

张露萍向支部报告：张蔚林在到息烽之前，在重庆看守所曾成功收买了看守所所长毛烈，能不能在息烽重演一出类似"买通"某某人再进行越狱的行动计划。秘密支部得到张露萍的报告后进行了十分认真的研究分析，认为张蔚林他们的越狱计划不是没有一点可能，关键是如何争取外出的机会和收买相关人员是否行得通，这需要认真观察、准确判断。

张露萍负责联络的军统电讯总台 6 名中共秘密党员，除陈国柱刚到 30 岁，其余都是二十六七岁的血气方刚的年轻小伙子，又都是知识分子，能进入军统最高层的情报机密单位，本身就不是一般的年轻人，而他们又是专业电讯人员，其见识和能力非一般国民党军官所及。加上张蔚林与年岁最大的陈国柱又是无锡老乡，再加上冯传庆是个高智商、才华横溢的"文艺青年"，外围又有张露萍配合，所以这 7 人拧成一股劲，可是能干出天翻地覆之大事来。秘密支部在讨论张蔚林他们的越狱计划时，给予了充分肯定，同时也拟定了另一套保护措施，比如开始除张露萍安排在女牢外，张蔚林等 6 人都关在"和斋"楼上，这样一旦其中有一个人越狱成功或被发现，都会连累其他几个人，因此秘密支部认为必须设计方案让他们 6 人分开坐牢，以免越狱事件牵连他人。结果此举获得成功，冯传庆后来被转入"仁斋"，又转到"爱斋"，另外几个也分开到了其他几个"斋房"。

庐山高处最清凉，却恐消磨半热肠。

自是人间庸俗骨，原来不惯住仙乡。

这是冯传庆的诗，写于当年他在庐山国民党特训班受训时。冯传庆一直生活在杭州，后又考入上海无线电学校，毕业后分配到威海电台工作，后又调到天津电台，可谓见过世面的人。他的听力特别好，能捕捉各种微弱的讯号，这也让他因为业务能力在军统电讯总部颇受人敬佩和重用。但冯传庆在政治上看不惯国民党和军统内部的腐败与丑恶行径，所以在张蔚林的影响下，很快成了革命阵营里的优秀分子。到息烽集中营后，他与张蔚林、张露萍始终保持联系，密谋包括越狱在内的一切与敌人斗争的可能与方案。

为了实施越狱方案，也更是为了不牵连任何其他一名同志，张露萍的"电讯总台特支"7人的行动仅限于7人内部知道，而其他所有人不参与其中的任何细节，这样一旦暴露，周养浩他们也无法"牵"出其他人。

实施的行动其实是很周密的：越狱的主角不是目标比较大的张蔚林和冯传庆，而是7人中并不十分引人注目的杨洸，他的任务是争取通过收买一个同为"辽宁老乡"的集中营监管员（特务），然后获得外出"开车"跑运输的机会，带上另一位身体比较虚弱的赵力耕，最后争取在半途脱离车队，完成越狱任务。

"老乡关系"在国民党军队里一直盛行，那个与杨洸关系不错的辽宁籍老乡特务就是因为总被另一群帮助周养浩的浙江籍特务压制、欺负，一直心怀不满，看不惯强势的浙江籍特务们，所以当同为辽宁老乡的杨洸出现在息烽集中营时，有种天然的亲切感和信任感，加之杨洸有意在平时通过一些小恩小惠跟这个辽宁籍特务套近乎，而且这个特务很喜欢杨洸手里的一支自来水金笔，那个时候一支金笔很值钱，也很时尚。平时这特务就经常到杨洸这"借"用这支金笔，回去就在其他特务面前炫耀一下。

这个时候，周养浩借着集中营内开厂办店的所谓"新政"，使自己的生意越做越大，有些忙得不可开交之势，"用人"的口子开得也越来越大。负责安排"外出送货"劳力的恰恰是杨洸的这个辽宁老乡。

杨洸如愿走了一趟重庆送货。同车的有3个全副武装的押运特务和另一名"修养人"司机，一路上杨洸根本没有机会逃脱，因为3个武装特务就是负责监看杨洸他们的，即使是路上方便一下，特务们也是端着枪站在一旁，想溜是难上加难。

然而车在路上行，又是崇山峻岭之中的野外，比关在几道墙的集中营内还是多了很多逃离魔掌的机会。第一次杨洸出车并没有实施逃离计划，这是张露萍、张蔚林等商量定的。第一、第二次就是为了增加特务们对杨洸的信任，这期间，杨洸唯一表现突出的是他对跑运输的"辛苦费"特别上心，甚至嚷嚷着特务们给得少，这个目的就是为了让周养浩和特务们认为此人满心眼就是为了挣点"外快"，而不是想逃跑。

一切都在计划之中。过了一周之后，第三次"外跑运输"任务又轮到杨洸了。这回他向老乡特务提出：带上另外一位辽宁老乡赵力耕，让他也"出去透透气"。

杨洸就这么说的，甚至有些"求"老乡帮忙的话都说出来了："你如果安排赵力耕去，我就把金笔送给你了！"杨洸表现得很慷慨、很哥们义气。

"你说的啊！"特务老乡很高兴地冲杨洸说，"不许反悔。"

"不反悔！"杨洸说。

以为一切皆"万事如意"，那一天晚上躺在地铺上的杨洸望着窗外的星空，唱着自编的歌曲"我们不做'修养人'，我们要做自由人"，这一幕感染了同室的名叫刘谦的"修养人"，而且刘谦附和地跟着杨洸唱了起来：

　　　　我们不做"修养人"
　　　　我们要做自由人
　　　　……

这一夜的时间是 1945 年 7 月 13 日。这一幕后来成为息烽集中营幸存者刘谦的刻骨记忆，因为就在这一天晚上，杨洸的那个辽宁老乡突然在他们唱着歌准备睡觉时，闯进监房对杨洸说："你的金笔呢？借我用一下……"杨洸没有感觉有什么不对劲，也就把金笔给了那个辽宁老乡。

然而，第二天上午集中营就出了大事：杨洸和张蔚林、冯传庆，还有赵力耕、王锡珍、陈国柱全部被特务们叫到一起，押到停在周养浩等办公的那个院子前的卡车上。特务们对张蔚林他们说的是"移送重庆开释"。

"分明是他们要下毒手了！"张蔚林和冯传庆交流了一下眼神，明白这是他们最后的时刻了。

也就是这个时候，张蔚林他们看到了战友张露萍也被从女牢带出，往特务办公院子押过来。

"把你的行李收拾好，这回可是到重庆开释你们……"女监管员阴阳怪气地对张露萍说。

"开释？笑话！"机警的张露萍立即轻蔑地对身边的特务们说，"你们不必隐瞒，死是决定了的，我们并不害怕。"随后，她镇静地走进院子，在大门左侧放物品的那口水井前等着特务保管员将她的一只入狱时从重庆带来的小皮箱拿出来。这里面有张露萍随身的一些生活用品，除了衣服之外，还有一枚红宝石戒指及口红、梳子等。张露萍平静地将红宝石戒指戴在手指上，然后又拿出一把小梳子开始精心地将头发梳了又梳，一直梳出她认为最满意的发型。

"徐大姐，好看吗？"张露萍低声地问前来送行的"小萝卜头"的母亲徐林侠。

"后边的够不到，你再给我梳梳。"徐林侠默默地为张露萍梳着，眼泪早已忍不住流淌在脸颊上……

"徐大姐，我们活得亮亮。死，也要死得堂堂。你说是吗？"说完，张露萍又从容地换上从延安回来时穿的那套咖啡色连衣裙，然后将小皮包往旁边一扔，说，"用不着它了！"说完，同徐林侠等另几位送她的女难友点头告别。

"'253'，你可要走好啊……"难友们知道张露萍此去恐怕再无与大家相会之日，忍不住哭泣起来。

"姐妹们，没啥伤心的。我们来到世上，就是为了活个自由、活得快乐。虽然我们一直没有自由、没有快乐，但相信终有一天自由、快乐的日子会来临的。你们好好等待吧，姐妹们——"说着，她像一个美丽女神昂首走出小院，登上卡车……

起来——

饥寒交迫的奴隶，

起来，全世界受苦的人

满腔的热血已经沸腾，

要为真理而斗争，

旧世界打个落花流水……

　　押送张露萍等 7 人的卡车在难友们的目送中渐渐离开，车上响起高昂的《国际歌》歌声，后来幸存的难友们都清晰地记得张露萍他们离开息烽时那视死如归的一幕。

　　杀害张露萍等 7 位烈士的"阴谋"，其实集中营特务们是前一天晚饭后就知道了的，所以也就有了那个辽宁老乡突然来到监房"借"走杨洸金笔的事。而关于为什么突然要杀张露萍等"电讯总台"7 位共产党员一事，现在我们从已知的史料中获得了一个准确的信息：就在前几日，戴笠来到息烽，听周养浩介绍他如何如何通过"新政"把包括张露萍等在内的"修养人"在劳动和学习过程中改造得已经"听话"了的情况。特务头目戴笠马上嗅到有些不对劲，并极其严肃地举了另一个监狱发生的"共党分子"成功越狱的"教训"，狠狠训斥了周养浩，告诉他：像"253"一伙人，不除掉早晚是个危险。

　　正是戴笠的这个意见，1945 年 6 月底，周养浩就收到了重庆发来的一份密电："张露萍等 7 人秘密处决，报局备案。"

　　一次性秘密枪决 7 人，不是件小事，需要提前安排相关"后事"，所以周养浩才在 7 月 13 日晚上召集行刑队特务们开了个紧急会议，布置了第二天的秘密"任务"。

这就是枪决张露萍等 7 人的前因后果。

走向死亡之路的两辆特务卡车，趁着山区笼罩的迷雾，迅速离开集中营，驶向密密的快活岭丛林。显然这是一次有预谋的屠杀：特务们将车开至离息烽县城 3 公里左右的快活岭的一个军统被服仓库时，便按事先准备的计划，谎称要搬运被服，强行叫张露萍等 7 人下车。

当张露萍他们刚刚下车，走上仓库的台阶时，他们的身后突然响起嗒嗒的密集枪声。一梭梭罪恶的子弹从背后飞来，猝不及防的张露萍、张蔚林和冯传庆等人随即中弹倒下……

当刽子手正在为自己"干得漂亮"而狂笑之际，不承想张露萍竟然从血泊中站了起来，只见她扭过头来，怒目圆睁，手指着流着鲜血的胸脯，向刽子手骂道："笨蛋，你们这么没用！朝这儿来呀，打准点！"

这一情景，可把一群刽子手吓得个个汗毛倒竖，连退几步。

嗒，嗒嗒，少顷，才又见一个特务慌忙地连放数枪，张露萍又中 6 弹后才倒下没有再起来……

鲜艳的石榴花瓣碎了。美丽的脸庞绽开了一片血色太阳光。

　　……
　　我们在血海中新生，
　　我们在血海中迈进。
　　今天，胜利正展现在我们的眼前，
　　我们要准备着更大的流血，
　　去争取前途的光明！

此刻，苍茫大地，突然地响起阵阵雷声，那声音沉闷而悲怆，仿佛是山岭在哭泣与呐喊，又宛若老天爷在询问为何人间有如此无情的悲剧！我想，这是飘荡在息烽上空的张露萍等烈士们在上苍传来的声音吧，那也是张露萍唯一留下的在今天我们还可以看得到的刊发在集中营《复活月刊》上的"石榴花"诗……

与张露萍烈士的英名相识已经有十几年了，然而我第一次见真正的张露萍是在 2022 年的夏天。那是在息烽烈士陵园，那里有座高高的张露萍等 7 烈士纪念碑，其纪念碑后面是张露萍等 7 烈士的墓。息烽县党史办和文联负责人告诉我，这是韩子栋同志第一次来息烽寻找张露萍等烈士遗骸后的第三次烈士落墓地，也就是现在的烈士纪念陵园。

在张露萍烈士墓旁边，我意外地发现还有一座墓。那座墓上的名字是"曹天荣"。

"这是谁？"我不由得问道。

"是张露萍烈士的母亲。老人家生前一直有个愿望：活着的时候，她跟女儿没有多少时候在一起。所以有一天去世后，她要陪伴在女儿身边。1992 年，张露萍家乡的人根据老人家的遗愿，将其骨灰移至此地。息烽人民这次圆了老人家生前的愿望。"

这才有了烈士陵园内"母女"相伴的这感人一景。

张露萍在息烽集中营的故事和她深入虎穴、与敌人开展谍战的传奇，以及她身后的曲曲折折，一直吸引着我。而到了息烽集中营实地调查、采访之后，我才对这位年轻的女英雄有了较为全面的了解。虽然烈士牺牲已近 80 年，但她和她的名字恰如她自己所形容的石榴花一般，"依旧灿烂地红满在枝头……"，让后人敬仰与爱戴。

第十章

巧摆『龙门阵』

在"监狱劳动化"的旗号下，周养浩要求难友必须参加各种劳动，做"工作修养人"。中共狱中"秘密支部"经讨论后，决定利用这个机会团结更多的党外难友，开展对敌斗争。

张露萍的故事，无疑是息烽集中营众英烈中十分具有代表性的，因为她特别出彩，所以我在前一章将她先写了出来。在当时，与她相关的许多故事其实是相连相串的，比如她那首题为《七月里的石榴》的诗，在今天的我们看来，也充满了红色的精神和共产党人的气魄。但是这样的诗为什么能在大特务周养浩的"监管"下刊发并且没有被禁罚呢？

这就是罗世文领导的秘密支部在发挥作用，他们用巧妙的斗争艺术让周养浩为代表的国民党反动派无任何把柄可拿捏。

你不是搞"新政"吗？

你不是让我们抒发对国家和"领袖"的情怀吗？

你不是说"修养人"要有思考与激奋这个时代的勇气和能力吗？

那么我们就可以借古论今。

那么我们就可以抒发对抗日形势的激愤。

那么我们当然还可以抒发对自然的爱与恨吧？

我们的"领袖"不也号召全民抗日，不也让以史为鉴吗？不也要求民众提升修养吗？

所以我们写这样的文章。

所以我们抒这样的情怀。

所以我们评这样的时事。

《复活月刊》的特务编辑无话可说。

统管和主编周养浩同样无话可说。

国民党军统机关看出些苗头但似乎又还离"红线"差那么一点点儿……"有人反映你们那个《复活月刊》像是共产党办的刊物了？"有一回戴笠这样问周养浩。

"哪会哪会！每期我都是亲自审的，绝不会偏向的。我们的办刊宗旨就是高举三民主义旗帜、按老板您指明的方向办的……"周养浩差点吓出一身冷汗。对这样的"大是大非"问题是不能含糊其词的，否则一切责任就是我周某人的嘛。

我的阵地，怎么可能办成共产党的嘛！周养浩知道罗世文等一批"红帽子修养人"玩笔杆子是有一套的，但毕竟每期每篇文章他周养浩是要过目的。罗世文、许晓轩，包括张露萍等"红帽子"们写的文章确实有点对当下和历史问题冷嘲热讽，但他们的作品水平就是比一般的"修养人"高嘛！如果他们这些"红帽子修养人"不写了，剩下"黄帽子""白帽子"真的没几个能够写像样的文章，那样办刊，我周某人的脸面搁哪儿？这不让"红帽子"们嘲讽嘛！

为防个别时候、个别文章"失误"，周养浩对《复活月刊》更是上了心，不仅每篇文章要亲自审，还要在每期的卷首页上"题词"告诫，提纲挈领，比如在现存的 3 期《复活月刊》卷首上都有周养浩的"亲笔题词"：

"自古圣贤豪杰一切惊天动地的事业，莫不是在艰苦患难中造成的。"

"革命的事业就是圣贤的事业。"

"唯有诚乃能创造、能奋斗、能牺牲。"

每一条这样的卷首"题词"落款处，都盖有"养浩"的朱印，以示这息烽集中营和《复活月刊》的"思想引领"和"办刊宗旨"。至于刊内的文章说古论今、风花雪月，"飘"一点有何妨呢！再说，戴老板遵循总裁指示创办这所息烽"行辕"的目的，不也是为了"训育人才，为党国所用"嘛！哪有要鱼儿往"岸"上游，又把水抽干之理！

"养浩在此推行'新政'，就是要把这里办成一所学校，一所让每一个人成为具有自觉的'三民主义'和效忠领袖的'修养人'的大学校！在这样的大前提下，大家的思想可以是自由的、放飞的，是可以抒怀这里的空气、阳光、鲜花和一草一木嘛！"周养浩在礼堂训话时就是这样说的，于是后来也就在《复活月刊》上看到许多"红帽子""白帽子"，还有"黄帽子"用笔名写的抒怀诗、杂文，甚至还有对湖塘、草房等自然与景物的素描图……我们就可以理解为什么像张露萍的《七月里的石榴》这样充满革命"火药味"的诗篇竟然也能刊发出来。

敌人总以为自己比别人聪明，哪知革命者、共产党人比他机智和高明得多，他们正是利用《复活月刊》抒怀自己对时局的明察秋毫，用历史的事实剖析当今国民党卖国求荣的丑陋，用一首小诗、一篇杂谈或抨击牢狱的恶行，或赞美难友间的友情与忠贞……这就是罗世文领导的支部党员们确定的行动准则的重要任务之一：让囚禁在此的同志和革命友人，能不被困苦与磨难所压垮、所屈服，永远向着阳光，去迎接黎明的到来！

周养浩所谓的"改造""修养人"的"新政"第二"举措"是建图书室。修养修养，无书可读，何来修养？这一点上，周养浩在"讨教"所有的"红帽子""黄帽子"时都这么表示，只有"白帽子"们摇头不表态，难怪呀，犯过纪律事儿的兵痞子谁还静得下心看书嘛。有个"白帽子""修养人"当着周养浩的面说："大主任，你能每天送老子一斤肉、一瓶老酒，老子我啥都听你的，别天天搞些文绉绉、舞文弄墨的事，实在把老子弄得眼花头疼又犯困嘛！"

周养浩毕竟也是念书人出身，一听这话就气歪了嘴，心里骂道：

就你这厮，活在世上也是浪费空气、白占粪坑！

　　但对罗世文他们的秘密支部和多数"修养人"而言，无论敌人有什么目的，他们对办"复活图书馆"这件事还是比较欢迎的。

　　"既然你们如此抬爱养浩此举，那谁来管这摊子的事呢？"周养浩把"红帽子"的"政治犯"召集起来，并且直接试探性地询问罗世文，"你来管？"

　　罗世文立即摆手摇头道："说实在的，我真想接这份好差事，可你看看我这身子骨，它由不得我的心思呀！只怕我来管，这图书馆就办成了三天打鱼两天晒网……"

　　由于集中营环境的恶劣和饮食的低劣，本来身体就虚弱的罗世文的老毛病重犯，谁都看在眼里。

　　周养浩似乎认可罗世文的说法。不过到底谁来管事呢？

　　"要不老子来接摊子。反正老子是个跛子，一天到晚不爱东跑西颠的，而且自己还比较愿意做个书虫子……"说话的是车耀先。

　　"对对，跛子团长干这事合适！又是他的老本行，在成都他办报办书店都是有名的……"有人立即呼应。

　　车耀先假装生气道："你少提成都的事，老子已经为那些破事吃亏到差点挨枪子了，你龟儿子还在提这事呀？"说着，他假装要拿起棍子揍那说话的人。

　　"别吵了！别吵了！"周养浩皱着眉头，思索片刻，说，"就你吧！得好好地管着，别给我惹出幺蛾子啊！"

　　选车耀先来管图书馆，对敌方的周养浩来说，实属无奈之举，因为他确实无法挑出更合适的和让他信任的人。罗世文领导的秘密支部对此已经商量过，韩子栋甚至说：此事非"团长"莫属！而且对车耀先说，这个阵地攻下来，其战果超过在战场上率部队占领一个战略高地。

在秘密支部分头征求其他同志的意见时，大家也一致认为占领图书馆其实比参与《复活月刊》撰稿还要有意义。"它可以让我们通过这一阵地联结狱中的所有难友，同时有可能突破与外界隔绝的封锁，因为图书馆是搬不动的，但书是'活'的，它是在'走动的'，这过程就是我们与同志们、难友们和外界的组织取得联系的秘密渠道，用好它，就能实现秘密支部的奋斗目标。何况我们还有已经去干收发的老韩，可以配合耀先同志许多事……"罗世文这样表态。他的这个意见也很快传到了各位党员中间。

对车耀先最支持的还是韩子栋。他被周养浩视作"垫底货"——坐牢时间最长、问题最糊里糊涂、做事从来不挑不拣，而且也不会随意跟特务们顶撞，谁都不愿干、谁都厌弃的事，他韩子栋从不含糊去顶着……所以平时在特务的眼里，他韩子栋就是个"老傻子"。

其实，韩子栋就是要让敌人和众人感觉他是个"傻子"，因为他发现：在国民党的秘密集中营，你玩"聪明"，第一个倒霉的就是你。而当"傻子"的结果是：你可能比谁都能获得"好处"。比如别的"囚犯"不能随便在集中营内走动，而韩子栋因为被人认为是"老傻子"，每天他是最早一个走出牢房、拎着提桶到狱内打水的人，也是第一个能到处走来走去的"修养人"；比如周养浩实行"新政"后，"犯人"干活还能获得一点点"奖励"，有豆腐干那么大的一块肥皂、一包"四一"卷烟，而韩子栋也是最早获得这些"奖励"的人；更有一件别的"囚犯"根本不可能做到的事——他可以出集中营大门，跟着特务生活管理员上街去买菜、送货……韩子栋更是最早一个到过息烽县城街上的"囚犯"。

　　如此这般，前阵子集中营办了一个"合作社"，即"小卖部"，韩子栋便被调去当勤杂员。成立教务所后，有了《复活月刊》，韩子栋又被调入写作组。这会儿集中营里里外外收发的事多了，便成立了一个收发室，韩子栋又被调去当收发员。

　　"让那个老傻子干！"特务们在做一件新的事情需要用"修养人"时，常常先想到韩子栋这个"老傻子"。

　　"老傻子"因祸得福，成为集中营中的"囚犯"们不可攀比的特殊人物。然而没有几个人知道这位入狱时间最长的共产党员内心之痛苦。他要在敌人面前装成最老实、最没有主张、最听任摆布、最不反抗、最不计较吃亏的一个人。有特务时常寻他恶心，特意让韩子栋去做猪狗不如的事，韩子栋也不会表现出抵触和反感，佯装成很配合、很乐意,最后惹得特务们"哈哈"大笑,还回头骂他"真是个老傻子"。埋在这位老共产党人心头最痛苦、最令人忧愁的是：第一，敌方始终不信任他是个真正的"复兴社"社员（特务分子），尽管军统拿不出任何证据证明他与共产党组织有什么关系；第二是共产党组织也已经失去了与他的联系，甚至有人怀疑他韩子栋从一开始就是个"老特务"。这一份痛苦是韩子栋最难受的，为此他曾经与罗世文无数次长谈过，如果没有罗世文对他一贯的信任，或许韩子栋早已主动去向何子桢、周养浩求个死刑解脱了。

　　"中国共产党还是一个正在成长和成熟阶段的政党，它自身也还需要经受各种磨炼和考验，所以有些事有时会让自己的同志感到失望甚至伤心，但我们要坚信党不会冤枉和轻易放弃自己的一位好同志的。坚信这一点，也是每个党员的素质与修养。要经得起最严峻的考验！"罗世文一再这样鼓舞和激励韩子栋。所以，这也让韩子栋特别信任和支持罗世文领导的支部工作。

在图书馆成立之后，韩子栋利用当收发员的便利，与车耀先商议的第一件事，就是如何找书，找合适的书。

"听物件管理员说，他那库房里堆了不少破书、旧书……而且那些书都是各位入狱的人从四面八方带进来的，肯定有一部分是蛮有价值的！"韩子栋说。

"这个太重要了！去跟周养浩讲一讲，争取从那些旧书、破书中寻找些好书出来！"车耀先大喜，这是得来全不费工夫啊！

"让死书变成活书，这个无妨。不过，每一本书必须要认真挑，不能有赤色书籍进入我们的图书馆，一本也不能！"周养浩知道这事后表了这个态。

别看车耀先平时一拐一跛，说话又总像火炮筒似的，可对书、对看书这事的认真劲儿，连那些整天端着枪站岗放哨的国民党集中营警卫兵都被感染了：为了从那个堆满乱七八糟物品的库房内找出有价值的书来，他车耀先拐着一条腿翻箱倒柜了整整四五天时间，在那霉味熏人的库房里一本一本地把书找出来，然后再挑选。等挑定后，他又把破旧折页、缺封少皮的书，一一粘贴整理，写上书名……车耀先平时把自己装演成一个大大咧咧的"炮筒团长"，再加他的那条跛腿，所以有些人背地里称他是"川阀团长"。许晓轩有时也半开玩笑地对车耀先说，你这装的粗俗鲁莽相，实际上有利于掩护自己的真实身份。罗世文听后抬抬鼻梁上的眼镜，说："你们可不知道老车其实是个细到能给自己的闺女缝缝补补的好男人呢！"车耀先便笑了："这个不假，可也没的办法呀，我那女儿是个残疾人，若不帮她实在是心疼哟！"就是这外表看似粗人的车耀先，实际上做事既细致又缜密。他发现那些旧书中有些确实是很劣质或肮脏的书，但有些则是革命者特别珍惜的书，如毛泽东的《中国社会各阶级的分析》《新民主主义论》及艾思奇的《大众哲学》等。毛泽东的书绝对是周养浩等特务分子眼中的"禁书"，为了保护这样的书，车耀先想到的办法是贴上一些基本没人看的如《高等数学》《几何》等书皮包装起来，并且放在最不起眼的地方。而这样的书，后来通常在架子上标明已"借出"，实际上这些书都是供集中营秘密支部中的党员相互传阅的。然而特务们也不是那么呆傻，周养浩除了派专人每天在图书馆盯着车耀先的一举一动外，同时也叫教务所所长文光甫担任图书的"总监人"，意思是图书馆出了事拿你这个"总监人"问罪。文光甫何许人也！前面已经提到过，他是国民党原左派领袖邓演达的秘书、农工民主党（第三党）成都市负责人，在国民党内部也算是个有名的才子、见过大世面的人，只是因为跟随邓演达，反对蒋介石，最后也成了个国民党秘密集中营的"囚徒"。车耀先任图书馆馆长，周养浩征求过文光甫的意见，文表示此人在成都有办报办书店经验，合适。加上文本身是倾向于共产党的，所以后来车耀先在图书馆工作中暗传革命书籍，文光甫是一只眼睁、一只眼闭，当作没有看见。实际上给车耀先挡了不少麻烦。自然，这是后话。

明心湖旁的那座小平房设为图书馆后，在开放第一天，真是有点"喜色"。

那天想看书、借书的难友们按室排队、依次进去挑书。车耀先呢，就像是个掌柜似的给大家介绍："这些书是大家的，我只是把它从库房里'叫醒'了。从今起，你们可以相互推荐、交换阅读……"

图为息烽集中营阅览室。车耀先利用管理图书馆的条件，为难友添置了大量书报，索回了原先被没收的进步书刊，流通出借；还将消息写成字条夹入书页，直接送到难友手中，把图书馆办成了"秘密支部"的联络点。车耀先还通过介绍进步读物给"修养人"看的方法，教育一些非党"修养人"，让他们逐步认识革命真理、增强斗争信心集中营内的难友们三三两两，看着一本本书整整齐齐地放在架子上，很是激动。有人半开玩笑地问车耀先"怎么变的戏法弄来这么多书"时，车耀先便把搞书的"秘密"活灵活现地说了一遍……

原来是这样啊！难友们好不兴奋，因为不少人果真在有的书上发现了自己的名字，这让他们仿佛见到久别的亲人一般，着实激动了一番。

随着难友们对图书馆的热情越来越高，车耀先马上发现：光靠库房里找来的这二三百本书远不能满足大家借阅的需求。正当车耀先就筹书之事向罗世文请教时，韩子栋又给出了一个好主意：我每天还总能看到从这里释放的难友们给集中营的这人那友写的几封信来。如果发动一下这些人给我们的图书馆捐书捐刊，估计他们会很好响应的。

"老韩这个主意好！"罗世文连连称赞道，"从这里出去的人知道这里的情况，其他事他们或许不敢做，也不便做，但让他们捐点书、捐点刊，估计还是有不少人愿意的。"

车耀先马上表示赞成，说通过这渠道弄来书，周养浩想必也不会有太多的反对。

随即，车耀先以图书馆管理员的名义，让小特务向周养浩"请示"这个做法，果然获得了周养浩的同意。

"还可以发动集中营内那些可以跟外面通信的人或者家人取得联系，他们要是再捐点，老子这图书馆就真的像模像样了！"车耀先进而把捐书捐刊的做法又延伸了一下，这可等于把全集中营的难友们都动员了起来。

"这事我也可以帮忙嘛！"后来竟然有些管理员（特务分子）也跟着参与了这样的捐书捐刊活动。

这一下好了，没多久时间，车耀先就"发"了：从四面八方寄到息烽集中营的各种书籍多达上千本……太好了！车耀先坐在书堆里，自入狱后第一次哈哈大笑起来：老子真的发了呀！龟儿子，群众的力量就是大嘛！

图书馆就这样有模有样地办了起来。

阅读对一个长期闷在牢房里的人来说，是极大地帮助消磨时光、提升精神世界和学习知识的好方法。许多伟大的人物如革命领袖列宁、黑人斗士曼德拉都是在牢房中靠看书度过了几年几十年的艰难岁月，甚至写出了皇皇巨著。当年被沙皇抓进监狱的列宁就有过这样的传奇：他被关在一间狭小的单人牢房内。牢房黑乎乎的只有一个小窗口透进一点儿微弱的光。列宁的唯一待遇就是家里人还能够送些书来——当然监狱当局必须审查每一本书。列宁就是这样一边读书、一边秘密写下不少传单和小纸条，以此来指导监狱外的革命斗争。为了瞒过敌人的眼睛，他想了个巧妙的办法：把面包捏成"墨水瓶"，装上牛奶，然后在书上空白处写上字。等牛奶干了，什么也看不到。书送到外面后，列宁的同志们拿到后在火上烤，那些字就会显现出来。

在息烽集中营内，有了车耀先当"馆长"，不但难友们能够借阅图书（周养浩规定每人每月只能借阅一至两本书），相互之间还可以交流读书心得体会，秘密支部通过借阅图书的过程，也能向支委及党员同志传递支部有关对敌斗争的决定与精神。

罗世文本来就是有名的"书虫"，他本人的读书劲头连特务们都敬佩，现在有了图书馆借阅的机会，他对读书就变得更加如饥似渴，几乎每天除了参加劳动和集中营方面强求的各种活动之外，人们看到的罗世文就是在看书。放风的时候是"囚徒"们来说是一天最放松和快乐的时间，尽管很短，但晒太阳、伸伸胳膊伸伸腿是特别惬意的事，几乎每个难友都会这样做。但唯独罗世文与众不同：他会找个僻静的地方、蜷曲着身子——他的身体每况愈下，他说站立着会消耗仅有的那点体力，他只想捧着一本书，把头埋在书页中……有人问他你干吗不放松放松，休息休息、晒晒太阳再看书也无妨嘛！罗世文便笑笑回答道：老朽觉得过去的日子失去了很多，现在能够争得每一分钟看本好书便是人生最大的补偿，所以哪还有不争朝夕之理呢？

没有人说得动他。甚至后来连自称在"军统里第一读书人"的周养浩也不得不敬佩他罗世文是个"真读书的人"。

其实，党内秘密支部的人知道，罗世文自集中营有了一个图书馆之后，他正进行一项十分机密且危险性极大的重要工作，那就是向中央和外面的世界报告息烽集中营的情况，揭露蒋介石利用设置的秘密集中营迫害革命者和抗日志士的黑暗……这项工作是秘密支部集体作出的重要决定，它的意义远远超出了息烽集中营本身，因为蒋介石和戴笠在全国各地设置的类似的所谓"行辕"，实际上多数就是反动派从事镇压和残害革命者与共产党人的黑牢。这种反人类的集中营，具有与希特勒法西斯集中营一样的性质，必须让全国人民和世界正义的力量都知道。

而秘密支部的同志自然还知道：罗世文会通过借阅图书的机会，及时向支部同志传递他对集中营对敌斗争的一些具体的意见与指示。这个秘密只有车耀先和韩子栋知道，因为罗世文与车耀先二人是党的高级干部，又是长期在敌我较量最残酷和激烈的岁月与环境中锻炼出来的，具有丰富的斗争经验，加之罗世文通晓历史与俄文，所以他利用书做文章的技能就连专业谍报人员都十分吃惊，比如他用各种不同"批注"和划段，来传递支部和他的某些决定，他还会用"不经意"的阿拉伯数字告诉某位狱中的难友某些事以及完成他们之间的交流，紧急情况下，他用折页和折页上的奥秘迅速向支部和其他同志发出"通知"或"告示"……

特务无法从罗世文看过的一本书上找出任何"马脚"，而罗世文、车耀先与韩子栋3位支部的核心人员则可以通过图书馆，联络和商议许多重要事宜，处理与分析敌人或时局的形势，然后制定出对敌斗争的方向与措施。

1946年年初的上海英文报纸《密勒氏评论报》刊登了一篇有关息烽集中营的英文报道。该文就是罗世文和车耀先的手笔。后来我们知晓的内情是：罗世文起草完后，由车耀先修校与抄写出来，再转交另一位共产党员难友周科征翻译成英文，然后由韩子栋通过给一位释放的"老囚友"答谢其捐书的书信秘密传递到了上海。再由这位"老囚友"几经周折转到了密勒氏评论报社。

"娘希匹！这类事竟然会公诸天下，可见共产党已经在我们的每一个鼻孔底下了啊！"蒋介石气得直拍桌子，把戴笠骂得狗血喷头。因为罗世文、车耀先他们的文章，第一次用事实揭露了蒋介石违反"双十协定"、扣押政治犯，并对政治犯和革命者进行残酷的镇压与残害。这样的事在国共重庆谈判不久被披露出去，蒋介石不气急败坏才怪。军统特务们也不知有多尴尬。这件事也间接导致了在戴笠死后不久，息烽集中营便被撤销。这是后话。

我们再来说罗世文等共产党人通过图书馆进行对敌斗争的故事。

关键人物车耀先此时真正发挥了"车团长"的作用，他身处图书馆"馆长"位置，你看他每天跛着腿，起床后吃完那碗稀饭，便急急地去"上班"了……

　　一到那独立一处的图书馆——说"馆",其实也就是一大一小两间木平房,但这就足够了,对于几百名"囚徒"加集中营的一二百名管理员(特务们),也是非常可贵了,用周养浩自己的话是"全国行辕中独一无二的",所以也足够他到重庆那边去吹牛了。关键是,车耀先这认真负责,又是办报办刊做书店的行家在此打理,加上他手头已有两三千册各种书码放在这里,所以他如鱼得水,把集中营图书馆搞得井井有条、生机勃勃。开放之时,难友们蜂拥而至,争先恐后地前来借书还书。

　　"可喜可喜!可嘉可嘉!"连周养浩对此也甚为得意,因为每每有外人前来"参观"他行辕时,这番"阅读"景象,都让他的"新政"业绩在外人面前大放"光彩"。这也就有了他每每见到车耀先,都要问一声"还需要购些什么书?"之类的话题。

　　"当然要喽!"车耀先心想:我要的书还多着呢。

　　周养浩不那么傻,刚跟车耀先这么说,回头又悄悄对手下特务说:"给我盯紧点,每进来一本书都得严审!"

　　又一批新书到了,车耀先高兴,罗世文笑了……其他难友们更是欣喜若狂,因为这些书都是如列夫·托尔斯泰的《战争与和平》,屠格涅夫的《罗亭》《前夜》,陀思妥耶夫斯基的《罪与罚》等。

　　"主任,这样的书怎么办?"特务向周养浩请示道。

　　周养浩翻来覆去地琢磨,最后说:"这些书孙中山先生和蒋夫人也都推崇过,不能说有问题吧?"

　　"那像《华西日报》《观察》《展望》《民主世界》和《山东妇女》等报刊能不能放行呀?"特务又递上几份报纸与刊物,问。

　　周养浩又翻了翻这些报刊的版权页，嘀嘀咕咕道："这都是些到政府注册过的报刊，你不能说它们不行呀！"

　　小特务泄气了，抱着书和报刊走了。留下周养浩一个人独自思索着……

　　车耀先的图书馆越来越热闹了：借书的人不仅多，而且有的人还会在借书之际，请教"车团长""车馆长"一些读书问题。别看"车团长"平时脾气火暴，但一说到书本上的事，这个耐心呵——就像是一个幼师，你只管问，当场回答得出的他会立即回答你；如果一时回答不了的，他就说我把你的问题写下来，待一会儿我查阅一下相关的书籍再告诉你，如果我回答不了你的，我再请教能回答得出的人帮助……

　　好的呀！劳驾"车团长""车馆长"了！

　　请教的人走了，车耀先便忙碌起来了。他要翻阅很多书籍，将找到的答案抄录下来，然后交给兵夫杨文富——此人是周养浩最近派到车耀先身边的，实际上是来监督的。"你要干的事，就是每天给我瞪大眼睛，看'田光祖'在干什么、跟哪些人接触、有没有什么小动作……"这是周养浩特别向这个名叫杨文富的兵夫交代的话。

　　杨是息烽县本地的一名苦出身的农民，是被国民党抓来在集中营里当勤杂人员的。拿人家钱就得干人家的活，开始杨文富对车耀先看得还是很严的。慢慢地，他发现这个集中营里的人都叫他"车团长"的人，一没有架子，二是待人特别热情真诚，不欺负人。更让杨文富越来越敬佩的是"田光祖"经常给他讲些读书的道理，比如说："你看我这不是叫'田光祖'吗，啥意思呢？就是种田人哪，一生想的事就是光耀祖宗。你呢，也有一个好名字，杨文富。可你还是穷，为啥？因为你还是没有文化，没有文化，自然富不起来嘛！"

杨文富笑了，说："不知道我家里人咋给我起的这名，以前真没往这个意思去想……那先生你有文化，帮老子看看咋也能富起来嘛！"

车耀先指指图书馆里的一排排整整齐齐的书，说："古人有句话叫，书中自有黄金屋。这话的意思是，一个人读书了、读了好书、读了有用的书，就可以有生活的出路，就可以由穷变富……心里想的事就能够实现它。"

杨文富点点头，若有所思道："我的父辈为了让我由穷变富，所以给我起名'文富'，原来是希望老子也能读点书，稍稍富裕起来是不是？"

"是是。"车耀先笑着点点头，说，"至少是你的前辈对你有这样的希望。"

杨文富看了看车耀先，又看看图书馆里那么多书，脸上泛起了愁云："先生，我有一事不解，可否请教？"

"说来我听听。"

"就是、就是……"杨文富支支吾吾道，"我猜想着先生你一定是个读过很多很多书的人，可、可……你为啥也没有富起来，反而被关在这个鬼地方呢？说不准哪天你们是要被杀头的呀！"

车耀先笑了，觉得这个杨文富心地善良，是属于可以教育好的"自己人"。于是，只见车耀先放下手中的活，然后将杨文富带进旁边那间小一点的"登记"与"入册"图书的"馆长办公室"。两人面对面地坐着，车耀先开始非常认真地对杨文富讲："我知道你是本地的人，家里也很穷苦。你和你身边的那么多人，为什么都穷苦？就是因为仅有的几个人他们富了，这些富了的人，就把你们原本的土地占了，你想跟他们说理、打官司，但你又往往打不过他们。为啥？就是因为他们的人掌着权、握着印把子。说得再直白一点：就是少数几个有文化又有钱的人捏着印把子、握着枪杆子，专门干些欺负穷人的坏事……这就是这个世界的不公平！"

杨文富又有些不懂道："先生你不也是个有文化的人吗，你为什么就不去跟他们一样发财、享福呢？"

"你这问得好！"车耀先问，"你知道孙中山先生吗？"

"知道。这里的周主任他天天要到'中山室'背《总理遗训》呢！"杨文富说。

"可惜啊，他真要把总理的教导记在心上，落实到行动上，那可是积大德了！可惜啊可惜……"谈到周养浩，车耀先一连长叹了几声，只是他不便在眼前这位穷苦人家出身的兵夫面前多说什么。

看得出，杨文富已经对车耀先很信任了，所以他又深问了一句："先生是有学问之人，可你并不是为了自己在干事，这是为啥呢？"

车耀先笑笑，说："孙中山先生比我有学问，他家比我家也不知富多少。可他为啥要带兵打仗，几度生生死死？就是因为如果要让这个国家、这个世道能改变现状，能让穷人也过上好日子，那么我们这些有文化的人就要做点正经的事，就要去同欺压我们的人和政权去斗，一直到胜利为止。"

"所以因为这，你和其他许多人才进了这个地方？"

"应该是这样。"车耀先点点头。

"我明白点了。"杨文富的目光里第一次闪动着对车耀先的敬佩之意……"以后先生有啥事需要我帮忙的，尽管说一声。"说着，便像平常一样，若无其事地离开了图书馆。

车耀先看着远去的杨文富的背影，在想着一件事……

"我认为可以试探一下，以这人的家庭背景看不像是个坏人。"车耀先将杨文富的情况通过韩子栋告知到罗世文那里，因为他准备"发展"这条线，以便通过杨文富替他转交图书和传递回答问题的便条机会，向有关同志和难友及时传达相关意见和信息。

之后的第二天、第三天，车耀先开始试探性地让杨文富帮助给相关监房的难友传送纸条，那纸条上有的是让车耀先找什么什么书，有的是车耀先回答人家希望他回答的读书问题。

一切都很平常。看上去毫无问题。

就在这一切"平常"之中，车耀先正式的传递信息的工作开始了……第一次没有问题，给几位难友传递了纸条。

第二次也没有问题，给支部同志中的某一同志传出了有关支部的情况的"情报"。

如此一天天过去了。车耀先的图书馆工作越来越忙，帮助难友们甚至是集中营管理员（特务们）找书的事也越来越多，而有一天杨文富突然悄悄地对车耀先说："先生，可能明天'主任'要来检查图书……"说着，杨文富把一本皮是《三国演义》，内文是毛泽东的《论持久战》，悄悄塞给车耀先，并说，"这书皮包得不牢！"

车耀先一惊，这是他和韩子栋搞的"名堂"——通过特殊渠道引入的革命书籍，用大家熟悉的书皮作掩护，再把这些革命的图书传给集中营内的同志们看……这个行动已经实施了近一个多月，从来没有被人发现过，而今天，被这个周养浩派来的人发现了！

"噢，可能是哪个把书搞混了，我重新整理一下……"车耀先是位具有丰富的地下工作经验的革命者，他遇险不惊地拿过那本假《三国演义》，扔在了一边。

杨文富也没有再说什么，只是过去又把假《三国演义》用其他书掩住了，然后出了图书馆。

这一次车耀先望着杨文富的背影时，心中是有一股感激之情的。他知道，对此人是可以放心的。

后来也证明了车耀先的判断：杨文富帮助车耀先完成了一次又一次的通过图书与回答问题的纸条秘密传递重要情报和信息的行动，让秘密支部和难友们之间在相互鼓励，在共同对付敌人方面获得了一致行动和支持，让难友们在最艰难的时刻，有了一份温暖与希望。

"读书就是摆龙门阵。图书馆是摆龙门阵的最好地方，大家可以谈读书体会，交流学习心得，畅谈人生和所学知识的经验……"车耀先经常对前来借书的难友们这样说，于是自图书馆开放之后，集中营内"摆龙门阵"的风气日趋浓厚。虽然集中营并不像难友们想象的有那么多机会让大家坐在一起"海阔天空"地自由畅谈心声，但借书和还书之际的几分钟、十几分钟时间，对每一个可以进去的人来说，便是相当"奢侈"的一次"摆龙门阵"的机会，因为在那里他们可以同车耀先进行学习上的交流和对话，从中汲取营养与有益的知识和道理。

"这就是我们支部所说的能够通过各种方式，尽可能地让每一个难友对生活、对生命、对未来有一份温暖和希望的具体行动。在黑牢中的人，见不到光明，见不到自己的亲人，面对敌人的种种恫吓与威胁，精神和思想上高度紧张与消极，即使是我们党内的同志，也同样必须经受这些考验，甚至是生死考验。这个时候，一本图书、一本好的图书，是可以慰藉人心的，会给难友们内心带来一片温暖。老车的工作意义重大，我们要全力支持他，让图书馆越办越受大家的欢迎……这也是我们的一份重要责任。"罗世文在同支部成员交流时充分肯定了车耀先在图书馆让秘密支部的堡垒作用得到了更强的发挥。

"跛子团长"似乎慢慢在难友眼中变得不再是个跛子了！"他很受人尊敬，没有人再会叫他'跛子'了，而且过去说话粗暴、行事莽撞的他，也变得温情和语了，真像个语文和历史老师……后来大家只要有机会就去图书馆，都喜欢跟他聊天侃大山，用他们四川人的话说，那叫'摆龙门阵'。车耀先摆的'龙门阵'，给当时我们这些生活在地狱里的人带来了温暖和希望，令人终生难忘。"有位息烽集中营的幸存者这样回忆对车耀先的印象。

现在我们知道，利用管理图书馆的机会，车耀先不仅为集中营内的秘密党组织做了大量工作，而且自己也写了一部数万字的《四川军阀史》和一部尚未完成的《自传》。

1944年年底，日本侵略军从广西直逼贵州独山。在戴笠的指使下，周养浩以息烽可能受日军轰炸为由，将罗世文和车耀先秘密转押到遵义。一路上，特务肖复权对车耀先说："你还不快自首，要不恐怕有去无回了！"

车耀先说："老子不知啥叫自首！你们要杀就杀呗，老子这颗脑袋早就准备好了……"他的大无畏气概弄得特务们十分尴尬。

在"消息不通、与世隔绝"的囚禁之余，车耀先以超常的毅力，深思熟虑地续写《自传》，虽然这份宝贝的《自传》未能全部写完，但他把内心对党所想说的话，以教儿女辈的方式传递其中，令人感怀。在《自传》的序言中有这样一段对"儿女"的教诲——

出身贫苦，不可骄傲；创业艰难，不可奢华；努力不懈，不可安逸。能以"谦""俭""劳"三字为立身之本，而补余之不足；以"骄""奢""逸"三字为终身之戒，而为一个健全之国民……

先辈在七八十年前所言，至今细读仍振聋发聩。

第十一章

『小萝卜头』一家

"小萝卜头"在罗世文那里上学的一年多时间里，做过许多"小共产党员"的事。秘密支部的一些决定和意见，就是通过"小萝卜头"传递的。

　　我在十几年前就发现，小说《红岩》里的故事，与真实的历史有极大差异，人物的塑造"搬来搬去"或者缺一少三的这种情况十分明显。比如大家熟知的"双枪老太婆"，真实的"双枪老太婆"其实是死在监狱内的，她的真名叫邓惠中，49 岁，入狱时与她两个儿子一起被敌人关押在重庆渣滓洞，受尽折磨。因为她在敌人用刑时"交代"过 12 页纸长的审讯记录（我从她的档案中复印过这些内容），所以尽管邓惠中是与江竹筠等一起被敌人杀害的，但新中国成立后在内部一直是被作为"叛徒"处理，证据也就是这 12 页纸的敌人审讯记录。1984 年才正式给她平反，追认为"红岩革命烈士"。类似这样的"红岩"故事，我在《忠诚与背叛——告诉你一个真实的红岩》中多有详述。

　　"小萝卜头"也是如此。《红岩》中的"小萝卜头"艺术形象早已深入中国亿万人的心中，就是罗广斌小说的功绩。然而当我到了息烽集中营采访调研和深入挖掘历史资料及走访相关人员后，尤其是看了"小萝卜头"（他的真实名字叫宋振中）的哥哥姐姐们写的文章和他们访问当年与他们的弟弟一起在重庆、息烽等几个监狱受难者的经历后，方知我们其实对"小萝卜头"的过去了解得太少太少了……

　　"小萝卜头"一生才活了 9 岁，只有生命最后的 3 年是在重庆的白公馆，其余时间基本都是在息烽集中营度过的。他母亲抱着他被敌人关押至集中营时，"小萝卜头"不足 3 岁，走路还摇摇晃晃，尚不能独立迈步。

　　以往的"小萝卜头"故事皆是他与"江姐""疯老头"等人所发生的一些故事，他本人的故事大家从《红岩》中只看到了很少的一部分，而真正的"小萝卜头"短暂而精彩的人生故事，则发生在息烽集中营。"小萝卜头"——宋振中，一个不足 3 岁的幼儿就被关在息烽国民党的秘密监狱，其根本原因是他父亲宋绮云是一位杰出的共产党员，曾经在杨虎城将军身边从事地下工作，并参与了"西安事变"的策划，由于蒋介石对杨虎城恨之入骨，所以在国民党特务们疯狂抓捕那些在杨虎城身边工作过的共产党员及支持抗战的爱国志士时，"小萝卜头"的父亲——中共在西安的文化战线负责人宋绮云，便成为首当其冲的受害者之一。

过去人们极少知道"小萝卜头"的家族背景，而我到息烽后，一深入了解，很是吃惊和意外：原来"小萝卜头"的父母都是在大革命前后就入党的老资格革命者，而且都是我的江苏老乡。

"小萝卜头"的父亲宋绮云出生在江苏邳县（现为邳州市）的一户农民家中。13 岁才被父亲送到学校的宋绮云，天资聪明过人。15 岁那年，"五四运动"爆发，才上学 3 年的宋绮云就被推举为县学生会分会主席，他的口才在组织同学们上街游行的爱国运动中得到了锻炼，思想也迅速倾向革命。

1920 年，16 岁的宋绮云徒步 300 多里，跑到靖江，并考上江苏省立第六师范学校。家里没有给一分学费和生活费，宋绮云便自己打工挣钱，养活自己的同时也交上了学费。师范学校 4 年多的学习过程中，宋绮云成了有名的可与校长辩论的"小天才"。毕业后，他回家乡任小学老师。那是个动荡时代，具有天赋性的时代反抗精神的宋绮云，无法忍受乡村教育和师长们的固守与腐朽，所以平时与校方领导格格不入。1926 年，宋绮云告别他依依不舍的学生和故乡，从此踏上了一直到牺牲之时共 23 年的革命征程。他自然不会想到，作为参加过北伐战争的黄埔军校政治教官、直接参与"西安事变"的中国共产党叱咤风云的人物，竟然在牺牲后的半个多世纪里，名

◎ 宋绮云，原名宋元培，1904 年出生于江苏省邳县（今邳州市）。1926 年考入黄埔军校第六期。1927 年加入中国共产党。1928 年返回邳县，先后任中共邳县特别支部组织干事、中共邳县县委委员和书记。1929年 12 月受党组织派遣到杨虎城部队工作，任河南南阳杨虎城部政治教官，兼《宛南日报》主编。1931年任《西北文化日报》副社长兼总编。"西安事变"中，参与草拟张、杨抗日救国八项主张。1938 年在河北省临时政府任职，负责同八路军总部的联络工作。同年 11 月受命到杨虎城旧部第四集团军做统战工作，公开身份是少将高参。1941 年 9 月被捕。1943 年 3月由重庆转息烽集中营囚禁。1946 年转重庆渣滓洞囚禁。1949 年 2 月转贵阳麒麟洞囚禁；同年 9 月 6日被杀害于重庆松林坡"戴公祠"。

◎ 宋振中，又名森森，1940 年 3 月 15 日出生于陕西西安。1941 年 11 月随母亲徐林侠入狱。1943 年 3 月由重庆转押息烽集中营。由于长期的监狱生活造成严重缺乏营养，发育不良，头大身小，难友们称之为"小萝卜头"。因年龄小，不易引起特务注意，行动较自由，在狱中为难友们传递消息，并努力学习。1946 年 7 月转重庆渣滓洞囚禁。1949 年 2 月转押贵阳麒麟洞。1949 年 9 月 6 日在重庆"戴公祠"与父母同时被杀害，年仅 9 岁。

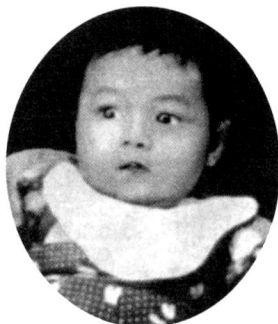

本页图片来源：息烽集中营革命历史纪念馆

声远不如膝下的小儿子——宋绮云共有 7 个孩子，"小萝卜头"是最小的一个。

历史和现实常常错位，不可思议的事自然更多。到底是父亲一生叱咤风云成就了不足 10 岁的儿子的伟大英名，还是一个不足 10 岁的儿子成就了父亲一生的伟业？

这显然是个相互影响的哲学问题。

宋绮云开始走上革命道路时年仅 21 岁，然而他踩到了大革命前后的风云变幻的大起大落的节奏：他奔向武汉时，正值北伐军攻克此地，国民党中央军事委员会立即在此创办黄埔军校武汉分校。宋绮云兴奋不已地赶上了这班"黄埔列车"……在这里，他结识了在叶挺所在的北伐铁军任政治科长的中共党员郭子化，于是宋绮云立即从一名热血革命青年成长为中国共产党党员。

他拿起了枪，加入了叶挺指挥的北伐先遣部队，参与了这支部队横扫顽敌的战斗……枪林弹雨，让一位文绉绉的书生，成为钢铁勇士，成为一位能文能武的青年革命者和坚定的共产主义战士。

而就在此时，蒋介石的反动面目暴露，狰狞的血口开始向共产党人狂咬乱扑……一时间，中国南北腥风血雨，黑云阵阵。

"到南昌去！"在蒋介石公开背叛孙中山"联俄联共"的政策、率国民党右派反动势力到处屠杀共产党人和革命者的紧急关头，中国共产党决定在江西南昌举行起义。宋绮云接到命令后，率领军官教导团的战友与学生紧急启程，火速奔南昌准备参加和支援起义。哪知行至九江时，南昌起义的部队已经撤离，有人向宋绮云传达了中央最新指令：党为了保存实力，坚持斗争，决定原北伐军中的中国共产党党员无特殊情况者，一律脱下军装，回自己的原籍，发动群众，开展反蒋、

"西安事变"后,红 15 军团徐海东的部队进驻西安以西的咸阳,宋绮云(右三)、
米暂沉(右五)受杨虎城委托,代表西安军民对徐海东(右四)及部队进行慰问

◎ 徐林侠,原名徐丽芳,1904 年出生于江苏省邳县(今邳州市)。1927 年加入中国共产党。1928 年任中共邳县特别支部委员、妇女干事;同年 9 月任中共邳县县委委员、妇女委员。1941 年 11 月被捕。1943 年 3 月由重庆转息烽集中营囚禁。1946 年转重庆渣滓洞囚禁,1949 年 2 月转贵阳麒麟洞囚禁。狱中始终保持革命气节,关心、照顾狱中难友。1949 年 9 月 6 日被国民党杀害于重庆"戴公祠"。

本页图片来源:息烽集中营革命历史纪念馆

反国民党右派的斗争。宋绮云对党绝对忠诚，义无反顾地穿上百姓服装，重新回到江苏老家，先在南京与中共江苏省委和中共南京市委的地下党负责人见面并接受任务，当时组织安排宋绮云在南京警察教练所任第二中队副队长。然而不久，党内出了叛徒，宋绮云不得不紧急离开南京，因为在南京的中共地下党负责人被连续几次"一锅端"，南京地下党在大革命时期屡屡被叛徒出卖导致瘫痪的惨剧也是中共历史上少有的……那段时间里，南京雨花台下血流成河，秦淮河上漂满无名尸体，真可谓惨不忍睹。

无奈，宋绮云不得不退到老家邳县，同行的还有几位邳县籍共产党员，他们也都是宋绮云在这些年发展的党员和战友。与此同时，徐丽芳女士（即后来成为宋绮云夫人、"小萝卜头"母亲的徐林侠）等几名邳县籍共产党员也从武汉返乡从事地下工作。

宋绮云回到家乡的感觉犹如鱼儿回到水中一般。这里的政治气氛十分好，虽然偏僻，但国共合作时期基础好，所以当北伐军第二次进入该境后，新成立的县政府中吸纳了包括宋绮云、徐林侠在内的十几名共产党员。

"小萝卜头"的母亲徐林侠在当地群众中威望高，这位从小就有侠气的女子，虽然也是苦出身，但她是在徐州上的高小，在同龄女子中算是见过世面的人，所以裹足和包办婚姻这一类的事到她这里都行不通。高小毕业后，家里人张罗给她找婆家，结果徐林侠以自断一指的行为，阻止了这场包办婚姻。"徐家有侠女"的名声从此也在当地传开了……

1924 年，徐林侠考上江苏第二师范学堂。1926 年，北伐军势如破竹地打到武汉。新的战斗开始之际，黄埔军校武汉分校开设并在全国招生。这回还开设了女子班，英姿飒爽的徐林侠等 60 名徐州的青年男女集体投奔武汉，并考上了军校附设的第二期江苏省党务训练班。剪了短发、穿上军装的徐林侠这回真的是一副侠女之容，威风又英气。就在这个时候，她结识了郭子化，并在他的介绍下加入了中国共产党。而此时，已经对其产生爱慕之情的才子宋绮云也在郭子化的身边，徐林侠、宋绮云这一对革命伴侣，可谓"天赐良缘"，当然，最根本的原因是他们有共同的理想和志向。

1928 年，徐林侠回到家乡，她以个人加入国民党的身份，成为国民党邳县党部委员和妇女会会长，同时任中共邳县特别支部妇女委员。而其恋人宋绮云则是这个特支的组织委员。当时的邳县实际上被以宋绮云和徐林侠为代表的中共党员执掌着。也就在这个时候，徐林侠冲破家族的各种干扰与反对，同宋绮云正式结婚。然而就在他们新婚燕尔之际，国民党内的"清党"全面开始。邳县成了国民党江苏党部重点"清党"的地方，数名共产党员突然被捕。徐林侠也未幸免，倒是宋绮云当时不在邳县，躲过一劫。苦了已有 7 个月身孕的徐林侠，她被押至苏州的监狱。国民党反动派屡屡对其用刑，逼其招认自己的中共党员身份。徐林侠坚贞不屈，只承认自己是国民党党员。徐林侠即将临产，监狱方的国民党特务有些不知所措，最后只得同意徐林侠采取暂时保释，但必须仍受特务监视。

如此，徐林侠在友人的帮助下，在监狱不远处租了一间破落的小房子，产下了"小萝卜头"的一对双胞胎姐姐。这对双胞胎姐姐整整大"小萝卜头"12 岁。

"小萝卜头"的母亲不愧是侠女。后来她被判刑 8 个月。当她一左一右地抱着两个孩子从监狱出来时，邳县一带已弥漫着国民党反动统治下的一片白色恐怖。她既不敢回娘家，又无丈夫宋绮云的任何音讯，甚至有人说宋绮云已经死在外面了。即便如此，徐林侠依然不屈不畏，待在老家，一边靠着挖野菜、种萝卜过日子，一边在苦苦地等候党组织和丈夫的准确消息。

这是一段极其难熬的日子。

又是一年多，突然有一天，同乡的郭子刚带来一封信。徐林侠一看是自己朝思暮盼的丈夫的来信："……我离家出走，你被捕入狱，这两年你吃苦了……"

徐林侠捧着信，回头抱住两个还不太会说话的女儿，号啕大哭了一通。

"国民党以一己之利，以杀一儆百的手法来巩固自己的统治。红色帽子满天飞……你一个弱女子大义凛然，保持了清白，真可以说巾帼不让须眉。我为你骄傲，为你自豪！"丈夫既温暖又有力量的话语，让她重新刚强地站立了起来。

"走，我们到西安去，找你们的爸爸吧！"她一手拉着一个孩子，昂首走向正日出布满朝霞的地方。现在，两个女儿也有了正式的名字：振平与振苏。名字是宋绮云起的，孩子出生时，他在北平，正研究俄罗斯革命的成功经验，于是给双胞胎女儿就起了带"平"与"苏"的名字。

"不行！外面乱得吓人，你不能带走这么小的娃娃！"徐林侠的娘家人知道后，不答应她这么做。再说，徐林侠父母没有儿子，只有徐林侠她们姐妹仨。老人恳求女儿留一个外孙女在老家。

徐林侠左看看、右看看，两个才一岁多一点又长得一模一样的女儿，不知如何是好……最后一横心，把老大振平留了下来。

"妈妈——我要妈妈！"大女儿的哭声撕裂了已经上路的母亲之心。

就这样，徐林侠抱着老二振苏，踏上了寻找党和丈夫的数千里远途。被留在老家的宋振平，在外公外婆去世后，由于生活所迫，进了尼姑庵，直到新中国成立才重返正常生活。这是后话。

再说在西安的宋绮云，与妻子和女儿重逢之后，为了不影响繁忙的工作，便将家安在西安市郊的长安县蒲阳村。这个时候的宋绮云已经从延安抗大学习后被派往西安国民党第四集团军出任"少将高参"一职，同时又在由杨虎城资助的当地影响很大的《西北文化日报》任总编，实际就是执行共产党下达的在西安做杨虎城部的统战工作的任务。

"西安事变"前的杨虎城，是国民党驻陕的实力派人物，尤其是他曾隶属冯玉祥将军，在配合北伐军的战斗中威名扬四方。后来又成为驻陕的国民联军第 10 路军总司令，极具实力。在大革命前的国共合作期，杨虎城一直与共产党有密切关系，一位他特别信任的老友、共产党人魏野畴在其部任职。后来他又在魏野畴的影响下，在其部内安排了许多共产党员任职。

1927 年 4 月 12 日，蒋介石在上海发动反革命政变，随后又在全国尤其是军队里开始"清党"。大批共产党人和革命者牺牲在反动派的屠刀之下。

"我这里没有共产党，所以无党可清！"早有人在蒋介石面前参告杨虎城部队中"塞满了共产党"的恶状。蒋介石对杨虎城自然不会放过。南京方面派出各种人员来杨部要求"清党"，杨虎城一面严正警告南京方面的大员们"我部无党可清"，一方面全力协助中共党组织火速安排好原在他部的中共党员撤离。

形势紧张，南京方面紧盯不放杨虎城"通共"的嫌疑，此时，一位正随北伐军南征北战、年仅 16 岁的中共女党员在战场上与之相遇——尽管一位已是西北名将，而另一位只是北伐军中的宣传队员，而且两人年龄相差 18 岁之多，但他们依然深深地相爱了。我党曾有人怀疑一名国民党高级将领能否与一名年轻的中共党员结为夫妻，这事被杨虎城知道后，他坚定地说："我爱她是最重要的，而且她思想进步，今后能帮助我！"

新婚仪式上，杨虎城当众向比自己小 18 岁的"小谢"保证："我要一辈子爱你，白头到老！"

谢葆贞羞涩地低下头，却很有个性地道："我不要你的山盟海誓，只要你革命就行。"

杨虎城听后，大喜，然后高兴地举杯道："好，为了革命到底，白头到老，大家一起干杯！"

也就在这之后不久，宋绮云经叶挺将军的党代表陈子坚介绍，投奔了正驻扎此地的 17 路军司令杨虎城。宋投奔杨，纯粹是基于党的安排和他本人对杨虎城的敬慕之情。由于蒋介石公开背叛孙中山意愿，到处屠杀共产党人，全国一片白色恐怖，中国共产党人和爱国革命者很难有立足之地，然而唯独杨虎城说过这样的话：哪个布尔什维克在别处不能立足，可以到我这儿来。而且在杨的部队里，其政治部主任、秘书长等都是共产党员。宋绮云就是冲着这阵势投奔杨虎城来的。

"你这位大才子，久闻大名！欢迎欢迎！"杨虎城对宋绮云的到来表示极大欢迎，立即委以《皖南日报》总编兼部队教导队政治教官重任。宋绮云通晓中国历史，知识渊博，所以常被杨将军邀请到家中"讲故事""讲古典"，杨虎城听宋绮云讲完后常常大为感慨："哎呀，我要是早点知道这些历史知识，也不至于走那么多弯路啊！"

杨虎城就是这样与宋绮云成为密友的，后来国民党在监狱里迫害宋绮云时，杨虎城主动站出来称"宋是我秘书"，这样使宋绮云甚至他一家人都有了稍稍好一点的待遇。

再说随着1930年蒋冯阎军阀大战（蒋介石与冯玉祥和山西阎锡山之间的军阀混战），作为冯玉祥部的杨虎城果断进驻西安，蒋介石不得不顺水推舟任命杨虎城为陕西省主席和西安绥靖公署主任。杨虎城从此也有了"西北王"之称。

次年7月，宋绮云被杨虎城任命为《西安日报》总编，并接管了原顾祝同筹办的《西北文化日报》，出任该报总编，同时兼绥靖公署宣传科科长。实际上就是杨虎城对外的喉舌。

1934年，中国共产党领导的红军北上，在陕北延安等地建立了苏区。这时的国民党在蒋介石的指挥下，组成了"西北剿匪司令部"，他自任总司令，并任命东北军的张学良为副总司令，驻扎西安，任"剿匪"代总司令，而杨虎城的第17路军又被编入"剿匪"部队建制下。显然老蒋是想借"剿匪"一事获得一举两得之目的：一者趁中国工农红军在延安脚跟未站稳，打个"歼灭战"；二者让张学良和杨虎城这两只"虎"在西安城里相互咬个半死，然后再来收拾他们。

蒋介石的这个阴谋在张学良和杨虎城二位将军的心里不是不知道，但"为了党国利益"，他们只能忍气吞声。然而中国共产党方面看得清楚，因此决定做东北军和西北军两支国民党队伍的工作。于是派出了相当数量的与张学良、杨虎城两支部队有关系的地下共产党员深入张学良部和杨虎城部做工作。宋绮云是其中的一个。

在这期间，宋绮云多次往返延安和西安，秘密接受朱德总司令和周恩来等中央领导的具体指示。"这支军队的团结是可能的，也是有基础的，这个基础不在于'剿匪'，而在于他们都有抗日的爱国之心。"宋绮云抓住这一主轴，接受了党交给的这项特殊而重大的任务——在张学良和杨虎城两支国民党"剿匪"部队中做团结工作。

不用说，杨虎城这边的工作，宋绮云已经在平时铺垫了，而杨虎城着急的则是张学良方面受蒋介石的牵制太大，怕其不能认清老蒋的本质而深陷其阴谋之中。

"据我所知，张将军及其所属官兵，他们其实早已吃尽背井离乡、亡家失地之苦，只是还没有从蒋介石的'攘外必先安内'烟幕弹的迷惑中清醒过来。这个时候，我们做好宣传极其重要……"

"好啊，西安的大小报纸还都在我们手里，这回你这个大才子务必要开足马力，用正义的声音，来拯救东北军和西北军两个阵营里的官兵，尤其是要让张将军保持清醒呵，万不能上蒋该死的当！"杨虎城紧握宋绮云的手，说，"你需要什么，尽管提出来。我当全力保障你的宣传机器运转……"

"谢谢。有杨主任的支持，绮云我一定把西安的'喉舌'统领起来！"宋绮云保证道。

《西北文化日报》在西安影响大，宋绮云在杨虎城的支持下一方面大力扩大市场发行份额，尤其是在东北军和西北军两大部队的官兵中发行与赠阅。另一方面，他身为总编，几乎每天都要亲自撰写社论、专题文章等，"把向掌舵"。如《今年国庆所感》《国民军之奋斗与今日之国难》《亟须组织起来作长期抗战》《纪念总理与解救国难》《德日、意日两协定宣告成立之后我国外交出路》等时局评论文章，在西安城内外产生重要影响。宋绮云在文章中大声疾呼："现在举国痛恨之内战，内战度不足取！""九一八者，非可只认为历史之名词，实乃民族之血的教训，国家之巨创深痛。此种教训，此种创痛，在今日犹斑烂癣赤。溃伤未复，如钉在脑，拔之未果，隐痛正剧。如刺在心，按之犹在，酸楚非常……"

经过宋绮云等共产党人公开和私底下的多方耐心细致的说明与宣传，东北军和西北军开始日趋融洽，也正是这个时候，在宋绮云等共产党人的撮合下，陕西各界在西安举行了声势浩大的"坚守西安胜利七周年纪念大会"。张学良将军率东北军众将领与部分官兵参加了以西北军为主导的这一大会。张学良在会上发表了热情洋溢的讲话，表示要与西北军团结一致，共同对抗日本侵略军。这一纪念会，实际上开成了抗日誓师大会。

当日，宋绮云激情澎湃地挥笔书写了社论，在《西北文化日报》上发表后，西安城内外，一片抗日热潮汹涌奔腾，令人激奋。

然而蒋介石依然执迷不悟，才有了后来震惊世界的"西安事变"。宋绮云是此次重大事件中共方面的重要角色，因为他一直在"事变"的指挥中心——西安新城大楼。整个"事变"的几天中，张、杨二位将军忙于各种紧急会议，研究部署"事变"的具体部署。宋绮云则在一旁组织人力起草各种电文及负责张、杨抗日救国八项主张的起草等实际工作。12月12日凌晨，西安城内枪声不断，市民们还不知咋回事时，第二天一早，宋绮云亲自监管下的《西北文化日报》的"号外"已免费送至大街小巷和东北军、西北军官兵手中，而其他报纸都在当日停刊……

"张副司令、杨主任暨西北各界将领对蒋介石委员长实行'兵谏'",西安人是从宋绮云任总编的这张《西北文化日报》的"号外"上才得知这一天大的事件!

"兵谏"二字,也出自宋绮云之口,并成为当时中国和全世界媒体的统一"口径"语。

为了让全国人民和全世界了解西安的"兵谏"真相,宋绮云在那几天夜以继日地伏案疾书,他著文指出:"前方将士浴血抗日,后方民众毁家纾难,不料蒋介石把持下的南京政府仍不为所动,执行其一贯屈服日本帝国主义的卖国政策,不敢言战,百般压迫救国运动,摧残救国阵线……张、杨二位将军等数十万将士忍无可忍,实行对蒋介石的'兵谏',促其清醒。""不抗日,中国无生路,不反帝,中国无生路!""抗日必胜!""中国才有希望!"

宋绮云的笔下是带血的宣言和呐喊,加之他才华横溢的笔锋与笔调,震醒了亿万万中华儿女,一时间,全国上下、东南西北,立即掀起了支持张、杨二位将军的爱国行动。

分析"西安事变"的全过程,蒋介石自然恨透了中国共产党,因为他一直认为"西安事变"是在中国共产党支持与"怂恿"下造成的。社会上认为是张学良和杨虎城二位将军所为,而张学良生前曾多次说:"主要的发动者是杨虎城。"所以也有了蒋介石可原谅张学良而绝不原谅杨虎城与他身边的"那个共产党"——宋绮云。不过准确地说,"西安事变"的主因是蒋介石本人采取的不抵抗政策和他的倒行逆施,使得具有爱国心的张学良和杨虎城二位将军发动了"兵谏"。

毫无疑问,宋绮云是"西安事变"的重要贡献者。他对杨虎城的思想通达和协调杨虎城与张学良共同合力起着不可估量的积极作用。

周恩来圆满处理完"西安事变"后，在离开西安前交给宋绮云一件特别的任务：设法搞一套印刷设备运到延安。因为当时陕北条件很差，党中央的很多文件还不得不用原始刻印方法或人工手刻蜡纸油印。遇到有些重要文件必须铅印时还得冒着风险派人到西安印制。"西安事变"后，解决印刷问题已成为延安的一个特别重大而紧急的任务。

"不能再耽误了！"宋绮云接受任务后，立即着手备货。原本想用《西北文化日报》的那套印刷设备，但后来考虑那套设备是杨虎城将军给予的，送延安似乎不妥。于是宋绮云立即动员报社和西安的共产党人与进步知识分子个人集资来购买全套印刷设备。最后这套印刷设备是从上海购得的，并通过秘密渠道发到了延安。当时日本侵略军到处烧杀抢掠，国民党军队又疯狂"围剿"延安革命根据地，所以宋绮云等想尽了各种办法，先从上海运出，发往一个不起眼的地方，然后再一步步接近延安。整个运输过程高度保密，把机器拆散成最不起眼的零件后分批运送，即使遇到国民党特务检查也看不出到底运的是什么东西。

印刷设备一直运到陕北的三原县，由中共中央派出的第37军驻云阳办事处主任杨尚昆同志接收，并在此地试印了《中国革命向何处去》一书，之后才在桃花盛开的季节将全部设备运达延安。最终，安装到了延安东关外的万佛洞，此地是《解放日报》报社所在地。中共中央财政部部长林伯渠亲自迎接印刷设备，并负责安置了由宋绮云直接挑选的一批印刷工人和技术人员。

"有了这个好啊！我们的东西也能正式成为书了！"毛泽东、朱德和周恩来等中央领导经常到报社检查工作，当他们看到能够印书的这套设备后，十分高兴。尤其是毛泽东，当他看到自己的《论持久战》

《中国共产党在民族战争中的地位》《论联合政府》和《新民主主义论》等著作在这里成书时，连连赞叹，并特意让周恩来向宋绮云等表示由衷的感谢，表扬他们用特殊的方式为党做出了特殊贡献。

在通信落后的北方，革命根据地与敌占区之间尚处在敌对状态，来自延安的中共中央的方针与指令，尤其是毛泽东的主张与思想，如果不成书，就很难传达到共产党领导的八路军、新四军和后来人民解放军的各基层，更不用说传到敌占区。而有了书以后就很不一样了，它可以通过各种途径到达前线的广大干部与士兵手上，也能让非解放区的党内同志与革命群众学习到毛泽东思想。即使在国民党的秘密集中营内，当时罗世文、车耀先等读到的毛泽东等写的革命书籍，也是以宋绮云他们送到延安的印刷机上印出来的。

宋绮云的这份特殊贡献，过去极少有人提及，而这份贡献连同他参与的"西安事变"一样，理当成为中共党史上一份特别宝贵的财富。在宋绮云被捕之前的这10年多，他一直在为党的工作奔波于西安和延安之间，可谓呕心沥血，贡献非凡。而这时的"小萝卜头"的母亲徐林侠，也在帮助丈夫从事地下工作。自双胞胎女儿之后，他们又添了5个小宝贝，其中老三振西送回了江苏老家，与老大振平一起留在外公外婆身边，其余5个孩子则都在西安市郊的蒲阳村，他们是老二振苏、老四振华、老五振铺、老六振亚，以及刚刚出生没多久的老七振中，也就是后来的"小萝卜头"。

曾经的侠女徐林侠真是很不容易，丈夫宋绮云几乎不着家，只能她一个人在家拖儿带女，过着十分艰难又险情四伏的生活，还要每天为处在风口浪尖上的丈夫提心吊胆。

"妈妈，我要爸爸！"

"妈妈，啥时候到城里去看爸爸呀？"

孩子们总在母亲身边这样问她。徐林侠只能哄着让孩子们等待他们爸爸的出现。宋绮云也确实时常会出现，可多数时候是在孩子进入梦乡时，因为他不想引起旁人的特别关注，所以通常选择在半夜或凌晨三四点到家里"看"一眼……

孩子们对爸爸的印象便是这般"糊里糊涂"。老七太小，更不知爸爸为何人，倒是爸爸回家往炕上一看，几个娃儿排在他们母亲的身边，有一片森林般的气势。

"哈哈，我们的老七就是森林中最小的一棵！那——你的小名就叫森森吧！"才情无限的父亲这么一说，"小萝卜头"就被众哥哥姐姐一起欢喊出"森森"的乳名了。

"森森！"

"森森乖……"

森森就这样在母亲和众哥姐的呵护下一天天地成长着……

"西安事变"虽然迫使蒋介石同意国共联合抗战和国共第二次合作，然而蒋介石对张学良和杨虎城，尤其是潜伏在杨虎城身边的共产党员恨之入骨，宋绮云是国民党特务最想抓的其中一人。

为了躲避特务的迫害，一段时间内，宋绮云隐蔽在西安郊区的蒲阳村，时常还与孩子们一起玩耍。突然有一天，也不知从哪儿来的一帮人闯进了宋家，二话不说，推着他就往外走。宋家老二振苏赶紧告诉正在对门老乡的玉米地里干活的妈妈徐林侠："妈妈！妈妈，有几个人要把爸爸带走……"

徐林侠一听不妙，抱起身边的森森就往家里跑。这时几个特务已经将宋绮云推出院子，往一辆停在门口的车上赶。徐林侠正要责问特务们是怎么回事时，却被宋绮云用眼神迅速制止了。

"爸爸——我要爸爸！"老二振苏已经 12 岁，是已经懂些事的大孩子，所以她想拉住爸爸不让特务抓走，但她被妈妈阻止了。一堆孩子簇拥在母亲徐林侠的身边，看着自己的父亲就这样被特务们推上车，然后消失在视野中……除了"小萝卜头"外，这是宋家其余的孩子最后一次看到父亲。

宋绮云被捕后，他的妻子和孩子们一直期盼着消息：一是谁把他抓走的，二是现在到了哪里。之后的两个月，徐林侠和宋绮云的警卫员王迁升，不分昼夜地到处打听，他们走遍了西安的国民党警察局、保安局、宪兵营、稽查处、省党部、三青团支部等地方，但就是杳无音讯。徐林侠心急如焚，又无可奈何。

又是一个阴雨连绵的日子。徐林侠习惯性地走出小院子的大门，往远处望去，似乎看到一个慌里慌张的人正朝她家这边走来。

是的，他就是往咱家来的。徐林侠警惕而又有些期盼地等待对方的走近。

"你就是宋社长的太太徐林侠女士吧？"那人显得十分谦和地问徐林侠。

"先生你是……？"徐林侠有丰富的地下工作经验，她反问道。

"我是宋社长手下的，从宋社长那里来……"说着看了看徐林侠，又赶紧从口袋里掏出一封信交给徐林侠，"这是宋社长的亲笔信，你看看。"

徐林侠接过信，不由得激动了：两个月了，你总算有音讯了呀！打开信的一瞬，徐林侠的眼神又阴沉了下去，因为丈夫的信上只写了一句话：速将换洗衣服送来。

"他现在在哪？"徐林侠有太多的疑虑涌上心头。

"在报社。"那人说。

"那他为啥不自己回来取衣服？"

"太忙了，根本脱不开身……"

"上次带走他的那些人是干啥的？"

"这个……不太清楚，可能是地下党的同志吧！"

"不可能。他们不像是好人！"

"但宋社长现在确实在报社忙着呢！"

"你说让我送衣服过去，怎么送到他手呢？"

"宋社长说了，让你亲自送到他手上。"

"你的意思让我送到他报社呀？"

"是是，明天我在报社门口等你……中午 12 点你看可以吗？"

徐林侠看了看来人，又想：不管怎么说，去见到丈夫才是最根本的。

"那好吧。"她说。

"好的好的，明天见。你明天一定要到报社啊！"那人走了几步后，仍回头再三说道，生怕徐林侠改了主意。

这一夜对宋家人来说，是个难眠之夜。母亲把孩子一个个安抚入睡，但似乎没有一个娃儿听话，因为他们都知道妈妈明天要去找爸爸，他们想着能不能带他们一起去，或者妈妈不让他们去的话怎么办呢？

"快睡吧！妈妈去找王叔叔谈点事啊……"母亲一个劲地这样说，又一个个拍拍被子让他们闭上眼睛。但除了啥都不懂的森森外，其余 4 个娃儿就是不闭眼，他们生怕妈妈瞬间从眼前消失——他们极其害怕。害怕失去爸爸后再失去妈妈……

这一夜，妈妈徐林侠向宋绮云的警卫员王迁升夫妇交代了许多事，主要是防止她走后回不来的可能以及如何安顿好几个孩子的事。

"无论如何你不能去冒这个险，这肯定是凶多吉少的事……"王迁升完全不赞成徐去找丈夫。但徐林侠决心已定，说："不管啥情况，我不能看着绮云不明不白地走了，这也是为了这些孩子！"

没有人能够说服徐林侠。孩子们只能用乞求的目光看着母亲。

"我去找你们的爸爸，最多3天就回来，你们要听话，不能乱跑。"徐林侠转身又对老二振苏说，"你最大，要带好弟弟妹妹。"

"嗯。"老二一边流泪，一边不住地点头。毕竟，一个12岁的女孩子要承担这么大的压力，实在难为她了。

第二天一早，母亲抱着未满周岁的森森要走时，姐姐哥哥们轮流抱了抱他们的小弟弟。森森像懂事似的一个个叫着"姐姐""哥哥"，然后亲了亲姐姐、哥哥。这是"小萝卜头"与姐姐哥哥们最后一次告别的时刻，孩子们谁也不会想到他们的弟弟后来成了全中国人都知道和崇敬的小英雄、小烈士……

"小萝卜头"是随父母的革命而成了革命分子，他的童年从这一天开始就坠入了黑暗的牢狱。苦难与黑暗，是这位宋氏幼儿的全部生命内容，这在中外历史上是少有的，而这也让息烽集中营的红色革命精神中有了一位少儿英雄的血脉与光辉。

母亲抱着小弟弟走后，宋氏六姐弟便成了孤儿，这一页我们不在此翻阅。徐林侠带着8个多月大的森森到了西安之后，才知道这是敌人设下的一个陷阱：他们想连同共产党员徐林侠"一网捞尽"。

此计何其毒也。

"小萝卜头"第一次进牢房是母亲带着他到西安后，被那个"送信人"带到了西安小雁塔旁的国民党胡宗南部队的总部黑牢里。未满周岁的小森森，见不到太阳，整天在黑暗中，唯一能让他安下心的是摸到了自己的妈妈。孩子无法忍受监狱的黑暗与饥饿，所以不停地哭闹。母亲无论怎么哄着，也无济于事。

他唯有在哭累之后，才躺在母亲的怀里昏昏地睡去……

一个多月后，小森森随母亲被国民党特务押到重庆白公馆监狱。而他的父亲宋绮云其实就在这里，只是小森森和他母亲并不知道，恶毒的敌人就是用此来折磨共产党人和革命者，甚至不放过未满周岁的幼儿。

"这么小个娃儿也要关这儿呀？"小森森的到来，让监狱内的难友们感到不可思议，大家无比愤慨。特务们对此不以为然，一样给幼小的森森吃又霉又馊的杂食。

妈妈将碗放到小森森嘴边，小家伙一闻其味，便扭过头，不要吃。实在饿了，喂一口到嘴里，却又哭闹起来，并吐了一地……

妈妈知道，这又霉又馊的东西咋让这么小的娃儿吃呢？可还能有啥法子呢？

徐林侠自参加革命后一直是闻名的侠女，唯独在监狱里她看到自己的孩子如此遭罪，忍不住潸然泪下。

小森森越来越瘦。身子似乎从此不再成长，唯有那个小脑瓜在一点点长大……于是乎监狱的难友们对徐林侠说，你得想法让他吃点啥好东西，要不娃儿都长成了"小萝卜头"！

是啊，无耻的敌人如此无情！他们竟然连一个未满周岁的孩子都不放过，让好端端的娃儿都长成了"小萝卜头"！作孽啊！

"小萝卜头"就是这样叫出来的。

　　"小萝卜头"从此也成了狱中最小的"囚犯"宋振中的别称,这又是监狱难友对他的爱称,除了妈妈还叫他"森森"外,监狱里所有人甚至后来连特务们都叫他"小萝卜头"。

　　一年后,"小萝卜头"随妈妈被军统特务从重庆移关至息烽集中营……颠簸的山路上,"小萝卜头"几次吐出了黄水,他坐在妈妈的身边死死地捏着她的衣角,生怕车子一拐弯被甩出去。

　　"妈妈,我们要到哪儿去?是回家吗?我想要姐姐哥哥……还有爸爸。""小萝卜头"不停地问,不停地说。

　　与入狱前一年相比,妈妈徐林侠已经完全变了一个样:脸上皱纹密布,头发已斑白,难见昔日的英姿侠气……显然身体大不如以前。知她心思的难友们清楚:狱中的徐林侠,既要为没有了父母关照的6个幼小的孩子的命运担忧,又要为不知去向的丈夫的生死牵挂,更要为身边弱不禁风的小森森的操心!

　　从重庆出发的卡车,在山峦中奔跑多时后,因为有人嚷着要"方便",所以不得不暂时停了下来。妈妈领着"小萝卜头"刚刚在山崖边尿了泡尿,便被特务们赶上车,而车是被篷布盖住的,看不到外面的世界。就在徐林侠抱起"小萝卜头"上车时,她无意间看到了隔着几辆卡车那边的一辆车上有一个熟悉的身影……

　　"森森,我跟你说一句话后你可不许出声好吗?"妈妈轻轻地凑到儿子身边,说。

　　"小萝卜头"立即瞪大双眼,然后朝妈妈重重地点点头。

　　"我看见你爸爸了!"妈妈说得很轻很轻。

　　"爸——""小萝卜头"顿时激动得喊出一个字,可立即被妈妈的一只大手捂住了嘴。

不足两岁的"小萝卜头"从未如此激动和兴奋过，只见他憋红了小脸，在妈妈面前呈现出不屈的"反抗"精神，似乎憋足全身的力气，连连哭喊几声：

"我要爸爸！我要爸爸啊——""小萝卜头"哭了，撕心裂肺般的哭声，震荡着大山，也让同车的难友们泪水盈盈。

"见他爸爸了？"

"他爸爸也在这趟车里？"

同车的难友们纷纷询问徐林侠。"小萝卜头"的妈妈只好点点头，喃喃地说："在、在……"

"好嘛，龟儿子特务们，等到了目的地，老子就让他们把'小萝卜头'的爸爸叫过来，让他们一家人团聚嘛！"

"对，'小萝卜头'不要哭，我们一起帮你把爸爸要过来！"

"对对，一起帮你把你爸爸要过来！"

众人你一言、我一语，说得"小萝卜头"笑了起来，连一直愁云满脸的徐林侠也跟着第一次绽出了笑颜。

息烽集中营到了。

一个远比"小萝卜头"想象中更可怕的地方：围墙一道又一道，地很大，但妈妈和爸爸待的牢房隔着100多米，"小萝卜头"想走出女牢的门口往男牢瞅一眼，就被女牢的女特务像抓小鸡似的一把揪了回来，警告他："以后只能在这个房间里待着，不然小心屁股上挨揍！"

"小萝卜头"也算是监狱的"老资格"了，他扭过头，用鼻孔哼了一声，心说：老妖婆，见到我爸后告你一状，小心你没好果子吃！

"妈妈，啥时候我能见到爸爸呀？""小萝卜头"和妈妈徐林侠的监房在息烽集中营的"义斋"，即女牢，是较于男牢相对独立的一个小院，他随妈妈进这里的时候，这里有五六十个"囚犯"，还有一名比他还小的"监狱之花"孙达孟小妹妹。由于"小萝卜头"机敏又好问，加上瘦得如同一根蒜似的身子上面"顶"着一颗大脑袋，所以"女囚"们都很怜悯与喜欢他，尤其是那位住在"小萝卜头"隔壁监房的张露萍"张妈妈"。当她第一眼看到瘦得皮包骨的"小萝卜头"时，就把他拉到自己身边，然后问他叫啥名字、几岁了，为什么跟着妈妈坐监狱来了。"小萝卜头"看了一眼妈妈，在获得妈妈许可的眼神后，"小萝卜头"便一一回答了张露萍的问题，并骄傲地说："因为我是老'政治犯'，所以他们要关起我来……"

"那你知道为啥他们把你当'政治犯'了吗？"张露萍想不到这么个可怜的孩子竟然能说出这样的话。

"小萝卜头"想了想，说："因为我爸爸要打日本鬼子，他是大'政治犯'，我就是小'政治犯'，但我跟妈妈一起进监狱时间长了，所以我就是老'政治犯'……"

听了"小萝卜头"天真而令人心酸的话，张露萍忍不住将孩子搂在自己的怀里，眼眶里的泪珠在打转……她顺手端来一碗留下来的粥，要喂"小萝卜头"。

"阿姨吃，森森已经习惯了！""小萝卜头"谦让道。

"可森森还要长身体，所以要多吃点、吃好点。"张露萍说。

"小萝卜头"转头又看看正在纳鞋的妈妈，见妈妈没有说话，便又看了看张露萍，说："阿姨长得真好看……"

张露萍便笑了，说："那以后我也当森森的妈妈行吗？"

"小萝卜头"不得不又回头看看自己的妈妈。已经被监狱折磨得弱不禁风的徐林侠苦笑地点点头，说："森森给阿姨磕个头，以后就叫'张妈妈'……"

"张妈妈——"一声脆而甜的叫声，让张露萍的心都醉了。她随即应了一声后又紧紧地把"小萝卜头"抱在怀里，一股母爱立即涌动在这位年轻的女共产党员的心头。

"必须争取让'小萝卜头'的父亲和家人有见面的机会！"张露萍因为与车耀先的特殊关系，所以很快被罗世文领导的监狱秘密支部吸收进来，同时她也通过在监狱内自由度相对高一点的韩子栋秘密传递来的信息得知，"小萝卜头"的父亲宋绮云不仅在男牢房，更因为他才华横溢，知道他的人不少，并且大家还能不时地在《复活月刊》上读到他的激扬文字，但宋绮云唯独不能与近在咫尺的家人见面。

"简直就没有基本的人性！还叫啥'新政'，就是暴政嘛！"张露萍来息烽集中营后，因为与周养浩的几个回合下来，她锋芒毕露和毫不留情的反击，让周养浩感觉难以驾驭，甚至有时面对面时有种"吃不消"的无形压力。现在，周养浩在面对张露萍一针见血地提出这个问题时，不知如何是好。

"老宋是我们党的功臣和一代才子，必须帮助他争取与家人定期见面的权利。"罗世文和支部一致认为张露萍的意见具有标志性意义，也是回应周养浩一直以来要求"修养人"们配合他推行的"新政"的具体行动。

"这里不是一直在谈人的修养和以礼治人之道吗？那为什么最人之常情的父子、夫妻在同一地方不能见个面呢？这还有何文明与礼道可言？"在周养浩要求和组织的"修养人"的定期"思想认识讨论会"上，罗世文有理有据地娓娓道来，说得假斯文、假学问的周养浩脸上一阵白、一阵红，最后不得不回应，允许宋绮云一周到女牢看一次妻子和儿子。

"爸爸！我要爸爸——""小萝卜头"知道后，高兴得蹦来蹦去。还没有到可以见面的日子，他就借着放风的时间，拉着妈妈到女牢的院子门口，让妈妈指着他看百米外的男牢那边的人中哪个是他爸爸……

"快看！那个正从台阶上下来的高高个头的人就是你爸爸……"妈妈徐林侠也很激动地伸手朝男牢的方向指给儿子看。

"看到了！看到了——""小萝卜头"踮着双脚，伸长脖子，又蹦又跳地喊着，"爸爸！爸爸——"

男牢那边立即被清脆的童声吸引了。正在干活的宋绮云意识到是自己的儿子在叫他，立即举手朝这边挥动起来。

"爸爸！爸爸——"不想，"小萝卜头"见爸爸在那边朝他挥手致意后，像打开笼门的小鸟，挣脱妈妈的手，从守门的特务眼皮底下一溜烟地溜了出去，朝着爸爸的方向，飞奔过去……

"回来回来！不许去！"特务一看，坏了！便立即大步流星地追过去。毕竟孩子小，特务毫不费力地追上了"小萝卜头"，然后一把揪住他的后衣领，叱喝道："小兔崽子，你跑啥你！"

"放开！放开……我见爸爸！""小萝卜头"拼命地挣扎。

"你犟什么你！"特务气呼呼地正想抡起拳头打"小萝卜头"的那一瞬，突然横空出现一只有力的胳膊钳住了特务的那只手……

"不许打小孩子！"

特务一看，是黄显声将军朝他怒目而视，吓得赶紧解释："是……是这个小孩子乱跑……"

黄显声一瞪眼，说："我都看清楚了。人家一个小孩子见见父亲有何不可？放了孩子！"

特务无可奈何地放下"小萝卜头"。

"爸爸——"这时的"小萝卜头"像一只欢快的小鸟，直扑进父亲宋绮云的怀里……

"森森！我的好儿子……"宋绮云伸出双臂，紧紧地将两年没见过面的儿子抱在怀里。

"爸爸……呜呜……""小萝卜头"哭得浑身颤抖，久久不能停下。

"好了我的小森森，你是老'政治犯'，应该是个勇敢的孩子，我们不哭、不哭了啊！"爸爸一直安慰着儿子。

从此，"小萝卜头"可以一星期见一次爸爸，而徐林侠也能和丈夫宋绮云见一面……每每看到宋家一家三口在牢房里团聚几十分钟，张露萍和同室的女难友们异常羡慕与高兴。

这是斗争的结果。这也是极其难得而又感人的场面。在敌人的秘密监狱里，在十来平方米的那间黑暗与潮湿的牢房内，一家三口有几十分钟的见面机会，彼此问一声"你好吗"，孩子能依偎在父亲的怀里撒一次娇、亲昵地叫一声"爸爸"，父亲能给儿子讲一段故事……这是多么宝贵而又可悲的情形！是敌人的残暴让革命者的家庭在如此环境下承受精神、身体和情感的三重打击与摧残。即便如此，"小萝卜头"一家所表现出的人间真爱与温暖，也让息烽集中营内的所有难友感动与羡慕。

息烽集中营作为国民党摧残和磨灭共产党人与革命者肉体与灵魂的所谓的"新政"试验地，几乎在每一天、每一时、每一刻，都会给这里的每一位共产党员和革命者带来严峻的考验与摧残。繁重的体罚式劳动，加之非人所忍的劣等伙食，使许多人的身体每况愈下。"小萝卜头"也不例外，他是个小男孩，像其他的儿童一样，在长身体的时候十分需要营养，可监狱不可能让他吃到一点儿像样的食物。因为有了与父亲一周一次见面的机会，"小萝卜头"有时会在大人去车间劳动之时，走出女牢的小院子，但必须经过女监管员（女特务）的同意。

"小家伙，想出去耍耍吗？"一日，"小萝卜头"的妈妈同其他女难友去劳动了，黑牢里只剩下"小萝卜头"独自坐在地铺上看着房顶发呆——他又在算着哪一天可以见到爸爸了。上回爸爸给他讲"孙悟空的故事"，让"小萝卜头"兴奋得好几天都静不下心来，一睁开眼，就伸伸胳膊、抬抬头。妈妈和张妈妈问他怎么啦，想练武了？"小萝卜头"就说：我要做孙悟空，一个跟斗跳到西安，去见哥哥姐姐！妈妈们听了他的话，又好笑、又心酸。

"想啊！能出去吗？""小萝卜头"一看是那个"胖女人"（他私下里这样称呼那个又胖又丑的女特务）在跟他说话，便坐了起来。

女特务手中摇晃着一杆皮鞭，颇有三分得意地说："当然可以了！不过，你得叫我一声好听的……"

"小萝卜头"平日里就知道这个胖女人专门欺负妈妈她们，便把头扭了过去。他不想对她叫"好听的"，更何况"小萝卜头"和妈妈们都背地里骂这个胖女特务是坏人呢！

"叫不叫？叫好听的呢，我还给你吃甜甜的糖……"女特务拿出一块糖在"小萝卜头"眼前晃着。

这糖块对"小萝卜头"确实诱惑很大，多少次梦里他曾唤着让妈妈给他买块糖吃。可现在是"坏人"的糖，"小萝卜头"直摇头，坚决地说："我不要！"

女特务没想到"小萝卜头"如此爱憎分明，立即恼羞成怒地上来一把揪住他的小耳朵，然后像拎小鸡似的揪出囚室，一直拖到女牢的小院子后，重重地将"小萝卜头"推倒在地上。

"你打人，你是坏人！""小萝卜头"屁股疼得他直叫。

"臭小子，谁是坏人？你说！"女特务又上前用右手扭住"小萝卜头"的脸颊，让他回答。

"你是坏人！""小萝卜头"不屈地喊道。

"好你这个小共产党！我是坏人？好嘛，看我不打死你——"女特务气得像疯子似的举起皮鞭猛地朝"小萝卜头"身上抽……

"啊——""小萝卜头"疼得嘶叫起来。这声音震动了正在近处的难友们。尤其是就在女牢旁边的"特斋"中住着的郑绍发，他赶忙过来喝住那女特务："你干啥子这么狠打小娃儿呀？"顺手过来牵着把"小萝卜头"拉到身边，然后说，"别理她，跟伯伯走！"

郑绍发是个特殊人物，即使是周养浩也不敢对他一家如何，所以女特务更不敢对这个与蒋总裁有"兄弟关系"的人怎么样，但眼看郑绍发真的要把"小萝卜头"拉出院子时便着急了："你不能拉他出院子！"

郑绍发是个老实巴交的农民，但他是可以自由活动的人，平时也喜欢机灵的"小萝卜头"，知道孩子在牢房里吃不饱又常挨冻挨饿，所以时不时隔着篱笆墙的窟窿，悄悄给可怜的"小萝卜头"塞个白馒头吃。今天他听到孩子的叫喊声，便赶过来从女特务的皮鞭下救下了"小萝卜头"。

"那你就不能打他了嘛！不然，我跟周主任说理去。"一听郑绍发这样说，那胖子女特务便吃瘪了。

"小萝卜头"挨特务们打，已经不是第一次了。这让张露萍"张妈妈"气愤不已,她通过韩子栋向支部反映并征得同意后,决定在女牢内为"小萝卜头"争取权利和自由举行一次绝食。通常这样的举动,成功的可能性占一半。周养浩在蒋介石集团中属于比较狡猾和有些脑子的人,所以与这样的特务斗争,是需要智慧和艺术的。这一次张露萍为了确保能够让"小萝卜头"有一份起码的自由和不再随便受特务的打骂,她决定举行全女牢的绝食——而真正的绝食也并不是随便可用,如果一次不能达到目的,敌人会变本加厉地迫害难友们,所以经过与"小萝卜头"的妈妈徐林侠等女共产党员的商议,张露萍这次亲自出面做戴笠的3个"情人"的工作。

"只要她们参与,笑面虎就会败下阵,自然我们提出的条件也会被他答应……"张露萍如此这般地与同室的几位密友和"小萝卜头"妈妈所在的监房内的女难友们悄悄商定后,她开始做被戴笠弃之息烽集中营的3个特殊女囚的绝食工作。

"我参加!他们太欺负人了!"

"我也参加,凭啥欺负娃儿嘛!"

"还要治治那几个平时张牙舞爪的女妖婆……"

这3个女人的态度非常鲜明,其实她们平时也受够了包括女胖子特务在内的监狱"管理员"的压制与欺负,加上"小萝卜头"生来就讨人喜欢,一听说是为"小萝卜头"的事,她们都表示积极响应。

女牢的绝食开始了。那个胖女人和其他几个女"管理员"紧张起来,忙向周养浩报告。

周养浩听后,满在乎地说:"让她们饿几天也死不了人嘛!"

两天过去了。女牢的人没有一个走出牢房的,她们用无声的行动来抗议监狱对"小萝卜头"的非人道迫害。

第三天了，还是没人吃饭。女特务向周养浩报告，说再下去可能会出事，"有个女犯人本来就半死不活的，再下去真的就活不成了呀！"

"这有啥！死掉几个还少些负担呢！"周养浩依然满不在乎。回头他只问了下，"那几个怎么样了？是不是已经偷食吃了？"他指的就是戴笠让特别"照顾"的"女囚"。

"没有。这回她们也像中了邪似的，跟着'共党犯'一条心了！"女特务报告道。

"还有这样的事？"周养浩着急起来了，又问，"她们不会出问题吗？"

"难说，有一个已经躺在床上说话都有些迷糊了……"女特务报告说。

"这事有些棘手啊！"周养浩搓着手，在办公室不停地踱起步来。

"那个小家伙多大了？"周养浩问的是"小萝卜头"的年龄。

"4岁。"

"还小。还小嘛！"周养浩自言自语。突然停住脚步，道："谅他跑不到哪个地方！更不用说想飞出我们的几道围墙嘛！"

"主任的意思是……？"特务伸长脑袋问。

"去告诉她们，别再折腾了！那个小东西可以在监狱内的第二道墙内走动，但得停止宋绮云到女牢探访他老婆和孩子了……"

"是。"

张露萍、徐林侠等"女囚"们的绝食斗争获得了基本成功，"小萝卜头"从此获得了能够在监狱内墙中的男女牢房范围内活动的自由，也就是说他可以在规定的时间内，从妈妈所在的女牢，到男牢去看望爸爸，以及到图书馆等地方走动。

"妈妈，我今天到湖边看到那鱼儿在水中游啊游……可好玩呢！"

"妈妈，妈妈，刚才我路过球场时，看到黄将军伯伯在草地上骑马，他还抱着我上马转了一圈呢！"

"小萝卜头"从此每天都会兴高采烈地从妈妈关押的小院子，飞到爸爸待的另一个牢房，随后还会在中间走过的操场和湖边走一圈……那是他跟着妈妈进监狱后，第一次有了放飞和玩的自由。所以回来，他便有说不完的好奇故事讲给妈妈和"张妈妈"等阿姨们听。那些日子里，"小萝卜头"的眼里充满了兴奋与憧憬。尤其是见到爸爸和与爸爸一起的叔叔伯伯们，这是最令"小萝卜头"高兴的事。

"妈妈，他们都说我爸爸是'宋半仙'，我爸爸是神呢！而且还是大官呢！""小萝卜头"对爸爸的崇拜是挂在脸上的，而他为爸爸的骄傲也让妈妈徐林侠有了一份战胜困难和疾病的力量。徐林侠自入狱后，身体和情绪一直不好，而现在身边的"小萝卜头"时不时从男牢和外面带回些信息，让她埋在心底深处的伤痛稍稍得到一些缓解。

"妈妈，今天我听到有一个叔叔告诉我，我爸爸给两个坏蛋算命，结果把那两个平时喜欢欺负人的坏蛋算得再也不敢轻易欺负人了……妈，爸爸真的会算命吗？"这一天，"小萝卜头"兴冲冲地从男牢回来对妈妈说。

徐林侠摸摸儿子的头，爱抚地将他搂在怀里，然后进入了深深的往事回忆中——

妈妈告诉"小萝卜头"："你爸爸从小机灵聪明，爱看书，看很多书，后来又走南闯北，见了很多世面，经历了许多生生死死，所以他有一双可以看透人心的眼睛，一颗分辨得出好坏的脑袋，而且还有一颗金子般的心。我们在老家时，你有个姥姥，但并不是你和姐姐哥哥的亲外婆，是你爸爸有一天在外面见到了一位在外讨饭的老太太，她很可怜，你爸爸就将老人接回了家，当自己的妈妈赡养。后来妈妈在坏人的监狱里生了你的大姐姐二姐姐，这位姥姥就一直帮助我拉扯你姐姐她们。你爸爸和我们一直对这位姥姥很好，直到她'百岁'……"

"妈妈，啥叫'百岁'？""小萝卜头"问。

"就是年龄大到老死了。"妈妈说。

妈妈接着说："你爸爸就是这样一个心地善良的人。又有一次他在回家路上遇见一位饿昏倒在路边的老人。你爸爸把他扶起来后，背到我们家，让他与我们一起吃住了一段时间。那个时候，妈妈身上长了'老鼠疮'，一直治不好。就是在我们家的那位老爷爷说他有一个祖传医治'老鼠疮'的秘方，后来在老爷爷的调治下，我身上长的'老鼠疮'果真给治好了。"

"那爷爷真神啊！""小萝卜头"听了很兴奋，甚至掀开妈妈的袖子，看是不是真好了。

妈妈拍拍儿子的大脑壳，疼爱地说："傻森森，妈的病早好了。我还告诉你，你爸爸后来还得到了老爷爷给他的这个秘方，也给许多人治好了'老鼠疮'。"

"爸爸真神。""小萝卜头"高兴地从妈妈的怀抱里蹦出来，转身扑到了刚进监房的张露萍妈妈的怀里，并对她说，"我爸爸可神了！"

张露萍双手将"小萝卜头"抱起，认真地告诉他："要不大家怎么说你爸爸是'宋半仙'呢！"

"宋半仙？""小萝卜头"一听乐坏了，大声地喊了起来，"我爸爸是宋半仙、宋半仙……"

　　宋绮云确实是息烽集中营中少有的特殊人物,他每天以乐观昂扬的姿态为他人解心结、"算八卦",而且很多人相信他"算得准"。他自己则坦言:准不准,全在你信不信。为那些难友"算命"时,他讲的是客观现实和道理,用希望点燃一颗颗消沉和悲观的心灵;对监狱的看守和管理员,他用"善有善报、恶有恶报"提醒这些人做任何事的因果关系……在党内,他是秘密支部成员,坚定而巧妙地完成组织交给的每一项任务。加之宋绮云有极高的情商,因此敌我阵营都对他敬三分。尤其是他的"江湖医道",竟然常能用些简单的草药就治好狱中难友们的一些顽疾,所以他的人缘很不错。有时连周养浩碰到难处理的事也让小特务向他侧面"请教一番"。

　　不过,这回秘密支部书记罗世文遇到了一件紧急和困难的事——原来身体一直不怎么样的他,也患上了"老鼠疮"。

　　"老鼠疮"是老百姓对一种叫淋巴结结核病的土称,它是由结核分枝杆菌感染淋巴结所导致的。一旦患上这病,会迅速沿着淋巴管蔓延,然后发展到整个颈项四周、腋下直到腿弯……最后成了不治之症。偏偏,原本就患有肺病、身体十分虚弱的罗世文这时也患上了"老鼠疮",病情一下急转直下。韩子栋和车耀先等秘密支部的同志们非常着急,几次向集中营方面提出到狱外就医,但周养浩就是迟迟不回复,集中营的医生也没有什么高招。

　　罗世文的病情危在旦夕!

　　"有办法了!"宋绮云得知自己的儿子"小萝卜头"这两天的后脑勺上也长了个疖子后,于是立即向监狱方面提出探望儿子的申请。

　　在获得到女牢探望儿子的批准后,宋绮云随即看了一下儿子的疖包，然后在妻子徐林侠耳边说了几句悄悄话……

徐林侠愣了一下，然后朝丈夫点点头。

"爸爸，你跟妈妈说啥了？""小萝卜头"觉得爸爸妈妈有些奇怪，便问。

宋绮云抚摸了一下儿子的脑袋，说："森森要知道，治病会有些疼的，你要坚持呵！"

"小萝卜头"一听是这个，便挺了挺小胸脯，说："爸爸放心，我不怕疼！"

"好！森森就是个好孩子！"宋绮云开始为儿子"治"病：他"狠心"地将儿子的疖弄破，然后挤脓……

"哎呀哎！""小萝卜头"痛得又叫又哭，而且整夜整夜地喊疼，于是整个女牢为他着急起来。

这样宋绮云就申请到了每天到女牢来给儿子治病的机会。宋绮云用的是祖传中医，有的药是随手可取的，比如石头粉、草药，但有些还得到外面的药店去买。这就比较麻烦：一则需要钱，二则要有人帮忙。

钱，难友们凑（其实多数是为罗世文治病凑的钱）；外面的几味药需要有人去买，找谁来帮这个忙？

"她可以！"宋绮云想到了一个女看守。此人生过 4 个女儿，独缺一个儿子。她平时找过"宋半仙"宋绮云"算过命"。宋告诉她：你马上会生儿子的，但有一个条件是：必须从今起要"积德"，为他人做好事。

这话很灵。从此这女看守把宋绮云的话放在心上，因为她是周养浩的情人，她想生个儿子的背后原因十分清楚——这个"儿子"将对维系同周养浩这层特殊关系具有牢不可破的意义。

宋绮云就把买药这事交给了这个女看守。人家比较卖力，该买的几味中药都买了回来，而且在徐林侠的指导下，帮助宋绮云制成了贴治"小萝卜头"疖子的药膏。

很快，"小萝卜头"的疖子治好了。

但如何把这实际上是为罗世文治"老鼠疮"的药给罗世文治病用，这就是个斗争艺术的问题了：如果由宋绮云拿给罗世文治，就容易暴露监狱内的秘密支部组织和行动。怎么办？"宋半仙"立即开动脑筋，向秘密支部提出建议：把给"小萝卜头"治疮多下来的药膏主动交集中营方面的狱医李励堂，让他留用，因为监狱内各种疖子传染一直很厉害，李励堂常常搞得束手无策。有宋绮云帮忙，对他来说也是好事。

这一招果然很灵。狱医拿到宋绮云制作的药膏，很是高兴，问："能不能治罗世文这样的'老鼠疮'？"

宋绮云云里雾里地跟狱医说了一通，意思是完全有可能，但他没有试过。

狱医李励堂一听，便有了心思。他马上将药膏拿到罗世文处让其用，因为再不治好罗世文的病会坏事的，不仅罗世文的命难以保住，更可怕的是整个息烽集中营要是传染上这种"老鼠疮"就麻烦大了！他这个医官吃不消，周养浩也吃不消！因此治好罗世文的病也算是他狱医的一件紧急事。

一天，两天……连续几天药膏用下来，罗世文的"老鼠疮"迅速得到控制，最后一周下来，竟然基本痊愈了！

"宋半仙果然名不虚传！"

"医官确实了不起！"

顿时，整个监狱都在传这两句话，两个人的神话。

"怎么回事？"周养浩听说后，立即召来医官李励堂问话。李励堂便如此这般地讲给了周养浩听。

周养浩心想：宋绮云给儿子治病没有什么不对；他把多余的药交出来给医官也算是"贡献"；女看守帮着买药、制药，也算是"积德"吧，也似乎不好说啥。医官拿这些药膏给罗世文"试试"……这似乎更没有什么说的，再说能够将一个传染病控制住了，也算是好事嘛！

此事如此不了了之。但减少了罗世文的疾病侵袭、拯救了他的生命以及防止了全监狱的病毒传染，这对秘密支部和广大难友来说，可是一个"伟大胜利"！

"小萝卜头"的岁数一天天地长，但唯独他的个头基本上停留在四五岁年龄。到了 6 岁那年，"小萝卜头"已经是个非常机灵和聪明的孩子了，却没有上学的权利。宋绮云看着自己无辜的孩子被长期关押在监狱，失去了普通孩子应有的上学权利，十分不服。他向罗世文、车耀先、韩子栋等支部领导提出了自己的想法，希望向集中营方面提出让"小萝卜头"到外面上学的要求。

是的，孩子有什么罪？凭什么剥夺他上学的权利嘛！支部委员们一致认为宋绮云的想法是合理的，虽然鉴于监狱反动当局不太可能给"小萝卜头"太多的自由与权利，但不妨"试试"嘛！

"既然是正式提出来的，我们就要力争成功实现目的。何况'小萝卜头'这么可爱聪明的孩子，我们应当全力为他争得这份权利！"罗世文这么说。秘密支部的所有成员都表示坚决要为"小萝卜头"上学的事去努力斗争。

"你说什么？再说一遍……"周养浩不敢相信"宋半仙"宋绮云

会提出这样的要求，他听完竟然仰天大笑，随后说，"人家都说你是宋半仙，我看你呀应该改为'宋半傻'才是！为什么呢？你也不想想，你为什么跟你老婆被关押在此？就是因为你们参与谋反！知道吗？谋反！而且是反我们的'领袖'蒋总裁！对你们这样的人怎么还有可能随随便便放出去呢？哈哈……天真！真是天真呀！"

"可我儿子他是个才6岁的孩子，他没有做过任何事！他为什么不能有上学的权利呢？"宋绮云不想和周养浩争执共产党与国民党的谁是谁非，他只想为自己的孩子争得上学的权利。

周养浩听后仍然在阴笑，说："说你宋半傻你还不服。那好，我就明确告诉你：不管是谁，凡到了我们这个地方，他就是囚犯，既然是囚犯就不可能想干什么就干什么、想要什么就能得到什么，知道吗？大学问家，这是最起码的常识！"说完，周养浩特意将双腿搁到办公桌上，以示他作为息烽集中营的"主任"，这里他是最高"法官"，你想"理论"是没门的。

"非也。听说你主任大人是学法律的，法律界定囚犯就是指违反一个国家或一个政府所制定的宪法范围内的行为，如果不是，他就不可能是囚犯。我的儿子是区区6岁儿童，且从小就被你们关在监狱，他何来犯罪行为？你们是用何种法律鉴定和判决他是囚犯的呢？"宋绮云平静而犀利地把问题"扔"给周养浩。

周养浩傲慢地瞥了一眼宋绮云，慢吞吞地说："谁让他是你的儿子呢？"

宋绮云立即怒目而视，斥道："这就是你们的所谓'法律'？这与封建王朝的株连九族之荒唐的行为有何差别？更何况，到现在你们也没有拿出任何证据来证明我和我夫人到底犯了什么罪……"

周养浩听完此话，立即缩回双脚，噌地站立了起来，冲着宋绮云嚷了起来："你和你老婆是共产党，干了多少对不起我们蒋总裁的事，你以为我们不知道？仅凭这一点就够你们全家人吃一排子弹的了！要不是我周某人仁慈，你有可能在这个地方同妻儿见面吗？你说有可能吗？"

宋绮云哼的一声冷笑，说："这并不是你内心的善良与真诚，而是你想通过所谓的'新政'，来实现你卑鄙的目的而已！"

"你——你现在马上给我滚回监房去！马上——"周养浩气急败坏地嚷了起来。

"哼！"宋绮云的身上本来就有一股知识分子的高傲之气，而他又是共产党员"囚徒"身份，这让他身上的那股天然的傲气，此时显得更加光彩夺目。他蔑视地瞥了一眼周养浩，然后昂首向牢房走去，而且边走边吟诗抒怀："黑发不知勤学早，白首方悔读书迟……我儿要上学！何罪之有？何罪之有啊！"

回到监房，一向乐观的宋绮云这一天情绪波动比较大。韩子栋知道此事后，立即借借书名义告诉了车耀先。车耀先又通过一位借书的难友转告罗世文。十分了解宋绮云一家命运的罗世文，认真地思考了一下后，在自己从车耀先那里借得的一本书上做了一个"暗号"，然后又让管理员"还"给车耀先的图书馆——罗世文的风湿关节炎一直很严重，走路都不太方便，这些特务们都知道，所以罗世文干脆让特务们帮着"协办"借书一类的事。特务们哪里知道，监狱内的中共秘密支部的许多重要决定就是经过他们之手传达到其他支部委员和革命者那里的。这也是具有丰富地下斗争经验的罗世文的高招。

这回罗世文传达出去的是关于"小萝卜头"上学一事的两条意见：

一是通过支部成员跟黄显声将军取得联系并争取与他一起向周养浩提出"小萝卜头"上学的愿望,同时建议:若是不能送"小萝卜头"到外面读书,那么就在监狱内给他找个老师教他课。而且罗世文提出由他自己来担任"小萝卜头"的认字老师。

前面已讲到,在息烽集中营,周养浩是"土皇帝",什么事都可以一人说了算。但在黄显声和罗世文面前,周养浩几乎只有赔笑脸,常常以"恳请"的口吻跟两位国民党和共产党高官说话。罗世文就是清楚这一层的特殊性,又必须实现对"小萝卜头"及其一家人的一份安慰,他把自己和黄显声两块"底牌"一起押到周养浩面前……

情况果然没出罗世文的判断。周养浩得知黄显声和罗世文二位"保驾"要让"小萝卜头"上学,这不得不让他深思熟虑了:如果不给这两位在监狱内具有崇高威望的特殊人物一个"面子",以后想推行一个个"新政"就不是一般的难度了!

"出'圈'是不可能的事,但在院子内是可以考虑的……"周养浩把"忠斋"的管理员叫到办公室这么交代。这样做,周养浩也算是聪明的一招:既给了黄、罗面子,一旦出啥问题,责任就是"忠斋"的特务管理员了。

"小萝卜头"能"上学"了!这消息传遍了整个监狱,自然最高兴的是"小萝卜头"一家:头一天上学时,妈妈徐林侠和张妈妈张露萍把"小萝卜头"上上下下收拾得干干净净,妈妈还特意把一块旧布缝成一个小书包。当日,由张露萍将"小萝卜头"送出"义斋",再由爸爸宋绮云拉着儿子,将其送到"忠斋"罗世文面前。

"伯伯好!""小萝卜头"见了罗世文毕恭毕敬地叫了声后弯下腰鞠躬。

罗世文随即将"小萝卜头"拉到自己面前，打趣地说："从今天起，你要改个称呼……"

"小萝卜头"回头看看监房外的爸爸。宋绮云朝他微微点点头。"老师好——"聪明的"小萝卜头"甜甜地朝罗世文叫道。

"对头了！哈哈……"罗世文高兴地笑了。然后他拿出一本让人从车耀先的图书馆里借得的《平民千字文》，开始给"小萝卜头"上第一课——

罗世文指着课本的第一个字"人"，给"小萝卜头"讲："这字读'人'……"然后指指自己的胸膛，说，"我们都是人。"

"小萝卜头"学着样说道："我们都是人。"

罗世文："我们都是中国人。"

"小萝卜头"："我们都是中国人。"

罗世文："中国人是爱好和平和善良的人。"

"小萝卜头"："中国人是爱好和平和善良的人。"

罗世文："爱好和平和善良的人不做坏事。"

"小萝卜头"："爱好和平和善良的人不做坏事……"

突然，"小萝卜头"指着监房外走来走去的特务问道："老师，他们是不是中国人？"

罗世文点点头。

"那他们为什么不善良呢？"

罗世文："因为他们的脑子坏了、心坏了。"

"小萝卜头"若有所思地望着监房顶想起心事来……

监狱方面规定，"小萝卜头"每天有一个小时时间到罗世文处上学。回到妈妈身边后，正好是饭点时间。两个女管理员像以往一样很生硬、很粗鲁地用勺子给每个"囚犯"盛稀如汤水的"饭"时，要有一半溅在外面。于是张露萍便吼了一声："你们妈没教你们干活利索一点？"

那两个女特务就冲着张露萍发威道："你有能耐就别吃呀！"

张露萍一听，便将碗里的东西泼在地上，斥道："反正这连猪狗吃的都不如，吃它干吗。"

俩特务朝张露萍轻蔑地哼了一声，道："有本事你三天别沾碗。"

张露萍一听更火了，吼道："老子八天不沾你管得着吗？"

那两个女特务知道张露萍可是个"厉害角色"，所以抬着木桶到了另一个监房。一旁的"小萝卜头"见张妈妈还在生气，便捧着自己的碗端到张露萍面前，说："张妈妈别生气了，她们本来就不是好人，她们的脑子和心早就坏了，别理她们啊！"

张露萍一见到"小萝卜头"，气就消了大半，然后问他："你怎么知道她们的心和脑子坏了呢？"

"小萝卜头"便仰着头，认真地说："是罗老师今天教我的，他说我们中国人是爱好和平和善良的人，她们不善良，就是因为她们的脑子和心坏掉了！"

本来生气的张露萍，一下子乐了，搂住"小萝卜头"说："对对，她们本来就是坏了脑子和心的人，我们干吗要跟她们一般见识嘛！"

女牢房的难友们也高兴地凑过来夸"小萝卜头"，都说"小萝卜头"上学后变得更加聪明和可爱了，而且也懂得了许多革命道理。

罗世文教"小萝卜头"念书识字非常认真，不仅教他识字，还教他画画，而且还教他学简单的俄语。

"老师，什么叫俄语？为什么学它呢？"在罗世文教"小萝卜头"

俄语时，小家伙好奇地问了这样一个问题。

罗世文将"小萝卜头"一把搂在胸前对他说："在我们的北边，有个国家叫苏联，那里没有穷人，每个小朋友都可以上学，而且还戴上红领巾……那里是全世界人向往的地方，有好吃的、好玩的，还有高楼大厦、火车飞机，像你这样的孩子还可以每星期看一次电影！"

"啊，老师，那我们什么时候也去看看，我也想上学，也想戴红领巾、看电影！""小萝卜头"完全被罗世文描绘的那个"苏联"迷住了。

"老师，你去过那个叫苏联的国家吗？"

罗世文点点头："去过。"

"我也想去！""小萝卜头"激动地说。

"想到那个地方，就得学好他们那个国家说的话，这就是俄语。"罗世文说。

"嗯，明白了。我要好好学习俄语……"从此，"小萝卜头"把学习俄语当作他实现梦想的一个特别特别重要的事儿，他还悄悄告诉妈妈，"我要学好俄语，将来也要戴红领巾！"

妈妈徐林侠听了好不暖心，抚摸着儿子的头，说："妈妈也希望你能有这一天……"

"小萝卜头"天性聪慧，无论识字画画和学外语，都让罗世文既吃惊又兴奋，因为小孩子极有天赋。"你爸是'宋半仙'，我看你长大后一定是个'宋大仙'哟！"有一次罗世文开玩笑地对"小萝卜头"说。

监狱内的斗争是复杂而多变的。长期关押在监房内的难友们包括共产党员在内都是历经磨难，加之周养浩出台的一个又一个企图软化人的所谓"新政"，一些人容易受环境和外界形势的各种影响，会在某个时候产生焦虑与波动情绪。比如随着世界反法西斯和抗日战争的节节胜利，我党不断要求蒋介石国民党政府释放爱国人士和被关押的共产党高级干部，罗世文和车耀先便是多次被中国共产党提及的要求蒋介石释放的人物。这样的消息也会传到息烽集中营，一方面大家为罗世文和车耀先高兴，但另一方面也有人联系到自己未知的命运，这时便会出现一时的思想波动，尤其是周养浩等特务也会在这个时候以各种方式分化与瓦解罗世文、车耀先等难友们之间的革命与战斗情谊。甚至对秘密支部的工作与威信也有一些冲击和影响。

怎么办？敌人的这种分化作用，会对秘密支部建设和狱中对敌斗争产生很大影响。支部委员韩子栋和许晓轩为此很忧虑，但话又不能说得太白，因为他们的内心也十分希望罗世文和车耀先能够获释。

罗世文敏感地意识到这一问题，一方面，他要让大家理解党要求蒋介石政府释放他和车耀先的意义，另一方面也要尽快让支部成员和关心他们的难友们相信他和车耀先跟大家并肩战斗到底的信仰。可工作如何做呢？在监狱里，支部的一切工作都是在绝对保密中进行的，因此要在很短时间内传递一个让所有共产党员及广大难友都能知晓的准确信息，这是个难度非常大的事。

罗世文陷入了一时的沉思之中……

"老师，今天我学什么？""小萝卜头"背着小书包又出现在罗世文面前。

"振中同学，今天我们学一首诗词怎么样？"罗世文说。

"诗词是什么？"

"诗词就是一种可以唱也可以吟的文体形式，它在世界上尤其是中国古代的人们表达想法和观点时常被使用，即使是现在，大家还会常写诗作词……"

"老师也写诗作词吗？我爸爸也会吗？""小萝卜头"的好奇心真不小。

罗世文点点头："我有时也会，你爸爸也会。"

"小萝卜头"马上欢快地说："那我也要学写诗作词！"

罗世文笑了，摸摸他的头，说："好啊！等你学了许多字词后就可以学着写诗作词了。不过，今天我教你一首，你如果能背出来，背给你爸爸妈妈和张妈妈他们听的话，你以后就可以成为一个好诗人了！"

"小萝卜头"天真而又真诚地连连点头："嗯，我想学……"

"好，我们一句一句地来……"罗世文便开始教：

"北国风光。"

"北国风光。"

"千里冰封。"

"千里冰封。"

"万里雪飘。"

"万里雪飘。"

"……

"俱往矣。"

"俱往矣。"

"数风流人物。"

"数风流人物。"

"还看今朝。"

"还看今朝。"

罗世文高兴地听着"小萝卜头"有板有眼地跟着他背诵，而且未过 10 遍，小家伙竟然能全部背诵这首毛泽东的著名的《沁园春·雪》。

"俱往矣，数风流人物，还看今朝……"这一天，"小萝卜头"从罗世文那里出来后，就像小鸟似的飞回到妈妈身边，一边走一边吟诵着刚刚学会的这首词，并且悄悄地将小嘴凑在妈妈和张妈妈耳边说，"罗伯伯让你们也学一学这首诗……"

张露萍和徐林侠马上用眼神交流了一下，立即明白了罗世文的"意思"。于是两人便让"小萝卜头"把这一天学到的"诗"给大家一句一句地背诵。

于是，这晚，女牢内可以听到大家在一起轻轻地朗诵着——

> 北国风光，千里冰封，万里雪飘。
> 望长城内外，惟余莽莽；大河上下，顿失滔滔。
> 山舞银蛇，原驰蜡象，欲与天公试比高。
> 须晴日，看红装素裹，分外妖娆。
> 江山如此多娇，引无数英雄竞折腰。
> ……

这首大气磅礴之《沁园春·雪》，颂扬了毛泽东对中国革命和激荡的时代风云的高远判断与远见，同样高扬的是革命者不畏一切困苦与艰辛以及对革命前景的乐观主义精神。此时此刻，它经"小萝卜头"传到女牢，后又迅速传遍了男牢……让秘密支部的共产党员明白了支部负责人罗世文和车耀先同大家一起携手与敌人作坚决斗争的意志与信仰，同时也激励所有狱中难友树立信心，迎接黎明到来。

因为"小萝卜头"的作用，身为秘密支部负责人的罗世文得以及时地把自己的意见和支部的决定转达到所有的支部成员和共产党员中去，也因此使得在特务们严厉管制下的监狱内，所有革命者有了斗争的方向与希望，实现了周养浩等军统特务们认为"不可能"的事。比如有个叫张光灿的青年学生，只因追求进步，与同学们一起发起组织了一个"星潮读书会"，后来引起特务们的注意而被捕。张光灿到了息烽集中营后一直被罗世文的才华和读书精神吸引，所以平时总想接近和靠拢罗世文与车耀先。但由于对张光灿的"底细"并不十分了解，秘密支部曾一度觉得此人非常危险。后罗世文通过"小萝卜头"给韩子栋和许晓轩传递考查张光灿的"指令"后，韩子栋他们很快通过各种渠道和直接的考验，弄明白了张光灿是"可靠的人"。这让罗世文有了团结这位青年的设想，并且通过一段时间与张光灿交换看书学习的体会和见解，与张光灿成为"一老一少"的知己。

张光灿是属于可以释放的人，军统特务们无法给他定罪，尤其是张的女朋友是南京中央政治大学教务长，所以罗世文根据斗争经验判断，释放张光灿是早晚的事。正是基于这样的判断与通过日常中的频繁接近，罗世文认定韩子栋他们的情报是正确的，张光灿也确实是位追求进步的革命青年。在张光灿释放之时，罗世文巧妙地利用他，把狱中的相关情况传到了外面……

"我看你们的军统都给共产党统光了是伐（吧）！"为此，蒋介石数次把戴笠训得灰头土脸。而戴笠回头只能找周养浩算账，可周养浩又气又恼，仍然摸不着头脑。

"小萝卜头"在罗世文那里上学的一年多时间里，做过许多"小共产党员"的事，从当年息烽集中营的幸存者口中，我们知道了不少这方面的故事。比如，因为他要上学，经常可以在男女牢房之间走动，秘密支部的一些决定和意见，就是通过"小萝卜头"传递的，罗世文可以将简单的暗语，让"小萝卜头"传达到他妈妈徐林侠或张露萍处。也会让"小萝卜头"以"借书""还书"的名义，给车耀先"传递"消息，或者顺便给某个党员或难友送达相关消息。"小萝卜头"知道"老师"罗世文需要他做"大人的事"，因此小家伙经常在特务眼皮之下帮着秘密支部进行秘密工作。这也是"小萝卜头"给息烽集中营中的革命者留下了深刻印象，他们甚至永远地怀念这位小烈士的原因。他的机灵、聪明和他与爸爸妈妈一样的政治信仰，在息烽集中营红色历史里具有不可替代的地位。

他虽然年纪小，识字也有限，又常常吃一顿饿三顿，但是从罗世文等伯伯叔叔和"妈妈"那里学到的近千字和几十个故事，使他幼小的心灵充满了对他所处的那个不公平世界极其鲜明的爱憎。有一天早晨他刚刚醒来，看见张妈妈在收拾东西，而妈妈为他的张妈妈化妆时，"小萝卜头"意识到什么似的惊慌地拉着张妈妈的衣衫，不停地问："张妈妈你要到哪儿去呀？"张露萍一把将"小萝卜头"抱起，紧紧地将其搂在怀里，然后轻轻地放下，说："张妈妈要去很远的地方，'小萝卜头'以后要多听妈妈和老师的话。"后来"小萝卜头"看着张妈妈上了一辆卡车，而且车子远远地开走了。"我要张妈妈！我要张妈妈……"可张妈妈再也没有回来，"小萝卜头"无数次在梦中喊着"我要张妈妈，我要张妈妈"。

1946 年 7 月的一天，"小萝卜头"又像往常一样背着书包去找"老师"罗世文上课，但被"大黑狗"（他经常暗地骂的女特务）一把揪了回来，告诉他以后不能去上学了！"小萝卜头"问为啥，"大黑狗"凶巴巴地告诉他："小孩子家不要问了！"又说，"你的那些老师已经走了！""小萝卜头"急切地问："他们到哪儿去了呀？""大黑狗"便斥道："小孩子不准打听这些事！"

后来"小萝卜头"问自己的妈妈。妈妈无奈地长叹一声,对儿子说："你罗伯伯和车伯伯他们被敌人拉走了,可能到了重庆,也可能……"妈妈不想把她估计的恶果告诉才6岁的儿子。他受的苦难已经够多了,不到1岁便进了牢房,从此再也没有儿童应有的一份自由与快乐,瘦得皮包骨,又常常患这病染那病。想到这里,妈妈徐林侠忍不住偷偷抹眼泪……

"妈妈,你的眼睛怎么啦？""小萝卜头"看着妈妈的眼睛一天比一天红肿,到后来经常走着走着自己撞到监房的门框上。

是的,由于长期吃不好、睡不足,又要照顾"小萝卜头"和思念在西安和江苏老家的6个苦命的娃儿,妈妈的眼睛被泪水浸泡着,肿得越来越严重,视网膜一次又一次地发炎,一直到成疾。

"我去叫爸爸来！""小萝卜头"每每看着妈妈流不尽的眼泪,便要冲出女牢的小院子去男牢叫爸爸过来。但不是被妈妈拉住,就是被"大黑狗"揪了回来。

无奈的"小萝卜头"一次次痛苦地蹲在地上,仰天高喊:"老师——我要上学去！"

没有人回应他,只有山谷里的回声在他耳边回荡……那回荡的声音却又如一记重锤敲打在"小萝卜头"幼小的心灵深处。

无声的泪水流淌在他那张愤怒的小脸蛋上。从此"小萝卜头"那张常常挂着泪水的脸颊向着朝北的方向高仰着……

有一次妈妈问他为什么这样张望,他轻轻地告诉妈妈:罗伯伯说,那边是红色的苏联,那里没有坏人的监狱,小朋友们可以穿着新衣服上学，脖子上还能够戴着红领巾。看，"小萝卜头"还在憧憬他心目中的新世界哟！

不久，"小萝卜头"的妈妈和爸爸都知道了罗世文和车耀先牺牲了。在他俩离开息烽集中营之前，有一次周养浩假惺惺地设宴招待罗世文和车耀先，那天是端午节，周养浩特意让人做了两桌丰盛的酒菜，还叫上了监狱的其他几个"高管"，然后把罗与车"请来"。

罗世文和车耀先一看这阵势，似乎马上明白周养浩的用意，便直直地站立在他的面前等候其表演。果不其然，"笑面虎"周养浩先是一通笑，然后道："今天是端午节，中华民族传统节日，请二位先生来一同共饮一杯……"

罗世文立即讥讽道："看来周主任还没有忘掉自己是炎黄子孙啊！"

"自然自然！有道是，每逢佳节倍思亲。其实在我们国共之间，也是一对亲戚不是吗？所以呢，今天特意略备酒菜，请两位不必客气……上席上席！"周养浩好不热情地招呼罗世文与车耀先。

"有屁快放，有话快说！我们听着呢！"车耀先快言快语，直冲周养浩。

罗世文也接话道："罗某在此已经数年，领教诸多，周主任有话就直说……"

周养浩尴尬地干咳了两声，道："其实呢，对二位，从我们总裁到戴老板，一直非常看重二位的横溢才华和影响力，所以呢，今天再一次让周某出面规劝二位几句……说白了也很简单，就是请二位发个声明，同我们精诚合作。这样，我保证即刻释放你们，此举利国又利二位，是皆大欢喜的事呀！"

"这老调重弹了多少次了？没有半点新意！"车耀先不耐烦地打断周养浩的话，又说，"我一再说过，我不是共产党，你们到现在也拿不出任何证据证明我是共产党，你让我怎么跟你们谈国共精诚合作事宜呢？我走了！"说着，就要转身往回走。

"且慢且慢！"周养浩一面叫住车耀先，一面又问罗世文，"你呢，罗先生？"

罗世文轻蔑地看了看桌上摆满的酒菜，不轻不重地回答道："我是没有酒量的人，所以更不敢随便沾酒，尤其是周主任这么丰盛的酒宴……走吧，老车！"

说着，罗世文一甩衣袖，转身而去。车耀先随即跟着罗世文，将周养浩着实地晾在那里。

"敬酒不吃吃罚酒！"周养浩的牙齿咬得咯咯响。

不久后，重庆方面便下达了"总裁"的手谕："密裁决罗、车二人……"

蒋介石签下的时间是：1946 年 8 月 17 日。

次日上午 11 时许。在重庆白公馆监狱。两名特务看守打开"八室"监房，他们对关在里面的罗世文和车耀先说："恭贺二位，大喜的日子到了啊！"

罗世文和车耀先对视了一下，立即明白这是他们的最后时刻到来了。

"请把行李收拾一下吧！"特务在催促。

"不必了吧？"车耀先轻蔑地哼了一声，说。

"二位先生切勿误会，你们这是要到南京去呀！你们看，这是飞机票，你们的……"特务连忙掏出两张飞机票，晃了晃，说。

"是释放？"罗世文问。

"当然当然。"特务道。

"既然是释放，就在这里把牢门一开，我们走出去就行了，干吗还要乘飞机去那么远的地方？"罗世文说。

"那怎么行！你们是大人物，释放你们也是国之大事，必须到南京去才能完成此任务呀！"特务有些慌张地解释。

如此一阵忙碌，罗世文和车耀先便被一群大小特务押上一辆军用吉普车，然后前后又跟着两辆吉普车，向盘山公路飞驰而去……

其实是很短的时间。突然，车子停了下来。特务在念叨："真是的，没汽油了！"

这时，一群特务哗啦地都下了车。"二位有请了！"罗世文和车耀先也被"请"下了车。

罗世文和车耀先一对目光，再看看四周深密的崇山峻岭，已经有所意识到这是他们生命的终结地。于是两人并肩向前迈进……

"嗒嗒！嗒嗒……"身后，一串罪恶的枪声响起，子弹穿过两人的胸膛……

"卑鄙！"

"无耻！"

罗世文和车耀先还没有来得及转过身，密集的子弹已经将他们打得血流成河……

在枪杀罗世文和车耀先的现场，敌人的手段非常残忍：他们把罗世文、车耀先杀死后，用汽油焚烧了尸体。两位中共高级干部、川康地下党负责人没有留下任何生命痕迹，几缕骨灰也被瞬间而起的一阵山风吹得荡然无存，唯有英烈的灵魂留在那片不朽的松岭，成为如泣如诉的松涛……

罗世文与车耀先二位中共重要的领导干部，也是息烽集中营的地下秘密支部负责人的牺牲，也宣告了戴笠与周养浩搞的那一套所谓的"新政"的失败。新中国成立后，周养浩作为被专政的战犯关入人民的监狱后，他在改造过程中自我反省谈到了这一点，用他的话说：想不到他的主子蒋介石和戴笠用尽心思、企图靠"软化"来摧毁中国共产党信仰和意志的"新政"，不仅没有按照他和戴笠的想法实现其目标，反而却被罗世文、车耀先等共产党人用来与国民党特务作周旋与斗争，最后争取到更多监狱中的难友彻底认清国民党反动政权，获得了光明到来的机会与可能。

"真正的共产党人是无论用何种方法也摧毁不了他们心中的崇高理想与信仰的。"周养浩最后不得不这样感慨道。

我们再来说罗世文和车耀先牺牲后，"小萝卜头"上学的事——

得知张妈妈牺牲的噩耗后，"小萝卜头"伏在妈妈的怀里痛哭了许久许久……"妈妈，'大黑狗'为啥要把好人都杀掉呀？妈妈我害怕！"6岁的孩子经受着如此恐怖的折磨。而刻在"小萝卜头"幼小心灵上的创伤，让孩子的妈妈和爸爸同样饱受痛苦与折磨。在宋绮云的请求下，新的秘密支部负责人许晓轩和韩子栋决定动员黄显声将军来接任罗世文的"小萝卜头"老师一职，继续为"小萝卜头"上课。这样考虑的目的，一是尽可能地让"小萝卜头"不要承载过多的心灵伤害，尽可能地重新回到正常的监狱学习生活之中。二是黄显声在监狱内威望高，特务们不敢轻易找其麻烦，而且他也一直十分喜欢"小萝卜头"。

"'小萝卜头'，大伯伯来教你好吗？"成为老师的黄显声第一天给小家伙上课时，便这样问。

"嗯！""小萝卜头"两眼泪汪汪，重重地点点头。

黄显声知道"小萝卜头"是在想他的"罗伯伯"，内心不由升腾起一股长辈之爱的暖流……他将瘦得皮包骨的"小萝卜头"搂在怀里，深情道："从今起，大伯伯有好吃的，你也会有好吃的……"

"大伯伯……呜呜……""小萝卜头"哇的一声，哭得瘦削的一双小肩膀颤抖不止，一颗饱受摧残的小心灵如此痛苦与悲愤，让将军黄显声也变得格外心软起来。

"放心放心，森森不哭，以后谁敢欺负你，大伯伯就给他吃这个……"黄显声伸出大拳头，在"小萝卜头"面前摇晃了几下，这才让小家伙破涕为笑。

最初，"小萝卜头"到黄显声那上课也是由特务押送着的，后来时间一长，特务放松了警惕，这样"小萝卜头"可以比较自由地趁着上学的机会在集中营内到处走走。

黄显声是集中营内唯一可以看国民党《中央日报》的"囚犯"，而他也从这张报纸上捕捉抗日战争与国共之间的一些重要时局形势及事件。为了让韩子栋、许晓轩等监狱内的共产党人及更多的难友了解外面的世界，黄显声借着每天给"小萝卜头"讲课的机会，给他讲那些他认为有用的"消息"和事情。"你把大伯伯讲的这些事悄悄告诉你妈妈和爸爸他们……"黄显声这样对"小萝卜头"说。

"嗯。"聪明的"小萝卜头"明白大伯伯的意思。于是一个又一个发生在外面世界的事情和消息，很快就在集中营内的难友中传开了。有的时候,黄显声还会直接把报纸上的一些重要消息写成小纸条,托"小萝卜头"带到楼下给许晓轩他们。

如此一老一少一对不同寻常的师生，在敌人的眼皮底下进行着一场场特殊的与敌人较量的斗争——"小萝卜头"因此也成了名副其实的"小革命者"。

曾经在重庆白公馆出现过一次特殊的事件，难友们乘着放风的机会，在小院子内举行了一场庆贺解放军向西南胜利挺进的集会。当时，从息烽转押到白公馆的许晓轩等身份暴露的共产党员和其他革命者聚集在一起，又唱又跳，气得特务们直跺脚也没有制止得了。

"谁干的事？谁透露的消息？"特务们查了半天仍然不得要领。第二天，黄显声和"小萝卜头"上课时，爷俩抱在一起欢笑了好一会儿……

"森森，隔壁新来了一个脚戴镣铐的人，他一直在唱《囚歌》，你去看看他，然后如此这般问他一下……"黄显声在"小萝卜头"耳边悄声说道。

"嗯。""小萝卜头"点点头，装作放学玩耍来到隔壁的那个囚室。他轻轻敲了几下门。

"请进。"里面的人应道。

"黄伯伯好！"这是"小萝卜头"上学时与黄显声的"接头语"。这回他到隔壁陌生人面前也这样说的意思是，他是从黄显声那里来的。集中营内的难友们都知道这一"秘密"，所以那位新来的囚徒一见"小萝卜头"，便明白了一切，道："我叫陈然。"

"你说了吗？""小萝卜头"问。这话是黄显声教他的暗语，意思是问对方：你向特务交代了吗？

"没有。"陈然坚定地回答。

"小萝卜头"马上就转身回到了黄显声那里，将情况告诉了黄显声。

"明白了。"黄显声点点头。很快，黄显声又从许晓轩那里知道了陈然的情况：这位是地下党的优秀分子，也是《挺进报》的负责人。后来因报纸被敌人破获而被捕。陈然就是《红岩》小说中的"成岗"——一位杰出的革命烈士。

从"小萝卜头"那里得知，这位优秀的《挺进报》负责人的囚室就与自己的囚室紧挨着，黄显声马上生出一计：能不能在囚室与囚室之间的木板墙上悄悄挖出一条缝来，成为他与陈然等共产党人的秘密通道……

"你去告诉他，让他在他那边也悄悄行动起来……"黄显声把这一任务交给了"小萝卜头"。

聪明的"小萝卜头"马上明白了。然后佯装去陈然那边玩耍的样子，用小手指告诉陈然在木墙上挖出一条缝来，与那边接通……

陈然是个经验丰富的地下党员，也一下明白了。

关于黄显声与陈然之间的这条秘密通道的作用，我们可以单独写一部真实的"红岩"故事，因为当年我在创作《忠诚与背叛——告诉你一个真实的红岩》时就十分了解这些真实的历史，而且在采访《红岩》小说的作者罗广斌的夫人时，也获得了证实。

陈然的囚室，也是罗广斌的囚室，他俩是肩并肩的战友与难友。黄显声通过看《中央日报》才得知了1949年10月1日中华人民共和国成立的消息，之后黄显声通过这条门缝的"秘密通道"把此消息告诉了陈然，然后才有了经典的"绣红旗"一事——当然，真实的"绣红旗"并不是小说中所说的是江姐她们一群女共产党们绣红旗。

在《忠诚与背叛——告诉你一个真实的红岩》一书中是这样描

述这段"绣红旗"的——

10月7日上午,关押在楼下二室的罗广斌(《红岩》作者之一)放风时从楼上的一位难友那里得知中国共产党领导的中华人民共和国已经在北京成立的消息,而且还知道了中华人民共和国的国旗是五星红旗,国歌正是抗战时期风靡的《义勇军进行曲》。

七天了,新中国的红色政权已经成立七天了,被囚禁在重庆国民党反动监狱里的人才知道这个喜讯!是迟是早,同志们根本没有顾得上去想。第一个得到这消息的罗广斌此时激动得心都要跳起来了。原本每天只有十来分钟的放风时间,对难友们来说太短促了,但今天却觉得放风时间太长,太长。好不容易耐着性子挨完了放风时间,罗广斌便三步并作两步赶回牢房中,急着想把这消息告诉同狱的其他难友们!

"真的?已经成立啦?"当同狱的难友们听得这一喜讯后,个个兴奋得像孩子似的又拥抱、又低声欢呼:"中华人民共和国万岁!中国万岁!"意犹未尽的难友们甚至在囚室里互拥着倒在地上连连打滚——在特务的监视下,大家用独特的方式来庆祝中华人民共和国的成立。然后,罗广斌同狱的全体难友又面朝北方,肃穆低唱:"起来……把我们的血肉,筑成我们新的长城……"

夜已很深了,可难友们都为新中国的诞生而激动得不能入睡。大家围在一起,悄声交换着各自的心得,议论着国徽、国旗的形状、式样。他们是那样激动,那样自豪。坐在一旁的罗广斌眼见这般热烈的情景,忽然闪出一个念头,他动情地对大家说:"同志们,我有个建议:我们也应该做一面五星红旗,我们要扛着这面红旗冲出牢门去!"

"好主意！"难友们齐声赞同。

曾和罗广斌同关在平二室，后又与罗广斌一道脱险的毛晓初回忆彼时的情景说：

当时听了罗广斌的建议后，大家马上都举双手赞成。老罗扯下他的红花被面（他被捕时带进监狱的），陈然拿出一件旧白布衬衣，拟作五星。当时大家还不知国旗上的五星是黄色的，我们以为星光是白色的，五星也就应该是白色的。另外我们也不知五星如何排列，所以大家就悄悄议论，最后一致认为应当放在旗中央，形成圆圈。囚室内没有剪刀，也无针线，因此我们完全靠一把铁片磨成的小雕刀，你一刀、我一线地接连来完成这五个星子，然后再用剩饭粘在红绸上。经过通宵奋战，一面五星红旗终于做好了。罗广斌和陈然把红旗平整整地放在囚房中间，大家围着红旗，低声欢呼，轻轻哼着国歌，又是跳，又是互相拥抱，那情景无法忘却……

小说《红岩》里的江姐带着姐妹们绣红旗，其实是没有的，而是作者罗广斌把男囚室的这次"绣"红旗创作到了江姐身上。

红旗做好后，大家把牢房里的楼板撬开一小块，将红旗叠起来，小心翼翼地藏进地板里面，期待着解放的那一天，高举着红旗冲出去。

我们有床红色的绣花被面，

把花拆掉吧，这里有剪刀。

拿黄纸剪成五颗明亮的星，贴在角上，

再找根竹竿，就是帐竿也罢！

瞧呀，这是我们的旗帜！

鲜明的旗帜，猩红的旗帜，

我们用血换来的旗帜！

美丽吗？看我挥舞它吧！

不要性急，把它藏起来呀！

等解放大军来了那天，

从敌人的集中营里，我们举起大红旗，

洒着自由的眼泪，

一齐出去！

这首题为《我们也有一面五星红旗》的诗，是罗广斌在制作好红旗后，一气呵成的。

"重庆解放的第三天，我和罗广斌等脱险同志重新回到白公馆。那天罗广斌带着我撬开楼层的木板，取出了那面他们制作的五星红旗，这旗后来交给了组织。"另一位在"11·27"大屠杀中幸免于难的郭德贤这样对我们说。

从上面的故事可以看出：真正的"红岩精神"和"红岩故事"，其实多数是息烽革命斗争故事的延续而已，或者说真正的"红岩精神"是在息烽集中营这一段历史中锻造出来的，因为像《红岩》小说中出现的"许云峰"（原型许晓轩）、"小萝卜头"（宋振中）、"疯老头"（韩子栋）等革命者，他们在狱中的大部分时间是在息烽集中营，而他们与敌人斗争的最精彩的故事也是在息烽集中营发生的。像"绣红旗"这样已经成为艺术经典的故事，它的重要角色毫无疑问是黄显声，也包括了"小萝卜头"的特殊贡献。"小萝卜头"的故事至此还没有完，他短暂而幼小的一生，给人留下了难以忘怀的印象。在写完这一章的时候，无意间在手机视频上看到湖北卫视的一个朗诵节目，有一个8岁的天津男孩叫马绍洲，他朗诵的一首《我是"小萝卜头"》诗，令我潸然泪下……

　　在此抄录如下，与读者共享——

　　　　这个世界

　　　　我来了

　　　　我却被囚在了

　　　　这个不该属于我的地方

　　　　施暴者歇斯底里地狂吠

　　　　血肉模糊的妈妈却笑得从容奔放

　　　　我问妈妈

　　　　你疼吗？

　　　　妈妈笑得那么灿烂

　　　　她说：宝贝呀

　　　　春天要来了

　　　　冬天才会惊狂

　　　　小萝卜苗要想钻出

　　　　冰封的土地

　　　　只有练得比翠竹还要坚强

　　　　在这个阴冷的世界

　　　　我是被爱包围着的"小萝卜头"

　　　　那个短得不能再短的小铅笔

　　　　握住的是永不言败的信仰

　　　　那张粗粗的草纸

　　　　描下去便是一个自由的天堂

春天终于要来了

冬天放弃了最后的挣扎

他们要用一把火

把这个世界烧焦

我不得不跟着妈妈一起离开了

在倒下的那一刹那

我看到妈妈的眼角

还没来得及落下的泪滴

我能感觉到

她用紧紧扣着我的双手

传递给我最后一丝温柔

妈妈　妈妈　妈妈——

我不后悔来这世界找妈妈

在我倒下的地方

会在春天长出满世界的小萝卜苗

我照样会开花

我照样会跳跃

我会用尽全身的力气

拼命奔跑在这自由的空气里

……

我无法不流泪。我无法不想让"小萝卜头"复活起来。

第十二章

将军顶天立地

黄显声就是当时息烽集中营中的一根"定海神针"，每每他的身影出现时，皆能让惊涛骇浪化为风平浪静。

在息烽集中营旧址、重庆"红岩"等地采访与调研以及查阅历史资料之后，我的内心不由得得出一个结论:息烽集中营的故事主角，一定是黄显声。没有黄显声的故事，息烽集中营中的革命斗争故事和"红岩精神"，显然是不完整的。

黄显声是一位铁骨铮铮的将军，在监狱的日子里，他更显顶天立地的大将风范。从1938年被捕后关押到息烽集中营，到1946年撤离息烽再被关押到重庆，黄显声在息烽集中营待了整整7年，与另一位共产党员韩子栋，是在息烽集中营时间最长的"囚徒"。如前文所言，由于黄显声官位显赫，加之入狱前就是名声在外的"抗日名将"，又是张学良将军的亲密部下，蒋介石一直想杀黄显声，却又不敢贸然行动。另一方面，黄显声从未暴露过自己是中共秘密党员的身份，故国民党特务们既恨之入骨，又不得不对他敬之三分。也因为是这样的身份，黄显声在监狱内有特殊性，给了他许多一般"犯人"不可能有的特权和威望，即使是周养浩这等手中握有对他人生杀大权的少将特务，也不能轻易骑在黄显声脖子上拉屎撒尿，通常还会在黄显声面前点头哈腰。其中一个重要原因是：他们内心害怕哪一天张学良被老蒋"翻牌重用"，这黄显声还不重回龙虎地位？再说，即使在监狱囚禁之地，黄显声也从不与他人一般见识，每天依然把自己的着装整理得笔挺、皮鞋擦得锃亮，走路也从来是气宇轩昂，说话又是洪钟一般……可谓男士们见了只有敬畏，女人们见了会产生爱慕。

监狱的斗争是复杂的，尤其是在"西安事变"后国共第二次合作期间，身为一名东北军著名将领，又要保持一名共产党员的风骨，其实对黄显声而言是个难题。戴笠与周养浩深知黄显声身份特殊，深知其是文武双全的国之栋梁，一直着意想通过各种诱惑与所谓的"诚意"，争取黄显声为他们阵营之人。然而这一切始终是徒劳的。

黄显声在息烽集中营的所有表现，都始终保持着一位爱国将领和共产党员的本色。

用我的文学语言来形容，黄显声就是当时息烽集中营中的一根"定海神针"，每每他的身影出现时，皆能让惊涛骇浪化为风平浪静。无疑，这是黄显声的人格力量和个人魅力的光芒在起作用。

有人这样描述：在地狱与死亡的连接处，是漫长的监狱时光，那里的空气是窒息的，那里的地面是潮湿而腐朽的，所有的脸面都是阴沉与死色的，唯有他的出现，才让监狱内有了一缕极其珍贵的温暖与爱意，而这种温暖与爱意是那样地纯洁与高尚……

在息烽集中营，黄显声的狱号为"122"，与众不同的是他还有一个人人皆知的"将军"称呼，因为不管是特务们还是监狱的难友们，都知道他黄显声入狱之前有"国军"的中将头衔，即使进了牢房，蒋介石也没有把他的这个头衔革掉。虽然周养浩是少将"行辕主任"，但他在黄显声面前仍然是个"兵"，只要黄显声真一冒火，周养浩就装出一副"笑面虎"的谦卑样来。

"'122'，你是不是也是我们的人哪？"刚到息烽不久，还没有成立秘密支部时，韩子栋见黄显声处处侠义重情、一身正气，也曾悄悄地问过黄显声。

"你呢？"黄显声反问韩子栋。这让韩子栋一下子愣住了，因为他也始终没有承认过自己是共产党，所以更拿不准黄显声到底是不是党内同志。尤其是黄显声朝他加了一句："若有可能，阁下是否可介绍入共？"说完，黄显声哈哈大笑一声，走了。

韩子栋望着将军的背影，此后再没有向黄显声当面询问过这类问题。在罗世文、车耀先到息烽集中营后，在成立秘密支部时，有人也曾问过韩子栋关于黄显声的真实身份，韩子栋如实地介绍了他与黄显声过往为此事的一次交集。

"对于黄将军，我们不必看重他的真实身份，最主要的是看他对抗日和对蒋介石的政治立场。他是爱国将领，仅这一点，我们就该充分团结和尊重他……"罗世文对此定调道。

确实，黄显声以他的公开身份和素养，在他人面前始终是"高高在上"的，即使面对戴笠，更不用说像周养浩等特务分子，他黄显声也不卑不亢、有礼有节、修养到位。

"黄将军是个信得过的人，值得我们大家尊重。以后有重要事情不妨也请他参与和了解……"秘密支部负责人罗世文给出这样的话。

这一天，来了一群刚刚从重庆押来的女学生，她们是因参加抗日宣传演出被戴笠批捕到息烽集中营的。正值花季的女学生，一下从自由的世界坠入地狱般的监狱，心灵和身体都垮塌了下来。

"出操！出操——"第二天，她们就被"小萝卜头"说的"大黑狗"（女特务）叫到操场上跑步。其中有一个因为身体不舒服，待在原地不动，结果领操的特务跑过去举起鞭子就要抽打那个女学生。

"住手！"大家一看是黄显声一把将那个特务举在半空的手臂钳住了。

"哎哟哟……你你、你放手！"特务感到一阵疼痛，半蹲着身子恳求黄显声松手。竟然有人敢在特务面前如此"大胆"，监狱的众难友顿时都屏住了呼吸。这时，那位不入列出操的女学生突然倒在了地上——她虚脱了。

"快把她抬到我屋里，我的那间房子近些……快快！"黄显声立即挥手让另两个女难友扶起那女学生，朝他的牢房抬去。

黄显声学过医，又一直在军队指挥打仗，这类小毛病他都能解决。不一会儿，那女学生醒了过来。当她张开眼睛时，第一眼就看到了贴得她很近的黄显声将军……

"怎么样？舒服点了吗？"黄显声轻轻地问道，然后端过一杯温水，又用有力的胳膊扶起她的脖颈，轻轻地喂其喝水。

这本来并不是什么大事，但女学生偷偷地瞥了一眼面目刚毅清秀、气宇轩昂的将军，顿时一股暖流涌至心头……她忘了回话，却两眼直直地盯着看将军。

"嗯？我的脸上有啥问题？"黄显声放下女学生，让她平平地躺在自己的铺上，然后奇怪地用手摸了摸自己的脸颊，说。

女学生顿时脸色绯红。

"你叫什么名字？"黄显声问。

"黄彤光……"她说。

"这个名字好啊！黄——彤——光，代表红红火火，旭日东升……而且我俩还是本家哩！"黄显声显然非常兴奋，道。

"您就是大名鼎鼎的黄将军？"

"叫我老黄、黄大哥就行了！现在我们都是人家的囚中人，哪还有将军嘛！"他说。

她完全被将军的一身正直与豪气感染了，腼腆地说："谢谢您救了我……"

"谢啥！到了这儿，什么事我们都需要相互关照。以后只要有人敢欺负你，就尽管找我！"黄显声握紧拳头，在女学生面前炫耀了一下，然后自己也笑了起来。

◎ 黄彤光，1916 年出生于福建省福州市。1937 年毕业于北平女子中学。"七七事变"后，与同学组成华北抗日宣传队到全国各地演出宣传抗日，1941 年 5 月在重庆演出时被捕，关押于息烽集中营。1945 年，黄彤光获释后仍积极营救黄显声将军。新中国成立后，在西南公安部、最高人民法院西南分院、江苏南通食品二厂等部门工作。于 2017 年 2 月逝世，享年 101 岁。

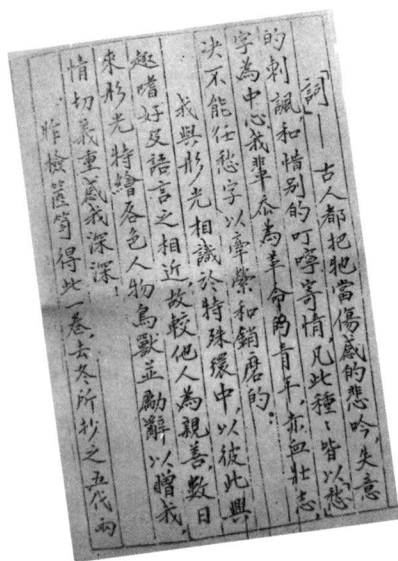

黄显声在息烽集中营送给难友黄彤光的诗文

本页图片来源：息烽集中营革命历史纪念馆

"我的拳头是跟着少帅学的，还是有些威力的！"他说。

她已经从床铺上直起了身子，站了起来，轻轻地说："我好多了……要回自己的牢房了。"她有些不舍地移动步子，朝门外走去，然后又回头看了一眼将军。

那一瞥，成了他和她一生的情缘。

再说黄显声，虽说他不是秘密支部成员，也没暴露自己是中共党员，但他利用自己的特殊身份，为罗世文他们的秘密支部和广大难友做了许多他人无法替代的贡献，如呼吁周养浩将一天一次的放风，改为一天至少两次的放风；将牢房敞开，让难友们能够呼吸些新鲜空气；尤其是他任生产组组长后，使绝大多数难友能够在劳动中锻炼身体和相对有些自由，也改善了生活的条件；等等。这些事对长期坐国民党军统的秘密监狱的"囚犯"来说，等于换了一个天地似的，而且黄显声自己每天生龙活虎、毫无忧虑的生活态度，对那些原本压抑和失去生活与生命信心的人来说，也是一种无形的激励和榜样。他的生活很有节奏和规律，只要不下雨，他会每天准时跑步、打拳、练功，还有看书、练魏体书法……

任生产组组长后，黄显声每天非常投入，而且整个监狱的精神面貌发生了不小的变化。首先是特务头目周养浩沾沾自喜、极为得意，这有两个原因，一则是他认为"新政"有方，政绩显赫；二则是他的腰包越来越鼓了。其他大小特务也很开心，因为他们也沾了不少光。坐牢的人呢，虽然辛苦些，但是通过劳动也解除了一些苦闷，比整天关在牢房内自由了一点点，同时每月通过劳动能获得一两块小肥皂和一两半钱的肉腥味。但在讨论参与如此繁重的劳动苦了广大难友，却养肥了周养浩这类特务分子时，秘密支部有人认为"我们应该动员难友们罢工，不去参加此类惩罚性的劳动，让周养浩他们气急败坏"，建议去做黄显声的工作，让他主动撤了自己的生产组组长，从而使周养浩的"新政"失败。

罗世文认为这个思路并不可行，当然也可以听听黄显声对此是如何想的。

许晓轩便带着这样的问题趁放风时与黄显声说了。黄显声摇摇头，说："我不会轻易辞职的，因为大家参加劳动固然对一些病弱者可能是不利的，但对身体尚健康的人来说，参加劳动远比整天蹲在牢房内要强得多，劳动是可以增强体质的。我们军人就是这样，为什么不打仗也要训练呢？就是要在平时多活动才能保持手脚与脑子灵活嘛！再说，毕竟劳动后大家能够改善一下日常的生活，这比脏死、闷死要好吧？"

黄显声的话很快传到了罗世文、车耀先等支部领导那里，包括宋绮云、张露萍都认为黄显声将军的话是有道理的，难友参加劳动利大于弊。这样，后来参加劳动也就成了息烽集中营一项日常的"制度"，大家不再对此反感。倒是黄显声向周养浩提出：不能让老弱病残者参加繁重劳动，但他们也应有适当的"补贴"：比如也享有一个月一块小肥皂之类的"待遇"。

周养浩开始对此犹豫。黄显声严肃地同他交涉："大家这么拼命为你干活，你就不能舍点'恩惠'？要不你怎么可能口袋再鼓起来？"

黄显声的话让周养浩脸都红了，忙答应："行行，就按你的意思办。"

又一个胜利。大家又一次对黄显声刮目相看。其实，黄显声平时不仅正直威严，还时常侠义豪气。

　　女大学生黄彤光被关押到息烽集中营后内心一直有股怒气，因为她和其他两名女大学生本来就是被军统冤枉的，加上她那种倔强的脾气，所以对监狱的那一套管制时常有抵触情绪。这样的"小姐脾气"在家里和学校可耍，但到息烽集中营这样的地方显然是特务所不能容忍的。

　　这不，又要一大早出操了！负责男女牢房看管的特务们一直在吆喝"起床""起床"。这个时候，一般的"囚犯"都得起来。但心脏不好的黄彤光这一天感觉不太舒服，就是不起……操场点名时没有她，值班的特务头目就火了。后来硬把她从女牢拉到了操场。在所有的人都在跑的时候，她黄彤光就是憋着劲不跑，这让站在高台上的周养浩气急败坏。

　　在出操结束、吃过早餐后，周养浩立即写了一张便条，上面写着："'609'违抗命令，蔑视长官，记大过两次，以儆效尤。""609"是黄彤光的监号。两次记过，是很严重的惩罚，要关黑屋，不给饭吃。

　　"关就关。不给吃就不给吃，我还不想吃呢！"黄彤光真是个"女汉子"，无论特务们是吓唬她，还是玩真的，她都不在乎。

　　那个时候她在黄显声的安排下，在生产组任会计，帮助周养浩理账，一个大学生理那么一点账目，还不是小菜一碟嘛！但"违令"不出操可不是小事，所以周养浩觉得必须杀杀这位新来的女大学生的威风。

　　"关！关起来！"周养浩怒气冲天地下令。

　　在关小黑屋的前脚，黄彤光正在会计室里打算盘理账，这个时候黄显声很兴奋地跑进来，凑到她面前，说："这回我们有肉吃了！"

　　黄彤光被平时一本正经的将军弄糊涂了，问："啥吃肉呀？"

谁知一向严肃正经的黄显声像变成一个顽皮孩子似的凑过来告诉黄彤光："刚才我们几个在外面打赌，猜你会不会在周养浩的惩罚面前屈服，舒翼就说你会投降于周养浩的严惩的，我说不会，于是我们就决定对此打赌……现在看来舒翼肯定输了，所以我有肉吃了！"

黄彤光一听又好气又好笑，说："你们几个大男人像不像话？我一个小女子被关小黑屋、没的饭吃，你们竟然会在这打赌？你说你们……"

黄显声听后笑出声了，赶紧举起双手对黄彤光说："不是不是，你的事我肯定要管的，但我是说跟舒翼打赌的事他是输了。他得欠我一顿肉吃！"见黄彤光仍在生气，便将其按在椅子上，黄显声恳切道："你记两次过的事，我马上去交涉，你放心……"

说着，黄显声便出了会计室。

看着黄显声高大的身影风风火火地从自己身边走进走出的样儿，黄彤光真的是又好气又好笑。

看他能弄出啥结果！她又埋头去拨弄起桌上的算盘来。不一会儿，黄显声兴冲冲地又来到会议室，冲她说："成了大半……"

"周大主任同意给你减一半处分，只给一次记过！"黄显声说。

黄彤光内心十分感谢眼前这位侠义的将军大哥，嘴上却满不在乎地说："他爱减不减，反正进这地狱后我就没打算活着出去。坐小黑屋算啥，我不怕！"

"给吃的。他答应了。只关3天禁闭……"黄显声忙说。

黄彤光其实内心早已泛起对黄显声的一片感激之情，只是嘴上不愿说而已。她好奇地问："你是咋说服那个'笑面虎'的？"

黄显声便说："我是生产组组长，我有些权力的。我告诉他，这些日子各个地方都要跟我们结账，账目都是你管的，如果拖延时间了，应收款就不能到我们这边，你关'609'，等于关了自己的小银行嘛！周一听，马上答应减少对你的处罚。"

"那为啥还要关几天小黑屋？"黄彤光的大小姐脾气又上来了，问。

"哎呀，我的大小姐，你也不想想，他周养浩总不能把说出的话全废了吧，所以呢还得给你点处罚，否则你让他脸面往哪儿搁呀？"

原本一脸怒气的黄彤光笑了。她是为眼前的这位大将军的风趣和男孩般的另一面而乐的。

这一刻，她青春的内心实实在在地荡漾了一番。但这份骚动的情愫又迅速在黄彤光的心底深处熄灭了：她不敢去想，别说年龄相差20岁，而且现在两人都是在监狱，在这样的地方，能不能活下来，能不能出去，都是个问题，还有啥心思去谈情说爱？黄彤光自嘲了一番自己。

一股无边无际的焦虑与孤独感再一次笼罩住了黄彤光的心田……

黄彤光祖籍福建，其祖父是晚清举人，后考取了北大法律系。祖父在大学毕业后到石家庄就职于中国银行，并把全家一起搬到石家庄。老人家在石家庄的事业越发荣光，成为商贾头目，任商会会长，还筹办了石家庄第一所中学——石门中学。不过到了黄彤光父亲这一代就家道中落了，加上黄彤光出生后时代一直动荡，所以黄家就没有再复辉煌。黄彤光在石家庄念完书后就考上了北平市第一女子中学。这位性格像男孩的女学生，很快成为学校篮球队队长。北平是个革命性很强的城市，大学又多，各种反政府和反洋人的运动此起彼伏。追求进步的黄彤光便成了学生游行队伍里的积极分子。大风大浪的斗争中，她经历了锻炼，也看到了腐败政府下的旧中国的黑暗与罪恶。

"七七事变"后，京城已经不再是革命活动的中心了。黄彤光从此也成了流亡青年，她跟着同学们一路南下……

1937年至1942年间，黄彤光先后在武汉、成都等地参加各种抗日宣传演出，成为舞台上的活跃分子。后来到了重庆。有一次她在主演话剧《青春不在》时，与一个叫"建业"的公司有了联系，对方支持她们的抗日演出。黄彤光后来才知道这个"公司"其实是中共地下党组织的。

特务们对黄彤光她们的抗日宣传演出开始警惕，最后发现了与"中共"有联系，于是在1942年5月12日将黄彤光和陆朵云、莫蒂莎3位年轻演员一起抓捕。

"说，你们到底要战争还是和平？"特务们审讯她们。

"这还用说吗？有人侵略我们的领土，要侵占我们祖国的大好河山，我们不能拱手相让吧？"黄彤光理直气壮地回答道。

后来她才知道，特务们从她们的住处找到了一本《战争与和平》。这帮无知者！黄彤光又好气又好笑。但又有什么办法呢？她们已经被军统作为"要犯"逮捕，先关在重庆，后又发配到了息烽集中营。

面对特务们的一次次无头绪的审问与恐吓，黄彤光越发感觉自己进入了一个"黑暗"的无底洞……

她感觉恐怖，感觉无望。

"黑洞"现象，是像息烽这样的军统秘密监狱的一大坐狱之绝症，这也是敌人依靠无止无休的折磨来考验每一个革命者或与他们作对的人的一种惯用手段。不少意志不够坚定的人很容易在这般漫长而无望的折磨中产生消极念头，最后走上极端的道路，或放弃原有的信仰，或选择自尽来结束现状。

戴笠设置的息烽集中营，对许多被关押的难友来说，就是这样的"黑洞"。但戴笠和周养浩等国民党军统特务们并不希望被关押此地的"犯人"，尤其是共产党人以及那些有能耐的人走自尽的绝路，而是希望他们选择放弃原有的信仰与理想，最终屈服并"投诚"于军统特务机关，为戴笠和国民党反动机构所用。

一颗子弹结束一个生命很容易。然而让一个有信仰和理想的人放弃原本的信仰与理想是很难的。戴笠设置息烽等秘密监狱，就是想实现蒋介石所交付他的任务：用软化方式来摧毁那些有共产主义信仰的人，达到为其所用的目的。因此，无论是戴笠最初重用的何子桢，还是后来的周养浩，其目的是不变的。只是周养浩的"新政"更容易让人在长期的软化中丧失信仰与理想。这对每一个被关押在此的共产党人与普通"犯人"而言，都是严峻的考验。

罗世文在时的秘密支部的基本任务，就是想通过各种途径，使中共党员同志以及反蒋介石、反国民党反动派的革命者能够经受得起这样的考验。而在息烽集中营这样异常特殊的地方，如何让难友们摆脱心理上的阴影，从而走出精神上的"黑洞"，其实一直是罗世文、车耀先、韩子栋和许晓轩等这些秘密支部主要成员在狱中所做的工作。

"帮一位同志树立胜利的信念，就是为革命做了一份贡献。"罗世文曾多次这样告诉支部的同志。

黄显声在监狱内从未暴露过自己共产党员的真实身份，也不是秘密支部成员，但他却一直在默默地发挥着一名共产党员的作用与使命。帮助黄彤光这样的女青年摆脱阴影、从"黑洞"中走出，便是一例——

　　黄彤光的性格是在"女囚"中少有的，平时给人的感觉就是天不怕、地不怕的一个"倔女人"，再大的委屈和再苦的事，她也忍着，不像有的"女囚"哭哭啼啼，遇事吓得浑身发抖。她不，她是属于那种打断她的腿、敲掉她的牙都不喊一声疼和求饶的人。但每当夜深人静时，黄彤光同样会感到异常的悲观与痛苦。不明不白被关押、不知长短的刑期，这是最折磨人的一种"黑洞"，它让人产生焦虑与无望，再慢慢发展到完全失去方向感，最后沦落到任人宰割的地步，而这正是戴笠、周养浩他们所要达到的目的。

　　"看得出来，你的性格平时不爱说话，习惯闷在肚子里，憋不住就冒一下，这有什么用呢？应该要明白，无论在什么情况下，头脑必须保持冷静，看清形势就会有努力方向，有了方向就是再苦、再难、再漫长，也是可以克服的。坚持就是胜利。有了走向胜利的目标，所有艰难困苦就不再是艰难困苦了……"这是黄显声第一次正式与她谈"心事"时说的话。这番话，看似家常，听似只言片语，但对黄彤光来说，仿佛是一盏明灯，又仿佛黎明前的一抹朝霞，让黑暗中的她，感受到如沐春风般地温暖，融化了她心灵上的冰山。

　　黄彤光平时在会计工作室，恰好与黄显声所住的独立的房间在一个院子的斜对角，只要她从算盘和桌子上抬起头，就能望到黄显声住的那间屋子的门口。

　　"要相信我们总有一天会出去，尤其是你，年纪轻轻，更不该失去朝气。一个人活着，除了为他人做事之外，还有更多的时候是为自己活着的。既然为自己活的时间很多、很重要，我们何必受别人或自己之外的世界干扰与影响呢？"

　　"已经到了这个地步，最重要的，不是被别人打倒，而是不能被自己打倒！"

　　"身体怎么样了？不舒服就说一声，我可多少会些中医呢！"

　　这些话都是黄彤光在与黄显声擦肩而过时，他对她说的，而这样的话虽然并没带太多的"仪式感"，然而在孤独与寂寞时回味起这些话，年轻的她顿时会全身热血沸腾，那颗濒死的青春之心仿佛焕然复活……

　　她想他了。想他的容貌，想他刚健的身姿，想他生动立体的眉睫与脸容，以及其他所有一切，甚至是他走过身边时风一般的气度与气息。"你今天的气色不太好，喝了这杯水……"她在他走后，端起他留下的那个杯子时，发现里面是热热的鸡蛋和生姜糖水。

　　她轻轻地品一口，一股暖流立即潜入心底。她的眼泪跟着滴出眼眶……

　　"你真能看病呢！"那天，她的身体明显见好，为了感谢他，她说。

　　"你真要相信的话，我可以给你开点药，给你表里都治一治……"黄显声认真地说。

　　她开心了，说："好啊，我就想表里都治一治！"

　　黄显声的目光与她的目光碰在了一起，那一瞬间两人的心都颤动得有些厉害，特别是年轻的她。

　　他开始给她摸脉、看舌、翻眼底……然后开药方。她突然发现看不懂方子上的字……

　　"这是啥文字呀？英语也不像，更不是日文，好像也不是俄文嘛！"黄彤光很惊诧地看着黄显声方子上的文字，问。

　　"是德文。"黄显声随意地答道。

"你太了不起了吧！将军到底会几种语言呀？"黄彤光瞪大了眼珠子盯着黄显声，惊得有些语无伦次了。

黄显声抬起头，笑笑，说："这有啥。你只要把心思静下来，任何环境下你都可以把最无聊的时间变成最宝贵的黄金岁月……"

黄彤光被眼前这位身在囚室、胸怀如海的将军的话深深地震撼和感动了：是啊，为什么同在一个牢房，思想和情绪大不一样呢？相比之下，自己一直沉浸在悲观之中，是多么渺小与浅薄！

打这以后，黄彤光一方面吃了黄显声给她开出的中药，同时又经常向他请教一些思想问题，这让她的原本已呈荒原的心灵，渐泛成一片明媚的春色原野，开始重新感受人间的真情温暖。

借着报账和账目核对之机，黄彤光更有一个方便的机会直接跑到斜对面的黄显声牢房去"坐一坐"……而黄显声是独立的一人一间牢房，因为他的身份和他在集中营担任的生产组组长的特殊地位，使周养浩给予了黄显声这些"优待"条件，而且平时黄显声只要不出男牢的大院子，他的活动范围是相对自由的。尤其是他的牢房门，只要他愿意可以一直是敞开的，虽然平时门外也有值班的宪兵，但只要有人来访、只要黄显声瞪一下眼珠，那些宪兵便会稍稍地远离门口数米。这也是黄显声从周养浩那里争取到的。

黄彤光就是借着黄显声所有的这些"特殊"，可以不定时地去黄显声的牢房聊上几句、说些想说的心里话。

"主任，向你报告，黄显声将军最近跟那个'609'搞上了呀……"小特务神秘兮兮地向周养浩报告道。

"好啊！有情况及时报告。"周养浩一听，脸上顿时泛起一片淫云。

"明白。"小特务也耸耸脖子，捂住嘴巴边笑边喜形于色地正要离开周养浩的办公室时，只听身后严肃而又命令似的告诫道："喂喂，你可千万别做棒打鸳鸯的笨事啊！"

"要得！"小特务更乐得屁颠屁颠地走了。

黄显声与黄彤光"搞到一起了"这事，之所以让周养浩兴奋，是因为他感觉推行"新政"以来，能让一些"顽固分子"软化——当然，像罗世文、车耀先、韩子栋、许晓轩、张露萍、宋绮云等共产党人如果被软化和蜕变了，那将是他所获得的最大成功！然而让周养浩很失望的是，"新政"以来，罗世文、车耀先他们没有一个人从共产党阵营"投诚"到他周养浩的军统一边来。为此他也受到了戴笠老板的几次责问。现在好了，黄显声出现了"软化"现象，而且是在"男女关系"上有了突破口，这能不让周养浩兴奋吗？

"英雄难过美人关啊！"周养浩一声感叹，随即朝里屋喊了一声，"小宝贝，来给老子沏壶好茶！"

"晓得了，晓得了！啥事今朝你这样开心嘛！"从里屋出来为周养浩沏茶的女人其实读者是认识的，因为在前文介绍过。好色之徒周养浩利用职务之便，将一些意志薄弱的"女囚"弄到他床上的事也非一两桩。关于他的"金屋藏娇"，也确实并非传说。

从得知黄显声与"609"走到一起之后，周养浩一直在等待"好戏"的"高潮"，但最终令他又一次彻底地失望了，因为黄显声和黄彤光的感情远非像周养浩及一般人所想的那样醍醐，他根本无法体会一位真正的革命者和共产党人的崇高境界与高尚人格。

黄显声从一开始到生命的最后，确实对黄彤光由帮助，到关爱，到真爱，然而他一直是站在保护、鼓励和疼爱的出发点去帮助和拯救他心爱的这位同在囚禁之中的进步女青年的。

　　"我们为什么坐牢？是因为我们有着做一名正直的中国人的良心和责任。所以我们坐牢，也要做到'虎入笼中威不倒'，决不能灰心丧志。"这是黄显声经常对身边的难友们说的话，而这也几乎成为每一个难友安慰与战胜自我的"金句"。

　　在男牢，当有人在孤独与失望中沉迷不能自拔时，旁边的人会过来轻轻地告诉他："人家大将军都说'虎入笼中威不倒'，我们这点委屈与苦难算啥？振作起来，跟敌人斗！"

　　在女牢，现在有黄彤光把黄显声这样的"金句"传出来后，原本就已经很活跃、很会做他人思想工作的张露萍、徐林侠等女共产党员，便会告诉那些一时悲观的女难友："黄将军都有这般英雄气概，我们巾帼应该不让须眉！坐牢算什么，只要主义真！"

　　"对，坐牢算什么，只要主义真！"

　　这个时候，女牢房内的张露萍便是最活跃的人，她像在延安时那样，一副"干一场"的劲头。

　　　　为人进出的门紧锁着，

　　　　为狗爬走的洞敞开着，

　　　　一个声音高叫着：

　　　　爬出来吧，给你自由！

　　　　我渴望着自由，

　　　　但也深知道——

　　　　人的躯体哪能由狗的洞子爬出！

　　　　我只能期待着，

　　　　那一天——

地下的火冲腾，

把这活棺材和我一齐烧掉，

我应该在烈火和热血中得到永生。

这是叶挺将军的《囚歌》。当朗诵声从女牢中传出后，男牢的难友们马上会呼应地跟着吟唱起来。而那一刻，整个息烽集中营宛若一团燃烧着的烈焰，让周养浩和一群特务慌乱与狼狈不堪。

"不许唱！不许唱了！"特务们声嘶力竭地喊着、嚷着。

周养浩则在办公室里急促地来回走动着，桌子上的茶杯早已摔得粉碎。"又是他！肯定又是他！他跟她在一起简直就要把牢房的顶盖都掀开了！"

有一种愤怒，是因为他突然感觉到了过去的一切判断都是低级与愚蠢的之后的悔恨。这时的周养浩就是这般感觉，他原以为一向"难搞"的黄显声，与女青年黄彤光"搞到一起"是他"新政"最"成功"的实例，结果完全相反：现在倒好，黄彤光这个弱女子，竟然成了黄显声的"传话筒"，用一些黄式话语（黄显声的话）无形中在削弱他周养浩周行辕主任的权威了！

这还了得！"从现在开始，你们给我看紧了！要是他们有越轨的行为，立即给我逮起来！"周养浩已经不是气急败坏，而是杀气腾腾了！

黄显声知道后，自个儿跑到周养浩面前，笑眯眯地"讨教"："怎么，周大主任容不得一个弱女子到我那儿诉诉苦、谈谈心？"

周养浩哪敢与黄显声"当面锣，对面鼓"嘛！"岂敢，岂敢！长官能在此帮助卑职解决一个难题，这就是对党国的贡献，我周某人感谢还来不及呢！"周养浩实在感到自己无力与黄显声真正较量。既然如此，还是避之、敬之远一点为好吧！

看着黄显声扬长而去的背影，周养浩气得直跺脚，最后也只能长叹一声罢了。事实上，周养浩心里清楚，他推行"新政"的许多具体事，都离不开黄显声的配合，比如图书室、印刷厂、生产组等，还有账目管理，包括到贵阳、昆明做"买卖"等点子，就是"高人"黄显声给一心想发财的周养浩出的点子。然而周养浩并不知道黄显声正是利用周养浩的这份"财迷"与私心，使得他推行的所谓的"新政"成了改善监狱难友们的环境和争取基本权益的平台……我们现在从历史的实际情况回头分析，人间地狱的息烽集中营从成立到最后解散的7年多时间里，所有共产党人能够坚持到底，没有一个成为戴笠、周养浩希望的"软化"后转变成军统成员或革命的叛徒，黄显声利用个人的威望和身份所作的贡献，其实与罗世文他们的秘密支部起着异曲同工的作用，甚至秘密支部难以实现的目标，黄显声一出面便能迎刃而解。

周养浩并不了解黄显声的真正底细，更不知道他还是中共秘密党员，但从戴笠给予他的指令那里清楚和明白一点：黄是个了不起的人物和人才，如果能为党国和我所用，将是"新政"的一大收获。对此，周养浩铭记在心。所以他在黄显声身上，可谓"竭尽全力"地关照：单独居住，不受牢狱之苦；相对自由，不受管理者（特务们）训斥；甚至可以与他周养浩骑马出行在外。

有一回在集中营外，周养浩与黄显声一起骑马，突然，周养浩把一支手枪塞给黄显声。这让"囚徒"黄显声也有些吃惊："咋，你就不怕我跑了？或者把枪口对准你的脑袋？"

　　周养浩笑笑，说："我要连这一点都不能了解将军你的话，那老板把息烽行辕交给我也算是他一时瞎了眼嘛！你黄先生黄长官的胸襟和为人，我周某人是敬之又敬、服之再服的。"

　　这回轮到黄显声对周养浩点头了，说："入狱这么多年，我还是头一回认为自己的对手有那么一点儿知音……"

　　"哈哈……荣幸！荣幸！周某人不胜荣幸！"周养浩这次真的很高兴了。然而他内心的真实想法是：老子要的就是靠这么个"软劲"，把你堂堂铁风硬汉的黄显声"软化"到我们的阵营！

　　"啥？他给你枪你还不崩了他，然后逃之夭夭？"这一天黄彤光听骑马回来的黄显声说起此事，大为惊诧。她第一次发现自己好像并不真正认识眼前这位让她心动和产生爱意的黄大将军了！

　　黄显声笑了，说："上次我骑马出去，还碰上了一个老部下刘某人，他现在是驻扎在贵州这边的一个辎重兵团的营长。"那天这位营长见黄显声一个人在遛马，便迅速上前对黄显声说："长官，我等在此地已经有几天了，我给你换套衣服，你马上跟我走吧！"但黄显声明确告诉这位老部下："我不能这样走！"说完竟然自个儿回到了已经囚禁他几年的息烽集中营。

　　"为什么呀？"黄彤光听后简直惊呆了：世界上哪有这样的"傻事""傻人"嘛！更何况，他是自己心目中最敬重、最爱戴的绝代好男人呀！

　　多少"囚徒"恨不得插翅飞出牢狱，甚至为了逃出牢狱而不惜生命的代价。可眼前这位被蒋介石、戴笠冤屈投入监狱的抗日名将，"逃生之路"就在眼皮底下，而他不仅心不动，反而自己又跑了回来。

　　黄显声看着黄彤光对他的"不逃走"气得浑身都在颤抖而有些

心酸与心疼。

　　"是的。被人无辜关在大牢里，也许连命都要搭在里面，这当然是千古奇冤！谁都不愿，都是遇上了这个世道和反动政府。但你有没有想过，如果我一个人跑掉了，会使得多少人不幸吗？"黄显声反问黄彤光。

　　"为啥呀？"黄彤光不明白。

　　黄显声示意她坐下来，别激动，慢慢听他解释。

　　"我就站着，你知道这样的机会不是所有的人都有的呀！我的天哪！"黄彤光内心确实已经深深地爱上了这位顶天立地的大将军了，可她无法明白，完完全全可以改变"囚徒"命运的他，竟然有机会逃跑而不跑，这到底是为哪般嘛！

　　黄显声则心平气和地反问她："你现在认为不认为自周养浩推出'新政'后，我们这些'修养人'的囚禁条件比以前有了不少改善？至少大家都能活动活动身体、干点活改善一下生存条件与环境，吃的也比之前稍稍好一点是不是？"

　　黄彤光点点头，"这个大家都知道，也明白。可跟你逃不逃走有什么关系？"

　　"当然有。"黄显声说，"如果我走了，不在这里坚持逼着周养浩一次次、一件件事地改善难友们的生活和生存条件，能有现在大家获得的一份自由与改善吗？"

　　黄彤光愣了一下，点点头，可又马上反驳道："但大家是大家，你是你。你的命这么重要，国家又那么需要你，还有少帅张学良也那么需要你的帮助，你走了，你能干更大的事，难道不对吗？再说，你还能有这种机会吗？你逃不出去，蒋介石这个老贼能轻易放过你吗？

戴笠能放过你吗？"黄彤光说到这里，简直是要哭出来了。

　　黄显声用双手轻轻地拍了拍黄彤光的肩膀，让她情绪稳定下来，然后说："我理解你的意思。但我仍然不能这样做。你想想：我真的跑了，是跑掉了一个人，而你、你们，息烽集中营有几百个人仍在这里！周养浩从此会把所有的人都重新关起来、锁在死牢里，一年又一年，那不最终都得把这些人整死在这里吗？"

　　"那你也别管！"黄彤光哭了，甚至边哭边跺着脚说。

　　黄显声知道她是在为他着想和着急。这是爱的表现，没有内心的这份爱是不可能这样的。体会到这一点时，黄显声上前用双手轻轻地按住黄彤光的双肩，然后让其坐在自己的床沿上，语气温存地说："我知道你的意思，但你要相信我这样做是对的。一则我必须为你、为大家着想。所有关押在此的人，他们绝大多数是好人，是能为国家和民族干事的人，他们现在受到不公的待遇，甚至是非人的待遇，或许还真的没有人能够为他们申冤。而我在此，至少可以部分地缓解压在他们身上的痛苦与绝望。其二，我是堂堂抗日将领，为国而不惜用自己性命去战斗，却遭蒋贼他们的暗算明压，无辜将我投入大牢。我为什么要偷偷摸摸地逃跑呢？要出狱，也应该让他们——关我的人有个明明白白的说法。若不如此，我宁可坐穿牢狱也断然不会通过其他途径逃出去的！抗日是民族大业、国之头等要事，为这，我早已将个人生死和名誉弃之一边。我只想对得起抗日大业、对得起国家、对得起少帅和你这样的爱国者与革命者的人，做一个文天祥式的人！"

　　黄显声说着说着，似乎忘却了身边是个对他有情有意的弱女子，而是在对抗日将士和热血的国民作征战誓言，那眉宇间尽是血气方刚，那手势里满是大江大河。而这般气吞山河、威武庄严和大无畏气魄，彻底地再次让黄彤光感动、激动和冲动起来。

"哥哥……"黄彤光突然忘情地张开双臂，紧紧地搂住黄显声健硕的腰际，然后将自己的头深深地埋进了将军的怀里。

黄显声的身躯微微地颤动了一下，然后他的左手搭在她的右肩，右手抚摸着她那柔软的长发……

这时，一缕从后窗户射进的阳光正好照在他们身上，一动不动的两人，宛若一尊黑色世界里的光雕，让整个息烽集中营倾倒、粉碎和倒塌！

革命者有权利获得爱，有权利自由地选择那些可以爱、能够爱、值得爱的彼此。爱，属于那些追求进步与光明的人。

为什么他们不能呢？

黄彤光的热泪打湿了自己的脸颊，也浸透了将军的衣服。他们的爱是神圣和圣洁的，甚至除了相互倾吐与抚慰外，没有任何肤浅的肉欲举止。然而他们爱得深沉、爱得炽烈、爱得彻底。

由于黄显声动用了狱外的老友的关系，加上黄彤光本身并没有值得戴笠和周养浩他们利用的价值，黄彤光后来获得了释放。在释放之后，黄彤光为了照顾仍在狱中的黄显声，一个年轻的女学生，竟然答应了充当军统编外人员，留在了重庆，居住在离监狱很近的地方（黄显声后来随息烽集中营撤销后的 72 名"囚友"一起移押到重庆白公馆）。也正是这个原因和这个身份，在新中国成立之后的几十年时间里，黄彤光受牵连而长期被压制在人间底层，饱受非人待遇，直到改革开放、拨乱反正后才恢复了做人的权利。组织对她的评价是：为保护抗日名将、我党优秀的共产党员、红岩精神中的重要人物黄显声等革命工作做出了可贵的贡献。这是后话。

　　黄显声和黄彤光的纯洁和高尚的爱情，是息烽集中营革命者在黑暗世界里营造的一缕温暖而高贵的柔情，也是一束伟大的人性光芒。

　　在被关进重庆白公馆之后的日子里，黄显声仍然有过两次机会脱离深牢，其中有一次是黄彤光出狱后通过各种关系和努力创造了机会，甚至为他买好了出狱后到香港的飞机票，但他皆因怀着"要出去，就必须堂堂正正"的信念而放弃了逃生的机会。

　　　　光！光！光！
　　　　莫彷徨，莫忧伤，步着前贤的忠贞样，
　　　　负起时代的责任，
　　　　背起枪，上战场，赶不尽倭奴誓不还！
　　　　我们要携着手，往前闯，
　　　　争我们大时代女儿的荣光！光！光！

　　这是黄显声在"民国三十二年（1943年）仲春"用魏碑体写给黄彤光的一首诗。

　　黄显声平生喜欢岳飞的《满江红》，在息烽集中营时，人们常听到他在自己的斗室里，对天长吟这阕千古绝唱——

　　　　怒发冲冠，凭栏处、潇潇雨歇。
　　　　抬望眼、仰天长啸，壮怀激烈。
　　　　三十功名尘与土，八千里路云和月。
　　　　莫等闲、白了少年头，空悲切。
　　　　……

就是这样一位顶天立地的爱国抗日英雄壮士，在重庆解放前夕，蒋介石向他使出最罪恶的手段——

1949年11月27日——已经是新中国成立一个多月后的山城重庆。这一天下午3时半许，垂死的蒋介石反动集团残留在重庆白公馆的一批特务惊慌失措地准备着一场大屠杀。他们首先从预定的第一批名单中找了蒋介石特意吩咐要杀的黄显声开刀。

"黄将军，周主任（周养浩）请你去谈话。"特务杨进兴到囚室跟黄显声说话。

是时候了。黄显声意识到即将面临的命运。他默默地戴上礼帽，换上了军绿色黑羊皮夹克衫，换衣服时暗暗地按了按前几天掖在腰间的一把匕首，然后挺着胸膛，朝囚室外走去。黄显声出白公馆时的情形，后来活下来的《红岩》作者罗广斌是看到的，所以他在《红岩》里的描写应该是真实的：

黄将军迈开沉着的军人步伐，沿着山边的一条通向梅园的石板小道，大步走去。一面走，一面用眼角冷冷地注意着紧紧跟在旁边，又不时窜到背后的阴险的特务。

周围一片岑寂，没有人声，也听不见鸟啼，只有皮鞋踏在石板上发出一声声空洞的回响。

小路曲曲折折地转向一道小溪。透过密林，隐约地看见了对面的山头，山头上，掩映在林阴深处的建筑，便是人所共知的美蒋特务的巢穴——梅园。黄将军走到溪边，跨上一座小桥，年久失修的桥板，已经破败不堪。因此，他低下了头，避开那些腐朽的木块。

"黄先生，桥不好走，小心一点。"

黄将军没有理睬，昂然跨过桥头，又向前走。

就在这时候，两声闷哑的枪声，骤然在桥头响起，接着又是两枪。

枪声不大，被周围黑森森的密林和淙淙流水掩盖着。黄将军猛地向前踉跄了一下，又摇摇摆摆迈了两步，他吃力地站定脚跟，怒目回视。胸口涌出的血不断地洒滴在桥头的石板上，血水无声地溅进了小溪，溪水渐渐染红了……

一代抗日名将、中国共产党优秀的秘密党员，就这样被国民党刽子手暗杀在荒野之中。小说《红岩》的这段描述，与现场的情景接近。不过需要补充的是，当一群特务走到那座步云桥桥头时，特务杨进兴在背后对着黄显声将军就开了两枪，一枪打穿右臂，一枪直穿胸膛。黄显声中弹后，本能地将手插进衣服里取匕首，但此时的他已经无力抵抗。只见他回头怒目而视那些给他暗枪的特务，然后像座大山似的轰然倒下……

那一刻，歌乐山天崩地裂，大雨倾盆。一代抗日英雄、我党忠诚的秘密党员——黄显声将军便成了一尊雕像，永远屹立于天地之间！

为烈士复仇，彻底消灭反动派；
争人民幸福，努力建设新国家。

这是 1949 年 12 月 15 日在重庆各界举行的追悼大会上，刘伯承、邓小平为黄显声将军所写的挽联。

将军从此成为炼狱中永生的一名伟大战士。

一直深爱黄显声将军的黄彤光后来在重庆解放后，参与了黄显声将军的遗体挖掘并参加了追悼大会。根据周恩来总理的指示：黄显声的骨灰送达北京，安葬在八宝山革命公墓。

新中国成立后，黄彤光落户于四川永川（现重庆永川区），与当地的一位江苏南通籍工人徐先生结婚。1963年，她带着儿子回到了丈夫的老家南通，从此再也没有离开南通。与长江隔岸相望的是我的老家。在长江上的苏通大桥建好后，我家和她居住的南通就十几分钟车程。但黄彤光于2017年2月6日去世，享年101岁。这位长寿的伟大女性，让我在写此书时没有向她当面请教的机会。而我知道，息烽人从未忘记过她，重庆红岩人也未忘记过"黄彤光"这个名字和她的传说，她的故事也成为今天息烽集中营革命史中一页放射着温暖光芒的精彩篇章，永远被人们铭记……

第十三章

逃脱魔窟

1947 年 8 月 18 日，是罗、车二位烈士的
殉难周年日，韩子栋决定选择这一天实施
外逃行动，这是对罗、车二位烈士的纪念，
也是用自己的行动向国民党反动派复仇。

　　从敌人的秘密监狱逃脱出来，这几乎是所有共产党人和革命者以及其他关押在此地的难友们都想的事，事实上在高墙密封的监狱里，逃跑的概率连百分之一都不会有，尽管我们能在影视剧里找到逃亡越狱的那种刺激的情节和故事，但现实中极少有这样成功的事。

　　在息烽集中营，在后来的重庆"红岩"革命斗争历史中，据我所知，真正从敌人的眼皮底下逃出去的只有一个人，他就是韩子栋，他也因此成了小说《红岩》中那个"疯老头"的原型。

　　其实，韩子栋在息烽集中营时，从来就没有"疯"过一天，他一直是个正面同敌人斗争的、未完全暴露共产党员身份的革命者——国民党特务之所以要将他关在监狱里，就是因为在北平抓捕他时认定他是"共产党"，但在实际审讯和查案时又没有什么证据证明他是共产党，而韩子栋则从头到尾一直坚称自己是"复兴社"成员。这"复兴社"在国民党中可是了不得的组织，是蒋介石最核心的特务组织，也是军统的前身，能成为"复兴社"成员的并不多，而韩子栋确实是在北平时加入了"复兴社"，这在国民党北平组织里是有据可查的。这也是特务方面一直不放他的原因：深度怀疑他的真实身份是共产党，但又拿不到证据，故为了确保"宁可错杀一千，也不放过一个"的原则，蒋介石、戴笠特务集团便对韩子栋采取了将他投入死牢的做法——每一次其他"犯人"有释放的机会，偏偏他韩子栋不会放，所以从北平到南京，从南京到益阳，再从益阳到贵州息烽，最后再到重庆……前后十几年，韩子栋成为国民党秘密监狱的"牢底子"（坐牢时间最长、最没有希望释放的"犯人"）。

　　从 2011 年开始接触和采写"红岩"故事到现在写息烽集中营的故事，前后十几年时间中，接触和了解像韩子栋这样的共产党人和革命者的历史故事，在当代所有作家中，我或许算是最多的一个了吧！因此我可以说这样一句话：如果说黄显声、罗世文、张露萍、许晓轩（许云峰）、江竹筠（江姐）是这些已经进入中共党史和中国人阅读史中的具有强烈记忆的故事的主角的话，那么韩子栋应该是整个息烽集中营、"红岩"故事中的"一号人物"。尤其是在息烽集中营革命斗争史中，他是最完整、最富传奇，也最有条件证明的共产党人形象，因为他是在狱中时间最长的、极少数活下来的且记录下较多息烽集中营、"红岩"监狱真实情况的革命者。

……我安适地躺在组织怀抱里，回想过去 14 年的往事，这是我在几个月前不敢想象，今天居然办到了，你说我心里有多么愉快啊！我应该一面笑一面写。可是 14 年的生活太惨痛了！沉重的心把笑压得死死的。当我想到最痛苦、最悲惨的地方，有好几次不得不放下笔，跑到河边上，默默地看那流水，一阵突发的愤怒，想把那河抓起来摔到天的那边去！

这是韩子栋逃出监狱后向组织汇报时写的《在军统秘密监狱十四年》的开头几句话。我们能够想象得出，韩子栋在写报告时是那般痛楚，那般压抑，那般甚至不想去回忆但又不得不认认真真、从头到尾地回想一件件往事时的痛苦、愤怒与无奈——那是泪水凝聚的文字，每一个字都滴着鲜血……

"26 岁到 40 岁，在别人是幸福、工作力最强的年纪，我在和法西斯进行掐喉咙的悲惨的搏斗，整整地用去了我这 14 年呵！我一面想，一面恨，想与恨的交加……"韩子栋这样形容他所写的这份

"汇报"。

　　一份喋血的汇报，一份喋血的人生报告，一份喋血的囚徒的苦难报告——

　　在息烽的7年多时间里，韩子栋从来没有真的"疯"过一天，是个完全清醒的共产党人，只是因为他比一般人蹲监狱的时间长、吃的苦也多得多而显得有些"老态龙钟"，而这绝非装出来的样子，缘于牢狱之中长期压制、强制劳动，又被关押在低矮的监房，终年累月不能吃好睡好，更主要的是心境的苦闷和时常受到特务们的欺压、受他们的气……

　　"无论是谁，即使再乐观派，也不可能不因监狱这种特殊情况下的无情摧残与压抑而饱受痛苦和折磨。这种痛苦与折磨是折寿的。"韩子栋如此说。

　　"我从青年时坐牢，到齿落眼花才跑出来，长期不平常的生活、不平常的战斗，产生了不正常的神经、不正常的心理……"造成的结果是他身心的不正常。

　　"老头！""老倔头！""老东西！""老傻瓜！"，甚至是"老猪猡！"这是特务们经常随口而出的对韩子栋的称呼。开始，韩子栋是愤怒的，并且愤怒地回敬道："老子才30岁！老什么老？"后来他也懒得回敬，妈的，老就老吧！就当你"老爹"吧——他心里这样回敬那些特务。

　　再后来，他竟然十分喜欢他们这样骂他，尤其是骂他"老东西""老傻瓜"时，韩子栋更加不在意，甚至偷偷地乐其如此称呼。

　　在秘密支部的私底下，同志们有人问韩子栋："人家骂你'老东西'咋连个回敬都没有，反而好像你挺愿意人家这么骂你呀？"韩子栋笑道："他骂我'老东西'，听起来好像挺刺耳，其实后来我觉得也没啥，论蹲监狱的时间，我确实是'老东西'呀！这'东西'一老，别人关注度就低了。这少了特务们的关注，我为组织和同志们做点事情也就不太引人注目了，你们说是不是？"

"老韩这个分析和体会非常有道理。监狱这个特殊的地方，我们需要以各种姿态适应之。最根本的是，不能受到环境的影响而更多地伤害了我们自己。"罗世文这样总结韩子栋的"体会"。

又有人说："但骂你'老傻瓜'有点过分了吧，这是骂人，必须反击！"

韩子栋又笑了，说："这骂我'老傻瓜'呀，其实我更高兴。"

"咋？这你反而更高兴？"

"对啊。"韩子栋解释道，"你想想，因为他们认为我傻，所以更不防备我了！他们还让我上街，甚至去食堂给大家做饭……你说上街好不好？是不是可以出去散散心？吸吸新鲜空气？还能见识见识外面的世界？做饭更不用说有多大的好处嘛！至少你们吃不饱、吃不好，而到伙房里干活就不一样了！肯定会比监房里吃得饱、吃得好些！"

"哎哎呀，对的对的啊！老韩你这个'傻瓜'我也确实愿意去当一回呀！"同志们听后恍然大悟。

韩子栋这回真的笑了，打心里笑了。

"这叫化不利因素为有利、化消极为积极……这是个哲学概念。老韩完全把自己的实际生活融入了哲学的境界。非常好。"罗世文又总结道。最后他又指出："我们必须保护好老韩的这份重要的'挨骂是好'的哲学体验，而且应该作为一个组织纪律告诫同志们。"

支部同志们共同认为，必须让老韩同志保持"老东西""老傻瓜"

的状态，一旦时机成熟，老韩就可以冲破敌人的铁网高墙，逃离这魔窟，向党汇报我们这些人在监狱的真实情况。

在所有待在息烽集中营里的"犯人"中间，韩子栋是一个很特殊的人，他在特务那里公开的身份既非国民党内部他们认定的"自己人"，也没有证据他是"共产党"，所以竟然成了一个最难弄也所谓是最难处理的人，若要释放他，也只有戴笠这样的人能决定，周养浩无权越级处理，而戴笠这样的军统大特务才不会为一个"不三不四"、弄不清到底是何许人的"小人物"去花心思，这也就让韩子栋成为"牢底子"这样的特殊人物——如同一口盛污水的大缸，最上面和中间部分的水或溢出来了，或倒出去了，唯一能积存和留下来的一定是沉积在最底下的那么一点儿残水，这些残留之水是没有人去关注和处理的。韩子栋在监狱里基本就是这样的"残留在缸底下的那点儿水"。

但一位活生生的人、一位青壮年的人，怎甘愿做个终身受难、蹲坐黑牢的人呢！

韩子栋曾经无数次想过"死了算了"，但他又想：凭什么我年纪轻轻就"死了算了"？他要活下去。

他要活下去有两个目的：一是不能如此年轻就死掉了；还有一个更重要的原因是，他在北平时就已经同党组织失去了联系。到了监狱内，甚至连一些共产党员都不认为他会是自己人，因为韩子栋在平时也坚称自己是"复兴社"的人，这般情况下，他韩子栋如果真的死了，敌我哪一方都不会认为他是"自己人"，这死了不太冤了嘛！

不行，绝对不能这样死。死也要死个明白：我是中国共产党党员，一名忠诚于自己伟大的党的党员，是组织里的人。

这样的思想斗争，在韩子栋蹲监狱的14年中，有无数次反复。

这种反复是痛苦的，甚至是极其残忍的，因为每一次自己鼓励自己是需要极大的勇气和自我反省的，而同志的帮助教育又并不是真正能够做到"将心比心"的。

有一次韩子栋与一位共产党员这样说：

韩："我从来没有怕死过，如果吃一颗子弹了结坐牢的痛苦，那我宁愿去吃一颗子弹，这样会很'爽'，而且可以成为响当当的革命烈士，但你们行，你们这样做行，因为你们已经在敌人面前亮出了自己是共产党员。我不行，我如果真的吃了一颗子弹，死得不明不白，你们还真以为我老韩是'复兴社'的人，而敌人也始终没弄明白我到底是什么人。这样的人去吃一颗子弹的意义是什么呢？没任何意义。"

友："所以你活了下来。可你觉得极其痛苦，常常不想再活下去？"

韩："是这样。"

友："这确实很矛盾。"

韩："一年如此。两年如此。十年八年还如此，如果是你会怎么样呢？"

友摇头："不敢去想，也没有谁能像你一样的命运。"

韩："所以唯一让我选择的路，就是两个字：逃跑！"

逃跑，是韩子栋到息烽集中营后最想做的事。可谈何容易！

在息烽集中营这样的地方，逃跑其实比登天还难。韩子栋知道，在集中营建设完不久，就有几个原国民党特务身份的年轻犯人受不了何子桢的折磨，他们结帮找机会想越狱，结果人还未跨出监狱围墙，就被特务们用卡宾枪把身子都打穿了。还有一个人自认为学了戏里的剧情，想夺枪逼特务放他出集中营。结果枪没有夺到，却被一群特务用刺刀刺得满身都是窟窿……

如此一幕幕血淋淋的悲剧，韩子栋比谁见得都多。他不想要这样失败地越狱。越狱的目的是为了生，若越狱时死了还去越狱干吗？韩子栋坚定地这样认为。

他认定：要越狱，就必须逃跑成功。

但谁能保证越狱就一定成功呢？在息烽集中营建设完工时，戴笠来检查后，调来两个特务加强连，并且同何子桢一起察看兵力分布，然后他满意地对何子桢说：此处真乃"插翅难飞"！

罗世文、车耀先等来息烽集中营后，借着周养浩搞"新政"和黄显声当生产组组长的"保护伞"，很快成立了以罗世文为书记的集中营秘密支部。在支部决定"行动原则"时，韩子栋就提出越狱问题。这一点获得了全体支部成员的一致赞同。许晓轩甚至说："我们坐在敌人的牢房里，最重要的一件事，就是实现成功的越狱。"韩子栋对此深表赞同，他认为：只要有可能，就是出去一个人都是成功的。

但是后来在讨论中对到底是"集体越狱"还是"走一个、是一个"的问题支部成员有议论。有人认为：监狱特殊，能走掉一个就是胜利，无法保证集体行动是否可行。有人则认为：我们的越狱必须保证不伤害其他同志和难友，如果一个人出去了，而又有更多的人因此而受到敌人的迫害甚至枪决，那么这样的越狱就不应该提倡或去尝试。

到底如何办，一时成为支部议而未决的事。

韩子栋和车耀先等认为：能走一个是一个，走一个就是胜利，总比集体被国民党杀害要好吧！

　　许晓轩等认为：绝对不能因为一个人越狱而牵连甚至伤害到其他同志与难友，那样得不偿失！

　　结果两种意见谁也没有说服谁。支部负责人罗世文也拿不准到底应该选择哪一种越狱方式。

　　韩子栋后来在罗世文、车耀先被敌人杀害后，回忆起此议题时这样说：包括罗世文、车耀先自己在内，"对国民党答应中共的要求释放爱国政治犯，看得过于乐观了"。这话是有一定道理的。在息烽集中营甚至后来到了重庆白公馆、渣滓洞后，中国共产党确实多次为罗世文和车耀先等"政治犯"的释放问题与蒋介石国民党政府有过谈判与交涉，而且蒋介石也是公开表示愿意"释放"包括罗世文、车耀先在内的一批中共方面点名的"政治犯"。然而蒋介石不是一个说话算数的人，他在这一问题上玩的手段是阳奉阴违。这才造成了罗世文、车耀先的被害。

　　"罗、车二位同志就义后，我们分别检查我们的错误：我们没看清局势，受了和平空气的蒙蔽，忘记了蒋介石秘密监狱对我们同志的基本态度，时局好不会无条件地放你，时局坏更不会无条件地放你。如果想保持着信仰的清白，从他这个秘密监狱中出去，那简直是不能想象的（有特殊情形者例外）。我承认我在阳朗坝引用《逃出巴尔干》那本狱中记的例子，不同意个别逃走，妨害其余同志的待遇，损害他们的健康，使身体坏的同志，不能长久支持，失去在长久时间中争取恢复自由的机会，因此我们个别地同意了'有机会就逃走、能走一个是一个'的原则。"韩子栋在后来写的"汇报"中这样反省说。随后他又强调："但是我应当说明两点：一是我们都应该尽可能地找机会，但是我不同意不顾及实际情况，毫无准备，盲目行动，自己未逃出，反倒提高了特务们的警觉，弄成待遇更苛刻，简直无法再逃出的情形；二是我们同意后，大家都不准再谈（如何越狱的事）。监狱不比平常的地方，夜长梦多，要随时防备意外的事情，对不能逃跑的人，不管和你的感情多么好，你如何相信他，也绝对不能吐露只字片言（关于如何越狱的事）。"

我们从韩子栋所言的话语中，可以分析出关于到底如何越狱，其实是非常难定的一件事。秘密支部包括罗世文自己最终也没有表态赞同还是反对哪一种方法。

越狱本身是件极不确定的事，可能性微乎其微，成功率更不敢说。这也意味着失败的可能占比要大得多。一旦失败，连累其他同志和难友，是最让秘密支部的同志们痛苦的事，所以当不同意见出来后，有段较长的时间谁也说服不了谁。好在越狱本身并不是那么容易，所以只能随着时间和机会而定。而抗战及国共之间的发展时局，更是影响着秘密支部对此事的决策态度。

罗世文、车耀先等从心理上讲，他们在等待时局的发展，包括黄显声在内，他们希望堂堂正正走出监狱，被公开释放，因为他们的被捕本身就说明蒋介石国民党政府的黑暗与无耻。抗日有什么错？许多共产党人和民主人士就是抱着这样的态度和信仰，所以绝不会低着头屈求蒋介石或者用越狱的方式来争取自由，他们要用自己"坐穿牢底"的决心来证明，错在蒋介石和他的国民党政府。现在抗战的时局朝好的方向发展了，你蒋介石、国民党该识时务而改过、改错吧！然而善良的人、正直的人，怎知蒋介石、国民党政权是一帮不讲"武德"的反动政客与反动政权，他们怎么可能按照善良和正直的人的心愿去做呢？尤其对共产党人，蒋介石在抗战结束后，一心想的就是如何千方百计地除掉共产党！

　　秘密监狱在此时的任务，也不再是"忍"了，残暴的虎狼也已经不再乔装打扮成温柔的美女了，"笑面虎"周养浩此时远比何子桢还狰狞。只是他们在选择和等候"上峰"的一纸命令而已。

　　"逃！""逃出去！"这是韩子栋越来越清晰的一个想法与信念。自然，他知道，一个"逃"字，要真正实现它太不容易，面对强大而严密的敌人一道道的防备和封锁，盲目、简单地采取行动，只有一个结局：失败。

　　失败的结果，不仅是自己死，整个监狱还可能会有很多人因你而亡。这个代价，身为共产党员的他，不能不考虑。因此他心目中的"逃"，只有一种选择：必须成功。

　　可要取得"成功"基于什么？多少次韩子栋真的想放弃逃跑了，但面对前面所想到的自己死了也是"不明不白""不三不四"时，他仍然重新坚定了"逃"的信念。

　　现在开始，他不去想不逃了，只想"逃"！

　　为逃而准备，为逃而活着每一天、等待每一天、寻找每一天的机会！

　　在息烽集中营"服刑"期间，秘密支部一直对越狱问题有争议，当时的抗日形势让包括罗世文、车耀先在内的许多共产党人和难友们抱有一种幻想：无论如何，蒋介石也不能一点信誉都不讲呀！而且他的政权与中共方面谈判形成的政治决议中，有关同意释放"政治犯"的条款是非常明确的。然而，包括许多共产党人在内的当时的中国人，还是过于单纯了，对蒋介石和国民党的卑鄙与无耻实在是缺乏足够的认识。

　　韩子栋与许晓轩对国民党特务机关"主动"释放他们的可能性始终持怀疑和否定态度，加上军统对息烽集中营的内外警卫和各种警戒十分严密，简直插翅难飞，因此即使有机会同监狱管理人员（特务）上街采购物品的韩子栋也不敢贸然行动。而且当时的秘密支部有一个基本意见：在有绝对把握情况下，即不影响和牵连到他人，可以选择和采取行动。韩子栋是老党员，又是支部委员，自然需要考虑个人与集体之间的纪律关系，一旦逃跑不成功，或许就永无可能再出监狱。正是这种情况，使韩子栋和其他同志在息烽集中营时期的越狱行动都只是在心头酝酿而未有实际部署。

　　所有的"越狱计划"，都在等待机会。

　　1946 年 3 月 17 日，与息烽集中营远隔数千里的徐州岱山的一件事，使军统关押共产党的最大秘密监狱发生了命运上的颠覆性的逆向变化，这就是震惊当时朝野的戴笠之死。

　　这一天，身为国民党军统局长的戴笠原设定的计划是乘坐专机从青岛飞往徐州，再从徐州回南京。谁知这一天南京上空乌云密布，雷电交加，飞机与地面失去联系，戴笠临时决定另选机场降落。

　　"去上海吧！"戴笠有些不耐烦地对飞行员说。可飞行员一会儿就告诉他：上海上空的雨也很大，同样有雷电，无法降落。

　　戴笠有些六神无主了。飞机随即像无头苍蝇，不知如何是好地在空中乱飞起来。

　　"往徐州飞……回那边去！"戴笠已经火了，站起来命令飞行员。

　　飞行员紧张地调转机头方向，一阵快速飞行之后，也不知何因，在快到徐州机场时，专机一下撞在了当地的一座叫岱山的山峰上。戴笠和两名警卫及飞行员连同飞机一起被熊熊大火烧得尸不成形！

　　戴笠的突然死亡，给国民党内部和军统特务组织带来巨大震荡。先是另一位国民党特务头子郑介民出任军统局长一职，毛人凤任副局长。而此时，国民党内部对戴笠多年经营的军统进行"反攻倒算"，各种势力逼得蒋介石不得不调整军统组织，3个月后的1946年6月，蒋介石宣布：军统缩编为国防部保密局，并且工作重心转移到情报业务。如此一来，包括息烽集中营在内的军统组织发生根本性的变化。

　　作为军统原本最大的秘密监狱——"息烽行辕"同时被撤销。具体行动于1946年7月初开始启动。

　　"什么？撤销息烽集中营！我们会是什么命运？大家还能保命吗？"看着特务们乱哄哄的样子，关押在此的数百名"囚犯"开始骚动起来。担心、焦虑、恐惧……所有的情绪都在瞬间涌动起来。

　　"应该尽可能地把情况弄明白。越是这种情况，敌人越有可能采取极端、快速的手段！"那时罗世文、车耀先等还没有牺牲，秘密支部成员们努力在通过各种途径了解戴笠之死和由此带来的军统组织及息烽集中营的未来命运，然后决定何种应对措施。韩子栋和许晓轩甚至认为应该立即制订和实施越狱计划。

　　"否则可能明天就是大家的死期了！"许晓轩这样说。

　　"集体屠杀是敌人在这种时刻惯用的手段，我们确实该当机立断！"韩子栋表示赞同许晓轩的意见。

　　罗世文在支部成员激烈的情绪下，要求大家"越是这个时候，越要沉着应对，做到万无一失"。同时确实必须"见机行事"，"尽可能实现最小的牺牲"。

　　"走了走了！今天就动身——大家把该带的东西带上！"然而特务方面撤销"行辕"而采取的措施及行动，并没有给罗世文和广大难友任何想象的"空间"。

搬家和动身都是在早饭过后宣布的，然后监狱内立即出现 10 多辆军用卡车——全副武装的押运宪兵跳下车子，又迅速将整个监狱团团包围。

"快快，不要磨磨蹭蹭了！"

"上车！上车——"

宪兵们持着枪，如从栅圈里赶猪猡一般粗鲁而极其无理地赶着一群又一群从各监房走来的"犯人"……

"看来他们是要对我们下手了！"韩子栋扶着身体虚弱的罗世文，悄悄地跟他说。

罗世文走了几步，直起身子，扫了一下正在上车的现场，轻声道："似乎不太像。不过多数人可能就地释放了……"

"那为什么不放我们？蒋介石他就是想弄死我们啊！"韩子栋悲愤道。

"沉着！看看他们到底玩啥把戏！"罗世文脸色凝重地盯着不远处的黄显声和周养浩，他们两人似乎也在为同样的事出现争执，看上去此时的周养浩对黄显声将军是副奴相，罗世文已经猜想到，黄显声将军肯定是在责问他们同样怀疑的问题：为什么又要转移我们？蒋介石到底想干什么？周养浩一定是不知说啥是好，只能靠蒙骗和哄着黄显声上车转迁……

宋绮云等"机灵"者马上弄明白了真相：息烽集中营奉蒋介石和他的国防部之命正式撤销。72 名"重要犯人"押送重庆，其余人员分批释放。

"此时不跑，何时跑？"

　　"对，就这么个机会，老子豁出去了！"

　　也正是个巧合：罗世文、车耀先、韩子栋、许晓轩、宋绮云等几位支部委员、共产党员等"政治犯"，都被赶在一辆车上，尽管端着枪的宪兵就在身边，但罗世文他们已经不用回避什么了，他们几个人挤在一起不用语言，也能非常明白清楚地交流想法，并用几个眼神就能把"一、二、三"的事情都定下来。

　　罗世文佯装忽而闭眼、忽而睁眼的样子，实际上一直在传递他的意见：

　　"我看可以。"

　　"老子同意。"

　　"不过要注意路上逃跑的最佳时机。"

　　"每个人既可见机行事，同时也可集体行动……"

　　他和车上几位同志的交流与决定，就是用一个不经意的眼神和一个微小的面部表情，便骗过了身旁的宪兵们。

　　大家都在等待随车行走过程中的所有可能出现的机会……

　　"加油了！"

　　"下车！下车！"

　　突然，颠簸的车队在一个看上去是敌营的仓库前停了下来。原来卡车要加油。

　　好机会！韩子栋、车耀先和许晓轩等立即有了精神，每个人的眼神都在迅速地瞄着可能的逃跑机会与环境……许晓轩第一个发现在100多米处有一条峡谷，如果能够在敌人来不及射击的时间内快速逃出，那么此刻实施逃跑是可行的。

　　"怎么样？"许晓轩用眼神征求韩子栋的意见，而且让他必须在一两分钟内决定，因为机会不可能重来。

平时韩子栋是看上去十分麻木和迟笨的一个"小老头"，但其实他是个非常机灵和敏锐的人，也正是他这般让外人看上去动作与神经迟钝的表象，让他比普通"囚犯"更有可能实现逃跑的目标。

但这一回他放弃了：他用眼神否定了许晓轩的计划，因为凭借他曾经在"复兴社"经受的短暂的特务训练，他知道即使再矫捷的运动员冲刺百米，也需要十几秒的时间，更何况现在是一群长年蹲监狱的"半病人"们，即使像许晓轩和宋绮云这样比较身强力壮者，也很难用30秒时间冲刺百米距离，而且从韩子栋他们所待的地方到那条峡谷之间是崎岖不平的乱石荒岭，半分钟之内稍有动静，必遭武装宪兵发现和袭击，其后果不堪设想……

看得出，当韩子栋放弃此次行动时，许晓轩是有些着急和愤慨的，不过他意识到刚才的选择确实十分危险，因为时刻处在警惕之中的宪兵并没有给韩子栋、许晓轩他们可以乘机逃跑的时间。事实上其中有一个横端着枪的宪兵，就在许晓轩和韩子栋用眼神交流到底行动不行动时，已经把身子转了过来，枪口直冲着许晓轩。尽管后来没有发生任何事，但显然那宪兵用目光告诉了许晓轩他们：别有啥歪心眼啊，我的枪口可是长着眼的。

"走走，上车了！上车了——"所有临时下车的人，在武装宪兵的呵斥声中都被重新赶上了卡车。

武装押运车队继续朝着重庆方向在山道上颠簸着向前……后车厢内蜷着的罗世文等人脸上毫无表情，在风中摇晃着身子和脑袋，他们有的始终闭着眼，有的眼睛紧盯着起伏的山峦，或者相互之间乘着车子摇晃之机，用胳膊或肩膀交流着某种信息。这个时候，只有许晓轩显得很有情绪地在与靠近他身边的武装宪兵争执着"你挤了我""我就挤了你咋啦"一类很无聊的话题。

他心头有气。唯有韩子栋心里在笑:小许他对放弃刚才的行动有些不甘。

可以理解。宋绮云给了韩子栋一个鬼脸,意思是他也明白许晓轩的心思,毕竟能够在半道上逃跑可能是他们现在仅有的最好机会了。除此再无可能。

宋绮云讲对了。从息烽到重庆全程300多公里,当年的山道不像现在的高速路那么平坦,整个押运车队从早晨10来点出发,一直到晚上9点多才抵达重庆。而途中停车只有两次:一次是车队加油,一次是宪兵司机们需要休息一会儿。这两次停车过程中,韩子栋和许晓轩、宋绮云还有车耀先一直在瞄准可能的机会实施单个或集体逃跑的计划,最后皆因为机会不成熟而被罗世文做出了放弃的选择……

山城,又回来了!罗世文、车耀先、许晓轩、宋绮云等对这座城市是再熟悉不过了。而只有韩子栋是第一次"光临",他颇有些好奇:原来真是个山里的城啊……重峦叠嶂间,繁星般的灯光所组成的城市!

这一天是1946年7月22日。

前三天,韩子栋、罗世文、车耀先、许晓轩、宋绮云等都被关在市郊的一个兵工厂内临时设置的秘密监狱。

一日夜晚,罗世文见不习惯闷热又潮湿的重庆山城气候的韩子栋一直在烦恼,便坐到他身边,悄悄说:"你我的命运决定在这一二年内。如果在这一二年内政治形势还不好转的话,你我也再不要想恢复自由的机会了。"

韩子栋对罗世文非常敬佩，一则是罗世文在政治上成熟且有丰富经验，二则对时势的判断十分准确。他听明白了罗世文所说的话的意思：老韩啊，看来我们想堂堂正正走出监狱的可能性微乎其微，现在唯一可能就是想法逃出去吧！

不过，出于某种期盼，罗世文又悄悄告诉韩子栋：他已经给中共领导人周恩来写好一封信，准备让"小马"（估计能够获释的一名外籍"犯人"）想法带出去。

这一天的次日，周养浩突然来到临时监狱，进来后就把罗世文和车耀先提了出去，告诉他们：到重庆后负责关押看管从息烽转押过来的"政治犯"的新监狱长不再是他周养浩了，是个叫张少云的四川人。"因为你们都是四川人，所以要把你们两人关到另外一个地方……"周养浩对罗世文和车耀先这样说。

就这样，罗世文和车耀先便被特务们从韩子栋、许晓轩、宋绮云等"政治犯"身边拉走后，再也没有回来。

很快，除罗世文、车耀先二人外，其他从息烽集中营押运过来的"政治犯"包括黄显声在内，被分别关押到了白公馆、渣滓洞等几个国民党监狱。而这部分人后来又多数被集中关到白公馆。

白公馆监狱，原来是当地的一个叫白驹的四川军阀的私人别墅，原来叫"香山别墅"，因为他姓白，所以当地人习惯称这座别墅为"白公馆"。军统特务进入重庆后，这里便改建成关押"重要政治犯"的监狱。

韩子栋等被转移到此处后，负责这里的监狱所长为了与另一处国民党管辖的渣滓洞监狱相比之下显得"管理更好"，所以决定从"修养人"中提出一人来管理伙食，而且特务事先透露让韩子栋来干这活儿。

我不干！韩子栋最初态度非常明确，因为他认为重庆这边无法与息烽那边相比，尽管周养浩的"新政"充满了虚伪，但毕竟通过秘密支部的努力，难友们在争取相对的一点人身自由与改善伙食方面确实获得了比较好的结果，通过长期而耐心的斗争，也从根本上彻底战胜了周养浩那一套的"软化"阴谋，没有一位共产党员在息烽集中营"投诚"到敌方或成为叛变分子就是铁证。但到重庆之后的情况发生了巨大变化，监狱的残酷重新回到了国民党特务对付共产党人和革命者的那种残暴与野蛮的境地，故当从特务那里刚刚获悉让他去协助搞伙食时，韩子栋的态度是非常抵触的。

"老韩哪，你不能这么想嘛！你要考虑到现在我们这些人所处的环境，这里的情况越来越严峻和复杂，弄不好敌人还没有想对我们动刑，大家的身体就已经垮了呀！你得把这事担起来。为了同志们和难友们，你也要把这事担起来。你不去干，我们的日子就别想有点盼头了！希望你为大家着想，任劳任怨……"许晓轩现在是秘密支部的负责人，另一位支委是谭沈明。从息烽集中营出来前，罗世文、车耀先已经意识到他们两人的命运有可能会出现急剧的变化，所以为了防止秘密支部工作中断和受损，当时就提议许晓轩接替支部书记。而许晓轩的这一接任，也让后来的《红岩》里有了"许云峰"的光辉形象，尽管"许云峰"并不全是许晓轩，但许晓轩绝对是"许云峰"的主要原型。

"那我就去干吧。"韩子栋最后同意接受去帮助特务方面管"犯人"伙食。也正是他接管了管理伙食这一摊子，所以也就有了他成功越狱的可能……

　　韩子栋在负责伙食这一块工作后，心里想着就是如何把伙食弄得好一点，让同志们和难友们获得生活上最起码的改善。后来果然如此：做到了三天打一次牙祭（加菜），平均每人每月四两肉。以前吃的米是陈谷子加稗子的红糙米，韩子栋把米领来后，再叫伙夫挑到米房去碾两次，改吃很好看的白米。以前吃的像剩饭煮的带着臭味的稀饭，改成了有浓厚米香的稀饭，结果这样下来：原来一个月的伙食"口粮"，后来竟然能吃到一个半月，而且难友们的满意程度出乎意料地高。监狱所长也因此受到内外的好评，如此一得意，特务上下不再叫韩子栋监号了，改称他为"老韩"或"韩先生"。

　　监狱所长对韩子栋的工作越来越满意，因为这让他一方面名声好，另一方面又可以向上伸更长的手——他所长个人的口袋装得更满了。因此对"老韩"关于伙房方面的事所提出的要求一般都能答应。韩子栋呢，就借机把宋绮云、尚承文等共产党员调进了厨房一起参与办伙食，为这些同志改善生活与身体状况作了有益贡献。至于黄显声的待遇更因此而获得提高，不仅能看《大公报》《世界知识》《文摘》等报刊，而且趁那个监狱所长不在的时候，竟然还能听到新华社广播。

　　"快来一起听听……"每每这个时候，黄显声便赶紧向许晓轩等人招手，让他们赶紧到他那儿一起收听"新华社电讯"广播……

　　那一刻，深陷敌人重牢数载的韩子栋、许晓轩、宋绮云等是何等的激动和兴奋，个个像是枯干快死的禾苗突然喝到了甘泉一般，那个解渴与过瘾，别提有多满足！

　　"党没有忘记我呀！我还是组织里的人啊！"毫无疑问，韩子栋是最激动的一个。过去他一直怀疑组织早已不认自己的了，现在听到自己组织的新华社广播后，他确信中国共产党组织还是把他当作"同志"的。

"有这，我蹲这些年的监狱也值了……"一日，韩子栋当着许晓轩的面，痛哭了好一阵子。

许晓轩拍拍他的肩膀，安慰道："老韩啊，党组织哪一天都没有把你忘记嘛！"

"小许……"韩子栋听到这话，突然伸出双臂，紧紧地抱住许晓轩，哭得双肩停不住地颤抖。

韩子栋一是把管理伙食当作为监狱里的同志们改善生活、为未来革命多作贡献的一份为党工作的机会，二是利用管理伙食让特务们充分地相信他后，实现他最终越狱的计划。前者已经初步成功，且越来越让敌我双方都很满意。后者的计划是：让贪婪的特务们感觉到他许诺给他们的"油水"确实可观……

"老韩你确实行啊！"才一个月下来，监狱所长见在韩子栋的管理下给予他的"油水"大出这个贪婪者的预期，所以他某日见到韩子栋后，大为赞许地向他伸出大拇指。

"有些账还是能够做得更好些。比如采购菜蔬是有讲究的，你得跟小贩斤斤计较、讨价还价呀！而且讨价还价本身就有太多的学问了……"韩子栋跟特务所长这么讲的目的是想获得可以出去上街的机会，当然他设定的理由必须是让特务们不能有丝毫怀疑他有越狱动机。

"是是，他们几个小王八犊子，哪会跟小贩讨价还价嘛！"监狱所长思忖了一下，说，"这样吧，每次外出采购你就跟着他们几个一起去，你去跟小贩们讨价还价去……"

韩子栋一听，暗自高兴，这是他越狱计划的第一步：能够走出监狱大门。

采购食物不是每天都需要出去的。隔四五天、七八天的都有。这样，在便衣特务的跟随下，韩子栋从此可以到磁器口（重庆著名的商业地，距离白公馆二三里的一个紧挨沙坪坝的集镇）。

韩子栋已经决定把磁器口当作越狱逃跑的地点，开始瞄准和选择各种可能……白天他用眼看、用心算，晚上回到监狱便一次次地反复设计各种逃跑的行动设想：一个人如何逃跑，几个人又如何一起逃跑。

结果，无论如何，几个人想要一起逃跑实在太难！

韩子栋把自己最终的想法向许晓轩作了汇报。"你不用考虑我和其他人，罗、车的牺牲已经让我们清醒地看清了现实，现在是能走一人就走一人，你只管大胆设计一个人的行动……"

有了秘密支部的意见，韩子栋的逃跑计划更集中和有头绪了。这个时候，他计划在附近市镇或靠近市镇的农村某一个地方进行化装或停留。这个似乎并不是太难。但某一天由谁跟着他韩子栋一起出监狱、上街去是特别重要的问题，因为如果特务很警惕，一直盯着韩子栋，那他韩子栋设计得再巧妙的逃跑计划都将无法实施。因此，韩子栋设计了一个局让那个贪婪的监狱所长上当：让赌性很强的管理股长卢北春一起跟他上街采购……

"老韩啊，他跟你去采购，我们的事不会穿帮？"监狱所长警惕道。

"不会不会，他去更能证明所长你干事是清清爽爽、明明白白嘛！"韩子栋的意思是：由一个管理股长跟着我一起上街采购买货，你所长捞的"油水"还有人怀疑吗？

监狱所长一听韩子栋原来是在为他"着想"，高兴得连连拍打韩子栋的肩膀，夸道："老韩啊老韩，你可真让我越来越喜欢了！"

韩子栋笑笑，说："我做事大家知道的，求实，这样的事更不能让所长你翻船嘛！"

"行，以后就让卢股长跟你上街去采购！"监狱所长把手一挥，就把韩子栋潜心谋划的事给定了下来。

韩子栋的出逃计划可谓布局严密，精到细致。然而这里还有一个细节需要布局：尽管姓卢的股长赌性大，但能不能像韩子栋设想的那天跟他一起出去，在街头就有兴趣去赌，则同样是个问题。倘若姓卢的那天没兴趣怎么办？

韩子栋又有一个设置：同监狱一个监房的尚承文在被捕之前的爱人住在磁器口，尽管此时尚承文已经与这位姓毕的女士离婚，但其实毕女士是被反动政府威迫而无奈与尚承文离的婚，两人的感情其实是蛮深的。如果有毕女士在外面配合设赌局，那么让赌性很大的特务分子卢股长上当就比较容易了。

可是整个外逃计划，韩子栋不想让除他本人之外的任何一个人知道的，这已经是秘密支部针对罗世文、车耀先牺牲而重新慎重作出的"行动决议"之一，加上韩子栋十分周密的计划中就考虑了一旦自己的外逃计划破产或被敌人抓回来，他不想让组织和任何难友尤其是支部的同志们为此受到牵连。但为了让毕女士与他里应外合，还必须请尚承文帮忙。

看来绕不过此人。

如韩子栋回忆中所说的，尚承文是一个"文弱书生"，但他骨气很硬，平时就不怕监狱里的特务损他欺负他，前面提到的那次他在生产车间劳动时若不是受到了黄显声的保护，定会挨特务郑星槎的一顿毒打。尚承文是收发出身，写一手好字，因此周养浩还经常让他在一些并不机要的会议上做记录。而罗世文等共产党员组成的秘密支部对尚承文又格外看待，视他是忠实的外围成员。在息烽集中营5年多的日子里，尚承文得到罗世文、车耀先、韩子栋、许晓轩和黄显声等共产党人的帮助和教育，从国民党特务蜕变成信仰和思想坚定的革命者。罗世文在牺牲前对许晓轩和韩子栋有交代，条件允许的时候，可以吸纳尚承文为中国共产党党员。

尚承文的监号为"268"，开始被关在"信斋"，后来到了"忠斋"，与罗世文、韩子栋等共产党员关在同一监房。

时间一长，相互熟悉了，所以韩子栋从尚承文那里知道了他以前的爱人毕女士住在磁器口。权衡下来，韩子栋决定把自己的外逃计划告诉尚承文，并希望他通过途径转达毕女士，争取她在外面配合行动。

"你跟我一起出去！"韩子栋正要把计划跟尚承文说时，哪知秘密支部负责人许晓轩却把自己与尚承文及另一位共产党员谭沈明3个人的逃跑计划说给了他听。

由谭沈明先来征求韩子栋两点意见：一是此举有没有不对的地方？二是你韩子栋走不走？如果你不走，我们走后会对你有何影响？韩子栋回答了三点：只要有机会逃出去，没有什么不对的，这个是我们在息烽集中营时已经定下的原则；二是只要你们能够逃出去，不要管对我有啥影响，走一个是一个，不必顾虑；三是有机会我跟你们一起逃出去，当然是好，但不必周全我这边，你们能逃就逃，而且从现在开始，千万不要再跟其他人讲你们的计划。

韩子栋是个计划很周密的人，他问谭沈明具体逃跑计划。谭说：

"我和许晓轩住的那个楼上，有一大窗空隙，人可以从那里挤出去。待夜间灯火灭了后，或者哪天灯火出了毛病，就从那个地方用绳子缒下去逃跑。"

"尚承文怎么办？"韩子栋问。

谭回答："他从墙上爬出去。"

韩子栋立即摇头："不妥。白公馆内外墙都有特务看守岗位，一个人在高墙上爬来爬去，一是很难完成，二是容易被发现。那样不但他要被抓，你们两个也难逃跑了！"

谭不说话了。

韩子栋又问："另外，对白公馆外可通过的地方你们研究过没有？那个外面三面是山、一面是水，而且水很浅，还有敌人的岗哨，你们要研究如何避过这些岗哨。另外，照你们目前的计划，你跟许晓轩可能还跑得了，但尚承文几乎没有多少可能。"

谭沈明听韩子栋说后，点点头，认为他的意见非常有道理，于是说他跟许晓轩再考虑考虑。

既然支部同志如此信任自己，韩子栋决定也把自己的外逃方案交许晓轩他们讨论一下。首先他认为，集体逃跑的计划不切实际，需要放弃。韩子栋把秘密支部存在他那里的 8 万元钱交还给了许晓轩，这些钱本来也是许晓轩让家里秘密寄来作为秘密支部特殊用途的经费。韩子栋说："你们（指许、谭）逃出去后，我马上实施自己的行动。"

"还是你先走！"许晓轩给出的理由是：一是特务警卫队会在韩子栋逃出后加强外面的警备和岗哨；二是这几天电灯很好，他和谭沈明利用灯火不好的计划，仍须等些日子；再者韩子栋出去后，对监狱内的影响相对小些，其他同志仍有可能外逃；最后一点也非常重要：韩子栋一个人外逃的方案比起他和谭外逃的方案成功率要高。

"老韩啊，我们的希望就寄予你了呀！"许晓轩握住韩子栋的手，无比深情地说。

韩子栋被自己同志的友情深深地感动了，他突然摇起头，说："还是你们先走吧！我已经在监狱里蹲了14年，多坐几年少坐几年，或者出不去也就那么回事了！可你们不一样，比我年轻，组织对你们更信任，一旦出去，就可以为党干更多的工作……你们先走吧。你们不走，我先走了良心上过不去的。"

"老韩你说啥呢？现在都啥时候了！你的计划和你的准备是最充分的，从实际情况看，也只有你这个计划是可行的，你不走，所有的人基本上都没有啥可能了！你是我们目前唯一也是最好的行动方案了！"许晓轩急了，说。

"我……"

"不要再争执了。"许晓轩严肃地说，"这也是我们支部作出的决定，你必须按照它执行！"

许晓轩说完，再次紧握韩子栋的手，说："我们祝你成功！你的成功是我们全体难友的希望啊！"

韩子栋热泪纵横，一句话都说不出来，只是一个劲地点头。

外逃计划开始。韩子栋找到尚承文，说与他一起逃跑。"其他的事我已安排好，现在只需让毕女士和赵太太在外面设一个打牌的赌局，到时诱引姓卢的股长去打牌，这个时候我和你就乘机逃走……"赵太太是毕女士的一个姐姐。

尚承文听后竟然摇头，表示不能这样。"我牵连自己原来的太太也就算了，再牵连她的亲戚就有些过意不去了。"尚说。

韩子栋觉得尚说得有道理。

怎么办？韩子栋在没有外面配合的情况下，再同尚承文两个人同时逃跑的可能基本不存在，所以决定只他一个人行动。

方案为：沙坪坝那里有个茶馆，前门进去，后边西侧有个通一处夹道的小路，韩准备和看押他的人到茶馆喝茶，自己坐在最南侧座位上，茶泡好后，他借解手之机，由夹道内出逃，再向西急行。5分钟左右后看押他的人发现时，他应该已经出沙坪坝街进入附近的田地。如果特务单独追赶他的话，韩可以想法引他到山中，这样韩既可逃，又可与特务交手——韩子栋知道姓卢的家伙平时不爱带枪，而韩子栋自己身上则已经备好一把刀。如果看押他的特务卢股长报警，当地国民党公安人员来追他，那至少是10分钟之后的事了，他韩子栋可能已经出了3里路外的地方了！

"你必须注意三点：一是出了沙坪坝后，要积极寻找山路，进入山区，设法将单独追赶者打昏或推入山沟中；二是出沙坪坝后，立即换鞋防备警犬；三是夜间看准一个星座，然后对准该星座前行，以免迷失方向。"许晓轩和谭沈明对韩子栋提出的三点，确实英明，为后来韩子栋逃跑取得成功提供了极其重要的借鉴意义，或者说韩子栋出狱逃跑后就是根据这三点才得以成功避开反动军警的追击的。

现在只剩下决定具体哪一天行动了！韩子栋的计划里有一项"复仇"的含意在内：他心疼自己的好战友、杰出的共产主义战士罗世文、车耀先的牺牲，他认为这是蒋介石和国民党反动政府最不能饶恕的罪恶，因为中国共产党和蒋介石的几次谈判中都谈到释放罗、车两人，而蒋介石也几次三番答应，却在最后时候借各种理由推托并最终以暗杀、焚尸的残暴手段灭迹了这两位他的亲密战友——息烽集中营"秘密支部"的负责人。罗、车的牺牲,也证明了戴笠、周养浩搞的所谓"新政"也只是骗人的把戏而已。韩子栋将这份仇恨埋在心头,自身弱小的他,无法高举抗议和复仇的大旗,他只能以自己可能做得到的革命行动,来回击蒋家反动王朝和国民党反动派的残暴与无耻。

1947 年 8 月 18 日,是罗、车二位烈士的殉难周年日,韩子栋决定选择在这一天实施外逃行动,这是对罗、车二位烈士的纪念,也是用自己的行动向国民党反动派复仇。

什么事都想好了。真正的韩子栋并不像《红岩》小说中的"疯老头"那样,当时在白公馆的韩子栋是一个神志极其清醒的人,别人也没有把他看作是有何不正常的人,只是特务分子觉得他"老韩"是个老犯人,是个"很实在""办事能力又很强"的老犯人而已。加上监狱所长已经从韩子栋管理伙食之后获得了很大利益,韩子栋才有了他设定的逃离监狱的条件与可能。

如果被抓回来怎么办?这是身为共产党员的韩子栋所要考虑的事,尽管秘密支部已经同意"个人可以单独行动"的决议,但他绝对不甘愿因为自己的失误而造成监狱内的同志们和难友们因受牵连而落难。这从党性和良心角度让韩子栋都不愿意接受,所以他准备好了被抓回来的"预案":一旦如此,无论敌人用什么刑罚,他拒不开口,任凭处置。唯一的口供,是他已经写好并带在身上的字条,那字条上的文字是用古体诗组成的:

披枷戴锁一老囚,笼里捉虱话春秋,
一死皎然无复恨,赢得大众来报仇。

谁谓廿年牢狱苦，赴仁取义死未休，

生前无愧颜太守，死时犹抱击贼笏。

自古有生必有死，吾久不计日与时，

借问陆公老放翁，家祭曾否告尔知！

韩子栋有很好的文字功底，倘若不是监狱之苦，他很可能是一个了不起的文学家。然而现在他的诗才只能用在换取生命最后的尊严上。这是何等悲切与壮丽！

而且，他还想好了：一旦半途上被反动军警抓住，他拒不承认自己是监狱里出来的"逃犯"，因为那样的话必定牵连到同囚的同志们和难友们。

好了，现在可以实施之前准备了近一年的逃跑行动了！韩子栋的这一越狱行动，后来也因为《红岩》红遍了祖国大江南北，载入了中共党史的经典案例之中，成为亿万人所熟悉的一个红色故事——

1947 年 8 月 18 日。下午一时许。

这个时间在盛夏的重庆，烈日炎炎，室外和田野里基本看不见人。人们喜欢在屋里和室内纳凉，打麻将和玩牌成为大家喜欢的一种闲情乐趣。韩子栋选择这个时间上街"采购"，一是他已经摸清了特务卢北春股长的脾气，在中午酒足饭饱后喜欢"耍两把"；二是这家伙又怕炎热。

"老韩啊，你太实在了，这个鬼热鬼热的时间干啥出来买东西嘛！"卢北春边擦汗边对韩子栋说。

韩子栋接话道："股长你可不知呀，早市出来买东西，肯定价钱贵，如果晚市出来，你又买不到啥东西。只有在午后这个时间出来采购才是最便宜，而且粮菜又差不到哪儿去的！"

卢北春大为感慨道："难怪所长对你这么好，原来你是通过这一招给所长大人赚满了腰包的呀！"

韩子栋笑笑，说："股长高抬我了。以后只要股长你看得起咱，我保证也会记得股长你的……"

卢大悦："我就想听你这句话。"

两人边说边走，越说越投机。到了磁器口后，顺着大街又一直走到嘉陵江边，又从江边往磁器口走的半途中，韩子栋见一冷饮小店，便招呼卢歇一歇，他三步并作两步去小店买了根冰棍和一碗冰绿豆水，请卢吃。

"爽！爽爽！哎呀，这个鬼天气，热死人了呀！"卢边喝冷饮边感叹。而韩子栋出此招是为了拖时间，因为他在等待逃脱的机会……但目前的机会没有出现，他心头有点着急，所以必须拖住时间。于是吃完冷饮后，韩子栋又提议到沙坪坝去。

"不去不去，老子吃不消，太热了！"哪知特务股长卢北春对此直摇头。

怎么办？韩子栋有些六神无主了。因为总不能硬拖着卢去某个地方赌牌去嘛！

"哎呀，这不是老韩嘛！"突然，韩子栋被一个老相识碰见了，对方一见他便连声向他恭贺，"好事好事，老韩不易啊……"

谁呀？韩子栋一愣：原来是曾经在息烽集中营当过"管理员"、退伍回到重庆的胡维景。在息烽集中营的七八年中，特务管理员也是换了一茬又一茬，他们中有的是国民党抓壮丁去充当普通监狱管理员的。这些人本质上还是普通百姓，干几年就回老家了。胡维景便是属于这样的人，他与"老犯人"韩子栋也算是熟人了，因此一见面，就以为韩子栋被释放了，成了自由人，所以连连"道喜"恭贺。韩子栋赶紧支吾应付。关键是，胡维景与卢北春也是熟人。这就有了下面的好戏——

"卢股长啊，你大长官这么热的天气也跟着出来采购呀？伟大伟大！"胡维景对卢北春更是十二分热情，马屁拍得啪啪的，"我说嘛，今天早上起来就有喜鹊在我家门口叫个不停，原来是有贵人驾到呀……走走，我家就在前面，去乘凉一会儿，顺便摸几把！"说着就推着卢北春往他家方向走。

"你这……这……"卢北春一看是老熟人相约，加上天气确实太热了，于是就顺势跟着老熟人胡维景走，然后招呼韩子栋，"老韩，那就去老胡家坐坐吧！"

韩子栋心想：这可是千载难逢的好时机呀！"要得！"他一嗓子"四川调"，听得出心里有多兴奋。

到了胡维景家，赌鬼卢北春遇上了胡维景的牌迷太太，简直就像两块磁铁碰到了一起。

"老韩他不会玩牌，你老胡的这牌又太臭，老子跟你两个人斗如何？"卢北春已经把不住自己的那个跃跃欲试的小心脏了。

"哎呀，股长呀，只要你顺心，我啥都行！"胡维景的太太看来是牌场上的应酬高手，就说跟卢北春玩四圈。

"行……"正在这个时候，监狱的王医官和已经离职的原警卫股股长罗欢德双双来到胡维景家，见卢北春和胡维景的牌桌上二缺二，简直是喜上眉梢，两人抢着坐上了桌子。

"来来来，玩对家！玩对家！"王、罗上去就大声嚷嚷。

"哈哈……这两个小子真能抢时机呀！"卢北春见此状大喜，于是四人迅速进入牌局大战之中。

现在，旁边的闲人只剩下三人：韩子栋、胡维景，以及一个跟随王医官、罗欢德来的勤务兵。

"你俩坐啊，老子有个朋友请吃饭去，我就去了啊。你们要想吃冷饮，我的水井里泡着西瓜，可以拿出来只管吃啊！"胡维景跟韩子栋和那勤务兵说了句就离开了家。

韩子栋觉得今天的运气对他来说是太好了：现在只剩下一个妨碍他逃跑的人了。

好对付！韩子栋立即转动脑子：把这小子调开！

在不动声色之中，韩子栋搬来一把躺椅，然后佯装要长时间地享用这舒服的椅子，他躺在了胡维景家的房门东边的小夹道上。这个地方凉风习习，很快，他的举动，吸引了那个勤务兵。

"这里还真风凉啊！凉快！"那勤务兵笑眯眯地跟着韩子栋的样子，搬来一把小凳子，坐在韩子栋附近。

小子，想看守住我？韩子栋在心里骂道。其实不是的，那勤务兵对牌的兴趣也是很浓烈的，虽然他没有资格上桌对决，却也想凑个热闹，所以一会儿从小凳子上坐起，凑到牌桌上观战，一会儿又回来坐下乘凉。

韩子栋心想，现在必须做出决断如何逃跑，否则可能再无良机。

怎么办？如何打发眼前这个不安宁的勤务兵呢？韩子栋心头急速地盘算着……有了！他那只插在口袋里的右手，摸到一沓准备好的钱票。

"兄弟，你拿这个钱去买只西瓜回来，给大伙儿解解凉……"韩子栋这时拿出 2 万元（纸币）钱票，塞给那勤务兵，又说，"挑个顶好的买，最好再买点冰来冰一下，剩下的钱你坐车用，不要给我啦！"

勤务兵一看，是两万块钱哪！这无论买西瓜、还是弄点冰来，或者再乘车啥的，肯定 1 万块都用不完哪！他有些激动地看了一眼韩子栋，心想：这是真的吗？

韩子栋又朝他挤挤眼，意思是：去吧！

"那我去了啊！"勤务兵心领神会地拿着钱，乐滋滋地屁颠屁颠地去买西瓜和冰块去了。韩子栋设置了让他去买冰块的原因是：买西瓜的地方是没有冰块的，这样可以争取更多的时间。

待勤务兵走后，韩子栋立即把手中的扇子卷成一个"一看就没有走远而且是要马上回来"的样子。

走！马上就走！韩子栋悄然起身，出了胡家门后，便迅速加快步子、越走越加速步子——这是性命关天的步子！

像飞一样地走，又不能是飞。

像走，又不能是简单地走，因为走的步子有限，万一那些打牌的人发现后叫喊他怎么办？所以走得要像飞一样的速度！

快快！现在后面还没有人发现和叫唤他，证明他们尚没有发现他走了。

但又不能走得飞一样，因为一"飞"就有可能被另外的人发现怎么有个人在奔跑呀！那样也容易引起另外的麻烦，这就是此时的韩子栋既要加速地走又不能走得太快的考虑。

真是惊心动魄啊！

走啊！一直向东走——那边是嘉陵江，只要过江，就可以混进人流，一般不易有人再注意他这个"逃犯"……

但与原来设想好的计划出现了差异。原计划是走一段路后，坐轿子，这样少引起路人注意，并能让轿夫加速，而且即使有追兵过来也不会想到一个逃犯会坐着轿子出逃。但到了路口，韩子东没见到一个轿夫，无奈的他不得不改变计划，干脆直奔嘉陵江速行！

到江边后，又让韩子栋心头一惊：没有过江的船只！

不能有丝毫的犹豫。当机立断的决定是，向北边行走。走到不远处，忽见江上有船。

"摆渡呀！我要摆渡——"韩子栋已经顾不得其他了，拼命地高喊起来。

"不行呀！老子这船已经有人出 8000 元租走了！"船夫回应他。

"老子出 1 万元！1 万元你过来吧！"韩子栋急眼了，开口就是 1 万元，因为他知道自己的命肯定值 1 万元，更何况，这 14 年的监狱之苦，就是千金也换不来的呀！

"这位先生请上好船了！"船夫一听有人出 1 万元，高兴得立即将船划到韩子栋脚跟前。

上船后，韩子栋又佯装自己身患重病，不能坐直在船板上。"你躺到船舱里去……"船夫让他进舱里躺着。

这是韩子栋的计谋之一：躺在舱里，可以躲避岸头可能出现的追兵。

"先生，快到岸了。"不知过了多少时间，船夫这样轻声地喊道，而躺在舱内的韩子栋仿佛过了几个世纪，因为他的心太紧张，上下蹦跳得厉害：14 年啊！5000 多个日日夜夜的悲惨生活和一言难尽的生生死死折磨……现在，光明和自由即将出现在面前。枕着江水的韩子栋，此刻心潮比大海浪涛还要翻卷颠簸！

到了？到岸了？！韩子栋直起身子，眼睛朝彼岸望去时，眼睛忽然感觉花了……是我的眼睛模糊了，还是想起了罗世文、车耀先等牺牲的烈士的悲痛？韩子栋收住自己的思绪，迅速上岸后先是转首朝来时的对岸望了一眼，心头轻轻地说了一声：别了，小许、小尚、老宋……我要奔向光明了！

只见重新转过身的韩子栋，开始疾步飞奔了！

他一边脱去西装短裤、衬衣，将预先穿好的便衣略作整理后，即成了一个正常的行人。

又快步数十里后，韩子栋买了一顶大草帽、一双草鞋，再看一看自己的形象，韩子栋自个儿露出了一丝笑容：不像"囚犯"了！

行了，赶紧再走吧！韩子栋知道，现在自己还在重庆地盘上，必须尽快离开这是非之地！

刚迈步没多久，突然他的眼帘里出现一个"重庆市公安局感化所"的牌子！韩子栋的眼前一阵眩晕，身子摇晃了几下……

不行，不能让他们看出自己的可疑之处。韩子栋强打精神地挺直身板，若无其事地继续往前走。

没有人追踪。也没有人注意他的举止。但意外的事又发生了——一条恶狗不知从哪个地方蹿出，向他这个陌生人拼命地飞扑过来……

韩子栋下意识地奔跑起来。

哪知这恶犬变本加厉地追咬起韩子栋双腿……"哎呀！"一声惨叫后，一阵剧痛传遍韩子栋的全身，来不及多想，他拔腿挣脱，飞似的落荒而逃。

也不知逃了多少路，他才发现自己的左腿竟然被恶狗咬出了4个洞……

当夜。月光下，韩子栋已经进入了一片不知其名的山林之中。他窥测了一下周围漆黑一片的荒野丛林，知道不会有追兵了，便坐下身子，脱下鞋子，"哎哟哟……"这时候，韩子栋才真正感觉左腿钻心般地疼痛，原来是狗咬的伤口和草鞋磨破的血凝结在一起后被撕裂了。

很累，也很疼，更困。但韩子栋不敢多待在原地，他知道，要彻底逃出魔窟必须走得更远，所以他重新支撑着伤痛缠身的身体，继续在黑暗中摸索着向前，而这，对他这样的一个逃亡者是多么艰辛又渴望的事。

向东行！向前行——

顺着月光，韩子栋记着许晓轩和谭沈明告诉他的话，沿着长江一直向东前行……

这是一段漫长而遥远的路途，但韩子栋根本没有把它当回事。每走一天，对他而言，就是离光明和自由多了一程。

面对阳光，他仰头笑迎，并吟咏着：

> 妙女妖娆笑语迎，频频挥手唤盐人。
> 凝眸一盼翩翩去，缥缈浮香散入云。
> 夕阳西下鸟栖迟，惹动游子故国思。
> 力拔三山虹贯日，黄河正是水澄时。

这是罗世文的诗文。韩子栋之所以背诵他的诗，是因为在息烽集中营中，他跟罗世文一有闲时就交流诗作。

> 千万重的压迫，

千万重的毒怨!

民情沸腾了,

民情喷涌了!

火山上谁再能施着压力!

四万万同胞,

兴起! 兴起!

我们去饮敌人的血,

四万万同胞,

兴起! 兴起!

我们去食敌人的肉!

只要我们铁似的意志,

山可倾,海可倒!

时期到了,渡过这血潮,

那即是倭奴授首的时候了!

　　这是宋绮云的诗。韩子栋喜欢宋的新诗,是因为宋的诗就像一门喷射的机关枪,其豪迈、激烈和气吞山河之势,让他一诵读就心潮澎湃,热血沸腾。

　　当然,韩子栋也十分喜欢车耀先的《自誓诗》。有一次在图书馆借书,韩子栋与车耀先论起诗来,车耀先向韩子栋背了一首他在1929年入党时写下的《自誓诗》,让韩子栋很是感动和受感染。

喜见东方瑞气升,不问收获问耕耘;

愿以我血献后土,换得神州永太平。

韩子栋觉得相比于车耀先，他的革命境界和入党信仰，还有一段很大的差距，所以他在逃亡中自然想起了在息烽集中营时车耀先给他留下的深刻印象……

当然，还有宋绮云、"小萝卜头"和徐林侠一家及黄显声等曾经在息烽集中营与他朝夕相处了数年的"囚友"，他们现在不知安否？这是韩子栋一路逃亡中经常想到的事，他很担心因自己的出逃让监狱里的同志们受难，这是他最不愿看到的。

事实上，在韩子栋出逃后，白公馆与渣滓洞的特务机构和看守的特务管理员们被重庆的"上司"狠狠地训斥了好几次。监狱方面只能谎报称：韩子栋是个疯子，他跑了是因为自己去投江了。

"那尸体呢？"大特务郑介民追问。

"估计给大鱼吃掉了。"监狱方面搪塞说。

屁话谁信？

但就是有人信，因为特务之间谁都不想担这种"无头案"的责任。再说，一个"疯老头"跑了，跟"共党要犯"跑了还是有区别的。

国民党特务机关不想为这种丑事多渲染，因此时间一长，白公馆后来的变化如韩子栋预测的那样，并没有太折腾许晓轩他们那些继续关在监狱内的人。

不过，其他所有没能逃亡的人多数成了蒋介石、国民党刽子手的刀下"鬼魂"……这中间，那个放弃与韩子栋一起逃跑的尚承文牺牲得比较惨烈：1947 年 9 月 13 日，也就是韩子栋逃出去的 25 天后，尚承文和朱念群（共产党员）被特务分子杨进兴骗到车上，在车子开到杨家山军统气象台时，特务把尚、朱推进一间房子，然后让两人并排坐着，特务们便把电线绕在尚、朱的手铐上，再推上电闸，活活地将尚承文和朱念群电死在凳子上……更令人发指的是，特务杨进兴怕他们尚未断气，又用丁字镐朝尚承文脸上猛烈地刨击后，才扬长而去。这惨死的一幕，韩子栋是在 20 世纪 80 年代（他去世之前）看到的，有人拿来一本台湾出的《传记文学》上的一篇《宋达传》，其中记载了宋达讲述的残害尚承文的过程。

国民党对从息烽集中营转到重庆白公馆、渣滓洞的"政治犯"所采取的手段，无一例外是残忍和毫无人性的。这在后一章中会有详尽叙述。

我们再说韩子栋的逃亡之路，太难了。到了外地，一路上既不认识人又无身份证明的韩子栋，遇到的惊险并不亚于他逃出重庆的难度，因为没有身份证明，住宿就很难，极容易被当地警察和特务稽查扣押，那个时候说不清来龙去脉，很可能即刻被重新关进监狱。所以，一路上韩子栋必须避免这等事发生，但光靠说好话求人情又不是万无一失之事，即使遇到好人家，也常让韩子栋费尽口舌。无奈，他必须承受各种不测和可能……

在息烽集中营时，他与蒋介石不肯相认的"兄弟"郑绍发比较熟悉，老实巴交的老郑在被释放时曾对韩子栋和其他狱中熟人说过自己的老家在河南什么地方。韩子栋记着这事，所以在一路碰到困难时，想到了老郑，于是有了去找他的想法。韩子栋想：郑绍发是可靠的人，托他再到当地警察部门去替他韩子栋弄个"身份证明"。有了这，韩子栋就不用再一路提心吊胆了。

"真是老韩啊？！"从重庆如何走到河南许昌的，韩子栋自己也记不清到底遇到了多少难与险……反正现在他跌跌撞撞摸到了老熟人郑绍发家。

"你是老朋友、好人，所以我能够出狱就来找你了！"韩子栋这样说是有两层含义：一是自己已经出来，到底是如何出来的你老郑自己想吧；二是我相信你老郑是说话算数的人，所以我才来找你这个老朋友。

听韩子栋这么一说，郑绍发特别高兴，真的以为是释放出来的老朋友来找他，是一种信任，是一份友情。

很快，郑绍发借着他的"蒋总裁兄弟"的名义，也没有太费力就帮韩子栋弄到了一个可以证明他是"何许人也"的证明书。

有了这"证明书"，加上在息烽集中营时郑绍发也只知韩子栋的姓，并不知其名字，故借此机会，韩子栋把自己的姓名改成了"韩自明"。如此一来，"韩自明"与"息烽集中营政治犯"和"重庆监狱政治犯"之间，便不再有可相连的关系了……

从此，"韩自明"一路昂首向着解放区的方向前行……

到了！到了！又不知是哪一天，"韩自明"突然被眼前的一片灿烂阳光和到处是欢乐的人群以及写着许多红色标语的村庄景象所惊呆，他喜极欲狂：回到家了！我回到了组织怀抱啦！

那一刻，"韩自明"又重新变成了韩子栋！是的，我本来就是韩子栋，是共产党员韩子栋！

"请慢慢说……"一位干部模样的人热情地接待了泪流满面的韩子栋。

"我、我从重庆那边的国民党监狱出来……我要求恢复我的党组织关系，立即给我安排工作！"这话还没有说完，韩子栋双腿一软，扑通倒在地上。

"同志！同志……"

同志？！我是同志！是的啊，我是同志，是共产党组织内的同志啊！韩子栋奋力地睁开眼睛，拼尽全身力气，喃喃道："同志……"

瞬间，韩子栋仿佛感到自己全身的血脉不再冰冷，而像火焰燃烧一般——他知道生命已在体内复活。这一刻，他无比幸福和陶醉。

第十四章

喋血红岩

从息烽集中营一起转移关押到重庆的 72 名共产党人和革命者（除韩子栋一人越狱成功外），敌人对待他们也是不出意外的手段，就是野蛮地屠杀，而他们也无一例外地将自己的鲜血，洒在了"红岩"这块土地上。

　　我一直认为息烽集中营中的共产党人形象和革命者的精神，在很大程度上铸造和形成了"红岩精神"，这是因为我们现在从小说中认识的那些"红岩"中的主要人物，至少有一半是从息烽集中营转移关押到重庆并最后牺牲在歌乐山的共产党人及革命者。当然，毫无疑问，这些共产党人和革命者在息烽集中营时与敌人的较量与斗争中呈现的信仰精神和战斗意志，足可以形成独立和完整的一个中国共产党人和革命者的精神体系，这一精神体系既与"红岩精神"具有一体性，同时又有其很不相同的"息烽精神"的独特性。

　　在我们以往认识和学习中国共产党领导的革命斗争史时，总认为共产党人和革命者在与敌人斗争的过程中，壮丽和惨烈的牺牲，是最感人、最精彩和最深刻的史篇。其实，像在息烽集中营中的共产党人和革命者在与敌人进行的"攻心"战中表现出的斗争精神与斗争艺术，更是卓越无比、难能可贵与高尚光辉，而且对教育和平时期的今天的共产党人以及追求进步的广大青少年，更具比照意义。

　　牺牲生命的考验，毕竟一个人只可能有一次。但像息烽集中营内敌人以各种"攻心"战术来动摇和软化一个人的信仰和意志的事，在现实生活中随处可有。能不能像当年在息烽集中营中被关押的共产党人和革命者一样，不被敌方或对手的任何诱惑所迷惑与俘虏，那才是最严峻的考验。从息烽集中营走出的每一个共产党人和革命者都是铁骨铮铮，无一成叛徒，无一成背信弃义的精神奴隶。这是残忍的国民党军统特务们的最大失败和中国共产党人及革命者伟大人格最耀眼的光芒。

　　从息烽集中营一起转移关押到重庆的72名共产党人和革命者（除韩子栋一人越狱成功外），敌人对待他们也是不出意外的手段，就是野蛮的屠杀，而他们也无一例外地将自己的鲜血，洒在了"红岩"这块土地上。面对死亡时的他们从容坦然、信仰不减，这与他们在息烽集中营时面对敌人使尽手段的漫长炼狱经历，都有密不可分的关系。

炼狱，炼就的是摧不垮的意志和誓死不回头的信仰。

炼狱，炼就的是高尚的情操和更加坚毅的品质。

"红岩"之所以红，就是这些信仰共产主义和相信革命总会胜利的战士的生命精神在放射光彩……

我们不得不说，"红岩精神"的红色光源中，那最耀眼的部分，正是从息烽集中营走出来的那些共产党人和革命者。他们在生命的最后时刻所绽放的精神力量，足以让人们认识何谓"炼狱者"和"炼狱者的意义"。

毫无疑问，在这批名字已被永远镌刻在息烽大地上的"炼狱者"中，杨虎城将军及其家人和几位贴身工作人员，当该排在前面。而作为一个写作者，有时我感觉即使往事已经磨去了七八十年，但再去翻动"杨虎城在息烽"和"杨虎城被害"这些历史旧镜头时，仍然泪泣心颤……

杨虎城连同他妻子、共产党员谢葆贞及幼子一家自被押送到息烽后，就一直被关在与世隔绝的一个叫"玄天洞"的山洞里（另一说是杨虎城先在息烽集中营待过一段时间，后因戴笠来此一看，说离公路太近，故才重新安排杨到玄天洞软禁起来）。

蒋介石、国民党特务们对杨虎城和他一家人的看管是最严厉的，可见老蒋在杨虎城身上所花的"心思"实在匪浅。蒋介石和戴笠之所以这样，说白了，一是害怕"放虎归山"，二是企图软化和拉拢这位正直的爱国将领，包括他的夫人、共产党员谢葆贞。

　　杨虎城何时到息烽、何时出息烽的每一个细节都清清楚楚地记录在案：

　　1938年10月6日上午，阴雨连绵，浓雾满天，贵州高原已进入初冬季节。上午8点左右，由贵阳市大南门贵阳警察局第五分局阴森的大铁门内，缓缓地驶出三辆汽车，沿黔渝公路朝息烽方向行进。这是一支神秘的小车队。前面的一辆美国道吉军用卡车上，乘坐着30多名身着笔挺军服的宪兵。最后一辆军用卡车上，36名国民党军统便衣特务队，人人用冷漠的眼光，注视着前面的小车，担心发生意外的情况。中间一辆黑色奥斯汀小车的后座上，是一位40多岁的中年男人。他正用浓重的陕北口音同身边的一位青年妇女低声谈话。这位妇女二十五六岁，怀中抱有一个酣然入睡的六七岁的男孩子……这是根据蒋介石的命令，由戴笠亲自精心安排的押送杨虎城将军一家的特别车队。坐在小车后座上的，就是杨虎城将军，及他夫人谢葆贞和幼子杨拯中。

　　他们的目的地，就是距息烽县城东南郊约8公里外的南山玄天洞。

　　玄天洞确实是个洞，而且也真的是悬在半天的山腰间的一个巨大溶洞。玄天洞内原是明末道人设立的一个道教寺庙。溶洞在云贵山区虽常见，但玄天洞确实既险又高、又深，洞口处在半山腰上，洞内深不可测，加之四面是幽深险谷、峭壁悬崖，自然状态就很阴森恐怖，国民党特务为了防范杨虎城，里三层外三层地设置了岗哨，更让这座古庙成了名副其实的人间地狱。

特务对杨虎城的看守，分设了三层警卫：杨身边的内卫是特务队，中卫的是宪兵队，外卫的警备部队是军统"特二团"的一个连，加起来就是三个连的一个加强营兵力。在玄天洞的山顶到山下，设置了许多个碉堡、岗亭和巡逻哨位，为了确保看守兵力相互之间情报畅通，特务和宪兵们每隔一段时间，就敲打竹筒，用梆声相互联络、呼应。倘若哪一个碉堡、岗亭或哨位没有音响，领班人员就要前往查看。在寂静的夜晚，这深深的山谷间，附近的百姓都能听得到那震荡于高山悬崖间的阵阵阴森且沉闷的敲竹筒声……

"它会一直响到天亮，比鬼叫还可怕！"上些年岁的息烽老乡对我说。

"我有什么罪？我杨虎城一心想抗日救国有什么罪？"自被关到此地后，玄天洞口时不时地传来将军的怒吼声。

"你！你回去告诉蒋某人，我杨虎城只想抗日！只想打小鬼子！他把我关到这里想干啥？不让我去打小鬼子，那干脆来一梭子弹得了！"将军指着来"看望"他的戴笠的鼻子，这样说。

"杨主任别激动，别激动嘛！！"戴笠连连摆手，示意关杨虎城到此，实属无奈，也算是"保护"他嘛。

"我不要这种保护，我堂堂七尺男儿，一身热血，就想抗日杀鬼子！"将军说着说着，浑身颤抖起来。

"好了好了，你先别激动、先别激动……"戴笠灰溜溜地跑了。末后，这个特务头目吩咐看守玄天洞的特务队长李家杰："对杨要严防死守，不得让他在士兵面前乱说话！对了，他的那个婆娘是共产党，更要管得严厉……"

"是！长官放心！"李家杰是军统里有名的"恶狗"，尤其是对共产党特别狠，常常找杨虎城一家麻烦，千方百计在各种生活问题上欺压和惹怒杨家人。

将军的夫人谢葆贞是西安人，嫁给杨虎城后，一直在将军的身边，同时从事地下工作，是杨虎城政治上的得力助手。杨虎城成为"西安事变"的主角，并从一个旧军人转变成为"爱国将领"，与谢葆贞的作用分不开，而这也让蒋介石、国民党对她有着深深地仇恨，即便没有证据也认定谢葆贞是"共产党"，所以特务们对她的看管甚至比对杨虎城还要严厉。

作为一名孤身战斗在最严酷的敌人面前的共产党员，谢葆贞虽然平时有丈夫杨虎城用他的身份和威严保护着，然而当他们夫妇俩都成为蒋介石、国民党特务们的"囚犯"后，这种保护有时也显得十分脆弱，这让杨虎城将军对妻子和孩子感到深深的内疚。

"不要这样想嘛！从我到你身边的那天起，我就没有想过当个阔太太，只求你的平安、求全家人的平安，也求你带领的队伍平安，能为抗日和国家贡献些力量当然就是最好的事……"谢葆贞每每看到丈夫为她和孩子叹气时，就会这样安慰道。

"我明白。可、可这么个环境，这么个现状，实在是太委屈你和孩子了！"杨虎城说起这些，都会愤愤地握紧拳头，狠狠地在桌子上砸几下，以泄心中的愤怒，同时表达自己对妻子和孩子们的愧疚。

"过去你对蒋介石、国民党还抱有希望，后来你一心想的是抗日和国家命运的大事，你努力、你奋斗、你在战场厮杀，甚至委曲求全。这些年你都经历了，可蒋介石对你怎么样？他是那种有情有义、以国家为重的领袖吗？不是！他是小人，他是民族败类，因为只有这样的人才会为了自己的一个面子，敢对自己和国家的忠臣那么狠、那么无情！看看现在，你和少帅都成了他的'阶下囚'！这还不算，他老蒋是想对我们家斩尽杀绝啊！"谢葆贞说到这些，会像一头激怒的母狮，冲出门口去对着特务们大骂，"你们来吧！你们举枪对着我们一家人开枪呀！开呀——"

"妈妈！妈妈——"此时，她膝下幼子杨拯中会吓得"哇哇"大哭……

"葆贞！葆贞！"一旁的杨虎城见状，赶紧一手拉住妻子，一手抱起儿子。这时的将军眼里，充满了怒火与无奈，只听他的嘴里在喃喃着："我明白。这些我都越来越明白了：蒋某人视咱是眼中钉、肉中刺，非除之而后快嘛！"

谢葆贞性格刚强，疾恶如仇，她尤其看不惯蒋介石对待自己丈夫杨虎城的种种不平折磨，所以当特务们稍有怠慢和刁难杨虎城时，谢葆贞就会像一头护犊的母牛，与对方抗争与论理。可哪一次会赢呢？在息烽这样原本就是落后与贫困的山区，更何况又是在天荒地野的玄天洞这样的囚禁之地，杨虎城一天到晚所受的"待遇"自然毫无尊严，就连做人的基本自由都被剥夺了。所以身为妻子的谢葆贞几乎天天处在精神高度紧张中，最终又顾此失彼，得不到任何质的改善，这让谢葆贞更是生气和愤怒。另一方面，她还要不辞辛劳地抚养幼儿杨拯中，所以整天劳心耗气。西南地区的天气，尤其是在山里和洞穴之中，阴雨、潮湿的环境，原本身体就已经很弱的谢葆贞住在玄天洞内，更何况每每当她手里抱着幼儿、眼看身材魁梧的丈夫时常久久地站在洞口默默不语的情形，心头无比惆怅。日积月累，谢葆贞不仅身体更差了，情绪和神经也变得异常，见了李家杰等特务分子，就会破口大骂："你们这些汉奸、卖国贼，为什么要把我们囚禁在这里？为什么？"甚至

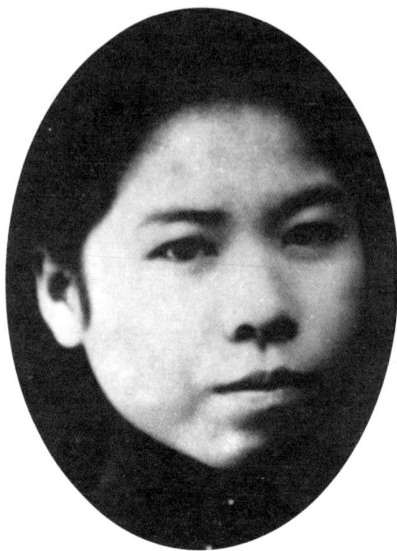

◎ 谢葆贞，1913 年出生于陕西省西安市。1927
年加入中国共产党。1928 年，经中共河北省委
批准与杨虎城结婚。1937 年随杨虎城出国考察；
同年 11 月抵达香港，于 12 月回到西安。1938
年 1 月带杨拯中到南昌看望已被囚的杨虎城时被
捕；同年 10 月转押至息烽集中营。1946 年 7 月
被转押至重庆杨家山。1947 年 2 月被特务以强
行注射毒针的方式杀害。

◎ 杨拯中，杨虎城、谢葆贞之子。1938 年 1 月
14 日，年仅 8 岁的杨拯中随母亲谢葆贞到南昌
看望父亲杨虎城时被捕。1938 年 10 月 6 日由南
昌转息烽集中营囚禁。1946 年 7 月转押至重庆
杨家山。1949 年 2 月转押贵阳麒麟洞；同年 9
月 6 日被杀害于重庆"戴公祠"。

本页图片来源：息烽集中营革命历史纪念馆

有时捡起石块、木凳就往特务那边扔去……

"她疯了！这个疯女人！"特务们又气又恼，常趁杨虎城不注意时，使出一些恶招来欺负和刺激谢葆贞的神经。

"我没疯！疯的是你们！"一天，杨虎城独自在屋里看报，谢葆贞带着已经有8岁的儿子拯中在洞口玩耍。由于囚禁的生活没有像样的伙食，8岁的孩子又瘦又矮。谢葆贞觉得自己的儿子已经到了上学的年龄，所以用旧衣服缝成斜挎包让儿子挎在肩上做书包。儿子开心地又蹦又跳，嘴里还喊着："我要上学了！""我要上学去啦——"

"不许叫嚷！"特务头目李家杰正好碰上这娘俩，便呵斥道。随手又一把将小家伙推到屋里，回头冲谢葆贞高声道："以后看好你儿子，别让他再大声嚷嚷了！啥上学不上学的！"

"妈妈——"拯中吓得大哭起来。

谢葆贞见状便火了，蹲下身子，捡起石块就往李家杰那边扔……

"疯婆子，你疯啦你？！"李家杰一边往后退，一边高声道。

"我儿子想上学不可以吗？"谢葆贞边追边扔着石块。

"你再敢扔？扔？"李家杰气急败坏地要拔枪。

"干什么你？"杨虎城突然出现了，他双目怒视李家杰。

"你、你老婆说要让你儿子上学……我、我说这哪行嘛！她就扔石头……"李家杰哪敢在杨虎城面前耍威风，吓得身子都在摇晃。

"有啥不行的？"杨虎城一听是关于小儿子上学的事，便回头朝妻子使了下眼色。谢葆贞趁机离开了洞口，回到儿子身边。

"对了，今天既然说到我儿子上学的事，我想正式向你们提出来……"杨虎城这时稍稍缓了一下口气，说，"我想让他到县城去念书，他已经8岁了。"

李家杰一听，赶紧抬起双手在胸前比划着："哎呀呀，杨主任，你是知道的，我哪有这个权力嘛！"

杨虎城的目光像刀一样射向李家杰，将他上上下下打量了一番，说："平时你的权力比这座山还要大嘛，这点小事你不敢做主了？"

"不敢不敢！真的不敢呀，杨主任。"李家杰被杨虎城嘲讽得有些招架不住，便说，"你等两天，我向重庆方面请求，再向你汇报……"

杨虎城一甩袖，道："那就快点去！"说完，回到了自己的屋里。

儿子拯中上学的事，重庆方面就是不答复。约等了一个多月，军统总部机关的总务处长沈醉出现在玄天洞。"沈大处长，为什么我孩子上学的事你们要研究这么长时间呀？"沈醉已经不止一次奉戴笠之命来过玄天洞，所以杨虎城这回一见他便问儿子上学的事。

沈醉是个老特务，知道跟杨虎城硬杠是不行的，便佯作很真诚地跟杨虎城说："杨主任你是知道的，有些事我也只能给你转达：你儿子到县城去上学确实不便……"

"有啥不便？他这么小个孩子，能逃得掉？"杨虎城问。

"不是不是。主要是……"沈醉想说戴笠和军统方面是怕杨虎城关在息烽的消息透露出去，可又不能直说，所以支支吾吾，不知怎么说。后来他给杨虎城出主意道："都知道杨主任你的太太是知识分子，你杨主任也是周游过多个国家的雄才大略者，教个小孩子还是不会费啥力气的嘛！"

杨虎城一转念，想了一下，似乎这也是个办法。又问："可哪有书呀？拿啥教嘛？"

沈醉马上附和："这个好办！这个我来办！"

"那——我要套《万有文库》！"杨虎城说。

"行行。我尽快让人从重庆带过来……"沈醉连连应允。

书，让杨虎城争取到手了。儿子"上学"的事和"老师"问题，就由他和妻子谢葆贞来解决。

自从有了一套《万有文库》之后，杨虎城和谢葆贞多了一份安慰和乐趣。尤其是杨虎城，除了给儿子"上课"外，他几乎每天要把《万有文库》至少翻上两三个小时，显然他是想用"啃书"的办法来消磨时间和压制可能被一些细碎之事勾起的内心的波澜……

玄天洞内的囚禁生活，日复一日地在消磨和打发着一身热血的将军的时光。很多时间，杨虎城会独自走到洞口边的一处岩上，站在那里，伸长脖子，久久地望着远处的山谷不肯离去……

每每此时，杨虎城会长久地默不作声，其面色表情却异常凝重。特务们不敢多问一句。而将军在那里到底望什么、想什么，其实只有他妻子谢葆贞知道：他是在向北张望，因为那里正是中国共产党领导下的抗日战场……将军的心是在牵挂抗日的战场和战局，所以他的心跟着飞到了他那往日横刀立马的英雄时代。

他在渴望自己能重披战袍，再度出征。但蒋介石就是死死地将其扼压在无人知晓的荒蛮的野山洞内不得与外界有丝毫接触，其心之毒，胜过要了将军的性命。

"杨主任是国家之栋梁、党国之大员，身体第一，身体第一！"不定期来玄天洞"看望"的戴笠，每次都这样"安慰"一番，但始终不会给杨虎城半点儿真消息。又怕憋得慌的杨虎城大发雷霆，故又会派总务处长沈醉每隔一个月左右到一趟玄天洞"探望"——其实是来检查关押杨虎城的地点和他本人有没有失防的漏洞。

"戴笠对看守杨的工作，除了严密的警卫布置外，还特别叮嘱军统息烽集中营主任周养浩经常去看看。周是戴的小同乡，也是一个非常阴狠的特务头目。戴很信任周，因周管理息烽集中营犯人的那一整套的严密制度和办法，很为戴笠所称赞。虽然看守杨的特务队是直接受军统司法处和特务总队领导，但也要受周养浩的监督，因为多一层关系，可以更好地防止日久而发生意外。周经常去陪杨打麻将消遣，每次总有龚国彦在场。杨因心情不畅，每打必输。"这是沈醉回忆录上的一段话。打麻将输钱，看起来是小事，但实际上也是特务的一招：因为监狱里的伙食很差，杨虎城在入狱前是西北军长官，又在海外"流放"期间得到不少爱国好友的资助，所以他在入狱时身上还是有些硬货的（美钞和金条）。特务们不敢明面上盘剥杨虎城的这些"私产"，但在心底里一直在想方设法"掏"其腰包。桌子上的小输小赢不起眼，加上杨虎城需要消磨时间，所以大小特务们便经常怂恿杨虎城要在牌桌上"决一雌雄"。

堂堂大将军怎么会计较这点小钱！然而确如沈醉所言，由于杨虎城心中忧闷，所以麻将桌上的牌局，竟然也输得体无完肤，很没脸面。

钱没了，脸面丢了。这让杨虎城也渐渐不再"大度"了，有一次他输后，猛地把桌子一掀："不玩了！"

他不玩了，特务们的"外快"没处捞了。别小看这些打起仗来比兔子逃得还要快的大小特务，干起歪门邪道来，可是心眼多着呢！

他们在寻找机会……

1941年春。妻子谢葆贞在玄天洞内又给杨虎城将军添了个"小公主"，取名叫拯贵（寓意生于贵地）。杨虎城和谢葆贞属于特别喜欢孩子的那种夫妇，所以小拯贵的出世让他们有了暂时的一段欢乐时光。

在玄天洞，杨虎城一家的伙食费，是他自己掏的腰包。需要改善时，也是他自己加钱添菜。当然买菜必须是由看守特务上街去采购，而其从中占点小便宜的事，杨虎城无法去计较，也懒得去天天盘问。这回妻子坐月子自然需要增加营养。

"去，这些日子多给我老婆和娃儿弄点好吃的东西来……"杨虎城掏出一沓钞票，交给负责他伙食采购的看守。

"要得！"小特务拿过钱，转身就笑弯了眉。

杨虎城真生气的不是这个，是他和妻子及孩子住的地方。对此，杨虎城早在谢葆贞刚患病不久，尤其是怀孕后一而再再而三地向特务头目李家杰提出过，但那家伙充愣装傻就是不给答复。"你到底是死人还是活人哪？连个屁都不知道放！你来自己瞅瞅，这是人躺得下身子的地方吗？"有一次，杨虎城拎着李家杰的衣领，让他看淌着水的铺底。

玄天洞内确实太潮湿了。潮湿到有时候明明是太阳出来的日子，杨虎城一家睡觉的床底下竟然还是水淋淋的。十几天、几十天甚至几个月不见一次太阳，也是常有的事……对在西北生活惯了的杨虎城和妻子来说，贵州山洞内的这种囚禁生活，比在地狱还要令他们难忍。

"我妻子有病，你们不是没有看到，为什么不能去医院看病呀？"

"既然不让去医院，那你们派医生来呀！"

"我的话说了多少回了，你们一句都没听进去？"

杨虎城彻底被激怒了：为妻子谢葆贞看病的事，跟特务头子李家杰讲过多少次，也怒斥过三五回了，可杨虎城就是没有得到过一次正式回话。

"就你事多！"有一回李家杰被杨虎城骂得气急了，趁杨虎城不在时，他把怒火撒到谢葆贞身上。本来神志忽好忽坏的谢葆贞经不得刺激，这回见李家杰又来欺负她，谢葆贞不知从哪儿来的反抗精神，转身拎起尿粪桶，就往李家杰身上泼……

"哎哟哟！臭死我啦！臭死我啦——"李家杰一时没反应过来，结果被谢葆贞狠狠地治了一回。这一次惹怒了这个特务头子，他坚决要把谢葆贞与杨虎城隔开看守，以此惩罚谢葆贞对他的行为。

"她犯纪律了！"李家杰这样对付杨虎城的质问。

"是你们不给她派医生来看病造成的！"杨虎城告诉他。

"哎呀，这事我说了不算嘛！"李家伙狡辩道。

"那你向重庆方面反映了吗？"

"这、这……"李家杰不敢直视杨虎城火焰般追问的目光。最后，总算在拖了两个多月后，重庆方面来派了军医给谢葆贞看了一回病。

"我老婆的病跟居住的这种极差的环境有关。所以我提议由我出钱在附近山腰上给她建个木房子……"杨虎城趁沈醉来玄天洞时向他提出。

"好好，我……我回去向戴老板请求。"沈醉支支吾吾道。

一拖又是三四个月。后来军统总算同意在距玄天洞三四百米的一个叫地母洞的地方修间平房作囚室。

"上面没有给经费，所以修房子的钱还得你自己掏……"李家杰回头对杨虎城说。

杨虎城掏出 400 美元，塞给对方，说："这个我有言在先，不会因此占用你们军饷的。"

400 美金在当时可不是一个小数，李家杰乐得心都快要跳出来

·

了！后来，他让人找来当地的木匠，就在地母洞对面的山坡上修了一栋三列两间木架房。屋面上盖的是茅草，墙壁是泥草混合砌起的，这能花多少钱？杨虎城欲生气，但想想又罢了。

将军想的是：哪怕让娃儿和她娘有一天舒服些便成！但囚禁之中再要养儿育女，实在太不容易了！谢葆贞的身体越来越差，根本就没有奶水喂养小婴儿拯贵。无奈，杨虎城不得不提出能不能在当地找个奶妈来照顾谢葆贞娘儿俩。

"这个还得你自己花费哟！"

"当然。"杨虎城自然知道，然而此时他的腰包也已经差不多要空了。

请来的奶妈吴清珍 28 岁，年轻又忠厚，是老实巴交的农家妇女，后来一直与杨家关系亲密。

但谢葆贞由于长期受刺激，身体越来越成问题。每天她起得早，一起床就在门外朝特务们骂，骂得这些特务无地自容，又恼又火，便都想躲她远远的。特务头子李家杰知道后就很生气，说自己去"管教"谢葆贞，结果不是被谢葆贞扔过来的石块砸在了身上哪一处，便是被粪桶里的脏水泼洒一脸……

"反了你？"李家杰气急败坏地命令一群特务将谢葆贞绑押到玄天洞。回头他对杨虎城说："她又犯纪律了，必须惩罚！"

夫妇俩从此不得不分开。

没有人照顾的谢葆贞更是饱受折磨，杨虎城虽近在咫尺，也只能默默地含泪牵挂……

每每深夜，谢葆贞声嘶力竭的叫喊声，常让杨虎城在半夜从床铺上猛然坐起，然后他只能举着小灯朝漆黑的玄天洞那边久久地望去。

左图　息烽玄天洞杨虎城囚禁处

右二　杨虎城花钱找人修建
的一栋三列两间木架房

"他太恶！此人必须撤换，否则我杨虎城在这里待不下去了！"戴笠终于再次出现在玄天洞。杨虎城再三要求撤换李家杰。

戴笠看了看杨家四口人住的地方，实在有些过意不去，勉强同意了杨虎城的要求，撤换了李家杰，改派浙江籍便衣特务队长龚国彦接替。谢葆贞这才获准搬回新木屋，与杨虎城和儿女同住在一起。

1945 年 8 月，日本宣布无条件投降，杨虎城从《中央日报》上看到消息后，欣喜若狂，他马上将报纸传给谢葆贞看。"哎呀呀，我们赢了！我们有希望啦！"谢葆贞捏着报纸欢呼起来。

杨虎城和妻子谢葆贞都认为：抗日胜利了，离他们出狱的日子也不会远了！

他们一天一天地在盼望。然而这样期盼的日子又过了一年，1946 年 7 月初的一天，特务头子龚国彦通知杨虎城一家：奉命转移你们到重庆。

"真的是要释放我们啦？！"谢葆贞问丈夫。杨虎城先是点点头，又摇摇头。他的眼里满是忧虑，因为他对蒋介石不信任。

1946 年 7 月 16 日，这个仲夏的日子，爱国将领和他的夫人及一儿一女离开息烽，坐上军统特务准备好的军用卡车，向重庆出发。杨虎城和妻子谢葆贞并不知道等待他们的前程是什么，只是神情复杂地回眸了一眼让他们一家在此囚禁生活了长达 8 年的息烽……当年将军初来息烽，只有 45 岁，行走健步如飞、双目炯炯有神，一副英姿勃勃的军人形象。8 年过去，洞穴囚禁，再见将军时，他已背驼发白，颇呈老态，叫人心酸。

此时的杨虎城还一直不知戴笠已死，也不知军统特务机关也被蒋介石撤销，更不明白他和其他几十位"政治犯"到底为什么被押解到了重庆。但杨虎城内心仍有一个强烈的愿望：抗日胜利了，出狱后可以为国家战后建设使把劲！

　到重庆后，杨虎城一家被软禁在歌乐山下的原中美合作所内的一个叫"杨家山"的平房内。

　"蒋某人不是也答应放人吗？他为何说一套、行一套呀？他到底想干什么？"到重庆后，尽管特务们对他依然封锁消息，但杨虎城从报纸等途径还是多少知道些外面有关战后重建、"国共谈判"等事，所以杨虎城频频向看守他的特务们责问，然而得到的仅仅是几句敷衍："你的事我们都得听总裁指令。早晚会解决的，等着吧！"

　"等着吧？还要等哪？多少年了他蒋该死都要死了我们还等啊？"杨虎城知道蒋介石是不想真放他，而他妻子谢葆贞又一次次被这种愚弄激怒，稍稍稳定一些的神经再度遭刺激，且愈发不能自控。

　据一直在身边侍候谢葆贞和她孩子的吴妈介绍：1946年11月的一天，谢葆贞在屋里闷得实在发慌，便朝门外跑，结果被宪兵呵斥，并且告诫她以后不得再越门一步。谢葆贞当场号叫着反抗。而这一次也让谢葆贞明白了，她和自己一家人不可能再有自由了，于是她决定以死相抗。

　1947年元旦刚过。谢葆贞开始绝食，水米不进，谁劝她也没用。几天后，她已经虚弱无比。毛人凤知道后，立即派几个特务前来强迫她进食。在遭拒绝后，特务们只好撬开谢葆贞的嘴往其喉咙内灌葡萄糖。还是不行，特务们便用钳子夹住她的舌头，可谢葆贞是铁了心、拼了命地反抗。特务们不得不松手。不几日，特务又带了几个成都来的特务医生，他们一起强行将谢葆贞按倒在床上，把手脚捆住，然后在她小腿上注射了一针……

"吴妈！吴妈快来——"谢葆贞突然大叫起来。

吴妈赶紧进屋，可眼前的一幕让她吓得愣在原地：特务们已经把谢葆贞折腾得眼珠子都鼓了出来……

"拯中！拯中你妈快要死啦！"吴妈反应过来后，回头大声冲外面大叫起来。

"妈妈——"儿子拯中急步闯进来时，他所看到的母亲已经停止了呼吸……

"妈妈啊……"儿子扑在母亲的身上号啕大哭起来。这个时候，特务们慌乱地收拾器具，匆匆地撤出了现场。

等杨虎城和他的秘书阎继明、警卫张醒民赶来时，谢葆贞早已气绝命断。"你们这些畜生！"将军抱着体温尚存的妻子悲痛欲绝，除了发出一声震荡天地的怒吼外，他又能怎样呢？

"黑暗！黑暗啊！"后来，宋绮云知道此事后，同样对天长号，泪流满面。

阎继明和张醒民跟随杨虎城多年，他俩也一直被关押在息烽集中营，一开始并不知道他们的长官就关押在离自己并不远的地方。直到有一次宋绮云得知杨虎城将军在玄天洞，又是一起转押到重庆的，便让息烽集中营的小特务给杨虎城将军送了一件皮衣，杨虎城才知道他所熟悉的宋绮云一家和他的秘书、警卫，原来都在息烽。

妻子的去世，给杨虎城的打击是前所未有的。谢葆贞嫁给杨虎城时才15岁，被敌人害死时也才34岁，她共为杨家生了6个孩子，其中一个幼子出生不久夭折了。对这位年轻而与他相依为命的患难妻子的突然去世，杨虎城痛不欲生。妻子火化后，杨虎城一直把骨灰盒放在身边，据说经常在睡觉时把骨灰盒枕在头下……将军对妻子的这份情意令天地动容。

　　随着人民解放军不断迅速地推进，蒋家王朝即将崩塌。1949 年
2 月，蒋介石不得不退入幕后。这时，中国共产党根据全国人民的要
求，提出了包括"惩办战争罪犯"等八条二十四款的政治主张和释放
张学良、杨虎城将军的"和谈条件"。国民党"代总统"李宗仁也在
报纸上发表声明同意释放张、杨二人。这个消息杨虎城是在《中央日
报》上看到的，他对此寄予极大期待，多次催促监狱方面"赶紧放我"。
但特务们就是迟迟不予理会。

　　"李代总统都批准了，你们凭什么不放我？"杨虎城竟然碰上了
"软钉子"。其实他不知道这是远在浙江溪口老家的蒋介石在把控着这
一切——老蒋根本就不想放杨虎城，因为从一开始他就想着把杨虎城
除掉而后快，只是一直因为抗日战争让蒋介石不敢贸然得罪全国人
民。现在他的王朝都快完蛋了，他蒋介石已经不需要再顾忌什么了。

　　"什么？还要去贵阳？干吗去？我不去！"一日，大特务徐远举、
周养浩等来到杨家山，"请"杨虎城离渝移至贵阳。将军顿时大怒，
并说："要死便在这里，我又不是小孩子任你们迁来迁去。"

　　沈醉听说后，知道杨虎城比较相信周养浩，便让周在杨的面前
软磨细泡，说什么"这也是为了安全""重庆现在十分危险"等话语，
一会儿又带着几分威迫。最后杨虎城提出：要去也得除了他家人外，
把秘书、警卫和宋绮云一家都带上。这个要求获得准许后，杨虎城一
行便被秘密转移到了贵阳黔灵山麒麟洞，同时又被重兵监守看管。

　　1949 年 8 月，国民党特务总头子毛人凤来到重庆，召集徐远举、
周养浩等，传达蒋介石杀害杨虎城及其家属和随从的"格杀令"。开
始想在贵阳直接动手，后来有人提出那边难保"万无一失"，为了事

情不被泄露，所以最后决定还是押回重庆实施暗杀计划。

"再骗杨回重庆，恐怕比较难了。他会信吗？"徐远举很狡猾，想到杨不会轻易听从"转移"了，便出点子再"劳驾"周养浩。

"你是杨唯一可信的人。"徐远举说。

周养浩只好硬着头皮，说："反正又算我为党国效劳一次了！"

到贵阳后，听说又要回重庆，杨虎城盯了周养浩半天，最后才大声问道："你们又在骗人了！该杀就杀，别再玩什么花招了！"

周养浩为了"再立新功"，也只好一次次费口舌跟杨虎城磨耳朵，编了一大套诸如"蒋总裁还是非常看重杨主任的。他已经保证接你到重庆，见个面后一起带你到台湾"云云。见杨虎城不说话了，便又硬拉着他到贵阳市区，东转转、西玩玩……如此一个星期下来，杨虎城这才答应"回重庆再说"吧！

"哎，这就对了！"周养浩的嘴又如涂了一层蜜，说"总裁已经在重庆等了"等鬼话。

杨虎城心里不是没有数，他在想：蒋家王朝即将灭亡，虽然你老蒋诡计多端，但有"代总统"李宗仁的"白纸黑字"，你再想瞒天过海、随心所欲，也不那么容易吧！

然而心底无私、胸怀广阔的将军，又怎能猜透"翻手为云、覆手为雨"的蒋介石是何等的国贼行径！再说，他始终掌握着国民党的实权，李代总统的表态，实际上就是一张废纸。

1949年9月5日，周养浩向重庆方面的毛人凤"密报"：本日动身，6日晚达渝。

沈醉接到"密报"，立即命令徐远举等"特别行动队"启动暗杀计划。整个暗杀杨虎城一家及随从和"小萝卜头"一家的过程，我在十几年前写的《忠诚与背叛——告诉你一个真实的红岩》一书中这样详细记述：

　　……

　　从贵州到重庆的路程并不远。杨虎城将军抱着夫人的骨灰盒（谢葆贞是几年前被特务害死的，自此，杨将军一直将其夫人的骨灰盒带在身边），携儿子杨拯中、女儿杨拯贵、秘书宋绮云和夫人徐林侠及其9岁幼子宋振中——《红岩》中的"小萝卜头"、副官阎继明、勤务兵张醒民，在特务分子的三辆车子押解下离开贵州，向重庆方向行进。

　　杨虎城将军在离别那一刻，回眸看了一眼囚禁他的这座监狱，心头百般滋味。但他没有想到的是，等待他的是一场早已精心策划好的血腥屠杀……

　　6日晚，车队抵达重庆歌乐山的松林坡，那"戴公祠"别墅就在山腰上。杨虎城毕竟是身经百战的军人，他问："既然蒋介石接见他，为什么跑到这山上来了？"特务们立即用早已准备好的骗词回答道："总裁说让您先在此休息两天，然后再接您到城里去谈……"并指指山上的明亮处，补充道，"不信您看，这公馆里灯火通明，是我兄弟们早就为您的到来准备的。"

　　杨虎城瞄了一眼黑暗中明耀耀的"戴公祠"，再也没有说话。将军彻底被骗了……

　　汽车在松林坡停车场停下，特务张鹄先跳下车为杨虎城打开车门，便引杨虎城一行上山。按照预先的安排，杨虎城将军与儿子杨拯中被先带上山去。

　　黑暗中，身材魁梧的杨虎城将军走在前面，其 19 岁的儿子杨拯中双手捧着母亲骨灰盒紧随其后。等父子俩出现在戴公祠的"会客室"，早已等候在此的特务们佯装笑脸地向杨将军父子介绍："这里有两间房子，随你们住哪间都行。"话音刚落，杨虎城的儿子抢先往里屋走去。这时，躲在门后的特务王少山迅速举起匕首，一个猛子冲到杨拯中的身后，朝他的腰部就是狠力地一捅。"爸——"受到突然袭击的杨拯中大喊一声，立即惨死在血泊之中。杨虎城感到情况不妙，刚回头，只见眼前几把贼亮的屠刀已经向他袭来。腰部先中刀的杨将军"哎呀"一声大叫，特务杨进兴立即用一块毛巾蒙住其嘴。随之，杀手们一拥而上，朝将军身上一阵乱捅。一代英雄在毫无防备的情况下被一场预谋已久的暗杀结束了宝贵的生命……

　　将军的秘书宋绮云一家和将军女儿杨拯贵的车子晚到两个来小时——其实也是特务们事先安排好的时间。他们一到，特务们便带他们向"戴公祠"的警卫室走去。此时已凌晨 2 点多，歌乐山一片漆黑。宋绮云的妻子徐林侠拉着杨将军的幼女杨拯贵在先，"小萝卜头"宋振中被父亲领着随其后，一起往有灯亮的地方走去。

　　"这里有三间房，你们在里面休息吧。"宋绮云一行人刚到，警卫室的特务们便再次拿出骗杨虎城的方法来骗宋绮云等人。宋绮云的妻子徐林侠往屋里走去，她想为丈夫和孩子们安顿房间，哪知躲在门后的特务们一见她出现，立即举起匕首在她要命的地方猛扎几下。宋绮云见状大叫"林侠——"，可没等他喊出第三个字，特务熊祥和杨进兴已经将两把匕首刺进他的胸膛和腰部……

　　这时，正在一旁玩耍的儿子宋振中和杨拯贵惊呆了，小振中一边喊着"爸爸""妈妈"，一边拼命地朝里屋冲去。"小兔崽子，让我来！"特务提着血淋淋的匕首一把拦住小振中，将其按在地上。随其而来的特务杨进兴上前就将挣扎之中的9岁男孩活活地刺死了。与此同时，杨虎城的幼女杨拯贵则被特务安文芳硬是用双手卡住脖子给憋死……几个小时后，特务们将杨虎城将军等人的尸体分别埋在"戴公祠"的花坛底下和警卫室预先挖好的坑内，刽子手们怕走漏风声，几天后又在上面打上三合土，使看起来天衣无缝。

6条人命，在1949年9月6日那个漆黑的夜里，就这样被一群国民党反动派的刽子手们活活屠杀！

国民党特务此次对杨虎城、宋绮云及其家人的残害，是继张露萍等7位烈士在快活岭被屠杀后，息烽集中营烈士中第二件残酷的事件，可谓是国民党、蒋介石留给共产党的累累血债。

残杀杨虎城将军等6人的事件，也正式拉开了国民党针对那些从息烽集中营转移到重庆的"政治犯"屠杀的序幕，同时也是垂死的国民党在重庆屠杀共产党人的开始……因为就在9月6日这一天，毛人凤命令徐远举在飞往昆明执行"九九整肃"之前，将关押在白公馆和渣滓洞的许晓轩、谭沈明及川东地下党、《挺进报》事件和华蓥山武装起义人员中的陈然（小说《红岩》中"成岗"原型）、江竹筠（小说《红岩》中"江姐"原型之一）等42名共产党员及"民革"川康组织负责人周从化等人名单交有关特务机关承签，并报毛人凤送蒋介石批准后，准备一并"枪决"。

"一定要有法医在场拍照核实。"毛人凤死盯着整个大屠杀过程的每一个细节，可见，蒋介石对关押在重庆白公馆、渣滓洞的共产党员和革命志士的屠杀行动是何等重视，同时又流露出他在蒋家王朝即将灭亡时的恐慌之心。

1949 年的 9 月底和 10 月初，国共两大阵营呈现着完全不同的两种命运：前者日薄西山，气息奄奄；后者旭日东升，欣欣向荣。

9 月 21 日下午 7 时，北平中南海怀仁堂张灯结彩，出席中国人民政治协商会议第一次代表大会的代表们在雄壮的《中国人民解放军进行曲》中以雷鸣般的掌声，欢迎伟大领袖等即将成为新中国人民政府组成成员的领导们入场，那热烈的掌声长达 5 分钟。场外，54 响礼炮在北京城上空久久回荡……

"诸位代表先生们，我们有一个共同的感觉，这就是我们的工作将写在人类的历史上，它将表明占人类总数四分之一的中国人从此站立起来了！"这是毛泽东的声音。

"中国人从此站立起来了！"全场代表不约而同地起立，使劲地鼓着掌，泪水止不住地流淌下来——那是被此情此景所感染的眼泪，那是涤荡中华民族百年耻辱的眼泪，那是欢呼一个新政权诞生的眼泪！

在北平，以毛泽东同志为首的中国共产党人向全世界发出庄严宣告时，也意味着远在千里之外的重庆的残余国民党反动势力的行将灭亡。统治了 20 多年的蒋介石感觉自己在世人面前丢够了脸面，他也因此对共产党及广大反对他统治的革命志士们怀恨在心。在即将离开大陆时，蒋介石再次作出了与中国共产党为敌、与人民为敌的决定：对关押在监狱内的共产党人和革命者大开杀戒！

"恐怕这一次我们都要去跟老罗、老车他们会面了……"监狱地下党支部负责人许晓轩利用放风机会，悄悄跟谭沈明等支委成员说。"能有机会冲出去，就冲出去！没有机会，就鼓励大家坚持最后的斗争！"

"明白！"

"恐怕就是最后的斗争了！"

"那也要斗出我们共产党人的骨气！"

许晓轩朝狱友们点点头，说："越是这个时候，我们越要做对得起组织、对得起自己的事！"

谭沈明等紧握拳头，默默朝许晓轩作出庄严承诺：为了共产主义事业，我们早已准备牺牲一切！

这一天的时间是 1949 年 11 月 14 日。

这天夜晚，白公馆楼下的第四室牢房里，听着难友们轻轻的鼾声，一位名叫宣灏的"老囚犯"怎么也睡不着……

宣灏也是从息烽集中营转送关押在此的"犯人"。他的身份和经历很特殊：在息烽集中营时，是作为国民党内部的"纪律犯"被抓进去的。这位我的江苏老乡，出生地与我老家很近，是江阴县城北门的丁家弄。宣灏从小聪明好学，才气横溢。1931 年"九一八"事变后，宣灏的抗日热情特别高。16 岁就自己到扬州投军。1938 年又独自到武汉，欲加入抗日队伍，但被国民党不抵抗政策气得转身就跑。次年，他看到国民党中央军事特种技术学校的公开招生广告，认为这可能是可以实现抗日雄心大志的机会，于是去报名并被录取。到了息烽才知道，原来这是个特务机关啊！

"我不想干！"宣灏觉得自己上当了。乘着一个下雨天的夜晚，他想逃跑，结果被抓回。第一次吃了禁闭。第二次他又逃，这回被关入重禁闭室。第三次又逃跑后，他便被关进了息烽秘密监狱。

起初，宣灏作为国民党"内部纪律犯"，并未与共产党的"政治犯"

关在一起。但偏偏他这个"黄帽子"喜欢读书，且专挑进步书籍阅读。这现象被车耀先、罗世文发现了，慢慢地便将宣灏往革命进步的方向领。宣灏在罗世文、车耀先等共产党人的帮助下，把《中国社会各阶级的分析》《新民主主义论》和《大众哲学》等书看了几遍后，茅塞顿开，说："原来这才是革命的道理啊！"从此，他一有空，就与一个生产组的许晓轩等在一起讨论人生、国事和时局。尤其是在许晓轩的指导下，给《复活月刊》写了《沦陷后的江南》《旧居》《火》《文章与人》等十几篇文章并获得发表。

到重庆后，宣灏与许晓轩、谭沈明等一起关在白公馆监狱。在那里，《挺进报》负责人陈然（《红岩》中"成岗"的原型）通过黄显声在《中国日报》上获得的消息，办起了"监狱《挺进报》"。宣灏成了热心阅读者。有一天他正在认真阅读时，被特务发现了。特务将他拉到审讯室毒刑拷打，让他交代是谁提供的"囚中《挺进报》"。宣灏就是不说，结果被打得皮开肉绽，奄奄一息。在这个时候，许晓轩挺身而出，说是自己办的报，与宣灏无关。特务问许晓轩消息来源时，许晓轩回答说，是放风时在你们的报纸上看到的。特务一查《中央日报》，果然有这样的文章内容。这才算了事。宣灏被送回牢房时，他紧紧抱住许晓轩说："我没出卖同志！"

"你没有。你很勇敢！"许晓轩和同志们这样赞扬他。从此，宣灏的革命倾向更加强烈，几乎天天跟许晓轩他们说一样的话、做一样的事，成了完全的共产主义革命战士，受到狱中革命者的高度肯定。

现在——黎明前的黑暗时刻将至，它对监狱中的每一个革命者的考验也到了最严峻的时候。

这晚9点来钟，一位监狱看守悄悄告诉囚中的难友们：关在楼下二室的邓兴丰已同从渣滓洞提出的其他29人在电台岚垭被秘密杀害了。另外一个消息是，人民解放军已逼近四川，重庆马上就要解放。得知这两则消息后，宣灏这位当年误入军统训练班，后又一心想参加新四军的江南青年，在9年多的铁牢生活中每晚都有"狱中写作"习惯的他，一夜无法入眠。

此时此刻，宣灏想到了自己和其他难友将随时都会像邓兴丰一样被拉出去"制裁"。对于死亡，宣灏并不害怕，并且早已做好了准备，让他感到遗憾的是，由于自己特殊的身世与经历，一直埋在他内心追求光明的理想却还没有机会告诉革命同志，特别是还没有机会告诉同室囚友他朝思暮想的加入中国共产党的愿望。时间不多了，该向同志们表白了！想到这里，宣灏毅然找出偷偷收藏的纸和笔。他决心抓住最后的时机，写下自己要对党说的话，如果万一有机会带出去，此生无憾矣！

白公馆内外，此时异常静寂，只有远处偶尔的狗叫声传入耳中。借着牢房门栏间隙透进的微弱光线，宣灏的深度近视眼几乎贴在纸上，他吃力地一笔一画地写着开头的第一句话：

亲爱的朋友，思想上的同志——请允许我这样称呼你。

从何说起呢？从今天下午老邓的走（还不清清楚楚地摆着么：他们是完结了啊），我想，你们的案子是结束了，你和老刘的生命也许是保全了；但从另一方面，我们得到确息，我们这批从贵州来的同志，已于十日"签呈"台湾，百分之八十是要完结的了。因此，在临死之前，我想向你说几句我久想向你说、而没有说成的话，请你理解我，并为我和其他的同志报仇！

写到这里，宣灏感到极有必要向党梳理清楚自己的人生轨迹：

我是江苏江阴人，父亲是一个鲜鱼小贩，因为家庭穷困，十一岁母亲逝世后，我一面帮着父亲挑担做生意，一面在小学读书。小学毕业后，曾在初中肄业半年，十六岁，到无锡一家水果店学生意。但我异常厌恶那种狭小而庸俗的生活，希望求取知识，到更广阔的世界去活动。我知道我的家庭是不能满足我的这种希望的，于是我便逃到扬州一个驻防军里去当兵，大概干了三个月，我就被我的父亲找来领回家去了。

在家里，上午我帮着父亲挑担做生意，煮饭烧菜。下午，便独自躲在光线暗淡的小室里学画，读当时新兴的小说和浅近的社会科学书籍。我没有相好的朋友。因为，即使有钱人的子弟愿意与我交往，他们的父母也讨厌我到他们家去玩："你看他身上穿得多破烂，多肮脏呀！朋友多得很，为什么独独要找他，给人家看了笑话啊？"我的孤僻矜持的性格，就是从那个时候开始形成的。同时，那样的生活也给我带来了坏影响：求点知识，学些本领，我将来要往那些有钱人堆里爬——现在想起来，当时的心理是多卑劣、多无耻啊！

到我十八岁那年的秋天，我的一位有钱的远亲，把我介绍到上海东南医专的解剖实习室去当助手和绘图（解剖图）员。

除了规定的工作而外，我也可以选择很多和自己工作有关，或感到有兴趣的功课，随班听讲。两年半时间，使我懂得了一些生物学和别的自然科学的知识，幽静的实习生活，也养成了我沉默而不管时事的个性。

二十四年（编者注：指民国二十四年，即 1935 年）年底，上海学生为了"何梅协定"事件，赴京请愿抗日，我也参加了那些伟大的行动；从那以后，我忽然又感到自己生活的狭小无味和前途的黯淡了。我到处托人活动转业，后回到家乡小学里当了教师，接着又当了一学期小学校长。这样我的生活是"独立"了。因为职业关系，也得到了少数人的尊敬。但应当说，我是一直在个人主义的道路上横冲瞎撞而已！直到抗战爆发，因为接触到了一些新的人和新的事物，我才开始意识到要为人类做一点真正有意义的事业，但可惜的是：我走进了一个反动的军队，还认为他们是为民族谋利益的阵容。因为想学一点军事知识，三个月后，我考进了这"团体"的"息烽训练班"（他们是以"中央军校特种训练班"的名义来招生的）受训。但因当时不明其性质和纪律（那时是缺乏政治常识和经验的啊！），我照常和外面的朋友通信，照常读我爱读的书籍，因此，不到四个月，我就被捕了！

在监禁之初，我的情形是并不很严重的，他们只要我表示悔过，并想利用我的亲笔信去诱捕与我通信的在贵阳的朋友——"读新书店"经理——就可以放我。可是朋友，我这时已经明白了他们所谓"团体"的政治性质，我是真正的人民之子呵，我怎么能入于这些狐群狗党之流？怎么能出卖我敬爱的朋友，以换取一己的荣华富贵？于是在那个暗黑的微雨茫茫的夜晚，我从禁闭室里冲出来，想跑到我所憧憬的新天地——驻有人民队伍新四军的皖南去，然而由于自己的幼稚无识，在十里之外，我又被捕了！

宣灏被捕后，先后被关押于息烽集中营和白公馆监狱。在狱中，他接触到了真正的人，如罗世文、许晓轩、谭沈明、罗广斌等，在这些人的影响、帮助下，宣灏懂得了怎样才能为人类做一点真正有意义的事情，懂得了只有中国共产党才是为民族谋利益的，他的思想从对革命事业的朴素感情，上升为对理想的执着追求。曾与宣灏同在白公馆被关押过的脱险志士毛晓初在回忆材料中记载了宣灏说过的这样一段话：

革命啦，讲起来不是易事，干起来更不是易事。起初，我只管叫打东洋鬼子叫革命，关起来后，老谭、老许给我许多教育帮助，才懂得一齐革命，所以我就说革命讲起来也不是易事。干啦！就不要怕杀头，众多的人都跟，一个心愿，脚步齐，这就更不易了。现在我明白，不管能不能出去，跟着，跟着老谭、老许他们干就是了，出去了，不用说更要跟着干革命了！

因此，宣灏继续写道：

虽然不是党员，但我对人民和党的诚信，也像你们一样，用行动来保证了的，在九年多监禁期中，我不断地读书和磨炼自己的文笔，我郑重地发过誓：只要能踏出牢门，我仍旧要逃向那有着我自己的队伍中去！

这就是一位青年、一个在息烽集中营和重庆监狱内在共产党人引领成长的青年的心声！

现在，窗外已透进黎明的气息，黑暗虽拼死抵抗，但显得那样无力而步步退缩。宣灏站起身来，走到窗前，虽然长期的狱中生活严重地损害了他的视力，但他仍感到远方的天空已明朗起来，他双手伸出窗外，试图拥抱那光明。此刻，他多想冲进重庆秋季的晨雾中，去尽情地享受即将来临的曙光啊！然而，黑暗将把他吞噬在这铁窗之内。宣灏为自己没有机会为党做一些有益的事情而深感遗憾，但他并不后悔自己的选择，也没有丝毫的恐惧，心中充满了对反动政权的仇恨。他要告诉党，革命胜利后革命者应该做的事情：

一次次难友的牺牲，更加强了我这心愿：我决定，只要我能活着出来，我要运用我熟悉的工具——笔，把他们秘密干着的万千的罪恶告诉给全世界，做这个时代的见证人！可是朋友啊，我的希望将要付之流水了！我是多么可怜自己，替自己惋惜，替自己哀悼啊！

朋友，我们的生命，是被国民党反动派，在人民解放军就要到临的前夕，穷凶极恶地杀害了的！他们既然敢犯罪，他们就应当自己负起责任来！朋友，请你牢牢记住：不管天涯海角，不能放过这些杀人犯！当人民法庭审判他们的时候，更不能为他们的甜言蜜语或卑贱的哀恳所哄过！"以血还血"，这是天经地义的事！

我相信革命党人对死难朋友的忠诚，一定会满足我上述的希望，使我含笑九泉的！

灏弟上言

最后落笔时，宣灏已经看到了东方的鱼肚白露在监狱的窗户上，于是他工整地写上"11月15日"这个时间。

这封信写成后，不日，宣灏便寻机将它交给了同室的罗广斌。当时在白公馆的难友中，大家普遍认为以罗广斌的家庭背景，是可能逃脱被"制裁"的厄运的。而罗广斌本人却不这样看，他已做好了牺牲的准备。当宣灏将要求入党的信交给罗广斌时，他庄严地点点头，紧紧握住对方的手，表示只要有机会，一定向党转达，然后将宣灏的信悄悄叠好，藏进地板下的一个秘密地方。后罗广斌侥幸脱险，宣灏的这封充满革命激情的书信才重见天日。罗广斌等人创作《红岩》小说时，还以宣灏为原型塑造了"胡浩"这个艺术形象。

蒋介石和他在重庆的残部或许没有想到人民解放军那么快就已经将重庆团团包围。所以对关在监狱内的"犯人"开杀时，其实是十分仓促与慌乱的，甚至许多事都是临时草率处置的。

11月25日午后，特务徐钟奇来到毛人凤办公室楼下的房内列表核签白公馆处决名单。

具体执行任务的周养浩来到徐的办公室。当他看到处决名单中有关押在白公馆的王振华、黎洁霜夫妇的小孩小华、幼华时，周有些惊诧地问徐："怎么，连这两个娃儿都要处决？"

徐答："是毛人凤的命令。"

周养浩不再说话了。这时，楼上的毛人凤正好从办公室出来，听到周、徐的对话后，冷笑地对周养浩说："你们自己的小孩都难保，这些小孩留下来还有什么用？"

"明白了，局座。"周养浩立即毕恭毕敬地说。

"局座，关于处决白公馆要犯的审核名单和渣滓洞的名单都在里面。"特务徐钟奇向毛人凤递上一个厚厚的档案袋。

毛人凤点点头："这里面有黄显声、许晓轩、刘国鋕等要犯，得请委座亲自核批。"说完，他向门外走去，突然又折身回头对周养浩说，"你通知徐远举处长，明晚让他到我这儿来一下。"

"是。"此时，敌人的屠刀已经拔出……

11 月 26 日晚，已从嘉陵新村移居"漱庐"何庆龙公馆的毛人凤，将渣滓洞大屠杀名单交徐远举执行。在此之前，徐远举已通知"乡下"公产管理组保管主任何铭组织人员挖埋尸坑。何铭动员交警二总队机二中队在松林坡挖了 3 个坑，事后给了他一笔钱买来猪肉、香烟和柑橘，以示犒劳。

同日当晚，白公馆看守所所长陆景清，召集副所长谢旭东、看守长杨进兴等举行秘密会议，决定由看守组负责执行，事务组负责掩埋。

当晚，白公馆监狱的黑色夜幕下，在一楼左边的牢房内传来一阵细弱的童声："妈妈，妈妈，我饿……"

妈妈没有回答。黑暗中，妈妈看了一眼瘦得皮包骨的两岁儿子没有回答，只是把头扭到了一边，顿时，妈妈的眼泪像断线的珠子……

"爸爸，我饿，饿！"童声转向一旁的父亲。父亲轻轻地抱住儿子，将其裹在怀里，轻轻地安慰道："好儿子不叫，等天亮后爸爸一定给你弄点吃的呵！现在你睡，睡了就不饿。"

"可我睡了会更饿的。"儿子很不情愿地躺下，嘴里嘀咕着。

"哇！哇——！"突然，另一个婴儿在妈妈和爸爸中间大哭起来。

"不许出声！"铁窗口，特务的手电光射进楼下的孩子哭叫的那间囚室内。

"你没看是孩子饿了才哭的嘛！"爸爸和妈妈一边护着孩子，一边生气地回复特务。

"等明天会有'好吃的'给他们的！快睡觉，不许出声了！"特务凶狠地说着。

上图　白公馆内景
下图　渣滓洞监狱

本页图片来源：红岩革命纪念馆

渣滓洞监狱内景

图片来源：红岩革命纪念馆

"听见了吧，明天爸爸妈妈一定会弄点好吃的给你们的。好，现在儿子们都睡吧，睡到明天天亮……"父亲抱起未满周岁的小儿子，嘴里轻声哼着，"宝贝，宝贝——你爸爸妈妈在天亮后一定给你们弄到好吃的……"

父亲唱着自编的摇篮曲，哄着儿子进入睡梦。而一旁躺着的妈妈则不停地颤抖着低声抽泣……

这是监狱内的一对特殊的患难夫妇，这是一个特殊的狱中患难家庭。爸爸王振华和妈妈黎洁霜也是从息烽集中营转到白公馆的"犯人"。

王振华和黎洁霜的大儿子叫王小华，两岁。小儿子才几个月，叫王幼华。年轻的夫妇俩都不是重庆本地人。丈夫王振华，又名王树本，1909 年生，黑龙江省哈尔滨市人。"九一八事变"后，东北 100 多万平方公里的锦绣河山沦陷于日寇之手。当时正在北京大学经济系读书的王振华，立即投入了东北流亡学生的救国运动之中。王振华串联一批学生到南京请愿，结果被北大开除学籍。此后，热血青年王振华转到上海，继续从事宣传抗日救国的活动，后因触怒了当局，遭到国民党政府逮捕，关押了两年多。"七七事变"后，国共两党促成的全国抗日民族统一战线形成，王振华被释放出狱，赴香港短期停留并继续从事抗日活动，撰写了《泸港两地组织的争论》等文章。这时候，他与留港寻求抗日救国途径的广西苍梧籍女青年黎洁霜结识，两人相互倾慕，遂为知音。不久，这对恋人一同来到广西梧州，小住一段时间。随后，王振华应重庆《新蜀报》的邀请，只身前往重庆当记者。后王振华又与几位青年知音创办了进步报刊——《工人呼声》，并公开在一些学校和工厂中散发，鼓动工人罢工。这一系列举措引起了国民党反动派的强烈不满。1940年5月，王振华再次被国民党政府逮捕入狱。经过严酷审讯，认定他为重犯，关进白公馆监狱。

王振华入狱时，他的恋人黎洁霜正在重庆国立女子师范学院读书。国民党特务在逮捕王振华之后，很快在搜查其住处时发现了黎洁霜寄给王振华的信件和照片。正在寻找王振华的黎洁霜就这样也被敌人逮捕。被捕后的黎洁霜，为了尽快与日夜思念的恋人见面，便声称她已和王振华结婚。这样敌人才把她一起关进了白公馆。

之后，敌人把王振华作为"重犯"转移到贵州息烽集中营长期监禁。

集中营的特务了解到王振华、黎洁霜曾经是从共产主义阵营分裂出去的"托派分子"，又有较高文化水平与才干，所以一开始便妄图软化拉拢他们，为其效劳。他们把王振华监禁在所谓的"感化室"，不戴脚镣，门不上锁，在小范围内可以自由活动。黎洁霜则被关在"义斋"女牢，封为室长。狡猾的特务企图引诱王振华，要他跟他们一起干。这个阴谋被王振华当场揭穿，严词拒绝。敌人又要黎洁霜跟他们"合作"，监视同室"女犯"的情况。黎洁霜根本"不领情"，相反，她对同室女难友说："你们放心，我是同王振华共患难的，不是向敌人打小报告害人的。"而这期间，她与从延安派回重庆做地下工作不幸被捕而关在一起的张露萍非常亲近、感情笃深，受张的影响，她的思想也进步了许多。

抗日战争胜利后，蒋介石迫于全国人民的压力，被迫签订了《政府与中共代表会谈纪要》，即"双十协定"，国内处于暂时和平时期。在中共提出取消特务机关、释放政治犯的情况下，不得已撤销了息烽集中营。然而敌人所认为的"危险人物"和"重犯"们并没有获得释放。

王振华和黎洁霜等人被转押至重庆白公馆继续监禁，关在楼下的一间阴暗潮湿的小牢室内。

这对革命的恋人在敌人的监狱里举行了他们的婚礼。

1947 年，黎洁霜生下了第一个儿子王小华。狱中生活异常艰苦，做妈妈的黎洁霜没有什么奶水，所以孩子长得格外瘦小、畸形，头大身小。特务头子徐远举见此情景，觉得有机可乘，多次假惺惺地表示关心和同情王振华夫妇，以劝其写"悔过书"为条件释放他们全家，但当场遭到年轻的妈妈黎洁霜的断然拒绝。对此，王振华骄傲地称妻子是"有骨气的巾帼女杰"。1949 年年初，黎洁霜又生下了第二个儿子并取名为王幼华。以残暴出名的刽子手杨进兴膝下没有儿子，见到刚生下来不久的王幼华乖巧又可爱，便威胁王振华想把小幼华抱走做他的儿子。王振华知道了杨的这个无耻企图后，不予理会。黎洁霜则愤怒地骂杨进兴，并告诉他："宁肯把孩子掐死，也不会给你这样的王八蛋做儿子！"

笔者多次到过白公馆，也多次看过王振华一家四口住过的那间阴暗潮湿的牢房，每每在此停留，心头都会隐隐作痛：一对年轻的革命者，为了追求真理，他们双双入狱，又在暗无天日的牢房里结婚、生育，靠每天喝半碗发霉了的稀粥养育两个幼儿，而凶残的敌人在最后时刻竟然会对这样的一家四口"斩尽杀绝"……

"大屠杀的那天，刽子手们最先把王振华一家从牢房里押出来。当时我们所有白公馆在押人员都以为再凶残的敌人也不至于将两个幼儿一起杀害，所以有人就喊了起来，说把孩子放下。可是特务们根本不听。我的牢房正在王振华一家的上面，下面的声音听得一清二楚。这时，只听敌人在催着王振华夫妇'快走快走'，王家的两个小孩子吓得哇哇大哭。他们的母亲黎洁霜这时就向特务们乞求道：'你们枪毙我们可以，给我们多打几枪，可把孩子留下来，他们还小呀！'谁知特务恶狠狠地回答她：'不行！小崽子一起枪毙！'黎洁霜忍不住悲愤地痛哭起来。'不要哭！跟这帮狗日的国民党反动派有什么条件可讲的？'只听王振华大声喝住妻子。后来，敌人就在白公馆外的松林坡将王振华一家全部活活地枪杀了。重庆解放第三天，我和罗广斌等脱险同志到遇难烈士的被埋地现场，看到王振华一家四口死的惨状：夫妇俩各抱一个孩子，孩子的小手都是搂在大人的脖子上，子弹穿过孩子的胸部，小腰下全都被打烂了……那情景惨不忍睹。"笔者在 2009 年采访当年从白公馆脱险的郭德贤老人时，她这样回忆道。郭德贤是《红岩》中"甫志高"原型人物蒲华辅的夫人，活到了 98 岁的高龄。

特务们残害王振华一家也许是世界上最残忍的屠杀之一。

11 月 26 日晚上，王振华的大儿子还因为饥饿向他的爸妈要吃的，无助的父母只好哄他到天亮后给他"弄好吃的"，王小华带着这份企盼而入睡。然而可怜的孩子哪知天亮后连发霉的稀粥都不可能再有了，等待他的只有惨遭杀害的命运。孩子什么也得不到，只能怀着极端的恐怖随父母迎接要命的子弹。最最可怜的是那个只有几个月大的小儿子王幼华，当一串罪恶的子弹穿过他小胸膛时，他连喊一声"爸""妈"都不会，便永远地离开了他还很陌生的世界……

黎明前的黑暗如此黑暗，黑暗中的黎明啊，你更叫人悲怆与悲愤！

刽子手们对革命者的凶残屠杀丝毫不会因王振华一家的悲惨命运而心慈手软，相反，他们举起的屠刀更溅满了血腥……

有人说，疯狂的屠杀很可怕，其实理性下的屠杀更可怕。现在，重庆人通常把 1949 年 11 月 27 日开始的国民党屠杀监狱革命者的行动称为"11·27 大屠杀"。因为这天一大早，屠杀行动的主要执行者徐远举要求特务们 6 点前吃完早饭，然后"各就各位"，"坚决彻底地完成好任务"。

"是！为党国效劳！为委座效劳！坚决完成任务！"数百名全副武装的特务像喝了鸡血似的杀气腾腾，他们异口同声地表忠心。

"突突……"这时，只听白公馆响起一阵马达声。这是所长陆景清坐着白公馆仅有的一辆三轮摩托进城找毛人凤。而与此同时，关押在"慈居"地下室二处看守所的 17 名"政治犯"和"嫌疑犯"当中的王有余、朱镜也一早被移送到渣滓洞。

上午，徐远举在老街"慈居"二楼处长室，召集雷天元、龙学渊、熊祥密商，决定由雷天元、龙学渊共同主持渣滓洞大屠杀，熊祥、李磊带人具体执行；徐远举要求在执行时须特别注意内外警戒，避免枪声惊扰。羁押在白公馆的案犯一并执行。执行完毕后焚毁渣滓洞监狱。

下午 4 点半钟左右，白公馆监狱还没有开晚饭，陆景清从城里回到"乡下"卧牛石登记室，急忙打电话到白公馆找杨进兴接电话，命令杨立即开始进行白公馆大屠杀。毛人凤从蒋介石那里获得核批的这次大屠杀计划共要杀害 28 人。

需要作一个交代：当时在大屠杀开始之前，白公馆尚关押有"囚犯"约 50 人，其中 20 人如黄显声、李英毅、许晓轩、谭沈明、宣灏、王振华、黎洁霜等从息烽集中营转押此地的"犯人"，是属于保密局司法处管理的。而像罗广斌等原来就在重庆关押的 27 人，则属于西南长官公署二处管理，但属羁押在白公馆的。对保密局司法处管理的囚犯，由毛人凤亲自安排白公馆看守所所长陆景清指挥看守长杨进兴实施屠杀；对西南长官公署二处羁押在白公馆的囚犯，则由保密局西南特区专员、西南长官公署二处二科科长雷天元，在保密局西南特区区长、西南长官公署二处处长徐远举的指挥下实施屠杀。

关于残害黄显声将军的过程，前面已经有叙，在此不再赘述。

这一天下午4时左右，白公馆特务头子杨进兴在牢房门外大声喊着："许晓轩、谭沈明……出来！"

"嚷什么，知道了！"这是许晓轩的声音。他是整个牢房的秘密支部书记，此刻的他知道，自己的一言一行对监狱内所有的共产党人和革命者影响都很大，所以他早已把牺牲前自己应该怎么做的事想过许多遍。因此当敌人喊他名字时，他是那么镇静。只见他从容不迫地站起来，把身上的一件外衣披在同室的一个难友身上，然后与所有难友一一告别。走出牢房时，他大声对牢内说："请转告党，我做到了党教导我的一切，在生命的最后几分钟仍将是这样……"

"对！我们对得起党！对得起共产主义！"这是谭沈明的声音。

许晓轩看了看即将与他同赴刑场的战友，挽住对方的胳膊，然后两人昂首挺胸，走出白公馆。

> 起来，饥寒交迫的奴隶！
> 起来，全世界受苦的人！
> 满腔的热血已经沸腾，
> 要为真理而斗争！
> ……

　　"不许唱了！临死了还唱什么？"持枪的特务们吆喝着。不想这一吆喝，使得整个监狱都唱了起来——

　　　　这是最后的斗争，
　　　　团结起来到明天，
　　　　英特纳雄耐尔就一定要实现！

　　　　这是最后的斗争，
　　　　团结起来到明天，
　　　　英特纳雄耐尔就一定要实现！
　　　　——要实现！

　　　　——要实现

　　　　……

　　"嗒嗒嗒嗒……"

　　这一天的重庆歌乐山上，敌人杀红了眼。
　　这一天，革命烈士的鲜血染红了这片山岗……

　　这一天，从息烽集中营转押到重庆的所有"政治犯"，都被敌人无情地杀害，他们中有张学良的副官李英毅及6年前误闯歌乐山中美合作所"禁区"的中学生冯鸿珊、李仲达、石作圣、陈河镇等刚刚二十出头的青年……

　　而这天的十天前——1949 年 11 月 17 日，息烽解放。

　　据说，"息烽县人民政府"的牌子挂出那一刻，有百姓跑到阳朗坝那片已经废弃的监狱门口，烧了很久很久的纸，他们在祭祀那些把灵魂留在这片土地上的革命烈士。

　　这样的祭祀，后来每年都会有，一直延续到今天……

后记

　　人的一生会有很多特殊的机遇。我写了一辈子报告文学，也算是冲到了中国报告文学的顶峰位置——3次获得鲁迅文学奖，6次获得中宣部"五个一工程"奖，多次获得全国优秀报告文学奖、徐迟报告文学奖、"中国好书"等奖项，以及是首位获得俄罗斯国家图书奖的中国作家能证明。然而没有想到的是，作为在40多年前我第一篇报告文学的诞生地的贵州，这些年来我竟然一直与它有着文学创作上"撕"不断的联系，写了关于黄大发、毕节脱贫攻坚战和少年英雄袁咨桐等内容的书。这回《炼狱》又是一次令我难忘的创作历程，因为我书写的这部关于中国共产党人在特殊之地所经历的忠诚与信仰的考验的作品，远远超越了过去曾经听说和写过的一些经典性的革命烈士作品。国民党设立的息烽集中营，是个与臭名昭著的希特勒法西斯集中营在本质上没有多大区别的魔窟，共产党和革命者在这里用生命和肉体炼就的钢铁意志和传奇故事，塑造近几年一直在我眼前浮现的具有史诗意义的英雄群像。

　　以前我们一直崇拜的"红岩烈士"群体，我也在10多年前写过的一部颇有影响的《忠诚与背叛——告诉你一个真实的红岩》中记录过。从那时开始，我才知道其实绝大多数"红岩英烈"是在息烽监狱磨炼出来的，最后因为戴笠死了后，国民党军统撤销，才把息烽集中营里的那些共产党"要犯"押解到了重庆，后又恰逢重庆解放，残忍的国民党将其杀害……由此引出了"红岩"故事与"红岩精神"。历史其实是这样的：息烽集中营才是多数"红岩"烈士们英雄事迹的发源地和磨就地，是"红岩精神"的主要诞生地。

　　创作《忠诚与背叛——告诉你一个真实的红岩》到这部《炼狱》，使我比一般人都了解这两个革命烈士殉难地的相互联系与承传的

图书在版编目（CIP）数据

炼狱/何建明著. -- 北京：作家出版社；贵阳：贵州人民出版社，2024.1（2024.4重印）

ISBN 978-7-5212-2528-0

Ⅰ.①炼…　Ⅱ.①何…　Ⅲ.①纪实文学 – 中国 – 当代　Ⅳ.①I25

中国国家版本馆 CIP 数据核字（2023）第 183694 号

炼　狱

作　　者：何建明
策划编辑：张亚丽　戴　俊
责任编辑：田小爽　汪琨禹
书籍设计：IDEA·XD　刘清霞
出版发行：作家出版社有限公司　贵州人民出版社有限公司
社　　址：北京农展馆南里 10 号　　邮　　编：100125
电话传真：86 – 10 – 65067186（发行中心及邮购部）
　　　　　86 – 10 – 65004079（总编室）
E – mail: zuojia@zuojia.net.cn
http:// www.zuojiachubanshe.com
印　　刷：（中煤）北京印务有限公司
成品尺寸：152×230
字　　数：417 千
印　　张：36.75
版　　次：2024 年 1 月第 1 版
印　　次：2024 年 4 月第 2 次印刷
ISBN 978 – 7 – 5212 – 2528 – 0
定　　价：98.00 元

关系。

息烽集中营（亦称"息烽监狱"），从设立到撤销，前后长达 8 年，其间监狱里被关押的"犯人"超过千人，他们中许多人被国民党特务和看守们折磨死后，至今不知其名其姓，而我们现在所知的这些书中的人物，也仅是整个关押共产党和革命者中的一小部分，然而就是这一小部分人的辉煌事迹，也足以让我们的灵魂和精神受到极大的震撼。他们用自己对党的绝对忠诚经受了敌人设下的各种考验，最终呈现的是共产党人和革命者在信仰与忠诚上的绝唱。这样的绝唱，异常壮丽，光芒四射，必将永恒地驻留在人间……

创作这部作品的过程，是作为一名作家和老共产党员所受的又一次精神与灵魂的洗礼。相信广大读者通过对这部书的阅读，同样会有这样的收获。

我要特别感谢贵州省委、贵阳市委给予了我这个感受"炼狱"的机会。诚挚感谢贵阳市、息烽县党史专家们的帮助支持，特别是贵阳市委宣传部戴建伟、邓谦、陈诚、胡杰等自始至终地帮助协调指导，息烽县文化馆原馆长黎昌念和息烽集中营革命历史纪念馆张伟娟、袁萍，文联朱登麟，党史研究室敖艳等同志具体而周到的帮助。作家出版社和贵州人民出版社的社长、总编及责任编辑田小爽、汪琨禹，他们的帮助支持更使这本书能够完美地出版。在此一并深深地感谢他们。

最需要感谢的是贵州这块红色而美丽的大地，更需要致敬的是牺牲在这片土地上的那些烈士……

2023 年国庆于北京